爱在槟榔花开时

志晨 著

志晨影视剧作品集

长春出版社
全国百佳图书出版单位

图书在版编目（CIP）数据

爱在槟榔花开时 / 韩志晨著. -- 长春：长春出版社, 2024.12. -- (韩志晨影视剧作品集). -- ISBN 978-7-5445-7702-1

Ⅰ.I235

中国国家版本馆CIP数据核字第2024ZN8100号

爱在槟榔花开时

著　　者	韩志晨
责任编辑	程秀梅
封面设计	清　风

出版发行	长春出版社
总 编 室	0431-88563443
市场营销	0431-88561180
网络营销	0431-88587345
地　　址	吉林省长春市南关区长春大街309号
邮　　编	130041
网　　址	www.cccbs.net

制　　版	长春市清风静盈文化有限公司
印　　刷	长春天行健印刷有限公司

开　　本	787mm×1092mm　1/16
字　　数	650千字
印　　张	24.25
版　　次	2024年12月第1版
印　　次	2024年12月第1次印刷
定　　价	80.00元

版权所有　盗版必究

如有图书质量问题，请联系印厂调换　联系电话：0431-84485611

心系蓬门写百姓　声出肺腑唱众生（代序）

我曾写过几句"我的人生与艺术感言"——

> 数十载风雨兼程，
> 行色匆匆。
> 久沐五更寒，
> 饱经八面风，
> 苦追寻，
> 非图觅芳撷翠，
> 只为星海一梦！
> 平民心，布衣情，
> 小径崎岖勤攀登。
> 心系蓬门写百姓，
> 声出肺腑唱众生。
> 无风送我上青云，
> 有朋助我树干城，
> 莫叹前路多坎坷，
> 人间原本道不平。
> 我自扬眉向天笑——
> 红叶经霜久，依旧火样红！

这，便是我的内心独白。当年，在我和胞弟韩志晨共同创作《篱笆、女人和狗》《辘轳、女人和井》《古船、女人和网》的那段时日里，有位北京的记者对我们进行专访，临告别时突然问："你们的座右铭是什么？"我答曰："柳青、李准、浩然！"该记者先是大惑继而大笑："别人的座右铭通常都是一句名言或几句警语，你们的座右铭竟然是三位作家？！"他当时以为我一定是口误或者是戏言，其实呢，我说的却是真话，也是我与志晨在一起研究创作时经常谈论的话题。

"以铜为镜，可以正衣冠；以古为镜，可以知兴替；以人为镜，可以明得失。"每当我秉笔状写当代农村生活或者作为导演用镜头语言去表现当代农民的时候，我确实是把柳青、李准和浩然当作镜子来照的。这三位，都是我非常崇敬的前辈作家。当我还在中学读书的时候，他们早已蜚声文坛，都堪称是驾驭农村题材的巨匠。他们的才气，他们的人品，特别是他们对生活的熟悉程度，都是无与伦比的。但有时我也想，作为一个创作上的后来者，我们不单应当努力学习他们成功的经验，还得认真汲取他们不成功的教训。我不时以此提醒、激励自己，同时也提醒和激励弟弟志晨。

当年，柳青的《创业史》曾被文学史家们誉为"划时代的作品"。梁生宝、徐改霞，特别是梁三老汉，写得真是呼之欲出。然而，十分不幸的是，由于时代和历史的局限，作家却把这部作品捆绑在了农业"合作化"的战车上，把是不是走合作化的道路当作区分农民先进与落后的分水岭和试金石。时过境迁，当今天我们较为清醒地回过头去审视过去那段历史的时候，这部作品的人文价值和美学价值便大大打了折扣。20世纪中期，李准的《李双双》曾是脍炙人口的佳作，直到今天我们依然认为，就人物的鲜活度而言，没有多少作品可以与它比肩。但是，就是在这部相当出色的作品中，作家却偏偏把"是否吃人民公社的大锅饭"当作李双双和喜旺矛盾冲突的中心点，整个作品都是围绕着这个"核"展开的。到了今天，人们才猛醒：咦，原来李双双错了，喜旺对了！这，并不是历史的恶作剧，而是社会发展的规律和内在的必然性使然。另外，《艳阳天》与《金光大道》这两部鸿篇巨制，曾使浩然令人瞩目地独步文坛。其中的弯弯绕、小算盘等人物，真是把中国社会变迁中的农民写活了，写透了，写绝了。然而，令人格外惋惜的是，还是由于时代和历史的局限，导致作家在作品的"含义层面"上陷入了迷津。那些鲜活的人物，一个个都成为"为富不仁"的标本并因此而遭到鞭挞！伴随着我们国家改革开放的深入，伴随着社会的发展和历史的变迁，当人们历经坎坷、饱受磨难，终于大梦初醒，当认识到"追求财富，是人类最原始也是最现实的冲动，是最世俗也是最崇高的理念，是最卑微也是最伟大的行为"时，这两部作品的光彩就难免变得有些黯淡了。

"时间"与"空间"这四个字，对于作家和艺术家来说是至为重要的。所谓"时间"，就是作品的生命力到底有多久，能不能够努力超越其所诞生的世纪；所谓"空间"，就是作品的影响力究竟有多远，可不可以超越其所诞生的国界。在"时间"和"空间"这两个最伟大的评论家面前，人类的一切精神产品和艺术成果都将经受最严格的检验。

我从不敢奢望自己可以清醒而自觉地摆脱时代和历史所给予我们的局限，那无异于用手揪着自己的头发试图飞离地球。我只是希望在进入艺术创作过程的时候，努力保持老黑格尔所说的那样一种"常醒的理解力"，努力表现最广大人民群众的愿望和情绪，反映回荡在他们心底的呼声，尽力做到"心系蓬门写百姓，声出肺腑唱众生"，而不让自己的作品成为马克思、恩格斯所强烈反对的那种"时代精神的单纯号筒"。这，也是我与志晨在创作《篱笆、女人和狗》《辘轳、女人和井》《古船、女人和网》系列作品时共同的遵循。

多年前，我曾在自己一本书的"后记"中写过这样的话："现代化，就是'现实的人'对'人的现实'所进行的挑战；而改革，就是我们全中华民族都齐心合力地冲破一张传统观念的大网，尤其是我们每个人都冲破自己的心灵之网。"这是我对生活一个很重要的认识，也几乎是我所有作品的母题。我试图从各种不同的视角，以各种不同的形式，通过多种多样的艺术形象来揭示这个母题。当志晨独立创作《瓮子、女人和海》《太阳月亮一条河》《八月高粱红》《红脸汉子金领带》《拉林河兄弟》《爱在槟榔花开时》《三请樊梨花》《山高高，路长长》《山爷》《小镇女部长》《风雪桅杆山》等影视剧作品时，我也总是这样叮嘱他、提醒他、鼓励他。

我们家是一个多子女的家庭。我有三个弟弟、三个妹妹，在七兄妹中我是老大。小时候，家里很穷，父亲母亲像一双劳燕，以微薄的薪金聊以家用，茹苦含辛地把我们七个人全都培养成大学生、研究生。我和二弟志晨从事文学艺术创作，三弟志国是著名经济学家，小弟志民和二妹晓华在美国从业，大妹妹雅琴是医学教授，小妹妹晓虹原在机械工业部从事外贸工作，后来自己创业。我们都是在改革开放的"狂飙突进年代"考入大学的青年学子，所以既是改革开放的受益者，又是改革开放最忠诚的拥趸。我们的血管里，奔腾着平民的血液，无论在理论上，还是在作品中，我们都坚定秉持"人类的共同价值"，是改革开放热情的歌者和鼓手。我们特别乐见祖国融入"人类命运共同体"，自立于世界民族之林。

志晨是军旅出身的作家，历任吉林省影视集团副总、艺术总监，系中国作家协会会员、中国电影家协会会员、中国电视艺术家协会会员、中国电影评论学会会员、中国电影文学学会常务理事、国家一级编剧，2010年晋升为国家二级教授，现任吉林省文化发展研究会影视编剧专业委员会主任、长春市电视艺术家协会主席。现在摆在我们面前的这部六卷本的《韩志晨影视剧作品集》，是他多年来辛勤笔耕的结果，是他心血与汗水的结晶。获悉作品集即将由长春出版社出版，作为父母的长子，作为弟弟妹妹们的长兄，我内心的喜悦是可以想见的。真诚地祝贺二弟志晨！

  文学艺术创作，不是短池游泳，也不是百米跨栏，而是马拉松竞赛。在长长的竞赛途中，要踏踏实实地跑自己的路，弓下腰做自己的事，谁有韧性谁有后劲谁才能跑得最好！何况，生活本身是流动的，而流动的生活是不平静的。文学艺术是发展的，而发展中的文学艺术需要超越，更需要自我超越。真正的艺术家，当如大海的巨鲸，要打破一切习俗与传统表面的平静。一个由这样的艺术家组成的群落，当使一切僵化的、固定呆板的东西焕发崭新的生命力——我们要为此不懈进取！这，也是我对志晨由衷的期望。

韩志君
2024年8月

走出瀚海兮入长河

一、童年生活的磨砺

我出生在科尔沁草原东南部号称八百里瀚海的一个小镇上。我的家是一个多子女的家庭,小时候很穷、很苦。童年的生活遭际,使我心灵早熟,也使我在人生的道路上一直对社会底层民众充满同情和理解。我的作品恪守平民视角,"不仰视权贵,不欺世媚俗,崇尚真善美,鞭挞假恶丑"是我从事艺术创作的原则。

海明威说过:"苦难的童年,是对作家最好的早期训练。"我挨过饿,吃过各式各样的野菜,也品尝过人间的冷暖和世态的炎凉,还曾经"死"过一次。我刚上中学那年,"文革"就开始了,两派武斗时有一颗子弹打穿了我家的窗棂,在墙壁上留下划痕,落在炕上时还很烫手,母亲怕我们出事,急忙拿出了家中仅有的几块钱,让我带着两个弟弟向八百里瀚海深处我的姑姑家逃难。这无疑给姑姑家增加了沉重的负担,虽然姑父姑母待我们如同己出,但我想:要出去找点儿活儿干,挣些钱在经济上接济一下姑姑。在我的一再坚持下,我到了一个苇厂,在当厂长的大舅和工人二舅的帮助下,工头留下了我。我每天站在苇垛上,把长长的苇子从捆子里抽出来,铺在地上,拉石磙子压软,以供打杠子的师傅们用其绑草捆。对于十几岁的我来说,这确是一份极为艰难的活计。苇絮花儿塞满了鼻子眼儿是小事儿,那个高高的石磙子在我看来真的像一座小山那样高,好沉好重。因为我每天要争取省下一元钱来,所以用于一整天的吃饭费用只有4角9分。吃不饱,饿的滋味儿很难受,拖起石磙子举步维艰,但我还是咬牙坚持。不到两个月,我给姑姑家寄去了50元人民币。姑姑接到这笔钱,没有喜形于色,反而泪如雨下,可我觉得付出还不够。我看大人们每个月都有一次装货车皮的机会,就是从草场上把草捆背到货车车厢,每背上去一捆,能赚到差不多3元钱。我要求也和大人们一起装货车皮。开始,大人们都不同意,谁会愿意和一个十几岁的孩子搭伴来装呢,弄不好就是累赘。我说:"我不要你们帮助,220捆草捆一车厢,我负责装110捆!"他们勉强同意了。当我第一次背起沉重的草捆时,差点儿没被压趴下,晃了几晃，我才稳稳站住脚，走上高高的木质跳板，把草捆放到车厢里。我承认，我不完全是用体力把草捆背上去的，而是用一种意志，一种内心强大的赚钱的渴望！奇迹就这样发生在一个十几岁的穷孩子身上，经过两天一宿的努力，我把每捆都重于我本人体重的110捆草捆全部背上了车厢！我的体力严重透支。清晨时分，我刚刚走下跳板，脑袋一阵眩晕，就什么都不知道了。当我苏醒过来时，已是午后，秋阳暖暖地抚摸着我的脸。我的身边围着二舅和一群工友，他们正拿凉水往我的脸上喷。我缓缓睁开眼睛时，工友们欢呼了起来："活啦！活啦……"我的身体好像已完全融入了大地，我就是大地，大地就是我。我知道，自己死而复生！我一口气吞下了十几枚鸡蛋后，站了起来，这一站，站起了那时的我，还有今天的我！那一次，我挣到了300多元钱，姑姑坚决不同意我再往她那里寄钱，我就寄给了妈妈。许多年后，妈妈对我说："志晨啊，你当年寄回家中的300元钱，其实是救了家里人的命，你爸爸被批斗，工资一分钱不开，有了这笔钱，家里的人才活了下来。"妈妈说得很动情，可我却觉得只是做了应该做的事。

生活的艰难坎坷总是与美好和希望并存。苦难的童年教会我坚忍、顽强的同时，温暖并且充满亲情的大家庭也教会了我真诚与善良。人世沧桑使我懂得了：人，并不是荒岛上的鲁滨逊，需要彼此发生联系，需要互相关照和扶助。我的周围，是生活在社会底层的广大民众，他们不仅渴望物质生活的丰盈，也渴求精神生活的丰富。作为艺术创作者，我们必须以人民为中心进行创作。我们创作作品的真正价值在于用文学的手段关怀人，烛照多种多样的人生，或者擎起一支火把为人们照亮，让世间的每一个人都在人生道路上少一些迷茫与磕绊，多一些快乐与慰藉！

此后不久，我作为一个只念了七年书的孩子，与千千万万个同龄人一道上山下乡。我在科尔沁大草原上一个叫"靠勺山"的贫困小村落里日不出而作，月亮和星星出来了才息，这样生活和劳作了两年后，又到工厂当了两个月工人。满十八岁那年，我便走出了八百里瀚海，参军入伍了。这，是我生命新的启航。

二、部队大熔炉的冶炼

我所在的部队在大兴安岭的深山老林里，是逢山开路、遇水造桥的铁道兵。但我到了部队以后，凭着会画画和写美术字，很快就被抽调到了团文艺创作组,任务是写兵唱兵演兵。当兵之前,我只有七年的文化底子,比小学生强点儿,属于"麻袋片子绣花——底子孬"那伙儿的。让我创作快板书、数来宝、山东快书、相声、三句半、歌词、诗朗诵,哪里做得来?于是,我开始疯狂地读书,把可能找得到的书籍都拿来读,并把其中新鲜的词语、成语或者形容词分类抄在小本子上。在写作中,我会在诸多同类的词语中挑选相对准确和富有新意的使用。哥哥志君又给我寄来《诗韵词典》等一批书籍,对我来说真如"旱天及时雨,枯苗逢甘霖"。当兵第一年的九月,部队安排我到铁道兵东北指挥部参加文艺创作学习班,使我有机会结识了铁道兵文化部创作组、铁三师、铁九师以及东北铁指的许多从事文学艺术创作的战友。此后,我又被送到长沙铁道兵学院深造。在部队这个大熔炉中,经过多方面的冶炼,我在创作上也逐渐开始游刃自如,写出的很多作品都搬上了舞台,有不少还在部队的文艺会演中获奖。

我开始志得意满。有一次,到长春出差,皎洁的月光下,我与胞兄志君坐在人民广场的长椅上,兴致勃勃地向他报告我在创作上的丰硕成果。哥哥听后,给我讲了通俗文学与纯文学的区别,叮嘱我不能仅仅满足于写快板书、数来宝、山东快书、相声、三句半,要有向文学艺术圣殿挺进的志向和决心。他给了我一本巴乌斯托夫斯基的《金蔷薇》,对我说:"在部队的生活中有许多鲜活的东西,你要像书中的那位约翰·沙梅一样,细心地从生活的泥土中筛选'金粉的微粒',聚沙成塔,集腋成裘,努力打造出美丽的金蔷薇,献给自己钟爱的苏珊娜——你的读者和观众。"当时,我听得目瞪口呆,也如醍醐灌顶。在我的创作生涯中,那个皎洁的月夜是个转折点。在哥哥的启发和鼓励下,我开始走上了诗歌、散文以及小说的创作道路。经过不懈的努力,先后有不少作品发表在《吉林文艺》《黑龙江文艺》《青年诗人》《诗人》《作家》《铁道兵报》《志在四方》等刊物上。1983年以后,我又在《小说选刊》《参花》等文学杂志上发表了诸多短篇小说和《井倌》等中篇小说。我常对朋友说:我真正走上文学创作之路,导师是我的哥哥,是他手拉着我手,一脚高一脚低地把我领进了文学的大门口;而冶炼我的火热熔炉是部队,大兴安岭连绵的群山、无际的森林和战友们的生活与情怀给了我创作的灵感,让我积攒了无数"金粉的微粒",并用它们打造出了属于自己的"金蔷薇"。这,是我艺术生涯的启航。

三、艺术创作实践的淬火

1986年，我结束了16年的军旅生涯，脱掉了熟悉的绿军装，到吉林省电视台电视剧部工作。如果说，童年的苦难生活磨砺了我，部队的大熔炉冶炼了我，那么，此后丰富多彩的创作实践则让我不断地淬火，渐渐地形成了自己的创作风格，丰富了自己的作品艺术长廊。

初进电视台，争强好胜的我，自己感觉对声画艺术缺少了解，就开始恶补电影语言的语法知识，熟悉镜头、画面语言、蒙太奇、声音元素以及声画关系等专业知识。我在主办文艺专栏的同时，也开始执导《生命树》《生命的秋天》等专题片，在全国和省内都获了不少奖。为了切实提高自己的文学素养和艺术素养，我在职进入吉林大学读书，系统地阅读中外文学名著。

从1987年到现在，我和大哥志君一起创作了电视剧《篱笆、女人和狗》《辘轳、女人和井》《古船、女人和网》"农村三部曲"和《大脚皇后》《大唐女巡按》等多部电影；还独立创作了《三请樊梨花》《小镇女部长》《风雪桄榔山》等百余集电视剧和十多部电影作品。每当听到大街上"星星还是那颗星星"的歌声，看到书房里国际、国内的各种奖杯和获奖证书，我都在想：自己作为一个出身于平民百姓家庭的苦孩子、穷孩子，能成为一个从事专业影视创作的文学艺术工作者，真应当感谢五彩斑斓的生活，感谢多种多样的创作实践。"不积跬步，无以至千里；不聚小流，无以成江海"。若没有在艺术创作实践中的不断淬火，就不可能有我的今天和我的那些作品。

在庆祝中华人民共和国成立60周年的时候，国家广电总局和中国电视艺术委员会表彰了60位有突出贡献的艺术家，我与哥哥名列其中。成就的光环，只属于过去，未来的道路遥远而漫长。契诃夫说："艺术家得永远工作，永远思考""要在一个很长的时期里天天训练自己""用尽气力鞭策自己""让自己的手和脑子习惯于纪律和急行军。"他还说："要尊重你自己，在脑子犯懒的时候别让两只手放肆！"我常把他的这些话铭记于心，提醒自己一定要在艺术创作的实践中不断经受淬火。如果我们把艺术家比作孙悟空，那么艺术创作的实践便是太上老君的炼丹炉，那里是可以炼出艺术创作"火眼金睛"的地方。在未来长长的创作途中，我当乐此不疲！

目 录

爱在槟榔花开时 / 1

拉林河兄弟 / 41

大地就是海 / 80

头上就是天 / 108

界河就是桥 / 150

南官河边的女人 / 186

金秋喜临门 / 226

耿二驴那些事儿 / 261

田四爷 / 310

婆婆妈妈 / 334

爱在槟榔花开时

人物表

黎槟榔——返乡大学毕业生，后为槟榔谷茶产业公司董事长兼总经理，26岁。
黎百旺——槟榔的之父，老茶农，56岁。
黎老谷——槟榔的爷爷，80岁。
阿　曲——槟榔之母，52岁。
符青阳——符番才之子，返乡硕士毕业生，黎家草药的开发者，26岁。
翠　翠——符青阳的女儿，2—5岁。
蒲雄杰——槟榔的前男友，28岁。
黎泉生——槟榔之兄，槟榔谷小商店店主，30岁。
符金花——黎泉生之妻，槟榔之嫂，28岁。
符沉香——符番才之女，青阳之妹，24岁。
黎江龙——村主任，38岁。
符番才——村民，52岁。
阿　醒——符番才之妻，50岁。
罗长贵——老茶工，50岁。
茶工若干人。

1. 暴风骤雨中，日

风在怒吼，大海在咆哮。浊浪排空，惊涛裂岸，发出令人心悸的巨响，像是要把整个世界都掀翻、吞没。

狂风极其任性，尽情地肆虐，发疯般地摇撼着椰树，摧残着蕉丛，撕扯着荆藤，撞击着林莽……就连那一大片挺拔的槟榔树也被它鞭打得落叶缤纷。

青山绿水真的招架不住了，好端端的茶山转瞬间几乎被荡平……

2. 一座老式的船形屋内，日

老茶农黎百旺伫立窗前，透过泼洒在玻璃上的雨水，焦灼地朝茶山眺望。

他痛心疾首，脸上每一道深深的褶皱里都储满了悲愁。

黎老谷拄着藤杖走到他身后，也无言地朝外面望着。

黎百旺回过头，嗓音沙哑地说："阿爸，毁了……全毁了！"

黎老谷无语。

黎百旺流出满眼苦泪："这茶山……是咱全家人大半辈子的血汗啊，想不到……"

"你把眼泪擦了！"黎老谷用藤杖顿着地，厉声喝道，"黎百旺！你是个男子汉大丈夫！我黎老谷的儿子，遇到事情得拿出骨气来……"

3. 里屋，日

黎百旺的妻子阿曲正在打电话，她几乎是喊着说："喂，喂……槟榔啊……你大点声儿！咱这儿来台风啦，大雨像瓢泼，还轰轰打雷，我听不清啊……"

4. 深圳，黎槟榔的茶庄内，日

"啊？刮台风了！"黎槟榔把耳朵紧紧贴在手机上，满脸都是惊愕。

蒲雄杰急忙凑近她，关切地："损失大吗？"

黎槟榔扭过脸，用掌心捂住手机，沮丧地："茶山全毁了！"

蒲雄杰无比惋惜地："唉……"

"妈——"黎槟榔转过身，又对着手机大声喊，"告诉我阿爸，别太着急太上火啊！天无绝人之路……台风一停，我立马赶回去……"

蒲雄杰待她打完电话，劝阻道："你想回去？茶庄这边儿你是顶梁柱，你走了，茶庄就得关门了。再者说台风过后山路肯定难走，说不定哪儿就滑坡了，塌方了，还兴许有泥石流……"

"雄杰！"黎槟榔斩钉截铁地说，"我家里出了这么大的事，就是爬，我也得爬回去。"

蒲雄杰只好不语了。

5. 数日后，茶山上，日

风雨初歇，茶山一片狼藉。

黎百旺像是刚刚生了一场大病，脸色苍白。他十分痛惜地望着眼前的一切，内心几乎全部被绝望的情绪占据了。

黎老谷、阿曲站在他身后不远处，心情也十分沉重。

阿曲长叹一声："唉……都说老天有眼，这眼长哪儿去了？这茶山一毁，咱往后的生活靠什么……"

"闭嘴吧，你！"黎百旺突然扭过脸大吼一声，"这种天灾，谁挡得住？"

阿曲吓得浑身一激灵，立即噤声。

黎老谷狠狠瞪了黎百旺一眼，替阿曲打抱不平："百旺啊，茶山毁了，你拿媳妇撒什么气！是阿曲给你毁的呀？"

黎百旺沉着脸，一屁股坐到泥泞的地上，双手抱膝，勾着头，不说话。

黎老谷还想训他几句，阿曲忙摇手，拦住他："阿爸……"

6. 黎百旺家院内，日

古朴的船形屋前，稍干爽一点儿的地面上摊着一些铺盖卷，上面躺坐着七八个茶工，一个个都无精打采。

黎百旺、黎老谷和阿曲从茶山回来。他们一进院儿，茶工们便呼地围拢过来。

"百旺，"一位叫罗长贵的老茶工率先开口，"我们知道你难，可我们也难。这场台风，把家里的一季庄稼全都给毁了。你总不能让我们拿不到工钱，空着两手回家去吧？"

"是啊，"茶工们七嘴八舌地，"长贵哥说得在理，给了工钱我们才好回家。""百旺叔，不管想啥办法，工钱得给我们结了啊！"

黎百旺一把扯过那位老茶工，沉着脸，低声道："长贵老弟啊，我万万没想到，你会带头闹事！让我寒心啊！"他转过脸，对其余的茶工，"各位放心，工钱肯定黄不了你们，只是……眼下我实在掏不出来。"

有位年轻茶工："百旺叔，没钱，你出去借呀，到信用社贷款也行啊！"

"唉……"黎老谷插话说，"各位呢，听我老爷子说句心里话，这次受灾的不止咱们一家，家家都有难处，这时候找谁借啊！咱这300多亩茶山全毁了，贷款，像张嘴闭嘴这么容易呢？"

"你老爷子说的句句是实话，是真话！可我们拿不到工钱怎么办？！"罗长贵又梗着脖子说："拿不到工钱，我们绝对不能走啊！我们就吃住在你们家啦！"说着，冲那些茶工招招手，"都别拉不下脸来了，往屋搬铺盖，搬！"

在罗长贵的带领下，茶工们纷纷拎起铺盖，向屋里涌去。

"慢——"黎老谷一横手中的藤杖，把他们都拦住了。他声音颤颤地，内心无比痛苦，"你们都回家问问，年纪轻的问问你爷，年纪大的问问你爸！我黎老谷，在这槟榔谷活了80年了，欠过你们谁家的情？说过的哪句话没作数？今天，凭我这张老脸向你们求个信任，20天，顶多一个月，我黎老谷就是砸锅卖铁，也保证你们的工钱一分不少，行不？"

在他说话时候，黎百旺仰天长叹一声，默默走到屋角，蹲下身闷头抽烟。

"老谷叔，"罗长贵突然流泪了，"我们信不过别人，还能信不过你吗！可……我们也是叫眼前都遇到的这道坎儿，给逼的啊！"

黎百旺一听，火蹿头顶。他猛然起身，激怒地："你们难过，我们就好过吗？这300多亩茶山，把我们几十年的家底都搭进去了，损失不比你们大多了！都是熟人熟面，平时张口'哥'闭口'叔'的，为了这么几个破钱儿就撕破脸？就这么逼我？你们还有点儿人性人情没有！"

这时，黎百旺的儿子黎泉生拉着村主任黎江龙急急地走来。

黎泉生："哎，各位父老兄弟，咱们村主任黎江龙来了，让他给大伙儿讲几句。"

黎江龙态度极为诚恳地："各位，我知道你们的难处。可眼下……百旺大叔家，也实在是太难啦……"

"得，你别说了！"罗长贵很不客气地拦住他。他转对黎泉生，"他是你们的村主任，不是我们的村主任。你们一个寨子住着，又一笔写不出两个黎字，肯定不会向着我们说话。我们不听他废话，我们只是合理合法地要工钱！没错吧？泉生，劝劝你阿爸，把我们的工钱结清！"

"长贵哥说得对，"众茶工义愤填膺地，"我们要工钱，不给钱不走。"

一位中年茶工斜睨着黎江龙："还村主任呢！真是是亲三分向！"

黎百旺激怒地从地上蹦起来："你们这帮白眼儿狼！我黎百旺平日待你们怎么样？你们一个个怎么能这样的忘恩负义！我现在就是没钱给你们，我看你们哪个敢把我的眼珠子抠出来当泡儿踩？！"

"哎，百旺叔，"一位年轻茶工不悦地，"你欠钱不给，怎么还有理了？！"

黎百旺盛怒之下乱了方寸，"我真他妈的想揍你个兔崽子！"他顺手抄起老水牛棚边的木棍，以迅雷不及掩耳之势朝那个年轻茶工抡过去。

"百旺！"黎老谷着急地喊他，他不听，像一头发怒的豹子。

"你别……"阿曲慌忙拦他，却几乎被撞个跟头。

众茶工顿时都吓傻了。

那位年轻茶工吓得撒腿就朝院外跑。

黎百旺旋风般地追过去。

黎槟榔不知何时到的！她拉着拉杆箱，静静地伫立在院门口，闪身让过那位年轻茶工，张开双臂拦住了黎百旺，大声地："阿爸！"

黎百旺一愣，慌忙驻足。

阿曲急迎过来："呀，是我闺女槟榔回来了！"

黎槟榔把拉杆箱交给阿妈，然后笑吟吟地朝院内的茶工们走过去，说："各位阿叔、阿哥，我听明白了，你们都是讨工钱的，对吧？"

罗长贵有点儿不好意思地："槟榔，你都听到了，我们……也是实在没办法才这么做的。"

黎槟榔灿烂地笑着，问那些茶工们，"我阿爸欠你们多少？"

罗长贵："我两万二，他们每人一万八。"

"欠债还钱，天经地义。"黎槟榔说着，掏出自己的手机，"来，都打开你们微信的支付码，我付。"

两位年轻茶工立即响应。

"一万八，一万八……"黎槟榔熟练地付着款。

黎老谷、阿曲和黎百旺都怔怔地望着她。

茶工们脸上泛出喜色。

罗长贵却挓挲着手："槟榔，你叔我没有手机，咋办呀？"

还有几位茶工也着急地说："我们手机倒是有，可没上微信啊！"

"没关系，没关系。"黎槟榔又从口袋里掏出一张银行卡，"我这卡里有钱。你们容我半天工夫，明天上午我到信用社取钱，辛苦你们明天下午再跑一趟。我发现金给你们，好不好？"

"好！"罗长贵喜形于色地，"现金好，现金攥在手中心里踏实。"

众茶工也纷纷响应："行，一言为定。"他们七嘴八舌地，"你看人家槟榔，在城里真是出息了，多爽气……""念大书的人，跟没念过书的人就是不一样……"

黎百旺脸色很不好地看着他们。

"走吧，咱们都走吧。"罗长贵像川剧变脸似的，瞬间换上了一副笑模样，"槟榔刚回来，让他们家里人好好亲热亲热，咱们就别在这儿搅和啦！"

在他的指挥下，茶工们拎起铺盖，朝门外走去。

黎百旺扭过脸，看都不看他们。

罗长贵走过他背后的时候，亲切地拍拍他的肩："百旺，可千万别生我们的气啊。等明天我领了钱，请你喝酒。"

黎百旺极为憎恶地："谁喝你的酒！快滚吧。你再多说一句，我就恶心得要吐啦！"

黎槟榔只是默默地望着，没再说话。

7. 茶山上，傍晚

无言的山丘。

苍茫的暮色中，笔直却光秃秃的槟榔树沉默地伫立着。枝头有老鸦凄厉地叫着，仿佛是为那些毁掉的茶树唱着哀怨的挽歌。

阿曲陪黎槟榔上了茶山。

阿曲："你看，惨啊，实在太惨了！"

黎槟榔见这满山的狼藉，内心也很痛惜。她一声不响，无言地巡视着。

阿曲："槟榔啊，你阿爸几十年的心思都在了这茶山上，设身处地地替你阿爸想想，他怎么能不心疼，不着急，不上火！"

黎槟榔："心疼谁都心疼，可着急上火没用。阿妈，叫我说，旧的不去，新的不来。"

"槟榔……"阿曲惊异地，"你……什么意思？"

黎槟榔："阿妈，我想把深圳的茶庄停了，腾出资金，重新开发这座茶山。"

阿曲瞪大眼睛："槟榔，你疯了吧！"

黎槟榔没吭声。她蹲下身，抓起一把湿漉漉的红土，仰起脸说："咱这茶山，正处在几十万年前的陨石坑和火山带上。你看，这红土中长出的植物，都富含硒。我念大学的时候，特意把这红土拿到省里化验过，专家说咱这份资源世上独一无二！"

阿曲不相信地："有那么好？"

黎槟榔："阿妈，硒，是人体必需的营养元素，对肝病、胃病、糖尿病都有很好的改善作用。咱海南为什么百岁老人特别多？你看我爷爷80岁了身子骨还硬邦邦的，就与咱喝的水吃的东西里富含硒有关啊。富硒的茶，富硒的米，都是城里人最认的，外国人就更认了。"

阿曲像听天书一样，愣愣地看着女儿。

黎槟榔把手中的红土"啪"地往地上一摔，直起身，拍了下手："就这么定啦！"

8. 黎百旺家的船形屋内，夜

黎百旺蹲在地上，阴沉着脸，喷云吐雾般地抽烟。

黎槟榔和阿曲从门外进。

黎百旺呼地站起身："槟榔，听说你上村委会找黎江龙去了？"

黎槟榔笑盈盈地："对呀，阿爸。"

黎百旺怒气冲冲地："你……你还想回来承包这茶山？"

黎槟榔笑道："阿爸，你怎么都知道！"

"胡闹！"黎百旺的眼睛瞪得像他家院里的那头老水牛一样，脸色铁青，对黎槟榔几乎是吼着说话，"槟榔，你阿爸我没出息，这辈子大字不识一箩筐，只能在这山里混日子。你哥比我强不了多少，也只窝在这寨子里。可……你不一样！我好不容易供你上了大学，你也好不容易在深圳城里办起个茶庄，那是赚钱的买卖，哪能说停就停呢？！"

黎槟榔没说话，拽过自己的拉杆箱，从里面取出两瓶酒，送到阿爸面前，笑盈盈地："阿爸，这是女儿孝敬您的！"

黎百旺突然用手一扫，把酒瓶推翻到地上，气鼓鼓地："我不喜欢！"

槟榔望着地上的碎片，惊呆了。

阿曲见状埋怨黎百旺："你这是发什么疯啊！孩子刚回来，哪儿对不住你啦？"

黎百旺愤愤地："你还有脸问我！槟榔不知深浅，你也不知深浅？你还带她去找村主任！那茶山，已经弄得我鸡飞蛋打，你还想让全寨子的人都接着看咱槟榔的笑话啊？！"

黎槟榔："阿爸……台风不是年年都朝咱这刮，咱家种了这么多年茶，不就赶上这一回吗？"

"你闭嘴！"黎百旺几乎是发了雷霆之怒。

黎槟榔眼里有了泪光

黎老谷闻声从自己住的屋子走出来，用手中的藤杖一杵黎百旺："你有话好好说，押着脖子喊什么！"

"就是，"阿曲附和地，"自家女儿，又不是冤家对头！"

黎百旺生气地瞪着她："你……"

黎老谷又拿藤杖一杵他："你别瞪眼睛！好好说话！"

一物降一物，黎百旺顿时蔫了下去。

黎老谷："槟榔，你阿爸是头犟驴，别搭理他。走，爷爷问你几句话。"拉起她就朝自己住的小屋走去。

阿曲瞥一眼黎百旺，忍不住扑哧笑了。

黎百旺愠怒地瞪着她："都火上房顶了，你还有心思笑！"

"不笑，还哭？"阿曲也瞪着他，"要是哭有用，能把山上的茶树都哭活了，我坐到山上哭去！"

黎百旺极其烦躁地："去去去，你别在这儿烦我行不行！"

9. 黎老谷屋内，夜

黎槟榔："爷爷，咱这寨子，可不是一般的地方，这里过去是火山口、陨石坑……"

黎老谷颔首："我小时候，就听老辈人说过。有人犁田，还捡到过你说的那种什么石。"

黎槟榔："陨石。"

黎老谷："那玩意儿很金贵吗？"

黎槟榔："关键是咱这红土地金贵，种出的东西也金贵……"

10. 外屋，夜

黎百旺依然勾着头坐在那儿。

阿曲端着竹筒饭和菜从屋内出。

黎百旺瞥她一眼，不耐烦地摆摆手："拿走，拿走，我不吃，不吃！"

阿曲故意气他："我也没让你吃啊！槟榔回来，水米还没打牙呢，你不心疼，我可心疼！"

"你……"黎百旺被她噎得说不出话来。

黎老谷拉着黎槟榔从屋内出来。

他又拿藤杖一杵黎百旺，以不容置疑的口气说："笋子脱皮才成竹，鱼不入海怎成龙？槟榔是个有主意的孩子，让她试试吧，我支持！"

"阿爸……"黎百旺焦灼地抬起头来，"这人都往高处走，水才往低处流。槟榔好不容易考上了大学，也好不容易当上城里人，真的又要退回到这荒山野寨来？"

黎槟榔蹲到他面前："阿爸，现在建设美丽乡村，就是要让咱们的日子往高处走，所以我才想回到咱这寨子里。"

黎百旺："为了这300多亩茶山，你阿爸我不光把家底都掏空了，连老命也差点儿搭进去。这脸也快丢尽了！"

黎槟榔笑道："阿爸，我看你这是一年遭蛇咬，十年怕井绳啊！"

黎百旺："能不怕吗？用你们的话说，这叫……吃一堑长一智。"

黎槟榔："阿爸，我看你不是吃一堑长一智，而是叫这一场台风给吓傻了。"

黎百旺白她一眼："我傻，你精！谁做得了老天爷的主，以后要再来了台风怎么办？！"

黎槟榔："阿爸，我不光重种茶树，还要在茶田边上栽上几万棵白木沉香。那样，咱不单可以生产沉香，生产沉香茶，还可以跟四周的槟榔树一样，起到防风林的作用。"

黎百旺突然爆发出讥讽的大笑："哈……"

"咋笑呢，咋笑呢！"黎老谷拿藤杖连连杵着他，"槟榔跟你说的是正经事儿！"

黎百旺敛起笑容，说："阿爸，你别光护着你孙女，你听她说什么傻话呢！还几万棵白木沉香！就咱那300多亩茶山，种了茶，还能种几万棵白木沉香？种树，又不是种草！"

黎槟榔："不，阿爸，咱那茶山眼下是300多亩，可我要逐渐发展成3000亩，还要争取到30000亩，让附近寨子的乡亲们都拿茶山入股……"

黎百旺惊得瞪大眼睛："你……你胆子也太肥了，蚂蚁竟然想吞吃大象？"

黎槟榔："对，女儿就是要想新的，干大的！"

"行行行，"黎百旺满脸苦笑，"你能，你行，你是电视里那个孙悟空，一个跟头能翻出十万八千里，行了吧？你阿爸我是那个猪八戒，懒货，笨蛋，没能耐，行了吧！"

黎槟榔故意打趣地："谁说的？猪八戒可不是凡人，那叫天蓬元帅啊！"

阿曲和黎老谷都扑哧笑了。

黎百旺却不笑，光愁。

黎槟榔："阿爸，女儿我横下心了，非得让您看看，我咋样把咱这一大片被台风毁了的茶山，再重新变成金山银山。"

黎百旺倔倔地："你说着玩可以，来真的绝不行！我把话给你撂下，你要能干成，我倒立着用两只手走路！"

黎老谷逼问他："咱们家，一家之主是你，还是我？"

黎百旺看着他，不语。

黎老谷用藤杖狠狠顿着地："这事儿，就这么定了，没商量！"

11. 深圳，黎槟榔的茶庄内，夜

"就这么定啦？"蒲雄杰握着手机，惊得额头上都沁出了汗。

12. 黎百旺家的船形屋前，夜

黎槟榔在离老水牛棚不远的地方边来回走动边打着电话："定了。雄杰，这里有巨大的商机，欢迎你也来，跟我一起创业！"

13. 深圳，黎槟榔的茶庄内，夜

"我？槟榔，你是说让我蒲雄杰到你们村子里和你一起重新创业？"蒲雄杰把嘴巴张得好大。

14. 黎百旺家的船形屋前，夜

"对呀，"黎槟榔笑道，"你说过的，我是水，你是土，咱俩掺在一起就和成了泥。你中有我，我中有你，这辈子永远分不开……"

15. 深圳，黎槟榔的茶庄内，夜

"那是，那是……"蒲雄杰不无尴尬地笑着，"可……槟榔，咱这茶庄，经营得这么好，停了，是不是太可惜了！我……希望你不要一时冲动……"

16. 黎百旺家的船形屋前，夜

"我不是一时冲动。"黎槟榔斩钉截铁地说，"在这次回来的路上，我想过足有一百遍了，可以说深思熟虑。你放心，等咱把新型山庄建起来，把沉香茶大批量生产出来，还可以办更大更气派的茶庄。不单在深圳，在全国各地都要有连锁店……"

17. 深圳，黎槟榔的茶庄内，夜

蒲雄杰脸色不大好，光听却不再说话。

18. 黎百旺家的船形屋前，夜

"喂，喂……"黎槟榔提高了嗓门儿，"雄杰，你听见吗？我不多说了，只希望你无论如何都必须支持我创业。"

19. 深圳，黎槟榔的茶庄内，夜

"哈……支持，支持，必需的。"蒲雄杰强颜作笑。

他关了电话，却陡然怒气满脸，把手机砰地用力摔在桌子上，砸得屏幕四分五裂！

20. 泥泞的山路上，晨

符青阳背着两岁多的小女儿翠翠，两只手大包小包的拎了不少东西，裤筒高高挽起，在泥泞中艰难前行。

他的神情有些落寞，似有许多不快压在心头。

21. 黎泉生家的小卖店门前，晨

"哇……"符番才兴奋异常地从一张老旧的竹藤椅上蹦起来，抖着手中的一张彩票条，"我中啦，中啦！我符番才终于中了！"

黎槟榔的哥哥黎泉生正从一辆机动小三轮车上往下卸货，他妻子符金香忙着往屋里搬东西。

黎泉生看看符番才："阿叔，真中了假中了？"

符番才把彩票条举到他面前："你看啊，这还有假！"

黎泉生看一眼，扑哧乐了："阿叔，才中了15块啊？瞧你乐成这样儿，我还以为中了15万元呢！"

符番才："泉生，你这是怎么说话呢？15块就不是钱？"

符金香笑着插话："15块是钱，可……阿叔你也不算算自己花了多少！今儿也买，明儿也买，怕是买了几千块都不止了吧！"

符番才被侄女说到了痛处，有点儿扫兴，强辞夺理地说："我的金香大侄女啊，这不在钱多少啊，这是个彩头，咱图的是吉利。开了这个好头儿，甭说15万元，阿叔我还要奔150万元大奖去哩！"

他的女儿符沉香背着黎族木桶打门前经过，看见符番才，停下脚，不无抱怨地："阿爸，我哥邮回来的那点儿钱，都让你买彩票啦！越不让你买，你越买！"

符番才嘿嘿笑着："阿爸这回可没白买，中啦，中啦！"

符金香从屋内出："沉香啊，进屋，刚从县里进的奶茶，喝一瓶再走。"

符沉香忙说："不啦，听说槟榔姐从城里回来了，我还没见到她人影哩！"说完匆匆走了。

22. 茶山上，晨

黎槟榔、阿曲和黎老谷正忙着清理漫山的枯枝败叶。

黎槟榔满头满脸都是汗，连身上的衣服都被汗和晨露打湿了。

黎老谷骂道："槟榔，回去喊你阿爸，让他来干活儿！这个浑小子，不来我揍他！"

"哈……"黎槟榔笑道，"爷爷，我阿爸都50多岁了，你还当他是小孩子呀！"

"槟榔姐——"这时，符沉香高兴地跑过来。

"呀，沉香！"黎槟榔也兴奋地奔向她。

两个人激情地抱在一起。

符沉香亲昵地打了黎槟榔一巴掌："还好姐妹呢，回寨子连个招呼都不打！"

黎槟榔："茶山遭了风灾，我都急蒙了。"

符沉香："听说，你想回来接手那片茶山，真的假的？"

黎槟榔："你觉得呢？行不行？"

符沉香:"槟榔姐你想干的事,还有不行的!你要是真的回来,那可就太好啦!咱们姐妹又能在一起了。"
黎槟榔"啪"地打了她一下:"好!这才叫好姐妹!"
她俩的笑声感染了晨光中仍显破败的山谷。
黎老谷和阿曲也笑眯眯地看着她们。

23. 黎泉生的小卖店门前,日

黎百旺倒背着手,阴沉着脸,缓步走过来。
他瞥一眼正坐在破藤椅上就着五香花生米喝酒的符番才:"呀,跑这儿喝上了?"
符番才:"嘿……百旺大哥,你也来两口?"
黎百旺摇头:"不来。"
符番才热情地把酒瓶子杵到他嘴边:"来吧!花生米就酒,越喝越有。"
黎百旺忙躲开:"你小子买彩票,都快把家底儿折腾光了,还越喝越有,你有个屁!"
符番才瞪大眼睛:"谁说的?我今天就中啦!"
黎百旺一愣:"真的吗?"
"是真的!"正赶上黎泉生从屋内出来,笑着说:"阿爸,我阿叔真的中啦,赚了1500分钱呢!"
"哼!"黎百旺不屑地瞪符番才一眼,不无讥讽地,"恭喜呀,赚大钱了!要不要回家摆几桌酒席庆祝庆祝?"
符番才:"百旺大哥,你还真别这么说话!早晚有一天,我要让你看看兄弟我怎么成为咱槟榔谷的首富!"
"好哇,你就等着天上往下啪嚓掉下个大馅饼吧。"黎百旺说完,伸手一拽黎泉生,"走,阿爸有话问你。"

24. 小卖店屋内,日

符金花见黎百旺拉着丈夫走进来,忙打招呼:"阿爸……"
黎百旺:"正好,金花也在。我问你们,槟榔找过你俩没有?"
符金花:"听说槟榔回来了,我还没见哩!"
黎百旺:"槟榔疯啦!她非要停了城里的茶庄,回寨子来接手茶山。我告诉你们,一不准出钱,二不准出力,让她折腾几天,折腾够了,她也就不折腾了。"
黎泉生和符金花对望一眼,谁都不说话。
黎百旺:"你俩千万记住,眼下支持她,就是坑她;不支持她,晾着她,才是疼她。"
黎泉生笑了:"阿爸,有你这么疼人的吗!"
黎百旺:"别笑,你俩必须听我的!咱们逼也得把她逼回到城里去!"

25. 茶山上,日

黎槟榔、符沉香、黎老谷和阿曲继续清理着茶山。
阿曲边干活儿边叮嘱女儿:"槟榔,千万别记恨你阿爸,他也是为你好。"
黎槟榔笑道:"阿妈,我懂。"

26. 村主任黎江龙家，日

黎江龙正坐在屋檐下编斗笠。

大黄狗卧在他身边。

黎百旺进院儿。

大黄狗亲昵地迎上去，快活地摇着尾巴，伸出舌头舐舔着他的裤脚。

黎江龙忙起身："百旺叔，快坐！"热情地为他倒茶，"刚沏的，'老爸茶'。"

黎百旺不坐，也没喝，直截了当地："江龙，咱一笔写不出两个黎字儿，是吧？"

黎江龙："那是。"

黎百旺："你当村主任，有我的一票是吧？"

黎江龙连声："那是那是，还不是普通的一票，是关键的一票，有分量的一票！"

黎百旺："那……叔求你件事，你得先答应我。"

黎江龙心里明白，却故意问："什么事啊，百旺叔？"

黎百旺："槟榔疯了，要回来接手茶山。"

黎江龙点头："这事我知道。"

黎百旺："你立马把合同给我撕了，把茶山收回寨子。"

黎江龙笑了："百旺叔，合同哪能说撕就撕？那是经过村委会讨论过的呀。我和村委会委员们，还都得带头入股呢！"

黎百旺激动地："不行，连我都没干明白的茶田，凭她一个女娃家还能干出名堂来，笑话！"

黎江龙："那可不一定。槟榔念的是农林大学，肚子里有知识，说不定还真的能干出点名堂哩！"

黎百旺摇头："我说过，她要是能干出名堂，我倒立着用手走路。那可能吗？不可能！江龙，你也得替叔想想，我勒紧裤带供她念了大学，她好不容易进了城，哪能再退回来！"

黎江龙："不是退回来，是杀回来。她是真的想干一番事业啊！"

"你……"黎百旺很动感情地，"江龙，你阿爸活着的时候，跟我好得像亲兄弟。"

黎江龙："我知道。"

黎百旺："所以，这个忙儿，你无论如何……得帮帮叔……"他急得连连咳了好几声。

黎江龙忙端起茶，递过去："叔，别急，先喝口茶润润嗓子。"他笑眉展眼地，"叔，槟榔是我妹，您是我叔。槟榔让我帮她，您让我帮您。我总不能把自己拿刀劈成两半吧？"

黎百旺声色俱厉地："你不能帮她，必须帮我。"

黎江龙笑吟吟地："叔啊，既然您把话说到这份儿上，我就退一步。"

"好！"黎百旺眼里燃起了希望。

黎江龙："在您和槟榔中间，我保持中立吧。"

"呸！"黎百旺气得狠狠唾了他一口，又猛然把手中的茶缸子"砰"地摔到地上，转身就走。

那条大黄狗亲近地跟随着他。

他反身一脚，狠狠踢去，踢得大黄狗惨叫一声，躲到了黎江龙身后。

黎江龙却不急不恼，冲着黎百旺的背影喊着说："您慢走，别生气。我当村主任，不是得考虑整个寨子的利益吗……"

· 10 ·

27. 茶山上，日

黎槟榔和符沉香干得大汗淋漓，还高兴地唱起了优美的黎族民歌《久久不见久久见》——

久久不见久久见
久久相见才有味阿妹喂
见到阿妹笑眯眯阿妹哎
哥妹相逢乐无比阿妹哎……

黎老谷和阿曲笑眯眯地听着。

"哎，停，停吧！"符沉香突然一脸调皮地，"槟榔姐，这歌儿，唱的是'哥妹相逢'，好像得由你跟我未来的姐夫唱。咱俩唱，不大对味儿！"

"行，"黎槟榔反唇相讥地，"那就不唱了，留给你跟我未来的妹夫唱吧！"

符沉香咯咯地笑着："我姐夫是现成的，你妹夫还不知道在哪个娘胎里。"

阿曲插话："沉香，一晃儿，你也21岁了，身大袖长啦，自己留个心眼儿，有合适的……"

黎槟榔："对，该出手时就出手！"

符沉香羞得满脸飞红："槟榔姐，你进城这几年，学坏啦！"

"哈……"黎槟榔开心地大笑。

"姐，你坦白！"符沉香以攻为守地，"我那未来的姐夫，是不是大帅哥？"

黎槟榔无比自豪地："当然！高个儿，魁实，帅，像年轻时的伊斯特伍德！"

符沉香懵懂地："伊斯特伍德是谁呀？"

黎槟榔："大明星啊！"

符沉香羡慕地："哇，槟榔姐，你真是太幸福啦！什么时候把他领回来，让我们都开开眼。"

黎槟榔忙说："那可不行！"

符沉香噘嘴："让我们看看，还能把他看化了呀！"

"我啊，"黎槟榔猛地刮了一下她的鼻子，嘿嘿笑着，"是怕你第三者插足，跟我竞争！"

"槟榔姐，你可太坏啦！"符沉香丢下手中的工具，随手抓起一根茶树的枯枝，笑着追打她。

黎槟榔开心地笑着，闪身迅跑。

黎老谷、阿曲直起身子，笑着看着她们俩。

她俩的打闹声和欢笑声飘得挺远。远山近岭，虽经飓风洗劫，却依然风光旖旎……

28. 茶山下的小路，日

符青阳两手拎着东西，背着翠翠踽踽走来。看得出，他身心俱疲，形容十分狼狈。

29. 茶山上，日

正在笑着奔跑和追逐的黎槟榔和符沉香猛然驻足，笑声也戛然而止。

她们看见了茶山下沿小路走来的符青阳。

"呀，我哥！"符沉香不胜惊讶地喊了一声，忙朝符青阳跑去。

黎槟榔仔细看看，也跟了过去。

30. 茶山下的小路，日

符沉香跑到哥哥身边，着急地问："哎呀，哥，你怎么回来啦？咋还弄得满身都是泥呀！"

符青阳瞥了一眼黎槟榔。在这样的场合，以这样的形象与她邂逅，他感觉有点儿不大自在，声音沙哑地："呀，这不是槟榔吗！你……"

黎槟榔关切地："青阳，下了火车，你走回来的？！"

符青阳："嗯。离家以后好长时间没走这山路了，二十多里路也不算远，边走边散散心。"

符沉香心疼地："刚刮过台风，路又不好走，哥你急着回来干什么呀！"

符青阳瞥一眼黎槟榔，转对符沉香："有些话，回家说。"

符沉香忙从他背上接过孩子："翠翠！"

黎槟榔非常友好地："哇，老同学都有女儿啦？啧，长得好俊！来，让我抱抱。"她从符沉香怀里接过翠翠。

翠翠从沉睡中醒来，瞪大眼睛，望着眼前这陌生的一切，突然扯开嗓门响亮地大哭起来。

"乖，不哭，不哭……"黎槟榔手忙脚乱地哄着，却怎么也哄不好，不禁有些尴尬！

31. 黎泉生的小卖店前，日

符番才依然赖在这里，半坐半躺在那张破旧的老藤椅上酣畅淋漓地打着呼噜。

他的妻子阿醒急如星火地跑来。

她冲到老藤椅跟前，用力摇晃他："起来起来，快起来！"

符番才睁开眼睛，满脸不悦地："天塌了，还是地陷了？你大呼小叫的干什么呀！"

阿醒："天没塌，地没陷，是你儿子在城里干砸了，连媳妇都跑啦！"

"青阳？"黎泉生和符金香闻声从屋内出，"阿婶，你说的是青阳吗？"

阿醒瞥他们一眼，没回答，却对愣眉愣眼看着她的符番才吼道："你真是瘦狗迷上了高脚灶，脸皮厚过三堵墙！看这几年你折腾的，今天上山找黄花梨，明天下河捞黄蜡石，没那发财的命却偏做发财的梦，眼下又迷上了彩票！这回好了，把儿子也折腾回来了，看你还怎么折腾！"说着，抹起了眼泪。

符番才这才呼地起身，一边提鞋一边说："青阳回来了？你这娘儿们，你……你怎么不早说！"

32. 符番才家院子里，日

符青阳沮丧地坐在屋檐下的木桌边。

符沉香一边哄着怀中的翠翠，一边说："城里这女人的心肠真跟咱山里人不一样！我嫂子连孩子都不要了？"

符青阳生气地："别再叫她嫂子，她不是了！你就叫她阿倩，前面再加个定语：狼心狗肺的！"

符沉香："哥，你也别太憋气。车到山前必有路。你在大学，学的也是农林专业，干脆，回寨子跟我们一起干吧！"

符青阳："跟你们干？你们指的谁？"

符沉香："槟榔姐决定回到咱槟榔谷接手茶山，还要实行股份制呢！"

"跟她干？不合适！"符青阳一脸不屑地，"中学，我跟她同桌；考大学时她头一年落榜复读，虽说后来跟我念的是同一所大学，可她是学妹我是学长，她是本科生我是研究生。我……给她打工？！不合适！"

这时，符番才和阿醒急匆匆地跑进院儿。

符番才急不可耐地："青阳，到底怎么回事儿啊？"

符青阳忙挣扎着起身："阿爸……"

符番才慌忙一拉他，压低着声音："进屋说进屋说。又不是什么光彩事儿，在院子里嚷嚷什么！"

33. 茶山上，傍晚

黎槟榔、黎老谷和阿曲收工回家了。趁这个当儿，黎百旺倒背着手，独自一人上了茶山。

他眯起眼睛望着。

在他的眼前，那一大片被台风刮得乱七八糟的茶山中，已经有一小片被收拾利索了。

他缓缓巡视着，弯腰拾起一根枯萎的茶树枝干，禁不住仰天长叹，眼圈红了……

34. 符番才家，夜

符青阳与符番才对坐着，父子俩都脸色沉重、抑郁。

"儿子，听阿爸一句话，哪儿跌倒哪儿爬起。"符番才徐徐地吐出一口烟，声音闷闷地，"明儿一早，你就赶回城里。翠翠，我跟你阿妈帮你带，你就安心做自己的事。"

符青阳神色沉重地摇头："阿爸，儿子在城里怕是爬不起来了。"

符番才着急地："为什么哩？"

符青阳："阿爸你想，我若回城去，得租房住吧？还得有个铺面吧？那都得钱啊！"

符番才："你毕业这几年，在城里开药店，能一点儿积蓄没有？"

符青阳愤愤地："那个混蛋阿倩，背着我进假药，被人举报，不单药店被查封，还罚了好几十万元！"

符番才惊得瞪大眼睛："真的？"

符青阳："我交了罚款后，本来存折里还有20多万元，可都被阿倩那娘儿们给卷跑啦！"

符番才咬牙切齿地："真是知人知面不知心，没想到这娘儿们心这么狠毒！"

"阿爸，"符青阳苦笑笑，"她……是跟一个老板跑的，我倒没啥，就是苦了翠翠了。"

符番才："连亲生骨肉都不要了，她是人吗？！"

符青阳："城里，是我的伤心之地，这辈子再也不想回去了。再说了，把翠翠丢给你们两位老人，我也是不忍心。"

符沉香端着一盆热水进屋："哥，走了大半天山路，烫烫脚，早点儿歇着吧。"

符青阳没动，仍沉浸在痛苦的情绪里。

符番才长叹一声："唉……你这么年轻，回到寨子，让人家笑话不说，大学那个研究生不是白念了！"

"不白念。"符沉香插话，"阿爸，我槟榔姐不也是大学生吗！人家城里的茶庄还盈利呢，不也回来了！让我哥跟槟榔姐一起干吧！"

"胡说八道！"符番才狠狠瞪了沉香一眼，"黎百旺是几十年的老茶把式，远近闻名。连他都认栽了，槟榔黄嘴丫子还没褪呢，就能把茶山打理好？她跟你哥高中同学，头一年考大学比你哥低了好几十分，你哥上了，她没上。她怎么能比你哥肩膀头儿还高？还让你哥跟她干！"

"阿爸，"符沉香不服地，"你不能这么贬斥人家！"

符番才："让你哥跟她干，还不如跟我干哩！"

符沉香："跟你？跟你干什么呀！"

符番才："弄彩票啊！你哥研究生毕业，脑瓜子灵通，只要我们爷儿俩铆上一笔，赚个百八十万元，一辈子就够活了。"

符青阳摇头："阿爸，我的事不用家里操心，我有打算。"

符番才追问："你到底怎么个打算？不能让我们闷在葫芦里啊！"

符青阳："阿爸，咱这槟榔谷，各种草本植物木本植物往少了说也有上万种，其中不少都是名贵药材。我本科、研究生学的都是农林，但对中草药学非常感兴趣。两汉时期的《神农本草经》，隋唐时期的《千金方》和《唐本草》，明清时期的《本草纲目》，儿子差不多都能背下来。我这次回来，就是奔药来的。你们且看我怎么重整旗鼓另开张，一步一步从头干起！"

符番才和沉香都不说话了，怔怔地看着他。

这时，阿醒一手抱着翠翠，一手端着菜碗进屋。

阿醒："青阳，阿妈特意给你做的南杀菜，让你阿爸陪你喝两盅儿吧！"

符青阳忙说："哇……妈做的菜，我好久没吃了，可……儿子不喝酒。"

符番才雀跃地："别，喝两盅儿，喝两盅儿。走那么远的山路，喝两盅儿解解乏！"

35. 黎百旺家的船形屋前，夜

黎老谷、黎百旺爷俩也坐在窗前的小桌边喝酒。

黎百旺殷勤地为父亲斟酒："阿爸，再喝一杯。"

黎老谷也不客气，抓起酒杯，一仰脖儿干了。

"阿爸，"黎百旺笑眯眯地，"你老人家听儿子一句劝，不能太宠着太惯着你孙女。"

黎老谷眼睛一瞪："我不宠着她惯着她，难道宠着你惯着你？"

黎百旺好言好语地："阿爸，你宠着她惯着她也行，那也得劝她回城里过好日子去呀，哪能支持她回寨子里来呢！"

黎老谷反问："回寨子来怎么啦？我这辈子，你这辈子，不都是在寨子里活过来的吗！甭说咱这日子越来越好，就是苦点儿，不也得靠槟榔她们这些下一辈的人把它变得更甜吗！"

黎百旺急不择言地："阿爸，你本是个精明人，可怎么……越老越糊涂了！"

"你……"黎老谷气得胡子直抖，"你说谁糊涂！"他一抬手，猛地摔下酒盅，"你这哪是让我喝酒，你这是想灌我迷魂汤！"

黎百旺吓得不敢吭声。

阿曲闻声从屋内出。

黎老谷呼地站起身，问阿曲："槟榔呢？"

阿曲小心翼翼地："阿爸，槟榔去看她哥哥和嫂子了。"

黎老谷拿手一划拉："你们俩都听好，只要我没死，就支持槟榔回来开发茶山。谁敢反对，我砸碎他骨头。"说完，偃偃地进屋了。

黎百旺看着阿曲，摇头、叹气。

阿曲亲昵地瞪他一眼："你也是，一个当阿爸的，跟自己的女儿较什么劲！"

黎百旺不服地："我不也是为她好吗！"

36. 黎泉生的小卖店内，夜

黎泉生对槟榔："阿爸这一跤也是摔得实在太重了，他是怕你……"

"哥，"黎槟榔胸有成竹地，"我回来搞开发，绝不是一时冲动，是琢磨好几年了。"

这次刮台风，是刮出来一个契机。在城里头办茶庄卖茶那是龙尾，我得先种茶，把龙头的事情干好。我会用跟阿爸完全不同的模式，创建新型山庄，打造名牌好茶，然后再杀回城里去办销售连锁店，逐渐发展成企业集团。"

黎泉生笑了："哇，野心还不小哩！"

符金花笑着纠正他："人家槟榔这叫雄心。"

黎泉生："我跟你嫂子商量过了。你念过大书，有文化，又在城里开过茶庄，不是那种不靠谱儿的人。我们支持你，但得像那个隐形飞机，不能让阿爸的那个雷达发现，免得伤了他的心。"说着，朝符金花丢了个眼色。

符金花忙掏出一张卡来："槟榔，这里头有12万元，是我跟你哥这几年的积蓄。"

黎泉生："我们的钱入股，人和地就暂时不入了。等阿爸转过弯儿来再说，行不？"

黎槟榔高兴地："谢谢阿哥阿嫂。我们得马上买茶树苗，还打算在山上打一口机井，正需要钱呢。我自己的，怕不够。"

"打机井？"黎泉生惊讶地，"在山上？"

黎槟榔：："咱要建的是大茶场，总靠木桶往山上背水哪行！"

黎泉生："那得打多深才能出水啊，得钱了！"

黎槟榔："不怕。咱一是努力扩大股本，二是得想法子争取银行贷款。"

符金花一伸大拇指："槟榔，脑瓜儿就是活！"

黎泉生却叮嘱道："一步一个脚窝儿地往前奔吧，心急吃不了热豆腐。"

37. 符番才家院子里，晨

门吱呀一声开了，符沉香肩背盛着水的黎家传统木桶从屋内出。

"沉香！"符番才从窗子探出头来，脸色很沉，"回来，你不要去跟那黎槟榔打混混！"

符沉香："阿爸，人家槟榔姐干的是正事，好事，大事。"

符番才："别听她忽悠！她走的那分明是个窟窿桥。连她阿爸都差点儿把脚脖子崴折了，她还能走好！"

符沉香执拗地："我相信她能走好，我决定了，跟她一起走。"

"你决定了？"符番才瞪着眼睛，"这家里有我，有你阿妈，还有你阿哥，哪里轮得到你决定！"

符沉香噘起嘴："阿爸！"

符番才："你都24岁了，还当自个儿是小翠翠呀！你把木桶放下，或者跟我弄彩票，或者跟你哥弄药材，不许再去找黎槟榔！"

"不！"符沉香果决地，"阿爸，你弄你的彩票，我哥弄他的药材，我跟槟榔姐种我们的茶叶。咱们自己干自己的事，不好吗？"说完，扭头朝门外走去。

"你……"符番才很生气。

阿醒出现在窗口，冷眼看着符番才，不无抱怨地："一大早，你扯着嗓门嚷什么呀，翠翠睡得正香哩！"

符番才一指符沉香的背影："你看看，你给我生的是个什么玩意啊！不听老人言，吃亏在眼前。"

阿醒一撇嘴儿："就你？整天不务正业，听了你的才吃亏在眼前！"

38. 通往茶山的路上，晨

符沉香背着木桶，迅疾地朝前走着。

"沉香！"黎槟榔骑着电动车从后面追了上来。她下车，看看符沉香脸上浸出的热汗，问："你背水做什么呀？"

符沉香："我看有两棵茶树还有活的希望，昨天刚培了土，今天得浇遍水。"

黎槟榔很感动："真是有心人，沉香啊，姐身边要是再多几个你这样认真干事的人，就好啦！"

符沉香嫣然一笑，没说话。

黎槟榔拍拍她背后的木桶："咱们马上就在茶山上打机井，往后再也不用背水了。"

符沉香兴奋地："真的呀？那可太好了。"

39. 符番才家院子里，日

"阿爸，是真的。"符青阳一边打理着上山采药的箩筐和砍刀，一边跟符番才说着话。"咱们的寨子和茶山，都正处在远古时代的陨石坑和火山带上。黎槟榔回来搞开发，算是很有眼光，就让沉香跟她干吧。"

符番才："你说的那叫什么石？"

符青阳："陨石。"

符番才："很值钱吧？"

符青阳："当然，比黄金、钻石都贵重。"

符番才异想天开地："那……咱们若是能找到一块，岂不是就发大财啦！这……是商机呀！青阳，从今天起，我把彩票戒了，你也先别急着弄草药，咱爷儿俩别声张，悄悄上山寻陨石吧。"

符青阳扑哧乐了："阿爸，您可真是太逗了！就算是天上掉馅饼，也落不到咱嘴里呀！"

符番才摇头："那可不一定，瞎猫还能碰上死老鼠哩！"

40. 黎百旺家的船形屋前，日

阿曲正在院子里晾晒刚洗好的五颜六色的床单、衣物。

黎百旺从屋内出，拉着长声："咦？你今天怎么没跟女儿上茶山干活儿啊！那可是搞开发，寨子里的大事，别耽搁了啊！"

阿曲看他一眼，说："槟榔都累瘦了。你当阿爸的，别总阴阳怪气的好不好？"

黎百旺："累瘦了怪谁呀？放着城里的好日子不过，偏要回来受苦受累，那不是自找的吗！"

阿曲："你就不能搭把手帮帮女儿？这些天，她又是动员乡亲们入股，又是跑贷款，还张罗打井的事。咱槟榔又没有三头六臂，你想把她累趴下啊！"

黎百旺："越早累趴下越好，省得她逞能！"

阿曲："你……"

这时，蒲雄杰背着个小兜在院门口出现了："请问，这是黎槟榔的家吗？"

阿曲忙走过去："你是……"

蒲雄杰："我叫蒲雄杰……"

"呀，"黎百旺三步并作两步跑过来，"是你呀，早就听槟榔说过了！"

阿曲也喜不胜收地："哎哟，快进来快进来！"

黎百旺却一推她："快上山去喊槟榔，顺便到泉生的小卖店割几斤肉，拎两瓶酒。哈……怪不得今儿一大早喜鹊就冲咱家院子咕咕叫，有贵客临门啦！"

阿曲忙不迭地走了。

黎百旺则把蒲雄杰一拉，满脸是笑地："快，屋里请，喝茶！"

41. 深山密林里，日

一大簇灌木不安地晃动，许久才从里面钻出了符番才。

他灰头土脸，却不时用手中的木棍在草丛和树窠子里扒拉，另外一只手不时地用一把小铲子挖着土，寻找着传说中的陨石，做着他的发财梦。

42. 黎百旺家屋内，日

"好小子！"黎百旺高兴地把手中的茶碗往桌子上用力一蹾，冲蒲雄杰高高竖起大拇指："就冲你刚才这几句话，你这个姑爷我认啦！槟榔回来，成了我的一块心病。只要你能把她动员回城，阿叔记你一大功！"

"阿叔，"蒲雄杰却脸上浮起愁云，"我肯定不同意她回寨子创业。可……我跟槟榔大学同窗四年，毕业后又一起开茶庄，了解她的脾气秉性，她有时候凿死铆子，一条道跑到黑，十头水牛也拽不回。"

"别怕，"黎百旺鼓励他，"有我呢！我帮你一起对付她！"

43. 符番才家院子里，傍晚

符青阳正在晾晒采回来的黎药。

翠翠迈着两条小腿儿，满院子撒欢儿。

符番才狼狈不堪地从外面回来。

正忙着做饭的阿醒出门泼水，瞧见符番才，咯咯地笑了："呀，咱们家的财神爷回来了！找到几块陨石呀？拿出来让我开开眼。"

符番才白了她一眼，没吭声。

符青阳笑道："阿妈，您可别逗我阿爸了。"

阿醒却一本正经地："不是逗。你阿爸多能啊，老将出马一个顶俩，他不找个十块八块的都不好意思回家。"

符番才发火地："你少说几句不行啊！"

阿醒咯咯笑着，进屋去了。

符青阳仰起脸："阿爸，信儿子的话，山上绝对不可能再有什么陨石。就算有，也早埋到地底下了。"

"唔？埋地底下啦？"符番才瞪大眼睛。

符青阳好言好语地劝道："阿爸，跟我一起采黎药吧。咱槟榔谷是天然的大药库，咱干几年肯定发达起来。"

符番才走过来，用脚踢踢晾在地上的草药，满脸狐疑地："就这……也能卖钱？"

"阿爸，"符青阳耐心地，"您看，这叫鸡血藤，这叫青天葵，这是蔓荆子，这是诺丽果，这是金钱草，这是锦地罗……都是上等药材呀。碰巧了，兴许还能采到野石斛、山灵芝、七叶一枝花、粗榧和巴豆，都很值钱。就连那漫山遍野的槟榔树，也有药用价值啊！"

符番才细细地摆弄着："这……不都是常见的野草吗！"

符青阳："咱们槟榔谷，许多花花草草都是药。我能认出的黎药少说也有3000多种，多大的天然宝库啊！顶重要的是，咱们这儿属于热带雨林，纯绿色，一丁点儿污染都没有。"

符番才高兴地："好！可咱们家，鸡蛋也别全装在一个篮子里。你弄黎药，我弄彩票，捎带找找陨石。东方不亮西方亮，黑了南方有北方。不管咱爷儿俩谁干成了，咱家都能成为槟榔谷的首富！"

符青阳无奈地苦笑着:"阿爸,哈……您啊,您啊……"

44. 茶山上,月夜
皎洁的月亮。

黛色的群山。

近处的茶林和偶尔一两声夜鸟的啼鸣……

黎槟榔带着蒲雄杰前来踏察。她兴致勃勃地:"雄杰你看,这远山近岭都是富硒的红土地,多理想的茶园啊!"

蒲雄杰只看不语。

黎槟榔:"这茶园的四周,除漫山的槟榔,我还要栽上白木沉香。"

蒲雄杰:"栽白木沉香?"

黎槟榔兴奋地:"对呀!白木沉香是咱们海南的土沉香,不单有药用价值,收藏价值,白木沉香茶还有'天下第一饮'的美誉,是可与人的眼、耳、鼻、舌、身、意互动的良伴。若用于投资,每年都有很大的升值空间。在外交上,还经常用沉香做馈赠的国礼呢!"

蒲雄杰笑笑:"槟榔,你的想法是不错。可……你种茶,采摘头遍茶最快也得三到五年吧?"

黎槟榔:"那是。"

蒲雄杰又说:"你栽白木沉香,成熟期最少也得五年,对吧?"

黎槟榔笑道:"看来,大学学的知识,你还真的一点儿没忘。"

蒲雄杰和颜悦色地:"槟榔,我觉得……你想得太远了。"

黎槟榔:"不远。我早就想好了,在这儿,我不是要干三年五年,而是要干三十年五十年。雄杰,听我的,咱俩这辈子就在这儿干吧!"

蒲雄杰的脸色顿时阴郁下去。幸亏,天上的月亮躲进了厚重的云层,黎槟榔并未发现他情绪上的变化。

她紧紧挽住蒲雄杰的胳膊,歪着脑袋,亲昵地靠在他的肩头上。

蒲雄杰努力压抑着内心的不快,轻声问:"你……真的想好了?"

黎槟榔笑盈盈地:"想好了。"

蒲雄杰又问:"不想回城了?"

黎槟榔斩钉截铁地:"不想!"

她用力清了清嗓子,让自己面对荒野和黛色的远山,激情满怀,高声大嗓地唱起歌来——

"咬定青山不放松哎,

立根原在破岩中。

千磨万击还坚劲哎,

任尔东西南北风……"

她满头的秀发忘情地甩动着,在清凉的夜风中显得潇洒、利落。

月亮重又踱出云层。

这时,我们看清了,蒲雄杰的脸色极为凝重。

趁黎槟榔背对着他的当儿,他悄然仰天长叹……

45. 寨子里，夜

符番才拎着两瓶酒，正往家走，迎面遇上从茶山回来的黎槟榔和蒲雄杰。

黎槟榔主动打招呼："阿叔，买酒去了？"

符番才："你青阳哥回来了，我们爷儿俩经常得喝两盅儿。"他眯起眼睛，细细打量着蒲雄杰，笑嘻嘻地，"呀，槟榔，这……就是你的对象吧？我听沉香说了，又高又白又帅，果不其然。还是城里养人啊，我们家你青阳哥也出息得又高又白又帅。"

黎槟榔有意避开这个话题，问："阿叔，沉香回家跟您说了没？"

符番才："说什么？"

黎槟榔："我们想在咱槟榔谷创建一个股份制的新型山庄，您想不想入股啊？"

符番才："想啊！"

黎槟榔高兴地："真的！"

符番才狡黠地眨着眼睛："只要我开出的条件你们能接受就行。"

黎槟榔："什么条件？"

符番才："我家的地都是金地银地风水宝地。你们要是同意比别人家翻上10倍的价钱，我立马入股。"说完，唱唱咧咧地走了——

　　　　正月里采茶哎茶尖嫩哎，
　　　　阿哥叫侬妹想死个人；
　　　　三月里采茶阳春天哎，
　　　　阿哥住进了侬妹心间哎……

蒲雄杰望着他的背影，听着他哼出的小调，内心充满蔑视："槟榔，这人说话够刁的，你们寨子里这样的刁人不少吧？"

黎槟榔看看他，没吭声。

蒲雄杰沉重地摇摇头："槟榔，在这么落后的山村搞开发，你的难度可不小哇！"

黎槟榔笑笑，不大赞同地："雄杰，你用'落后'这个词儿说我们的寨子，不怎么准确。"

蒲雄杰："我是说人的素质。刚才你这位阿叔，素质太低。"

黎槟榔："素质低的人哪儿没有？城里还少吗！"

蒲雄杰看看她，不吭声了。

46. 黎百旺家的船形屋前，晨

初照的曙光把这座黎家小院儿装点得充满生机充满欢乐。

阿曲、符金花、黎泉生都热火朝天地忙碌着。

黎百旺蹲在一株独木成林的老榕树下乐颠颠地烤肉，槟榔回来后他那种愁眉锁眼的姿态一扫而光。

黎老谷特意穿了件新衣服，挂着藤杖，在一旁吆五喝六："未来的姑爷头一回上门，咱黎家的肉茶、鱼茶、竹筒饭、南杀菜，还有山兰酒，一样也不能少啊！"

黎泉生笑眯眯地："爷爷，您就瞧好吧！"

黎槟榔边梳头边从屋内出，看到眼前的情景，笑道："又不是过年，做这么多菜啊！"

黎老谷喜不自胜地："我孙女的对象来了，可比过年重要！"

黎槟榔走到桌边，伸手拈起一块肉片，塞进嘴里："哇，好香！"

黎泉生打趣地："槟榔，爷爷阿爸阿妈都太偏心。别人家重男轻女，咱们家却重女轻男。不信，问你嫂子，我们定亲的时候可远没有你这么气派！"

黎老谷笑着举起藤杖："好啊，你个臭小子，还敢挑爷爷的理。我……我打你屁股！"

黎泉生双手捂着屁股，夸张地躲闪。

全家人开心大笑，笑声把小院儿填得满满的。

这时，黎百旺喊了一声："肉烤好啦！"

阿曲忙吩咐槟榔："快，喊雄杰出来吃饭。肉，刚烤好时最香。"

"哎！"黎槟榔痛快地应了一声，哼着黎家山歌，兴冲冲地朝屋内走去。

47．一间挂着黎族单面提花织门帘的小屋前，晨

黎槟榔走到门前。

她轻轻敲敲门，无人应声。

她又稍微敲得响些，仍然没有动静。

她重重敲了几下，满脸狐疑地推开门一看，顿时惊呆了：屋里没人，被褥叠得整整齐齐，上面还放了一封信和一张银行卡。

黎槟榔心里猛地一沉，疾步走过去，抓起银行卡和那封信。

蒲雄杰的画外音响起："槟榔，真的对不起，我走了。你立志回到阿爸阿妈身边创业，我佩服我支持。可我……也同样不能离开自己的父母，更不能离开自己熟悉的生活。不能陪你在这陌生的地方过我难以接受的生活，请原谅。我仔细算了一下，把你在茶庄的股份和你应得的红利一分不差地退给你，都存在卡中。如果你信不过我，可以自己再算。谢谢我们的曾经，祝福你的未来，希望新的幸福早日来到你的身边……"

黎槟榔看着，无力地坐到竹床上，泪水夺眶而出。

48．院内，晨

黎老谷焦灼地朝屋内引颈张望。

他吩咐："泉生，进屋看看，怎么还不出来！"

"哎！"黎泉生应了声，朝屋内跑去，却与旋风般出来的黎槟榔撞了个满怀。

黎槟榔哭着推开他，径自冲到窗前的桌旁，猛然把桌子上面的碗碟和菜肴摔得到处都是。

"槟榔！"黎百旺厉声喝道，"你这是怎么了？"

黎槟榔愤愤地哭喊："他走了！这饭菜……都喂狗吧！"

"走了？"全家人面面相觑。

黎百旺明白了，忙走过来："槟榔，他昨天一来就跟我说了，不可能跟你到这儿创业。你听阿爸的话，快去追上他，跟他一起回城。"

黎槟榔嘶声高喊："我不！我不！我偏不！"然后，迅疾冲出院子。

"唉……"黎百旺长叹一声，蹲到了那株根须繁茂的老榕树下。

黎老谷气得胡子颤颤地："这种人，走就走吧，让他滚得远远的！"

"阿爸……"黎百旺抬起头，想说什么。

黎老谷却拿藤杖一指他，怒吼道："你闭嘴！"

49．茶山上，日

黎槟榔发疯般地用铲子扬土平整土地，仿佛只有这样才能纾解内心郁结着的不快。

她拼命地挖着，扬着，越干动作越快，脸上挂满汗渍，泪水汗水在脸上交织着。

符沉香急急地跑来。

她一把按住黎槟榔的手:"姐,听说……他回去了?"

黎槟榔凄楚地一笑,抹了把脸上的汗水泪水,微微颔首:"嗯。"

符沉香愤愤不平地:"都好了这么多年了,说黄就黄了?!"

黎槟榔:"唉,随他吧……"

符沉香骂道:"狼心狗肺的东西!"

"沉香,"黎槟榔心情略略平静了一些,"别骂人家,这事也怪不得他。人各有志,自己走自己的路吧。"

她话音刚落,只见村委会主任黎江龙带着好几十人扛着各种工具朝山上走来。黎老谷、阿曲、黎泉生、符金花等都在其中。

符沉香眼尖,先发现:"槟榔姐,你快看——咱的援兵来啦!"

黎江龙走在最前面,笑吟吟地:"槟榔,听你爷爷说,打井队就要上山了,我们得帮你先把井场平整出来!"

"谢谢……"一直咬紧牙关忍着内心剧痛的黎槟榔,此刻,声音竟有些哽咽,眼睛里又漾出了晶莹闪光的东西……

50. 符番才家院子里,傍晚

一家人正准备吃饭,符沉香从茶山干活儿归来。

符番才扫她一眼,对符青阳说:"看你这个傻妹妹,干自己家的活儿从来没这么积极过!"

"阿爸,"符沉香放下工具,走到桌边,"你说错了。槟榔姐要建的是股份制的新型山庄。我入了股,就是股东,给集体干也是给自己干。"

符番才一脸不屑地:"哈……槟榔的对象儿都跑了,都坚决不跟她干,你却死心眼儿,像个跟屁虫儿,想随她一条道跑到黑。阿爸说你傻,是冤枉你吗?"

符沉香夸张地叹口气:"说我傻一点儿不假,"反话正说,"我……我的遗传基因好啊。"

符番才听得一愣。

符沉香一本正经地:"阿爸,你买彩票,买一回赔一回,不也十头水牛拉不转吗?你姑娘我,随你。"

阿醒和符青阳实在忍不住了,都笑出声来。

翠翠一见,也跟着笑。

符番才脸上挂不住了,把手中的筷子"啪"地往桌上用力一拍:"都起什么哄!"

见他这副模样,阿醒和符青阳笑得更欢了。

翠翠却吓哭了。

阿醒忙抱起翠翠,假装沉下脸骂沉香:"你这孩子,忒不懂事!打人不打脸,骂人不揭短,你怎么净挑你阿爸的长处说哩!"

让她这么一说,连沉香也忍不住笑弯了腰。

符番才更气了:"你们……这是联起手来挤对我!"他用手指着阿醒,"人不可貌相,海水不可斗量。你等着,一旦我发了财,我……我就炒你鱿鱼,另娶个年轻漂亮的!"

小院儿里爆发出更响亮的笑声。

翠翠不哭了,瞪大眼睛看着这些大人们……

51. 茶山上，日
竖起了高高的井架。
黎槟榔、黎老谷、阿曲、黎泉生、符金花、符沉香，还有黎江龙都与打井工人们一道忙碌着。
黎族人自古以来都是用木桶背水浇田的，打机井是新鲜事。山坡上，聚集着不少看热闹的人。
远山近岭，沉浸在从未有过的喜悦中。
黎百旺也来了，远远地站着，冷眼望着。
在看热闹的人群中，挤着曾经的老茶工罗长贵。他身边围着那几个我们曾经见过的年轻茶工，一个个都伸长脖子，眼神中充满了羡慕。
打井队长对槟榔说："黎总，山地上打井，应该考虑防止自然灾害，最好从地表往下几米深，用混凝土套管做成永久性护墙！"
槟榔爽快地："你们有经验，按你们意见办！"
一些工人开始在井架下面挖土。
背着箩筐上山采药的符青阳打这里经过，忍不住也停下脚。他发现符番才就在离他不远处，便挤过去："阿爸，您也来看热闹？"
符番才摇头："我不是看热闹，我是……"
符青阳一指井架，说："阿爸，这黎槟榔倒是个干事的人，真可能弄出点儿响动来。叫我说，您和沉香一起，都入她的股吧。"
"扯！"符番才自负地，"凭你阿爸我，怎么能跟她一个黄毛丫头混？大路朝天，各走一边。放心，你阿爸有自己发财致富的道道！"
符青阳："阿爸，信我一句话，彩票，中奖概率极低，千万别那上面花太多心思。"
符番才成竹在胸地："放心吧，你阿爸不傻。"
符青阳走了。
符番才死死盯着喧闹的井场，心里默默打着自己的小算盘……

52. 符番才家的院子里，日
阿醒正在院子里逗翠翠玩。
符番才急如星火地回来了，进院儿就冲着阿醒嚷嚷："做饭，抓紧做饭。"
阿醒一愣："这才几点钟啊？"
符番才不容分说地："让你做你就做，早点儿吃，今晚我有要紧事儿！"
阿醒只好抱起翠翠进屋了。

53. 茶山下的小路，傍晚
黎槟榔和符沉香收工回家。
在小路拐弯处突然涌出罗长贵和那几位茶工。
罗长贵满脸飞红地："槟……槟榔……"
符沉香怕黎槟榔不认识，忙介绍："槟榔姐，这都是过去跟你家阿伯……"
黎槟榔忙打断她的话："认识，我认识。"
罗长贵支支吾吾地："槟榔，老话说，好马不吃回头草，可我们……"
黎槟榔心里顿时明白了："长贵叔，你们……是想回来，对吧？"
罗长贵连连点头："对，对呀。我吧，干了半辈子茶工。这几个人呢，都是我徒弟。听说你要重建茶山，还亲眼看你开始打机井，是干大事的人啊。我们豁出这张脸皮了，都想吃一把回头草，跟你干……"

黎槟榔高兴地："你们都是种茶的好把式，欢迎你们，热烈欢迎啊！"

罗长贵等人喜出望外地："真的啊？"

黎槟榔："当然真的。你们都回家准备一下，明天一早，带铺盖过来，咱们正式签合同。"

罗长贵和那些年轻人千恩万谢地："槟榔，谢谢，谢谢，谢谢你大人大量！不跟我们计较！"

54. 黎百旺家的船形屋前，傍晚

"什么？"黎百旺惊愕地瞪大眼睛，"你把罗长贵他们又收回来了？"

黎槟榔："阿爸，女儿重整茶山，正是用人之际啊！"

黎百旺激动地："用谁也不能用他们！槟榔，前些天他们看我不行了，跑到咱们家逼债的情景，你忘了。"

黎槟榔："阿爸，我没忘。可……人家要自己的工钱，也是合情合理的呀。"

黎百旺急得直跺脚："槟榔啊槟榔，你这次回来怎么处处跟我作对！"

黎老谷从屋里探出头来："我看是你小子是处处跟我孙女作对！"

黎百旺一见阿爸又上阵了，顿时把脸一扭，蹲回地上，不再吭声。

黎老谷从屋内出，说："老云接驾，不是刮就是下。槟榔你看，西边满天黑云，燕子低飞，人闷得喘不过气来，今天晚上十有八九下大雨。你们打井工地，得做些防备啊！"

黎百旺抬眼看看天，猛然想起了什么，也不说话，急匆匆地出了院子。

从遥远的天际，隐隐传来雷声。

黎槟榔手忙脚乱地："这……这可怎么办啊？"

黎老谷也一脸愁苦："事先没有准备，怕……怕是来不及了。"

55. 寨子里的石板路，暮色中

一道闪电划过长空，紧接着便是一串霹雳巨响。

起风了，下雨了，路边的椰子树、槟榔树和扇形的芭蕉树都在不安地摇晃。

符青阳背着满满的一箩筐黎药沿石板路往家走，迎面碰上头戴斗笠、身披蓑衣的符番才。

风雨声雷电声很大，符番才几乎是喊着说话："青阳，你怎么才回来啊？你阿妈、阿妹和翠翠都等急了！"

符青阳也兴奋地喊着答："阿爸，我今天采到山灵芝啦！"

符番才喜出望外地："真的？好事儿啊！快……快回家吃饭吧。"边说，边转身急走。

符青阳："阿爸，这么大的雨，您上哪儿啊？"

符番才撒谎："在家闷得慌，找黎江龙那小子杀一盘！"

符青阳劝他："别去了，回家，我陪您杀一盘。"

"得，"符番才慌忙说，"别看你是念过大书的人，下棋你不是对手……"转身走了。

56. 黎百旺家，暮色中

黎槟榔焦灼地远望着雨中的茶山，对黎老谷说："爷爷，井口才挖好，管套还没往里下，这么大的雨，肯定得灌进水吧？"

黎老谷吧嗒吧嗒地抽着烟，眉头紧锁地："是啊。收工时，把井口封死就好了。"
黎槟榔："这雨来得太突然，连气象台都没报。一点儿准备也没有哇。"
这当儿，黎百旺头戴斗笠、身披蓑衣，扛着两大捆油毡，旋风般刮来。他把肩上的油毡往黎槟榔脚下猛地一掀，急切地喊道："这是黎江龙家盖房剩的油毡，咱家屋后有木料，赶快往山上运啊，封井口！"
"哎！"黎槟榔像是绝处逢生地应了一声，便直奔油毡，欲往肩上扛。
"放下！"黎百旺厉声吼道。
黎老谷："槟榔，这么大的雨，那一捆五六十斤呢，你哪里扛得动！"
黎槟榔手上一用力，真的扛不起来。
黎百旺狠狠瞪她一眼，厉声吼道："傻了？快喊你哥呀，让他把小货车开过来！"
黎槟榔这才慌慌地掏出手机，拨号，急喊："哥，哥呀……"

57. 暴风雨中的茶山，初夜
高高的井架下，挖了几米深的机井口像张着大口的巨兽，无言地对着苍天。井口旁，堆有几个挺大的混凝土套管。
借着闪电的光亮，可以看到井口旁边的土堆上有一个黑色的人影在缓缓蠕动。
细看，是符番才！他弄得像只泥猴儿，在土堆上拼命地用手扒着，碰到块石头就如获至宝，急用斗笠遮住，打开手电，用放大镜细看。他又做发财梦，跑到这儿找陨石来了。
雷越来越响，
风越刮越猛，
雨越下越大……
符番才却锲而不舍，执拗地寻找着。

58. 山路上，风雨交加的夜晚
天更黑了。
黎泉生开着小货车，上面拉着木料和油毡纸，还坐着黎百旺和黎槟榔，在风雨中颠簸着，直奔茶山上的机井口驶去。

59. 高高的井架下，风雨交加的夜晚
符番才仍忙着翻找石头。
突然，他脚下一滑，伸手抓井架没抓住，扑通一声掉进井口。
大雨瓢泼而下。
从井下，传出他焦灼的嘶喊："来人啊……救命啊……"

60. 从茶山下的土路到井场，风雨交加的夜晚
黎泉生开着小货车"突突"地驶来。
快到井场时，突然隐隐听到有人喊"救命"的声音。
黎泉生一惊，慌忙停车。
黎百旺和黎槟榔也都一惊。
"救命啊……"符番才的喊声更加清晰地传来。
黎槟榔骤然色变："呀，有人掉井里啦！"
她飞身下车，迅疾朝井场跑去。
黎百旺和黎泉生紧紧跟随。

符番才的喊声从井下传来，并有手电光不停地朝上晃动。

黎槟榔趴在井口，朝下喊："谁呀？"

符番才急喊："我！符番才！"

黎百旺很诧异，冲下面喊："天这么晚了，又刮风又下雨，你小子跑这儿来干什么？找死啊！"

符番才："我……我不是找死，我是来找石头！"

"找石头？"黎泉生不解地，"阿叔，你找石头做什么呀？"

符番才："哎呀，泉生，快别问了，赶紧拉我上来！"

黎泉生趴到井边，伸手下去："阿叔，够不着啊！"

符番才焦灼地："我也够不着你，差挺大一截呢！"

黎泉生从地上爬起来，朝小货车跑去。

黎百旺生气地冲着井底喊："符番才，你他妈的这是作什么妖！我们走了，你自个儿往上爬吧！"

符番才急得哭喊道："别，别呀！槟榔啊，你是天底下最好的姑娘啊，你可千万别让你阿爸和阿哥走啊……"

黎槟榔弓下腰安慰他："阿叔，别急，我们不走。"

黎泉生拎着一条绳子跑回来，把一头拴在井架上，一头甩到井里，喊道："阿叔，你，顺着绳子往上爬……"

61．井下，风雨交加的夜晚

"哎！哎！"符番才绝处逢生，双手紧紧抓住绳子，两脚蹬着井壁，奋力往上爬，可是一蹬一刺溜，愈着急愈爬不上去。

他几乎是带着哭腔喊："我……我爬不上去呀！"

62．井台上，风雨交加的夜晚

情急之下，黎泉生顺着湿滑的绳子下到井底。

黎百旺、黎槟榔都关切地望着他。

黎槟榔："哥，慢点儿！"

63．井下，风雨交加的夜晚

黎泉生费尽九牛二虎之力才把符番才扛了起来。

符番才扯着绳子，腿儿颤颤地往上爬。

黎泉生有力的胳膊在使劲地托举。

64．井台上，风雨交加的夜晚

黎百旺、黎槟榔一齐伸手，硬把符番才拽了上来。

他一露头，黎百旺便铁着脸："你他妈的也太能折腾了，真该让你死在这儿！"

符番才龇牙乐着："别呀，我冒着大雨上山寻宝，不也是为了咱槟榔谷出个首富嘛！"

黎槟榔笑了："阿叔，这荒山野岭的，有什么宝可寻？"

符番才："陨石，陨石啊！槟榔！"

黎槟榔不解地："陨石？"

符番才："对呀，你说过，咱们这儿是陨石坑。你们打这么深的井，万一挖出块陨石来，那可是无价之宝哇！"

　　黎百旺哭笑不得地："你呀，想发外财都想疯癫了！"他冲井底喊，"泉生，上来！"

65．井下，风雨交加的夜晚
　　黎泉生朗声笑道："好咧……"他往手心唾口唾沫，紧紧抓住绳子，灵巧地向上攀援。

66．井台上，风雨交加的夜晚
　　已经可以看到黎泉生的头顶了。
　　黎百旺、黎槟榔和符番才都伸出手够他。
　　这时，只听轰隆一声，井上的混凝土套管滑落下去，正好砸在黎泉生的头上，他被深深地埋在井下。
　　"泉生……"黎百旺瞪大眼睛惊呼。
　　"哥……"黎槟榔的喊声夹着哭声。
　　符番才更像疯了似的嘶喊："泉生，泉生，你应一声，你应一声啊……"
　　井周边的土随雨水仍在不停地往下滑落，几乎把井口填满了。
　　黎百旺红着眼睛，近乎绝望地："泉生！泉生啊……"
　　一道犀利的电光，一声霹雷炸响！
　　风在低吼，雨在狂吟，漫山的草木都深深地弯下腰低下头。莫非，它们都在为年轻的黎泉生默哀吗？

67．茶山上一株老榕树下，雨后的清晨
　　低沉的木鼓、铜锣和鼻箫声令人心酸。
　　阿曲、符金花和黎槟榔的哭声让人心碎。
　　黎泉生满身泥水和血污，十分平静地躺在大榕树下——一个鲜活的生命竟这样与亲人们永诀啦。
　　黎百旺像块僵硬的石头，没有任何表情，一动不动地呆坐在儿子身边。
　　老茶工罗长贵和那些年轻的茶工们都无言地伫立。
　　符青阳和符沉香远远地跑来。他们跑到黎泉生的尸体前驻足，一个无声流泪，一个呜呜大哭。
　　黎百旺瞥他们一眼，嚯地起身，指着他俩大吼："滚，你们滚……"
　　"阿爸……"黎槟榔忙走过去，挡在了符青阳、符沉香与黎百旺的中间。
　　黎百旺指着槟榔说："还有你！你这个不让我省心的闺女！你不在这山上穷折腾，能出这种横事儿吗？！"
　　槟榔的眼睛哭得红红的，闻听此言，脸上的肌肉都痉挛了！
　　黎老谷在黎江龙和乡亲们的陪伴下跟跟跄跄地走来了。
　　他到了泉生身边，蹲下身，用袖口无声地揩着他脸上的泥和血污，布满褶皱的老脸上尽是泪，尽是泪……
　　黎百旺不忍卒看。
　　他狠狠瞪了一眼符青阳和符沉香，也不说话，猛然转身，气鼓鼓地走了。

68．符番才家院子里，晨
　　符番才失魂落魄、神情沮丧地枯坐在屋檐下。

阿醒极为愤怒地:"陨石,陨石,我看你是犯了邪,着了魔,中了蛊!这下可好,你坑了泉生,坑了金花,坑了人家一大家子人啊……"

符番才自知理亏,坐在那儿,任凭她怎么数落,一声不吭。

"你,你呀……"阿醒又急又气,竟忍不住哭出声来。

这时,黎百旺手持一条大棒,满眼冒火,疾步闯进院子。他狠狠瞪了符番才一眼,便冲院子里的坛坛罐罐,包括门和窗玻璃下了手,一边疯狂地砸着,一边嘶声狂喊:"我让你找陨石……"

阿醒被他给吓傻了。

符番才则任他宣泄,坐在那儿一动不动。

黎百旺把该砸的都砸了,又高举大棒追打一头大猪,吓得那猪尖厉地嚎叫,满院子乱窜。

翠翠从窗口露出小脸,她被眼前的情景惊呆了。

黎百旺追猪没追上,反过身冲符番才咬牙切齿地大骂:"符番才!你还我儿子,你还我儿子,你还我儿子……"他一声比一声高,吼毕,一屁股坐到地上,双手捂脸,号啕大哭。

符番才,也哭得像个泪人一般。

69. 黎百旺家的船形屋内,夜

黎老谷病了。

他脸色惨白地躺在竹床上。

阿曲和黎百旺在身边小心服侍着。

黎老谷睁开眼睛,流着浑浊的老泪说:"百旺……唉,你啊……"

黎百旺赶忙凑近他:"阿爸……"

黎老谷内心无比痛楚地:"符番才他阿爸活着的时候,跟我最好。咱家泉生没了,是符番才惹的祸不假,可……这事儿跟他媳妇,跟他儿子,跟他姑娘,跟他孙女有什么瓜葛啊?你……你去砸人家的家干什么呀?不管怎么说,咱两家还是亲戚,泉生他媳妇金花还是他亲侄女。你……你这不是胡闹吗!"

黎百旺流着泪:"阿爸,泉生死得太惨了……"

黎老谷摆摆手,不让他再说下去,微微闭上眼睛,无声地流泪。

阿曲忙一捅黎百旺,说:"阿爸,百旺他从小就是头犟驴,泉生一没,他急得又犯倔了。你老人家千万别生气……"

这时候,门开了,黎槟榔带着符青阳和符沉香走了进来。

"爷爷,"黎槟榔附在爷爷耳边大声说,"青阳大哥懂药,也懂医,让他给您瞧瞧吧。"

黎老谷微微睁开眼睛。

符沉香忙凑过去,亲昵地:"爷爷,您可得快点儿好起来。我跟槟榔姐重建茶山,还得靠您指点呢!"

符青阳伸出手为老人摸脉。

黎百旺、阿曲和黎槟榔都焦灼地望着。

符青阳:"爷爷脉象挺好,只是着急上火又感了风寒。放心吧,我给爷爷弄点儿黎药吃,过几天就好了。"

黎百旺、阿曲和黎槟榔都如释重负。

符沉香从门口拎过一篮子鸡蛋:"爷爷,这是我们家的鸡新下的。我阿妈让拎过来,给你老人家补养补养身子。"

眼前的情景，让黎百旺多少有些自责。

他默默站起身，看一眼符青阳和符沉香，然后朝女儿招招手，声音格外低沉地："槟榔……你来！"

70. 符番才家，夜

符番才用一顶破旧的斗笠盖着脸躺在竹床上。

阿醒正忙着用旧报纸糊着被黎百旺砸碎的窗玻璃。

翠翠也在一旁帮着奶奶乱忙活。

阿醒瞥一眼符番才："你惹了这么大的祸，还有功啦？就不能起来搭把手！"

符番才略掀了掀斗笠，很不耐烦地："糊那玩意干什么？等明天直接换玻璃不就结了！"

阿醒："不糊，不得进蚊子吗！"

符番才猛地翻过身，背对着阿醒："进几只蚊子怕的哪样？以前又不是没进过！"

阿醒生气地："以前？以前咱屋里有翠翠吗！你倒好了，脸皮厚肉皮更厚，不怕蚊子，可翠翠细皮嫩肉的……"

符番才听了这话，才很不情愿地爬起身："得，你可别絮叨了。糊，我糊行了吧！"他赌气地抓过一张报纸，骂骂咧咧地，"这个黎百旺啊，真是个浑人！"

阿醒："你别怪人家。人家，那叫没了一口人啊！"

符番才长叹一声："唉……确实太可惜了。我那侄女婿泉生是个好后生啊，我一闭眼睛，他就在我面前晃……"

阿醒抱怨地："都怪你，你要是不……"

符番才激动地："你……别说了行不行！我连肠子都悔青了，你还说！"说着，他呜呜地哭出声来，又"啪啪"连扇了自己几个耳光，"我也混蛋，混蛋！下雨天，去找什么陨石，去找什么陨石，去找什么陨石啊……"

翠翠忙哄他："爷爷，你听话，别哭……"

符番才却哭得更厉害了。

这时候，黎槟榔进院儿，默默走到窗前。

阿醒抬眼瞧见她，忙说："呀，槟榔来了。"

符番才这才赶忙止住了哭声，悄悄用袖口擦泪。

黎槟榔："阿叔，阿婶，对不起啊！我爷爷训我阿爸了。"说着，她掏出一个纸包，放到窗台上，"这是5000块钱，我阿爸让送来的，赔你们……"

"你……"阿醒忙把钱塞回到黎槟榔手中，"世上哪有这样的道理！"

符番才也很动情地："槟榔，这钱阿叔怎么能要哇！你哥搭上一条命哩，要说赔，阿叔该赔你们多少钱啊？"

"阿叔，"黎槟榔揩了把眼泪说，"我阿爸说了，无论如何，也不该砸你们家……"说完，把钱往窗台上一放，扭头疾走。

"槟榔……"符番才急忙喊她。

71. 寨子里的石板路，夜

黎槟榔又想起了哥哥，边抹泪边往家走。

符番才从后面急急地追上来："槟榔，槟榔……你听我说，这钱你要是不拿走，往后……阿叔我在寨子里就没脸见人啦！"

· 28 ·

黎槟榔站住脚："这是我阿爸的意思。我要是拿回去，他肯定又得发火。"

符番才想了想，才说："槟榔，也好，这笔钱，阿叔先收着，就算……你们农庄预支给我的工资吧！"

黎槟榔听他这样讲话，不禁一愣。

符番才："槟榔，我寻思好了，也跟沉香一道，入你的股。"

"别，阿叔！"黎槟榔看他一眼，内心有点不大情愿，"您家的土地和沉香树入股我就心满意足了，您还是……"

符番才心里明白："槟榔，我知道，你们大家都瞧不起我，觉得我不务正业，对吧？"他突然扑通跪到地上，"我冲山神爷发个誓，从今往后……"

黎槟榔赶忙往起扶他："阿叔，您别，您别……我跟沉香是好姐妹，您愿意入股，我们当然欢迎啦！"

符番才又流泪了："槟榔，我从里往外服你。连我们家青阳，都说你是干大事的人。阿叔后半辈子，就跟着你干啦！"

黎槟榔有些感动："阿叔，有你这句话，我……就更得把咱们的新型山庄建好！"

72. 茶山上的打井工地，黎明

槟榔一个人坐在井架旁，深情又坚毅地望着茶山。

她的脑海里闪现出黎泉生用胳膊向上托举符番才的画面。画面上忽然飘出了黎家民歌，那是槟榔的心声："哥哎——哥哎——我的亲哥哥，妹心里塌了一片天，还能爬起来往前走哎，全依仗——哥哥你那双粗胳膊……"这歌声是那么真挚深情，动人心弦，让人闻之潸然泪下！

山谷里传来布谷鸟的叫声。

槟榔缓缓地站了起来！

打井机又重新亮起了嗓门。

黎槟榔、符沉香、罗长贵和他的徒弟们都跑前跑后地忙碌着。

黎老谷大病初愈，也来到了山下，远远地观望。

符番才扛着一根大木头吃力地沿山路走到工地旁。

黎槟榔忙问："阿叔，你扛木头做什么呀？"

符番才气喘吁吁地："机井打成了，没人守着可不行。我……想在那棵老榕树下搭个小棚子。"

符沉香扑哧笑了："哇，我阿爸有了主人翁的责任感啦！"

符番才瞪他一眼："别瞧不起你阿爸！你阿爸年轻的时候，在咱槟榔谷也算得上一条好汉！"

"那是！"老茶工罗长贵笑吟吟地接过话头，"不像现在，不是买彩票，就是扒陨石！"

符番才瞪他一眼："不服啊？有个人，小时候让我骑在屁股底下揍，也不知道忘了还是没忘？"

罗长贵笑嘻嘻地："没忘。还记得有个人当年跟槟榔她阿爸比试摔跤，差点儿让人家给扔到山沟里去！"

周围的人们都哄地笑了。

连符番才自己也忍不住笑出了声。他指点着罗长贵："你小子，哪壶不开提哪壶！"

73. 深山密林，黎明
符青阳背着箩筐，一个人走向莽林深处。

74. 黎百旺家的船形屋前，日
黎百旺正磨着一把黎族的腰刀。

75. 一片爬满青藤的陡壁，日
符青阳像壁虎似的攀在陡壁上采药。
有一条蛇吊挂在树枝上。
符青阳专注地采药，浑然不觉。
那条蛇伸着长长的信子，渐渐逼近了他，渐渐逼近……

76. 黎百旺家的船形屋前，日
黎百旺磨好刀，拿指甲试了试，"砰"地扔在了正晾衣服的阿曲脚下，把她给吓了一跳。
阿曲："你……你干什么呀？"
黎百旺声音闷闷地："交给槟榔。"
阿曲不解地："唔？"
黎百旺："天热了，雨又多，茶山上蛇出洞了。让她拎着，防身。"
阿曲笑道："哇，新鲜！怎么又关心起女儿来啦？我还以为……你得跟她断绝父女关系哩！"
黎百板着脸："你哪来那么多废话！"
阿曲抿着嘴儿偷偷笑了……

77. 茶山上的打井工地，日
打井机暂停了，大伙儿或蹲或坐在工地上吃午饭。
罗长贵冲符番才勾勾手，神秘地："来，快来！"
符番才凑过去："什么事？"
罗长贵低声地："我捡到块陨石。"
符番才一惊："真的假的？"
罗长贵："当然真的！"
符番才忙从口袋里掏出放大镜，小声说："来，我帮你看看。"
罗长贵从口袋里掏出块土坷垃递给他。
符番才这才发现上当，笑道："啊呀，你这坏小子！"
罗长贵和周围的人们都开心地大笑。
黎槟榔饶有兴致地看着大家说说笑笑。
符沉香乐得前仰后合，边笑边对罗长贵说："长贵大叔，您别总欺负老实人！"
"他？你阿爸？"罗长贵站起身，笑指符番才，"他……他还算老实人？"
"我不算，你算。"符番才一本正经地说着。他趁罗长贵不注意，猛然把手中的土坷垃砸到他身上。
罗长贵急躲，一屁股坐到地上。
人们又是一阵大笑。
这时，阿醒背着翠翠急急地跑上山来，对符番才："快，快……"

符番才一愣："怎么了？"
符沉香也着急地："阿妈，出了什么事？"
阿醒带着哭腔："青阳……"
符番才急切地："青阳怎么了？"
阿醒："他……让蛇咬伤了！"
"啊？"符番才登时吓蒙了。
黎槟榔："沉香，快……"
符沉香拉起符番才朝山下急跑。

78．符番才家，日
符青阳脸色煞白地躺在竹床上。
符番才、符沉香闯进门来。
符番才急得快要哭出声来："这……这可怎么办啊？"

79．黎百旺家的船形屋前，日
黎槟榔急急地冲进院子。
正蹲在窗前抽烟的黎百旺吓得呼地从地上站起来："槟榔，又怎么了？"
黎槟榔没吭声，却冲着屋内大喊："爷爷，爷爷……"
黎老谷急出。
"爷爷，快！"黎槟榔跑得满脸是汗，"沉香她哥……让蛇咬了！"
"啊？"黎老谷赶紧提鞋。他跑了两步，又转身："百旺，快……快拿咱家的蛇药！"
黎百旺略一犹豫，但旋即便迅疾地朝仓屋跑去，中间绊了一下，差点儿摔了个大跟头。

80．符番才家，日
符番才正束手无策的时候，黎老谷和黎槟榔赶到了。
黎老谷仔细查看着符青阳的伤口，说："竹叶青咬的，快！"他指挥着黎槟榔和符沉香冲洗伤口和上药。
符番才双手合十："谢天谢地，救命的菩萨来了。"
阿醒和翠翠进屋。
阿醒一见黎老谷，如释重负地："哎呀，我都吓傻了，怎么忘了阿叔家备有蛇药啊！"

81．黎百旺家的船形屋前，傍晚
黎槟榔和黎老谷疲惫地走回院子。
阿曲忙问："人怎么样了？"
黎百旺也投来关切的目光。
黎槟榔打趣地："阿妈，我爷爷是谁？那是响当当的黎老谷，手到毒除。"
"这个符番才呀！"黎百旺轻声骂道，"他儿子让蛇咬了，这是报应！"
"得了吧，阿爸！"黎槟榔笑道，"您就是刀子嘴豆腐心。没看您刚才急得那样子，差点儿绊个大跟头！"
黎百旺瞪她一眼，强辞夺理地："我着急怎么了？符番才是符番才，他儿子是他儿子！"

黎槟榔忍俊不禁地："那对，我阿爸是常有理！"
她话音未落，符番才来了。
他拎着两瓶酒，站在大门口。
黎百旺瞧见他，呼地站起身，横眉冷对。
符番才硬着头皮朝前走了两步，嗫嚅地："百旺大哥……"
黎百旺冷着脸："你别喊我大哥……"
黎老谷嗔怪地："百旺！"
符番才颇动感情："真的对不起啊，百旺大哥！我……害了你儿子，你家阿叔却救了我儿子，我……"他热泪盈眶，嘴唇颤抖着，实在说不下去了，把酒放在门口，急转身走了。
黎百旺走过去，飞起脚来，把那两瓶酒踢出去好远，撞到墙上发出碎裂的响声。
"泉生……"他低低地叫了一声，蹲到地上无声饮泣。
"行了，听话，别哭了。"黎老谷走过去，像哄小孩子似的轻轻拍着他的脑袋。可当老人抬起头的时候，他也满脸是泪。
黎槟榔和阿曲也同样沉浸在巨大的悲痛中……

82. 茶山上，拂晓
一声悠长而响亮的鸡啼，唤醒绚丽多彩的黎明。
机井已经打成了。清洌的井水沿着沟渠流向光秃秃的茶山。
光秃秃的茶山叠化出一片新绿；
一片新绿又叠化出漫山的茶林……
字幕：三年后
古老的槟榔谷变样了：远山如黛，蓊郁的苍山拥抱着黎族人世居的古寨。这里，古老的房屋与崛起的新楼杂陈，鳞次栉比，风景如画。
有爆竹声从寨子里传出，在远山激起回响……

83. "槟榔谷黎药开发有限公司"的门前，日
一大串爆竹热烈地炸响。
十几间新建的房屋一字排开，好气派！
许多员工进进出出做着开业的准备。

84. 符番才家的院子里，日
翠翠已经5岁，穿着一身新衣服从屋内跑出，阿醒紧紧跟随。

85. "槟榔谷黎药开发有限公司"的门前，日
翠翠在爆竹声中高兴地跑来。
符青阳从屋内迎出，一把抱起她，高高举过头顶，兴奋地高喊："翠翠，阿爸有自己的公司啦，阿爸有自己的公司啦……"

86. 茶山上，日
漫山遍岭的茶树成为一道妙不可言的风景。
黎槟榔和符沉香从纵深处走出。
听到山下的爆竹声和锣鼓声，符沉香兴奋地："槟榔姐，你听你听——我哥他们的黎

药公司开业啦！"

黎槟榔："好，一个是黎药，一个是茶叶，咱们槟榔谷的两件宝哇！在中学念书的时候，你哥外号'老鸹儿'，一说话脸都红，想不到……哈，真是人不可貌相。"

符沉香不服地："咦？我哥貌怎么了？1米78的大个儿，多帅呀！"

黎槟榔笑道："我说的不是那个意思，我是说……人，真不可从小看大。"

符沉香瞪她一眼："刚才用词儿不当！"

黎槟榔扑哧笑了。

符沉香审视地望着她，突然问："槟榔姐，你那个蒲雄杰的手机号是多少？"

黎槟榔一愣："你做什么？"

符沉香："我真想给他打个电话，让他来看看咱槟榔谷，看看咱这漫山遍岭的茶园，馋馋他，让他把肠子悔青了。"

黎槟榔忙摇头："咱做事，不为给他看！咱实现的是自己的理想和自身的价值。"

符沉香："这么说，姐跟他彻底断了联系了？"

黎槟榔："早断了，三年多啦！"

符沉香："我可不可以帮你找个更好的？"

黎槟榔轻轻一推她："你可得了吧，自己还打着'光棍儿'呢！"

"光棍儿怎么了？"符沉香嘻嘻笑着，"光棍也可以给别人当媒人！"

黎槟榔看她一眼，不无奇怪地："沉香，你今天怎么这么贫！"

"我呀，"符沉香一脸调皮，"实话说，我管你叫姐叫腻了，给你当妹也当腻了。"

黎槟榔笑了："那……难道你想给我当姐？让我给你当妹？"

"小的不敢。"符沉香一脸坏笑，"我呀，想管你叫嫂子，想给你当小姑。"

黎槟榔突然满脸飞红："又胡说八道！"

"不是胡说八道。"符沉香敛起了脸上的笑容，一本正经地，"姐，你29岁了。你跟我哥，中学同桌儿，那就是缘分；现在呢，一个撑起了新型农庄，一个办起了黎药公司，不单门当户对，还郎才女貌，多般配呀！"

黎槟榔连连摇头："沉香，这是绝对不可能的事，往后千万不要再提！"

符沉香一脸失望地："你是嫌他带着个翠翠吧？"

黎槟榔又摇头，心情格外沉重地："为我哥的事，我阿爸对你阿爸，心里头藏着座冰山哩！你没见，他见了你阿爸总是冷着脸，连句话都懒得说。"

符沉香一听，长长叹口气："唉……"

87. 黎百旺家的船形屋前，日

船形屋已经翻新了，显得更加敞亮。

听到远处的爆竹声和锣鼓声，黎老谷从屋内出，大声问："谁家娶媳妇了？"

阿曲答："阿爸，不是娶媳妇，是符青阳的黎药公司开张。"

黎老谷："黎药可是好药啊！青阳这点子想得好！这小兔崽子，比他阿爸强多了。"

"哼！"黎百旺正在牛棚里给他心爱的老水牛刷毛，闻言愤愤地说，"人比人得死，货比货得扔。青阳他阿爸，怎么能跟他儿子青阳比！"

"百旺，"黎老谷走近他，"你呀，脾气得改改，不能总跟老水牛一般犟。我知道，泉生的事，你一直横在心里过不去。可……几代人的老感情了，又一个寨子住着，也不能总在心里怨恨人家。"

阿曲："那个符番才，从打入了咱们槟榔他们公司，好像也不似过去那么犯浑了。"

"阿爸，"黎百旺眼睛顿时又模糊了，颤着声说，"你儿子我……是老年丧子啊。一想起泉生，我就……"边说，边用大巴掌抹泪。

阿曲见状，鼻子一酸，眼泪也出来了。她急低头扭脸，转身进屋。

"唉……"黎老谷不再说话，仰起脸，喟然长叹。

88．茶山上的机井旁，黄昏

黎槟榔和符沉香坐在机井旁，望着眼前凝聚着自己这几年的心血和汗水的茶山，心里有说不出的快慰。

夕阳余晖笼罩着她们，好美！

符沉香看一眼身边的黎槟榔，说："姐，我真恨自己不是男人。若是男人，我就死追你！"

黎槟榔调侃地："死沉香，又跟我耍贫嘴！"

符沉香笑了，摇头晃脑地哼起了黎族情歌：

　　　　山美水美哎如黎锦哎，
　　　　梦里常想哎心上人。
　　　　妹心有情不开口哎，
　　　　阿哥也懂妹的心……

黎槟榔哈哈笑道："哈……我们沉香思春了。"

符沉香伸手亲昵地捶打着她："我是唱给你听哩……"

这当儿，罗长贵、符番才和一些年轻的茶工急匆匆地跑过来。

"槟榔，"罗长贵惊慌地，"你看——"他手里捏着一只幼虫。

黎槟榔急问："这是什么？"

罗长贵："茶树蛾。"

黎槟榔："咱们茶山上的？"

符番才："槟榔，你快去看看吧，咱们山顶那片茶林，叶子都快吃光了！"

"啊？！"黎槟榔和符沉香急忙跟着大伙儿朝山上跑去。

89．山顶的茶林，黄昏

黎槟榔跑到这里，顿时惊呆了！

黎槟榔："我早上看这片茶田还好好的，怎么一眨眼就变成了这个样子？"

罗长贵又从叶子上捉起一只幼虫，说："这种茶树蛾，别看它小，啃起茶树来像老牛吃草一样厉害！"

黎槟榔焦急地："这……可怎么办啊？"

符番才："没别的招儿，就得喷药了！"

黎槟榔："不行！咱生产的是有机茶，一丁点儿农药也不能用。用一点儿，牌子就砸了！"

罗长贵痛心疾首地："咱们起早贪黑，忙活了三年多啊！眼看着就要采头遍茶了，谁知道……早不起晚不起，偏赶上这时候起蛾子啦……"

黎槟榔脸上愁云笼罩。

90．通往茶山的小路，黄昏

黎老谷和黎百旺闻讯匆匆赶来。

他们跑到闹虫子的茶林，仔细查看，也是一脸焦灼。

黎槟榔："爷爷，阿爸，有什么办法吗？"
黎老谷："这东西要是不抓紧止住，用不了几天，这山上山下，得满茶园都是！有一年，咱们全寨子的茶田，都让它们给啃光了！"
"罗长贵，亏你还是个老茶工！"黎百旺突然扯开嗓门大喊，"快，快领大伙儿先把闹虫害的茶田跟其他茶田中间打出隔离带！"
罗长贵猛然醒悟："呀，我都吓傻啦！对对对，先打隔离带，先打隔离带！"
黎百旺又转对黎槟榔："所有的人，都停下的手里的活儿，用手捉虫！"
"阿爸，"黎槟榔摇头，"人少虫多，光靠手捉，怕是治不了这茶树蛾啊！"
黎百旺激烈地吼道："不捉怎么办？让茶树等死啊！"
符沉香看看黎百旺，又看看黎槟榔，略一沉思，也没吭声，转身跑了。

91．"槟榔谷黎药开发有限公司"内，傍晚
符青阳正在电脑上查资料，符沉香猛地撞开门，一头扎进来。
符青阳吓一跳："沉香，你？"
符沉香："哥，快——"
符青阳愣愣地："怎么了？"
符沉香上气不接下气地："我们的茶田，起虫了！"
符青阳想了想："这个季节，肯定是茶树蛾。"
符沉香："对，就是那该死的玩意！"
符青阳忙起身："走，看看去。"

92．山顶的茶林，暮色苍茫
黎百旺、黎老谷、罗长贵和符番才正带着年轻人紧张地打隔离带，另有一群人在田里用手抓虫子。
黎槟榔急得嗓子都哑了："捉吧，能捉多少是多少。"
翠翠跟在爷爷符番才的身边，也在帮助捉虫子。忽然，她捂着手咧着嘴哭了起来，是手被树枝割破了。
槟榔急忙跑过来，摸出一个创可贴给翠翠缠在手上。
翠翠冲槟榔莞尔一笑。
槟榔心疼地把脸贴在翠翠的小脸上，眼里汪了泪。
符番才无不动容地看着这一切！
符青阳和符沉香赶到。
黎百旺停下手，无言地朝这边望着。
符青阳看了看茶树，对黎槟榔："虫子太多了，捉不过来，得马上喷药！"
黎槟榔不禁一愣："哦？"
符番才一听，忙赶过来，说："我说儿子，你别乱出主意！我们这是有机茶园，一滴药不能喷。"
黎槟榔哑着嗓子："对，不能喷。"
符青阳："咱不用普通农药，也不用任何其他化学药品。我连夜给你们配制黎药。放心，咱们黎药属于草本木本，只杀虫子，对茶树不会有任何危害。"
黎槟榔喜出望外地："黎药也能杀虫？"
符青阳："能，可只能杀虫卵和幼虫，对成虫效果一般。"
黎槟榔又着急了："那怎么办啊？"

符青阳:"茶树蛾的成虫有趋光性,咱们可以用光捕杀,还可以买一些太阳能的灭虫器。槟榔你千万别急,咱们肯定能治住它!"

黎槟榔:"那可太好啦!"

黎百旺内心也多少有些宽慰。

符番才扫一眼周围的人,不无炫耀地:"嘿,这臭小子,还真有两下子!这些年大书没白念。"转对符青阳,"你好好帮我们治虫,等我们茶叶丰收了,阿爸重奖你!"

黎百旺沉下脸,瞪他一眼,把手一背,下山去了。

黎槟榔却没说话。她望着符青阳,目光中充满感激。

符沉香凑过来,挺得意地:"槟榔姐,我这救兵搬得还算及时吧?"

黎槟榔搂住她:"亏得你了,沉香。"

"哎!"符沉香急忙推开她,挺大声地,"你别亏得我呀,得亏得是我哥!"

黎槟榔飞快地瞥了符青阳一眼,不知为什么,腾地满脸飞红。她追打着符沉香:"你这坏蛋,当妹妹的没个妹妹样儿!"

符沉香咯咯笑着:"谁说的,我这才是最有妹妹样儿了⋯⋯"

93. 黎百旺家的船形屋前,翌日中午

黎老谷兴冲冲地从门外走进来,对正忙着做饭的阿曲说:"哈,符青阳这小子有点儿真本事,硬是把茶树蛾给治住了。"

阿曲高兴地:"哎呀,太好了!"

"阿曲,"黎老谷想了想,突然说,"咱们槟榔29岁了吧?"

阿曲:"可不是!"

黎老谷:"该嫁人了。"

阿曲摇头:"唉,她这几年,是跟茶山谈恋爱呢!"

黎老谷笑笑:"你别说,我呀,还真的看上一个。"

阿曲:"哦?谁呀?"

黎老谷:"符青阳啊!"

阿曲忙摇头:"槟榔她阿爸能同意?"

黎老谷倔倔地:"只要槟榔自己同意,别人谁说了都不算!"

94. 茶山上的老榕树下,日

"不,爷爷,"黎槟榔果决地摇头,"这件事儿,我也不同意。"

黎老谷急了:"为什么呀?"

黎槟榔:"为了这片茶山,咱们家付出太多了,我不能再伤阿爸的心。"

黎老谷一指茶林中蓝黄色相间的色兜板和诱虫灯、灭虫器,说:"你看人家青阳,多有办法!念过大书的人跟没念过多少书的人就是不一样。你细想想:在咱槟榔谷,除了符青阳,还有谁能配得上你?"

黎槟榔真的从未想过这个问题,闻言不禁愣了一下。她仔细想想,还真的想不出第二个人来。但她还是坚决地摇头:"不行,绝对不行。爷爷,我阿爸⋯⋯看不上青阳他爸!"

95. 黎百旺家的船形屋前,傍晚

黎百旺一边喂老水牛一边频频摇头。他对阿曲:"你跟阿爸说,千万别张罗了。孩子是好孩子,大人不是好大人。"

阿曲不很赞同地："这事儿，得主要看孩子吧？看大人做什么呀！咱泉生他媳妇金花，不也是符番才的亲侄女！"
黎百旺执拗地："我说别张罗就别张罗！"
阿曲只好长叹一声："唉，青阳若不是符番才的儿子多好。"

96．符青阳办公室，夜
符沉香正坐在符青阳的桌边，跟哥哥聊天。
符青阳很严肃地说："沉香，泉生的死，咱阿爸有天大的责任。人家心里过不去是正常的。再说了，槟榔还是黄花闺女，我结过婚离过婚，还拖带着个孩子……这事永远不要再提，咱配不上人家！"
符沉香看着她哥，沉默了。

97．黎百旺家的船形屋前，夜
那株老榕树下，三角木架上吊着一只猪头。黎百旺、阿曲正蹲在一旁用火熏烤。
黎老谷坐在不远处的榕树根上，默默抽烟。
黎槟榔从茶山归来。
黎百旺抬眼看看她，说："槟榔——"
"哎！"黎槟榔停下脚。
黎百旺："明天，在家歇一天，不能再上茶山。"
黎槟榔忙摇头："阿爸，我们正筹办采茶节，忙得喘不过气来呢！"
黎百旺不容置疑地："让你别去，你就别去。"
黎槟榔不解地："为什么呀！"
黎老谷和颜悦色地："槟榔，你忘了？明天，是你哥的忌日。"
阿曲也说："忌日不事农。"
黎槟榔蓦地想起了，忙走过来，小鸟依人般地："阿爸，我知道了。您让我在家，我就在家。"
黎百旺不吭声了。
黎槟榔神色黯然地："唉，一晃儿，我哥都走三年了……"
没人应声。
黎槟榔抓起一根木棍拨火，轻声叨念着："哥，阿爸阿妈又给你烤猪头了。你从小……就最爱吃阿爸阿妈烤的猪头……"
阿曲伸手揩泪；
黎百旺眼睛红了；
黎老谷脸上的皱纹更深；
黎槟榔自己的心情也变得沉重……

98．黎泉生的墓前，翌日傍晚
黎族人的风俗，傍晚才上坟，意为人死如同太阳落山。
黎老谷、黎百旺和阿曲、槟榔、符金花提着祭品，沿羊肠小道朝墓地走来。
突然，他们都站住了。
黎泉生的墓前，已经摆了不少水果和五颜六色的山花。有个人，双手抱膝，勾着头，呆呆坐在墓前。
黎老谷使劲儿咳了一声。

那人惊回首，却是符番才！

他一见黎老谷等人，急忙爬起身，红着眼睛，声音喑哑地："阿叔、百旺大哥、嫂子……你们都来了。"

黎老谷和阿曲都不由自主地看向黎百旺。

黎百旺铁青着脸，一声不吭。

符番才有点儿尴尬，忙起身低头离去。在走到三个人身后时，他又停下脚，背着身低声说："百旺大哥，我知道你恨我。我这人，该恨。"

黎百旺依然不吭声。

符番才猛然转过脸，呜呜哭出了声："真的对不起啊，百旺大哥！我说过，我……害了你儿子，你家阿叔却救了我儿子。眼下，我有儿，你没儿了……咱哥俩……共用一个儿吧！你用得着时就喊一声，一定喊一声啊……"

黎百旺心里极难受，耷拉着脑袋，没回头。

符番才哭着走了。

"百旺，"黎老谷轻声地，"过去的事，就让它过去吧。这人世间，没毛病的人有吗？"

"泉生……"黎百旺冲着黎泉生的墓低喊了一声，他早已泪流洗面了……

99. 槟榔谷，月夜

一轮明月，缓缓踱出了苍老的浮云，把古老的槟榔谷和生机盎然的茶山照得一片雪亮。

100. 茶山上，日

身着职业女装的黎槟榔和符沉香兴致勃勃地走在茶林中。她们的脸上都洋溢着丰收的喜悦。

一个秘书模样的女孩远远跑过来，对黎槟榔："董事长，办公室有客人。"

"好的，知道了。"黎槟榔应了一声。

101. 黎槟榔的办公室，日

新型山庄的办公楼宽敞、气派。

黎槟榔疾步走进屋，顿时怔住了：从沙发上站起来的竟是久未见面的蒲雄杰！

蒲雄杰微笑地："槟榔，我从媒体上看到你们好多报道。听说，你们要搞采茶节，就特意过来看看。当然，主要是看看你。"

黎槟榔淡淡一笑："谢谢！"

"槟榔，你真棒！"蒲雄杰由衷地，"真想不到，仅仅三年多的时间，你就干出这么一番轰轰烈烈的事业。"

黎槟榔看着他，不语。

蒲雄杰亲近地："槟榔，我来……就是想告诉你，我……又自由了！"

黎槟榔还是不说话。

蒲雄杰急切地表白："我所经历的，是一次非常失败的婚姻。有比较才有鉴别，那个变态的女人让我更加发现和怀念你的好！我已决定，完璧归赵，把我自己还给你。我知道我自己在你心里的分量和位置。"

黎槟榔笑了："老同学，你真自信！"

蒲雄杰笑眯眯地："不应该吗？"

黎槟榔却含笑不语。

蒲雄杰心里急了，便稍稍放低了一些身段，说："槟榔，我这辈子，真的不能没有你。咱们是老同学了，彼此相知。你种茶，我卖茶，专业对口。咱们可以联手到城里建连锁店，逐渐做大做强。求你，槟榔，再给我一次机会啊，千万……"

黎槟榔瞥了他一眼，以非常优雅的步态款款踱到墙边一面漂亮的穿衣镜前，缓缓转过身来，笑盈盈地："雄杰，你看——"

她猛然抡起拳头，"砰"地把镜面砸碎，然后才颤着声说："这破镜，你觉得还能重圆吗？"

蒲雄杰惊得霍地站起身。

他看着她冷峻的脸和滴血的拳头，吓得说不出话来……

碎裂的镜面上，是他惊愕的脸。

102. 空镜
漫山的茶树一片葱茏；

新栽的沉香树也长高了；

笔直挺拔的槟榔树开出了漂亮的花，用它们长长的蕊装点着美丽的黎山……

103. 茶山上下，绚丽多彩的早晨
激情的鼓乐声骤起。

几只硕大的彩色气球高悬在茶山上空，飘带上"槟榔谷有机茶生产基地"和"热烈庆祝首届采茶节开幕"的字样清晰可见。

茶山上下，人山人海，有男有女有老有幼，偶尔还可见到不同肤色的外国嘉宾。

104. 一大片槟榔林，晨
身着黎族服饰的小青年们正在林间空地上忘情地跳着竹竿舞。

满树都是垂着长蕊的槟榔花，好美！

树下的小青年们，跳得好欢！

太多的人都被吸引过来了。黎槟榔、符沉香、黎江龙、罗长贵、符番才、阿醒、翠翠……许多我们熟悉的面孔都在其中。

阿曲和符金花扶着黎老谷，挤在人群里看热闹。

黎百旺也来了。他看到眼前沸腾的景象，一向冷峻的脸上也浮现出些许温情。

罗长贵和黎江龙朝黎百旺挤过来。

罗长贵笑问："百旺老哥，槟榔把事业干得这么红火了，你什么心情啊？"

黎百旺瞪他一眼，不无显摆地说："槟榔把事业干多大，也是我闺女！"

"哈……"黎江龙在一旁开心地大笑。

黎百旺忍不住也微微笑了。他朝罗长贵的屁股踢了一脚："我什么心情，你还用问！"

罗长贵双手捂着屁股笑嘻嘻地："百旺老哥，你可说过呀，我们槟榔要是把茶山干成了，你倒立着用两只手走路！"

"对，是说过！"一些年轻的茶工跟着起哄。

"你们都放心！"黎江龙高声大嗓地，"我百旺大叔，响当当的男子汉大丈夫，向来说话算数，吐个唾沫星子就是钉儿！"

罗长贵领着那些年轻的茶工们跳着脚喊："对，说话算数，说话肯定算数！"

黎槟榔一见，忙过来给阿爸解围。她笑对那些年轻的茶工们："你们这帮人，起什么哄，起什么哄！"

黎江龙却不依不饶地："嗜，槟榔，你可不能护着自己老爸啊！"
"对！"罗长贵和那些年轻茶工们哈哈笑着，"董事长不能徇私情，不能！"
黎百旺被激得兴起："怎么？你们这帮小子欺负我老了，是吧？你们都看好——"
说着，立刻来了个徒手倒立。他大头朝下，和着欢快的节拍，用两只手一蹦一跳地跟那些男女青年们一起跳起了竹竿舞。这新奇的动作引来了一片喝彩。
符青阳脖子上驮着翠翠，站在几棵槟榔树下。
他也兴致勃勃地看着，翠翠乐得在他的肩上直劲儿拍手。
符沉香瞧见了，忙把黎槟榔拽过来。
她一手勾着符青阳的背，一手搂着黎槟榔的肩，喊黎江龙："村主任，过来，给我们合个影儿！"
黎江龙迅速地把手机对准他们。就在他行将按下功能键的瞬间，符沉香敏捷地朝后一退，就势把黎槟榔、符青阳和他肩头上的翠翠拉到了一起，让三口人和他们身后那几株开花的槟榔树永久地留在了画框中。
周围的人们，包括黎老谷、阿曲、符番才和阿醒见此情景都忍不住开心地大笑。
黎槟榔与符青阳都满脸飞红。
黎槟榔下意识地瞥了一眼黎百旺，见他仍倒立着兴致勃勃地跳着竹竿舞，便朝符青阳嫣然一笑。
符青阳也报以开心的笑容。
突然，黎槟榔很大方地一伸手，把翠翠从符青阳的肩上接了下来，亲昵地搂在了自己的怀中……
音乐更加激越。
那支优美的黎族民歌《久久不见久久见》又在画外响起了——
    久久不见久久见
    久久相见才有味阿妹喂
    见到阿妹笑眯眯阿妹哎
    哥妹相逢乐无比阿妹哎……

（本剧与戴曙鸣合作）

拉林河兄弟

故事梗概：

这是发生在中国北方当代农村拉林河村庄里，有血亲和非血亲关系的三代人之间的故事。这是一部温暖现实主义的作品。

在当今社会中是崇尚人与人之间温暖的真情，还是把人与人的关系彻底地沉到金钱和利己主义的冷水里，这是体现社会主义社会与资本主义社会形态本质区别的分水岭。倡导人与人之间应该充满温暖真情，不仅是继承中华民族优秀传统美德、文化复兴的重要组成部分，也是弘扬社会主义核心价值观的根本要求。

故事的主人公，是拉林河村民、种植有机水稻的专业户何金水。在原村主任林有发酒驾撞车去世后被村民们选为村主任。由于历史上，原村主任林有发的父亲曾经在拉林河改造过程中，为救何老爹而献出了自己的生命。何老爹为了报恩，主动承担起赡养3岁遗孤林有发的责任。何金水、何银水与父亲的养子林有发一起长大。林有发担任村主任期间所做的工作，村民普遍不满意。临近换届选举，林有发为连任而贿选，在村里小饭店不拉桌地请村民吃吃喝喝，花费很大。他的举动，引起了何金水的关注。同时，何金水还注意到：胞弟何银水、弟妹高二菊在村口开的水产店，经常在秤杆上耍手腕，卖给乡亲们的水产品短斤少两。何金水一方面告诫弟弟、弟妹，要诚实经商，不能把人心都掉到钱眼里；另一方面他积极劝林有发退出竞选，对林有发花费村里公款贿选进行了坚决抵制。在林有发因酒驾撞车身亡后，坚持原则，为了减轻他的妻儿的经济负担，何金水克服困难，主动偿还了林有发欠小饭店店主孙喜的债务。

林有发撞车导致孙喜的妹夫王长河受伤。孙喜的妹妹孙桂花是村里出名的"小辣椒"。她用车拉着王长河到何金水家要求何家替林有发赔偿王长河受伤后治病的钱。受到了何金水的严词反驳。孙桂花见耍赖无果，无奈地号啕大哭。何金水在晓之以理之后，动之以情，从乡情人情的角度出发，主动帮助王长河、孙桂花排忧解困，使他们受到了一定教育，并且非常感动。

小饭店的店主孙喜，是个热心肠、仗义疏财的好人，知道何金水家手头并不宽裕，主动拿出钱来帮助何金水解脱困境，并在听说妹妹到何金水家闹事后，主动向何金水赔礼道歉。孙喜重情轻利的行为，得到何金水的赞扬。他和妻子高大菊主动帮助林有发留下的孤儿寡母田翠兰、拴拴共渡难关，先后把田翠兰、王长河孙桂花两家拉进了自己的有机稻种植合作社。在物质扶贫的同时，在精神扶贫方面进行深入引领，最后使田翠兰与孙喜结成连理。"小辣椒"孙桂花与高二菊等原本自私自利的人，精神面貌都不同程度地发生了可喜的变化。

在金色的秋天，拉林河有机稻喜获大丰收。村民们一起欢乐地分享物质、精神的丰硕成果！

拉林河村，真正是温暖的社会主义的艳阳天！

人物小传：

何金水，村里的水稻种植专业户，后为合作社社长、村委会主任，35岁。

村口水产品店主何银水的亲哥哥。何金水、何银水亲兄弟分别娶了高大菊、高二菊姐俩为妻。何金水是一位外柔内刚、在处理村里各类复杂问题上既有原则性又有灵活性、重情重义的中年汉子。他不仅在村民为难遭灾的时候，及时出手帮助，同时，在抵制林有发贿选、消除孙桂花、高二菊等部分农民自私自利，一切向钱看的精神贫困方面做出了很大努力，促使他们的观念转变，是深受村民喜爱的带头人。他目光深远，不仅带领乡亲们在物质文明建设方面脱贫致富，特别在继承中华民族优秀传统、坚守社会主义核心价值观方面付出了诸多努力，并取得了可喜成果。

孙喜，这是个带有喜剧色彩的人物。由于他水性甚好，能自由自在地到拉林河里抓鱼，村民亲切地叫他"水耗子"，是村里小饭店店主，40岁。他一度是村里首富，但喜欢仗义疏财，内心十分认可何金水的人格魅力，协助何金水做了很多好事。他与妹妹孙桂花虽是一奶同胞的兄妹，但在对待金钱、人情问题的态度上截然不同。

何老爹，当年拉林河引水工程的参与者，何金水、何银水的父亲，原村主任林有发的养父，65岁。在当年拉林河引水改造过程中，他与林有发之父一起配合勘测队踏查水文情况，一次途中突遇暴雨，林有发的父亲解救了何老爹的生命，自己却深陷沼泽不幸遇难。何老爹为了报答这位非血亲但有救命之恩的长兄，毅然承担起赡养他3岁遗孤林有发的责任。在他身上，闪现着中华民族传统美德的光泽！

孙桂花，人称"小辣椒"，性格特点突出，王长河之妻，孙喜之妹，35岁。在王长河与林有发一起出了车祸之后，出于自私自利的心理，到何金水家耍臭无赖，在何金水对其晓之以理、动之以情，出手帮她排忧解困，拉她家加入有机稻种植合作社之后，受到很大触动，思想观念发生了较大转变。

高二菊，何银水之妻，高大菊之妹，26岁。村口水产店的当家人。出于自私心理，把钱看得比命重要，经常在秤杆上耍手腕，短斤少两。引起乡亲们不满。在何金水、高大菊多次热心规劝和失信导致生意萧条的现实面前，终于认识到诚实守信才是经商之道，自此幡然醒悟，痛改前非，走上了人格自新的道路。

人物表
何金水——村里的水稻种植专业户，后为合作社社长、村委会主任，35岁。
孙　喜——村民叫他"水耗子"，小饭店店主，40岁。
田翠兰——村民，林有发前妻，36岁。
孙桂花——人称"小辣椒"，王长河之妻，孙喜之妹，35岁。
王长河——村民，伤残人员，后为有机稻种植合作社成员，38岁。
何老爹——拉林河引水工程的参与者，何金水、何银水的父亲，原村主任林有发的养父，65岁。
高大菊——何金水之妻，高二菊的胞姐，32岁。
何银水——村里渔业专业户，何金水之弟，30岁。
高二菊——何银水之妻，高大菊之妹，26岁。
林有发——村委会原主任，何老爹的养子，田翠兰前夫，40岁。
拴　拴——林有发之子，8岁。
亮　亮——何金水之子，6岁。
泉　泉——何银水之子，5岁。
小　龙——孙喜之子，12岁。
小　凤——孙喜之女，12岁。
（饭店服务员等群众演员若干人）

1. 拉林河上，黄昏
夕阳快要落山了，斜晖里，拉林河轻声喧哗着，浪打流波奔向远方。

河的两岸，是摇曳的芦苇和茂密的菖蒲。在芦苇和菖蒲之间，有一座拱形木桥横亘在河面上。

漩涡，一个又一个的漩涡。

又瘦又小的孙喜双手扶着木桥的栏杆，瞪大眼睛盯着清亮的河水。

从晃动的芦苇和菖蒲丛中，走出了刚从稻田里劳作归来的何金水。他一眼瞧见了孙喜，忙停下脚步，屏住呼吸，饶有兴致地看着他。

孙喜仍不眨眼地盯着河水。

突然，他双脚一蹬，在桥栏上倒立起来，随即一个滚翻像跳水运动员似的迅疾扎入水中。

何金水笑眯眯地引颈观望。

一只水鸟，从他身后不远处的草窠子中飞起。

孙喜也从水底钻出来，手中高高举起一条活蹦乱跳的大鱼，足有二三斤。

"哈……"何金水赞叹地："'水耗子'，我可是挺长时间没见你玩这手绝活儿了！"

孙喜不无得意地："何金水啊，你乐意看，你哥我随时献艺。"

何金水："立秋了，水凉了，别冰着。你的小饭店用鱼，上银水、二菊他们铺子上拎一条不就结了，可别再下水了。"

孙喜摇头："今天你那大哥林有发请我那妹夫王长河喝酒，非得来这口儿，要吃新鲜的河水炖河鱼，人家是村主任啊！"

何金水一听，脸色渐渐沉了下来。

2. 孙喜家的小饭店，薄暮时分

村主任林有发正与村民王长河对酌。

还有几桌过路的客商和散客，一位年轻服务员里里外外地忙活着。

孙喜端着一大盆热气腾腾的炖鱼从后厨出来，摆到桌子上。

林有发故意摆谱儿，嗅嗅鼻子，眼睛盯着孙喜："'水耗子'，鱼，真是你刚抓来的？"

孙喜用围裙揩着手："绝对！"

林有发："水呢？也是从河里刚拎回来的吗？"

孙喜又说："绝对！"

林有发："谅你也不敢糊弄我！"林有发转过脸，笑对王长河，"来——"

王长河端起酒杯。

孙喜叮嘱他："长河，少喝啊！"

林有发瞪他一眼："孙喜，干啥呢？长河在家受你妹妹欺负，出门还得受你这大舅哥的管束啊？！"

王长河觉得面子上过不去，辩解道："谁在家受欺负了？我一个男子汉大丈夫，能让老婆欺负！"

林有发笑道："吹吧你！"

孙喜拍拍王长河："少喝，少喝……"转身进灶房去了。

林有发："别听他的！来，长河，大口吃鱼，大碗喝酒。鲜鱼就酒，哈……"

3. 何银水卖水产的小店，夜

这里离拉林河不远，隐约听得见河里的涛声、水鸟的叫声。

小老板何银水光着膀子，正用透明胶带给准备快递走的水货打包。他的身边摞着很多很高的打好的包装箱，是村口的一道风景！

他媳妇高二菊正在把白天摆在外面的水产品朝屋里倒腾，他们的儿子泉泉在蛤蜊堆前玩耍。

何金水走了过来："银水，你们还忙着呢？"

何银水一边飞快地用胶带缠着泡沫箱一边说："哥，这阵子电商平台上订货的多，得赶紧包装好了，一会儿快递员就来取货！"

何金水："嗯，忙点儿好啊！"他向对面的小饭店方向望了望。

泉泉手里捧着个大蛤蜊跑向何金水："大爷，你看，这里边的肉还动呢！"

何金水低头看看："是啊，泉泉，蛤蜊新鲜，卖给客户好！"

泉泉："大爷你一会儿回去，给我亮亮哥也带个玩！"

何金水笑了，弓下腰亲了他一口："泉泉，知道惦记你亮亮哥哥了。可……这蛤蜊是卖的可不是拿着玩的啊！"他喊何银水："银水，你过来！"

银水扯过毛巾，一边继续擦着手，一边凑了过来。

何金水看看旁边正拾掇东西的高二菊，转头对银水："没外人，哥问你们点事儿？"

银水："啥事儿？"

何金水："村子里知近的乡亲跟我说，你们店卖的鱼呀虾呀啥的，经常的短斤少两，寄出的快递也有找回来的，这不好吧？！"

还没等银水答话，早就在一旁听声的高二菊忙抢过话头："哎呀，哥，这种满嘴跑火车的话你也信！"

何金水："别人说的，我可以不信，可连咱们翠兰大嫂也这样说……"

高二菊："哼，有发大哥！翠兰大嫂！没有血缘关系，就是不行！咱们把人家当亲哥亲嫂，人家可没拿咱们当亲弟亲妹！"

何银水拦她："二菊，你别瞎说。"

高二菊不服地："本来嘛！有发大哥在村里当主任，可你们哥俩儿谁借着光了？不还是种稻子的种稻子，卖鱼虾的卖鱼虾！"

何金水严肃地："二菊，从银水这边论，我是哥你是弟妹；从大菊那边论，我是姐夫你是小姨子。我得说你，你这么说话不合适！"

何银水："二菊是心里有气。"他用嘴巴努努不远处的孙喜家的小饭店，"哥，你过去看看，有发大哥又在那儿干啥呢！"

何金水："我知道，他请王长河吃饭呢。"

"为啥请？"何银水接着说："为了连任村主任拉选票，今儿个请东家明儿个请西家，不拉桌地喝！"

高二菊："我看他是想接着当这个"村官"都快想疯了！"

何金水长叹了一口气："我知道。他当这几年村委会主任干得不好！谁还能选他？我得过去劝劝他，别再费这多余的劲了！"

何银水："哥，虽说他是咱爹的养子，可毕竟不是一奶同胞的兄弟。你呀，话到嘴边……"

何金水硬倔倔地："话到嘴边留半句？！就冲我管他叫这一声哥，他喊我一声弟，我就得对他掏心窝子说话！你们甭管了……"说罢，转身朝小饭店走去！

何银水对高二菊小声嘀咕："我跟你说过多少回了，别给人家短斤少两，你就是不听。看看，咱哥都来说这事儿啦！"

高二菊亲昵地瞪他一眼："傻瓜！想挣钱就得有挣钱的门道儿。你一天到晚累死累活，整这些水产容易吗？我在秤上稍微找找，不也是心疼你嘛！"

何银水劝她："我可不用你这样心疼我，往后别黑人家啊！"

二菊一脸不屑："啥？少个一两半两的就叫黑呀！那你说，我得秤杆子挑多高，别人才能说你白？！"

4. 孙喜家的小饭店门前，夜

门前，停放着林有发的小汽车。

屋里灯光明亮，人影幢幢。

何金水刚走到跟前，孙喜就迎了出来："哎哟，金水啊，快进屋，尝尝老哥的河水炖河鱼，贼拉的香！。"

何金水急问："我家有发大哥在吧？"

孙喜："在呀！拉选票呢，我看他是白忙活。下一届村主任，我估摸着乡亲们非得选你不可！"

"'水耗子'，"何金水正色道，"有机水稻的事儿，我都忙得腿肚子转筋脚打后脑勺子，哪还有闲心竞选哪！"说完，朝屋内走去。

5. 屋内，夜

烟雾缭绕，杯盘狼藉。

其他客人都已散去，一位服务员正收拾桌子。

王长河已有醉意。

他一边打着酒嗝儿，一边说："林有发林大哥！既然你这么看得起我王长河，我就明人不说暗话，村子里姓王的这几户人家的选票，我给你包了，别人……都给他们画叉儿！"说着，晃晃悠悠地端起酒杯还要喝。

何金水上前一把摁住他的手："长河大哥，别喝了！"

王长河看了看何金水："哎哟，羊群里刺棱蹦出个骆驼，你还管得着我喝酒了？你说不让我喝，我还非喝不可！"说着，端起酒杯就要往嘴里倒。

孙喜迅疾出手，硬把酒杯抢了下来："让你少喝，还喝成这样！"

何金水转脸对林有发："大哥，酒大伤身，快都别喝了。"

林有发稍有醉意："金水啊，弟弟！你……来得正好，快，坐下来，一起喁两盅儿！"

何金水："大哥，不能再喝了。本来，我是想过来劝劝你不要再竞选那村主任了，可你喝成这样，叫我怎么跟你说话啊？"

林有发沉下脸："金水，我当我的村主任，你种你的有机稻，家雀不尿尿，各走各的道！"

何金水正色道："哥！你当这几年村主任，村民意见一大堆，你听不着哇！这村主任，咱就别干了，好不好？"

"不好！"林有发黑着脸，"这个官，我当定了。"

王长河："对，当定了。"他抓起酒瓶子，"来，干！"

何金水一把夺过。

王长河光火地："你干什么呀？你……"

孙喜见状，上前厉声道："长河，听金水的，绝不能再喝了！"

"不，不行。"王长河伸手抢酒瓶子了，"还没到量呢。我再喝……两瓶三瓶的没问题。"

孙喜忙从何金水手中接过酒瓶子，让服务员拿走了。

何金水："你看你，都喝成什么样子啦！"

王长河执拗地晃着脑袋："我今儿个高兴！高兴！"说着，竟咕咚一声坐到了地上。

何金水和孙喜一边往起扶他，一边说："真是人前逞英雄，回家是狗熊！就你这一身酒气，回到家你那媳妇能让你进家门？！"

孙喜也威胁道："你再胡闹，我可给桂花打电话了。"

王长河一听提他媳妇，脸上顿时显出有些发怵："不喝了，那……那就不喝了！哎哟，我是真的回不去家啦……"

林有发："不怕。我送你。"他晃晃悠悠地站起，把王长河一拽，扭头便走。

何金水忙拦住他："大哥，你上哪儿去？"

林有发一指王长河："送他回家呀。"

孙喜："你喝了这么多酒，哪能再开车啊！"

林有发摇晃着脑袋："'水耗子'，你也太小瞧我了，老子车技一流！才几步路，一脚油门儿，嗤——就到了。"

何金水把他强按到凳子上："不能开车！你俩在这儿等我，我送你们！"然后扭头对孙喜，"我去看看有发大哥欠的账！"

孙喜笑笑："好吧。"又对林有发、王长河："都老实等着啊，一会儿让金水开车送你们。"又叮嘱服务员，"看着点儿他俩！"然后，才跟何金水一起走向收款台。

孙喜拿出一沓欠条，对金水说："你看看吧。"

何金水一边翻看着欠条，一边皱紧了眉头："这么多？他说没说什么时候结账？"

孙喜说："没说，人家是村主任，我咋好问，只好先这么欠着！"

何金水正言厉声地："'水耗子'，我跟你说，可不许他拿村委会的钱来结账！那是要犯错误的！"

孙喜微微点头："啊，是啊？"

何金水说："如果他拿公款来结私账，让我知道了，我可不容你！"

孙喜说："哎哟，原来我还真没细想这事儿，你这一说我明白了！"

何金水："你拢一拢，看看总共多少钱？"

林有发已乘机拽起王长河，朝门外走去。

正忙着收拾桌子的服务员急丢下手里的活儿，追他俩。

6. 小酒店门外，夜

林有发、王长河晃晃悠悠地从门内走出。

服务员追出来："林主任，你们不能走！"

林有发回头，怒喝一声："一边去，管得着吗！"

服务员吓得一哆嗦。

林有发转过脸，对王长河嘿嘿笑着："长河，你小子是真……真怕老婆，我……就跟你不一样，我们家……是老婆怕我。"

王长河："你媳妇不辣，我媳妇辣。那可真是个'小辣椒'啊……"

林有发："别怕……我送你回家。我……特想看看你小子怎么跪……跪搓板儿……"

王长河酒吓醒了一半儿："不，不不不……我可不敢回。"

林有发笑了："害怕了吧！得，干脆……咱哥俩上镇子吧，泡个澡儿，按按脚，你……天亮再回家！"

王长河咧嘴笑了："这招儿，高！"

服务员忙又过来拦:"林主任,喝这么多酒,可千万不能开车啊!"
林有发猛地把他一搡:"去你的吧!"

7. 小酒店内,收款台旁,夜
孙喜对着单子,用电子计算器一顿算,然后拿给何金水看。
何金水惊愕地:"一万八千一?"
孙喜:"这还打了八折。"
何金水:"这么多呀!"
孙喜:"总共36桌,这半个多月一天没消停,有时一天两三桌。"
何金水神情极其沉重:"贿选!这是贿选!"
这时,那位服务员急急地跑过来:"快,他们要开车走!"
孙喜一惊:"你咋不拦住他们?"
服务员:"拦了,拦不住啊!"
窗外,传来汽车发动声。
何金水急转身,风也似的朝门外奔去。
孙喜和服务员紧随其后。

8. 小饭店门外,夜
小汽车晃晃悠悠地开走了。
何金水从门内冲出,只见小汽车的尾灯在黑暗中一闪一闪。他急得红了眼睛,冲着汽车的方向嘶喊:"大哥,大哥……"
孙喜也帮着喊:"有发,林主任……"
没用!汽车渐渐走远了,远得看不见了,仿佛被浓密的夜色给吞噬了一般。
孙喜狐疑地:"咦?怎么还朝镇上去了!"
何金水焦灼万状地拍着大腿:"这……这不是酒驾吗……"

9. 汽车内,夜
林有发醉眼惺忪地开着车,车身左右摇晃着。
王长河已酣然睡去,鼾声如雷!
迎面驶来一辆大车,车灯明亮。
林有发使劲儿地瞪着眼皮直打架的双眼!
大车的渐行渐近。
大车的司机发现对面的小汽车像扭秧歌一样,立马把车刹住了。
突然,"咣——"的一声闷响!
小汽车冲过去与已停住的大车撞到了一起!
车内,林有发的头部撞到挡风玻璃上,鲜血从玻璃上流下来。他颓然地倒在了驾驶座上……

10. 林有发家,数日后,日
天气阴沉沉的,有一种让人透不过气来的感觉。
林有发的妻子田翠兰搂着儿子拴拴,在低声啜泣。
何金水和妻子高大菊都在这里。
田翠兰哭着说:"你有发大哥的事情,交警那边给了结论,乡里面也已经定了。贿选，还有酒驾！人没了，所有职务连党票都给撸了。今后我们孤儿寡母的依靠谁呀？要不差拴拴还小，我都不想活了！活着太难了！"

金水："嫂子，这些处理决定都是对的！有发大哥的问题确实严重。"

大菊在一旁劝慰："嫂子，有发大哥走了，咱活着的人还得好好活着。大哥在的时候，跟金水是兄弟；大哥没了，咱两家的关系得比以前更亲更近！"

金水说："难不难？难！可嫂子你别为难！一个难字掰两半儿，一切有我们呢！"

田翠兰抹了把眼泪说："大菊和金水，有你们这些话，嫂子我这心里还真就宽绰多了！"

这时候，听见有人敲门。何金水应声走了出去。

推门出来，见是孙喜，他手里拿着一大把票子，冲金水笑笑："金水在啊，我是来……"

金水一看就明白了，挠挠脑袋，忙把孙喜拽到一旁，压低了声音说："我说'水耗子'，你小子有个眉眼儿没有？这事情口上，你找我嫂子家来算账，这不是火上浇油吗？"

孙喜说："是有事实在，欠债还钱，这是天经地义的事儿！你说了，这钱不许村委会用公款结私账，我不上你嫂子家来要钱找谁要钱去啊？"

何金水想了想，说："有发大哥刚没，她家又赔了受害方一笔钱，想马上再拿钱还你，恐怕还真是还不上！"

孙喜说："那我这些钱，总不能打水漂儿吧？不给钱先给个说法也行啊！"

何金水神情十分沉重，叹了口气，咬了咬牙说："这么吧，有发大哥欠你饭店的钱，我顶着，这笔账我来还！"

孙喜闻言，颇为感动："金水啊，我知道你家上有老下有小的，又忙着弄有机稻的事儿，手头不宽裕！你呀，能咬牙应承这事儿，你够条汉子，我服你！要不这么的吧，这些钱就再打个对半折吧，我一半你一半，你看咋样？"

何金水闻言深受感动："哎哟，那我可就真得谢谢你了，过一会儿，我就回家取钱到你饭店结账去！"

孙喜点头："好嘞！那我就先回了！"

何金水望着孙喜的背影，若有所思！

11. 林有发家院子里，日

何老爹手里拿着林有发的照片，眼里闪着晶莹的泪光。他一边深情地用手抚摸着，一边对蹲在身边耷拉着脑袋的何金水说："金水啊，你知道我当初为啥收你有发大哥做养子吗？"

何金水："我从打记事起，就跟有发大哥在一铺炕上睡觉。我听爹说过，他爹对咱家有恩。"

何老爹语气沉重地："是啊，那不是一般的恩，是救命之恩啊……"

12. （闪回）一大片沼泽地，日

大雨滂沱，霹雳闪电。

何老爹的画外音："以前，咱们这个地方不是旱就是涝，十年九灾啊。说旱，地都旱得裂了缝儿；说涝呢，庄稼地都成了大水泡子！为了治旱治涝，咱拉林河两岸的男女老少齐上阵啊！修水库的修水库，搞引水改道工程的搞引水改道工程。我和你有发哥的爹林根生，一起配合水文工作队搞工程踏查……"

在他的画外音中，年轻的何老爹和林根生在瓢泼大雨中抬着个工具箱子跟跄着走来。

他们都打着赤脚，走进了沼泽地。

他们艰难地朝前走着。

突然，何老爹脚下一滑，陷到了稀泥里。

林根生急忙把箱子扛在自己肩上，伸出一只手，死死地拽着何老爹。

他拼命地往外拉。

终于，把何老爹从稀泥中拽了出来，却没想到他自己却一个趔趄，连箱子带人都跌进了身后一个大泥坑里。

何老爹慌忙抓他，但抓不到，

"来人啊，快来人……"何老爹嘶声大喊。

有不少人远远地跑过来。

林根生却在泥坑中渐渐沉下去。

"根生……"何老爹绝望地哭叫，

回应他的，只有天上惊心动魄的炸雷和闪电……

13. 林有发家院子里，日

何老爹声音哽咽地："绳子都拽断了，人就是没救出来。把我人都哭傻了，心都哭得稀碎稀碎的……金水啊，你有发哥那年才3岁，他妈又没得早，不养他，我还够'人'字那两撇吗？！"

何老爹声音喑哑，涕泪横流。

何金水："爹，你老人家的心思我懂了。真想不到，我嫂子田翠兰和小拴拴又让有发大哥给扔到半道上啦！都怪我啊，那天怎么就没拦住他们呢！"他的脸上充满了自责。

14. 村街上，黄昏

"小辣椒"孙桂花拉着一辆平板车沿村街走来。

平板车上躺着王长河，他脸上和身上都缠着绷带，挣扎着欲起身。

"小辣椒"厉声喝道："躺好！"

王长河吓得浑身一激灵，但嘴里却嘟囔着："这不是肚子疼埋怨灶王爷吗！我受伤，跟人家金水有啥关系？！"

"小辣椒"停下脚，一脸的不高兴："王长河！事到如今，你还说这些窝窝囊囊的话！他林有发不是何金水他爹的养子啊？出了这么大的事儿，老何家甭想躲清静！你下半辈子要是残了，谁养活你？"

王长河有些怯懦又有些埋怨地说："残残残，老说残，这不是正治着呢吗。"

"小辣椒"："治，不用钱啊？不找老何家，你治病的钱是大风能给你刮来，还是下钱雨能给你下下来！老娘我今儿个就是要找老何家说话，不弄出个结果来绝不能算完！"

说着，又气鼓鼓地拉起车朝何金水家走去。

15. 何银水的水产店，黄昏

何银水正从三轮农用车上往下卸装满水产的箱子。

高二菊从外面奔进来："银水，你们家惹来麻烦了！"

何银水一愣："哦？"

高二菊："'小辣椒'孙桂花想把王长河受伤的屎盆子扣到你爹和你哥头上，正拉着王长河奔你哥家去呢。"

何银水着急地："我去看看！"
"回来！"高二菊一声断喝。
何银水慌忙驻足。
高二菊瞪了他一眼："多一事不如少一事。'小辣椒'你也惹得起？"
何银水只好回到三轮农用车旁，一脸愁容。

16. 何金水家院里、院外，黄昏

"小辣椒"拉着平板车来到门前，拉开嗓门儿朝院里喊："老何家！有人吗？开门！"
何老爹正趵蹴在屋檐下抽闷烟，听见喊声，磕磕烟袋锅儿，站起身，朝院门口走去。
正在屋里忙着做饭的何金水媳妇高大菊和儿子亮亮也打开屋门，朝院门口张望。
何老爹"哗啦"一声拉开院门，说："门没拴！"他拿眼打量着"小辣椒"，"你们有事儿？"
"小辣椒"拉着平板车，不由分说地闯进门来，把何老爹撞了个趔趄，她声色俱厉地："有事儿，当然有事儿！"
何老爹怔怔地望着他们。
"小辣椒"："老何头！你那儿子林有发酒醉开车把我们家长河撞成这样，这事儿咋说？"
何老爹辩解道："有发人都没了，你们还想咋的？"
"小辣椒"仰着脸说："咋的？人被撞成这样，合作医疗之外自己家花的那部分医药费谁拿。他这辈子要是残废了，我们这个家谁养？地谁种？活儿谁干？说吧！今儿个不给个明确说法，我们就不走了，就吃在你家住在你家在你家养伤啦！"
她往起搊王长河："进屋，到他们家屋里炕头上躺着去！"
王长河满脸为难，小声地："桂花，这……好吗？"
"小辣椒"猛地将他拎起来："下车，走——"疼得他直咧嘴。
她搊着王长河，十分艰难地朝屋内走去。
何老爹想拦，但面对一个女人和一个伤者，又觉得没法拦，只好挓挲着手干喊："哎，哎……"
高大菊却生气地横在了门口："啥事儿，在这儿说吧！"
"小辣椒"蛮横地梗着脖子："不行！非得进屋里说！"她指指王长河，"得让他先躺到你们家炕头上，然后咱们再细掰扯！"
高大菊据理力争："不行！这是我的家，你们不能胡来！"
"小辣椒"耍横地："冤有头债有主，长河，进！"
高大菊见王长河浑身是伤，不好拦他，却拦住了"小辣椒"。
一个执意要进屋，一个执意不让进，两个人推搡撕扭在了一起。
何老爹见状，忙喊孙子："亮亮，快去稻田地里找你爸……"
亮亮应了一声，手里执着彩色小风车，一溜烟似的跑了。
高大菊和"小辣椒"仍在撕扭着。
何老爹挓挲着手着急地喊："有话说话，都撒手……都撒手！"

17. 稻田里，黄昏

何金水穿着水靴、身后背着个大草帽，正在地里忙着。
远处近处，有许多农民在田里忙着，

播撒有机肥的小型无人机从绿色无垠的稻田上空掠过。

亮亮气喘吁吁地从田埂上跑过来，边跑边喊："爸！出事儿了，爷爷叫你回家！快！"

"哦？！"何金水闻听此言大惊，忙三步并作两步地从稻田里走出来……和亮亮地一起往家跑。

18. 何金水家屋内，傍晚

王长河坐在炕上，从窗口朝外边张望。

窗外，高大菊和"小辣椒"脸上都挂了彩，但已被何老爹给强行分开了。

何老爹站在她俩中间，带着哭腔："哎呀……我这是哪辈子作了孽啊，有发没了，还惹出这么一大堆麻烦来啊？！"

王长河狠狠地砸了一下自己的脑袋："唉……"

19. 何金水家院内，傍晚

何金水和小亮亮一前一后跑进院儿。

何金水沉着脸，厉声喝道："你们这是唱的哪出戏！"

"小辣椒"气喘吁吁地说："好，金水你回来就好，我找的就是你！"

何金水平心静气地："桂花嫂子，有事儿屋里说，在这儿闹闹吵吵的，多不好！"

"小辣椒"一脸得意，冲着高大菊说："哼，你不是不让我进你家的门吗？听着了吧？闪开！"说着，横着膀子走进屋去。

高大菊一脸委屈地看着自家男人，默默地低下头，没吭声。

何金水一努嘴，示意大菊也进屋去！

高大菊抖了一下围裙："是人不跟驴弹琴，我做我的饭去！"趔身走进灶房。

何老爹趿蹴在窗外，一声不响地想心事，眼里汪满了老泪。

20. 屋内，傍晚

何金水用暖瓶给王长河和"小辣椒"各倒了一杯水："都消消气，有事说事儿。"

王长河臊得满脸通红，把脑袋深深地埋了下去。

"小辣椒"没接他递过来的水，径直说："金水，我且问你！林有发是你爹的养子，是也不是？"

何金水："是啊，没错！"

"小辣椒"又问："你和银水都喊林有发一声哥，他喊你们一声弟，对也不对？"

何金水回答："对呀，没错！"

"小辣椒"："这不结了吗！林有发惹的事儿，他死了账就没了？世上有这个理儿吗！你说吧，我们家长河伤成这样，治病的钱咋办？他要是落下终身残疾，谁养活我们这一家人？"

王长河摇摇头嘟哝了一句："唉，林有发惹的事儿，跟人家金水说得着吗！"

"小辣椒"厉声厉色地："你闭嘴！"

王长河吓得一缩脖子，不敢再吭声。

何金水笑眯眯地又把水杯递过去："来，嫂子，喝口水润润嗓子了，说话更清亮。"

"小辣椒"这才接过水杯，猛地灌了一大口。

何金水："嫂子，依我看，这事儿……话得分两头说。"

"小辣椒"："怎么个两头说？"

· 51 ·

何金水:"要光往理上说,林有发是我哥哥不假,可他撞车前,长河大哥明知他酒驾自愿跟着去的,出了事儿,双方都有责任。"

"小辣椒"嗷的一声:"啥?我们家长河伤成这样,你还忍心把责任往他身上推!"

何金水慢条斯理、有板有眼地说:"不是往他身上推,他就是有责任!他要是拦住有发大哥,能发生撞车事故吗?"

"小辣椒"说:"你要这么说,那我就叫我们家王长河躺在你们家炕上,长期养伤!"

何金水突然声色俱厉地说:"这叫啥?这叫耍臭无赖!这样我就怕了?我不怕!"话音掷地有声!

"小辣椒"有些被震慑住了,愣了一下。

何金水据理力争地说:"如果法律允许你胡搅蛮缠,全村子各家各户的房子都可以成为你孙桂花家的了。孙桂花!你不怕犯法,你就这么干!"

"小辣椒"一听,突然两手捂着脸大哭起来:"哎呀我的天哪!我家长河伤成这样,这可叫我怎么办哪?!"

何金水看着哭天抹泪的"小辣椒",转换了语调说:"我看你也不用哭天抹泪的,事儿呢总归能解决,活人总不能叫尿憋死了!"

"小辣椒"抹了把眼泪:"你说能解决,咋个解决法?"

何金水说:"我刚才说的话,是就理的方面说的。说完了理,咱还得说情。"

"小辣椒":"说情?啥情?"

何金水:"我们和林有发大哥的兄弟情,我们老何家和你们老王家的乡情!"

"小辣椒"一脸不解。

何金水:"有发哥虽说是我爹的养子,可跟我亲哥哥没啥两样。咱们呢,又是低头不见抬头见的乡亲,从哪个方面说,长河大哥伤了,我何金水也不能袖手不管,怎么说,也得帮着你们把眼前这个坎儿迈过去!"

王长河受了感动:"金水啊,你真是个有情有义的人!"说着,眼里汪了泪。

"小辣椒"对王长河吆五喝六地:"待着,别说话!"又直冲冲地对金水说:"说管咋管?你给句痛快话!"

何金水沉吟了一下:"你听好了,这钱不是我们欠你的,而是我们帮你的!长河大哥治病的钱,除去合作医疗报销的,我负责一部分。嫂子,你也给我句痛快话,看我负担多少合适?"

王长河忙插话:"桂花,金水这几年忙着有机稻的事儿,今儿个跑科技站,明儿个又跑种子、买机械,没少花钱,他家……"

"小辣椒"光火地:"你把嘴闭紧,我能拿你当哑巴呀!"

"金水,你看……"王长河苦笑了一下,"大哥我在家里没地位。"

何金水笑了:"嫂子你当家,你说吧。"

"小辣椒":"金水,你家没太多钱,这我知道,可你弟弟银水和高二菊那两口子这几年可是发了大财了,他们拔根汗毛都比我们腰粗。他们也得出份钱啊。我看咱们三家就三一三十一吧。"

何金水为难地:"嫂子,你知道,在钱的方面,我这个当哥哥的哪做得了银水家的主哇!"

"小辣椒":"我们家可是受害者啊。我们家自己也摊一份,他银水家凭啥不摊?就你一个人管林有发叫哥呀?!我就这条件了,这就是底线。你同不同意吧,给句痛快话!"

王长河："桂花，不要逼人太甚！"

"小辣椒"抬手狠劲拧了王长河耳朵一下，疼得他直咧嘴。

何金水一见，哭笑不得地："行行行，就依嫂子你吧。"

"小辣椒"："好，男子汉大丈夫。吐口唾沫就是钉儿！医药费的事儿，就这么定了！"

何金水紧锁眉头，微微点头。

"小辣椒"又说："还有，我们家长河要是落下终身残疾了怎么办？"

"你……"王长河实在看不下去了，挣扎着要下地。"你一个人在这嘚嘚吧，我这脸可发烧，我得回家。"

何金水慌忙扶住他，转过脸对"小辣椒"："嫂子，长河哥有病看病，现在不是还没残疾吗！"

"小辣椒"："现在是没残疾，那以后要是落下残疾呢，你们管还是不管？"

何金水："别说长河受伤有发大哥有一份责任，就算没这个茬儿，咱们乡里乡亲一回，我也不能看着不管啊！"

"小辣椒"指点着何金水："这话可是你说的，到时候你别赖账！"

何金水笑着说："嫂子，瞧你说的，我何金水是那种拉屎往回坐的人吗！"

"小辣椒"："话，说透亮了！我就信着你何金水了。"说着，冲王长河颐指气使地，"走，回家！"

何金水忙上前帮助搀扶王长河。

21．外屋灶房，傍晚

高大菊正在灶台旁忙活着，见何金水送"小辣椒"和王长河出屋，没好气地用力蹾了一下水舀子！

何金水忙悄悄捅了她一下。

高大菊一直背着身，等到他们出了门，才转过来，现出一脸的愠色。

22．何金水家院里、院外，傍晚

何金水目送"小辣椒"拉着平板车出了院门，才反身走向跂蹴在屋檐下的何老爹。

何老爹抬眼看看金水："刚才你们在屋里说的话，爹都听到了，"他长叹一声："前脚你已经帮助你嫂子家还了欠小饭店的钱，爹知道，你眼下手里再没钱了！"

何金水："爹，我不应下这个事儿，她'小辣椒'就得找我嫂子家闹去！咱们能眼看着我嫂子她为难吗？再说了，老祖宗一辈一辈传下来的人情味儿，不能在我们这辈人手里断了根啊！有发大哥撞车，人家受了伤，也是遇上了为难遭灾的事儿，咱能装怂不管吗？我看是天无绝人之路，慢慢想办法吧！"说着，面现愁容。

何老爹："唉，爹知道，你这是在心上又压了块大石头哇！银水家那边儿，得空儿我过去跟他们两口子说说，最好他们能拿点儿，救救急！"

何金水面有难色："爹呀，银水他们家是二菊当家，那是个'把家虎'，我看够呛！"

23．村街上，傍晚

王长河从平板车上艰难地抬起头来："桂花，你今天对我……实在太过分了。"

"小辣椒"头也不回地拉着车："我没觉得。"

王长河："还不觉得？你把我耳朵差点儿没拧掉，现在还火烧火燎的疼呢。这下子可好，让人家发现我是个怕老婆的人！"

"小辣椒"忍不住乐出声来："哈……才发现？你怕老婆，在这十里八村早就名声在外了。在老娘面前，你就是儿子。"

王长河赌气地别过脸去，不吭声了。

"咦？你还敢给我脸子看！"小辣椒猛然把车停下，反身走过来。

吓得王长河强挤出一丝很难看的笑容："没呀，我哪敢给你脸子看。"

"小辣椒"瞧附近没人，压低着声音："说，在老娘面前，你是不是儿子？"

王长河苦着脸捂着耳朵说："行了，快走吧，我管你叫妈行了吧！"

"小辣椒"一脸得意的神情。

24. 何银水水产店门前，夜

何银水驾着三轮农用车刚刚从外边回来。

高二菊急忙往屋里卸东西。

何老爹倒背着双手走了过来。

泉泉正拿着小水枪泚水玩，最先看见了他爷爷，喊："爷爷！"

何银水忙迎了过去："爹！"

何老爹向银水一摆手："你过来！"

何银水急忙向爹靠拢过去。

高二菊一边拾掇东西，一边用眼睛斜睨着何老爹和银水。

何老爹在向银水小声说着什么。

突然，何银水几乎是喊了出来："爹，我哥这是傻了还是茶了？他咋能应承这种事儿呢？'小辣椒'这不是明摆着讹咱们么！"

何老爹解释说："说讹，咱也不是故意让她讹。你哥是觉得当年你林大爷对我有恩，现在你有发大哥摊上了事儿，他又没了，咱们要是躲得远远的，不够'人'字儿那两撇！"

何银水说："爹呀，我林大爷对咱家有恩我知道，可咱家养了他儿子多少年哪？咱报恩了呀！说心里话，你对林有发那个好劲儿，让我这亲生儿子都嫉妒！可他不争气，酒驾撞了车，连命都搭上了，咱还得给王长河掏看病的钱，这是哪跟哪儿啊？！"

何老爹沉下脸："银水，你别跟我说这么多废话。我就问你一句，你到底能不能分担点儿？"

何银水一脸苦相："爹，要是你用钱，那没说的，可……我孝敬谁也轮不到孝敬他王长河呀！"

何老爹气得脸色铁青："我不用你的钱，有你哥哥养我的老，以前没用过，以后也不用！我就想让你在这件事儿上帮你哥哥把这个难关挺过去，行不行？！"

何银水背过身去，打了个唉声："爹呀，你这不是强我所难吗！"

何老爹气呼呼地："好哇，你小子，连你爹说的话也不好使了！我打死你这个兔崽子！"说着，脱下鞋，拎着追打银水！

泉泉在一旁，惊呆了。

何银水一边急急地躲闪，一边喊："爹，爹……"

何老爹怒火中烧："我不是你爹！钱才是你爹！"

高二菊急忙跑了过来："爹呀，你看你跟他生这么大的气干啥！快点儿的，消消气，消消气！"

何老爹见儿媳妇拦着，也不好再追打银水。

高二菊笑呵呵地："爹啊，刚才你跟银水说的话，我也听了个八九不离十。我看这么办吧，她'小辣椒'不是想要钱吗？让她直接找我们来要哇！至于这钱该给不该给，我跟她'小辣椒'掰扯。这样就省得你老人家为这事儿操心费力了，行不？"

何老爹没回高二菊的话，气哄哄地冲何银水说："你小子，就照这么长去吧，我看你能出息成个啥样！"说罢，转身就走。

泉泉上前抱住爷爷的腿："爷爷，别走！我不让你走！"

何老爹用手抚摸着泉泉的头，眼里盈满了泪水："泉泉，好孙子。你呀，好好长大成人，别像你爸那样认钱不认爹就好！"

何银水趁机从水池里拎出一条大鱼，追了上去："爹，您跟泉泉说这话，太重了，你儿子不是你说的那样人。你别生气，这条鱼你拿着！"

何老爹倒背着手，偪偪地朝前走，甩下一句："不要！我嫌腥！"

何银水拎着鱼愣愣地站在那里，沉沉地低下头。

泉泉对何银水说："爸，爷爷生气了。"

25. 何金水家，夜

灯下，亮亮已经睡去了。

高大菊手里做着针黹，跟何金水说着话："银水那边儿，爹肯定去也是白去。今天这个事儿，你凭啥应承她'小辣椒'？别人有钱都装没钱，你却没钱硬装有钱。瘦驴拉硬屎！你这一句话，给咱们家带来多大罗乱！伤筋动骨一百天，王长河的伤往少了说得三四个月，往多了说没头儿。那是个无底洞，咱们哪有钱往里填？！"

何金水说："大菊啊，现在翠兰嫂子孤儿寡母的比咱们更难，咱们不帮她顶着这些事儿，谁帮她顶着？"

高大菊无奈地："你这人啊，就是心太软，老毛病。"

何金水："大菊啊，那年我进城打工挣了点钱，年根岁底被小偷偷了，身上镚子全无。多亏了一位素不相识的开饭店的小老板帮助，让我吃了顿饱饭，还给我拿了回家的路费。打那时候我就想，人哪，不能把人心都掉到钱眼里。看谁遇到难处了，得出手帮！如果人与人之间都没了情意，没了人味儿，咱们拉林河还是社会主义的天和地吗？"

高大菊叹了口气："咱爹一天天老了，亮亮也一天天大了，你这一天到晚忙活着试种有机稻，哪疙瘩不需要钱！这天上不掉钱，地上不长钱，咱手里没俩钱行吗？"

何金水："大菊啊，谁说地上不长钱？咱们东北的黑土地就是咱们大中国土地里的国宝大熊猫，宝贝疙瘩呀！大菊你睁着眼睛看着，我何金水就是要拉林河的地上不光长钱，还要长大钱！我的有机稻就是钱！"

这时候，屋门"咣当"一声响，何老爹回来了。

何金水迎到外屋："爹，回来了？"

何老爹余怒未消，嗓子眼儿咕噜一下，没说话，趔回自己屋里去了。

何金水看着他爹的神情，知道老爷子是生气而归，站在那里轻轻打了个唉声。他啊，一脸愁容！

26. 何金水的有机稻田，日

何金水坐在田埂上发呆，他明显的清瘦了！

孙喜拎着一条大鱼走了过来。

何金水抬眼看看他："'水耗子'，又抓鱼了？"

孙喜把鱼往他脚下一丢："特意给你抓的。"

"哦？"何金水怔怔地望着他。

孙喜笑吟吟地："慰劳慰劳你。你跟我妹妹家的事儿，村子里都传遍了。行，你小子仁义！"

何金水一脸愁苦地："人心要是掉进了钱眼儿里，要想让它再从钱眼儿里蹦出来，难啊！实不相瞒，我应是应下了，可这钱眼下还没个着落！"

孙喜笑笑："我知道！你压力山大。"说着，从怀里掏出个包包："这是3万块，我今年头九个月的进项，你拿去！"

何金水慌忙站起身："大哥，你……有发大哥欠你的饭钱，你已经给免了一半单了，怎么好还让你……"

孙喜很诚恳地："金水，快别说了。我妹外号'小辣椒'，专爱占尖取巧，我的话她也从来不听。她这简直是讹人，你可千万别记她的仇。"

何金水大度地："长河受伤了，她心急呗，我记啥仇哩！"

孙喜把钱硬塞给他："她当妹妹的不懂事，你拿着，省得她再闹腾。"

何金水："可……你辛辛苦苦做生意，这3万块可不是小数儿！"

孙喜摆摆手："钱算啥？钱是小鸡下的蛋，花了咱再赚！再过几年，对你，对我，这都是小数儿，别看现在村里都说我是首富，等你这有机稻发展起来，首富就是兄弟何金水你了。"

"可……"何金水为难地，"我应下的事儿，哪能让你破费！"

孙喜笑吟吟地："咳，这说哪的话呢？人活在世上，钱不是最金贵的东西，你何金水对他们的这份情意花多少钱也买不来啊。"

何金水嘿嘿一笑："你说的是，人要是只看重钱，就等于没了灵魂，没了信仰！没了网络上所说的新鲜词儿：诗和远方！那活着还有什么劲！这么着吧，这钱……就算我借你的。"

孙喜想了想，指指金黄色的稻田，"金水，你这有机稻，我真的看好。往后年年，我的小饭店，专吃你的米，这点儿钱就算是预付款，行不？"

何金水十分感动地："大哥，我往后还真的不能总管你叫'水耗子'了，得喊你喜子哥。"

"别呀，"孙喜笑嘻嘻地，"我还真就乐意让别人喊我'水耗子'，比《水浒传》里的'混江龙'和'浪里白条'都好听！"说完，嘿嘿乐了。

见他笑，何金水也笑了，说："好，那我就还喊你'水耗子'。我叫何金水，你叫'水耗子'，咱俩都有个'水'字儿。"

孙喜："对呀，要不……咱怎么是哥们兄弟呢！哈……"

他俩的笑声掠过金色的稻浪，掠过芦苇和菖蒲，融入了拉林河澎湃的涛声……

27. 王长河家院子里，日

王长河身边放着拐杖，坐在院子里的木凳上晒太阳。

"小辣椒"孙桂花满脸汗水、乐颠颠地走进院来。

王长河拄着拐杖想站起来，却重重地摔倒在地上。

"小辣椒"忙上前搀扶他，一边扶一边埋怨："你看你也不小心点儿！"

王长河重新坐回到凳子上。

"小辣椒"把一沓钱"啪"地摔到王长河面前。

王长河愣愣地看着她："金水还真给了？！"

"小辣椒"："我今儿个就是想试试他何金水说话算不算数，嗨，那小子还真行！"

王长河："桂花，人心都是肉长的。没事儿的时候，我就搁心里寻思：你这事儿做得实在过分！"
"小辣椒"："不管是不是过分，你老婆我就是把不可能变成了可能！"
王长河："一个村子里住了这么多年了，咱可见好就收吧，千万别蹬鼻子上脸。人家金水这么多年从没跟哪个乡亲红过脸儿，是个讲究人儿！咱们得向人家学着点儿！"
"小辣椒"点头："让我学他？我可学不了！让我往外舍一分钱，哼，都赶上从我心尖上往下剜肉了。哎，我再告诉你个好事儿，今天他让咱加入他办的有机稻种植合作社了。这样，咱们家地里的活计，就都由合作社包下来了，咱们就干擎着秋后分钱了！"
王长河乐得一拍大腿："哎哟，这个何金水啊，想得太周到了！"
"小辣椒"："没跟你商量，我当时就做主了，加入！"
王长河竖起大拇指："好！老婆，我跟你结婚这么多年，你就这个主做得好！"
"小辣椒"倏地沉下脸："啥？你这意思是说我过去做的主都不好呗！"
王长河忙改口："不敢不敢。我刚才是落下了一个'更'字，凡是你做的主都非常好，这次做的主更好！"
"小辣椒"扑哧乐了："谅你的胆儿也没那么肥！"
王长河瞥她一眼，说："还有一件事，你做的主最好！"
"小辣椒"："哪件事？"
王长河笑嘻嘻地："决定嫁给我呀！"
"小辣椒"一把揪住他的耳朵："我让你臭美！还臭美不臭美？"
王长河疼得咧着嘴："哎哟！快松手，不臭美了……"
"小辣椒"这才松开手，一把抓起钱，满脸得意地朝屋内走去，边走还边哼起了东北二人转：

花木兰那个替父去充军，
穆桂英威风凛凛破天门……

她开门进屋，却又从窗户探出头来，冲着王长河挤眉弄眼地唱道——
"小辣椒"我声震拉林河呀，
咱也不是一般的人……

王长河看着她，哭笑不得地："你能！"

28. 拉林河畔，黄昏
夕阳西下，满河胭脂满河落霞，河面上泛着金翅金鳞的波光。
何老爹坐在河堤上，目光略带忧郁地望着悠悠河水，想着很沉很沉的心事。在波光的映照下，他脸上的每一道皱纹仿佛都在颤动，那是流动的岁月！
他的逆光剪影……

29. 字幕：一年以后

30. 拉林河的大堤，同时也是乡村公路上，日
一边是蜿蜒如带的拉林河，一边是绿油油的稻田。
何金水骑着一台崭新的电动摩托车行驶在公路上，两旁的风光让他感到十分惬意。
迎面有人骑着电动摩托车驶来，近了，停下车，跟何金水搭讪："何主任……"

何金水忙刹车笑答:"扯淡!一起光屁股长大的,叫什么主任?喊金水……"
迎面那人:"金水,说真话,从打你选上村主任,大伙儿都觉得有奔头了。"
何金水:"咳,都是'水耗子'那哥们儿作的妖,他挨家挨户忽悠,硬赶我这鸭子上架。"
迎面那人摇头:"你这话不对。咱庄稼人可不是好忽悠的,人人心里都有杆秤。"
何金水:"干部干部,先干一步,我努力给大伙儿办事吧。办好办赖,别骂我就行!"
迎面那人看看他车上驮的东西:"看你把话说哪去了?全村的人现在谁不夸你啊?说你不仅在物质生活方面带领大家伙脱贫致富,还带领大家在精神生活方面脱贫哪!干得好啊!"
何金水:"哎呀,一根竹篙难过汪洋海啊,得靠大家伙多帮助哇!"他晃晃手中的几本书,"另外咱得多学习呀!这几本书,都是农业科技站在电商平台上推荐的。不学习,多好的地也难种出好稻米来!"
迎面那人:"你们这一大片有机稻,长得可真稀罕人啊。等秋后,可别忘了请我喝庆丰收的酒啊。"
何金水笑道:"那是一定的。"
两人互相摆摆手,各自骑着电动摩托车走了。

31. 村口桥头,日
何金水在弟弟银水的水产店门口停下车,从车后边拎下一个塑料袋,递给银水说:"这是泉泉喜欢看的儿童故事书,我正好去城里,顺手就买回来了!"
何银水接过:"哥,你又给泉泉买书!"
何金水:"咱们这辈子人,肚子里文化水儿还是少哇。"他瞥一眼旁边的高二菊,压低了声音说:"银水,把下辈人培养好,才是花多少钱也买不来的金疙瘩。他们都长大都出息了,咱们这辈子才算没白活!"
何银水点头称是:"哥看得远,说得是!"他把一条大鱼挂在了何金水的摩托车前,"你看,还鼓腮嘎巴嘴儿呢,新鲜!让我嫂子搁锅里多炖一会儿,咱爹肯定爱吃。"
何金水点头:"你老惦着咱爹,好吧!"说着转身骑车要走。
何银水又叮嘱:"跟咱爹别说我给的,他还跟我赌着气呢。"
何金水笑笑,骑摩托走了。
高二菊这才走过来,对何银水说:"回回大哥打这过,你回回给拿鱼,可我从来没听见爹嘴里说出咱们个好儿来!"
何银水:"亲爹亲儿子,用得着天天甜言蜜语么!"
高二菊用鼻子哼了他一声:"就你傻大方!"说完,"砰",把手里从大盆里捞鱼的网兜用力摔到地上,趸身进屋去了。
何银水盯着她的背影,咽了口唾沫,没再吭声!

32. 何金水家,傍晚
高大菊从锅里往外盛炖好的鱼,锅灶旁水汽氤氲。
何金水从窗户探出头来,冲正在院子里玩"打游击"的拴拴、亮亮、泉泉喊道:"你们几个小哥们儿,都进屋吃饭了!"
几个孩子一窝蜂似的跑进屋来:"吃鱼了,吃鱼了!"
何老爹早已端坐在饭桌前,看着孩子们都上了桌,乐得胡子直颤,脸上的皱纹仿佛都笑得舒展了许多。

高大菊端上鱼来，何金水开始给何老爹和孩子们盛饭。

小哥几个乐乐呵呵地吃着。

何老爹夹了一筷子鱼放到嘴里品味："嗯，这鱼鲜！"

何金水掩饰地："镇上卖的，也是从咱拉林河打的鱼。"

何老爹对泉泉："你大爷孝顺。我发誓不吃你爸的鱼，他照样能买来这么新鲜的好鱼，你大娘炖得也香！"

泉泉愣愣地望着何金水："大爷，这鱼是我爸给你的啊！"

一听这话，何老爹停下了筷子，满脸狐疑地看着何金水。

拴拴和亮亮都着急地用手在桌子下面掐泉泉。

泉泉疼得咧着嘴说："掐我干啥呀？这鱼本来就是我们家的！"

何老爹"啪"地一摔筷子，离桌去了屋外。

何金水忙跟了出去。

亮亮对泉泉说："看看，爷爷生气了，就怨你多嘴。"

泉泉："我没说假话啊！"说着，嘤嘤地哭了起来！

高大菊急忙安慰他："泉泉，别哭。"她轻轻地拍了亮亮一巴掌，"吃饭也惹弟弟哭……"

33. 窗外屋檐下，傍晚

何老爹气呼呼地问何金水："这鱼是银水送的，你为啥瞒着我？"

何金水笑道："爹，银水家的鱼有毒药哇？"

何老爹："没毒药我也不吃，恶心！"

何金水："爹，银水孝顺，知道你跟他较着劲，所以才不让我说是他送的鱼！如果有错，都是我的错！"

何老爹虎着脸："那银水跟他媳妇高二菊是一路货，都是认钱不认爹的主！这个儿子，我不认了！"

何金水笑了："爹啊，如果银水真是你说的那样人，别说你不认他这个儿，我也不认他这个弟。可……我觉着银水他是真心惦记你老人家。说实话，你吃过的那些鱼，没有一条是我从镇子上买回来的，都是银水送的！"

何老爹一愣，硬倔倔地说："我吃他的鱼，也不领他的情！"

何金水说："爹，你这辈子总共拉扯了我们三个孩子，大哥林有发没了，就剩银水我们兄弟俩了。你跟银水老是这么较着劲，我心里也不是滋味儿。亲爹亲儿子，有多大的疙瘩解不开啊？"

何老爹："要想让我跟他把疙瘩解开，行，得让他答应我个条件！"

何金水忙问："啥条件？"

何老爹："让他跟高二菊一刀两断，离婚！"

"哎呀，爹！"高大菊突然从窗户内探出头来，咯咯笑着，"你老人家想当王母娘娘啊，非得把人家牛郎织女给拆散喽哇？"

何老爹不笑："大菊，那个二菊跟你不一样。我让他们离了，省着银水守着嘎鱼学嘎鱼，守着泥鳅学泥鳅！"

高大菊笑得更响了："爹，你说的是气话。要是他们真的离了，你孙子泉泉有爹没娘、有娘没爹的，可就遭罪了，你不心疼？！"

何老爹不语了。

何金水也说:"大菊说得对,爹说的是气话。"
何老爹眼里汪出了泪:"树老了心空空,人老了事满胸。爹老了,心里头经不起多少事儿了。对银水家那边的事儿,我眼不见心不烦。往后你不兴再往回拿他的鱼,我戒鱼啦!"
这时,屋门开了,高大菊领着三个孩子走了出来。
泉泉怯怯地走到爷爷跟前,带着哭腔说:"爷爷,刚才是我有错,你打我吧!"
何老爹一听这话,忙搂过泉泉:"傻小子,不说真话,爷爷让你说假话呀!"
三个孩子一起拥上来,有的搂着爷爷的脖子,有的拉住爷爷的手,都劝爷爷:"爷爷,别生气了!"
泉泉眼里有泪:"爷爷,求求你,别让我爸跟我妈离婚啊!"
何老爹泪眼婆娑,颤着声说:"不离不离,爷爷说句气话你也信啊!"
何金水与高大菊对视,都忍俊不禁。

34. 王长河家,夜

王长河身子骨明显比以前强多了。
"小辣椒"孙桂花一边嗑瓜子一边看电视。
荧屏上,一对老年人正举行婚礼,很热闹。
"小辣椒"看着看着,突然灵机一动,转脸对王长河:"哎,长河,你想不想增寿?"
王长河不解:"啥意思?"
"小辣椒"眼珠子直转:"老话说,保一门红媒增寿十年,咱干件好事儿呗!"
王长河仍不解:"咱村的大闺女都出了门子,小伙子都有了媳妇,等你保媒拉纤儿?汤也冷了菜也凉了。"
"小辣椒"生气地:"非得大闺女小伙儿子啊?寡妇光棍儿就不行啊?!"
王长河没想到这一层,微微一怔。
"小辣椒":"林有发没了一年多了,咱不如把田翠兰跟我哥往一块撮合撮合!"
"扯,你可真能扯!"王长河脑袋晃得像拨浪鼓,"人家田翠兰长得要个头儿有个头儿,要腰身有腰身,要模样有模样,能嫁给你哥孙喜?我看这事儿门儿都没有!"
"小辣椒"气得鼓起腮帮子说:"你咋说话呢!她条件再好,不也是个寡妇吗?还带个孩子!"
王长河反驳:"你哥不也带着俩孩子。"
"小辣椒"不服地:"可我哥脑瓜儿活,开饭店,手头宽绰。"
王长河:"可你哥个头儿太矮,女人都喜欢像我这样的大个儿。"
"小辣椒"讥讽地:"你也忒不要脸了吧?叫我看,你顶不上我哥一根脚趾头!"
王长河:"那是,所以我只敢娶你,不敢打人家田翠兰的主意。"
"小辣椒"真急了,又伸手揪王长河的耳朵。
王长河慌忙闪开,连声说:"别揪,别揪。我顺着你说行了吧?"
"小辣椒"严肃地:"秤砣虽小还压千斤呢,麻雀虽小五脏俱全!我哥除了个头儿矮,没毛病!"
王长河不敢再反对:"那是,那是。"
"小辣椒"眉毛一扬,命令道:"我哥那边儿,我包了;田翠兰那边,你包了,咋样?"
王长河连连摇手:"别别别,寡妇门前是非多。我一个大老爷们儿,去寡妇家串门儿，容易出那个说道！"

"小辣椒"着急地："你不会找人跟她说啊！"

王长河："找人？找谁？"

"小辣椒"："何金水、高大菊啊！"

王长河摇头："去年，我受伤，你讹人家钱，那高大菊，见我一直不说话，咋还有脸去求人家！"

"小辣椒"："年初选村主任，你、我，票不是都投给何金水了吗！这点儿面子，他们不能不给吧？"

王长河："选金水当村主任，那是应该的，跟这件事不搭边儿。"

"小辣椒"倏地沉下脸："你今天欠削吧？咋总打破头楔儿！咱张罗这件事，不也是为他们嫂子好吗！"

王长河这才勉强地："行行行，明天，我去跟金水说，行了吧！"

"小辣椒"叮嘱："你去的时候，千万别忘了拄拐杖。"

王长河苦着脸："我这腿都快好利索了，你老让我拄那玩意干啥呀！"

"小辣椒"："让你拄你就拄。你不拄，别的合作社社员都在田里干活儿，你不出工，好吗？再说了，咱得让何金水心里头总觉得对咱们有亏欠！"

王长可无奈地："唉，你呀，心眼儿多得像筛子眼儿……"

35. 有机稻种植合作社，晨

何金水和不少社员都正在田里忙碌着。

王长河拄着拐杖走了过来。

何金水："哟，长河大哥，你咋来啦？"

王长河："找你有事儿说。"

何金水："啥事儿呀？"

王长河把他拉到一边："金水，你说……咱们两家要是做个亲戚怎么样？"

何金水以为自己听错了："什么什么？咱们两家做亲戚？你不是又喝高了吧！"

王长河："大哥今天没喝酒，大哥今天说的是正事。"

何金水笑了："到底啥事儿啊？"

王长河："你有发哥走了以后，你嫂子田翠兰带着个孩子日子过得也挺难的。虽说有你们帮衬着，但咋说也不如有一个囫囵个儿的家好！"

何金水："那是！"

王长河："我琢磨，可不可以把她跟我大舅哥往一块儿撮合撮合。"

何金水眼睛一亮："喜子大哥是好人哪。咳，我咋就没想到这一层哩！"

王长河："那你就多费心。"

何金水雀跃地："行啊，我一定尽力。"

王长河："那好……我可就等着听你的信儿了！"

他一高兴，竟把拐杖往旁边一扔，挺起腰板回家复命去了。

何金水看着他的背影，拾起拐杖："长河大哥，你的拐杖！"

王长河回身，一脸不好意思。

36. 何金水家后园子里，日

何金水和高大菊两人正在辣椒地里摘辣椒。

高大菊："冲孙喜大哥，这事儿该办；冲'小辣椒'，这事不能办！"

何金水说："哎呀，大人不记小人过，事儿过去了就过去了。如果真的把这桩大媒做成了，咱们也算是帮翠兰嫂子又成个家，这事儿是好事儿啊！"

高大菊一边把辣椒使劲摔进胳膊肘上挎着的小筐里，一边说："你去告诉'小辣椒'，想跟咱家攀亲戚，她得跪在咱家大门口，烧高香，磕响头，自己扇自己三个大嘴巴！"

何金水扑哧乐了："我说正事呢，你别说气话了！"

高大菊正色道："我不是说气话。'小辣椒'那种人，我得让她知道有事儿求我高大菊的时候，得把头低着点儿，不然，她那张脸就快扬到天上去了！"

37. 村街上，黄昏

"小辣椒"和王长河挎着一篮子鸡蛋，朝何金水家走去。

王长河嘿嘿笑着："真想不到，我媳妇，出名的'小辣椒'，终于也有辣不起来的时候。"

"小辣椒"瞪他一眼："你又欠削了，是不？"

王长河继续嘿嘿笑着："上一回，你上人家何金水家去，凶得像个母老虎；可这回呢，怂得像只小猫儿。哈……"

"小辣椒"振振有词地："上回是上回，这回是这回。事关我哥后半辈子咋活，我能不上心吗？这叫在人屋檐下不得不低头……"

38. 何金水家院内，黄昏

高大菊正撒着玉米粒儿喂鸡。

王长河、"小辣椒"来到了院门口。

王长河推门要往院里进，"小辣椒"急着扯了一下他的衣袖。

高大菊拿眼睛的余光瞅了他们一眼，假装没看见，嘴里仍"咕咕咕"地叫着喂鸡。

"小辣椒"见状，高声大嗓地："哎哟喂，我的大菊大妹子，真是个勤快人啊，日头爷儿都贴山了，还忙活呢！"

高大菊斜睨了她一眼，没吭声。

"小辣椒"进院儿，走近她，满脸赔笑地："大菊，好妹子，还生我的气呢？"

高大菊仍不吭声。

王长河说话了："大菊，你看我和你桂花姐都来给你赔不是了，就是铁面包公也得开个面儿啊！"

高大菊："啥？桂花姐？我可高攀不起，我没她这个姐！"

"小辣椒"笑呵呵地："大菊，你大人大量，别跟姐一般见识啊。"

高大菊："不敢不敢。我称不起'大人'，更没'大量'！"

"谁说的？""小辣椒"笑嘻嘻地，"金水是村主任，你就是咱村的第一夫人，这叫干部家属！"

高大菊："别，还是你厉害。'小辣椒'啊，威风八面，跺一脚，地皮乱颤，吼一嗓子，拉林河水都能倒流！"

"小辣椒"："看，真的还记恨姐呢。"她往高大菊身边凑了凑，"妹子，你要是还恨我，就往我身上搧脸上打，我要是还一下手，就不够'小辣椒'这仨字！"

高大菊一听这话，心有些软了。

这时，何金水领着亮亮走进院儿。

何金水："呀，长河大哥和桂花嫂子来了，快屋里坐吧。"

"小辣椒"乐了:"哎!"

她拉着王长河进屋,走过高大菊面前时,拿胳臂肘轻轻碰碰她:"看,还是你家金水大度。上一回,是他让我们进的屋;这一回,又是。大菊你呀……对姐不够意思。"

高大菊瞧她这副模样,想笑,却硬憋着没笑。

何金水拿眼神示意她也进屋。

高大菊执拗地一拧身子。

金水低声地:"人家主动登门来赔不是了,得饶人处得且饶人……"

39. 孙喜的小饭店,黄昏

何老爹拉着小孙子拴拴从屋内走出来。

何老爹弓下腰问拴拴:"好吃不?"

拴拴心满意足地:"好吃!香!"

何老爹:"你爹不在了,往后,爷爷隔三岔五都请你下一回馆子,行不?"

拴拴高兴地:"好,爷爷,还有亮亮、泉泉弟弟,让他们也一块儿来吃呗!"

何老爹摇头:"不,他俩都有爹有妈,爷爷得偏着你疼你。"说完,把手中的打包盒递给拴拴,"回家,给你妈熥在锅里,省得她干活儿回来还得现忙活。"

这时,孙喜手拎一条大鱼从屋内追出:"叔,拎回去,让金水他们也尝个鲜儿。这……是我刚从河里抓的。"

何老爹毫不客气地接过:"叔谢你了。"他看一眼拴拴,又说,"喜子,再过几个月,农历八月十六,就是拴拴的生日了。到时候,你再给叔抓一条,用拉林河水给我好好炖上。"

孙喜痛快地:"得令!"他嘿嘿笑着,"你老人家的吩咐,那就是圣旨。"

何老爹拍拍他:"你小子,好人!去年,若不是你拔刀相助,我跟金水真快为那钱的事儿愁死了。"

孙喜:"叔,人和人之间要是没了暖和气,那拉林河水就淌不了啦,冻冰茬儿了!"

何老爹看着他,深深点点头:"说得好啊!金水背地里老夸你,说你是个好人好兄弟啊!"

孙喜:"金水事事走在前边,我小步不大,得紧着撵啊!"

40. 何金水家屋内,傍晚

"小辣椒"从篮子里抓起一个鸡蛋,对高大菊:"妹子,你看,姐给你拿的这些鸡蛋,个个又大又新鲜!你对着亮儿看看,还有好几个是双黄的呢!"说着,举起鸡蛋让高大菊看。

高大菊没看。

"小辣椒":"这个就是双黄蛋,就像我哥孙喜家那俩孩子,小龙小凤,龙凤胎!"

逗得大家都乐了。

"小辣椒"见高大菊也抿嘴乐了,说:"妹子,我看见你乐了,这意思就是不再跟姐生气了。既然消气儿了,那我就得说正事儿了。"

高大菊截住她的话头:"你不用说了,我早就知道你要说的是啥事儿。"

"小辣椒"笑道:"妹是明白人,那……能不能帮我哥跟你嫂子撺掇撺掇?"

高大菊:"你说呢?"

"小辣椒"乐了,拍手打掌地:"听这话,你是答应姐了呗!"

高大菊:"先别高兴得太早,这事儿成不成在翠兰嫂子,可不在凭我!"

"小辣椒"兴奋地："妹子你能出面说这个事儿，就是给足我'小辣椒'面子啦。你肯出马，这事儿就有门儿！"

41. 何金水家院子，傍晚

何银水开着农用三轮车，停在了院门口。

何金水和高大菊送"小辣椒"和王长河从屋内走出。

何银水从车上拎下来一兜水产品，问他哥："爹呢？"

何金水："爹领拴拴出去了。"他没马上接银水手里的东西："银水啊，你长点儿心眼儿。往后，再给爹送这些东西，你别送，让泉泉送。爹稀罕孙子……"

银水顿有所悟地点点头："明白了！"然后，瞥一眼"小辣椒"，拉着长声，"'小辣椒'啊，又来讹钱了？"

"小辣椒"脸一红，没说话。

何金水忙说："不是，桂花姐来有别的事儿。"

何银水没再说话，狠狠瞪了一眼"小辣椒"夫妇，把手中那兜水产品往门边一挂，开着三轮农用车走了。

"小辣椒"冲着他的背影嘟哝："这浑小子，拿固定眼光看人，喊！"

42. 孙喜的小饭店内，夜

孙喜正在厨房里拾掇鱼。

店里很热闹，说笑声、碰杯声不时传来。

"小辣椒"进屋。

孙喜听见门响，一回头："呀，妹妹，你来得正好，快帮我搭把手。客人多，灶房里就我一个人，忙不过来！"

"小辣椒"边挽袖子洗手边见缝插针地："哥，你真是个死脑瓜筋，一个人忙不过来，咋不琢磨找个人帮忙！"

孙喜："再多雇个人，那不得多花钱么！"

"小辣椒"拿起菜刀切菜，用眼睛觑着孙喜说："你不会找个不花钱的人。"

孙喜听出她话里有话："你啥意思？"

"小辣椒"单刀直入地："哥，你看田翠兰咋样？你相中她没？"

孙喜着实一惊："啊？人家长得那么俊气，能看上我吗！咱个头儿矮，又黑不黢溜的，还带着俩孩子！"

"小辣椒"："个儿矮咋的啦？水浒传里的王矮虎矮不矮？还娶了一丈青扈三娘呢！黑不黢溜的又咋的了？！这叫健康色！再说……都到这岁数了，啥高矮丑俊。你有孩子，她不也有孩子吗？你难找，她也难找！我看，你们两个老大难走到一起就都不难啦！"

孙喜很坚决地："不行不行，咱这不是癞蛤蟆想吃天鹅肉吗？既然吃不上，咱就干脆别想那口。你说是不是？"

"小辣椒"让他给说笑了："哈……哥，你这么说，我就明白了，你心里很乐意！田翠兰那边啊，有人去跟她说。"

孙喜着急地："别别别，你这纯粹是丢哥的人现哥的眼啊！"

"小辣椒"看着他，莞尔一笑，砰砰地剁菜："哥，你就等着听好信儿吧！"

孙喜的儿子小龙和女儿小凤背着书包从屋外走了进来："姑姑好！"

"小辣椒"笑脸相迎地："小龙小凤，这是放学了，等会儿，姑姑给你们端饭端菜啊！"

小龙懂事儿地说："不用，我们自己来！"说着进到了里屋去。

"小辣椒"对孙喜说："真是两个懂事儿的孩子！"

43. 田翠兰家院子里，夜
田翠兰背着一大捆沉重的猪草，走进家门。

拴拴跑过来："妈，你咋才回来？"忙上前从她的背上往下卸猪草。

田翠兰："趁天好，多忙了一会儿地里的活儿。拴拴，你饿了吧？"

拴拴："不饿，爷爷又带我去解馋了，还给你打了包呢。"

田翠兰略带埋怨的口气："不能总让爷爷破费。"

正说着，高大菊挎着"小辣椒"送的那篮子鸡蛋走进田翠兰的家门。

田翠兰："哟，大菊来了，快屋里坐！"说着抖了抖身上的草屑，拉着高大菊一起走进屋去。

拴拴还在一点一点儿地倒腾那些猪草。

44. 田翠兰家屋里，夜
田翠兰把一盘熟花生递到高大菊面前。

高大菊："唉，有发大哥走了一年多了，你老这么操劳也不是个办法。"

田翠兰："熬吧，等把拴拴熬大就好了。"

高大菊："嫂子，把孩子熬大了，咱自己也熬老了。趁你还年轻，再找一个吧。"

田翠兰一愣："村子里老的老小的小，哪有合适的！"

高大菊："我看孙喜就行。"

"他？"田翠兰连连摇头，"我又不是潘金莲，可不想找武大郎！"

高大菊："我听明白了，嫂子你是嫌他太矮了。"

田翠兰："村里人都喊他'水耗子'，不就是说他个头儿又小，待人又奸猾的意思吗？"

高大菊笑了："不是，不是！嫂子你是后嫁到咱们村儿的，太不了解他了。'水耗子'是夸他水性好会抓鱼。他为人一点儿也不奸猾，跟他妹妹'小辣椒'是两路人。"

田翠兰："是吗？"

高大菊摇头："他那人十分勤快，小饭店开得也红火，待人也真诚。去年，就是他暗中帮忙付了给王长发看病的钱。"

田翠兰不说话了。

高大菊："嫂子，家里没个男人，你一个人挺门过日子实在太难了！"

田翠兰："难是真难，可我不能光考虑自个儿，得先考虑拴拴。给孩子找个后爹，我怕……"

高大菊："听嫂子这话，你是封门儿了。用不用再考虑考虑？"

田翠兰摇头："先别了，我们娘儿俩就这么对付着过吧。"

高大菊失望地望着她。

45. 何金水家屋内，夜
月光从窗外洒进来，亮亮已经睡下了。

高大菊与何金水还在说着话。

高大菊："我看嫂子那意思，也不是完全封门，主要还是担心亏待了孩子！"

何金水："如果只差在拴拴这个事儿上，我看也好办！"
高大菊："唔？"
何金水："让拴拴跟他爷爷过，他肯定乐意，咱爹更巴不得。"
高大菊吃了一惊，忙坐起来："让拴拴跟咱爹过，不等于咱家又添了一口人吗？！"
何金水说："是这个意思。为了翠兰嫂子后半辈子能有个家，咱们这么做值得，咱也算对得起死去的有发大哥啦。谁让我们是兄弟来着呢！"
高大菊不语。

46. 田翠兰家的稻田里，晨

田翠兰起早在田里干活儿。
何金水来了，说："嫂子，这么早就下地了？"
田翠兰直起腰："习惯了，天一亮就躺不住。"
何金水："你们家这么一大片地，靠你一个人侍弄，怕也不是长久之计。干脆，加入我们合作社吧！"
田翠兰："我是怕拖累你们。你是村主任，又是社长，嫂子是不想让人家说你徇私情。"
何金水："不会。咱们合作社，土地入股和人力入股是单独计算的。"
田翠兰高兴地："是啊？那可太好了。我早就想入了……"
何金水："这事儿咱就说定了。嫂子，还有一件事……"
田翠兰痛快地："你说。"
何金水："大菊告诉我，你是因为惦着拴拴才不肯再走一家，对吧？"
田翠兰点点头："嗯。"
何金水："我跟大菊商量好了，让拴拴跟他爷爷和我们过吧。你轻手利脚，个人问题就更好解决了。"
田翠兰显然受了感动，颤着声说："我哪能再让你们为我受累？再说拴拴就是我的命根子，我能为了自己走一步，不管拴拴吗？不行啊！"
何金水被她说得直发愣。
田翠兰："金水，你跟大菊对嫂子一片好心，我知道。可这件事就别再说了！"
何金水再一句话也说不出来了。

47. 拉林河边，晨

何银水开着三轮农用车驶上木桥。
"银水——"孙喜从岸边的草窠中走出来，大声喊他。
何银水刹住车。
孙喜走到他身边："上货去？"
何银水："对呀。"他上下看看孙喜，调侃道，"不上货咋做生意？我又不是'水耗子'，自己也不会抓鱼，哈……"
孙喜却没笑，一脸严肃地："银水，你小子咋整的！"
何银水忙敛起笑声："啥咋整的？"
孙喜："凡是在你家买货到我饭店里加工做菜的，我都要重新过过秤，哪条鱼都得少个三两二两的。有一回，老陈头在你家买5斤虾，竟少了半斤多！银水，坑蒙拐骗，是咱做生意人的大忌呀！"
何银水红着脸："有这事？我真的不知道。"

孙喜："都一个村儿住着，兔子还不吃窝边草呢，哪能连乡亲都骗。咱赚钱，得赚干净钱！一旦把自己名声搞臭了，生意肯定没法儿做！"

何银水瞥他一眼，不说话，猛然掉转车头，往回驶去。

孙喜在背后喊他："银水，有话好好说，两口子别打架……"

48. 何银水的水产店，晨

何银水驾着三轮农用车急速驶进院内，又猛然刹住车。

高二菊惊望着他："咦？你不是去上货了吗，咋又趆回来了？"

何银水气鼓鼓地："货不上了，这水产店也不开了！"

高二菊惊愕地："为啥呀？"

何银水几乎是吼出来的："都为你这败家娘儿们！"

高二菊光火地："我咋了？大清早的，你冲我发什么邪火！"

何银水继续吼道："大清早的，全因为你，让我挨了一顿狗屁呲！"

高二菊："谁拿狗屁呲你了？"

何银水："孙喜！"

高二菊："'水耗子'呀！他站起来没有两块豆腐高，你在乎他干什么？！"

何银水生气地抱怨："我不让你短斤少两，你偏短斤少两！把咱名声都搞臭了，把咱牌子都砸了，这生意还怎么做！你说，怎么做！"

高二菊从来没见过何银水如此暴跳如雷，真有点儿吓蒙了。

这时，泉泉从屋内跑出来，抱住何银水的大腿，哭喊道："爸，你别跟我妈吵架……"

高二菊拉过泉泉："儿子，别怕。"她流着泪对何银水，"我……是为自个儿吗？我还不是为了咱们这个家，孩子入小学、上中学、考大学，将来搞对象儿、结婚、生孩子……哪样不得用钱！"

何银水一听，把音调降了八度，说："二菊呀，为这事儿，爹和金水大哥都跟我唠叨八百六十遍了。都一个村儿住着，就咱家孩子入小学、上中学、考大学呀？人家孩子不也一样吗！哪家的孩子将来不娶妻生子？谁不需要钱？咱不能变着法儿地把人家的钱往咱口袋里划拉呀！你让我这张脸在村子里往哪放！"

高二菊自知理亏，不说话，哭的声音很大。

泉泉哄她："妈，别哭！你就听我爸的吧！"

高二菊冲他屁股轻轻打了一巴掌，哭道："你们爷儿俩穿一条裤子，专门挑软柿子捏，整天欺负我，呜……"

何银水一听，又差点儿憋不住笑："你还是软柿子？我看你就是咱村儿的第二个'小辣椒'！"

"哟，银水——""小辣椒"突然走了过来，"我招你惹你了？你咋背后埋汰人！"

高二菊一见，慌忙揩去泪水，迎上去："呀，桂花姐，买水货吗？"

"小辣椒"："来三条大鱼，十斤蛤蜊。"

高二菊惊奇地："不年不节的，买这么多干啥呀？"

"小辣椒"："我们家长河非张罗请你大哥金水一家吃顿饭。"

何银水："哇，这太阳咋还打西边儿出来啦？！"

"小辣椒"瞪他一眼："你小子，狗嘴吐不出象牙来！"

高二菊："桂花姐，银水刚才真不是说你坏话，他……就是打个比方。"

"小辣椒"一点儿高二菊的奔儿头："你呀，护犊子！"

67

何银水笑道:"你才狗嘴吐不出象牙。还'护犊子',我成二菊的儿子了?!"
他这句话,把高二菊、"小辣椒"都给逗乐了。

49. 田翠兰家的稻田,日
田翠兰顶着大太阳薅着稻田里的水草。
何金水带着十几个人沿田埂走来。人群中,有高大菊、"小辣椒"和王长河。
他们到了跟前,纷纷挽起裤腿,脱掉鞋子,下到田里帮田翠兰干活儿。
田翠兰惊愕地望着。
何金水走到她身边,高兴地:"嫂子,这稻子长势不错,今年肯定丰收!咱们种有机稻,不能用化肥,也不能用除虫剂、除草剂,就是费人工啊!"
田翠兰一指那些忙着薅草的人们:"你们这是……"
何金水:"帮你干活儿呀!"
离她不远处的"小辣椒"抢过话头,"你不是也决定入社了吗,咱们现在都是有机稻种植合作社的社友了!"
田翠兰谦卑地:"我是真怕拖累大伙儿啊。"
何金水:"嫂子,咱们一起往前奔吧,以后的日子会越来越好啊!"
"小辣椒"又抢过话头:"翠兰姐你放心,打今往后,我们就是吃个蚂蚱,也得给你留条大腿儿,要不……咱咋叫合作社哩!"
王长河薅起一把水草,直起腰,指着"小辣椒"笑道:"看我这媳妇,属穆桂英的,阵阵落不下!"
"哈……这个比方好!"高大菊对王长河打趣儿地,"'小辣椒'是穆桂英,你就是杨宗保。你跟杨宗保,都是怕老婆的货!"
稻田里激起一片笑声。
就连田翠兰一向忧郁的脸上,也泛起了久违的笑意……

50. 数月后,拉林河上,黄昏
一眨眼的工夫,秋天来了。
芦花白了,稻谷黄了,河边的菖蒲金黄色的叶子托着红褐色的小棒槌在夕阳晚照中煞是好看。
孙喜站在拱形木桥上,双手扶着桥栏,一动不动,瞪大眼睛盯着水面。
何老爹牵着拴拴的手,饶有兴趣地在一旁观看。
拉林河左岸的小路上,田翠兰背着一大捆猪草,朝小桥走来。她瞧见了何老爹,瞧见了拴拴,也瞧见了孙喜,不由得停下脚步。
拴拴一回头发现她,急跑过去,一把推掉她背后的猪草,大呼小叫地:"妈,快——"拉起她就往桥上跑。
孙喜见田翠兰来了,顿时更加精神抖擞。
田翠兰低声问:"咋回事?"
拴拴小声地:"嘘!别说话……"
突然,孙喜双手用力一撑,一个倒立,又箭一般蹿进河里。
拴拴瞪大眼睛,惊呆了。
田翠兰也急冲到桥栏边,往水中张望。
水面上什么都没有,只有孙喜入水时溅起的水花逐渐散去,随着流波奔向远方。
"呀……"田翠兰心里挺害怕,转脸对何老爹,"爹……这……"

何老爹笑眯眯地："没事儿，'水耗子'显摆他的本事呢！"
水面上依然很静，不远处水鸟的叫声显得格外响亮。
田翠兰和拴拴都紧张地注视着。
突然，孙喜"哗啦"一声从水中钻起，手中高举着一条活蹦乱跳的大鱼。
"啊……"拴拴兴奋得几乎跳起来。
田翠兰也微微笑了，专注地朝孙喜望着。
孙喜一只手抓着鱼，单臂急划，迅疾地游到了桥下，一个鹞子翻身，把大鱼甩了上来。
何老爹："拴拴，快，抓住！"
大鱼在桥面上蹦跳，拴拴嘻嘻笑着，追、扑、跌倒、爬起……最后终于把大鱼按住了。
他双手捧着鱼，乐颠颠地走到他妈身边："妈，这是爷爷送我的生日礼物！"
田翠兰："爹，你老人家总是宠着他惯着他。"
何老爹不说话，满脸都是笑。
孙喜也爬上桥了，浑身湿漉漉的。
田翠兰忙说："谢谢你了，大哥！"
孙喜有点吹乎地："这……哈，小菜一碟儿啊！"
他虽长得矮却匀称强健的身躯沾满了晶莹的水珠，在灿烂的夕阳照耀下闪闪发光。
田翠兰无言地偷睃了他两眼……

51. 田翠兰家，夜

很静，只有蛐蛐在叫。
田翠兰躺在炕上，翻来覆去睡不着。
拴拴也没睡着。他一骨碌翻过身，趴到田翠兰身边，关切地："妈，你寻思啥哩？"
田翠兰掩饰地："没寻思啥。"
拴拴："不对，你有心事。"
田翠兰笑了："有啥心事！妈正寻思你呢，除了你，妈啥都不寻思。"
拴拴不说话了，默默地看着他妈。
"拴拴，"田翠兰故意转移话题，"爷爷对你可真好。"
拴拴："妈，爷爷对你也好。他心里最惦记的，就是咱们娘俩啦！"
田翠兰摸摸他的小脑袋："记住，长大了要好好孝敬爷爷。"
拴拴点头："等我长大，爷爷就老了。我从现在开始就得好好孝敬他。"
田翠兰把拴拴亲昵地揽进了自己的被窝儿，喃喃地："我儿子懂事儿，我儿子听话，我儿子还总帮妈干活儿，我儿子是天底下最好的儿子！"
拴拴把脸紧紧贴在她的胸脯上，说："我妈妈也是天底下最好的妈妈……"
田翠兰一听，禁不住泪水模糊了眼睛。

52. 何银水的水产店，日

泉泉正坐在小板凳上，守着蛤蜊堆看连环画。
"泉泉！泉泉——"拴拴和亮亮在不远处拿手指头勾他。
泉泉忙放下连环画，朝他们跑去。
"走！"拴拴一挥手，带着亮亮、泉泉一起跑向拉林河边。

53. 有机稻种植合作社，日

门前，何金水和几位合作社人员正在检修收割机。

"小辣椒"、田翠兰、王长河等都在一旁看着。

一个年轻人爬到驾驶员的位置，把收割机"轰"的一声发动着了。他兴奋地："金水哥，听这动静杠杠的，没问题，就等着下田收割了！"

何金水笑呵呵地："好啊！今年咱们合作社种的是第一茬有机稻，稻子长得好，咱们得颗粒归仓！"

"小辣椒"："稻子丰收是没问题，关键是得卖个好价钱，把钱换回来，咱们才能笑出声儿！"

何金水："桂花姐说得对啊。有机稻大丰收，咱们才算成功了一半儿；销售搞好了，把粮食换成钱，才算全成功啊！"

王长河："有时候，卖粮比种粮还难！"

他这句话，勾起了何金水的心事。他脸色登时沉重起来。

田翠兰无言地望着何金水，心里替他着急。

何金水冲收割机上的年轻人挥挥手："先熄火吧。"

收割机顿时哑了。

大伙儿也沉默了。

这时，孙喜来了，一见大家的情绪不大对，便笑道："咦？咱拉林河还没下霜呢，咋都成蔫巴茄子了！"

"小辣椒"："哥，我们大伙儿正为销粮的事儿犯愁呢。"

孙喜笑了："那犯啥愁啊！这么好的有机稻，这么好的收成，得乐得直蹦高儿才对呀！"

何金水："咱们种地行，做生意没经验。"

孙喜却把手一摆："甭发愁。你们这有机稻，就是再多出几倍的收成，也怕供不应求呢！"

何金水急问："喜子哥，你有啥好招法？"

孙喜仿佛不经意地瞥了一眼田翠兰，侃侃而谈地："我向金水和大家伙建议啊，一是咱们搞电商，在网上卖；二是咱们可以在镇上、县上设门市，在门市旁租房子办饭店，不仅要让买粮方看到米，还能让他们尝到咱有机米的香味儿；三是上电视台打广告，不单为眼前，也为今后更大规模的生产和更高质量的丰收打基础。咱拉林河人，就得想新的干大的！"

在他说话的过程中，田翠兰一直不错眼珠地盯着他。

他感受到了她灼热的目光，所以愈说愈来劲儿。

何金水显然受到了鼓舞，说："喜子哥，你说得真好。可……办电商，设门市，开饭店，打广告，咱总不能玩空手道吧？"

王长河："是啊，那得有'银子'啊！"

刚刚有点儿笑模样，并且七嘴八舌议论的有机稻种植合作社的社员们，登时又冷场了。

田翠兰关切地注视着何金水。

何金水说："自古华山一条路，这条路再难走，咱们也得闯啊！"

"不就是钱吗！"孙喜又瞄了一眼田翠兰，抬高嗓门儿说，"当真人不说假话，改革开放的政策好，这些年，我办过养鸡场、养猪场、养牛场，开小饭店，多少攒了点儿钱。加起来少说也有百八十万吧。我本想到城里买房子，在城里养老了。可我才40岁，还不到养老的时候，就跟着金水再拼一把吧。我都拿出来，先给你们用。"

何金水不忍心地："喜子哥，这……不合适吧！"

"有啥不合适！"孙喜斩钉截铁地，"人哪，稀罕钱得有个度！该用的时候能派上用场才叫钱！我就看好你们这个有机稻了，就算我入股了，咱们镇上、县上、省上、全国……一步一步来，从小到大，从少到多，慢慢滚雪球儿……！"

何金水激动地："喜子哥，年底选精神文明标兵，我第一个就选你了。"

孙喜嘿嘿笑着："嗐，你小子别改口。我不稀罕什么'喜子哥'，你还是喊我'水耗子'吧！我倒真想让大伙儿都看看，我这'水耗子'在乡村振兴这片深水里怎么显得身手！"

"好！"周围乡亲们的情绪仿佛都被他的激情给点燃了，气氛顿时非常活跃。

"小辣椒"一听，忙挤到何金水身边，说："金水兄弟，我也当真人不说假话，嫂子我和你长河哥拿你的那笔钱，还一分钱没动呢，我也拿出来。"

王长河瞪着眼睛："那钱是你讹金水兄弟的，你……你别把我也扯上呀！"

"闭嘴！""小辣椒"声色俱厉地，"你咬棵草根儿一边眯着去，有我在这儿，哪有你说话的份儿！"

王长河吓得一缩脖子："好好好，我不吱声。"

众人一阵大笑。

"小辣椒"抬高嗓门儿："众人拾柴火焰高！不能把这么重的担子都压在金水兄弟一个人身上，咱们有钱出钱，有力出力，就算咱们入股嘛……"

"对，入股"，"入股……"人们又开始七嘴八舌了。

孙喜冲何金水一挥手："走吧，跟我取银行卡！"

何金水乐不可支地："哎！"说着随他而去。

田翠兰目送着孙喜和何金水，直到他们的身影消失在芦苇丛中。

"小辣椒"偷觑着她，忍不住舒心地一笑。

"你过来——"王长河一把拽过她，避开众人，朝田埂上走去。

54. 田埂上，日

金黄的稻穗沉甸甸地耷拉着头，长得真稀罕人。

王长河拽着"小辣椒"来到这里。

"小辣椒"："啥事儿啊？你有话说，有屁放。"

王长河一脸不解地："今天，你咋突然大方起来了？"

"小辣椒"："你傻呀！我哥那是多精明的人，他把准备养老的钱都拿出来了，咱这合作社的前景这么好！多入点儿股，错不了。"

王长河："你看好合作社没错，主动入股也没错，错在太霸道。咱这家不是你一个人的，往后遇事得先和我商量！"

"去你的吧！""小辣椒"猛然把他一推。

王长河一个屁股蹲儿坐到了稻田里。

"小辣椒"嘿嘿笑了，边笑边说："你吃屎都赶不上热乎的，我还跟你商量！喊……"转身走了。

王长河坐在稻田中间，乐呵呵地望着她的背影，不无感慨地自言自语："都说江山易改本性难移，可这老娘儿们还真是有变化！"

55. 拉林河边的柳树毛子里，日

拴拴、亮亮、泉泉或站或坐地聚在这里。

拴拴："我妈告诉我，一定要孝顺爷爷。等咱长大的时候，爷爷就老了，要孝顺，得从现在开始。"
亮亮："咋开始呀？"
拴拴："爷爷爱吃鱼。"
泉泉："鱼有我爸我妈供着。"
亮亮："爷爷不喜欢你爸你妈，你忘了？他不喜欢吃你爸你妈送的鱼。"
泉泉："那……往后我送。我送他肯定吃。"
拴拴摇头："不行，你又不挣钱。你送的鱼，也是你爸你妈的鱼。"
泉泉一脸愁苦地："那咋办？"
亮亮："是啊，这可不好办。"
拴拴拍拍胸脯儿："我有办法。"
亮亮急问："啥办法？"
泉泉也迫不及待地："拴拴哥，你快说，快说呀……"
拴拴清清嗓子："咱们下河抓。"
亮亮："抓？"
泉泉："用手？"
拴拴："对呀！那个开饭店的孙叔就是用手抓，我亲眼见的。"
亮亮却将信将疑地："拴拴哥，你真会假会呀？"
"不信？走——"拴拴一挥手，带两个弟弟从柳树毛子中走了出来。

56. 孙喜的小饭店，日

只有何银水一个人，坐在那儿喝闷酒。
那位年轻服务员在旁边小心伺候。
孙喜、何金水从门外进。
"咦？"何金水一眼瞧见银水，忙走过去，"你咋一个人跑这儿喝酒来了？"
何银水："心里不痛快。"
孙喜："跟你媳妇打架了吧？"
何银水闷闷地："没打架，就是生意越来越不好。"
孙喜："银水，做生意，名誉顶重要。你跟二菊，名声确实不大好哇！"
何金水："是啊，银水，你们得学喜子哥，童叟无欺。"
何银水委屈地："我从来没欺过呀，都是二菊她……"
孙喜笑了："一根绳儿上拴的两个蚂蚱。两口子，她惹的麻烦还能跑了你呀！"
何银水赌气地："实在不行，就离婚！"
孙喜："离婚？银水，这话可不能随便说。一个男人单独过日子，难哪，你大哥我就是个例子！"
何金水轻轻一扯孙喜，笑道："甭听他的，他舍不得离。别说还有泉泉，对二菊，他也是捧在手里怕吓着，含在嘴里怕化了。"
何银水："哥，你要这么说话，我就非离一次给你看看。"
何金水笑得更响了："可得了吧你，别两盅酒下肚儿就不知道天高地厚了。回去跟二菊说，别总贪小便宜，别总给人家短斤少两才是正理。"
何银水辩解道："已经不短斤不少两了，二菊她真的改了！"
孙喜："做生意的信誉，不是一天两天就能树立起来的。你们改了就好，可……想改变过去的坏印象，得慢慢来。"

何金水赞同："说得对啊。'病来如山倒，病去如抽丝'，你们就从头开始吧。"

57. 何银水的水产店，日
高大菊、高二菊正坐在摊床后说话。
高大菊："妹，听姐一句话，卖水产，千万别在秤上耍手腕子！"
高二菊辩解道："我也不是有意短斤少两啊，可能就是看马虎秤了！"
高大菊："拉倒吧！看马虎秤，你咋净往少看不往多看呢！"
高二菊红着脸："姐，我姐夫一当上村主任，你把自己也当成村干部了？人家知道了，也开始改了，你别总是哪壶不开提哪壶行不行？！"

58. 拉林河的拱形木桥上，日
拴拴正双手扶着桥栏，给亮亮和泉泉讲解："孙叔就是这样，两脚使劲一蹬，在栏杆上倒立起来，然后嗖地射进河里，扎个猛子，一露头儿，一条大鱼就捞上来啦！"
亮亮和泉泉都惊羡地："哇，真的啊！"
拴拴："当然真的！亮亮，你敢不敢试试？"
亮亮探头朝桥下看看，吓得赶紧往后闪了两步："这么高，我可不敢！"
拴拴又问泉泉："泉泉，你呢？"
泉泉忙摇头："我不会凫水！"
拴拴有点儿显摆地："你们看我的！"说着，学孙喜的样子，双手扶着桥栏，也瞪大眼睛朝下看。
亮亮害怕地："哥，这么高，跳下去可别淹死啊！"
拴拴："没事儿，我会打狗刨！"
他又往下看着，心里也有点儿发虚……

59. 有机稻种植合作社，日
乡亲们三三两两地散坐在房前屋后，抽烟，聊天，还有人蹲在地上下棋。
"小辣椒"和田翠兰远离众人，正靠在收割机旁说悄悄话。
"小辣椒"："……我哥这个人，跟我不一样。我性子急，他遇事稳当；我像辣椒，戗嗓子；他像西瓜汁儿，润喉咙。别看他个子小，可眼眶子高……"
田翠兰点头："看他说话办事，是个有能耐的人。"
"小辣椒"觉得时机成熟了，便说："翠兰姐，我这个人，图新鲜，总管你叫姐有点儿腻歪了。"
田翠兰扑哧一笑："那你就把'姐'字儿去掉，直接喊我翠兰好了。"
"小辣椒"："不，我想管你叫……嫂子。"
田翠兰的脸腾地红了："没影儿的事儿，别胡说。"
"小辣椒"一本正经地："真的！你跟我哥，多般配的一对儿啊！"
田翠兰想了想，果断地摇头："不行。妹子，姐谢谢你了。我这辈子，就是再嫁人，也绝对……不可能嫁给你哥！"
"小辣椒"急了："为啥呀？"
田翠兰认真地："你哥有本事，又有钱。我嫁给他，好像是专门奔钱去的。你有发大哥当村主任的时候，我也整天盯着他。他在外面吃喝我管不了，可……不许他收别人的钱，这一条我做到了！桂花，记住，你姐我，可不是那种见钱眼开的人！"说完，转身径自走了。

"小辣椒"望着她，心里好失落。

60．拉林河的拱形木桥上，日
亮亮用手拽着拴拴："哥，你还是别跳了。"
拴拴："那……你不想给爷爷抓鱼了！"
泉泉："爷爷吃鱼，还是我回家拿吧。"
拴拴："不行，爷爷不喜欢吃你家的鱼。你们俩都别怕，看我的！"
他轻轻推开亮亮，重新把双手搭上桥栏，闭上眼睛，运足气，双脚用力一蹬，颤颤地倒立在桥栏上。
亮亮和泉泉都瞪大眼睛看着。
"啊——"拴拴为了给自己壮胆儿，大吼一声，随即翻进了河里。
亮亮和泉泉急冲到桥边看。
拴拴在水里挣扎了几下，没影儿了。

61．从小饭店通往拉林河的路上，日
何金水、孙喜边走边聊天。
何金水晃动着手中的银行卡："喜子哥，你这笔钱，真是给我们合作社救急了！"
孙喜笑吟吟地："不是你们合作社，是咱们合作社，一家人不说两家话啊。"
他话未说完，突然从前面木桥上传来亮亮和泉泉的哭喊声："救人啊！快救人啊……"
何金水和孙喜都不禁大惊，撒腿便朝桥上跑。

62．拉林河的拱形木桥上，日
何金水和孙喜迅疾赶来。
何金水："咋回事？"
亮亮哭着指着河面："拴拴……拴拴哥……"
"啊？"何金水吓得脸都变了色。
孙喜呢，已经一个鱼跃，飞过桥栏，扑通扎进河里。
何金水扑到桥栏边看着，又扭过头对亮亮和泉泉急喊："快去喊你们大娘……"

63．有机稻种植合作社，日
田翠兰嘴里叼着一棵稻穗儿，靠坐在田埂边的一株老树下，默默想着心事。
亮亮和泉泉远远地跑来，嘶声喊她："大娘！大娘……"
田翠兰微微直起身。
亮亮拖着哭腔："拴拴哥……掉河里啦！"
"啊？！"田翠兰心里一颤，呼地起身，脑袋撞断了一根枯枝。她顾不上疼，疯了似的朝河边跑去。

64．拉林河中，日
仿佛是一条如梭的鱼，孙喜一手托着拴拴，一手划水，劈波斩浪，逆着水朝岸边游去。

65．拱形木桥上，日
何金水没有了刚才的紧张，专注地朝河面望着。
亮亮、泉泉引着田翠兰急急地跑来。

田翠兰颤着声:"拴拴……拴拴呢?"
何金水回眸:"嫂子,别怕,你看——"
田翠兰扑到桥栏边紧张地朝河面上张望。

66. 拉林河中,日
孙喜托着拴拴,已经快游到水草丰盛的岸边了。

67. 拱形木桥上,日
何金水不禁笑着赞叹:"'水耗子',真是个'水耗子'……"
田翠兰却脸色惨白地瘫坐在地上,嘴唇颤抖着,一句话也说不出来。

68. 拉林河边,日
孙喜浑身湿漉漉地站在岸边,用胳膊夹着拴拴,一边帮他往外控水,一边喜眉笑眼地:"哈……你这小子,胆儿挺肥呀!"
孙喜的儿子小龙、女儿小凤也背着书包跑了过来!
小龙急忙上手,帮助拍打拴拴的后背!
何金水、亮亮、泉泉都先后跑过来,后面跟着不少闻讯赶来的有机稻种植合作社的乡亲们。
田翠兰跟跟跄跄地哭着扑向拴拴,两只巴掌噼里啪啦地轮番打着他的屁股,边打边哭喊:"你这小祖宗哎,我让你作,我让你作……"
孙喜忙抓住她的手:"别打了,大妹子,快别打了!这小子……有点儿像我,我小时候比他还淘……"
小龙和小凤分别扯住田翠兰的手:"阿姨,别打了!"
田翠兰没说话,往湿乎乎的地上一坐,放声哭了起来……

69. 田翠兰家屋内,傍晚
拴拴直溜溜地跪在地上。
"说!"田翠兰满脸怒气地用笤帚疙瘩敲着炕沿儿,"以后还敢不敢了?"
拴拴从地上站起来,扑到母亲怀里,流着泪:"妈,你别再生气了,我以后再也不敢了。"
田翠兰的眼泪也下来了。她颤着声:"拴拴,妈就你这么一个宝贝儿疙瘩,你要是淹死了,让妈咋活呀!"
拴拴把脑袋更深地拱进她的怀里:"妈……"
田翠兰的泪水流得更欢了。
她哽咽地:"拴拴,记住,是你孙叔……给你捡回一条命啊……"

70. 何金水家院子里,傍晚
高二菊、何银水、泉泉一家人都来了。
高二菊手里拎着几条大鱼。
何老爹蹲在窗前抽烟,瞧见他们,假装没看见。
高二菊大步流星地走到他身边,蹲下身子,笑盈盈地:"爹,听说你老人家生银水的气,不吃他送的鱼,这不,儿媳妇给你送来了。"
何老爹看看她,没说话。

"爹,"高二菊又往何老爹身边凑凑,"银水他不懂事儿,你不还有个懂事的儿媳妇吗!"

何老爹盯着她的脸,仍然一声不吭。

何银水无奈地苦笑。

"姐——"这时,高二菊扯开嗓门儿朝屋内喊,"咋的?我们来了,你连面儿都不露,不欢迎啊!"

高大菊两手沾满面粉,急忙从屋内出来:"哟,二菊来了?你看,我不是正忙着吗!"

高二菊把手中的几条大鱼一举:"姐,都炖上。今天咱们全家都陪咱爹吃饭。拴拴大难不死,咱得吃个喜啊!"

高大菊瞥一眼何老爹,把鱼接过:"对,爹,为拴拴,咱们是得吃个喜啊!"

何老爹长长喷出一口烟,旋即又深深叹了一声:"银水,一会儿得告诉你翠兰嫂子,明天得让拴拴去给'水耗子'磕头。"

"哎!"何银水应了一声,冲高大菊一挤眼,"嫂子,快进屋炖鱼。我跟我哥,今天得陪爹喝几盅儿!"

高大菊:"好咧!"

泉泉一见,急跑过去,亲昵地搂住何老爹的脖子:"哈……爷爷跟我爸我妈和好啦!"

何老爹狠狠瞪了何银水一眼:"浑小子,不如个孩子懂事!"

何银水忍不住龇牙乐了。

71. 秋天的原野,日
无边无际的莽原。
稻浪滚滚;
数辆收割机在忙碌;
庄稼人的脸上都乐开了花;
拉林河的流波,在快乐地歌唱……

72. 有机稻种植合作社,日
仓库门前,有人骑着电动摩托,有人开着农用三轮车,排成一溜长队。

何金水对大伙儿说:"食为政首,粮安天下。眼下,可不是填饱了肚子就行的时代了。咱不光要吃饱,还要吃精吃好!今儿个有机稻新粮入库,也是咱们各家各户喜尝新粮的日子。合作社决定:各家各户先分200斤!"

众人齐喊:"好……"

何金水笑呵呵地:"随后再告诉大家一个好消息,咱们合作社开了个电商平台,刚开网就来了个开门红!订货的多啊!咱们拉林河大米的香味儿要飘向地北天南啦!"

众人一齐鼓掌!

分到有机大米的人,脸上漾着喜色陆续离开。

孙喜开着手扶拖拉机驶了过来,停下。

何金水与孙喜抬着一袋袋沉重的大米,装进车斗里。

孙喜:"有机稻大丰收,可把合作社的乡亲们乐坏了!"

何金水乐呵呵地说:"光腰包鼓溜了不行,什么时候,大家伙都像你似的,精神上也富有了,咱们拉林河才真正是社会主义的新农村啊!"

孙喜："这话说的，咋还把我摆前边了，我不如你啊！"

73. 孙喜的小饭店里，夜
有几位外地客人正在吃饭。
"哇……"一位客人捧着饭碗，"这大米忒香了，不用吃菜，空口都能造两碗！"
正上菜的孙喜趁机宣传："你们来的时候都看到了，我们那公路同时也是河堤。左手是拉林河，右手就是稻田。那土质多黑多好啊，攥一把都出油。这样的土地长出的有机稻，能不好吃吗！"
客人们啧啧称赞。
年轻的服务员拿上来几个包装精美的纸袋。
孙喜："这是我们小饭店赠送的伴手礼，各位带回去让家人、朋友都尝尝。上面有我的手机号，吃不够的话打电话给我。"
众客人一齐鼓掌："好……"

74. 何金水家屋内，夜
何老爹、亮亮正坐在炕桌边吃饭。
何老爹捧着一碗大米饭，就着桌上的几盘炒菜吃着吃着竟吃出了一汪眼泪。
亮亮惊讶地："爷爷，你咋了？"
何老爹用大手揩揩泪："没咋。"
正巧高大菊又端刚炒好的菜进屋，关切地望着他："爹，有啥不高兴的事儿？"
何老爹摇头："不，我是太高兴了。"
"哦？"高大菊把菜摆到桌上，"哪有高兴还掉眼泪的。"
何老爹："我想起你婆婆了。可惜她走得太早，这么好的饭菜她没享受过。"
高大菊："爹，明天，我多炒几样菜，再炖条鱼，盛上一大碗咱这有机稻的喷香米饭，去给我婆婆上上坟。"
亮亮雀跃地："我也去！"
"唉……"何老爹十分感慨地，"真想不到，咱庄稼人……现在天天过年。你看这平常吃的，比过去的年节都好！"
他话音未落，何金水乐颠颠地进门来。他高兴得两眼发光："爹，电商平台是真管用啊，咱的有机稻每天订单都厚厚一沓子，拉粮车都编成了辫儿啦！"
高大菊拍手打掌地："太好啦！"
何金水："再过几天，就可以给大伙儿第一次分红！"
何老爹乐得下巴直颤："行，大伙儿把钱拿到手，往后干活儿就更有精神头儿了！"
何金水："爹，光有钱了乡村还不是真振兴，咱们农民都活出一股新的精气神儿来，就好了！"

75. 数日后，有机稻种植合作社分红现场，日
合作社的社员们都高兴地聚集在这里。
"小辣椒"、王长河拿着厚厚一沓钱从人群中挤出来，脸上洋溢着喜色。
从他们身后，不时传出喊人领钱的声音："秦二旦"……"楚凤举"……"高大菊"……"陈丰年"……"刘春花"……"田翠兰"……
男男女女的应答声各有千秋，却都透出一个字：乐！
"小辣椒"一眼瞧见刚沿田埂走过来的孙喜，高兴地冲他晃晃手中的钱："哥，你

看，这才是第一次分红啊！"

何老爹亲昵地冲孙喜的屁股踢了一脚："你这狗小子，是咱拉林河的财神爷啊！"

孙喜笑着："叔哇，你说错了，真正的财神爷是你儿子何金水，你老人家就是财神爷的爹！"

他顺手从旁边拿起一个饭碗，用筷子敲打着，口里念念有词地：

各位朋友你听真，
咱家的大米品牌新。
有机绿色信誉好，
香甜可口不烧心。
你买几两卖几两，
你买几斤卖几斤；
如果要是论吨地买，
请你亲自到咱村。
库里好多新大米，
来买米的都是座上宾……

他的表演，把大伙儿的情绪推向了高潮，现场一片笑声、掌声和叫好声。

田翠兰站在人群里，含情脉脉地望着他。

"小辣椒"瞧见了，凑过去，偷偷地观察着田翠兰的表情。

田翠兰发现了，有点儿不好意思，慌忙收回灼热的目光，假装低头数钱。

"小辣椒"故意让大伙儿都听见，大声地问田翠兰："嫂子，你家分了多少钱？"

一听"嫂子"两字，全场顿时静了许多，不少人都把目光投向了田翠兰。

田翠兰愣眉愣眼地："桂花，你喊谁嫂子？"

"小辣椒"仍然大声地："我喊你嫂子呀！"

田翠兰的脸腾地红了。她飞快地朝孙喜瞄了一眼，发现他也挺不自然。

田翠兰假装生气地对"小辣椒"："你瞎闹什么呀！"

"不是瞎闹！""小辣椒"更大声地，"嫂子，你必须嫁给我哥！"

全场一片笑声。

田翠兰一时窘迫得不知说什么好了。

孙喜也怔怔地看着"小辣椒"。

"小辣椒"更来劲了，凑得离田翠兰更近些，亲切地搂着她的肩头，几乎是喊着说："嫂子，嫁了吧！别老嫌我哥个头儿矮，《水浒传》里的扈三娘，长得跟你一样俊，不也嫁给王矮虎啦！"

"哈哈……"喜获丰收的庄稼人更加开怀地大笑着。

何金水、何老爹、高大菊、王长河……都笑得极开心。

拴拴、亮亮、泉泉等一帮孩子也都跟着起哄。

突如其来的幸福感让田翠兰的脸上焕发出异样的光彩。她红着脸嘿嘿笑着，猛地冲向"小辣椒"，亲昵地追打着她："我让你瞎说……我让你起哄……"

"小辣椒"一边躲闪一边夸张地大喊："哥，快管管我嫂子，她打小姑子啦……"

孙喜乐得眼泪都出来了。

当孩子们拍着手，嘻嘻哈哈地从他身边走过的时候，他一把拉住拴拴，将他紧紧揽在自己的怀里。

拴拴仰起小脸儿冲他龇牙乐，并对小龙、小凤说："哥哥，姐姐！"

小龙和小凤也分别冲拴拴笑着，亲昵地叫着："弟弟！"
　　田翠兰还在追打"小辣椒"。随着她俩的追打与躲闪，镜头摇向金秋的原野，摇向艳阳下的拉林河，摇向岸边的芦苇、菖蒲和未收割的庄稼……然后，缓缓叠化出一幅又一幅表现山乡巨变的美轮美奂的画面……
　　主题歌骤起——

　　　　　　　　河水江水流在一起，
　　　　　　　　青山翠谷紧紧相依；
　　　　　　　　水长山高人情厚，
　　　　　　　　拉紧了双手，
　　　　　　　　我们是兄弟。

　　　　　　　　血水汗水流在一起，
　　　　　　　　蓝天白云紧紧相依；
　　　　　　　　雨猛风狂前路远，
　　　　　　　　拉紧了双手，
　　　　　　　　我们是兄弟……

　　在歌声中，黑场，片尾字幕缓缓拉出。

（本剧刊于《中国作家》）

大地就是海

上集

1. 无边无际的雪原，日

一条大狗，像黑色的闪电，从雪原那边冒着炊烟的村落向这边狂奔而来。

它的背后，皑皑的白雪覆盖了广袤的草原和山梁，在太阳下泛着耀眼的白光。

大黑狗身后扬起了雪沫，汪汪吠叫着，猛然扑向镜头！

刚刚释放归来的刘二身着旧袄裤、戴着一顶狗皮帽子。他慌忙丢掉肩上的行李卷儿，惊恐地躲闪着扑向他的大狗。

穿着显得文气一些的李大海，却嘴里喷着哈气，笑眯眯地站在不远处看热闹。

刘二手忙脚乱地："大海哥……快，快帮我……"

李大海却站在那儿纹丝不动。

刘二在大狗的追逐下，一个屁股蹲儿摔在了雪窠子里。

李大海朗声大笑。

他笑罢，把食指勾起来，含在嘴里，尖利地打了声呼哨。

那大狗乖乖地站定了，然后摇着尾巴走到他身边。

李大海亲昵地抚摸着它："黑虎，还认识我吗？"

大黑狗驯服地卧在他脚下。

刘二从雪窠子里微微欠起身，怔怔地："这……是你们家的狗哇？！"

李大海调侃地："刘二！你小子，连狗都怕，哪像个老爷们儿！"

刘二呼地爬起来，猛然冲向黑虎："我……看我不踢死你！"

黑虎倏地跳起身，"汪"地一叫，刘二慌忙闪身跑开。

李大海不禁乐出声来。

刘二回过身，逞强地："告诉你，大海哥！我刘二……不是怕它，更不是不敢踢它，我……这叫'打狗看主人'。不管怎么说，咱俩一块儿蹲过大狱，刚出来！不管怎么说，你是我大哥……"

李大海笑吟吟地从地上拾起行李卷，走过去，搭在他肩头上："好了，快回家吧！你哥你嫂子怕是早就等急了！"

刘二瞪大眼睛："等我？还等急了？我那嫂子对我，比你家这条狗还凶！"

李大海："那是因为你过去活得不像人样儿！刘二，我先把话给你撂下：你小子，往后再敢小偷小摸，我掰折你手指头！"

"咳！"刘二一撇嘴儿，"大狱都蹲过了！你兄弟我……是那种吃一百颗黄豆不知豆腥味儿的人吗？喊！可话又说回来了，只要我那嫂子不难为我，给我口饭吃，我才不能去干那种事儿呢！"转身朝前走去。

他走了几步，又回过身："哎，我也把话给你撂下，你出来了，要能官复原职，就好好当你的民办小学校长，把那学校的房子弄结实点儿，别再下雨塌房子砸死学生！这监狱蹲得多难受！你那叫有文化的人！我比不了你！"说完，头也不回地走了。

李大海眯细了眼睛，望着他远去。

太阳光从他眼角的细纹和饱经沧桑的脸上溢泻下来。他那硬硬的胡茬子和眉毛上都挂满了白霜。

他这样伫立良久,才带着他的黑虎,朝村子走去。他就仿佛一架犁杖,在无边无际的雪原上,蹚出了一道长长的深深的沟……

2. 村前雪野上,日
三十来岁的年轻寡妇王雪梅牵着李大海女儿草芯儿的小手,正焦灼地朝远处眺望。突然,她眼睛一亮:"草芯儿,你快看——"

草芯儿忽闪着那双好看的大眼睛,童声童气地:"那……是我爸吗?!"

王雪梅颤着声:"不是他是哪个?还有哪个走路像他那样扑腾扑腾的!快,你快……"

"爸——"草芯儿突然挓挲着小手向前跑去,脚下一滑,她摔倒在地上。

3. 积雪的山梁,日
李大海一怔,慌忙往地上一坐,便从山梁上疾速滑下,溅起一团雪雾。

他扔下行李卷儿,抱起摔倒在雪地里的草芯儿,用粗大的手拂着她脸上的雪渍。

草芯儿紧紧搂住李大海的脖颈,呜咽着哭了:"爸!你这回回来,就别走了,好吗?"

李大海眼里尽是泪,没说话,只是沉重地点点头。

草芯儿破涕为笑了!哦,豁牙子,八岁的年龄,那笑容很美丽,很童真,也很灿烂!

黑虎撒着欢儿围着爷儿俩奔跑。

这时,雪梅也踏着雪,嘎吱吱走过来。她睃了李大海一眼,撩起衣襟小心地为草芯儿揩泪,呵护有加地:"傻闺女,你爸回来了,得乐,哭什么呀!天冷,风大,也不怕皴了脸!"

李大海忙放下草芯儿:"哎呀,这不是长胜媳妇吗?这两年……草芯儿,还有……我那个家,都多亏你照顾了!我……真不知该怎么谢你……"说着,鼻子一酸,眼里就有了泪光。

雪梅假意瞪他一眼:"一个大老爷们儿,怎么也跟你闺女学上啦!走!回家去!"她把行李卷儿猛劲儿一拎,先朝村里走去。

黑虎紧跟在她的身后。

李大海也忙抱起草芯儿,给她揩着眼泪,随雪梅走进村去。

4. 村中,日
草芯儿用手摸着李大海脸上的胡茬子:"爸,一年多没见你了,天天想你,做梦还哭醒好几回呢!都记不清你长啥样了!"

李大海:"看看,这回好好看看,爸爸就是这么个样儿!"他对雪梅说:"村里好像盖了些新房!有小学校的份儿吗?"

雪梅:"嗯,新房是盖了,可咱们的小学校还没住上新房。"

李大海:"不是说上头给拨盖房款了?"

雪梅:"款是拨了!可村委会用那钱盖了几间新房,把村委会的老房子让给了小学校。"

李大海一愣,有些急了:"为啥?"

雪梅:"不知为啥,村里的事,村委会说了算!"

李大海放下草芯儿,生气地:"不行!我得找他们要房子去!"说着就要走。

雪梅想扯住他说:"你这是急啥哩!你刚出来,还没官复原职!"

李大海:"不行!那个校长我可以不当,可学校校舍不能不要!长胜媳妇,麻烦你把草芯儿带回去,我上村委会!"

雪梅看看李大海:"这倒是行!可有句话我得说给你:别老长胜媳妇长胜媳妇地叫,长胜没了快一年了,我有大号,叫我王雪梅,再不叫我大妹子,不都行吗?!"

李大海不好意思起来:"啊,嗯,知道了!"说着转身走了。

雪梅对草芯儿小声嘟哝:"你瞧你爸,还是那副倔样!"

5. 村委会,日

村主任正在屋子里伏在桌子上边喝茶,边翻着一张报纸。

李大海推门走了进来。

村主任抬头见了,很平淡又似乎带一点威严地说:"你回来了?"

李大海:"嗯。"

村主任:"坐吧!"

李大海:"不坐了,说句话就走!"

村主任:"啊?这么急呀?一年多没见了,你有什么话,就说!"

李大海:"村主任,县里给咱们村小学校拨的盖房子的钱,叫村委会给盖了这新房子了?"

村主任:"你刚出来,管这事儿干吗?"

李大海:"这新房子为啥不能给小学校?非要把那旧房子给小学校呢?"

村主任:"这是咱们瀚海村村委会的决定。你,现在不是校长!"

李大海:"村主任,我是不是校长了,可村里的孩子还都是咱们的孩子吧?!我管孩子们的事儿没错吧?"

村主任:"我说李大海,你这是跟谁说话呢?啊,就你管孩子们的事儿?啊,我不管?你这是怎么说话呢?怎么刚回来说话就属苞米穰子的横竖不顺茬儿呀你!你要这么跟我说话,我不接待你!"说着,呷了口茶水,竟自看他的报纸去了。

李大海看着村主任,又低下头去,眼里盈满了泪。他缓缓回身,推门走了。

在门外,他迎面碰见了刚从自行车上下来的春杏。

春杏跟他说:"李校长!您回来了!"

李大海激愤地:"春杏!别再叫我校长了,我不再是校长了!你爹,他!瀚海村的村主任才是校长!"他红着眼圈儿走了。

春杏显然是被李大海的情绪感染了,她驻足看了看他的背影,立好车子,没好气地走进了屋。

春杏对村主任说:"爹!"

村主任还没消气:"啊,你来干啥?"

春杏:"找你说个事儿!"

村主任:"啥事?!"

春杏:"爹,李大海校长回来了,我这个代理校长也就该退了,我特地来跟你说说这个事儿!让李校长复职吧!"

村主任横了春杏一眼:"不行!"

春杏:"为啥?!"

村主任:"为啥还用我说吗?出屋时他那副牛样子你没看着吗?春杏,你爹我不是不想让他复职,可他这刚回来,就来找我晦气,来给小学校要什么房子!口气粗得很!这样的人,我们怎么用?!给他再复了职,那尾巴干脆就翘到天上去了!围着地球绕八圈,还

· 82 ·

得多余出来一大截！你说，这人能用吗？至少暂时不能用！"

春杏："爸！那场大雨把小学校房子泡塌了，刘小琴砸死了，要不是李校长顶住了柱脚，我们早都砸到里边了！本来他有功，他没罪，可是因为死了人，他就有渎职罪了！他的罪是什么罪，村里老百姓的心里都清楚！你心里比谁不清楚！人家没回来，你总是说：李校长教学有水平，有领导能力，平时为人好。可人家回来了，你又这样说了！怪！怪透了！他不回学校当校长，我不信你就能平下心去？！"

村主任皱着眉头，不吭声。

春杏："爸，他是个有名的倔人，凡事儿较真的人，他找你问事儿，也不是为了他自己，还不是为了村里的孩子们？冲着这，看在我的面子上，您就放他一马吧，别和他过不去。"

村主任："去去去！你给我早点儿回家去！今后在这个事上，你给我少插嘴！"

春杏倔强地："爸！这个事你要解决不好，我就不认你是我爸！"

村主任暴怒道："什么？你给我滚出去！李大海和我较劲，你连个里外都分不出来了？！你以后跟那小子少来往！混蛋话！你给我滚出去！"

春杏倔强地看看村主任，一转身摔门走了。

村主任见春杏倔倔地推着车子从窗口走过，气得脸儿煞白，啪地一掌击在桌面上，茶杯砰然倒下，水流淌下桌子，倾洒向地面。

6. 李大海家，日

一个整洁的小院落，几间砖面土房，门窗上拴了几个好看的彩色纸葫芦。

李大海抽着一支老蛤蟆烟和草芯儿站在一起，他注视着眼前的柴火垛。哦，高高的柴火垛啊！

草芯儿指着柴火垛说："爸，这都是村里人送来的！从你走了他们就一直在送！说是村委会让送的！"

李大海"嗯"了一声，他的脸上显示出一种凝重。

突然邻院儿传来使劲儿的咳嗽声。

李大海举目望去，是刘老爷子正在扫雪，拾掇院子。他看见了李大海他们，可并没有直起腰来，只是一边做着手里的活计，一边使声似的咳嗽。

李大海想说点儿什么，喉咙动了动，又止住了。他默然地回转头，从门旁操起一把扫把，从墙头跃到了刘老爷子院中。

草芯儿呢，趴在墙头上看着。

7. 刘老爷子家院内，日

刘老爷子斜眼看着他。

李大海没吭声，就是低头扫那雪。

刘老爷子看了看，喝道："停下！我们家刘小琴是死了，可我们家的人还没死绝，我家的雪不用你扫！"

李大海没吭声，就是扫雪。

刘老爷子上前踩住李大海手中的扫把梢儿："停下，你给我停下！"

李大海执拗地挣脱着手中的扫把，声音颤抖地说："你让我扫，你让我扫！"

刘老爷子："不行！不能扫！"

李大海扑腾跪在了刘老爷子脚下，他仰起脸来，已是满脸泪痕了："刘大叔，你让我扫！扫扫我心里能宽敞宽敞！你老人家得明白：小琴的死，不是我李大海情愿的呀！"

刘老爷子看着他，苦着脸，连胡子都颤抖了，顿了一下脚，缓缓地往回里走。这时，黑虎却走了进来。

刘老爷子抄起根木棒，就向黑虎扔过去。

黑虎吓得跑了。

李大海看了看，站了起来，抹了把泪，挥起扫把，使劲儿扫着那雪。

墙那边，草芯儿看着这一幕，用手抹着眼泪。

在李大海家院子的那一侧墙头边，邻家女人王雪梅也在向这边张望着。哦，中年妇女那张端庄好看的脸。

8. 村中，日

春杏骑着自行车，车后边夹着个行李卷儿倔倔地向前走。

村主任披着棉袄，从对面走了过来，他看见了春杏，一愣："你这是要干啥去？"

春杏呢，却不说话，径直地往前走。

村主任急了，扯住那车后座的行李卷儿说："你给我站住！怎么我说了你几句，你就这么大的劲儿？这是要上哪儿住去？"

春杏眼里有泪："我是学校的人，我上学校住去！"

村主任："春杏啊，你老大不小的了，你怎么这么不懂事呀？那学校里房子透风，上那住去还不冻死你呀！快溜儿的，跟爸回家！因为姓李那小子，咱爷俩闹这么崩犯不上！听爸话，回家！"

春杏："不回！你自己亲闺女要住，你就知道那房子透风了？你不糊涂哇？！实话说，你要是还想让我管你叫爹，就赶快给李大海恢复校长职务，不然我就不回家！"说完，倔倔地骑上车子走了，又回过头说："村里老百姓都咋说你呢，你知道不知道！"

村主任叹口气，自言自语地说："我这个死老伴呀，她怎么什么事儿也不管，女孩子家要上外边住，她也不拦拦，真要命！"说着，无奈地摇摇头，走了。

9. 刘老爷子家，日

他坐在院里的矮墙上，一口一口地抽着闷烟，一缕缕的烟雾，像他挥之不去的愁绪和沉重的心思。

10. 柴火垛旁，日

李大海躺在了柴火垛上，嘴里咀嚼着一根细细的柴火棍，微闭着眼睛，眼角淌出了泪水。他的心里仿佛响起一种极为深情的音乐。哦，那音乐如泣如诉，又如排空大潮拍击着海天！

他久久地躺在那里。

墙头那边，王雪梅站在那里，她在那儿轻声喊："李大哥，李大哥！"

刘老爷子听见喊声，起身看着李大海那院儿。

李大海抬眼一看，王雪梅已把一面袋子东西从墙那边递了过来。

李大海赶忙上前接住："孩子他姨！啊，雪梅大妹子，你这是？"

王雪梅："豆包，还有一些酸菜。你一个大男人家，饭量大，我包得多，一个人儿也吃不了多少。"

李大海："这怎么好说呢！你一个女人家自己过日子，难处也不少，还是你自己留着吃吧！"

王雪梅："别推来推去的！拿着吧，有什么事儿用着我的地方，就吱个声！"

刘老爷子微微皱了皱眉头，又坐下抽他的闷烟。

这时，春杏走进院儿来，看见布袋说："哟，这是啥东西？"她抬头看见了李大海，又顺着李大海的目光看见了那院的雪梅。

雪梅像是意识到了什么，她扭过身去，假意轰赶着小鸡进窝："喔喔喔！"

春杏指着布袋说："那院儿王雪梅大姐送的吧？你没在家，她可没少照顾草芯儿！她人真好！哎，大冷的天，傻待到外头儿干啥？进屋！"

李大海和春杏进了屋。

雪梅呢，却又站在墙头那边向这院儿看。

窗子上影影绰绰的身影。

11. 李大海家屋里，日

屋里，春杏对李大海说："李校长，你可真是！刚回来，跟我爹顶什么牛哇？你是针尖，他是麦芒！好，你们俩干上了！本来顺理成章的事儿，全弄砸了！"

李大海沉重地说："校长我不当啦，可是小学校房舍的事儿，我不能不管！我在这儿摔的跟头，我得在这往起爬！这不是我的错！"

春杏："没说你错没错，是说你们男人有话不能好好说吗？"

李大海："没什么好说！你告诉你爸，村里要是不解决，我就去找乡里！这个事儿什么时候解决，什么时候算完！"

春杏："都是乡里乡亲的，有话慢慢说，别动火气！你没回来时，我爹他可不是这想法，没少念叨你的好处！"

李大海看看春杏说："你说这话我信！你爹他不是坏人，当村主任的，为村里事没少操心！哎，春杏，孩子们上课，屋子里冷不冷？"

春杏："对付吧，热乎肯定说不上热乎！"

李大海想着心事。

12. 雪梅家院子里，日

雪梅正在喂鸡，她嘴里"咯咯咯"地叫着鸡，向地上撒着苞米粒儿，小鸡在啄食。

李大海走了进来："大妹子！"

雪梅抬起头来，目光里有几分惊喜："李大哥，你有事儿？"

李大海："你家那小推车闲着的话，借我使使！"

雪梅："在柴火垛那边扔着呢！就是轴儿老没浇油了，发轴！你看能用就用！"说着，过来帮李大海弄车。

李大海在那柴垛前搬那立在那里的小推车："没事儿，能推走就行！"说着，把小推车扳倒平放在了地上。

雪梅边搭着手边问："用它推啥？"

李大海："柴火！"

雪梅："卖呀？"

李大海："把大家伙儿给家里的柴火推走，我回来了，再烧这些柴火，我脸上发烧！"

雪梅不解地："推走？推哪儿去呀？"

李大海："村里老百姓的柴火，给小学校的孩子们送去！"

13. 李大海家院子里，日

李大海在用铁叉子往推车上装柴火。

邻院的刘老爷子隔墙狐疑地看着他。

14．村中，日

李大海拉着高高的一小推车柴火，在村中土道上走着，棉袄大襟儿敞开着。他嘴里吐着哈气。

村主任推着自行车和他走了个对面："哎，李大海！你拉这些柴火干啥？！"

李大海："啊，在老房子里读书的孩子们屋里不热乎，我把这柴火给他们送去！"

村主任在李大海的话里好像意识到了什么，跟着李大海往回走："哎，我说李大海，你这人说话，怎么话里净带刺儿呀？！"

李大海："天生就属刺猬猬的，不带刺儿那成啥了？！"

村主任："我看哪，咱们俩得好好地唠唠！实话说，你家这些柴火，都是我协调大家伙送的。你没在家，村里能不照管吗？为了你的事，春杏也和我闹翻了，自己跑到学校住去了！村里不少村民也找我了，都说要让你官复原职！我想想，昨天跟你说话，我的态度也有错！你看这么着行不行，你还上小学校工作，房子的事儿就别闹了！"

李大海："村里照顾我，我知道，我领情，真的领情！可房子的事儿和这完全是两回事儿，我想村委会的新房子应该给孩子们立马倒出来！"

村主任气得变了脸："我说你这人怎么这样？！"

李大海："校长我不当了，房子得给孩子们倒出来！"

村主任："校长你不当了，这可是你说的！"

李大海："嗯，君子无戏言！"

村主任："好好好，那你就等着吧！看村委会什么时候给小学校倒房子！"说完一甩手走了。

李大海冲着他的背影，一声比一声大地说："我是要等着！村委会一天不给小学校倒房子，我就要找你们说话，你们不给倒，我就上乡！乡里不行就上县！房子，非倒不可！"他几乎蹦了起来。

15．小学校院里，日

李大海正往小学校的柴火垛上卸柴火。

一群孩子围了上来，七嘴八舌地："哟，是李校长！他是咱们的老校长！"

春杏走了过来："哎，老校长！你往这儿卸什么柴火呀？！"

李大海："打明儿起，我就自己砍柴了！我也没别的事儿干，砍点柴，供自己家和小学校的取暖没问题！"

春杏："不行，村里老百姓给你家的柴火，我们不能要！你不能卸到这儿！"

李大海："那我卸到哪儿呀？"

春杏："卸回自己家去！同学们，大家动手，帮老校长把柴火装上！"

"哎！"一群红领巾，一群可爱的孩子，在往推车上装柴火。

李大海看着孩子们，脸上笑了，眼圈儿却红了："哎哎，还是我自己来吧！"

几个村民走了过来，其中一位说："我说李校长，你这是干啥呢？"

李大海抹把眼泪说："别叫我李校长，叫我李大海！我一个大闲人，出来了，寻思着，柴火还烧村里乡亲们送的，心里头过意不去呀！"

村民："我说李校长，你现在是不是校长了，另说。可全村老百姓还认你是个好人！几把柴火烧就烧了！往回送啥？往哪儿送？"

又一村民："村里人谁不知道你？教书有经验，不当校长了，当个老师蛮够格，学生们都说你讲课讲得好！我们都是孩子家长，我们都指着孩子有出息，我们都找过村委会了！"

李大海："校长不当了，老师也不当了，只想给孩子们把村委会那房子要回来！"

村民们也七手八脚地往推车上装柴火。

有村民说："你个李大海，毛病不光是倔，也不能太自私了！全村的人都对你这么好，你不是也得想着教好村里人的孩子们不是？！"

李大海听了，眼圈儿更红了！

村民和孩子们簇拥着装满柴火的小推车，李大海拉着柴火走在村中土道上，他的眼里泪花盈盈。

16. 李大海家，日

院子里放着那一车柴火。

有喧闹声从李大海的屋子里传出来。

一村民："李大海回来了，村里的人，都是一块土疙瘩儿生出的肉！吃啥喝啥无所谓，就是图个心情！痛快！"

外屋。春杏在切菜。

李大海走了出来："呀，没看出来，还是个刀师傅呢！"

春杏笑得很灿然："刀师傅说不上，一刀细一刀粗的，反正白菜不能成片叶子搁锅里炒就是了！"

李大海："我能干点儿啥？"

春杏："干啥？抱柴火，点火！你看看你们家，你一回来，就热闹起来了！"

李大海趔身出去了。

春杏还在切菜。

草芯儿在边上看着："春杏老师，你小心，别碰着手！以前妈妈切菜也这么切！"

春杏停下刀，看看草芯儿，笑了，又接着切了起来。

李大海抱着一抱柴火走了进来，他蹲在灶处点火。

火光啊，映在李大海的脸上。

门"吱呀"一声开了，进来了王雪梅，她手里端着菜，对李大海说："听见你们这边儿闹闹吵吵的，来了不少人，就弄了俩菜。春杏老师，别做了，别做了！"

李大海接过菜来："大妹子，你看你……"

春杏呢，看了一眼王雪梅，对李大海说："哎，别愣着，快点儿烧火，柴火都快连荒了！"说着把菜倒进了锅里。

锅里腾起一股热气。

王雪梅向灶口踢了踢火，对李大海说："这是女人家做的活计，你哪能干得来，快屋里去吧！"

春杏："雪梅大姐，你屋里坐吧。"

王雪梅说："不了，我这就回了。"说完趔身要走。

李大海端着菜说："哎，大妹子，你看……"

王雪梅莞尔一笑，走了。

春杏从李大海手里接过菜，走进里屋："哎，菜来了，吃菜吃菜！"

那村民："哟，没看出来，咱春杏老师做菜还是个沙愣手呢！上眼皮和下眼皮还没眨巴几下呢，菜就好了。好，香味儿飘过来了，来，吃吃！"

屋外，李大海送雪梅出来："大妹子，慢走，有空儿过来坐啊！"

雪梅停住脚，微微回身说："大哥，你回吧！"说完扭身快步跑了。
屋里，众人说："哎，春杏炒的这个菜好吃！"
春杏："别瞎说，我是神人哪！这是邻院儿王雪梅大姐送过来的！"
李大海进屋端起一个酒杯说："乡亲们！难得乡亲们对我李大海的这片心！来！干了！"
众人："好好好，干！干！"
李大海："我回来了，大家伙一片真心对我，我知道！我得对村里的孩子们尽到心，我得把村委会用上边给小学校建房款盖的房，给小学校要回来！"
一村民："要房子的事儿啊，你可慎重，那是村委会占的房，别让村委会对你有意见！村里人还指着你给孩子们教书呢！"
李大海："房子先要回来，有可能教书我再教！房子不要回来，我宁可不教书了！"说着，自己干了一杯。
一村民："你不教书了？那哪行啊？！"

17. 村主任家，夜
春杏妈对村主任说话："老头子！你听见着没？村里人都在说你呢！"
村主任一瞪眼睛："你听着啥了？"
春杏妈："本来小学校塌房就与你有责任，可是人家李校长顶住了柱脚，春杏他们才都跑了出来，不然早就没命了！人家蹲大狱至少是替你担了一半责任！上头拨了钱给小学校，你们又盖了村委会，人家回来了，你又不让人家回学校工作，你想想这些事儿，大家伙儿对你能没意见吗？"
村主任急了："别扯！是不是你和春杏俩变着法地编排我？！他们有意见让他们有去！他们是不了解情况！作为村委会，那是一村的最高权力机构，房子住个新的，有啥不对的？再者说了，上头来人检查个工作，外头来人到村子里谈点什么生意，咱村儿的面子上不也好看点儿？！你以为村委会住新房，我是为了我自己呀？我也是为了村上！你！可不能和他们一起贬斥我！"
春杏妈说："人家李校长讲课就是讲得好！过去邻村的人都奔着他在这儿，把孩子送咱村儿来念书！就是喜欢听他的课！就是人家校长不当了，老师总得让人家当吧？不然那是大马勺抠耳朵，叫人太下不去眼儿了！"
村主任听了这话，心情很复杂，点燃一支烟说："大家伙儿有意见，我知道！这个李大海，我不是不想让他回学校，我让他回了，可他说了，村委会不给小学校倒房子，他就不回学校！你说，这能怨着我吗？村上的事儿，我这村主任说了不算，由他说了算，笑话！"
春杏妈："那这事你想怎么办？"
村主任："怎么办？怎么办也不怎么办！除非我这个瀚海村的村主任不当了，换上他李大海当，那就由他说了算！"
春杏妈："春杏也因为这个事儿跟你较着劲儿呢！"
村主任："那闺女，死倔死倔的！别我唱黑脸你也跟着唱黑脸，有空儿你得过去多看看她，把咱家那老羊皮褥子给她拿去！"
春杏妈："哎呀，用你想着呀？我早送去了！可是那春杏还是有点冻着了，一个劲地咳嗽！"
村主任："这个不听话的闺女！拿她真没辙！"

18. 村中，夜

月夜，李大海一个人架着小推车，拉着那车柴火，向村口走！刘老爷子在院子里看见了他。

19. 村口，夜

刘小琴墓地。

李大海把柴火卸了下来。

柴火堆得高高的。

他"嚓"地划着了一根火柴。柴火垛着了起来。火光，由小变大，映红了夜空。

火光中，刘小琴的墓碑，李大海那张充满悲伤的脸。

远远的，在村口，站着刘老爷子，他看着那火光，神情黯然。黑虎从他身边小心地走过。

刘老爷子愧疚地看看黑虎，又抬头看着远处的火光，眼里都是泪水。

20. 乡政府，日

李大海走进院子来。

他找到了文教组，进到屋子里来，冲一个人说："小马！马长林！"被叫作马长林的工作人员马上站了起来："哎哟，李校长，李老师，您来了，快坐！"他对另外几个李大海不熟悉的人说："这位就是我常跟你们提起来的李大海校长！我的亲老师！"

那几个人都很热情地握手，让座。

李大海就坐下了。

马长林："李老师！你来有事儿？"

李大海："我是来问问上头给我们村小学校拨钱的事！"

马长林："我是文教助理，拨款盖房的事儿我知道，小学校出了事儿以后，我们给县里打了报告，县里很快给拨了一笔钱。"

李大海："问题是钱是拨下去了，可没用在孩子们身上！"

马长林："不是说小学校已经搬家了吗？"

李大海："嗯，是搬家了，可是从屎窝儿挪到尿窝儿里，没从根本上解决问题！小学校搬进原村委会那老房子里去了，遇着特大暴雨，那房子能不能挺住，还不好说！"

马长林："有这事儿？那我们得去调查调查！"

李大海："好吧，只要这个问题能解决就好！我回了啊！"

马长林："您慢走！"

21. 小学校，日

春杏宿舍。

村主任和春杏妈走了进来。

春杏半身插在被子里，在那直咳嗽。

村主任："不听老人言，吃亏在眼前！冻着了吧？"

春杏妈端过来一个碗说："这是妈给你熬的姜汤！你趁热喝了！"

春杏接过姜汤，喝了一口说："爸，我发烧了，明天上不了课了，我得请假休息！"

村主任："这一年多了你也没请过假，你休息了，学校的课谁上？"

春杏："乐意请谁请谁！你是村主任，你定！"

村主任："你的意思是请李大海？那得你去请！"

春杏："我请？我不请，你请！"

村主任："我是不请，也不能请！我跟他心里较着劲儿呢！"

春杏："那怎么办？除了他，村子里再没别人能讲课了！孩子们落了课哪行？！"

村主任："行了我的小祖宗，你就别往绝道上逼我了！我和你妈把你从小养这么大，没少疼你！今儿个算我当爹的求你了，你找那个姓李的说说，让他来给孩子们上课，别再和我闹下去了啊！行不行？"

22. 村口，夜

月夜。

春杏站在村口那棵老树前，冻得来回跺脚，在等李大海。

李大海终于出现在她的视线里。

他从弯弯的路上走了过来。

春杏："草芯儿说你上乡了，上乡去做啥？"

李大海："去说小学校房舍的事哩！"

春杏："我爹知道你上乡吗？"

李大海："不知道！"

春杏："我感冒了，求你明儿帮我代代课！"

李大海没吱声，默默地和春杏一起向村里走。

春杏忍不住了："哎，我说，你这人到底怎么回事？行还是不行，你给句痛快话！"

李大海站住了："冲村上，这个课我不能代，冲你，冲孩子们，这个课不能不代！"

春杏脸色缓和下来："这是课程表和教科书！明天可以先讲讲作文！"

李大海接过那些课本，没再吭声。

23. 刘老爷子家，日

村主任在和刘老爷子说话："刘大叔，那院的李大海回来了，从小在村子里长大，啥人啥性情，咱们都知道！冲他那犟劲儿，我也是气得慌，可是静下心一想，村里就这么个大文化人！村里上初中高中的学生，像小鸟似的都是从他手里飞出去的！人家对村子里的人有功，这个咱当村支委不能不念着！小琴的事儿都过去了，你也别老烦心了！李大海扑奔村子回来了，说不安排他教学那是气话！能不安排吗？！"

刘老爷子一直在抽着烟，末了，磕磕烟锅说："说我不想自己的孙女是假话！说我以前对他李大海没想法是假话！可是刚才他又去小琴坟上烧了把火，看着那火，我这心里也是不得劲儿！说啥呀？人心都是肉长的！乡里亲，乡里亲，打断骨头连着筋！他李大海有错没错，人性好坏都不说，只要是村里的人，咱能不接着？！冲自个儿的乡亲落井下石，那不是咱瀚海村人做的事！"

村主任："刘大叔哇！姜还是老的辣呀！你老人家虑事，比我想得宽！"

刘老爷子："我听说李大海正找你，要村委会给小学校倒房子。"

村主任："嗯，刘大叔，你也是个老村支委了，你说该咋办？"

刘老爷子："咋办？当初村委会搬进新房，你这个当村主任的没当大家伙说盖房款是给小学校的，如果说是那，我姓刘的死也不能同意村委会搬进来！"

村主任："可是现在生米已经煮成熟饭了，咋办？"

刘老爷子："依我看，没啥不好办的，二话不能说，搬出来！咱不能要村委会，不要后生！等开春，再用村里积蓄的钱，给村委会盖新房，不就结了！"

村主任："等开春给小学校盖新房子不行吗？"

刘老爷子："那是后话，现在是房子应该马上倒！"
村主任："这死冷寒天的折腾个啥？我的意见，等开春再说！"
刘老爷子看看村主任，没吭声！

24. 小学校，日
教室里。
黑板上工工整整地写下"瀚海情怀"几个字。
李大海："我这手里有一篇散文，是一个文学双月刊上发表的，是写咱们家乡瀚海的！现在我念给大家听——在祖国东北，在科尔沁草原东南，有一片叫八百里瀚海的地方，它是被黑土地包围着的一片盐碱滩。它有着又苦又咸的盐碱湖，它真的不是海，可自古以来却被人们叫作瀚海！这就是我们的家乡！"
教室外，孩子们的吟诵声在空中回荡："小时候，我们不知道什么是海，长大了才知道：大海不是人类赖以生存的大地，却可谓是人类精神的家园！它从不拒绝带有污垢的千江万河的涌入，默默地接纳，默默地沉淀，永恒的蔚蓝！我们家乡的海是内海，是藏在人心里的一片蔚蓝！它是传统的，也是当代的，更是未来的……"
吟诵声在瀚海的大地上回荡！

25. 冰湖上，夜
李大海在镩鱼。
远处的窝棚里，一盏马灯悠然地亮着。刘老爷子背着杆老洋炮，走出窝棚，他的身边有鱼堆。哦，他是看鱼守夜的人。
李大海奋力地挥动冰镩，脸上是溅起的冰沫子。
一个黑影，向远处跑去。刘老爷子大喝一声："站住，你个兔崽子！"说着，朝天上开了一洋炮。
李大海朝响枪处看了看，又开始镩他的鱼。
刘老爷子朝黑影跑走的方向追了几步，骂道："王八羔子！再来偷鱼，老子把你的腿削折喽，让你爬着走道！"
那个黑影的人脸在树丛中一晃。啊，竟是刘二！
咣咣的镩鱼声由冰湖那边传来。
刘老爷子眯起眼睛看。
李大海还在奋力镩鱼，厚厚的冰层被凿穿，冰洞里汪了一汪水。
刘老爷子看了看，进了窝棚，他那张愁云不散的脸啊！

26. 李大海家，夜
电灯亮着。
李大海和草芯儿正在吃饭。
敲门声。
李大海："谁呀？进！"
刘二走了进来："大哥！是我！湖东头的刘二！"
李大海："这么晚了，你怎么来了！"
刘二进了屋，冻得丝丝哈哈的，还直搓手。
李大海："找我有事儿？"
刘二："这话说得，一个大狱里出来的哥们儿，没事儿那就不兴来看看哪！"说着就坐在桌子边上："哎呀，正好饿了！吃几口再说！"说着拿起个馒头就咬了一口："大哥，你这大哥当得咋那么没样呢？！让让兄弟啊，光顾着自己吃！"

李大海："啊，吃吃！"说着，递过一双筷子来。

刘二用手捋捋筷子，就大口大口吃了起来。

李大海："咋饿这样？你找我啥事儿？"

刘二："啥事儿？这话问的，有事儿！也没事儿！"

李大海："啥意思？"

刘二："啥意思？你学问大还用问我呀！这不是秃头的上虱子明摆着的事儿吗？围着这好几十里的大湖转一圈儿，七八个村子，就咱哥俩一个姓！"

李大海："嗯？！"

刘二："嗯啥嗯啊？！姓犯！就咱俩都姓犯人的犯！百家姓里没有，都在你我脑门上贴着呢！"

李大海："我们已经出来了，我们不再是犯人了！"

刘二："是，你我是出来了，可你我都是释放出来的犯人！"

李大海："释放出来的犯人咋了？只要好好做人，照样有前途！"

刘二冷冷一笑："你行！比我想得开！听这话怎么像听唱歌似的！哎，大哥，弄点儿酒哇，我大老远死拉冷的天来看你，你也得热情点儿不是！"

李大海："哎呀，不知你来，家里真没酒了！"

刘二："唉！扫兴！这酒是居家常备的东西呀？你说说，你这个日子过得，真是的！没了，就不喝了，对付着吃一口得了！"

李大海："刘二呀，你那两年大狱还没蹲出点儿人生道理来呀？"

刘二："啥道理？活着就是道理！吃点好的，喝点好的，就是道理！你说，咱从大狱出来的，人家嘴上不说，谁心里把咱当人看！人家看咱跟看条狗一样！我那嫂子一看我眼珠子都发绿！还啥道理呀？这就是道理！"

李大海："咱是从大狱里出来的不假！可浪子回头金不换哪，你得干出个样儿来给乡亲们看看，让人家知道刘二蹲了两年大狱出来变好了！"

刘二："哎哎，大哥你别这么跟我说话，我不喜欢听！我就这样了！我刘二就是破罐子破摔了！乐意咋的就咋的吧！"忽然，他发现地上有鱼："哎，鱼！哪儿弄的？！"

李大海："想吃就提溜两条！"

刘二："大哥，你小气！"

李大海："怎么啦？"

刘二："干吗非说拎两条，你就说多拿两条，我就能多拿呀！真是！"说着，从地上拎起几条鱼来："行了，我走了，这回我可以回去跟那恶女人交差了！"

李大海看看他，厉声地："你回来！"

刘二吓得一激灵："咋着？这鱼又不给了？"

李大海咄咄逼人地："我问你，你那嫂子又逼你出来偷摸了？"

刘二："哎呀，我的好大哥，打碎的牙齿往肚里咽！家丑不可外扬！你叫你兄弟我说啥？！"说着，眼里快要有了泪。

李大海见了，别过头去，叹了口气："我知道了！"

刘二看看李大海："我走了啊。"走了。

草芯儿："爸，你好不容易镩来的鱼，为啥他要拿走？"

李大海："别问了，他有他的难处！"

门外，春杏和刘二走了个对头。

春杏进得屋来。
草芯儿："春杏老师！你的病好了吗？"
春杏："好了点儿！"
李大海："没吃呢吧？"
春杏："没呢！"说着，自己操起筷子就吃了起来。
李大海看着她说："你感冒也好差不多了，明天学生的课，可就交给你了！明儿一早我就去和你交接！"
春杏："那可不行，这回你上了课，就不能停了！我说我有病要休息，也不完全是，我也是太想着让你回校上课了！"
李大海："你的心思，我不是不知道！"

27. 李大海家，晨
清早，李大海正从外边往院里背柴草。
突然，从刘老爷子那院儿的墙头上出现半面袋子白面，悄悄地从墙头滑落下来。
李大海一下子愣住了，他马上意识到是刘老爷子送过来的，就捧起面口袋要送回去，可面口袋刚举过墙头，墙那边响起了刘老爷子的声音："李大海！那点儿白面不是给你的！我知道你又去学校教学了，把身体吃得棒棒的，教好那些孩子！小琴是没了，可那些孩子还都是村里人家心里头的星星、月亮，是指望！"
李大海捧着那面袋子，泪水盈盈，他的心头情似潮涌……
（上集完）

下集

1. 冰湖上，夜
李大海戴着棉手套在镩鱼。
刘老爷子拎着一盏马灯走了过来，在离他不远处站住了。
李大海直起了腰："刘大叔！"
刘老爷子很硬朗的声音："李大海，你来！"说完转身向窝棚那边走了。
李大海扛了冰镩，跟刘老爷子朝窝棚走去。
两人一前一后进了窝棚。
刘老爷子摊开一个纸包："来，这有酱牛肉，有酒！你喝点儿吃点儿，去去寒气！来！这碗酒，就算是你大叔我肚子里的话了！干喽！"
李大海感激的目光，两人碗碰碗，各自喝了。
刘老爷子："我知道你在给小学校要房子！要得对不对呀？对！就冲你为了给孩子们要房子，宁肯不当那个老师这个劲儿，我就得和你喝酒！手心手背儿都是肉！可孩子们是咱们心尖上的肉，是指望！"
李大海："嗯！"
刘老爷子又端起碗来："你大叔我心里好久没这么畅快了，来，喝！"两人又碰了碗。
刘老爷子显然醉了，倒头躺下，慢慢起了鼾声。
李大海眼里充起了血丝，他看着刘老爷子、眼前的马灯，马灯泛着美丽的光晕……
突然，他听到了外边有响动，他走了出去。
他大喝一声："谁！"

一个黑影从鱼堆那边站了起来，要跑！
李大海喝道："站住！"
那黑影真的站住了："哎，听声音好耳熟哇！"
李大海定睛一看："嗯？咋？刘二，是你？"
刘二："是我！咋，今儿个换了大哥你看鱼？"
李大海："啊，现在是我看鱼！"
刘二："真是老天有眼哪，该着我刘二有福！想来弄点儿鱼，就碰见了大哥你看鱼！真是一脚踢出个屁——赶当当！"
李大海："别扯了，把鱼放下！"
刘二涎着脸说："嗨，别逗了大哥！鱼是村上的鱼，不是你家的鱼！是你家的鱼，我不也拿了吗！回头见啊，拜拜！"
李大海上前抓住刘二："不行！这鱼你不能拿！"
窝棚里的刘老爷子被外面的响动惊醒了，他伸了个懒腰坐了起来。
刘二："哎哟嗬，这是要跟我来真格的咋的？"
李大海："放下！"
刘二："大哥！我给你跪下行不行？"
李大海："把鱼放下，你怎么又做这种事！"
刘二哭了："大哥，都是我那恶嫂子逼的呀！一天到晚得挨她几顿骂！不出来整点儿啥，回去就不给饭吃！你说我这好歹也是这么大个人，不吃饭哪行？"
李大海眉头拧成个大疙瘩，想了想，说："把这儿的鱼放下，跟我走！"
他们俩来到了李大海镩鱼的地方。
窝棚门口，站着刘老爷子，他看着眼前的一切。
李大海指着地上的几条鱼说："这几条鱼是我镩的，你拿走吧！"
刘二哭了："大哥，你也有家，这份情我得咋报？"
李大海："别说没用的！有空儿过来，我教你镩鱼！"
刘二呼地扑到李大海跟前："大海哥，我亲哥瘫痪炕上好几年了，他心里疼我，可没辙儿，只能看着我淌眼泪！大海哥，你就是我亲哥！"

2. 村主任家，夜
村主任躺在那里睁着眼睛，想心事。
春杏妈做着针线活儿说："哎，老头子，你是吃了人参草了，还是喝了蛤蟆油了？这么晚了，咋还这精神？"
村主任："我是在想事情！"
春杏妈："你当村主任的，为村上的事儿操心是正常的，可也别太劳心费力！别再弄出点儿啥病来，让我跟着你累心！"
村主任索性坐了起来："唉！村委会住了新房子，李大海告到乡上去了！乡里来人查了！"
春杏妈："来人查怕啥？咱也都是为了公家的事儿，咱也没往家拿半块砖头来！"
村主任："你懂啥！上边说，私下动用小学校的建房款，是触犯了原则问题！"
春杏妈："还这严重呢？"
村主任："嗯！"
春杏妈神色沉重："那咋办？不行就把房让出来不就结了！"
村主任："说得轻快！现在不是光让出房子的事了，是组织上要如何处理我的问题！"。

春杏妈睁大眼睛："崩苞米花呢呀？一点儿东西崩多大！"

村主任摇摇头："原先我也不明白，现在我才知道，这个事不小！"

3. 冰湖窝棚里，夜

刘老爷子对刚进来的李大海说："大海呀，你刘大叔给村里渔业公司看了这么些年鱼，没说往自个儿家拿过一片鱼鳞，今儿个大叔说话了，你从这儿拿点儿鱼早点儿回家吧，不是为了你，你明儿个还得给孩子们上课呢！"

李大海呢，笑模样地扛起冰镩："大叔，谢谢你的酒，身上热乎起来了！"说着，就大步流星地走了。

刘老爷子走到窝棚门口。

月光下，李大海仍在奋力地镩鱼！冰镩的声音和李大海的喘息声，像是冰湖月色下的二重奏。

刘老爷子摇摇头，进了窝棚。

4. （空镜）月亮在白莲花般的云朵里穿行

5. 李大海家，日

上午。

高高的柴火垛边，李大海从雪里抠着鱼，往一个长口袋里装。

草芯儿："爸，今儿个你要去乡上卖鱼？"

李大海："嗯，再过些日子就好过年了，过年的东西都有了，就差点儿肉了，爸爸把这些鱼卖了，换钱买肉，过年给草芯儿包饺子！"

草芯儿乐了："有爸爸在家和没爸爸在家就是不一样！"

李大海："哎，事是这么回事，话可不能那么说！那院儿你王姨可没少拉帮你，去，把这两条最大的鱼给你王姨送去！"

草芯儿接过鱼，向雪梅那院跑："哎哎，送鱼嘞！给王姨送大鱼嘞！"

王雪梅呢，从墙那边探出头来，掩饰不住地笑了。

李大海看见了，把长口袋往肩上一扛，咧嘴笑着，走了。

6. 去乡里集市的道上，日

李大海和村主任的两台车子骑到了一起。

村主任："大海，骑的是我闺女的车子吧？"

李大海："啊，借她的。趁星期天儿，上镇子卖点儿鱼！"

村主任："你停下，她那是台坤车，你驮东西不便利，咱俩换换？我这个车子又大又结实！"

李大海："不用了！"

村主任："要不我帮你驮着？"

李大海："不用了！你到乡上有事儿？"

村主任："你给我惹出的事儿，我能没事儿吗？乡里马长林他们来调查完了，让我去乡上，有些事儿还要进一步核实核实！"

李大海："核实个啥？咱把那房子倒出来不就完了！"

村主任："我说大海呀，你要说是还想当老师，那咱就说你当老师的事儿，你要说你要再当校长,那咱就说你再当校长的事儿,你看看,你这是干啥?村里说完了乡里说的,你还想说到哪儿去?实话跟你说,咱村委会是占了几间好房子,你要不揪住这个事儿不放,谁知道?这下子可好,小事儿整大了!乡里要我好瞧的了!"

  李大海:"我可没想整谁,我只是就这个事儿说这个事儿!"

  村主任:"可你说的这个事,是我办的,这不是整我是整谁?"

  李大海:"那要是说这个事儿,就算整你了,我也没办法,事儿不解决,那我还是要说!乡里解决不了,就上县!总有说话的地方!"

  村主任:"好,你说吧!大不了就是我下台,还到不了蹲笆篱子的份上吧?我可告诉你,乡里叫我写的检查,已经有一回没通过了,今儿个送的检查要是再通不过,就得你帮着我写!"说着,骑车子自己先走了。

7. 学校春杏宿舍,日

  春杏妈在和春杏说话:"春杏,妈就你这一个女儿,婚姻是一个人一辈子的大事,可不是闹着玩的!我看乡上来搞调查的那个叫马长林的小伙子挺好,本村出去的,知根知底,村里也有人想给你们撺掇这件事,你跟他相看相看?"

  春杏笑了:"啥?相看?我跟他相看?妈,这都啥年月了,哪有谈恋爱找对象还相门户的?妈,我都这么大了,该找什么样的,不该找什么样的,我心里有数!"

  春杏妈:"昨儿晚上你爸跟我合计,说是你这事还是早点解决好!怕夜长梦多!"

  春杏:"梦多还能多到哪儿去?"

  春杏妈:"你跟妈说实话,你心里没那李大海吧?"

  春杏看看她妈,没吭声。

  春杏妈瞪大眼睛:"妈问你话呢!"

  春杏依然没吱声。

  春杏妈有些急了:"那可是带个孩子的男人哪!"

  春杏:"知道!孩子就是草芯儿,草芯儿是很好的一个孩子呀!"

  春杏妈忙问:"你怎么看那李大海?"

  春杏:"好人!一个有能力的男人!有点倔,可倔得让人喜欢!"

  春杏妈神情有些紧张:"这么说,你心里有他?"

  春杏笑了:"妈!我什么时候跟你说这句话了?"

  春杏妈心里有些不安的:"你要是没这事,妈这心里就放心了!"

  春杏:"妈!当父母的在儿女的婚姻大事上不要管得太宽!现在都是自由恋爱呀!"

  春杏妈:"那,马长林的事儿怎么说?"

  春杏:"怎么说也别怎么说。"

  春杏妈狐疑地看着春杏。

8. 集市上,日

  李大海守在一个地摊上,在卖鱼,他身边放着那台自行车。

  有人在买李大海的鱼,李大海把秤高高地给着,收着钱!

  他抖落了一下空袋子,站起身来,刚要数钱。

  突然,人群那边有人吵嚷起来:"抓住他!抓住他!就是他,小偷!"

  刘二手里拎着几件衣裳,拼命地跑,后边有人喊叫着,紧追不舍。

  追的人终于抓住了一件花衣裳,刘二拼力一扯,哧!衣裳被扯裂了。

  刘二还在跑,有人挡住了去路。

刘二抬头一看，是李大海。
李大海声色俱厉地："你给我站住！"
刘二额头上有汗，气喘吁吁地看着追来的人："大哥，放我一条路吧！"
李大海揪住刘二的袄领子，挥掌抢去！一个响亮的耳光！
刘二颓然地抱头蹲缩在地上，哭开了。
追上来的人："对！就是这小子，偷了衣裳就跑！"说着，把刘二手里的衣裳抢了下来："看看，这么贵的衣裳，都给扯坏了！"
说着，扯住刘二的胳膊："走，上派出所！"
李大海拦住说："这位兄弟，慢！"
那人一愣："这位大哥，人是你抓住的，你啥意思？他和你有关系？"
李大海："我的一个远房兄弟，我代他说声对不起了，扯坏的衣裳值多少钱，我赔！"
那人看看李大海："你赔？你真替他赔？"
李大海颔首。
那人讪笑着："这一说你赔，我还真有点儿不好意思了你看！我知道你是谁！你是瀚海村小学校原先的李校长！哎呀，这怎么办呢？都是乡里乡亲的！这么吧，这件衣裳值一百块，打个七折，给七十块吧！"
李大海掏出钱来数着，说："哎哟，我兜里的钱都给你总共也不到六十元，咋办？"
那人继续讪笑着："那还能咋办？算了，看在你的面子上，就这吧！算了！"那人走了。
李大海瞪了刘二一眼，把那件花衣裳往他怀里一扔，推上车子走了。
刘二在后边跟着。
李大海停住了车子，头也没回："你跟着我干什么？"
刘二嗫嚅地说："大哥，那个家我是真的不想回了！"
李大海神情严峻，立住车子，头也没回地吩咐道："推着车子！"
刘二赶忙地推着车子，跟在李大海后边走。
李大海皱着眉头，抬眼看着路旁冬树上的喜鹊窝，心情沉重地向前走着。
谁也没有话。
只有脚步咯吱咯吱的踩雪声。

9. 李大海家，日
雪梅正和草芯儿一起拾掇院子。
李大海和刘二走了进来。
草芯儿高兴地扑了过去："爸爸！鱼都卖了吗？买的肉呢？"
李大海抱起草芯儿："啊啊，爸爸给你带回个大活人来，你刘二叔叔打今儿往后就是咱们家人了！叫叔叔！"
草芯儿甜甜地："叔叔！"
李大海冲刘二："这是邻院王雪梅，你得叫大妹子！"
刘二冲王雪梅一哈腰："大妹子好！"
雪梅冲刘二微微一笑。
草芯儿："爸呀，买的肉呢？"
李大海假意拧了草芯儿屁股一下，笑道："肉在这呢！"
草芯儿笑了："爸爸真逗！"

10. 村委会，日

村主任正在那儿写着什么。

春杏走了进来："爸！你写什么呢？"

村主任扔下笔："写什么？能写什么？写检查呢呗！检查交上去两遍都没通过，你进来，帮爸措措辞儿！"

春杏："我才不管你的事儿呢！"

村主任用带有情绪的口吻问："春杏！你的自行车今天借给那姓李的骑了？"

春杏："嗯！"

村主任："你以后能不能少搭理他！他那边整着你老爸，这边你对他还挺客气，村里有自行车摩托车的人一大堆，为啥偏得你借给他？"

春杏看看他："爸，借骑个自行车算啥？他现在和我都在小学校里工作，他不朝我借朝谁借？"

村主任："你呀，一个是犟犟犟，一个是大咧咧！太让我跟着你操心！人们常说男大当婚，女大当嫁！人往高处走，水往低处流！乡里那个文教助理马长林，是咱村出去的，人和工作都不错！"

春杏："他不错他的，和我没关系！我自己的事儿不用你们管！"

村主任："什么？！你说什么？！"

春杏："我自己的事儿不用你们管！"

村主任气得脸白了，顺手抄起一个笤帚："你你你，你个小兔崽子，你是翅膀硬了你！"说着就要追打春杏。

春杏却躲闪着向外走。

村主任把笤帚抡将过去，却打在了刚进来的春杏妈身上。

春杏妈："这是咋的了？"

村主任指着正从窗口走过的春杏说："还不是那个孽种！"说着，气得流了眼泪："真是儿女大了不由爹娘啊！我怎么养了这么个不听话的闺女！"

春杏妈："我今儿个找她，她说和那李大海没什么事儿啊！"

村主任："行了，傻娘儿们！要是有事，那就啥都晚了！"

春杏妈的眉头蹙了起来。

11. 冰湖上，夜

夜色初罩。

李大海在指导刘二镩鱼。

刘二："这冰镩死拉沉的，累得膀子快掉下来了！镩几条破鱼，值吗？哎呀，坑是镩出来了，鱼还不知来不来呢！"他冲着水坑说："鱼呀，你可来吧，来吧，鱼啊，让哥抓几条，要不今儿个晚上哥就白挨累了！大哥，你看我这干喊，也没看见鱼来呀！大哥，整这玩意儿太急人，能不能整个俏皮活儿干干？又轻巧又来票子，大把大把的，唰唰唰！"

李大海："能！我看能！躺在炕上房笆儿噼里啪啦还往下掉馅饼呢！啥都能！可那是做梦时候的事儿！"

刘二看看李大海，又使劲儿往下一镩，溅了一脸冰沫子："噗！噗！这活儿没法干！"

大海严厉地："没干，你走！我没非让你在这干！你干的这个活儿，我还真就是没相中！"

刘二看李大海真的变了脸："你看你，我说没个干，这不也是在干着呢吗？大哥，跟你说个正事行不？"

李大海："啥事儿？"

刘二："在村上，能不能给兄弟弄个轻快点的活儿干干？"

李大海："人啊，别想不付出辛苦就挣着俏皮钱！那钱来道儿不正！做人也是一样，得奔正道走！"

刘二一边干一边说："这话说得，我刘二还不奔正道走？我这辈子啥时候干过这么累的活儿？"

李大海："下兜子往里捞！"

刘二左捞一下，右捞一下，一抬捞网："呀，还真的有鱼哎！捞上来这条还不小呢！"

一条鱼在冰面直蹦，伴着刘二欢乐的笑声。

12. 雪梅家院儿内外，夜

月光下，村主任披着大衣，走了过来，见雪梅正在院里拾掇东西。

村主任站在了院外："哎，我说，忙哪？"

雪梅看见了他："是村主任，有事儿呀？"

村主任："跟你没事儿，就是说句话，到你邻院儿的老李家看看，打你这路过！"

雪梅扶着扫帚说："他们上湖锛鱼刚回来！"

村主任叹了口气："啊，那李大海不易呀，真的不易！一个男人又带个孩子，身边儿又没个女人，雪梅，你们邻院儿住着，你得多帮衬帮衬他！"

雪梅："那是，我能帮上的忙，不用村上说，没说的！"

村主任："他家缺个女的，你们家缺个男的，都有难处，都不易！"

雪梅看看村主任，没吭声。

村主任笑了："哎，你们俩能不能？"说完又一笑。

雪梅："人家是有文化的人，哪能看中我？"

村主任："用不用我们在中间给撮合撮合？哦，脸红了，看来你心里这是同意！行，我知道了！那我可过那院去了！"说着，进了李大海家的院子！

雪梅看着村主任进了李大海家院里，想了想，目光中流溢出几许期盼，就踅身回屋了。

13. 雪梅家屋里，夜

灯光下，雪梅对着镜子梳头。

镜子里是雪梅那张好看的脸！她对着镜子看了又看！

14. 李大海家屋里，夜

村主任走了进来，一眼看见了正在炕上吃饭的春杏："咦？你怎么在这儿吃饭？"

李大海对村主任说："坐，坐！"

村主任把酒放在炕上，瞪着春杏。

春杏呢，推了碗筷："草芯儿，来，老师帮你练习写字！"

草芯儿也推了碗筷，笑着拿出笔和本子来，两个人在那儿写了起来。

刘二在那儿只顾吃着饭，也不吭声。

村主任问："这是？"

李大海说："啊，刘二，我收留的弟弟！"

村主任："啊，刘二，我听说过！"

刘二停住筷子："咋，你听说过我？"

村主任笑了："过去的事嘛，好事不出门，坏事儿传千里嘛！湖沿儿上一圈儿，提提刘二，谁不知道哇！"

刘二："是吗？我还那么出名呢呀！"

李大海瞪了刘二一眼："别把坏事当成啥好事儿！"

刘二噤声了。

村主任对李大海说："咋整？我那个检讨是写不好了！你是个大文化人，得帮帮我！"

李大海："帮帮你可以，可是村委会给小学校的房子还没倒出来，这房子一天不倒出来，你那检讨咋写都没用，也写不好！"

村主任："你是说村委会立马给小学校倒房子？"

李大海："没错，倒得越早越主动！房子倒出来了，检讨我帮你写！"

村主任："也好，我也看好了，这房子是早倒晚倒都得倒，那就倒吧！明天就倒！可咱们得说定了，那检讨得你帮着我写！"

李大海："一言为定！"

村主任："大海，我看你一个男人家，带个孩子，老这么下去也不是个曲子！我看邻院儿那王雪梅对你有些意思，人也不错，你也是过来人了，你要是说行，这个媒人我就当定了！"

春杏一边听着，一边拿眼光觑李大海。

李大海倒挺镇定："人哪，有了一，才敢想二，是个零，哪敢往二上想！"

村主任："我不管你一不一，二不二的，我看人家王雪梅人不错，配你不屈！你们两家要真合到一起了，那也是个好事儿！春杏！你也走吧！"说着，下地要走。

李大海："那，不再坐会儿了？"

村主任："坐啥坐，有时间再来！"

春杏冲草芯儿摆了下手。

村主任和春杏走了出去。

15. 村中路上，夜

村主任："春杏，你是不是要气死我？"

春杏："咋了？"

村主任："咋了？咋我越说不让你和他接触，你越接触呢！还两腿一盘，坐到人家炕上吃饭！你有病啊！"

春杏："爸，我都多大了，我的事儿你别管了行不行？"

村主任："你要不是我的女儿，让我管我也不管！"

两人沉默着走路。

村主任又说："你看李大海和王雪梅的事儿，李大海能同意不？"

春杏苦涩地笑着："我也不是他肚里的虫儿，我哪能知道？不过，我倒是听说他在这方面有他自己的考虑！"

村主任："这么说，他是有了意中人了？谁呀？"

春杏："我也说不太好。哎，爸，你咋求人家帮你写检讨？"

村主任长叹了一口气说："论文化水儿，你爸我不行！真的不行！"

春杏笑了："我还真没听见过你说句谦虚话！"

16. 李大海家，夜

李大海对刘二说："闲着的时候，帮邻院儿雪梅大妹子挑挑水，她一个女人家，道上一跐一滑的不易！我不好去，村里人眼尖舌头快，你去，就算是帮我了！"

刘二痛快地说："那行，我吃饱了喝得了，正愁着有劲儿没处使呢！我去，现在就去！"说完下地走了。

草芯儿："爸，我知道你没带回钱来，把刘二叔叔带回来了！没钱买肉，我照样跟你高兴过年！有爸在一起过年，比有钱有肉都好！"

李大海听了这话，笑了，眼里有泪光。

草芯儿对李大海说："爸，村子里的孩子都有妈，我也想有个妈！"

李大海："草芯儿，你妈没得早，爸就是你的妈！"

草芯儿："爸是爸，妈是妈，爸爸不是妈！我想要个妈，春杏老师那样的妈！"

李大海："草芯儿，别胡说！春杏老师是个姑娘家！你爸我是个带孩子的男人家！不但话不能那么说，事连那么想都不对，咱不能坑人家！"

草芯儿："春杏老师好！我就觉着她像妈！"

李大海："邻院你王姨不像妈吗？"

草芯儿："王姨待我好，也像妈，可我就想找春杏老师当妈！"

李大海："为啥？"

草芯儿："年轻好看，有文化！"

李大海看看草芯儿："你说得对不对呀？都对！可是草芯儿啊，你这可就是难为爸了，你爸是啥人？刑满释放出来的人！你要真想找妈，就得找邻院你王姨！"

草芯儿："王姨也好，可是不如春杏老师好！"

屋外，不时地传来鞭炮声。

李大海对草芯儿说："你真的想请春杏老师来咱家吃饺子？"

草芯儿："嗯！你不在家，王姨给我洗衣裳做饭，可春杏老师教我识字管我学习！"

李大海假意咬咬牙说："为了春杏老师，为了刘二叔叔，为了三十晚上有肉吃，咱不要黑虎了，勒了它，你看行吗？"

草芯儿不理解："为什么不要黑虎呀？黑虎给我们看家望门儿的，是我的朋友！"

黑虎趴在那里，听着他们说话。

草芯儿下地蹲在黑虎身边，摩挲着它黑亮亮的毛，眼泪汪汪地说："黑虎，你是我的朋友，我不要你死，永远永远不要！"

黑虎仿佛听懂了草芯儿的话，它亲昵地用舌头舔着草芯儿的手。

李大海笑了，他也用手摩挲着黑虎说："草芯儿啊，其实爸早就知道你是个有情有义的好孩子，你不能同意勒黑虎！黑虎不仅是你朋友，更是爸的朋友！真勒了它，肉也没法吃！吃肉比不吃还难受！爸故意这么说，试试你的心！"

草芯儿破涕为笑了："爸，你真是个好爸！"

17. 王雪梅家，日

院外边，雪梅站在那里，望了一眼李大海家的院门。

这时刘二挑着一挑水过来了："哎哎哎，大妹子，快闪开点儿！帮着你家挑水来了，咋还站那堵着门不开门呢！"

雪梅一惊："啊？帮我家挑水？你是？"

刘二："问啥呀？你寡妇失业的谁能帮着你挑水呀？我！那院李大海的弟弟刘二！见

101

过面的，咋还忘了呢！"

雪梅一边打开屋门一边说："啊，是你，想起来了！"

刘二放下担子："你往那边闪闪，别溅身上水！你瞅瞅，这水缸里头也没有多少水了！过年水缸里不预备点儿水哪儿行？"

雪梅："黑更半夜的，一跐一滑的，我寻思明早上再说！"

刘二："这就是家里没老爷们的难处哇！这回行了，水缸里缺水，你就吱声，你要觉着不方便吱声，我看你们家外边挂个泔水桶，你就当当敲几下子，我立马就过来！"

雪梅："你看真不好意思，大过年的让你挨这个累！"

刘二："这说哪儿去了，挨累那不是没给别人挨吗？这不都像自个儿家人一样吗？有事儿你就吱声！大海哥说了，让我得重点照顾照顾你！来日方长！我走了！"

刘二说着出了屋。

雪梅开门来送，屋门边是她美丽的逆光剪影。

18. 村委会，日

院里很热闹，村主任指挥村民往外搬东西。李大海、春杏带学生往院里运桌椅。

刘老爷子笑吟吟地站在那儿看。

一村民对村主任："村主任哪，这些东西还搬回原先那院儿呀？"

村主任："没错！这就叫知错必改呀！"

那村民笑着说："好哇，好哇！你这个村主任当得够料！"

村主任："不行啊，文化浅，犯了错误了！过了年，我主动提出来下台，让大家伙再选新人儿吧！"

李大海："新人儿选谁？谁干也没你干合适！"

19. 课堂，日

原先的村委会，整洁的教室。

李大海走进来，仿佛在给孩子们上课，空旷的教室里，响着他的声音：同学们好。少顷，虚幻的学生声音响起：老师好！

20. 村落，晨

白雪覆盖的村落，雄鸡的啼鸣声。

袅袅炊烟从贴了新对联的一家家屋顶升起。

21. 李大海家院内，夜

入夜，鞭炮声不时传来。

门开了，一束柔和的光从屋子里射出来。

逆光走出来李大海、草芯儿、刘二，黑虎在雪地上撒着欢儿。

李大海他们刚要把放饺子的盖帘儿摆在窗台上。

这时，院门口涌进来一群人，有刘老爷子、春杏和一帮拎着灯笼，端着盖帘儿饺子的孩子和家长们！

雪花啊，在飘落。

李大海的眼前似乎蒙眬起来，白白的雪花，红红的灯笼，还有孩子们那一张张可爱的脸。

春杏："李校长，我们，还有你救过的孩子们，来给你拜年了！"

孩子们都说:"李校长,过年好!"
李大海声音颤抖了:"咋?你们都来给我拜年?!"
有人挑起一挂长长的鞭炮,炮声猛然响起。
白白的雪地上,一片残红。
烟气和炸开的纸屑,从李大海他们的脸上掠过。
孩子们又喊:"老校长,过年好!"
泪,无声的泪,从李大海的脸颊上滚下。
静静的,一切都静静的,只有雪花在飘落啊!
刘老爷子捧着两套新棉衣走过来说:"给,过年了,乡亲们齐钱给你们买的,一点儿心意。"
李大海手中的盖帘儿倾斜了,饺子掉在雪地上!他一手接过棉衣,一手捂着脸,扑地跪在地上,啜泣有声:"谢谢!你们……你们都惦记着……我李大海!"
刘二看着,深受感动地别过头去。
春杏和刘老爷子走过来,扶起了李大海。
刘老爷子说:"一个人活着,活个啥劲儿?人气!你看看,这是多少孩子和乡亲都来看你呀!"
春杏给他扑打膝盖和身上的雪。
李大海泪眼蒙蒙。
一个女孩子:"李校长,过年了,我们给您准备了一首歌,我起头:让我们敲希望的钟啊,唱!"
孩子们唱了起来:"让我们敲希望的钟啊,多少祈祷在心中,让大家看不到失败,叫成功永远在……"(叠化)
小院儿静静的,空落落的小院儿,只有窗户上的人影和仿佛还在唱着的歌声。
王雪梅端着热腾腾的饺子走了进来,她透过窗上哈出的小洞向屋里看,见春杏正忙着帮李大海试棉衣。
雪梅犹豫了,她抬手想敲门,又放下了,她把饺子放在了窗台上,用毛巾蒙好,转身想走,想想,又踅身回来,终于抬手敲响了窗子。
雪梅喊:"草芯儿!草芯儿!"
草芯儿从窗上的霜洞里看是王雪梅,便说:"是邻院儿的王姨!"
雪梅指着窗台上的饺子说:"饺子!刚出锅的,你们趁热吃啊!"
草芯儿回头对李大海说:"爸,是王姨给咱们送饺子来了!"
李大海穿着那身新棉衣忙下地,匆忙赶出去。
雪梅急急地走了。
李大海出来没看到人,只看到窗台上的饺子。他捧了过来,这是热腾腾的饺子啊!
村主任走进院来:"春杏是不是还在你家?叫她出来!"
李大海走进屋去。
春杏走了出来。
村主任低声吼道:"回家!"
春杏只好跟村主任走了。
父女俩走在村中的路上。
村主任:"我越说不让你接触你越接触,你怎么回事儿?!"
春杏:"我接触接触李大海有什么不好哇?一起工作的人!"
村主任想想,咽下一口气,语气忽然缓和下来:"今天过年,咱爷俩也别吵了!回家吧！"

春杏看看爸，没再吭声。

22. 李大海家，夜

夜已深了，灯依然亮着。

草芯儿已然睡熟了。

李大海伏在桌子上写东西。

刘二睡醒了一觉："哥，你咋还不睡？"

李大海："替村主任在写检查！人家把小学校校舍倒出来了，咱也得让人家过关了不是！"

刘二翻身睡了。

灯下，李大海还在写着。

23. 村中，日

上午。

李大海拿着挺厚的一沓子稿子往村主任家走。

一辆吉普车从身边驶过，远远地在村主任家门口停下了。

村主任和两个工作人员从屋子里走了出来，上了吉普车。

春杏妈瞪大眼睛在望着。

车轮溅起路上的积雪。

李大海迎着吉普车拼命地向前跑。

车戛然而止。

一位工作人员模样的人探出头来："干什么你？不要命了？"

李大海气喘吁吁地说："这是……这是我们村主任的检讨书！"

那人接过李大海手中的稿子："你是李大海吧？"

李大海："是我！同志！我求你们个事儿！"

那人："什么事？"

李大海："我们村主任是个好村主任，他知道错了，小学校的房子已经倒出来了！这个检讨，写得很真心的！求求上头，就别再处理他了！"

车里村主任有些激动的脸。

那人："你说的，我们都知道了。"

李大海向那人拱手说："谢谢了！谢谢！"

吉普车开走了。

24. 王雪梅家，日

刘二哼着小曲儿，挑着一担水走进院来。

雪梅迎上去说："二哥，你看，又麻烦你！"

刘二："不是我说你，咋老把我当外人呢？让你敲泔水桶，咋不敲呢？我左听你不敲右听你不敲，后来一寻思，你家这水，不用敲桶我也得过来挑！"

雪梅："二哥，你是好心我知道，可我不想让人家说长道短的！"

刘二："说啥长道啥短哪？咋的？你寻思我刘二相中你了？我可跟你说，我刘二见着的女人多了，你岁数小啊？还是长得像天仙哪？这两条你都不占！"

雪梅没吭声。

刘二："你呀，我也是看透了，是心刚命不遂！人家春杏是老师，是个黄花大闺女，长得又秀气，那都给大海哥洗脚，剪脚指甲，就差啃我大哥脚后跟了，那我大哥还二意思思的呢！你说你，跟人家春杏咋比，你是老黄花菜了，老得快干巴了，你老往人家大海哥跟前凑合啥？我是看咱们都不外了，我才跟你说这个话！"

雪梅扭过头去，哭了。

刘二："你哭啥呀？天底下男人不还有的是吗？你别怕找不着男人！实在不行，二哥我还是个独身，说不定我还能可怜可怜你呢！行了，别哭了啊！"

雪梅呢，却哭得更厉害了。

25. 村主任家，日

村主任坐在桌子旁喝闷酒。

春杏妈说："村里开村民大会了，听说乡里也来人了。"

村主任："检讨是通过了，可错误是犯下了，挪用小学校建房款，我错误不小，我主动提出不当村主任了，让大伙选新的村主任！"

春杏妈关切地："行了，这个村主任，你不干倒好！这一春零八夏起早贪黑的，累死了。"

村主任站起来："不行，我得去参加大会！"

春杏妈："村主任都不干了，还去干啥？"

村主任："干啥？我还是个村民，得选个大家伙信得过的人干！"

26. 村委会屋里（原小学校），日

村民大会。

李大海、春杏、雪梅、刘二、马长林等都在。

刘老爷子在说话："这个，年也过去了，乡政府也来人了，李大海的校长也恢复了。可是，咱们的村主任提出不干了，让大家伙儿重新选举村民委员会主任！我呢，作为咱们村的老支委，主持今天这个村民大会，大家伙儿说说，这个事儿怎么办？"

村主任已来到窗外，他驻足听着屋里的一切。

李大海站了起来："乡亲们，村委会把房子给孩子们倒出来了，村主任给上头写的检讨也挺深刻的！错误是人犯的，也是人改的！我李大海有过错，很大个错，可我回来了，乡亲们容纳了我，没用斜眼看我，我很感动！我李大海不是大海，乡亲们的人心才是大海！咱们的村主任，这些年为了村里的事儿没少忙，渔业方面发展了网箱养鱼，农副业方面引进了优良品种又搭建了蔬菜大棚，村里的企业也发展起来了。工作干了一大堆，偶然出点儿错也是正常的！我看，村主任还是村主任，用不着换！"

众村民七嘴八舌地："大海说得对，是人哪有没犯过错误的！"

"不干工作的人没错，可我们不喜欢那样的人！"

刘老爷子："大家伙儿的意见，我都听明白了，看看乡里领导什么意见？"

马长林："乡政府派我来，到这是看看选举结果，不参与选举意见。只要村民委员会定了，乡里就支持！"

大家的掌声很热烈。

刘老爷子："好，那村主任就还是咱们的村主任！"

大家伙热烈鼓掌。

门开了，村主任泪光盈盈地站在门口！

在大家的掌声中，村主任进了屋，他说："啥时候知道乡亲亲？这时候知道乡亲亲！"

人心换人心，五两对半斤！"

他和李大海握握手，说："村委会占了小学校的房子，是我的错！房子倒出来了，对！可事儿还不算完！我还当村主任，那我就得当大家伙表个态：两年以后，咱村一定用村里各业发展挣来的钱，给小学校盖个楼房！"

热烈的掌声。

27. 李大海和雪梅家院外，日

李大海和春杏并肩走着。

刘二隔墙招呼正在院中拾掇院子的雪梅，示意她看。

李大海对春杏说："村里想着咱们，咱们也得想着村里！咱们得利用小学校的有利条件，给村里办学习科技知识夜校，村里人都变富了，咱村才能成为一个又富又强的村子！明天，你去城里买点科技致富的书回来，咱们备备课，就开讲！"

春杏突然站住了，她深情地望着李大海。

李大海看了她一眼，从她那目光中感觉到了什么，匆忙避开视线。

春杏呢，却轻轻地扑到李大海怀里，紧紧地抱着他哭了。

李大海呢，用手抚摸着她的头，眼里也有了泪："春杏，你是个好姑娘！为了你好，我不能和你好，真的不能！"

春杏呢，却不说话，泪流得更厉害了。

刘二用两个大拇指向中间点着，意思是两人要拜天地。

雪梅一扭头，回屋去了。

刘二呢，翻墙而入。

那边，春杏突然推开李大海，打了李大海一拳说："我要你不仅要当个好校长！还要当个好男人！"

李大海呢，愣愣地看着她。

春杏呢，却莞尔一笑，跑走了。

李大海默默地看着她的背影，又看看春杏打过的地方。

28. 雪梅家，日

刘二坐在雪梅家炕头上，"来，大妹子！小菜炒得不错！咱哥俩儿今天也喝点儿，看着他们高兴，咱也高兴高兴！村里人这个嘴呀，都说咱俩好上了。把一锅感情的生米，活剌啦的给煮成一锅熟饭了！完了，我算栽到你王雪梅手了！"

雪梅："我可没跟你煮成熟饭，那是你自己说的！"

刘二："那是我说的吗？你去问问，人家都说咱俩早就那啥了！不过我想咱们是自由恋爱！你是独女，我是单男，天王老子也得说这是合情合理的！"

雪梅："刘二，我得问你！"

刘二："问啥？"

雪梅："我找男人，是给自己找个终生依靠，你能真心对我？"

刘二："问这个干啥？这不废话吗？不真心对你，我成天扯这个干啥？小水桶挑得悠悠的！"

雪梅："你说的话，我还是信不实！"

刘二："我知道你信不实我刘二，但我得跟你说，我刘二不是以前的刘二了，我说半句假话，天打五雷轰！"

雪梅："你不用起那恶誓！"

刘二:"大妹子,关系一公开,就没人说了!处差不多了,都认为行了,咱再登个记,那就更准成了!"

雪梅叹了口气。

刘二:"大妹子!你有眼光,我这辈子准得对得起你!"他突然拿出在集市上扯坏的那件花衣裳:"这件衣裳是新的,扯坏过个口子,缝缝就好,送你的!"

雪梅用手摸摸那件花衣裳,睖了刘二一眼。

雪梅家屋外,窗子上人影晃动。

灯忽地灭了。

29. 李大海家,晨

晨鸡啼鸣。

李大海走了出来。

刘二却从隔院儿探出头来。

李大海:"昨天晚上你上哪儿去了?"

刘二:"哥呀,多亏你拉帮我,你兄弟这回也有了自己的家了!可以像个人儿似的生活了!哥,我有家了!"

房后的喜鹊窝上,有喜鹊在翻飞鸣唱。

李大海立马明白了:"你小子可要好好对雪梅!登记了吗?"

刘二:"就去!"

李大海笑了!

字幕:两年以后

30. 小学校新校舍门前,日

一座新的楼房矗立在这里。

鞭炮炸响。

李大海和春杏笑容可掬。

刘二和雪梅兴高采烈。

刘老爷子看着新校舍,用袖口揩揩眼泪:"早有这么好的楼房,小琴就不会了,不会了!"

李大海和村主任一起剪彩,众人鼓掌。

村主任:"下面请村小学校长李大海讲话!"

李大海走近麦克风,半晌儿没说出话来,沉静了一会儿,他说:"乡亲们!小学校的新楼建成了!这里有我们的一片心思和希望!过去的都过去了,新生活的太阳正在向我们生活在这片土地上的每一个人微笑!"

这声音传得很远,在雪原和冰湖上回响。

一个花炮响过,李大海和春杏的头上是缤纷的花雨。

隐约间,我们仿佛听到了孩子们朗读《瀚海情怀》的声音:"小时候,我们不知道什么是海,长大了才知道:大海不是人类赖以生存的大地,却可谓是人类精神的家园!它从不拒绝带有污垢的千江万河的涌入,默默地接纳,默默地沉淀,永恒的蔚蓝!我们家乡的海是内海,是藏在人心里的一片蔚蓝!它是传统的,也是当代的,更是未来的……"

哦,一轮新的太阳,正升起在东方的地平线!

(本剧在中央电视台播出)

头上就是天

1. 中国北方某城市一居民楼

绳子,一根从楼顶垂下的绳子,紧紧绷着。

楼顶上,几位民警向下顺着绳子。领头的民警向楼下喊:"哎,李所长!到位没有?还有多远距离?!"

镜头顺着绳子摇下,我们见到了身系着绳子、身着警服没戴帽子的李所长,他手把着绳子向上喊:"再放点儿,放点儿!"

李所长的脚终于踏在了一处阳台上,他跃上阳台,解下身上的绳子,冲楼顶喊:"张教导员,你们收绳子吧!"

楼下,有不少群众在围观,一辆面包警车向他鸣笛,开车的是警长刘长顺,从车窗探出头来:"哎,李所长,还得多长时间,那边儿等你们去接人呢!"

李所长边拉开阳台上的窗子,边向下喊:"就好!就下去!"

2. 居民楼某居民家里

李所长从阳台跃进屋内,打开了门锁。

一位大妈拎着菜等待在门口,见门开了,焦急的神情转为欣喜:"哎哟,可多亏了你们派出所这些天兵天将了,不然大妈就得砸门了!"

李所长一笑:"大妈,没事儿了,我们可走了!"

大妈忙说:"哎呀,坐一会儿,叫楼顶上的人也都下来歇一会儿!吃点儿水果喝口茶,你说我这人老了可咋整,净给你们添乱,钥匙活活地就给锁屋里了!"

李所长:"大妈,我们还有事儿,那窗子您可关好喽,我们走了!"说完笑吟吟地往外走。

大妈说:"帮我这么大个忙,连口水都没喝,大妈这心里不得劲儿!"

李所长:"大妈,您回吧!"

3. 某监狱大门口

沉重而响亮的铁门开启的声音。

狱警带着孙大喜、孙二喜兄弟俩一起向外走。

在大喜、二喜的主观视线里,看到了他们的妹妹香莲,还有派出所的李所长、张教导员、户籍警邵滨和警长刘长顺。

大喜和二喜愣愣地站在那里,二喜怀疑眼前的一切是真的,他揉了揉眼睛,再定睛向人们看去,哦,是他们,真的是他们!

香莲跑上前去:"大喜哥,二喜哥!是东胜路派出所的李所长和张教导员他们来接你们来了!"

二喜子扑了上去,他扑在了李所长的怀里,像孩子似的嘤嘤地哭了:"李所长,你们还拿我们当人看?!"

李所长拍拍二喜的后背,不无感慨地说:"二喜子,出来了就好,回家好好过日子吧!"

大喜子呢,一直冷漠地站在那里,他脸上的肌肉一直在抽搐着。他突然厉声地说:"好好过日子?过什么日子?有什么好日子让我们哥们儿过的?我们没家没业的过个屁好日子！你们东胜路派出所不是全国的红旗派出所吗？专会弄这套花架子！二喜子，别理他们！走！"

二喜子面有泪水和难色："哥！"

大喜子带几分怒气地："走！你给我走吧你！"

香莲带着哭腔说："大哥！你怎么能这么对待派出所的同志呢？你们不在家，他们像亲儿子似的那么对待咱妈！担水劈柴，买米买煤，有时候连酱油醋都给买到家！妈走那天，是他们代你们尽的孝道。今儿个李所长、张教导员、邵滨、刘长顺他们都来接你们，咋？接你们还接出冤家来了？"

大喜子脸上的肌肉抽搐几下，沉吟片刻又说："没有三分利，谁起大五更！他们做的都是往自己脸上搽胭粉儿的事儿，我不领情！"他又死盯了一眼二喜子，闷着头拎着东西自顾自地向前走。

二喜子和香莲都愣愣地看着他们大哥的背影。

李所长笑着对二喜子他们说："还愣着干什么？快上车！"

大家伙儿都上了车。

4. 吉普车上

张教导员笑着说："二喜子，派出所可没有轿车接你。"

二喜子："张教，你可别逗咱哥们儿乐了，出了监狱，还能坐上这车，这心里老得劲儿了！这是谁的车？这叫派出所的车，代表的是政府！"

李所长对正开车的刘长顺说："刘警长，慢点儿开，跟在大喜子后边儿走！他走累了，想上车的时候就请他上车！"

刘警长："好嘞！"

邵滨："二喜子，你们俩的落户证明在谁手呢？"

二喜子："啊，都在我这儿呢！这呢！"

邵滨："行了，给我吧，回头落户口的事儿，我就给你们办了，过几天，户口本呢，我给你们送去！"

二喜子感动地："邵滨大姐呀，哪能让你送呢，我大闲人一个，我自己去取！"

透过车窗，能看见大喜子的背影。他仍在倔倔地向前走。

大喜子那疾走的脚步。

跟着他的那缓慢的却带有深情的车轮。

大喜子有些扭曲的脸。

李所长盯着他背影的炯炯有神的眼睛。

香莲带几分忧郁的眼神。

二喜子拉开车窗："哥，你不上车，你有病啊你呀！"

大喜子苦着个脸，像没听着，继续走他的路。

李所长："他呀，还是对我们派出所有气，我们抓了你们，又把你们送了进去，他对我们的气还没消呢！这个弯儿不能硬别他，你们出来了，咱们常见面了，慢慢处！"

香莲对李所长说："李所长，我哥他不会再和政府对抗吧？"

李所长笑笑，未置可否。

5. 香莲家胡同口

警车停在那里。车里的人都拎着东西在大喜子身后走了过来。

一位五十多岁戴着"治保主任"红袖标的大妈早已等候在胡同口。她热情地对大喜子、二喜子说："哎哟，大喜子二喜子，你们可回来了，香莲，都到大妈家喝口茶吧？"
香莲："不得了，王大妈！我家现买的新茶，我哥他们俩还是先到家吧！"

6. 治保主任王大妈家
王大妈和李所长、张教导员他们走了进来。
王大妈："老头子，赶紧儿地沏茶！"
王大妈老伴的声音从画外传来："嗨嗨，还等着你张罗哇，那茶早就沏好了！"
王大妈笑眯眯地说："别说，我们家这傻老头子还真有个笨心眼儿！"
说着，端过茶壶给大家伙儿倒茶。
邵滨："大妈，我们自己来吧！"
李所长："大妈，这几天情况咋样？"
王大妈捧着茶碗："挺好！昨天哪，咱们这片的那个自来水地下管道，不怎么就虎巴地就坏了！居民们有一天没吃上水，你们所的片警们耳朵灵着呢，听着信就来了，昨晚黑起就带人咣咣地刨沟，今儿个一早，咱们一拧那水龙头，那水就哗哗地来了！水来了，居民把修水管子的钱齐了上来，可你们所的人没了，那钱叫他自己掏了！你们看，这可是全委老百姓签的万民折！这叫感谢信！看，这还有首诗呢！民警真情感人深，吃水不忘引水人，东胜爱民好传统，就像抗洪解放军！"

7. 香莲家里
大喜二喜子都在吃饭。
大喜子边吃边说："东胜路派出所这帮小子，净猫哭耗子，假慈悲！他们有那份慈悲心，当初别把我们送进去呀！哼！打了一耳刮子，又给颗甜枣儿吃，我才不吃他们那一套呢！他们错翻了眼皮儿了！"
二喜子："哥，你说的那也不全对，那当初，咱不是真犯法了吗，不然人家能收拾到咱们哥们儿头上？"
香莲一边给他们夹菜盛饭一边说："大哥，你说得那不对！东胜路派出所哪件事儿人家没办公平？哪件事儿不是为的咱老百姓？你们犯了法，人家不管，像猫把耗子养起来，再喂喂耗子奶是不是？你说得根本就不对！"
大喜子："这个红旗，那个红旗，我看全是飘给上边领导看的！东胜路派出所真就能一直那么好？谁乐意信就信，反正我不信！"
香莲："大哥，你去打听打听街坊邻居，大家伙儿可都是真心实意地说他们好！"
大喜子："行了，求求你，别给我上政治课了！我耳朵都听出茧子来了！你们给我听好喽，我和二喜子进去，就是这个李所长办的案，我跟他是骑毛驴看唱本，走着瞧！"
香莲用忧郁的眼神看了一眼她大哥，抿抿嘴唇儿没再说话！

8. 治保主任王大妈家
李所长："大妈，咱们工作做得越好，老百姓就越平安！公安公安，为的就是社会的和谐稳定，老百姓的平安！"
张教导员："大喜子、二喜子那哥俩儿，人是出来了，可还得帮教，不能让他们再往下坡道上走！他们要走，咱们得往上拽他们！这不光是为了对他们哥俩好，也是对社会好！"
王大妈点头："嗯，这俩小子从小是我看着长大的，老大犟，老二滑，他们的事儿，要想掐根儿，还得想法儿给他们找个挣钱的道儿！"

李所长："这事儿，我们想了，不像吹泡泡糖那么容易，咱们一厢情愿不行，得人家用人单位要！"

张教导员："大妈，你们家的饭店，快开张了吧？"

王大妈："是啊，办这饭店你们没少帮我啊！不过，他们俩没啥专长，弄到咱家饭店来，咋行？"

张教导员："大妈，不是说非要往你那饭店里安排，您哪，也帮我们想想办法！"

王大妈："那能不想吗？我是干啥的？治保主任！往深了你们也不用再说，大妈分得出这事儿的分量来！"

9. 街巷

夜晚的城市。

万家灯火。

李所长和张教导员用自行车推着米什么的，走进了一家小院。

门开了，一缕柔光泻了出来。

他们拎着东西走进了屋里。

屋主人是一位白发苍苍的阿妈妮。

李所长亲切地："阿妈妮！"

阿妈妮："哎哟！这么晚了，你们又往这跑啥？邵滨在这儿呢！"

邵滨甩着两只湿手从厨房进来："阿妈妮，所长和教导员这两天就惦记，你老人家住的这一片马上要动迁了，要来看看您呢！"

阿妈妮："哎哟，邵滨这孩子，老来，缺啥少啥的，她都给我办了。动迁我也好搬，邵滨这闺女呀，房子也给我租好了，是三气的！那些年，你们所唐淑芬没退休的时候，跟我亲闺女似的照顾我，淑芬退休了，又来了这个邵滨，你们还总来看我，叫我说啥好呢？"

邵滨洗好了一些水果，端了上来："阿妈妮，您尝尝这茄梨，软乎乎的，好吃。"

阿妈妮用手接过了茄梨，眼里盈满了泪花："李所长，张教导员，阿妈妮，这回真的是有件事儿求你们！"

李所长："阿妈妮，您说什么事儿？"

阿妈妮："我老了，还能活几年？这回旧房又快换成新房了，我没儿没女的你们知道，邵滨就是我的亲闺女，我想了，我死了，这新房子就留给邵滨了！阿妈妮就这点儿心事儿了，我求你们了！"

邵滨攥住阿妈妮的手说："阿妈妮！您的心意我领了，可这个房子我不能接受！您老人家多活些年，就是福分！"

李所长："阿妈妮！邵滨说得对！房子的事儿以后就不要再提了！只要阿妈妮您过得好，我们比什么都乐！"

阿妈妮："这回房屋动迁，为了争房产，有的一家亲兄弟都打破了头，可你们哪，咋说呢？"说着有些哽咽了，她揩揩眼泪说："好人哪，都是好人哪！"

张教导员为了转移话题："阿妈妮，这茄梨，你吃呀！"

阿妈妮又揩揩眼泪："嗯，我吃！"说着，眼泪扑簌簌地掉下来，那泪水流过她苍老的面颊，滴在梨和手上。

屋里静悄悄的，墙上的老挂钟当当地响了起来！

邵滨说："下星期天，赶在阿妈妮动迁前我们再来一趟，把拆洗好的东西再整理整理！"

李所长："这些细活儿，我和张教导员伸不上手了，你们给阿妈妮想细点儿，做好喽！"

阿妈妮泪光闪闪的脸。

10. 香莲家

大喜子倚在床头，不声不响，一张苦闷的脸。

香莲："大哥，回来几天了，二哥还知道出去到市场啥地方转悠转悠，可你老在家里闷着，长了，这不得闷出病来！"

大喜子："我上哪儿去？哪块儿我这秃脑瓜子的人好去？二喜子出去了，我就得出去？我知道，我们哥俩儿在你这住，你心里犯堵，我心里也犯堵！我正琢磨着找派出所说话呢！"

香莲："有话，跟着人家好好说，别老横倔倔的，好像人家欠你八百年的账没还似的。"

大喜子："这话就分怎么说了！"

香莲："大哥呀，就算妹子求你了，说话别总推横车！你是咱家老大，你不往好道走，那我二哥呢？你不怕再把他带坏了？"

大喜子沉默的脸。

11. 东胜路派出所

户籍窗口前。

邵滨和另外一个女民警正在忙业务。

邵滨把户口递给一个人，说："下一位！"

来人递进窗口一个信封："办身份证的照片！"

邵滨打开信封，看到那联照片说："这个照片不行！"

来人："哪不行？不是说一寸免冠照片吗？我这不是一寸免冠照片吗？"

邵滨："是一寸免冠照片，但这头部要大一些，你这个头部太小了。"

来人："那上哪儿照去呀？"

邵滨："附近就有个照相馆，出了这门往左一拐就看着了。"

来人："是你们派出所开的照相馆吧？不就是说这不合格那个不合格，要挣两遍钱吗？人家还都说你们是红旗派出所呢，哼，我看你们也是属大萝卜的，皮儿红心儿不红！"

邵滨笑了："这位大哥，您别生气，你看，要求头部大一点儿，这有要求。"说着，拿出一个示范的样儿来："推荐您到附近的照相馆，不是别的意思，一是近，二是他们身份证照片照得好，怕您到别的地方照了，多跑道，再不合适的话，耽误您的事儿。"

来人："真是，一张身份证，还得跑好几趟！我这一天事儿多着呢！"

邵滨："您要是事多事忙，您就把相照了，我去给您把照片取回来，我认得你，下周你就来取身份证好了。"

来人："下周什么时候？"

邵滨："什么时候都行。我们这二十四小时有人值班。"

来人："星期天行吗？"

邵滨："行！如果我不当班，你就打我手机，这是我的手机号码！"说着，递上一张名片。

来人看看名片："行，那我就照你说的办，照完相我可就不管了！"

邵滨："行，下一位！"
那人走了。
值班大厅。
警长刘长顺正在值班。
大喜子背着个行李卷走了进来。
刘长顺迎上去："哟，是你，大喜子，快坐！"
大喜子阴沉个脸儿："坐就不坐了，我找李所长！"
刘长顺："你找他有事儿？"
大喜子："嗯，有事儿。"
刘长顺："我能处理不？"
大喜子："你？你算老几？一个小警长，能管了我的事儿？"
刘长顺看看大喜子，笑着说："好，我领你去，他在楼上！"
两人一前一后走上楼去。

12. 李所长办公室内
一个人正在把一摞子钱放在李所长面前："李所长，一点儿小意思，我弟弟的事儿就拜托您了！"
李所长："咱们是老同学不假，关系不错也不假，可我收了你的钱，办案子还能办公平吗？"
那个人："哎呀，公道不公道，只有天知道！你知我知，不就得了！"
李所长："是呀，只有天知道，可我们民警头上是什么你知道吗？"
那个人："大盖帽哇！"
李所长："是大盖帽，可帽子上边呢？是天啊！这个天是老百姓，是法！"
那人有些不高兴："老同学了，你给我上课？"
这时刘长顺敲门。
那人忙用一张报纸把钱盖上。
李所长："请进！"
刘长顺带大喜子走了进来："所长，大喜子找你有事儿！"
李所长："哎，大喜子，好几天没见了，快坐！"
大喜子站到那没动。
李所长撩开报纸对那个人说："不用捂着盖着，钱你拿走！"
那人讪讪地蹙着眉头说："老同学，就这么不给我面子？"
李所长："分啥事儿，你结婚我没去吗？你老爹去世，我没去吗？可今天这个事儿不行，不是我不答应你，是我们公安人员的职责不允许，老同学，对不起了，就请你多包涵了！"
那人生气了："行了，办不了就算，今后你就灶坑打井，房顶扒门，咱谁也别认识就得了！"
李所长用手搭在那人肩头："老同学呀，你消消气儿，哪天我请你喝酒！"
那人："你那酒，我还喝得起吗？"
李所长亲昵地拍了他一下："老同学，别说这话！长顺，代我把老同学送到家！"
那人："不用了，不用了！"
刘长顺："您别客气，走吧！"
李所长："大喜子，进了我的办公室，怎么不坐？站客可难答对！"

说着，倒了杯热茶递给他："来，喝杯茶！"

大喜子接过茶，坐在一边："我可不是要坐到你这儿，我是要住到你这儿！"

李所长："嗯？住到我这儿？哟嗬！这是刮的什么风？"

大喜子："我没家没业的没手艺，就得靠你们了！二喜子说是要在市场卖鱼，过段时间要租个房子住。我呢，我咋办？不能总在妹子家住吧？李所长，要不，你就重新把我送回大狱里去，不管咋说，有个地方吃饭住宿！"

李所长笑了："这么说，大喜子，你来了，我得谢谢你！"

大喜子："这话怎么讲？！"

李所长："咱们东胜路派出所五十多年前，就是全国的一面红旗，一茬一茬的所长和民警换了多少茬了，可就传留下这么一句话：派出所就是老百姓的家！你有困难了，没想像以前那样，去偷，也没想去抢，先是想到了找我们，这说明你心里有我们东胜路派出所了，我不得谢谢你吗？"

大喜子："你谢也好，烦也好，反正我是来了，就在你们这安营扎寨了！"

李所长："好！我们这值班室里正好有张床，你就先住下。"

说着，领大喜子走进值班室："把被褥放床上，今晚你睡这儿吧。"

大喜子："你呢？"

李所长："我睡地上！"

大喜子腾地站了起来："李所长，你这不是骂我呢吗？骂人还咋骂？"

李所长："你看看，你想哪儿去了？我是当过兵的人，啥苦没吃过？大雪窠子都趴过，这地上是地板，再铺上被褥，不蛮好的吗？"

大喜子一抖被褥："我在地上睡吧！"

李所长用手按住被褥："不行！到所里了，就得听我的！不听话，我可撵你走！"

大喜子没再作声，看李所长在地上摊开被褥，他明显很受感动。

大喜子："今晚你不回家了？"

李所长躺下说："值班！今晚我陪你住，明晚张教导员陪你住，我们俩值班轮班倒。正好，咱哥俩有个时间唠唠嗑儿。"

大喜子第一次用敬佩的眼神看着李所长。

香莲和二喜子走了进来。

香莲："大哥，你咋跑这来了，我们到处找你！我和二喜子还寻思让李所长帮着找你呢！"

李所长坐了起来："哎，香莲、二喜子，你们来了！坐坐！"

香莲："坐就不坐了，我们和大哥回家！"

李所长："回家？你大哥，打今儿起就住我们这了！"

香莲："那咋行？你们一天到晚忙得够呛，哪还有时间照顾他呀！"

李所长笑呵呵地说："你大哥在我们这，是不是怕我们照顾不好哇？"

香莲笑了："那可不是！我是怕大哥在这牵累你们！"

李所长："牵累啥？你大哥他乐意在这住，你们哪，就别瞎操心了！二喜子，你要到市场卖鱼的事儿张罗咋样了？"

二喜子不说话，就是低头笑。

李所长："二喜子，不说话，一个劲儿笑啥你？"

二喜子："不怕所长笑话，我是真想去那儿卖鱼，我都打听好了，早上在批发市场进货，卖一白天，挣个几十块钱不成问题，现在海鱼和咱地产的胖头、鳊花、沙胡鲈子出手特快！可就是……"

李所长看看二喜子，说："我知道了，你是没有经营的本钱，是吧？"
　　二喜子："李所长，你有点像孙猴子，钻到我肚子里去了，我的这点儿事儿，你咋都知道呢？"
　　李所长："香莲，你拿点儿钱给你二哥，我呢，个人借你三百块钱！"说着，把三百块钱放在了桌子上。又说："二喜子，你要听明白喽，你要是卖鱼卖好喽，这钱你就不用还了，你要是没卖好，这钱你就必须还我！"
　　二喜子有点发蒙："这话啥意思？我没听懂！"
　　香莲："我听懂了，李所长话的意思是，你一定得干好，不能干砸喽！"
　　二喜子："李所长和派出所的人，对咱哥们儿十个头儿的好，那还说啥了，咱头拱地也得干好，干砸喽，对得起谁呀？"
　　李所长笑了："有这个决心就好，看来二喜子是个好样的！"
　　二喜子："好样孬样，现今说话还是梦生！这钱我收是收下，可我得说，真是借的，等咱哥们儿挣了钱，不还您，那我二喜子还叫人吗？是驴！"
　　李所长说："二喜子，买卖啥时候开张？"
　　二喜子："这还问啥？明儿个一早，你在市场准能看见卖鱼的我！"李所长有些惊喜："真的？"
　　二喜子发誓似的："糊弄你，我是王八犊子！"
　　电话铃声响了。

13. 街巷
　　入夜的街巷。
　　街灯悠然地亮着。
　　李妻背着孩子在疾走的影子，突然她跪倒在地上，可她努力地向前跪去。她忍着疼痛回首看看孩子，哦，没摔着孩子！她松了口气，嘴角竟漾起几丝笑意。她用手扶在地面上一点儿一点儿地站起来。这是艰难地站起。站起来后，她已经气喘吁吁了。
　　她背着孩子艰难地走向大街。

14. 东胜路派出所
　　值班室内。
　　坐在地上的李所长在和坐在床上的大喜子聊天。
　　李所长给大喜子点着一支烟。
　　大喜子抽了口烟，说："李所长，你这么对待我，我大喜子没想到，实话说，我今儿个就是找你来打仗的，带把菜刀来的！"
　　李所长："真的？你不是跟我说笑话吧？"
　　大喜子从被子里抽出一把菜刀，扔在地上："真的！"
　　李所长拿起菜刀，用手试试锋刃，笑了："哎呀，磨得还挺快呢！可这是切菜的刀，不能用它干别的！"
　　大喜子低下了头："现在我不想用它了，把它交给你了！"
　　李所长："别，这把菜刀，还是留给你，还有用项！"
　　大喜子："啥用项？"
　　李所长："所里准备跟你们委上的治保主任王大妈再商量商量，她要同意，准备让你到她那饭店先学切菜改刀，以后有机会再参加个厨师班什么的。当厨师吧，你身体好，一般的苦也能吃得了！"

大喜子突然哭了，扑地跪在了地上："李所长！"他啪地给自己一个大耳光，带着哭腔说："我再不好好做好，我也不是人了我！"

李所长扶起大喜子。

大喜子坐在床边儿上，仍然在哭。

李所长沉重地说："人，没有完人，都兴有走错路办错事儿的时候，错了只要改了就好，就怕一错再错！大喜子，你今天哭，我不劝你！你平时是个不掉眼泪疙瘩儿的人！今儿个你哭了，你是想奔好道走了，你哭吧！"

大喜子泪如雨下。

电话又响了。

李所长去接电话："嗯？有人入室盗窃？好，我们马上到！"

李所长："大喜子，你安心睡觉吧，我有事儿得出去！"

大喜子揩着眼泪点点头。

李所长出去了。

15. 街巷

一个黑影，从一户居民楼门洞里闪出来，匆匆地走向街巷。

突然，他的面前，出现了民警。

他一惊，见四面都有人围上来，从怀里拔出一把刀，叫道："别上来！要命的就别上来！"

李所长带人最先冲了上来。

歹徒惊慌地抡着刀。

李所长威严地："把刀放下！"

歹徒狰狞地："想见血的上来！"

李所长冲上去，与歹徒展开殊死厮拼！

歹徒一刀捅了过来。

李所长用戴手套的手抓住了尖刀，另一只手扼住了歹徒的脖子。

众人上来，把歹徒按在了地上。

16. 医院

诊室里，香莲正在给李所长的孩子输液。

香莲："大嫂，这些药走的时候，您都带上，款我都付完了！"

李妻惊讶地说："那怎么行！"

香莲："你不是东胜路派出所李所长的爱人吗？我以前见过你！"

李妻："你是？"

香莲："我是孙香莲，我那两个哥哥没少让李所长他们操心！"

李妻掏钱："大妹子！别的行，要说这些药不要钱可不行！大军不能让，我也不能那么做！"

香莲："大嫂，你那么客气干啥？这药也没多少钱！"

李妻："不在钱多少，我可不能坏了人家派出所的规矩！你不要钱，这药我不能拿！"

香莲睃了李妻一眼："你回去问问李所长就知道，我不是外人！"

李妻："不是外人我知道，香莲大妹子，这钱你收下，我就谢谢你了！"

香莲接过钱，一双眼睛看了李妻好久。

17. 值班室内

电话铃声一再响起。

大喜子犹豫万分：到底是接还是不接呢？最终，他接起了。

对面是李妻的声音："喂，大军吗？"

大喜子："啊，我不是李所长，他出去了！你问我是谁？那个我是外来的！"他放下了电话。

可电话铃声再度响起！

大喜子不得不接起电话："喂，你有什么事儿呀！哎呀，那可不知道他啥时候能回来！啊，孩子病了！你在哪儿？哦，在市医院！让我去接，那倒行，我可不是民警，你信得着吗？那行，在门口等着吧！20分钟吧！"

18. 街巷里

李所长他们押着歹徒往回走。

19. 大街上

大喜子在疾跑。每一步都像运动员在冲刺。

他脸上的肌肉在抽搐和颤抖。

额上汗水涔涔。

哦，这里的每一步，仿佛都是他在向着充满阳光的人生迅跑！

20. 东胜路派出所

李所长他们押着歹徒走了进来。

那歹徒还喊着："你们抓我干啥……"

干警说："你自己干了啥事儿，你自己知道！"

21. 市医院门口走廊内

李妻和孩子正在焦急地等待着。

大喜子汗水涔涔地走了进来。

李妻看见了大喜子。

大喜子："是李所长家里的吗？"

李妻抱着孩子站了起来："你是？"

大喜子抹了一把汗，气喘吁吁地说："孙大喜，李所长他有急事儿出去了，我接的电话，来接你们的，孩子我背着！"

李妻："你是咋来的？"

大喜子："那个啥，坐11轮大卡车，跑着来的！"

李妻："哎呀，我说孙老弟，挺远的道，你咋不说打个车？"

大喜子："先别说这些，咱先送孩子回家！"说着，背过了孩子。

22. 市场内

李所长他们几个人在市场转。

二喜子真的在那卖鱼，他起劲儿地喊："哎，咱家的带鱼是外宽内厚，咬一口保准净是肉哇，价钱实得不能再实啊，看这么好的谁不买心里都难受哇！哎，瞧一瞧来看一看啊！哎，你看这位大姐，眼神儿就是好，就知道我卖的这鱼好！来，称几斤？好，五斤！看哪，秤杆子是快撅上天了！哎，还谁买呀！"

李所长对刘长顺说："啥叫浪子回头金不换？这就是！咱们别到跟前打扰他了，回吧！"

二喜子忽然看见了李所长他们："哎，李所长！刘警长！"

他们显然听见了他的喊声，回过头来，冲二喜子打了个招呼。

二喜子呢，匆匆忙忙地装了两袋子宽带鱼，跑了过来。他拎着两袋子鱼，挡在了李所长他们面前。

二喜子："你看，你们咋说也得给兄弟一个面子呀！看我卖鱼，离老远儿打个招呼就走，咋的？怕我这鱼里给你们下毒药哇！"

李所长笑了："不是那意思！看见你卖上鱼了，我们比吃什么鱼都香！"

二喜子："光说不行，今儿个这两袋子鱼，你们说啥得拎着！"

李所长："二喜子，鱼呀，还是你拎着吧，我们这正执行任务呢，人民警察能拎着鱼执行任务吗？谢谢了啊！"说罢，转身走了。

二喜子拎着两袋子鱼，愣在了那里。

李所长他们的身影融入了人流里。

人流啊，川流不息！

23. 集市

邵滨和同屋那位女警正推着自行车一起逛集市。她们的自行车的货筐里已经装了些蔬菜和洗衣粉什么的。

那位女警："邵姐，你昨晚黑起在医院照顾老爸，今儿个星期天，又惦着和我一起去阿妈妮那帮着做事儿，你是先进我知道，可老这么熬哪行？人不是机器，机器转累了，还得停下来擦擦油泥呢！"

邵滨："其实我不像你说得那么累，晚上护理老爸，也不是一宿没合眼，旁边有个空床，老爸打完吊瓶了，我也就睡了，人家说我睡得呼呼的，呼没呼我不知道，反正睡得挺解乏的。"

她们走到一个日用杂品的摊床前，邵滨问："这刷子多少钱一把？"

货主说："两块！"

邵滨掏钱："我们要一把！"

那位女警："你买这玩意儿干啥？"

邵滨："阿妈妮家的厨房里用，这玩意儿硬实，好使！"这时，邵滨的手机响了。

邵滨接通了说："喂，哪位？我是邵滨！哦，是您哪！好，您在那等我一会儿，我马上就到！妹子，快走，有人来取身份证来了！"

她们俩骑上自行车，向市场外骑去。

24. 派出所值班室

张教导员拎了个饭盒走了进来，对正在那里的大喜子说："哎，大喜子，吃饭吧，听李所长说了你的情况了，你弟妹给你炒了两个小菜，快趁热乎儿吃吧！"

大喜子看看张教导员，接过了饭盒。

张教导员走上楼去。

大喜子揭开饭盒看看，闻闻，内心独白："呀，做得这么香啊！"说着，操起筷子开始吃饭。他吃得津津有味。

25. 李所长家

李妻在给李所长缠手上的绷带，一边缠一边埋怨说："你看看，这手肿得像个小发面馒头了，你得上医院看看去，不行就住院！"

李所长："别扯了，苍蝇踢一脚，蚊子炝一蹶子，就值得去医院？我们干公安的没那么娇贵，我肉皮子合，用不了两天就没事儿了！"

李妻嗔怪地："你呀，跟你有操不完的心！"

电话响了。

李妻去接电话："喂，哪位？啊，是大哥呀？什么事？找他？他在！"

说着，把话筒给了李所长："我家大哥找你！"

李所长接过电话："喂，嗯，晚上一块吃饭？啊，你请啊，今儿个我倒是正好休班，如果晚上没有特殊事儿可以。"

李放下电话，对妻说："你家大哥真有闹，好模样儿地他请咱们吃啥饭？"

李妻："不行，孩子有病刚好，我去不了，要去你去吧！哎，我可是忘了跟你说了，那天可把你们那的孙大喜给累坏了，跑着去的医院，回来，是他背着小宝！"

李所长有些惊愕地："啊？！"

26. 张教导员办公室

有人敲门。

张教导员喊："进来！"

来人是治保主任王大妈，她满面春风地走了进来。

张教导员："王大妈，是您哪！今儿个咋穿得这么喜兴？"

王大妈："哎，张教，你们是不是忘了，今儿个中午我们家的万福饭店开业，我请你们所里的同志都过去喝酒，可你们怎么一个人都没去？那别人家的酒，你们说不喝就不喝了，我家的酒，你们怎么能不去喝呢？"

张教："大妈，咱们管区内，二百多家饭店和娱乐场所，要是谁家开业了都去喝酒，那还喝得过来吗？谁家的酒咱也不能喝！"

王大妈："看来我这二十来年的老治保主任是白干了，请你们吃顿饭都费劲儿！"

张教导员："王大妈，不吃请，不收礼，这是咱们派出所的规矩，不论对谁！"

王大妈："我一不腐蚀你们，二不求你们给大妈办事儿，你们也不能这么不开面儿吧！"

张教导员："大妈，你不求我们办事儿，我可还要求你办事儿呢！"

大喜子在水池子里刷好了饭盒，他走向张教导员的房间，在门口，他停住了。

屋里，王大妈正说："张教导员，你说的那事儿我知道，我给跑着问了不少家，一开始，人家都说用人，可一听说大喜子嘛嘛不会，又是个从大墙里边出来的人，人家都沤鼻子！你设身处地地想想，谁乐意整这么个人在身边呀？"

张教导员："大喜子这阵子表现得相当不错！"

王大妈说："咋不错，他不还是犯过错，有错呀，那要比那没犯过错的人呢？谁都知道谁好！"

屋外，大喜子的脸色变了，他呼地推开了门，气呼呼地说："老王太太！你听着，我孙大喜冻死迎风站，饿死喂大狗，我不用你给我找工作！你也少摆汰我！"

王大妈有些愣住了："这不是为了你好，给你商量事儿呢吗？"

大喜子依然气呼呼地："不用你为着我好！收起你那份好心吧！"

说着，把教导员的饭盒子咣地放在桌子上，转身就要出去！

张教导员站了起来："大喜子！"

孙大喜停住了脚，可没有回头，说："张教导员，还有李所长，你们的好心，我全都领了，咱们后会有期！"

张教导员有些急了："大喜子，你要到哪儿去？"

大喜子："我……不到哪儿去！"说着，他头也不回地走了出去！

王大妈说："你都看着了，在派出所还耍驴呢，这要是弄到我那，不得愁死我呀，我能管得了他？他能听你招呼？行了，我是好心成了驴肝肺了！他的事儿，咱可不管了！"

张教导员："大妈，你不管可以，我们不能不管哪！我不信凭大妈的心肠和为人处世的办法那么多，能不管这事儿了！咱们不管他，那些社会渣滓就会把他重新拉回到他们那一帮一块去！大妈，我得去撵大喜子，把他找回来！"说着，用车钥匙打开了自行车，骑上飞也似的走了。

27．路上

张教导员飞快地骑着自行车。

孙大喜已登上了一辆公共汽车，他颓然坐在一个角落，想着很沉很沉的心事。

在一个十字路口，张教导员停下车子，向前后左右望，在他的视野里，只有车流、人群，没有大喜子的一点影子。他推着自行车向交警走去。他询问那位交警，那位交警摇摇头。

张教导员又骑上车子走了。

28．阿妈妮家

邵滨和那位女警正忙着给阿妈妮叠衣服、被子什么的。

另一间屋里，阿妈妮戴着老花镜，在扒葵花子仁儿，她把扒好的瓜子仁儿一个一个地放在一个小盘子里。

她们两个汗水涔涔，邵滨不时地撩着额上那绺好看的刘海儿！

阿妈妮颤颤地走了出来，手里端着那盘瓜子仁儿："孩子，你们歇歇吧，吃点儿这瓜子仁儿！"

邵滨："阿妈妮，你老人家就别忙了，我们一会儿就忙完了，忙完了再吃！"

老人端着那盘子瓜子仁儿，看着邵滨她们，她那双眼睛像两眼深深的老井，她那双手，像枯藤老树！看着看着，她的眼里涌起了泪花，她颤着声说："你们东胜路派出所的这些孩子，一个赛一个的好！在我这孤老婆子眼里，你们派出所是啥？就是政府！就是社会！你们好，就是政府好，社会好！"

那位女警抬起头停住手，听着阿妈妮这些震颤人心的话！

邵滨拉过来一个凳子："阿妈妮，您坐！"

阿妈妮坐在那里，用手捏起几个瓜子仁儿，颤颤地送到邵滨嘴前："阿妈妮洗了手的，孩子，你吃！"

邵滨用手捧住了阿妈妮的手："阿妈妮！您这么大年纪了，眼神又不好，还给我们扒瓜子仁儿！"她的眼里已经漾起了泪花。

阿妈妮颤颤的手，把瓜子仁儿送进了邵滨的嘴里。

阿妈妮又捏起瓜子仁儿，用手颤颤地送到那位女警嘴边："孩子，你也吃！"

那位女警深情地看着阿妈妮的手和瓜子仁儿，说："我吃！"她把瓜子仁儿含进了嘴里。

阿妈妮:"香不香?"

邵滨把瓜子仁儿在嘴里嚼了一下:"香!真香!"她的眼里还有泪花,却又露出了幸福灿烂的笑。哦,这是十分美丽的笑!

阿妈妮:"孩子,阿妈妮活了八十多岁了,见到过多少事?不瞒你们说,阿妈妮十六岁,就叫日本鬼子给抓去做了慰安妇,我不从那帮禽兽不如的日本兵,他们就用刺刀捅我,差点没把我捅死。你们看,我这身上现在还留着伤疤!这些老伤疤,就是到了现在下雨阴天的时候,还直犯痒痒!日本鬼子不拿中国人当人啊!熬到解放,我才算过上了人的日子,可阿妈妮染上了那脏病,一辈子不能生育了,没儿没女,可没想到共产党给我这孤老婆子送来了几茬儿女!你们东胜路派出所啊,好得我没法说啊!"

阿妈妮忘情地叙述着这一切。

邵滨和那位女警都停了手,湿润的眼睛,看着阿妈妮。

阿妈妮突然笑了,用衣袖揩揩眼睛说:"你看你看,我一高兴了就爱提这些过去的事儿!"

29. 市场内

二喜子在叫卖:"哎,海鱼、江鱼和湖鱼呀,收拾内脏带去皮啊!"

张教导员推着自行车走了过来:"哎,二喜子!你看见你哥没?"

二喜子:"我哥?他不是在你们那呢吗?"

张教导员:"他刚才拿着行李走了,我跟腚儿追,可他就没影子了!"

二喜子:"张教,他挺大个人,丢不了,你这么汗巴流水地找他干吗?他到了哪儿,也能告诉我一声!您把心放在肚子里吧!"

张教导员:"这些天生意怎么样?"

二喜子眉飞色舞地:"好,好!"他伸出个手指头:"一天净挣这个数没问题!"

张教导员笑了:"挣了钱,想干啥?"

二喜子:"买房子,说媳妇!好好过日子!咱得走正路喽!可不能像年轻时候,干那些想一出是一出的事儿了!"

张教导员笑了。

30. 一座豪华饭店内

晚上。

李所长走进了一个包房,透过窗子可以看见城市入夜的灯光。

他的大舅哥和另外一个陌生人坐在那里。看见李所长进来,他们站了起来。他的大舅哥介绍说:"大军,介绍一下,这位是我的高中同班同学尹来富!"

李所长握握他的手说:"哦,幸会!"

李所长对大舅哥说:"我说你是不是有病?"

大舅哥说:"咋了,我有啥病?"

李所长:"咱们哥几个吃饭,上这来干啥?随便找个小饭店不就得了!有钱没地方花了?"

大舅哥:"哎,管那么多干啥?客随主便!今天你是客不是?"

李所长笑了:"行!你不怕挨我宰就好!"

大舅哥:"今儿个大舅哥兜里可是鼓溜儿,菜,我们点了几道了,你愿意吃啥,再点两道!"

李所长:"都点啥了?"

大舅哥："鲽鱼头，斑节虾，鲍鱼刺汤，红烧海参，甲鱼炖本地鸡，阳澄湖大闸蟹，还有……"

李所长："行了，闹什么笑话？"

大舅哥："怎么是闹笑话呢！咱们真的是点了这些菜！"

李所长："三个人吃饭，要这么多高档菜干什么？吃得了吗你？"

大舅哥："吃不了，咱不会打包哇！"

李所长无奈地："真是浪费！你能点得起这菜，我可没有能享受得起这些菜的胃！"

大舅哥："嗨，也不用你花钱！说么多干吗？"

李所长："好好，你安排吧！我不说了行不行？你这个有名的老抠，今儿个这是出了血了！"

31. 香莲家

张教导员和王大妈在这里。

香莲："我哥他没回来，那他能上哪去呢？他没别的地方能去呀！"

张教导员："香莲，你别着急，我们再找找！"

香莲："不是我着急，我是怕你们着急！我哥这个人哪，挺大个人，怎么就没正事儿呢！"

张教导员："香莲，今天这事儿不怨你哥！"

香莲："那怨谁？"

张教导员："怨我们，具体来说就是怨我！"

香莲："怨你？！不可能！"

王大妈："香莲哪！说怨张教导员那是假的，说怨大妈那是真的。是大妈的话呛了他的肺管子了！他要回家来，你可跟他说，大妈给他认错了！"

香莲："哎呀大妈，你这不是把话说远了吗？你是他长辈人，别说说他两句，就是骂他两句，他不也得听着吗？"

32. 饭店包房里

尹来富端起杯："来，李所长，喝一口认识酒！"

李所长端起杯来："我不会喝酒，只能意思一下，您别见怪！"

尹来富："好，我大点儿口，您随意！"说着一饮而尽。

大舅哥："哎，大军哪，大舅哥跟你提个正事儿！"

李所长："什么事儿？"

大舅哥："尹大哥有点儿事儿想跟你说。"

李所长："什么事儿？"

尹来富："嗯，不好意思啊，我那个不争气的叔伯弟弟，叫你们所给抓起来了！"

李所长："嗯？！"

尹来富："也姓尹，三十多岁了，可是不立事，还得请你这一所之长高抬贵手！"

李所长扬起受伤的手："啊，我知道了！那人是你叔伯弟弟？"

尹来富："亲叔的孩子，要不然我也不会管这事儿！"

李所长："这个事儿实话说，我管不了。"

尹来富："哎呀，你是所里一把手，你管不了，谁管得了呢？"

李所长扬起缠绷带的手："你看看，这还是一把手的手吗？"

尹来富："这手，是我弟弟给砍伤的？"

李所长不置可否。
　　尹来富："哎呀，这可太对不起了！这不是大水冲倒龙王庙，自家人不认自家人吗？这是怎么说的呢！兄弟，看哥的面子上，你多原谅！看手的钱，我给你拿！"
　　李所长："那不用了！"
　　尹来富："还有什么要办的，我都可以办！"
　　李所长："别的事儿没有，就一件事儿，你得帮助你弟弟认罪服法！别再活动关系了！"
　　尹来富面有难色，他看看李所长的大舅哥。
　　大舅哥说："哎，大军，大人不记小人过，我的老同学这么求你，给个面子！"
　　李所长："给个面子？你去问问他们吧？"
　　尹来富："谁？"
　　李所长："老百姓！你去问问他们答应不答应！"
　　尹来富："这说哪儿的话呢？老百姓多了，去问谁呀？"
　　李所长："去问问民心所想，民心所向！对这样的犯罪分子，能不能高抬贵手？"
　　尹来富站了起来："行了行了，不说了，服务生，买单！"
　　大舅哥一脸不好意思："哎呀，老同学，不好意思！"
　　李所长很严厉地："你不是说你请我吃饭吗？买单去！"
　　大舅哥面呈窘态地站在那里。
　　尹来富在买单。
　　李所长气愤地对他大舅哥说："你瞅瞅你干的好事儿！我说你今儿个咋这么慷慨呢？咬别人的手指头不嫌疼是吧？！我告诉你，这种事儿，今天是第一次，也是最后一次！人有脸树有皮，你的脸皮呢？"
　　尹来富买完单，生气地走了。
　　大舅哥："大舅哥千错万错，可人家请你吃了饭，事儿也没办，这不算什么大错吧！"
　　李所长："这吃的是啥饭？是接受贿赂的饭！一想这些，我都想吐！"
　　大舅哥："好好好！全社会顶数你干净，顶数你纯洁！行了吧！哼！连我的面子都不给！"
　　李所长："你乐意咋想就咋想！这种面子，我李大军是一个也不给！"
　　手提电话突然响了。
　　李所长接电话："喂，是张教导员，什么事儿？哦，我马上回到所里！"他揣好手机，对他大舅哥说："丢人现眼的事儿，今后少干！"说着走了出去。

33. 东胜路派出所
　　一辆又一辆的摩托车从派出所门前驶出去。
　　李所长和张教导员上了一台警车。
　　警车呼啸着驶了出去。

34. 快餐店内
　　门前停着警车。
　　李所长和张教导员从店里走了出来。
　　他们上了车。
　　警车又向前驶去。

35. 火车站
李所长、张教导员转了一个又一个候车室。
他们对在椅子上睡觉的人格外注意。
大喜子脸上蒙张报纸，正在睡觉。
李所长看看他的那身衣裳，掀开了报纸。
灯光刺得大喜子有些睁不开眼睛："谁呀？"说着，扯过报纸盖在脸上又要睡。
李所长说："不行了，大喜子！火车'到站'了，要'下车'了，不能睡了！"
孙大喜睁开眼睛："怎么是你们？"
李所长："走，快跟我们回去！"
孙大喜："你们回吧，我不回了，打今儿个起，我就蹲车站了！"
张教导员："你在这还能睡着觉？小心感冒了！"说着用手摸摸大喜子的头："哟！已经发烫了啊！"
李所长用手摸摸大喜子的头说："嗯，他正发烧呢！"
张教导员："来，我背他吧！"
李所长："别了！你身子骨弱，拎行李，我背他！"说着，他把大喜子背在了身上。
大喜子在李所长背上悲怆地哭了："李所长，你不能背着我，我下来自己走！"
李所长："大喜子，我的好兄弟，你发着烧呢，你得听话！"
李所长吃力地背着大喜子走下楼梯，走出车站。哦，他那只受伤的手啊！
他把大喜子放到车上。
张教导员也上了车。
李所长告诉司机："马上去医院！"
警车在夜的大街上疾驰！

36. 城市
城市的又一个早晨。
太阳红红的，跃起在东方。

37. 医院
病房里。
大喜子躺在那里。
王大妈手持一束鲜花，走了进来："大喜子！"
大喜子抬眼看看她。
王大妈坐在了床前："大喜子，大妈听说你病了，心里不得劲儿啊，昨儿黑起就是翻过来调过去折饼子睡不着！唉！老邻旧居的，大侄大妈地喊着，可论到事情头上，还是有打不开点儿的时候！大喜子，别生大妈的气了，大妈是长辈人，给你买了束花，这花里的话，大妈就不说了！我想好了，你要是不嫌弃大妈那个饭店，就到我那先练练手，吃住就都在大妈那，你看行不？"
大喜子显然受了感动，他起身，抓住王大妈的手，半晌才说："啥也别说了，从今天开始，我就叫你妈了！我不好，你可以打我骂我，我都认！"说着，流下了眼泪。
王大妈呢，一脸灿烂的笑。她看见病房门口，站着的两个人也在笑，他们是李所长和张教导员。

38. 李所长家

李妻正和自己的哥哥说:"我早跟你说,让你少管闲事儿,少管闲事儿的,你就是不听,老撑个自己的老猪腰子!这回可好,大舅哥叫妹夫、给撞回来了!看你以后还有没有记性!"

李的大舅哥:"妹子,你说咱们家大军是不是有点儿傻帽儿?说句话放个人,身上也不少块肉!钱拿着饭吃着,人家还念咱们一个好!这回好,人家说了,不找咱了,还要把事儿办成!这个大军哪!放着红脸的人情不做,非要唱黑脸包公!"

李妻:"他们是干公安工作的,能像你们一天糊糊涂涂的,啥事儿没个原则性啊?你以后哇,少掺和人家的事儿,听没听着!"

李的大舅哥:"看着吧,人家说,要找比他大的官来办这个事儿,人家都说女人是有了丈夫,就远了亲哥,原先我还不信,今儿个我眼见为实了!"

李妻端上一盘子水果,送到大哥面前,笑着说:"给你吃水果,堵堵你那专往歪处说的嘴!"

39. 万福饭店

窗明几净。

后厨里,身着白色工作服的大喜子正在练习切菜,王大妈在一边看,一边教:"手指头儿得回弯儿,用指关节顶在刀面上,才能切出细丝儿来,又不能碰着手!"

大喜子切得很认真,他额头有些冒汗了,手有些颤,一刀两刀……

这是一把有些笨重的菜刀,也是一把凝聚着毅力与新生渴望的菜刀。

香莲走了过来,笑模滋儿地说:"哎呀,我大哥真成了刀师傅了!"

王大妈也笑着说:"现在说是刀师傅了还早,正练习呢!"

香莲:"大妈,我寻思我大哥第一天在您这做活计,他笨手扒拉脚的,不一定干到好处,就寻思过来看看。"

王大妈:"你哥现在还不能说菜切得好,可他是真用心劲儿切了!这大妈能看得出来!香莲啊,你一天到晚的家里外头的事儿也不少,你哥在我这,你就放心,不用惦着他!"

香莲:"大妈,他在您这,惦着我是不咋惦着他,主要怕给您这添麻烦!今儿个我正好休班,别的帮不上忙,洗个菜,抹个桌子,收拾个碗啊筷啊啥的,我还在行!"

大妈:"哎呀,香莲!你心思到了,大妈心领了,这些活计,店里都有人干,你可千万别伸手!走,咱们那边坐着喝茶去!"

王大妈和香莲向外屋走去。

大喜子呢,仍然在埋头切菜,一刀一刀地切……

外屋,王大妈把一碗茶送到香莲跟前:"香莲哪,这大喜子还是真有变化呀,像变了个人似的,原先那毛驴子脾气,谁不知道,你看,说变他就变了,变成个大姑娘家似的。来这两天,脾气好了不说,人也有了笑模样,我跟你说,打从小看这么大,我还真就没看见大喜子这么正经笑过!"

香莲笑了。

40. 李所长办公室

李所长正在接听电话:"嗯,对,那个姓尹的案子是我们所办!从宽处理?他是夜入民宅盗窃,我说潘副书记!"

听筒里的声音:"我不是从领导的角度跟你说这个事儿,是从朋友的角度,你看着能办就办！"

　　李所长脸色十分沉重："嗯，那个姓尹的人赃俱获，这个案子我们怕是得按程序上报！"

　　听筒里的声音："啊？这事儿就说到这吧！另外你们晋升警衔的工作马上就要开始了，你们局领导让我过去帮着参谋参谋！你这回怎么样啊？用不用我帮着说句话呀？"

　　李所长："谢谢了，您别为我的事儿费心了！"

　　听筒里的声音："哎，这跟我刚才跟你说的那个事儿可没有关系呀！"

　　李所长机敏地："我知道！"

　　他神情沉重地放下电话。

　　张教导员走了进来："哎，你这是怎么了？脸拉拉得快有二里地长了！"

　　李所长："现在，办一个案子真难啊！这边一办案，那边说情风就开始刮，钱也往上冲，酒瓶子饭菜也往过砸，不刮得你晕头转向，也得叫你犯犯迷糊！"

　　张教导员："咋了？又有人给那个姓尹的说情？"

　　李所长："有，来头还不小呢！管政法的副书记！我想好了，我李大军宁可警衔不要了，也不能不要人民的江山社稷！"

41．阿妈妮家

　　邵滨和那位女警正在这里。

　　她们烧好了一壶水，氤氲的水汽在小屋里弥漫升腾。

　　邵滨把热水倒进一个洗脸盆里，那位女警往里兑了些凉水。

　　邵滨用手搅了一下，觉得水温还有点热，示意再兑点儿凉水里，那位女警就又倒了点儿凉水，邵滨觉得水温合适了，对女警说："水好了，你去把阿妈妮搀出来！"

　　女警搀阿妈妮从里屋出。

　　邵滨扶住一个小凳："阿妈妮，你坐这！"

　　女警扶阿妈妮坐下了。

　　邵滨笑呵呵地开始给阿妈妮洗头。

　　阿妈妮布满核桃纹儿的脸上也绽出笑容："每回滨子给我洗完头，都觉得脑袋里清亮不少！尤其你用指甲挠那几下子，好得劲儿哩！"那女警端起一盆水，想往外走。

　　邵滨："哎哎，那热水先别倒，留着一会儿给阿妈妮洗脚用！"

　　那女警"啊"了一声，又把水盆放在了地上。

42．万福饭店

　　李所长、张教导员和刘长顺警长走了进来。

　　王大妈见了，一惊："哟！这是刮的哪阵风，把你们给刮来了？"

　　李所长喜眉笑眼地说："看看，请我们来，不来，不请，又自己来了！这就叫该来的，不用叫也得来！"

　　王大妈笑着说："还没吃饭呢吧？我叫后厨赶快弄点儿！"

　　李所长一摆手："别！大妈，你有所不知，今儿个我们是要在您这请客！"

　　王大妈："请谁？"

　　李所长："请大喜子和你！他到你们店里当了刀师傅，有了份工作，你又多了个儿子，不得祝贺祝贺吗？"

　　王大妈一拍巴掌："祝贺祝贺好，可得是我请你们！"

　　李所长："谁请谁的，完事儿再说。"

43. 大街上
邵滨和那位女警骑着自行车,走在大街旁。
那位女警说:"邵大姐,通过这些日子跟你走街串巷地为一些五保户老人送温暖,跟你说心里话,我体会到了一种东西!"
邵滨:"什么东西?"
那位女警:"一种幸福感!这种幸福感是从那些老人对我们的眼神里,一举一动中感受到的!我懂得了什么叫:人心换人心,十两换一斤!"
邵滨:"好!妹子,其实咱们这么做,不是为让老百姓领我们个人和派出所的什么情,老百姓会感受到这个社会好,老百姓和政府心贴心了,我们这个国家就能兴旺发达,社会就能和谐发展!我真心图的是这,你信吗?"
那位女警:"刚来所里的时候,你要说这,我会说你唱高调,现在,我信,真信!"
街上,美丽的绿色信号灯。
邵滨她们在街上穿行。
色彩缤纷的灯河里,有她们美丽的身影。她们的身影渐渐融入了灯海。哦,她们就是城市缤纷灯海里的一抹美丽的色彩!

44. 万福饭店
圆桌边上,坐着李所长、张教导员、王大妈、刘长顺、大喜子、香莲。
桌子上摆上了看上去颇为丰盛的菜肴。
李所长:"现在请孙大喜讲话!"
大家鼓掌。
孙大喜有些哽咽了:"我的菜切得三长四不齐的!用它炒菜,大家伙还说好!我知道你们的心思!我呀,就是高兴啊!"他说着这些话,泪水像小河一样,在脸上流淌。可大喜子却是在笑着,他淌的是欢乐的眼泪。
王大妈:"大喜子说了,我也说两句!大喜子管我叫妈了,我就得当好这妈!大喜子真有啥不对,我真得管他说他,可也真得打心眼里往外疼他!他不是从我身上掉下的肉,可我得把他当成从我身上掉下的肉!所里的领导你们请放心,我这当治保主任的,决不能给咱派出所的脸上抹黑,让老百姓戳我的脊梁骨!多余的话我就不说了,来,大家伙吃菜!"
香莲用筷子拌着凉菜。
李所长:"大喜子,多吃点啊!"
大喜子抹了把眼泪,龇牙笑了:"嗯,有胃口!"

45. 东胜路派出所
二喜子走了进来。
值班室里有个民警在值班。
二喜子:"我说,看见李所长张教导员他们没有?"
值班民警:"他们出去有事了!你有事儿?"
二喜子愁眉苦脸地:"有事儿!"
值班员:"急吗?"
二喜子:"我就在这等他们了!"
值班员端过一杯茶来:"请!"

二喜子没喝茶水，却从兜里摸出一根烟来，划火点着，使劲儿抽了起来。他的眉头拧成了个大疙瘩。

缕缕烟雾，像他心里扯不断的愁绪。

46. 万福饭店

王大妈、香莲、大喜子他们往外送李所长他们："有空儿多过来啊，你们不想我，我可想你们呢！"

李所长："好好，大妈，您就回去吧！所里还有事儿呢！"说着，他们转身走了。

王大妈他们看着李所长他们的背影，看了好一会儿才转身回屋。一女服务员："大妈，给你！"

王大妈："什么？"

女服务员："钱，一百元钱！"

王大妈有些不高兴："谁收的？"

女服务员："压在盘子底下了，我们收拾桌子才看到！"

王大妈："这些个孩子，真是的！啥时候一眼没照顾到，他们又把钱掖到盘子底下了呢！他们来我这吃饭用得着给我掖钱吗？真是气死我了！"

大喜子、香莲面面相觑。

47. 东胜路派出所

李所长他们走了进来。

二喜子马上站了起来。

李所长："哎，二喜子，这么晚了，你怎么又跑来了？"

二喜子："遇着愁事儿了呗！"

张教导员："哟，看来这愁事儿还不小呢！愁得小脸儿都抽条了！"

李所长："上楼，到办公室说吧！"

48. 李所长办公室

李所长对二喜子说："二喜子，你有啥事儿，说吧！"

二喜子："原先寻思卖点儿鱼，挣俩钱，日子就过好了！可是霜刀单砍寒号鸟，破船偏遇顶头风！市场上的摊位又出事儿了！"

李所长："摊位出什么事儿了？"

二喜子："这不吗，马路市场取缔，都到大棚里经营！昨天31个业户一起抓阄！31个摊位，只有一个摊床是冲着背面墙的，我就手那么背！背得你都觉着巧出花儿来了！这个31号床子叫我一把就给抓来了！这一抓，把抵押金钱抓没了，把娶媳妇的事儿也抓没了，房子长膀飞了，我也意冷心灰了，完了，摊位退不了，挣钱挣不着！这不完了吗！"

李所长："二喜子，先别灰心！张教导员，我看明天，你带人去那个大棚看看，找找他们的经理，新大棚，调个摊位也不一定是件太难的事儿！"

张教导员："好，明天一上班，我就去！"

二喜子听完，打个招呼走了。

电话铃声。

张教导员接起电话："喂，哦，是局长啊！啊，找他，他在！"

李所长接过电话："局长，是我。"听筒里的声音："我说大军，局里收着一封检举你在办案中有吃请行为的信，你大舅哥还收了人家一千块钱，这些事儿你是有还是没有？"

李所长："我是吃了人家的饭了！"

听筒里的声音："蠢！蠢透了！你吃了迷糊药了？去做这种事儿？"

张教导员抢过电话："局长，大军他吃请的事儿，我知道，是那么回事儿……"

局长听筒里的声音："你不用给他说情，我也不听，明天叫他把检讨送上来再说！"说着挂断了电话。

张教导员脸色很沉重地放下了电话。

李所长："这个事儿我有错！我检讨是应该的！"

49. 李所长家

灯下，李所长在写检讨。

李妻走了过来，放他眼前一杯茶水："这么晚了，咋还不睡？"

李所长苦笑着："摊着个好大舅哥，他给我惹的事儿，检讨却是我来写。"

李妻："你们领导是不是有点拿着鸡毛当令箭了，吃一顿饭，错还能错到哪去？还值得写个检讨？"

李所长："你这话说得也不对，吃饭要看吃的是啥饭？这是一顿贿赂饭，让公安人员徇私枉法的饭！吃了，不就像吃肚里一个苍蝇似的吗？吐，吐不出来，还恶心！他还拿了人家一千块钱，那钱，叫他给退回去！"

李妻："有这事儿？明儿个一早，我就给他打电话！"

李所长："你叫他拿着钱到我办公室去，我找他说话！"

50. 东胜路派出所

全所人员大会。

李所长："刚才，我去了局里送了一份吃请的检讨，主动要求局里给我这次不晋升警衔的处分！今后，我们每个同志都要以我的这个例子作为警钟和教训，赃钱一分不能收，脏饭菜一口不能吃！"

众人认真听着，有人做着笔记。

张教导员："李所长严格要求自己，这是对的！这提醒我们每一个同志：一蚁之穴，可溃千里之堤，我们民警要廉洁自律，永远不要让老百姓背后戳我们的脊梁骨！说我们是穿着人民公仆衣裳的蛀虫！"

51. 市场大棚

经理室门前。

张教导员敲了敲门。

屋里传出"进来！"的声音。

张教导员和二喜子进了屋。

张教导员："您是经理？"

老板椅上坐着的人："正是在下，尹来富！您是？"

张教导员听了他的名字，微微一愣："哦，我是东胜路派出所的。"

尹来富："哎哟，你们东胜路派出所可有名啊，那大红旗都红得冒火星子呀！你们有啥事儿找我办哪？"

张教导员："这位孙二喜是在这卖鱼的，抓阄没抓着好摊位，想找您看看能不能给调个摊位！"

尹来富故意卖关子："调个摊位？咱们这么大个市场，这还不是小菜一碟吗？你相中哪儿了？"

二喜子："不是冲墙的，背面的，哪儿有块能卖鱼地方都行！"

尹来富："嗯，这好办好办！"

张教导员："那就谢谢了！"

尹来富话锋一转："不过，你们派出所的李所长怎么没来找我？"

二喜子："这是派出所的张教导员！"

尹来富笑笑："啊啊，张教导员，我不是不给您这个面子，我是必须把这个面子给你们李所长！不好意思了啊！"

张教导员听出了话里有话，说："好，那我们就先回了！"

尹来富："不送！"待他们出去后，他得意地笑笑："哼，东胜路派出所，没想到今儿个撞到我的枪口上了！"

52. 李所长办公室

大舅哥坐在那里。

李所长："你拿人家那一千块钱呢？你给人家送回去！"

大舅哥："送回去？送给谁？我没说能给他办成事儿，也没向他要钱，他主动给我的，和我有什么关系？"

李所长："吃人家的嘴短，拿人家的手短，你凭什么白拿人家一千块钱？你以为这钱是给你的吗？是通过给你，达到贿赂我的目的！人家已经把咱们告了！"

大舅哥惊讶地："告了？这不可能！我那位老同学尹来富不会做这种事儿！你别吓唬我！"

李所长："要想人不知，除非己莫为！"

大舅哥："他当时可跟我说得严丝合缝儿的，还起誓发愿的，说打死也不能把给我钱的事儿说出去！"

李所长："我为什么知道你拿了人家一千块钱？你这是受贿，懂不？"

大舅哥："论说是该还他，可是钱都叫我花了！"

李所长："你不乐意还我替你还！你去找你妹妹，在我家存折里提出一千元来！以后这种好事再帮着我多干点儿啊！净帮倒忙！"

大舅哥："那我可就走了！"

李所长开玩笑地："不走在我这住也行，就是没地方！"

大舅哥刚出屋，张教导员和二喜子就走了进来。

张教导员："李所长，那市场大棚的经理叫尹来富，是不是你说的那个？"

李所长："咦？是他？"

张教导员："他说，二喜子的事儿只有你去了能办，别人不行！"

李所长若有所思："这是跟我叫板呢！好吧，我去！"

53. 某单位门口

李妻从里边走来。

李妻的大哥："妹子你咋才下班呢？我都在这等你一个多点儿了！"

李妻警觉地："啥事儿？"

李妻的大哥："大军说，先从你家存折里提一千块钱……"

李妻："干啥？让我们代你还钱？不行！大军说了也不行！你收了人家的钱，你去还！啊，你在中间打个滑儿，还钱的事儿就成了我们的事儿了？别的事儿你用钱行，这个事儿不行！你立马把钱给人家还喽！你听着没有？"
　　李妻的大哥故意苦着脸："那钱真叫我花了，我上哪儿整钱去呀？"
　　李妻："你说花了也行，都干啥了？鸟飞还得有个影呢吧？说吧！"
　　李妻的大哥哑口无言。
　　李妻："行了，我的好大哥，你就舍心割肉吧！把钱拿出来吧！还给人家，咱手上干净，不是心里也干净？"
　　李妻的大哥仍然闷着头："妹子，钱真的叫我花了！"

54. 大棚经理办公室
　　尹来富正把脚搭在椅子上哼着小曲。
　　门开了，李所长、张教导员、二喜子走了进来。
　　尹来富故作惊讶状："呀呀呀！是李所长大驾光临！有失远迎！"
　　李所长："别客气，尹经理非要见我，我就来了！"
　　尹来富："是啊，十分想念！咱们哥们儿之间不是得多找点儿机会熟悉熟悉接触接触吗？"
　　李所长："二喜子的床子，能调一下吗？"
　　尹来富："能调哇！今儿个李所长能给我面子，登门相见，这事儿还有什么不行的！行！一百个行！一千个行！一万个行！"
　　这时候，门忽然大开，李所长的大舅哥气冲冲地走进来："尹来富！你小子当面是人背后是鬼的，你搞什么乱七八糟的东西！"
　　尹来富："哎，是老同学呀！坐坐！"
　　李的大舅哥："什么老同学？说！告我们大军黑状的是不是你？"
　　尹来富遮掩地："什么呀？你说什么呢？"
　　李的大舅哥："别装了！这是你给我的一千元钱，退给你！哼！还说就咱俩知道，现在可好，差不多全天下的人都知道了！你这种人，什么人呢！"他把钱扔在了尹的桌子上。
　　尹来富一副窘态。
　　李所长、张教导员锐利的目光。

55. 万福饭店
　　大喜子仍在切菜，可以看出来，他切菜的技术明显提高了！
　　门帘儿一撩，邵滨走了进来："哎，这是还练改刀哪？"
　　大喜子："你好！"
　　邵滨手里拿了一摞子书："这是所长和教导员让我到书店里给你买的！都是烹饪方面的书，说让你有空儿多看看。"
　　大喜子接过书："哎呀，这得花不少钱吧？可我不像二喜子，他念过高中，我大字不识多少，这些年都就饭吃了，这书怕是看不懂！还是拿回去吧，给我看白瞎了！"大喜子边说边翻书："哟，这可真是好书，看这纸就看出来了！"
　　王大妈笑笑："没关系，字我都认得，我念给你听！"
　　大喜子："你教我？那多不好意思！教我切菜，还教我看书！"
　　邵滨："有人教还不好，咱学的是本事儿！"
　　大喜子："那好，邵滨都说了，那就收下了，谢了啊！"

56. 东胜路派出所

所长办公室。

张教导员陪着公安局局长走了进来。

李所长起身:"哟!是局长大人驾到!"

公安局局长:"算不上驾到,是过来串串门儿!大军,你的检讨我看了,情况我也了解了,红旗派出所的所长难当啊!你们对自己要严要求,我们对你们也得严要求!局党组讨论了你的问题,认为不影响你正常晋升警衔!"

李所长诚恳地:"局长,说心里话,这次晋升警衔我真的不该晋了!"

局长:"混账话!是局党组说了算,还是你说了算?摆不正个人和组织关系,看来你的检查还没写完!组织上会因为有个小疵点儿就砸碎一块玉吗?也许你当局长会那么干,我当局长不会!我们派出所的干警啊最辛苦,也最挨累!老百姓大事儿小情,社会治安的管理整治,那件事儿离了你们行啊?靠我一个局长行吗?不行!"

电话铃响了。

局长抄起电话听筒:"喂?"

电话里传来潘副书记的声音:"李所长吗?"

局长把听筒给了大军:"找你的。"

李所长接过电话:"喂?"

听筒里的声音:"李所长,我是老潘哪!告诉你个好消息,你晋升警衔的事儿基本定了,别忘了,我在你们局长面前还是说了你好话的,哪天请我的客吧!"

李所长苦笑着应酬:"啊啊啊!"说罢放下电话。

局长:"谁?这么不要脸!"

张教导员:"政法委的潘副书记!"

局长一听,眉毛拧成个疙瘩儿,冷冷一笑:"党组定的事儿,和他有什么关系?喊!"

李所长和张教导员都用敬佩的目光注视着局长。他们的胸中仿佛激荡着一种音乐,那是激情与抒情的交响!

57. 市场大棚里

二喜子占了一个摊床,在叫卖:"鱼呀,虾呀,大螃蟹!贱了贱了啊!"一市场管理人员走了过来:"哎,你怎么能在咱这卖水产品呢?两边都是卖菜的!"

二喜子:"我一样交钱一样卖货,咋了?"

那管理人员说:"交了钱也不能乱占地方,那不全乱了套了吗?"

二喜子:"我说这位大哥,你咋这么死心眼呢?我这个地方,是尹经理直接安排的!他没对你说吗?"

那管理人员:"没有!"

二喜子:"真的!是东胜路派出所领导找的他!"

那管理人员:"真的?连东胜路派出所都出面了?"

二喜子:"糊弄你,我是这个!"说着用手比作王八状。

58. 万福饭店

屋里,李的大舅哥和尹来富坐在那里。

服务员端上酒菜来。

另外一间小屋里,王大妈一边打毛衣,一边听着这边小屋里的人说话。

尹来富："来，嘬一口！吃菜！"
李的大舅哥："我还吃什么菜呀，我这满肚子火，你说我不来退钱吧，我那妹夫大军和我直瞪眼珠子，我来退吧，你又不要，弄得我进退两难，我都糊涂了我！紧着说不吃饭不吃饭，你这又整了一桌子，上回你整了一桌子，把我们大军还给拐带上了！你说你这整的都是啥事儿呢？我可跟你说下，一见饭菜，我也是有点儿饿了，可这是老同学之间的事儿，吃是白吃啊，你别打别的主意，你的事儿我办不了！"
尹来富笑笑："老同学，饭还得吃！你那妹夫大军，叫我咋说呢？我说句话你别生气啊，当个红旗派出所所长，你瞅把他装的，我倒要看看，他小子要装到什么时候算是个头儿！"
王大妈向这边觑了一眼。
李的大舅哥："他也不是装，他就是喜欢那个活法儿！他们找你那个事儿就那么着了？"
尹来富："那还想咋着？二喜子不是找了个摊位吗？一个释放出来的人，我总不能打块板儿给他供起来吧？你放心，我不能撵他走！管大牌小牌攥到我手里也是张牌呀！"
李的大舅哥："你瞅瞅你，一肚子花花心眼子，谁斗得过你！"
饭店门口，李的大舅哥和尹来富都喝多了。尹来富半架着他晃晃悠悠地走了出来！
李的大舅哥打着酒嗝说："尹来富，你小子还算是够意思！钱没要，还请我喝酒！你小子还算够意思！"
"松开他！"一声厉喝，好像一声炸雷！
尹来富抬头一看，竟是李所长。
李所长冷峻地站在那里，他用眼睛盯着大舅哥："把钱还给人家，当着我的面！"
大舅哥："我已经还给人家了！"
李所长："你把这话再说一遍！"
大舅哥看着李所长威严的面孔，有些心虚了，没敢再吭声！
尹来富："我说李所长，你是不是管得有点儿太宽了？我们老同学之间的事儿，用得着你掺和吗？"
李所长："因为他是李所长爱人的哥哥，所以，我要对他的行为负责！"转脸对大舅哥说："钱呢？"
大舅哥迟疑地把钱拿了出来。
李所长接过钱，递给尹来富说："这件事儿你们就算两清了，你看怎么样？"
尹来富迟迟不接："我给他的钱，要还他还我，你还算怎么回事儿？"
李所长把钱递给大舅哥："还给他！"
大舅哥接过钱。
李所长："还给他！"
大舅哥缓缓地抬起手。
李所长看不过去了，抬手啪地一巴掌，刮在了大舅哥的脸上！钱，飘了一地，他转身走了！
李的大舅哥一手捂着脸，带着哭腔说："哎呀，你怎么动手打我呀？"看钱掉了一地，还要哈腰去捡。
李所长停住了脚，头也没回地喝道："那钱，你不能捡！"
李的大舅哥登时僵在了那里，半晌儿，看看李走远了，对尹说："我妹夫就这脾气！钱，您就自己捡起来吧！"
尹来富蹲下捡钱，满脸不满意的神色！

李所长向前走着,他的眼里盈满了莹莹泪水。

59. 李所长家

李所长走进家门,他掀起小饭锅,想找一点儿饭菜什么的。

锅里空空的。

他打开厨房的橱柜,里边没有一点儿可吃的东西。

他走进了屋里,见妻子正躺在床上,闭着眼睛想心事。就在他走进里屋的一刹那,妻子拧了个身,把背冲给了他。

李所长笑笑:"哟,这是要的哪一出?厨房里怎么一点儿吃的也没有?"

妻子没好气地:"没吃的拉倒!我也不是给你做饭的机器!要吃自个儿做去!"

李所长笑笑,坐在了妻子身旁:"我哪会做饭做菜呢?你这不是难为我吗?"

妻子呼的一下坐了起来:"啊,饿了想吃饭想起我来了?你动手打我哥哥的时候咋没想起我来呢?"

李所长脸色立马严峻起来,他脸上的肌肉抽搐着,沉吟了一会儿说:"这种人太不要脸,脸皮子都叫熊瞎子舔了!我不是故意打他,是碰着他了!"

妻子眼里涌出了泪花:"啥?碰着了?我哥哥就是有错,轮到你动手打吗?你把你那手伸出来,看看手指头长齐没!"

李所长低下头,沉默不语。

妻子哭着说:"你痛快了,我家里人怎么看我?我怎么跟家里人交代?在外边你们所扛红旗,打前阵,我啥时候拉过你后腿儿?可你在家里还得弄出个事儿,让我跟你担冤屈!咱们家这日子我看也是没法儿过了,要打你连我也一块打吧!给你打!打呀!"说着用头抵在了李所长的胸前,她仍在哭泣。

李所长有些茫然不知所措了,他低下头,看着妻子正用头顶在自己胸前饮泣。他有些动情了,用手轻轻地抚着妻子的头,从胸腔深处发出一声叹息:"唉!"

他的妻子呢,却哭得更欢了。

李所长沉重地说:"我是碰了他!我有错!你跟你爸爸妈妈,还有大嫂替我解释解释,说我认错了!"

他的妻子的哭泣声弱了些,她手捂着脸坐在了床边上。

李所长恳切地:"求求你,你别哭了!碰着了他,我的心里也不得劲儿!"

李所长的手机突然响了起来,他接听手机:"啊,啊,知道了,我马上赶到!"

妻子突然放下捂着脸的手,带着哭腔说:"你不能走!"

李所长用劝慰的口气说:"我的好媳妇,你知道官身不由己呀。"说着就要往外走。

妻子站起来说:"你等一下!"

李所长愣愣地看着妻子。

他的妻子呢,揩了把眼泪,进了厨房,趿身端出一些饭菜放在饭菜桌上,抽着鼻子说:"要走,吃了再走!"

李所长怦然心动了,他低下头,再抬起头时,眼里已有泪光在闪。

他的妻子呢,仍在揩眼泪。

李所长用手臂揽住妻子,和她拥在一起。

少顷,妻却推开他:"谁要你抱,吃饭去!"

李所长眼里泪光仍在闪,嘴上却笑了:"不行!我得马上走了!"说完趿身下了楼。

他的妻子呢,看着他的背影,复杂的情感在她心底交织,眼里滚出了大滴大滴的泪。

60. 路上

路面上，李所长一边骑着自行车，一边大口大口地嚼着手里拿着的面包，喝着矿泉水。

61. 某房屋开发公司门前

这里聚集了很多群众。有的群众手里拿着棍棒，房屋开发公司的人手里也拿着棍棒。他们剑拔弩张，对峙着，人们在沸沸扬扬地争吵着什么。

一持棍子的群众怒气冲冲地说："你们是什么房屋开发公司？你们卖的什么狗皮膏药？为什么道北的房屋开发公司可以给动迁户原面积之外二十平方米的优惠价，你们就只给十平方米！说，你们是看我们好欺负，还是拿我们当不识数！"

一开发公司的人手里拿着红头文件说："你们看看，我们这执行的是红头文件！执行的是文件精神！怎么能是我们欺负你们呢？"

有群众气愤地嚷嚷："别拿文件糊弄我们！道北的开发公司人家就没执行文件？人家执行的是哪家文件？"

又有群众喊："告诉你们！我们也要优惠二十平方米！不然我们都不签协议！都不搬家！看你们房屋开发，开发得成不！"

有群众喊："我们不同意，你们为什么强行给我们断电断水！你们也太霸道了！"

有群众喊："给我们恢复供电供水！"

一开发公司的人员说："请大家往后一点儿，我们这是办公的地方！把道儿给让出来！"

有群众喊："不把事情说清楚，道儿不能让！"

开发公司的一些人，开始推挡在道上的群众。

一被推挡的群众把手中棒子一横："咋的？你们还想动手哇？你们要动手，我们就跟你们拼了！"

群众蜂拥而上，喊着："对！咱们跟他们拼了！"

群众和开发公司的人撕扯起来。

还有一些群众手持棍棒，往这里跑。场面十分混乱！

警笛！警笛在鸣叫！

一辆警车风驰电掣地开了过来，车上下来了李所长、张教导员、警长刘长顺等。

李所长登上公司门前的台阶："住手！大家都住手！我是东胜路派出所的，大家认得我不？"

很多群众几乎是一齐喊："李所长！认识！"

李所长："对，我是李大军！你们大家相信我们东胜路派出所不？"

群众："相信！"

李所长说："相信我们，那好！现在双方的人各撤后两米！"

人们开始向后撤。

在群众和开发公司的人员之间已经出现了一个隔离带。

张教导员和刘长顺已站在了中间。

李所长提高了嗓音说："现在我命令：所有拿棍棒的人在五秒钟之内都要把棍棒扔在中间的过道上来！开始扔！"

群众和开发公司的人都把棍棒扔到了中间过道上。

李所长举目四望，有一位老者手里拿着一根棍子。

老者看到了李所长在看他，他举起手中的棍子说："我这个棍子不能扔，这是我的拐杖！"

有些人哑然失笑。

李所长："好！断水断电的问题，我向大家保证：让开发公司马上恢复供水供电！关于道北开发小区居民得到二十平方米优惠价住房问题，我们早就做过调查！他们那个小区开发的比我们这早了几个月，那个时候，动迁法还没有下来！他们执行的是原来的地方法规！我相信大家都是守法的公民，一定要坚持不执行法律的人，请你走出来，或者把手举起来！"

全场的人都沉默了，人们面面相觑，没有一个人走出来，或者举手的。

李所长："不同意执行关于原面积之外优惠十平方米的，请你走出来！"

仍然没有人走出来。

那位手持拐杖的老者说："李所长！灯不点不亮，话不说不明！你一说，我们心里透亮了！既然有这法，没的说，那咱执行！"

李所长："这位大叔说得好！那么大家伙儿就都回家吧！今儿晚上电灯不亮，自来水水管里没水，你们就找我们派出所！"

那位老者："李所长说话，我们信得过！走了，回家了！"

群众开始散去。

有的群众边走边说："你看人家李所长说那几句话，受听！哪像他们开发公司的人杵倔横丧的！"

张教导员指着那些棍棒，对迎面推着一车破烂过来的大叔说："大叔，这些玩意儿你都装走，推到家去，烧火！"

62. 开发公司办公室

那位工作人员对李所长他们说："这些闹事的！你们不来，都能一口把我们吃喽！"

李所长严正地说："有些该做的解释工作是你们没做到！今儿个险些弄出大的乱子来，你们有责任！话说开了，我们的老百姓还是通情达理的！水和电，你们必须马上恢复供应！知道吗？"

那位工作人员："有你们在，没说的，我们马上恢复供水供电。"

63. 那位拄拐杖的老者家里

老者对老伴说："派出所李所长可是说了，说是恢复供水供电，不知开发公司能不能给恢复？"

他用拐杖扒拉了一下电灯线，电灯在摇晃中豁然亮了。

老者灿烂地笑了："呀哈！电真来了哎！老婆子，你再去拧拧那个自来水儿！"

老伴去拧自来水，水龙头里汩汩地淌出了清流。

老者拄着拐杖笑着对老伴说："派出所这些年轻人，嘴巴上没长我嘴巴上这么长的毛，可是说话更牢！"

老伴说："你说那叫啥话？人家是谁？人家那是人民的警察！"

64. 东胜路派出所

所长办公室。

李所长正接着电话："哪位？啊，黄小凤，老同学！啊，挺好的，就是忙！啊，什么事儿？你在我们管区开了个饭店？啊，那个饭店是你开的呀？检查防火？对！不检查不能开业！照顾？不行，我们得检查！我去呀，也不是不可以，但我们有专门的防火检查人员！嗯！明天！"

电话里女人甜甜的声音："大军哪，老同学老不见面，真有点想你了，明儿个过来看看我，中午就在我们这吃饭吧！"

李所长："你别准备，我不一定能去得了！有人去！好，谢谢了！"

电话里那女人的声音："大军，跟我那么客气干吗？别忘了，当初你可是追过我！"

李所长愧然一笑："过去的事儿了，别提了好吗！"

65. 凤凰酒店

这是一家较豪华的酒店。

刘长顺警长带着两个防火治安员走了进来。

黄小凤，一位打扮入时，风姿绰约的女子，穿着酒店的黑色套装，步态款款地走了过来："先生，你们是？"

刘长顺："我们是东胜路派出所的，你们黄小凤经理在吗？"

黄小凤应道："我是！"

刘长顺："李大军所长有事，来不了，他把检查防火的事儿交给我们了。"

黄小凤的眼里掠过了一丝不为人察觉的不快，但她马上笑容可掬地说："好啊好啊，请到我办公室坐吧！"

刘长顺："黄经理，坐就不坐了，还是先忙工作吧！"

黄小凤客气地说："哎呀，刚进门儿，怎么说也该歇口气儿，喝口茶呀！"

刘长顺："不客气不客气，一会儿忙完了再说！好吧？"

黄小凤说："好吧。"

66. 阿妈妮家

李所长、张教导员、邵滨他们都在帮着阿妈妮往一辆汽车上抬东西。

汽车上装了一些家具。

李所长和干警们把一个小柜子抬了出去，屋里已经搬空了。

阿妈妮拄着手杖站在那里，静静地端详住了几十年的屋子，眯着眼睛看着。

李所长和张教导员、邵滨他们走了进来。

李所长："阿妈妮，没啥东西了吧？"

阿妈妮像是在对李所长他们说，又像是在自言自语："有哇！搬走的东西，没多少值钱东西，搬不走的给座金山换不来！"

她的话说得大家有些发愣。

阿妈妮摇摇头："孩子们！你们看，这屋子炕上地下，里屋外屋，有你们派出所几十年的人，几十年的事儿！随便哪个地方都能看出你们这些孩子们的影子！还有笑呵呵的样子！不是这个老屋子有多亲，是这屋子里装过的那么多的人和事儿亲！说是退休的唐淑芬，得病了？还是癌症？那是多好的人啊，她照顾了我那么多年，我想她啊！谁得病她也不该得那病啊！这病应该我这个老婆子替她得！"说着撩起衣裳襟来揩了揩眼泪。

屋子里静静的。

每个人的心中仿佛有一条音乐的河流在流淌，这是一条充满了深情和让人心灵震颤的河流，是往事的记忆让人感怀的阿妈妮的心理音乐！

邵滨搀着阿妈妮走出了小屋。

邵滨扶阿妈妮上了驾驶室。

李所长他们都上了车。

67. 凤凰酒店

一间装饰一新的包房里。

服务生在给刘长顺他们倒茶。

黄小凤话锋锐利地说:"我那个大军老同学,真的是不给我面子,不肯赏光啊!"

刘长顺解释说:"哪里哪里!他真的是很忙!派出所,全国可能多得像蚂蚁!可他们的事儿也多得像蚂蚁!他来不了,您这老同学就得多包涵了!"

黄小凤笑笑说:"大军来不了,你们就得多关照了!快点儿帮我把这防火安全检查的合格证办下来,要不,其他手续都办不了!我这正等着开业呢!"

刘长顺笑着说:"黄经理,我们刚才检查了一圈儿,你们这真的是有问题!餐厅厨房里有条动力线距离火源太近!你们得改!不改,防火安全合格证办不了。"

黄小凤看看刘长顺,沉吟了一会儿,假笑了一下,说:"我知道了。"

这时候,服务生却端上酒菜来。

刘长顺腾地站了起来:"哎呀,黄经理,饭,我们可是不能吃,所里有规定,我们还有别的事儿!"说着要走。

黄小凤说:"怎么?大军这个老同学不给我面子,你们也不给我面子?!"

刘长顺:"不是,我们真的是有事儿!"

黄小凤:"我这饭菜里没有毒药吧?!"

刘长顺:"不是,我们真的有事儿!"说完,他们起身走了。

黄小凤一脸不高兴。

68. 东胜路派出所

李所长一边吃着方便面,一边和开发公司的那位工作人员说话:"计划十五天搬完,现在看还有多少户没搬?"

那位工作人员说:"那起事之后,我们公司的人,也没敢到老百姓家去!情况不了解。"

李所长:"其实不会的!你们把老百姓的觉悟看低了!"

那位工作人员:"李所长,动迁这事儿,开发公司就得请你们多帮忙了!"

李所长:"没问题!你们在这搞开发为了谁?城市建设好了,投资环境不也就好了!这是我们分内的事儿!"

他推开方便面纸碗,抹了一下嘴说:"走,现在咱们就走!"

那位工作人员指着方便面纸箱说:"怎么?李所长,你们经常吃这?"

李所长说:"方便面好!方便面是我们派出所民警的好朋友!泡上就开吃!好,这玩意儿是个宝贝!走!"

说着,他们两个人走出了办公室。

69. 大棚市场尹经理办公室

尹来富问市场的一位管理人员:"那个叫孙二喜的卖鱼的业户,在那个摊位上卖了几天了?"

那位管理人员:"有几天了!"

尹来富:"这个人是东胜路派出所的帮教对象!你呢,既不能不照顾他,又不能都照顾他,明白没有?"

那位管理人员:"尹总,怎么对待那小子我们明白,可我觉着折腾他没劲!"

尹来富眯起眼睛："你啥意思？"

那位管理人员："治人得治在根上，摔跤玩把式讲话了，给那姓李的来个黑虎掏心！"

尹来富说："别胡扯，事儿可不能整过了头！"

那位管理人员："放心，事儿我保证办得恰到好处！"

尹来富阴阴一笑："我倒要看看你小子有啥本事！"

70. 那位拄拐杖的长者家

李所长带着民警和开发公司的那位工作人员走进院来。

那位拄拐杖的长者迎出门来："哎哟，是李所长！快进屋！"

李所长他们进了屋。

那老伴忙过来倒茶。

那位拄拐杖的长者："李所长，你那天的一番话，说得大家伙儿心里暖和又亮堂！大家伙儿也是合计好了！签完了合同，咱就痛快地搬家！哎，今儿个，你咋又来了？"

李所长笑笑："大叔，我陪开发公司的同志过来看看，帮大家把协议都签喽！"

那位拄拐杖的长者："啊，你是怕签协议的时候，大伙儿再有啥麻烦是不是？我告诉你：不能！你是一所之长，一天到晚地事情多得要命，你要是信着大叔我了！我就带着开发公司的同志一起来完成这个任务！"

李所长："大叔，那可太好了！要是万一有什么麻烦事儿，您再找我们！"他对开发公司的那位工作人员说："你看这样好不好？"

开发公司那位同志："好好好！"

那位拄拐杖的长者："那好！你说上哪家，我就领着你上哪家！我是这一片的老住户了，街坊邻居没有不熟的！李所长啊，这事儿你就不用跟着太操心了！我们能办！"

71. 阿妈妮租用的房屋内

邵滨和女民警正帮着阿妈妮收拾东西。

邵滨她们有的擦着东西，有的在帮阿妈妮拖地。阿妈妮深有感触地说："这租的房子，比原来住的房子还好！以后住了新房，那就比这更好了！"

邵滨笑着说："那是肯定的！咱们老百姓的日子肯定是一天比一天好，这没的说！"

72. 东胜路派出所

刘长顺在李所长办公室在向李所长和张教导员说："黄小凤那个饭店，防火检查根本通不过！"

李所长："黄小凤这个人啊，在外边做了几年生意，胆子有老牛那么大！她在我们管区内做生意，寻思靠老同学的面子，她想错了！我这个老同学是当了人民警察的老同学了！长顺！防火检查不过关，你给我卡住！"

刘长顺："明白！"

73. 李所长家

李的大舅哥正和李妻说着话："话像你那么说，他打了我还就打对了？你胳膊肘向外拐，也有点儿拐得太厉害了吧呀你！这家伙的，结婚没几年，连你亲哥都忘了！"

李妻："你是我亲哥不假，可你瞅瞅你做的那些个丢人事儿！大军是派出所所长你知道吧？你给他找事儿不说，你还拿别人家的钱！那钱咋就那么好花！人活在世上，是人的脸面德行值钱，还是纸做的钱值钱？"

　　李的大舅哥："脸面德行是值钱，可它不当吃也不当喝！这年头有权不使，过期作废！他当派出所所长，扛杆红旗，是，他不捞！可亲戚朋友打着他的旗号捞点儿，总该不算个啥事儿吧？喊！跟他一点光儿也借不上！真没意思！"

　　李妻："你挺大个人，别总想借别人光儿，占别人便宜！你让谁借着你光，占着你便宜了？"

　　李的大舅哥："拿我作啥比方，咱不是没能耐吗？我要是当他那个所长，都能搂飞它！把自己家房子变成钱库！你信不信？"

　　李妻："所以，人家也是长着眼睛，不会让你这样的人当所长！"

　　李的大舅用奚落的口气说："大军乐意扛红旗，那就扛吧！那红旗里肯定有金有银！不然，傻瓜！大傻瓜才会去干那活儿！哎呀，大头死了，那脑袋得多大呀！"

　　李妻："你活你的，我们活我们的！我们不强求你像我们这么活！可我们绝对不像你那么活！"

　　李的大舅哥："他打我不能白打，打人侵犯人权你也知道，咱们是亲戚，我就不说让你们给我赔多少钱了！可这事儿不能算完！亲戚咋了？亲戚也不能打完人就白打！"

　　李妻："你啥意思？"

　　李的大舅哥："实话说，我也不是非得找你们要钱！可我在亲戚圈里实在是没面子！你们总得有个说法，给我圆圆面子吧！"

　　李妻："你就当他们说我们给你钱了，赔了礼道了歉了，不就完了！"

　　李的大舅哥："那可不行！你嫂子那我瞒得过去吗？"

　　李妻听了也没吱声，歪身走进里屋。

　　李的大舅哥，看她进屋了，似乎有些洋洋得意。

　　李妻把一沓钱摔在他哥的面前："这些钱你拿走！以后咱们的关系也就一刀两断！"

　　李的大舅哥拿起钱，揣在兜里，笑着说："啥叫一刀两断，那都是想的！咱们是啥亲戚？你是我亲妹妹，他是我亲妹夫！断得了吗？"

　　李妻突然厉害起来："你给我滚出去！我没你这样的哥哥！"

　　李的大舅哥说："你看，让我走就走呗，你还生啥气呢呀你！"说着，走了出去，又回过头来："哎，这钱你别告诉你嫂子啊！"

　　李妻生气地坐在沙发上："你给我回来！"

　　李的大舅哥："啥事儿？"

　　李妻："一天到晚，你东划拉钱，西划拉钱的，没看着你咋吃也没看着你咋穿的，说，钱都干啥了？"

　　李的大舅哥："嘿，真问哪！"

　　李妻："今儿个你必须给我说明白！"

　　李的大舅哥："那个啥！"

　　李妻："哪个啥？"

　　李的大舅哥："你是我妹妹，挑明了也没啥，你也不至于去告我！有了点钱，我就是抽两口！"

　　李妻瞪大了眼睛："你吸毒？！"

74. 李所长家

　　窗外是万家灯火。

　　李所长在往下脱外衣，显然是刚从外边回来。

卧室里的灯悠然地亮着。

妻子倚着床仍没有睡，她在想很沉很沉的心事。

李所长进来："哎，咋还没睡？"

妻子看看他，没有吭声。

李所长坐在她身边，问："哎，你这是咋了？"说着钻进了被窝。

妻子回身对大军说："大军！有件事儿，不知道，跟不跟你说好！"

李所长："啥事儿？"

李妻："我哥哥的事儿！"

李所长："他的事儿，你还有啥不好跟我说的，我是碰了他一下，咱也给他赔了礼了！他来要钱，你也给他钱了，他还要咋的？"

李妻："不是这事儿！"说着，就掉开了眼泪。

李所长有些奇怪："那是啥事儿？"

李妻："他要干了啥违法的事儿！你们会不会抓他呀？"

李所长追问："什么事儿？"

李妻："我哥小时候过得挺苦的，一直是挺好的一个人，谁知道这些年，他咋变成了这样了呢？"

李所长："坏人能变好，好人也能变坏，这没错呀！告诉我，他有啥事儿？"

李妻："你知不知道他为什么把钱看得那么重？他吸毒！"

李所长一听眉头立即拧成了个疙瘩儿："啊？嗯！我知道了！他为啥瘦得像个灯笼杆儿似的？吸毒吸的！"他倚在床头，闭上眼睛想起心事。

李妻："大军，能不能不抓他，给他弄到戒毒所去戒戒毒！"

李所长长叹了一声："事到如今，我没什么话说，我说啥？我们的头上有法，法是天！"

75. 李所长家

电话响了！李所长接听电话："嗯，知道了！我马上到！不用车接我，我骑自行车！嗯，我马上到！"说着，就起床穿衣服。

李妻静静地看着他，没有吱声。

李所长穿好了衣裳，到床头吻了妻子额头一下，转身要走，又回过身来："你告诉你哥哥，明天中午叫他到万福饭店，我要和他见个面！"

灯下，李妻闭上眼睛，不知是享受刚才一吻的甜蜜滋味儿，还是在想很沉的心事。

76. 凤凰酒店

李所长和刘长顺走了进来。

黄小凤一副媚态："哟！大军来了！"

李所长和刘长顺坐在了门厅的沙发上。

黄小凤："别，别坐这。你们难得来一次，还是到会客室吧！"

李所长："别了！咱们都是忙人儿，说几句话就走，长话短说！你们酒店，不经过批准就开业是违法经营！这由其他部门管着，作为老同学，我只能从个人关系角度提醒你，这么做不合适。防火检查不合格，这可是归我们管的事儿了！你们马马虎虎的忙于营业，可重大的火灾隐患你们考没考虑？水烧解干渴，火烧当日穷！你们知道不知道？你不要老以为是我们在为难你，其实，是你们自己在为难自己！你在和自己过不去！"

黄小凤："老同学，话我听明白了，谢谢忠告！"

李所长："我们这番话是好心还是坏意，你们自己琢磨！我走了！"
　　黄小凤："现在就走？在这吃顿饭吧！"
　　李所长："改天吧，我们请你！"说完走了。

77. 万福饭店
　　李的大舅哥吃饱喝足的样子："今天你挺出血，酒菜不错！"
　　李所长："吃好了？长顺！给他铐上！"
　　刘长顺上前给李的大舅哥铐上了手铐。
　　李的大舅哥："呸！李大军！你个不讲情分的东西！管咋说我也是你大舅哥呀！你铐我？"
　　李所长："是，你是我的大舅哥！我是你妹夫！你要吃基围虾、鳜鱼，我都舍不得花钱吃的，我可以让你吃！但你别忘了，我还有一重身份，我是人民警察！你干违法的事儿，我就是你的克星！这没二话说！长顺！把他带走！"
　　刘长顺："走！"
　　李的大舅哥狠狠地看了李所长一眼："李大军！你小子狠到一定份儿上了！请我吃饭，原来是设的鸿门宴！"
　　李的大舅哥被押上警车。

78. "灯光隧道"街旁
　　夜，灯光迷人的街道。
　　李所长和妻子依偎着，就那么向前走着。
　　他们谁也不说话。
　　李所长脸上是坚毅的神色。
　　李妻呢，脸上充满了忧伤与沉重。

79. 东胜路派出所
　　张教导员、刘长顺在审问李的大舅哥。
　　张教导员："你吸食的毒品，从哪儿弄来的？"
　　李的大舅哥："无可奉告！"
　　张教导员："你要明白！不要以为你是李所长的大舅哥，就可以死硬到底！"
　　李的大舅哥："无可奉告！"
　　张教导员："好吧！你既然不讲，把他带走吧！"
　　刘长顺："是！走！"
　　李的大舅哥有些惊恐："你们要带我去哪儿？！"
　　张教导员："无可奉告！"
　　李的大舅哥喊道："我哪儿也不去！我就在你们这儿！"
　　张教导员："在法律面前没有一个特殊公民！"
　　刘长顺："走！"

80. 李所长家
　　李妻对大军说："大军，我哥的事儿到底能治个啥罪？爸爸妈妈还有我嫂子都来了好几回电话了！"
　　李所长："不知道！这个案子不是我办的！"

李妻："你是派出所所长，案情你能不知道？都是自己家里人，说说怕什么，我们还能把你供出去啊？"

李所长："我说了不知道，是真的不知道！你跟爸爸妈妈解释一下，我不负责办这个案子！"

81．看守所审讯室
刘长顺带李的大舅哥走了进来。

刘长顺指着一个椅子说："坐！"

李的大舅哥坐下了。

李所长看了他一眼说："大哥！你的案子我不负责，我是过来看看你！爸爸妈妈都知道了你的事儿！他们那么大岁数了，是你叫他们不省心！你不交代就没罪了？不但有罪，还要罪加一等！"

李的大舅哥看看李所长说："得了吧！你小子！我记着你！我没你这样的妹夫！你也没有我这个大舅哥！我就是不交代！看你们能把我怎么的？我不信你们能把我的眼珠子抠出来当泡儿踩！"

李所长："比你死硬的人多了，哪个该交代的没交代？哪个该判刑的没判刑？死硬顽抗是一条走不通的死路！我想这个道理，你不会不明白吧！"

李的大舅哥："没啥！脑袋掉下来不过碗大个疤！何况我犯不到死罪！我不在乎你们！就是不交代！乐意咋的就咋的！"

李所长厉声地："你跟我说句话，到底交代不交代？"

李的大舅哥看看李所长，半天没吭声。

82．东胜路派出所
晚上。

李所长办公室。

房屋开发公司的那位工作人员和那位拄拐杖的长者走了进来。

李所长看见他们来了，就站了起来。

那位工作人员："李所长！这位大叔帮了我们老多忙了，所有的协议都签完了！我们来谢谢你们！"

李所长："谢我们？谢错人了吧你？你要谢就谢谢这位大叔！是他直接帮的你们！"

那位长者："我是帮着跑跑腿儿！连着锻炼锻炼筋骨！谢我？我冲啥帮他们？是东胜路派出所这杆旗子叫我感动！你有所不知，那年大叔闹了场大病，没有你们老所长刘长山，三更半夜地往医院背我，我这条命早顺着大烟囱往上爬走了！我这条命都是你们从阎王爷手抢回来的，你们说得谢谁？"

李所长笑着说："这么说，咱们都是一家人，那就谁也不用谢谁了！"

那位工作人员："那不行！我们还是得实实在在地说：谢谢你们！"

这时候门开了，大喜子走了进来。

李所长："大喜子，你有事儿？"

大喜子："报告李所长，你们安排我去厨师学习班学习，我学习完回来了！"

李所长："哎哟，坐坐！学得咋样？"

大喜子展开一张奖状："口说无凭，看看这个！"

李所长："哟，还是第一名呢！好好好！"

大喜子："不得第一名对得起你们吗？说啥我也得得个第一名！"

李所长拍拍大喜子肩膀:"大喜子,你真变了,变得像另外一个人儿了!"

大喜子:"人儿呢还是原先那个人儿,"他指指脑袋:"这儿是真变了儿!"

那位工作人员:"我们的工作开展得这么顺利,公司总经理特意让我来,问得怎么感谢你们呢!"

李所长:"保质保量地加快施工进度,让我们管区的老百姓都能如期回迁进新房!就算是感谢我们了!"

那位工作人员:"那是一定,一定!"

83. 李所长家

灯下,李妻躺在床上想心事,这是很沉很沉的心事。

突然,窗子上"啪嚓"一声响,紧接着有玻璃的破碎声。

李妻起来一看,自家的窗子玻璃被一个石块砸碎了!她捡起那块石头看看,有些惊恐地扔在地上!她小心翼翼地靠近窗子,外面是漆黑一片。

她回身到里屋给孩子掖掖被子,看孩子睡得正香,就拉紧房门,拿起一个小撮子,开始收拾地上的玻璃碴子。她的手不慎刮破了,鲜血从手指肚上流下来。她撕扯了一块药布,缠好手,又开始收拾碎玻璃碴子。

她把一张旧挂历纸贴在了被砸坏的窗口上。

挂历纸上是一个美人,正明眸皓齿地对她微笑。

她呢,却捂着脸悄悄地哭了。

84. 大棚经理室

尹经理正和那位管理人员说话:"经过潘书记做工作,检察院把我叔伯兄弟的案子给退回去了!可姓李的那小子,还往上盯!气得我够呛!你是不知道哇,为了我那叔伯兄弟,我光在潘书记那儿就扔了这个数了!"说着伸出两个手指头。

两位没穿制服的保安人员走了进来:"事儿都办完了!"

那位管理人员:"顺手吗?"

两位保安没吱声,都点点头。

尹经理佯作不知地:"你们出去干啥了?我可是什么也不知道啊!"

85. 东胜路派出所

李所长接着电话:"喂,你是谁?"

刘长顺也在他的办公室里。

电话里的声音:"你就不要问我是谁了,我就问你,是不是你家的窗子玻璃被砸了?"

李所长:"嗯,家里来过电话了,有这事儿!"

电话里的声音:"那我就告诉你吧,这次砸你家玻璃,是大棚市场尹来富整的事儿!"

李所长:"你到底是谁?"

电话里的声音:"李所长!我从老百姓的口碑中知道你!你们派出所是个好派出所!你是一个好人!你要坚强点儿!别怕那些邪的歪的!民心都向着你们!"

李所长:"我知道!喂!喂……"

对方已挂断了电话。

李所长:"那个姓尹的盗窃人员的案子,有关部门给咱们局里退回来了!那个姓潘的书记手插得很深！局长征求我意见，我说了：案情哪块儿不足，可以补充！但这个案子不能实案变成空案，最后不了了之，那不行！这个案子我们要办到底！一是人证物证俱在，二是我们不会向那个姓潘的低头！有人砸了我家玻璃，想在这个节骨眼儿上恐吓我，咱们会怕他们这些？他们把我们想错了！"

  刘长顺："这帮家伙可是啥屁都拉，你得小心点儿！你说用不用找那姓尹的经理算算账？"

  李所长："只因为砸了我家一块玻璃，就找人家算账，那显得我李大军太小气！犯不上！咱民警受点儿委屈就受了，没啥！"

86. 万福饭店

  时近中午，大喜子正在上灶。

  王大妈用筷子夹了一口碟子里的菜，尝尝说："嗯，好好好！味道真好！大喜子的手艺真不赖呢！"

  大喜子看着大妈笑笑。

87. 大棚市场

  刘长顺带两名警察走了进来。

  一进门儿，迎面却碰上了尹来富。

  尹来富："哎，是刘警长啊！"

  刘长顺："到这边儿来看看！"

  尹来富假笑："跟我没关系吧？"

  刘长顺："说有也有，说没有也没有！"

  尹来富："这话啥意思？"

  刘长顺："没意思！"

  尹来富："可我听着你这话里有话呀！"

  刘长顺："那就对了！"

  尹来富："那你是啥意思？"

  刘长顺："人心哪，都是肉长的，这对吧？"

  尹来富："没错！"

  刘长顺："砸李所长家的玻璃，是你弄的事儿，是不是以为我们都不知道呀？"

  尹来富有些脸红了："这……"

  刘长顺："这什么？李所长是抓了你的叔伯兄弟，可他不是连自己的大舅哥也抓了吗？为什么抓你叔伯兄弟？因为他是扰乱社会治安的害群之马！不打击他们，老百姓有好日子过吗？你整的一些事儿，都太小儿科，李所长不想和你一般见识！"

  尹来富脸色很不正常："说是我指使的，你们有啥证据吗？"

  刘长顺看看他。

  尹来富没敢再吱声。

  刘长顺："派人买一块玻璃，给人家上上，就没你事儿了！以后你们别再干这种损事儿！"

  尹来富："刘警长，李所长真的不跟我们计较？"

  刘长顺："嗯！我保证！"

  尹来富看着刘长顺："行了，那就啥也别说了！玻璃我亲自带人去给上上！"

88. 东胜路派出所

夜。

刘长顺放下电话，从值班室疾步跑出来，跑上楼去。

他砰地推开李所长办公室的门："所长！凤凰酒店出事儿了！"

李所长："怎么了？"

刘长顺："失火了！"

李所长："啊？通知值班民警！出发！"

警车和摩托车从门口驶出。

89. 凤凰酒店

一楼冒出滚滚浓烟，并有火光。

警车驶来，警灯闪烁。

黄小凤她们都在外面，一副焦急的神色。她问酒店的人："给119打电话了吗？"

酒店的人："打了！"

李所长奔了过来："怎么失的火？"

酒店的人："厨房里什么东西叫火烤着的！"

李所长："电源断了没有？"

酒店的人："电闸是拉下来了！"

李所长："厨房里还有什么易燃易爆的东西？"

酒店的人："咱们是提前营业，没有通煤气，临时买了十个煤气罐！"

李所长："煤气罐？火要把它们烧炸喽，那就是一颗颗炸弹哪！长顺！"

刘长顺："到！"

李所长："马上组织人，咱们进去，把里边的煤气罐都拖出来！"

黄小凤一直在一旁听着，这时她说："李大军！你们不能进去！火还着着呢，万一……"

李所长带头冲进了厨房。

民警们冲进厨房。

外边，救火车鸣笛赶到。

厨房里，浓烟滚滚。

李所长他们呛得直咳嗽。

火，在蔓延！

他们置身在火海中。

李所长拖起了两个煤气罐，在奋力向外拖。

烟火之中，是民警们往外拖煤气罐的身影。

李所长他们的额头上都是汗水。

哦，一个又一个民警刚毅面颊的特写！

李所长身上着着火，他冲出了火海。他被烟呛得昏了过去。

他的手上，紧紧拖着两个煤气罐。

门口的消防队员们有的在扑打李所长身上的火，有的正往里冲。

有医护人员把李所长抬上救护车。

黄小凤眼里似乎有了泪水，她感动地看着眼前这一幕。

消防队员在向外面拖民警和煤气罐。

一个又一个受伤的民警被抬上救护车。

救护车旁围了很多人。
救护车开走了。
黄小凤望着远去的救护车，无声地流了泪。

90．医院急救病室
病床上躺着李所长、刘长顺和几名警员。他们的脸上缠着绷带。
香莲和几位女护士在给他们看护着吊瓶。
走廊里，站着许多群众，其中有王大妈、大喜子、二喜子，挂拐杖的老者，还有许多不熟悉的面孔。
病房门口，站着张教导员、邵滨她们，还有李妻和黄小凤。
黄小凤眼泪盈盈地对李妻低诉："都怨我！大军他们要有个好歹的，我真没法儿跟你们交代了！"
李妻的脸色显得很沉重。

91．大棚市场
上午。
经理室里。
那位管理人员对尹来富说："刚才听二喜子说，李所长他们昨晚在凤凰酒店救火，都烧伤了！"
尹来富一惊："啊？真的呀！"
那位管理人员说："真的！"
尹来富思忖良久："上回那事儿，你小子整完了还叫人家知道了，弄得我挺不够面子，你说他们住院，我该不该过去看看？"
那位管理人员说："其实，咱们是不该和他们结冤家！"
尹来富："我在这个当口儿过去，人家会不会以为我是幸灾乐祸呀？"
那位管理人员："我看不会！你实实在在地去看人家，人家不会那么想！"
尹来富："那我就去看看他们去？"
那位管理人员："我跟你去！"

92．医院病室内
病室里，静悄悄的。
李所长他们躺在病床上。
李妻、张教导员他们都守在他们床前。
门开了。黄小凤走了进来，她捧着一个鲜花花篮。
她走向了李所长。
她站在了李所长的床前。
李所长睁开眼睛看到了是她。
黄小凤泪眼汪汪地："大军！是我不听你们的，惹下了祸！是我对不起你们！那些煤气罐要不拖出来，我的祸就惹大了！"
大军的嘴被绷带缠着，他轻轻抬起手，拍了黄小凤一下。
黄小凤用手抓住李所长的手，哭了。
李所长用手又拍了她的手几下，安慰着她。
李所长示意妻子拿笔过来，他用缠绷带的手吃力地写着。

李所长写了一张纸条，李妻送给张教导员，上面写着："我的大舅哥交代了吗？"
张教导员看了纸条后说："你放心吧，他正交代呢！"
尹来富和那位市场管理人员走了进来。他们拎来了一兜子水果。
李妻看他们来了，就站了起来。
尹来富对李妻："你还认得我吗？"
李妻："认得，认得！头几天到我家上玻璃的大哥！"
尹来富："听说李所长烧伤了，我心里很不安。过来看看！"
李所长示意他坐到他的跟前去。尹就坐到了他的跟前。
李所长用手拉住了尹来富的手，紧紧地攥着。
尹来富看着这只缠着绷带的手，把自己的另外一只手搭在了上面，他沉重地低下了头。

93．万福饭店
大喜子对王大妈说："大妈，我怎么也没想到他们这些人也会住院！真烧伤的是我该多好！昨个晚上我翻来覆去睡不着，想了好多好多事儿！没有他们，我孙大喜子哪还会有今天？"
王大妈叹了口气说："是啊，先给他们熬点儿粥送去，等他们都好喽，你好好给他们炒俩菜，咱们慰劳他们！"
大喜子："那敢情好，可是就怕他们又是不来哩！"
大妈眉头一皱："就怕这！大妈心里疼他们，可又拿他们没招儿！"

94．阿妈妮家
阿妈妮拄着拐杖和邵滨一起出了门。
邵滨扶着她说："阿妈妮！都好几天的事儿了，你腿脚不好，非去干啥？他们都好得差不多了！"
阿妈妮："我这不是刚听说不是！我就是爬也得爬着去看看他们！"她抽抽鼻子，颤着声地说："他们不是我身上掉下的肉，可都是我的好孩子！"

95．病室里
李所长他们脸上的绷带已有部分被拆掉。
他们坐在床边上。
邵滨扶阿妈妮站在那里。
阿妈妮颤着声说："孩子们哪，我没带什么来看你们！我带着这颗老心来看你们来了！你们都知道我们朝鲜族爱唱歌！我老了唱不动了！牙也露风喽！可今儿个，我非唱一个不可！我给你们唱一个《桔梗谣》吧！"
在场的人鼓掌。
阿妈妮："别鼓掌，别鼓掌！一鼓掌我就不会唱了！"
阿妈妮唱起了《桔梗谣》。哦，这古老而又充满深情的歌声，就在病房里回荡！
李所长和警员们的嘴部虽然已拆除绷带，但那里还有黑痂。
那一张张结着黑痂的嘴巴，在阿妈妮的歌声中都露出微笑。

片尾字幕：
本剧是以长春市东盛路派出所的先进事迹为素材进行创作的。五十多年来，东盛路派出所一直是先进红旗单位，先后荣立集体一、二、三等功54次，受到国家级表彰14次，省级表彰42次。1964年，长春市东盛路派出所被公安部树为"全国公安战线的十面红旗"之一；1980年，被公安部评为"公安战线先进集体"；1999年9月1日，被国务院命名为"人民满意的派出所"。

（本剧在中央电视台播出，获电影频道电视电影百合奖）

界河就是桥

1. 我国东北边防某部训练场

指战员们龙腾虎跃，翻越各种障碍，正在训练。

一辆猎豹军用越野车驶了过来，停下。

走下一位中校。

正在和战士们一起参加训练的杨春河跑了过来，他脸上的汗水和灰土，哦，他是一个年近五十岁长相英俊的汉子！

中校和他互为敬礼！

杨春河中校问："刘科长，您找我？！"

刘科长递给他一份文件："是！上级通知你，到中俄边界勘测中方第九组任副组长，但团里的边防工作还要统筹兼顾，不能大撒手！"

杨春河接过文件敬了个礼说："是，杨春河明白！"

2. 我国东部边境某边防会晤站

会晤室内，分两侧坐着中俄双方会晤人员。

俄方有卡拉诺夫、谢尔金，翻译乔斯洛娃等。

俄方佩戴着少校军衔的卡拉诺夫情绪激动，很生气地操着俄语说："不行！不行！我和我们的副组长谢尔金都不能同意这样做！以前我们双方签了勘界协议，但不是我们参加的！我们不同意从这一段国界的高山上开始！而要从中间平坦的界河地带开始！请你方认真考虑我方的请求！如果你们坚持从这个地方开始勘测，我们不能配合！"

中方有一位脸形瘦削的地方领导同志，是第九勘测组的张组长，还有中校杨春河，少校郝亚洲，女翻译刘晓阳、地方工作人员小刘等。

张组长慢条斯理地说："卡拉诺夫先生，你不要激动，从双方已经签订的勘测协议来看，勘测路线是要从高山上开始的。"

卡拉诺夫猛地一拍桌子，站了起来，大声嚷道："不行！我们说了，这样不行！"

张组长扬扬手中的文件说："可这毕竟是双方签了字的！"

卡拉诺夫："我们不管那些！反正我们是干不了！今天的谈判不谈了，我们走！"说着，收拾衣物，拿起东西。

张组长和杨春河都上前去拦，张说："哎哎，卡拉诺夫先生，您别动气，吃了饭再走吧！"

卡拉诺夫带着气说："不不不，我们走了！"说着，俄方人员走出了会议室。

会晤站门前，卡拉诺夫他们在上中方给他们准备好的猎豹军用越野车。

杨春河对张组长说："张组长，我去送送他们吧？！"

张组长："嗯，早点儿回来，晚上咱们连夜开会！"

杨春河颔首："知道了！"说着，钻上了卡拉诺夫坐的那辆车。

车开动了！

张组长等都在门前挥手相送。

俄方人员都在挥手，只有卡拉诺夫眼睛直直看着车窗前方，也不说话。

杨春河递过了一支烟给卡拉诺夫。

卡拉诺夫："谢谢，我不想抽！"

杨春河用开玩笑的口吻说:"俄罗斯的军人,要大度!你看,我是中校,你是少校,官小的该听官大的,我知道你喜欢抽中国的香烟,嫌一支少这一包都给你!"

卡拉诺夫见状,也露出笑意说:"你这个杨中校,很风趣!我喜欢你这个军人!"说着,接过了那包烟。

杨春河打了半天打火机,就是不着火:"你看打火机生气了,不给咱服务了!来,用我的对着吧!"

卡拉诺夫接过烟对着了火,从衣兜里摸出一盒烟说:"我也送你一盒烟,俄罗斯风情牌的!"

杨春河接过抽出一支对着火,呛得直咳嗽说:"真辣!呛得我快掉眼泪啦!"

卡拉诺夫笑了:"我们的烟有劲儿!"

杨春河:"嗯,有点儿像你的炮仗脾气!老卡,你能不能给我说说,你们为什么要推翻已经达成的协议?!"

卡拉诺夫:"这,当然有我们的理由!"

车,在向国境线前进!

3. 我方会议室

灯光下,勘测组的张组长、杨春河、郝亚洲、刘晓阳、小刘等都在座。

张组长指着一张地图说:"我方原来与对方达成了协议,从我们勘测管段一端的高山上开始勘测的原因是:因为有卫星定位数据做依据,山上情况不像界河里情况那么复杂,想边干边摸索,为后来积累些经验。现在,对方提出了不同意见,我们现在需要重新研究这个问题!我们不能勘测没开始,就卡在这里!请大家发表意见!"

工作人员小刘抖着手里的文件说:"诸位领导,大家可看清了,这是经双方同意签署过的文件!这不能说废了就废了吧?!我看这个老卡,今天就是有意和咱过不去,想给咱下个马威!咱们根本就不能吃他那一套!咱们坚持协议的意见有什么错?!我们如果同意他的意见,双方第一次会晤,就让那个卡拉诺夫占了上风,那以后的工作就更不好开展了!我看不能打下这个底儿!"

张组长十分沉稳地对杨春河说:"杨副团长,对,应该叫你杨副组长了,你什么意见?"

杨春河面色轻松地说:"我看这个事儿没那么复杂,就实事求是吧!我在车上向卡拉诺夫了解了,他说俄罗斯境内的高山上正在砍道影,要修路,现在上去勘测边界线没路太艰难了!我们勘界先后要好几年时间,他们认为把路修好了,再勘测情况要比现在好得多!我想,我们应该派人到俄方了解一下情况,看看他说的是不是真的,再定!"

小刘:"杨副组长,你看没看卡拉诺夫那个态度,吹胡子瞪眼拍桌子,像要吃了谁似的!咱们怕他啥呀?!"

杨春河拍拍小刘的肩头,笑着说:"这不是谁怕谁的问题,是看谁说的真正有利于勘界工作,另一方就该让一让的问题!"

小刘仍然绷着脸,硬邦邦地甩出一句:"反正你们领导怎么定我们就怎么执行,我这个小白人听领导的,只是觉得这口气难咽!"

张组长笑着说:"小刘!你有想法,允许!回头我们再找你谈!我同意杨春河副组长的意见,先和俄方联系一下,杨春河副组长和郝亚洲工程师一起到他们那边了解一下情况!"

郝亚洲等人都说:"这个意见好,我同意!"

小刘呢,一脸不高兴,默默地低下头。

4. 俄方境内

俄方山林中。

卡拉诺夫、谢尔金、乔丝洛娃等陪着杨春河、郝亚洲在踏察。

卡拉诺夫说:"你们看,这么高的山,这么密的林子,现在道没开出来,咱们怎么勘测?边界勘测要经过好几年呢,为什么不可以在路修好了再勘测呢?那个时候又省时间又省人工!"

杨春河:"老卡,你方这个意见提晚了点儿,早该在签协议时就提出来!协议签完了,要修订,那也得双方同意,不能以你们一方意见做主要意见!你们的意见,我们回去研究一下,再给你回个话!不行的话,我们还是要遵守已签订的协议。"

卡拉诺夫:"你们说的这个话,我爱听,还是要研究一下!"

5. 俄方卡拉诺夫办公室

谢尔金走了进来:"少校,对方升旗,要求与我方会晤。对方还打来电话说:特意请你参加!"

卡拉诺夫一脸愁容,一口回绝道:"我不去!他们坚持要从高山上的林子里开始勘测,这不是要我们的命吗?以前订协议的人,就是没长脑子,弄得我们很被动!这个愁事儿就够我愁的了,我没有心思和他们在已签订的那个协议上面兜圈子了!我不相信他们中方这么快就会有什么新的意见,一定又是要拿那个协议来卡我们,说服我们!所以我不想去了!谢尔金,你去吧!你和乔丝洛娃先去听听情况,好吧?!"

谢尔金:"也好,我们过去!"

卡拉诺夫:"有特别情况,随时给我来个电话!"

谢尔金:"知道了!"

6. 中方会晤站

双方人员从会议室走出来,走进了各自的休息室。

谢尔金掏出手机,给卡拉诺夫挂通了电话。

谢尔金说:"卡拉诺夫组长,向你报告,中方已同意从河套地区先开始勘测了!"

手机里卡拉诺夫的声音激动得有些颤抖:"什么,你说什么?!"

谢尔金重复道:"中方已经同意先从河套地区开始勘测了!"

卡拉诺夫:"哈拉少!欧钦哈拉少!很好很好!"

7. 俄方卡拉诺夫办公室

卡拉诺夫高兴地放下电话听筒,兴奋地把拳头砰地砸在桌子上:"嗨!看来,中国人,是能够一起做成事情的朋友!"

8. 会晤站内餐厅

餐厅内,双方会晤人员在就餐,餐桌上是很丰盛的酒菜。

双方人员互相倒着酒,卡拉诺夫拦住杨春河倒酒的手,拿过瓶子来自己倒,边倒边说:"中国人的,朋友!中国酒,是这个!"竖起大拇指,又说:"其实,我卡拉诺夫和中国朋友也不是外人!我的岳父是二战时期的苏联老红军,到过中国,帮中国人打过日本人!"说完,把一杯白酒,一饮而尽:"谢谢,你们的真情真意!我们很感动!谢谢!那天我们生气走了,很不礼貌,今天道个歉!"

杨春河和卡拉诺夫碰杯:"老卡,别这么客气!"

界河就是桥

乔丝洛娃和刘晓阳坐在一处，她笑着举起杯来："来，咱们也代表俄罗斯的女人和中国女人，敬大家一杯！"

卡拉诺夫笑着举起杯来说："乔丝洛娃来到勘测组当翻译，是例行公事，其实，我们要她翻译的话很少，我和谢尔金都是中国通！中国话说得很溜儿。"

乔丝洛娃开玩笑地："你，不要重男轻女，中国有句话，是说男女搭配，干活不累！"

刘晓阳："怎么这话，你也知道？"

乔丝洛娃笑着说："对中国东北这疙瘩儿的事情我知道的不算少！过去，中国东北有三大怪：窗户纸糊在外，大姑娘叼个大烟袋，养个孩子吊起来！现在没有了！"

众人哄笑了起来！

刘晓阳端起酒杯说："敬酒，敬酒！"

大家一饮而尽！

卡拉诺夫说："都是一样的酒，可女人敬的味道就是不一样！"

杨春河对张组长说："张组长，怎么没见小刘哇？"

张组长说："门外台阶上坐着呢，心里有点不痛快！我叫他进来，他没进来！这小伙子大学刚毕业，老爸是军分区的副司令员，干部子弟，心气高，不太合群！"

杨春河站起来："啊，是刘副司令家的公子啊！我说怎么看着多少有点儿面熟啊！他小时候我没少见他呀！只是上了高中以后，他学习忙我就没怎么见着他，六七年的工夫，这小子变样了！我都没看出来，我去看看他！"

室外，小刘坐在楼门前的台阶上，他，内心很不高兴。

杨春河走了过来："小刘，全组人员都在参加活动，怎么就一个人在这儿耍单帮儿？！"

小刘："我不饿，不想和他们吃饭，净喝大酒，抽那个'三套车''马克西姆''狗'牌烟味儿也太辣眼睛，不习惯！"

杨春河突然变了脸色："你给我站起来！你还是组里的组员吧？！"

小刘勉强地站了起来。

杨春河厉声地："你给我立正站着！"

小刘没动，歪着头问："你吆喝谁呢？我又不是你的兵！"

杨春河说："你给我听明白了，你要是还在勘测组工作，就给我立正站着，不然你就给我走人！我还告诉你：我和你爸交情不浅！论公我是你领导，论私我是你杨叔！知道不？你到了这个组，就得听招呼，不然，我不但可以冲你喊，急眼了，没人的时候我还可以踹你！你听明白了没有？"

小刘低歪着头问："我知道你，你是杨春河副团长！我爸跟我说了，你在这个组，本想让你多照顾我！可是，哼！"

杨春河："哼什么？你不能光要照顾，不要纪律！"

小刘梗着脖子："你别跟我来这套！你上俄罗斯走了一趟，回来就把双方的协议改了，鬼知道你葫芦里卖的什么药？！"

杨春河急了，喝道："你说什么呢？你再给我说一遍！"

小刘梗着脖子，没吭声。

杨春河看着小刘，咽下一口气说："小刘，你听着，对我有意见，你可以冲我喊，冲我骂，但是你不能侮辱我，侮辱一个军人的威严和祖国人民的忠诚！今天是第一回，看各方面的面子，我原谅你！再有这么一回，我不踹你，就是狗娘养的！"他威严地说："你给我过来！"

153

小刘执拗地："你要我怎么着哇？"
杨春河用手指点着："屋去！屋子里这是吃饭呢吗？这是在工作！中俄双方勘测人员不在一起熟悉熟悉，以后怎么一起工作啊？听我的，进屋去！"
小刘没动。
杨春河："你真要等着我踹你啊？！"说着，推了小刘一把："屋去！"
小刘拧着脸，进了屋，直绷绷地坐在了餐桌旁。
卡拉诺夫端过酒杯来："就这位朋友，没有一起喝杯酒了，来，一起喝一杯！"
小刘没动。
杨春河用严厉的目光扫了小刘一眼。
小刘不情愿地端起杯来，与卡拉诺夫碰了一下，沾了沾唇，就放下了。
杨春河的目光尖锐得像锥子！但他与俄方人员谈笑风生！
卡拉诺夫说："这位小兄弟很年轻，不胜酒力！"

9. 会晤站门外
入夜，这里灯火通明。
中方人员与俄方人员握手言别。
两辆猎豹汽车，开着双闪灯，驶出会晤站。
张组长对大家说："好！今天的任务大家都完成得不错！都累了，大家伙儿都回去早点儿休息！"他走到杨春河跟前说："春河啊，有些对不住你啊，我这个老糖尿病号，还住着院呢！虽说兼着这个组长，但主要的工作都得是你这个副组长承担！勘测边界可不是小事，而且是个苦差事，今儿个这才是场开台锣鼓，难事还在后边呢！你要多挨累了！"
杨春河："没事儿，大事我们找你研究请示，小事我们就摸索着干了！行不？！"
张组长："行啊，我不会总在组里，中俄双方进行联合大勘界，对双方来说，是最大也是最新鲜的事儿，双方的关系要搞好，最重要的是不能丧失原则！事关祖国的尊严与领土问题，这是天大的事情！工作上要细而又细，不能出头发丝那么细的一点儿偏差！出了一点差错，那就不是差错，是罪过！"
杨春河点头："外交无小事，这副担子有多重，你不说我也明白！不能出差错！我明白！"他和张组长的手紧紧握在了一起！
张组长要上车："哎，你们也都上车吧！"
杨春河："不了！走走，活动活动！开会坐得腰都直了！"
张组长："那我可走了啊！"说着，上车走了。
杨春河大步流星地走到小刘跟前："小刘，我送你回宿舍！"
他的身后跟着刘晓阳。
杨春河回了下身，说："对了，我还没跟你们俩正式介绍呢，刘晓阳阿姨，是会晤站的翻译，我媳妇。"
刘晓阳："小刘，咱俩一个姓，往后就叫我刘姨吧！"
小刘一副未置可否的神情。
杨春河："小刘，跟我在一起干工作，得能吃苦才行！中俄大勘界，天大的事情，落到咱们肩膀上，咱们得怎么干？得在心劲上拧个扣，完了再拧个扣，直到把那个扣拧死喽！死心塌地地干才行！不是杨叔批评你啊，刚毕业个小毛孩子，怎么那么不听招呼？那么犯劲？！咱们干的这工作，这叫什么？这叫两国外交史上的大事件！咱们一举一动，都是在从事外交活动！举世都在瞩目！懂不？！所以，我要求你不能闹个人义气！不能耍小孩子脾气！"

小刘低下头，梗着脖子说："那我现在退出行不行？"

杨春河看了迅疾地扫了小刘一眼，吼道："什么？你再给我说一遍？！我明着告诉你，不行！"

小刘："为啥？！"

杨春河："为啥？！问我？！问你自己！你到勘测组来，是组织派来的，不是我请来的！所以不行！今晚回去你别睡觉！你给我好好想想！你给我写检讨！"说完，摘下帽子，向腿上摔了一下，气冲冲地走了！走了几步，又转回身来吼道："写检讨！"

小刘扭歪着头，站在了那里。

刘晓阳搂着小刘的肩头说："哎，你别跟你杨叔生气，他就这炮仗脾气！走，刘姨送你回去！"

小刘拧歪了一下身子，眼里有泪水说："我不走！"

杨春河走了挺远，站住，又回身嚷道："刘晓阳，你走不走你？！走！别送他！让他自己走！"

小刘哭出了声。

刘晓阳冲杨春河："嚷什么呀你，你走你的！"又低头对小刘说："哎呀，都是大男人家了，哪能动不动就掉眼泪疙瘩？走，刘姨送你！"

10. 杨春河家

刘晓阳一边铺被，一边说："人家刚参加工作，还是个孩子，你瞅你那副样子！眼珠子瞪得有牛眼珠子那么大！小刘要是跟他爸说了，多不好！"

杨春河："有什么不好？！我已经跟刘副司令通了电话了！这个小子得管！我和刘副司令的交情，要是叫他几个眼泪疙瘩，给破坏喽，那还叫交情啊？！"

刘晓阳："一样话，两样说法，你不能态度好点儿啊？"

杨春河："军人！不懂婆婆妈妈那一套！"

刘晓阳："你是军人，可人家不是军人，人家是市外办的干部！"

杨春河："他是勘测组的成员！归我这个军人领导，那他就得像个军人！你以为咱们大勘界是闹着玩啊？虽然没有战场上的炮火硝烟，可这也是上前线啊，是最前线啊！没有个工作态度能行吗？！"

刘晓阳："你呀，就是军人思维！"

杨春河蹙紧眉头："哎，军人思维怎么了？！有什么错？！我就搞不懂了，军人思维有什么错？！我真就奇了怪了！"

刘晓阳："行了，你睡吧你！"

杨春河："我睡！我不睡怎么着！可是我得告诉你，他小刘不给我写检讨，你看我怎么治他！"说着，钻进了被子。

刘晓阳看看他，刚要转身，杨春河已打起了鼾声。

刘晓阳说："这个快，刚躺下，就开上火车了！"

杨春河没睁眼睛："说谁呢？！"

刘晓阳："你没睡着？怎么就打了鼾？"

杨春河："我告诉你，这叫兵不厌诈！我再告诉你，军人就是睡着了，他的神经也都在醒着！少在别人睡着的时候说不好听的话！我睡着了我也能听着！"

刘晓阳："就你是军人，别忘了，我也穿着军装呢！"

杨春河没睁眼睛："你是军人，但不是一流的军人！别以为自己穿着军装……"

刘晓阳还要跟他说什么，他却真正打起了鼾声！

鼾声，如雷贯耳！

11. 宿舍

小刘坐在床头的桌子旁抹眼泪，郝亚洲端了盆洗脚水走了进来，放到小刘脚边说："哎，小刘，洗个脚吧，洗个脚睡觉松快！"

小刘没动。

郝亚洲感觉到了小刘的情绪，说："哎，谁惹我们小刘不高兴了？嗯？！"

小刘抹了把眼泪，哭出了声："他，他欺负我！"

郝亚洲问："谁呀？啊？啊，你是说老杨？！"

小刘没回答，只是哭得更厉害了！

郝亚洲笑了："哎哎，论说也是个大男人了，别像个孩子，动不动就把眼泪当哥们儿！来，擦擦！"说着就帮小刘脱了袜子，要给小刘洗脚。

小刘推了下说："别，我自己来！"

郝亚洲一看乐了，"好！不是战士，这样倒还像个战士！"

12. 瑚布图河上

两国勘界人员正在勘测着。

卡拉诺夫指着一块河心岛屿说："我们管技术测量的谢尔金少校说了，这个岛子，看两条河道的宽窄，河流中心线应该在这里，这个岛屿是在俄方一侧。"

郝亚洲在用测量镜勘测，对杨春河说："卡拉诺夫说得不对，现在不是水旺的时候，从河道宽窄看，那条河道比这边宽些，可是划定界河中心线，要以主航道为界，这边河道有点儿窄，可是河床深，一直是通航河道！所以，实际边界线，应该划在这里！"

刘晓阳在和卡拉诺夫说着什么。

谢尔金说："不行，我们不能同意！这个岛屿不能不明不白地划给中国！"

卡拉诺夫："谢尔金说得对，这个岛屿应归属我们！"

小刘白了卡拉诺夫一眼，自言自语地说："昨天吃了喝了，遇到实际事儿，他该犯劲还是犯劲！这岛子明显就是中国的！"

杨春河见状，对卡拉诺夫说："这个岛屿的归属，我们认为是在我方一侧，因为它在主航道中国一侧，以主航道划定国界走向，是双方签订好的文件，这是原则性的文件，我希望你们尊重这个文件，还有这里才是主航道的事实！"

谢尔金："我们尊重那个文件，问题是你们说这里是主航道，我们说那里是主航道！这两个河汊子里都可能走船，你们说哪个是主航道？"他边说边摊手耸肩。

杨春河："水深的一侧，才是通航河道！那么这两个河道，哪个河床深呢？我们可以测量！"

谢尔金："你们可以测量，但是你们量你们的，我们量我们的！"

郝亚洲："谢尔金先生，这两个河汊子只会有一个是主航道，不会有两个都是主航道吧？！所以，要量，还是要依据一个标准，我们一起量！"

谢尔金点着一支烟说："要量可以，在那边量！"

郝亚洲："谢尔金先生，我们对你的行为提出抗议！你的行为是违背了双方签订的勘界文件的！"

谢尔金吹了一口烟气说："都依你们说的，就不是违背文件了？那是你们的看法！"

小刘在一旁气哄哄地："哼，什么人呢！讲理吗？"

两人僵在了那里。

杨春河想想,对卡拉诺夫说:"这个岛屿的归属,我们再议吧,我们接着往下测量怎么样?"

卡拉诺夫说:"可以,先往下测量,遗留问题慢慢解决!"

13. 瑚布图河上

郝亚洲看着测量镜,对立着标杆和塔尺的人员说:"往这边一点,过了,再往那边一点!"

人们在做过测量的河道上做着界河标记:钉标桩或往树上拴红布条!

郝亚洲很疲惫的神态。

卡拉诺夫一边哈着手,一边用一台老式俄文打字机打着字。

杨春河在一旁看着说:"这个老式的打字机,有一个好处,就是方便在野外使用,不用电!"

卡拉诺夫:"这是我岳父在二战时期用过的打字机!"

杨春河:"你岳父带它来过中国?"

卡拉诺夫:"嗯,关于它,还有很多真实的故事,很感动人,以后我讲给你听!"

杨春河点头:"好的好的!我很想听这个打字机的故事!"

时值中午,双方人员在河道上野餐。

郝亚洲放下沉重的设备,他的衣裳后边都是汗渍!

杨春河等中方人员坐在了一处,刘晓阳忙着给大家手里递这递那。

卡拉诺夫等俄方人员坐在了另外一处。

杨春河一边打开啤酒、香肠等,一边对卡拉诺夫招手:"哎,都过来吧!一起吃好不好?!"

卡拉诺夫站了起来,缓缓地朝这边走,走到杨春河他们身边站定了说:"昨天,是你们请我们的客,今天就别了!杨!谢谢你的好意!"

杨春河扬起手中啤酒瓶子说:"要喝,就拿过去几瓶!"

卡拉诺夫说:"不了!我知道中国的啤酒,这个!"说着翘起大拇指,又说:"我们还是喝我们带的伏特加!谢了!"说着,伸出了右手:"来!"

杨春河莫名其妙:"嗯?"

卡拉诺夫示意要掰腕子。

杨春河:"哦!"他向下俯下身子,伸出了右手。

两人一起角力!

两个男人虬突的脖筋!

手和手的对抗!

杨春河失败了!

卡拉诺夫拍了拍手,站了起来,回身朝自己来的方向走去。

有的俄方人员本来在向这边引颈张望,见卡拉诺夫什么也没拿,空手而归,脸上带着失望的神色。

杨春河站了起来,一直目送着卡拉诺夫,冲他的背影喊了一声:"老卡!"

卡拉诺夫回转身来:"叫我?"又晃晃手,转身走了。

有的俄方士兵对谢尔金说:"捏!不捞哈,不捞哈!我们要喝中国的'青岛',吃香肠的,哈尔滨!"

谢尔金对卡拉诺夫说:"他们叫你,你怎么不拿点儿东西回来?"

乔丝洛娃那张美丽的脸,也在向卡拉诺夫投去几许失望的目光。

卡拉诺夫狠狠地瞪了谢尔金一眼。

卡拉诺夫转身席地坐下，拿起硬硬的面包，狠狠咬了一口！

谢尔金有些委屈地说："头儿，你不高兴我了？"

卡拉诺夫咽下一口硬面包说："我也乐意喝中国的酒，吃中国的香肠！可是，我们是为俄罗斯勘界的军人，我们不能不注意自己的形象！"

谢尔金："喝他们一点儿酒，吃他们一点儿肉，这不算什么吧？！"

卡拉诺夫说："谢尔金！你不要带头说这个事儿了，人家让让，我们就去拿，好吗？！"

谢尔金："哦，你还等着人家给咱们送过来？我看没那好事！"

卡拉诺夫："我们现在吃的不如中国军人好，可我们也吃了这么多年了，为了我们的俄罗斯，我们还要吃下去！"

谢尔金一脸失望地摇摇头说："中国朋友如果再让我们，我过去！吃饱了喝好了，才能更好地勘界！为我们的俄罗斯勘界！"

卡拉诺夫看看谢尔金："如果人家送过来，那就是另外一回事儿了。"

谢尔金摊开双手："可能吗？刚才我们在河道里争得那么凶？"

卡拉诺夫："我们为什么非要想吃别人的东西呢？我们自己是带了午餐的！"

谢尔金叹口气说："跟着你这个头儿，真遭罪！谁都知道中国的食品在世界上第一！"他晃晃脑袋，咬了一口硬邦邦的面包。一脸苦相。

杨春河吃了一口面包，问坐在跟前的小刘："你的检讨给我写了没有？"

小刘梗着脖子，说："我和我爸通电话了！他说他有话跟你说！"

杨春河："我们昨晚就通话了！他说了，表现不好就让我狠狠地修理你！那个检讨你还得写！你别想抬出你老爸，就可以摆平你的毛病！我告诉你，你看见没有？"

小刘："什么？"

杨春河："一个门帘子，花花溜溜的，可它是挂在了墙上，没挂在门哪儿！所以是没门儿！"

小刘不吭声，眼里汪了泪。

刘晓阳走过来说："冷一口热一口地在外边吃饭，这个时候，就别谈工作的事儿好吧？！来，小刘，刘姨给你带的咸鸭蛋！"

小刘抹了把眼泪说："我不吃了！"

刘晓阳嗔怪地对杨春河说："你看你！"

杨春河硬倔倔地说："不吃好！我看你能挺多久！有尿小子，你在我杨春河面前永远就别吃饭！"说完，气呼呼冲小刘说："小刘！你说，到底是吃还是不吃？！"

小刘噙着眼泪，把脸转向了别处！

杨春河还要发作，刘晓阳用眼神制止了他，并说："你走你走！"

她安慰小刘说："小刘，你得吃饭啊，下午还有工作呢！不看别的，咱就看工作，看你刘姨对你这份心，你也得吃饭，啊？！"

小刘眼睛哭得红红的，拿起面包说："我才不理他呢！为了工作，我得吃饭！就吃！我吃饭不是冲他！我饿了！我不吃饭，他该看着乐了！"说着，边哭边吃了起来！

杨春河脸上有几丝得意地看着这边。

刘晓阳向他撇撇嘴。

郝亚洲吃着面包，突然呕吐起来。

杨春河忙赶过去说："老郝，你脸色不好，怎么了？！"

郝亚洲摆摆手说："没事儿，我没事儿！"可额上却有了些汗。

一阵口琴声从那边飘了过来,哦,是卡拉诺夫!他在吹奏着苏联歌曲:"小路。"

14. 河套灌木丛中

双方的勘测人员在行进。

郝亚洲背着沉重的测量仪器,有些喘粗气。

杨春河见状,扶了他一把说:"老郝哇,这么沉的设备,你一背一天,累了可别硬挺着,歇会儿吧!"

郝亚洲故意露个笑脸说:"没事儿,我没事儿!"

杨春河要把他手中的仪器接过来。

郝亚洲说:"不行,不是信不着你!这仪器,是我们勘测大队人员的武器,从它跟了我,我就没离过身!"

杨春河点点头:"啊,那我知道了!勘测大队的人,军人!真正的军人!"

后边,小刘拄着根木杖,在艰难地行进。

刘晓阳说:"小刘,从小到大,没吃过这苦吧?"

小刘:"刘姨,要不是看你是个女的,还这么能吃苦,这个苦我可受不了!你看我这个手上的皮,都被风吹皱了!"

15. 杨春河家

灯下,杨春河抽着烟,一脸愁容,他在想很沉的心事。

刘晓阳走了过来:"累了就早点儿睡吧,明天还要工作呢!"

杨春河:"俄方对于一号岛的态度,出乎我的意料。如果每个岛屿都出现这样的问题,那我们勘界真是要勘白了头发呀!"

刘晓阳:"万事开头难!解决了眼前的问题,以后的事儿也许会顺溜儿一些!"

杨春河:"我想了,解决一号岛屿问题,光找我方边民作证不行,到时候他们还会说是我们一面之词,干脆,明儿个用车拉上条船去,让卡拉诺夫和谢尔金亲自撑船,看看到底哪条河汊是主航道!"

刘晓阳:"可以试试,我看也不能说这不是个办法!"

敲门声!

刘晓阳去开门。

一个身穿地方服装的人,笑容可掬地走了进来。身后有人扛着一箱酒进来。

杨春河一愣:"你是?"

那个人说:"你看你看!贵人多忘事!咱们在一起不是咪唏过八加一吗?!忘了?真忘了?!就咱俩酒桌上对撇子!我,姓西!人家都叫我老西子!你们团刘副政委的大舅哥啊!"

杨春河:"啊啊,想起来了!见过一面,印象不是太深,对不起了,您找我有事?"

老西子笑咧咧地:"那酒都一起喝过了,就算是个酒友了吧?到我妹夫家看看,顺便过来看看您,好东西也没啥,顺手给您带几瓶酒来!"

杨春河看着那箱酒,说:"这可不是几瓶,是一箱子茅台!干吗给我下这么大的礼呀?你找我什么事儿?"

老西子:"没事,真的没事儿!我是找你们家那位有事儿。"

杨春河:"找她?哎,刘晓阳!找你的!"

刘晓阳应声从里屋出来:"您找我?!"

老西子递上一张名片说:"刘老师,这是我的名片。您是俄语大翻译,我一直在中俄边贸方面做事儿，俄语一知半解的，觉着费劲儿！我妹夫介绍我跟您多学点儿俄语，您看您能不能收我这个学生？"

刘晓阳："行啊，刘副政委那天和我碰上，跟我提过这事儿，不过我们搞这个边界勘测，忙，就是时间没一定，那就得我有空你有空的时候，现联系了！"

老西子："好啊，那可就得先谢谢了！"

杨春河看着那酒，沉吟了一会说："找她学点儿俄语也就学了，犯不着拿这么多这茅台吧？！你看你看，这股子香味儿隔着纸箱都透出来了，好闻！舒坦！老西子，这酒我们家不能要你的！你得拿走！"

老西子："闪我面子？我跟你说，酒是我那伙计扛屋里放这儿的，你让我这个老板搬走？老板有干这活儿的吗？喊！"

杨春河："那你别扛，你们老板的身子都娇贵！一会儿您走的时候，我扛！"

老西子："你这不是要打我的脸吗？真不想让我出您这个屋是不是？你看我一不求您，二不借您，就是拜老师来了，给老师送几瓶酒，这算个啥事儿呀？！"

杨春河："酒的事儿先不说了。你还有事儿吗？"

老西子："没事啊，真的没事儿！我今儿个就是过来说学俄语的事儿，啊，改天呢，我请您喝酒！杨副团长，我得跟你说，一个副团职干部，不算啥大官，别把自己摆得高高摇摇的，跟咱这些小白人离得那么远！干啥啊那是？！"

杨春河："哎，你留步！请我喝酒的事儿，我不敢答应你，我忙！真忙！要是没有时间，那你可得谅解！"

老西子一脚门里一脚门外地："哎呀，那我说了半天都跟你说啥了？！瞧不起咱这小白人儿？是不？"

杨春河解释："哎呀，你哪是小白人，你是大经理，我不是那意思！我是忙，真忙！"

老西子："你忙，我知道你忙，可总不能天天忙，时时忙，总得有吃饭睡觉上厕所的工夫吧？！好了，话说到这份上就别再往下说了，你什么时候有时间，我什么时候请你的客，行了吧！我走了！白白！"

杨春河顺手开了楼道里的灯："这个楼道有点儿暗，您可慢着点儿走！楼梯陡，可别崴了脚！"

老西子："回吧！"回头对刘晓阳说："刘老师，您有时间的时候，我就有时间，你只管打我手机好了！"说完，下楼了。

刘晓阳："好的！"

屋子里，刘晓阳问杨春河："刘副政委这打哪儿冒出这么个大舅哥啊？出手这么大方？这是演的哪出戏？"

杨春河苦笑着说："话他没说明白，我可听明白了！"

刘晓阳："啥意思？"

杨春河："他说他是个生意人，打着给你拜师的幌子，其实是想给我送礼，我和生意人有什么关系？我不过就是个分管边防口岸工作的副团长，他八成是想以后在我身上打什么歪歪点子！"

刘晓阳："像！光跟我学点俄语，那会下这么大的礼？这酒怎么办？"

杨春河："那有什么怎么办的？好办啊！一会儿我给刘副政委打个电话，叫警卫员给他搬走！不过这酒可真是好酒，闻着这酒香，肚子里的馋虫都快爬出来了！哎呀，你说那老西子送礼也不会送，送半瓶呀，他要真送半瓶来，我今晚上就哈了它！"

刘晓阳："别一见到好酒，就挪不动步！没出息！"

16. 瑚布图河一号岛河汊岸边

杨春河指挥人员正从一辆军用卡车上往下卸一条渔船。

稍远一点儿的地方，卡拉诺夫对谢尔金说："他们在搞什么？"

谢尔金："弄了条船来，看来是要证明哪里才是主航道，一号岛屿归谁！"

船已经被放到了河里！

杨春河从那边走了过来，边走边向卡拉诺夫他们招手！

卡拉诺夫说："杨在叫我们过去！"说着，和谢尔金一起向杨春河那边走.

谢尔金笑笑："头儿，话我得先说下，他们可能让我们和他们一起驶船，可不管怎么说，我们现在都不能给他们结果！"

卡拉诺夫不解地："为什么？"

谢尔金又笑笑，说："这个岛屿的归属其实不用试船，我早就知道它是属于中国的！"

卡拉诺夫站住了："嗯？你为什么不早说？！"

谢尔金："勘界刚开始，我们必须先留一手，以后勘测中要出现什么麻烦，也好两个扣子一起解！"

卡拉诺夫摇着头说："谢尔金，你小子鬼心眼儿太多，这样不好！是我们的岛屿我们必须要，是人家的岛屿，就应该承认是人家的，我们不能给人家制造麻烦！"

谢尔金执拗地："头儿！我再说一遍，现在不能承认这个岛屿是他们的！你得明白我的意思！"

卡拉诺夫："我不明白，真的不明白！"

卡拉诺夫和谢尔金等来到了河汊子边上。

杨春河示意卡拉诺夫和谢尔金上船。

谢尔金说："要上船，你们上吧，我们不上了！"

杨春河疑惑的目光。

谢尔金摊开双手，耸耸肩膀："我们晕船！"

杨春河说："哦，那好，我们上船，你们在岸上看着吧！"

卡拉诺夫说："杨，我看你们今天先不要上船了。"

杨春河："为什么啊？"

卡拉诺夫："一号岛屿的归属问题，别急，先放一放，咱们先往下面测量！"

杨春河："我想，能解决的问题还是要及时解决掉，有利于我们的工作顺利开展！"

谢尔金说："往下测量吧！"说完，扯着卡拉诺夫走了！

杨春河愣愣地看着卡拉诺夫和谢尔金等人的背影。

小刘嘟哝着："我们好不容易从村里拉来的船，又费劲巴力地弄到水里，他们连看都不看就走了，这下子可好，还得从水里拖上来！"

杨春河冲小刘吼道："住嘴！你给我住嘴！"说着，向卡拉诺夫他们的方向走了。

小刘看着杨的背影："嗨嗨，真是病得不轻，别人得病了，给我吃药！"

17. 河套里的树林里

刘晓阳对乔丝洛娃说："哎，乔，怎么看着你的脸色有些不对啊？"

乔丝洛娃："女人家，来了那个事儿，我还怪，一来这个事儿，身体就不好，像要感冒的样子！"

刘晓阳："我这个翻译啊，是兼着卫生员呢！我这带着药呢，要不要吃两片？"

乔丝洛娃打了个寒噤："先不用了吧，过一会儿看看再说。"

刘晓阳关切地："今儿个天阴要下雨，风还不小，你注意着点儿，要吃药，随时跟我说！"

中俄双方的人员，各自招呼着："哎哎，休息了，吃午餐了啊！"

郝亚洲放下身上沉重的背包！背后的衣裳上汗花套着汗花！

双方的人员又各自坐了一圈。

杨春河从挎包里掏出啤酒、香肠什么的。

郝亚洲边吃饭边说："刘翻译，这饭还热乎着呢！你们怎么弄的？"

刘晓阳："也没怎么费事啊，组织上说了，不能总让我们啃凉面包哇，给咱们送来几个保温桶来，在车上拉着呢！"

郝亚洲："我说饭怎么这么热乎呢！"

刘晓阳："郝工程师，您是南方人吧？哪个省的？"

郝亚洲："云南！"

刘晓阳："哎呀，那个地方气候好！"

郝亚洲："嗯，一年四季都有花开！这时候，芙蓉花还爬满架呢！我爱人，因为有风湿病，到东北这边来受不了，我当兵二十多年了，给她办理随军也多少年了，可就是迁不来啊，一个是生活环境不习惯，来部队探亲一次，总得生场大病！唉！女人家，不易！她心里又惦记你，疼你，自己心里的苦处又不想跟你说！我啊，一辈子有了我那爱人，我知足！二是家里孩子老人都是她一个人照顾着！天塌下来她得一个人顶着！唉，原来长个娃娃脸，让人看着像朵刚开的花那么让人眼亮，显得年轻，现在哟，都有皱纹喽！女人哪，为了我，为了生活，变老喽！"

刘晓阳："郝工程师，那天我看你要虚脱的样子，你是不是有啥病瞒着我们？"

郝亚洲："没有，真的没有！"

刘晓阳："也别忽视喽，有时间得去医院瞧瞧！"说完，给杨春河过去送饭。

小刘："郝工，咱俩一个宿舍，我看你床头摆了不少药，你是啥病啊？"

郝亚洲："嘘——，别大吵小嚷的，老病，小病！"

小刘看看他，没再吭声。

双方都在各自吃着自己的饭。

杨春河眯起眼睛向那边看看，对小刘说："小刘，请你帮个忙行不？"

小刘看看杨春河，沉吟了一会说："不用说请字，你是领导，你说的话就是指示。"

杨春河笑了："看看，还跟我较着劲呢！你去，把这几瓶啤酒和香肠给老卡他们送过去！"

小刘拧了眉头："给他们？我不想去！"

那边，卡拉诺夫对谢尔金说："一号岛屿的问题，这么处理不好！中方费了不少劲，从那边又动车又动船的！我们做得不好！"

谢尔金："这叫什么？这叫留一手！"

卡拉诺夫："谢尔金，你的心，要放正！"

谢尔金："我这样做，是为了以后的事处理得好些！"

卡拉诺夫："我不喜欢你这样！"

谢尔金："你不喜欢我，可以把我换走，勘界很累人！"

卡拉诺夫嘬一口酒说："你，是在顶撞我！"

谢尔金："只要我在勘测组，我就坚持我的意见！"

卡拉诺夫："我们要谈！就这个问题还要谈！"

那边，杨春河对郝亚洲说："亚洲！你去吧！"

小刘看看杨春河紧绷绷的脸，没等郝亚洲站起来，就很不情愿地拿着酒和香肠向卡拉诺夫他们那边走去。

杨春河一直用眼睛的余光看着小刘的背影！

卡拉诺夫他们见了，都站了过来。

小刘走到他们跟前，站住了，伸出了手中的东西。

卡拉诺夫他们没有接东西！却拥抱了小刘！他们把小刘抬了起来，抛向空中，一阵欢呼！

杨春河他们都站了起来！

俄方人员放下小刘。

小刘并没有被这一切感动，他冷着脸走了回来！

卡拉诺夫他们也都朝这边小跑了过来，一边跑着一边喊着："乌拉！"他们拿着酒和吃的，笑逐颜开地和中方人员掺杂着坐下，一起吃起饭来！

卡拉诺夫拿着酒瓶子说："来，杨，干一个！"

杨春河与卡拉诺夫一瓶又一瓶地喝着啤酒。

卡拉诺夫和谢尔金他们显然喝多了，卡拉诺夫躺在了杨春河的身边，他操着有些发硬的舌音说："杨，我们是军人，饭可以一起吃，酒可以一起喝，可勘测边界，有了问题我们还是要吵架！因为我们的身后，都是自己的祖国！"

杨春河："老卡，你说得对！军人！祖国的利益高于一切！我们都是忠实于自己祖国的军人！"

卡拉诺夫："你，杨！中国军人中的这个！"说着，他竖起大拇指！他拍拍身边的老式俄文打字机说："杨，二战时期中国的军人，也是这个！这上面有中国军人的鲜血，一个跟我岳父学打俄文字的中国军人，叫杨学文，在一次空袭中，用身体掩护了这个打字机和我岳父，他，献出了生命！他的鲜血洒在了这个打字机上，我岳父说，这个打字机就是杨学文，他还活着！"

杨春河眼圈红了，他神情极为复杂地抚摸着打字机说："我感觉到了他的脉搏还在跳，血还在流！这个打字机就像活着的他一样！"

卡拉诺夫："你这个感觉很对！很好！"

杨春河沉吟了一会说："老卡，你的岳父还好吧？"

卡拉诺夫："还好，就是上了年纪嘛，反正不是这疼就是哪儿疼，风湿病很重，走路有些困难！"

那边，郝亚洲与谢尔金在掰手腕子。

郝亚洲额上渗透出汗珠。

力与力的抗衡。

杨春河："哦。不知道今生能否有幸看到他老人家，你回家向他问个好！说一个中国军人给他问好！"

卡拉诺夫："好好，这个好我一定带到！"

那边，乔丝洛娃和刘晓阳在亲密地说着话："我喜欢你们中国的丝绸、青瓷，要说茶叶嘛，还是那种红茶好喝！味道浓浓的，好香！还有青菜，还有你们安徽省出产的伏特加，比波兰、匈牙利、白俄罗斯的伏特加味道也不差！"

刘晓阳："我喜欢你们俄罗斯的色拉、鱼子酱、音乐、连衣裙，还有那种长皮靴！在我们中国，你说达瓦利施，或者哈拉少，很多人都能听得懂！"

这一切，对小刘显然有所感染，他躺在地上，紧闭着嘴巴，瞪着眼睛思索着什么！

人们各自整理着仪器。

卡拉诺夫回过头来:"杨!一号岛的归属问题,我要和谢尔金商量一下,再和你们说!"

杨春河:"老卡,两国关于东段边界的协定很明确:通航河流以主航道中心线,不通航河流以水面中心线!这个岛子,在主航道中心线中国一侧。"

卡拉诺夫:"杨,你们跟我们做朋友,我喜欢诚实,不喜欢狡猾!"

杨春河:"狡猾,也许可以做朋友,但那不是真朋友!也不是长久朋友!我们和你们做好朋友,因为中国的对外政策是睦邻友好,我们希望和俄罗斯人民世代友好,两国之间永远不发生战争!"

卡拉诺夫伸出大拇指:"今天我们没上船,你们不要有意见,我们不上船,一号岛屿的归属也会弄明白的!"

杨春河:"我相信!"

那边,谢尔金失败了,他晃着手腕子说:"我们明天再来!"

郝亚洲的脸色有些不好。

乔丝洛娃又打了个寒噤,却拿出一块纸巾给郝亚洲擦拭汗水:"中国军人,牛!"

郝亚洲有些不好意思,接过纸巾说:"谢了!"

杨春河看看天空,说:"天气预报说今儿个有雨啊,我们得抓紧干啊,把这一段干完了,早完活儿早收工!"

18. 河套里

雨越下越大了。

刘晓阳、小刘披着塑料布搀着气喘吁吁的乔丝洛娃来到一辆解放牌汽车旁。

刘晓阳和病中的乔丝洛娃进了驾驶室。

小刘上到了车顶上。

司机发动着了车,可车轮在泥泞中打滑,怎么也开不走。

小刘跳下车,一个人在后面用力推,泥浆溅了他一脸一身,可是无济于事。

小刘走到驾驶室旁,拉开车门对刘晓阳说:"刘姨!车上有担架,不行,咱们抬着她走吧!走盘山大道四十多里,要走山路二十多里地也就到镇子上了!"

刘晓阳想了想:"我刚才给她量了体温,烧到四十度了,吃药根本不顶事儿,这雨下得这么大,一时半会儿停不了,我看救人要紧!"她对司机说:"我们马上走!"

司机跳下车。

小刘已铺好了担架。

刘晓阳把乔丝洛娃扶上担架。

司机、小刘抬起了担架。

刘晓阳在担架旁照顾着。

担架,走进了茫茫雨幕之中。

山上,双方勘测队员们在雨中测量。

卡拉诺夫冲着杨春河喊:"不行了,雨这么大,干不了啦,我们撤吧!"

身着雨衣的杨春河,点着头说:"好吧,撤!"

羊肠上道上,小刘、刘晓阳、司机他们在奔进!路十分泥泞,他们行进得很艰难。

中俄双方勘测人员来到解放牌汽车旁边。

卡拉诺夫看着空空的驾驶室,问:"嗯?他们人呢?"

谢尔金拿出对讲话机说:"刚才试着打过电话,可就是没有信号!"

杨春河说:"别急,等雨稍微小一些儿,咱们再联系一下看!"

山上，小刘和司机在一泷一滑地往前走。
担架上，是发着高烧的乔丝洛娃。
汽车旁，披着沾着泥渍的雨衣和塑料布的人们，蹲在那里，雨，是他们眼前的一道帘子。人们的脸上有焦急的神色！
卡拉诺夫："河套里的雨就是这样，你摸不准它的脾气！看来这雨下到明天天亮都不一定能停！"
杨春河给他点了根烟："不知道他们三个人哪去了，等不到他们的消息，我们就得在这等！"
卡拉诺夫抽着烟，一脸焦急："会不会是走迷了路呢？！"
山路上，抬着担架的小刘突然叫了一声："妈呀！"
刘晓阳见小刘的胶鞋踩在了一根尖利的树桩上，血从鞋子里渗了出来！
刘晓阳："小刘，你快放下担架！"
可小刘却坚持不放下，咬着牙说："我们坚持到山顶上，到了山顶上，我知道，哪儿用对讲机就能有信号了，叫杨团长他们来接我们！"
刘晓阳帮着抬着担架的一角，眼里充满了感动！
汽车旁，杨春河的对讲机突然响了一下。
杨接起来，"喂"了半天，对方却无声！他转了几个方位，可还是不行。他对卡拉诺夫说："是他们！"
卡拉诺夫说："他们在哪儿啊？"
这时对讲机再次响起。
杨春河："哦，方位多少？知道了！小刘的脚扎了？！乔丝洛娃怎么样？好，知道了，我们马上就上去！"说完，他对卡拉诺夫说："他们在山顶上，我们走！郝亚洲！咱们再拿副担架！"
郝亚洲："好嘞！"
雨中，山顶上坐在地上忍着疼痛的小刘，旁边的刘晓阳一脸的急切的！
山路上，急切奔进的中俄勘测队员们！

19. 山野

下山的路上。
杨春河、郝亚洲、刘晓阳和司机抬着乔丝洛娃，卡拉诺夫、谢尔金等人抬着小刘。他们在雨中前进！
雨，哗哗地下着！
每个人的脸上都是雨水！
中俄双方人员在泥泞中跋涉！

20. 镇卫生院

两副担架抬了进来。
有医务人员招呼着。
病室内的两张床上，分别是输液的乔丝洛娃和脚上缠着绷带的小刘。
刘晓阳坐在乔丝洛娃的床前，一脸倦容。
另一间病室内，门口放着两副沾满泥渍的担架。
中俄勘测人员，浑身泥渍地睡在病床上。
男人鼾声的世界！

21. 河套

阳光明丽地照耀着河套。

中俄勘测人员正在勘测。

乔丝洛娃美丽的身影，充满活力的脸，她正把采来的大把野花，放在了身边放着拐杖、脚上仍缠着绷带的小刘身边。

乔丝洛娃望着小刘说："刘，你是我心目中最美的男人！"

小刘羞涩地说："别这么说，中国的男人都比我好！"

在测量队伍里的刘晓阳，对正扶着塔尺的杨春河说："小刘的检讨还要写吗？"

杨春河矫正着塔尺说："女人家，就是话多！"

刘晓阳莞尔一笑。

22. 杨春河家

晚上。

家门口，停着老西子那台轿车。

杨春河骑着自行车回到家门口，从车把上拿下挂着三包中草药，他的额头上有汗水。

杨向屋子里走。

屋里，老西子正和刘晓阳坐在桌子前学俄语："雅，把路使给以嘎哇溜！逮，把给大意使给嘎哇力使？！"

刘晓阳："嗯，进步很快！说得也不错了！"

老西子："搞边贸经商，不会俄语，光听人家哇里哇啦地说，鸭子听雷，那哪行啊？！"

杨春河走了进来。

老西子站了起来："呀哈哈！杨副团长回来了！哦，抓药去了！谁病了？"

杨春河："啊，啊，没事儿，你们学，你们学！"

老西子说："没事儿，我们这也到时间了！"冲刘晓阳说："刘老师，那咱们就学到这儿吧，我跟杨副团长说几句话！"

刘晓阳："好吧！今儿个就到这儿吧！"

老西子向杨春河走近了点儿，说："我说杨副团长，上回那几瓶酒的事儿，你可没给我面子啊，我那妹夫跟我急了，跟我掰了脸，说要不认我这个大舅哥了，你说你也是的，那几瓶酒，你说，我送过来，你送过去的干啥？！"

杨春河："无功不受禄哇！你说那么贵重的酒，让我怎么办？我不送他那儿去，送哪儿去？！"

老西子："人哪，都在人世间行走，谁都有用着谁的时候，别整得那么严肃，弄得关系怪尴尬的！管咋说，我这不还是刘老师的学生吗？！该给面子时也得给兄弟个面子呀！"

杨春河摆摆手说："嗨嗨，酒的事，不是你说的这么回事儿。"

老西子："是怎么回事儿。咱们那天再理论，今儿个刘老师也累了，我就走了。"

杨春河和刘晓阳："慢走啊！"

屋子外面。

老西子上了车。

车灯，扫过坎坷的路面。

车内，司机问老西子："西哥，外语是学了，那个姓杨的还没拿下啊？！"

老西子："这个人可不同于一般人，心硬得像块石头！"

司机："不行，咱再找找别人吧！"
老西子："你不知道，这个姓杨的是一夫当关，万夫莫开！在他身上拱不开个口子，想从口岸把那值钱货倒腾过来，没什么戏！"
屋子里。
刘晓阳看着中草药："呀，你这拎回的是啥呀？"
杨春河把中草药放在了桌子上："啥，自个儿看吧！"
刘晓阳拿起一包闻闻："中草药？你怎么了？"
杨春河："我没怎么！是给卡拉诺夫的岳父抓的，我明天就给卡拉诺夫带过去，让他岳父吃几副看看，能不能见好？！"
刘晓阳："春河，这可是药的事，你可别给人家吃坏了！"
杨春河："前怕狼后怕虎的，那就什么事儿也别干了！吃几副中国的中草药怕什么？只能吃好，不会吃坏！"
刘晓阳："我是怕老人年纪大了，万一是别的病引起的……"
杨春河："我相信咱们中国的中草药，就像相信自己的老祖宗，爷爷奶奶一样！也相信卡拉诺夫父亲这个中国的老朋友，他会相信中国的草药！"
电话响了。
杨春河去接电话："啊，地方要过境到对方的苹果没有包装？多少吨？啊？！二百多吨？！那么好的苹果要是烂了，那损失可就大了！嗯，装箱、还要帮着贴标签，明天上午过境！嗯，在军营里请战士们帮忙，时间这么紧张，我看可以！你们先动手干吧，我得向上边汇报一下！好！"他放下电话，戴上帽子要往外走。
刘晓阳拦住他问："这么晚了，还上哪儿去？"
杨春河："我得去团长那汇个报，这么多苹果要在军营里装箱贴标签，我得过去看看。"说完走了。

23. 军营里

战士食堂。
灯光明亮，战士们都在给苹果装箱，贴标签。
杨春河也在其中。
一位中尉对他说："刚才那位商人来了，那阵子嘴唇儿都急起了泡，现在眉开眼笑了，说他的苹果战士们随便吃，可没有一个人动！"
杨春河从内心深处发出的声音："我们的战士，是好样的！"
那位中尉问："他问咱们要收多少包装费？"
杨春河："团长说了，这是支援地方的事，也是支持边贸的事儿！年把月也没有这么回特殊事儿，特事儿特办，咱不要人家一分钱，就是支持了！"
那位中尉："那位商人说，如果不要钱，他就给我们发一车皮苹果过来！"
杨春河："可以，但是咱们按市场价格给他钱！"
那位中尉："那人家不能要，说是送我们的！"
杨春河："那你趁早告诉他，不要发，发来我们也不收，这话，我可跟你说了，出了岔子，我找你说话！"
那位中尉："知道了！"他冲一位战士喊："哎，一班长！你们搬箱子时慢点儿，可不能磕坏了一个苹果！"
杨春河："好好！这才是我带的兵！"

24. 瑚布图河上

杨春河、刘晓阳和卡拉诺夫、乔丝洛娃等走在河汊子里。

杨春河对卡拉诺夫说："老卡！我数了一下，在我们要测量的管段里，河汊中的岛屿总共有四十五个，这些岛屿都要以主航道划定边界线，现在我们争论的是一号岛的归属问题，这个问题理论明白了，以后遇到的岛屿归属问题也就迎刃而解了！我们说这个一号岛是我们的，不是说四十五个岛屿都要划给我们，而是在主航道谁那边的就属于谁！这个原则得执行，不然这么些岛屿，我们怎么划？"

卡拉诺夫："杨，你说的这个问题，我明白！我们是要执行那个原则。可是，我们的内部也要统一一下意见，杨，请你给我一点时间，好吗？！"

杨春河看着卡拉诺夫诚挚的眼神，点点头说："嗯，只要原则能得以贯彻，我们可以等！"

河套的那边，郝亚洲、谢尔金他们在测量！

西边的太阳，已经要落山了。

双方人员都在收拾东西。

小刘拄着拐杖走了过来，对郝亚洲说："郝工，这个仪器不沉，我替你拎着吧！"

郝亚洲笑笑说："不用！你的脚还没好。小刘，这些天，你好像长大了不少！懂得关心人了！"

小刘："别夸我，我没你说得那么好！我是看你身体不大好！"

郝亚洲："昨晚上你翻过来调过去的折饼子，是脚疼得睡不着觉吧？！你要照顾好你自己！"

小刘："没事儿，就一点儿小伤！管怎么说，咱也是个爷们儿啊！"

郝亚洲笑了："行，嗯，是个爷们儿说的话！"

那边，杨春河从挎包里掏出那三包中草药，递给卡拉诺夫说："给！"

卡拉诺夫一愣："（俄语）使刀哎达？啊，这是什么？"

杨春河笑了："哎达（俄语：这是）中草药！送给你岳父的！因为他是中国人民的朋友！"

乔丝洛娃过来，对卡拉诺夫说："给你岳父治风湿病的中草药！"

卡拉诺夫恍然大悟："啊，知道！这么贵重的草药，我可怎么谢你？！"

杨春河："先吃这几副看看，如果好，我再给他带！晓阳，你告诉老卡，这中草药应该怎么个吃法！"

卡拉诺夫摇摇头说："捏！不用！我岳父懂得这个！只是这些年很难找到中国的老中医给他开药！"

谢尔金在一旁冷眼看着这一切，没有吭声！

25. 俄方境内的林间小路上

谢尔金和卡拉诺夫走在了人员的最后。

卡拉诺夫："谢尔金，一号岛屿的归属问题，我们要谈一谈，既然是中方的，我看那就早一点儿定下来！"

谢尔金没有回答卡拉诺夫的问话，却用手摸摸卡拉诺夫的背包说："得了中国人的好处？！"

卡拉诺夫："我不能白要他们的东西，这个中草药，我岳父太需要了，由于风湿病，他基本上走不了路，都在轮椅上！中国人能想到这点儿，我很感动，我岳父的病如果有好转，我是要报答他们的！"

谢尔金："你拿什么报答他们？！"

卡拉诺夫："我要回去和我的岳父商量一下！"

谢尔金："那天我们争论的那个岛子，你不能背着我跟他们签字！我，谢尔金，还是我方勘测组的副组长！"

卡拉诺夫："我这不是在征求你的意见吗？我没有跟他们签字！"

谢尔金："那就好，你怎么报答他们我不管，反正一号岛的归属签字要往后拖一拖！"

卡拉诺夫听了这话，突然停下脚步，反问道："谢尔金！你是什么意思？！你不会说我卡拉诺夫会拿一个岛屿去报答他们吧？！"

谢尔金："我没有这么说！我相信你也不会那么做！"

卡拉诺夫看着谢尔金，突然狠狠地打了他一拳！说："你不能侮辱我！"走了。

谢尔金流了鼻血，他一边揩着血，一边对卡拉诺夫的背影大声喊："我只是提醒你，提个醒也有错吗？！"

卡拉诺夫回过身说："你甭喊，你再敢侮辱我，我还揍你！你要记住，我卡拉诺夫是军人！俄罗斯的军人！"

谢尔金没再吭声！他一脸抑郁地向前走去……

26. 瑚布图河上

太阳从东山上爬了上来，照耀着千山万壑。

双方人员在测量。

郝亚洲和小刘之间远距离地打着手语。

扔掉了拐杖的小刘扶着塔尺，他的脸被风吹得像长了一层老皮！他好像长大了！这张脸要比以前那张脸成熟了许多！

卡拉诺夫和杨春河坐在河床边。

卡拉诺夫把手里的老式俄文打字机递给杨春河说："这个打字机，我岳父说送给你！杨，昨天晚上，他收到你带给他的中草药，很高兴，直掉眼泪，说：（俄语）给大意，哈拉少！"

杨春河："我明白，他是在说：中国，好！中草药不知道他吃了效果怎么样？可他送我这个打字机实在太贵重了！这个打字机，我现在收下有点过早！"

卡拉诺夫："为什么？我岳父真心送你，你不收下他会伤心，很伤心！"

杨春河："如果他吃了药见效，我会不断带给他药，如果有一天从他轮椅上走了下来，我再收下他的这份情意也不晚吧？！"

卡拉诺夫一脸严肃地："不行！"

杨春河不解地："为什么？"

卡拉诺夫说："我说不行就是不行，这个打字机你今天一定要收下！有些事情，你要为我考虑！"

杨春河看看卡拉诺夫，卡拉诺夫的眼神却向那边看着谢尔金。

杨春河看着卡拉诺夫的举动，想了想："好吧！这个打字机我收下！我知道，我是收下了你岳父那一代老红军战士对中国人民的珍贵友情，我谢谢他！深表感谢！"

那边，乔丝洛娃在和小刘说着话："刘，你喜不喜欢我们俄罗斯女人？"

小刘脸红了，说："你很漂亮！"

乔丝洛娃哈哈大笑："（俄语）逮，嘎瓦丽诗，雅，克拉细瓦亚？！太好了，小刘，你真是太可爱！"说着，亲吻了小刘脸一下。

小刘脸红了，一脸难为情！

乔丝洛娃："刘，你别难为情，亲你的脸，是我们俄罗斯人的正常礼节！"

小刘有些忸怩："不习惯，我们中国人不习惯！只这一次，下次可不要了！"

乔丝洛娃："你不是说我很漂亮？！"

小刘："我说你漂亮是说你漂亮，可你不能亲我，这是两回事！"

乔丝洛娃耸耸肩膀，说："不懂！"

27．军营里

杨春河提着那台老式打字机，往自己的家里走。

老西子的那台轿车，停在前面。

车门一开，老西子走了下来："哎哎，杨副团长，我在这儿等您可有一个多钟头了！"

杨春河："有事？"

老西子："找你喝酒去！"

杨春河："你没看我这正忙着呢吗？哪有空儿出去喝酒啊？"

老西子看着他手中的打字机，说："呀，俄国货，你从哪儿弄来的？！"

杨春河："人家送的！"

老西子喷笑道："哦，送的，好！杨副团长，有血有肉的男子汉！人不是草和木头么！哪能不讲感情呢？！可是话说到这儿，我就得挑你的理了，你既然能收俄国人送的这个，为什么就不能收你兄弟我送你那几瓶八加一呢？！今儿个，我可是实心实意地要请你喝酒，给个面子吧？"

杨春河："话别这么说呀，要不这么吧，我请你，我先把这东西放家。啊！"

老西子笑了："好，我等你。"

杨春河走进屋去。

老西子进了轿车，对司机说："你给我机灵点儿，点完菜，你就先把单买喽。"

司机："西哥，咱们跟他这人做这事，能行吗？"

老西子阴阴一笑："哼哼，你等着瞧吧，我得想办法让这条大鱼咬我下的底钩。"

28．饭店内

酒桌上，老西子一边给杨春河倒酒，一边说："哎呀，杨副团长今儿个能来到这个桌子上，我是太高兴了。"

杨春河："话，咱们可先说下啊，今儿个是我请你，可不是你请我啊！你是谁？刘副政委的大舅哥，我和刘副政委是军事学院同学。一个宿舍！"

老西子："谁请谁的就先不说了吧，咱俩之间就说咱俩之间的话，好吧？我这肚子里有一句话，我得跟你说：我姓西的，活了大半辈子了，在这个镇子上也是有头有脸的人物了，真这么仰着脸等人，总共有两回！一回是我找对象的时候，我那对象细拉高挑大个儿，长得俊气，我追她，这么苦苦过！我到底把她追到手了！再一回，那就是你杨副团长了，主管边防口岸工作，大权在握！你来了，坐在这桌子上了，我也算是没白等！你看这茅台，十多年窖藏的，来，干！"

杨春河："对不起啊，你一直说要一起吃顿饭，让你久等啦！干喽！算我给你赔礼了！"说完，干了一杯酒！

老西子竖起大拇指："爽快！不是我夸你，男人！是个爷们儿！"

杨春河："哎，你那妹夫刘副政委跑哪去了？他怎么没来，打电话叫他来啊！"说着，掏出手机要打电话。

老西子制止了他："哎哎，还是别找他了！上回我给你送那几瓶酒，他可把我闹苦了，今儿个你再找他，他能让咱们这个酒喝消停吗？！"

杨春河："不找了？也好！我说老西子，今儿个这酒真不错！哎，我说，老西子，你找我不光是为了喝酒的事儿吧？"

老西子："明白人！酒喝到这份上，我有句话就得直说了，行，你给我句痛快话！不行，你就别说了，我不相信，在你嘴里能说出不行来？"

杨春河："什么事儿？你说！"

老西子看看杨春河，笑笑说："你别那么看着我，好像我要跟你说啥大事似的！没啥大事，在我老西子看来是大事，在你杨副团长说来，小事一桩！举手之劳的事，可你就帮兄弟的大忙啦！是这么个事：我有点儿货物，在俄罗斯那边弄好了，想弄到咱这边来。"

杨春河："那好办哪，正常办吧，你在这方面有经验哪，请个车皮，现在双边贸易手续也简单多了，好办哪。"

老西子嘿嘿一笑："你说你，哎呀，真是的！那要是都像我以前办的那些事儿走那些程序，我还找你干吗？！"

杨春河："我能帮你什么忙呀？！"

老西子掏出一个纸包，放在饭桌子上说："这是一点儿活动费，小意思，你先拿着。"

杨春河："哎呀，干吗给我这么多的钱呀？我可没经着过，你别吓着我。"

老西子笑着说："人家都说：马不吃夜草不肥，人没有外财不富！这回事儿是第一回，可不一定是最后一回。我老西子这把要是干赢喽，还有下回。"

杨春河："这钱，我没法拿，我没带兜子啊。"

老西子："那你就揣衣兜里。"

杨春河："这么多钱，那还不把兜给撑破了啊！先放你这，放你这吧。"

老西子："我这些货物在俄罗斯那边弄得不容易！过这边来，主要不想让海关检查。"

杨春河："哎哟！那怎么能行？！进关的货物都要检查呀！"

老西子："不用！只要你杨副团长说不用，那就肯定不用。"

杨春河："你开国际玩笑，我哪有那么大的权啊？！"

老西子："那三号山洞不是你们部队把守着吗？"

杨春河："是啊！"

老西子："那边是俄罗斯，这边就是中国！货物进了中国境内，还得走好几公里才到海关！哈哈，没到海关，我的货物早卸下来，用车拉走了。"

杨春河："你是说让我帮你利用三号山洞走私？！"

老西子："什么叫走私？就是过境点儿货物。"

杨春河："我劝你趁早别干了，那可是违法的事啊！"

老西子眯着眼睛看着杨春河："怕钱咬手？！"

杨春河："你这事儿我可真帮不上忙。"

老西子："你想好了，一头是钱，一头是断了交情！哪头炕热你在心里掂量吧！"

杨春河："甭掂量！我买单，走人！"

老西子阴下脸来，转而又笑了："好好好！不办也好，杨副团长是个坚持原则的人！佩服佩服！"

杨春河："我是不能眼看着有人要往井里跳，我还要再推一把，或者抱着他一起跳下去！买单！"

老西子："单我早买完了，你要走就可以走人了。"
杨春河："那好！我先走了啊，明天一早还得勘测边界呢。"
说完走了。
老西子："那您可慢走啊！"
司机过来对老西子说："西哥，你是把酒灌到一个不打鸣的铁公鸡肚子里去了。西哥，你那妹夫，不也是个副团职吗？"
老西子："甭提他！胆子比跳蚤胆子都小。"

29. 瑚布图河上

河汊子上。

杨春河对卡拉诺夫说："这就是我们勘测段的二号岛，它的主航道和一号岛一样，在这边，这个岛子也应该划给我方。"

谢尔金："你看，这是我们的测量数据，这两个河道的深浅几乎一样，你们渔民打渔的船，哪边走都行！"

郝亚洲："在这两条河道深浅基本一样的时候，习惯应该得到尊重！你们应该知道，这里是中国渔民渔船通过的主航线！"

卡拉诺夫："一号岛的问题没解决，又来了个二号岛的问题！这个二号岛屿比一号岛的情况要更复杂！因为它的两条河汊真的看不出哪边深！"

杨春河说："我们的工作就是勘测边界，这些问题，需要我们一个一个来解决！老卡，这个问题，也是有解决原则的，就是在这种情况下，要遵循习惯。你们看，这是我方边民的证言材料。"说着，拿出一沓纸来。

谢尔金没有看那叠纸："习惯？什么是习惯？！你们有你们认为的习惯，我们有我们认为的习惯！"

郝亚洲："可我们共同认定的习惯原则却只有一个：就是中国渔民的渔船是从哪条河道通行的！你们的边防人员和边民都会清楚！"

杨春河看看手表说："哎哟，光在这儿争论了，又到中午了，咱们得喂脑袋了！吃饱了喝得了，咱们再接着吵！"

卡拉诺夫："杨，这里离我们的一个村子很近，我们俄罗斯老妈妈家的五头奶牛头前几天跑到中方境内，被你们边防军给送回去了，她感激得不得了，非要请你们吃饭，吃她包的中国饺子！"

杨春河："好，我们去！"

30. 俄罗斯老妈妈家

双方人员都在忙活。

老妈妈一边包着中国饺子，一边说："我和丈夫50年代初期到过中国的长春，帮着搞汽车工业建设！那时候，中国朋友请我们到家里吃饺子。可是，我不知道馅儿是怎么包在饺子里边的，他们就告诉我，要擀好了皮儿才把馅儿包进去！哈哈，我就学会了！你们看，你们看！我包的这个饺子，怎么样？"

乔丝洛娃在学着包饺子，刘晓阳教她，她还是包得七扭八歪。她自己都忍俊不禁。

老妈妈对刘晓阳说："刘，我会唱你们中国歌曲《茉莉花》！"

刘晓阳："啊？好啊，来两句听听！"

老妈妈说："唱得不好，不要笑我。好一朵美丽的茉莉花，好一朵美丽的茉莉花……"

刘晓阳鼓掌："不错不错！"

老妈妈问刘晓阳："你会我们俄罗斯的歌曲？"

刘晓阳："会唱的不少，但都是老歌！"

乔丝洛娃："你也唱一段啊！"

刘晓阳腼腆地一笑："我嗓音不好！五音不全！"

老妈妈："那你也唱，我要听中国姑娘唱歌！"

刘晓阳顿了顿嗓子："（用俄语演唱俄罗斯我的故乡）维如秋哪，耶包里哦里耶，维如你维依巴俩，哎达路丝嘎……"

屋里有叫好声。

郝亚洲和小刘在锅前煮着饺子！

郝亚洲问小刘："小刘，今儿个在俄罗斯境内老妈妈家吃中国饺子，你这个上过大学的，有何感觉？"

小刘："这个老妈妈，除了语言不同，脸上的皱纹，和一举一动，都有点像我的奶奶！可惜，我奶奶没了！"说着，眼里有些湿润了。

郝亚洲用笊篱捞着饺子说："这个老妈妈，有的地方像我妈，她们国籍不同，但都是母亲！"

里屋的桌子旁。

刘晓阳和乔丝洛娃端着饺子，进得屋来："哎，吃饺子啦！"

老妈妈的屋子里。

人们都已走出去了，只有谢尔金用俄语问老妈妈："老妈妈，你常到河边去吗？"

老妈妈："嗯，常去的！"

谢尔金："在村口正对着的地方，中国渔民的船，走的是靠我们这边的河汊，还是靠他们那边的河汊？"

老妈妈："我们村里人都看见的，多少年来，他们都是靠着我们这边走的！"

谢尔金听了："我了解了不少人，他们也都像你这么说！"

31. 瑚布图河上

河汊子上。

杨春河指着河心的一个岛屿说："这是我们勘测段的三号岛！"

卡拉诺夫："杨，你别说了，是不是你们又要说，主航道在我们这边，这个岛屿要划给中国？！"

杨春河："不不！这个主航道不在中国这边，这个岛屿是俄方岛屿！"

卡拉诺夫对谢尔金说："谢尔金，杨说：这个岛屿是我们的岛屿！"

谢尔金："嗯，这么说三号岛屿的归属就可以定下来了！"

杨春河："是的，可以定下来！现在我方就可以在双方议定书的文本上签字！"

卡拉诺夫有些质疑地："杨，真是你说得这么痛快？！"

杨春河抽出了笔："把双方的文本都拿出来吧。"

卡拉诺夫说："杨，先不要签，等等！"

32. 树林中的另一处

只有卡拉诺夫和谢尔金。

卡拉诺夫："中方的真诚令我感动！我们该真实地面对一二号岛的问题。"

谢尔金："感动归感动，勘测边界，就是不能被对方感动！感动了就容易不理性！

你知道，后面还有四十二个岛屿的问题要解决呢！我们只有留下二号岛屿的尾巴问题在手上，我们才会长期主动下去！"

卡拉诺夫据理力争："人家会不会认为我们不真诚？！"

谢尔金："是他们的岛屿，我们一个不会要，签字只是时间早晚问题，现在不说明白，是工作的艺术性问题！"

卡拉诺夫无奈地："好吧！我们同意把一号岛先划给对方，怎么样？"

谢尔金："可以啊！我同意！"

卡拉诺夫："你，谢尔金，真是个狡猾的家伙！"

33. 瑚布图河边

卡拉诺夫和杨春河在双方议定书的文本上签字！

卡拉诺夫："杨！我们进行的边界测量，是在确定国界，涉及我们各自国家的领土，在领土问题上我们谁都不会向对方让步！谁让了谁就是民族的罪人！"

杨春河："老卡，勘测边界不是最终目的！我们的目的是要建设一条永久的和平边界！中俄两国永久和平，不要战争！所以，勘界要双赢！两国各得其所！"

卡拉诺夫："杨！这个提法好！双赢！（俄语）哈拉少！"

谢尔金赞许地看了卡拉诺夫一眼。

杨春河："一号和三号岛的归属划定了，二号岛呢？"

谢尔金："杨，你不要急，我们在工作中要增强互信！"

杨春河："我不想让它始终成为我们工作中的悬念！"

卡拉诺夫："杨，人，有的时候要学会等待！"

太阳又要落山了。

杨春河问卡拉诺夫："好吧，我们等！老卡，你岳父的病吃了那几服药怎么样？"

卡拉诺夫："他吃了那中药，腿上丝儿丝儿地通热气，虽然没有下来轮椅，可现在感觉很好！"

杨春河："你怎么不早告诉我？！"

卡拉诺夫："这是我们的私事，是小事！"

杨春河："老卡！中草药，我接着给你岳父带！"

34. 路上

入夜，昏暗的街灯。

凸凹不平的路面。

杨春河骑着自行车，车把上挂着三包中草药。

35. 瑚布图河上

俄方人员从那边走来。

谢尔金对卡拉诺夫说："头儿，我那天说你那个话，你别多心，我没有别的意思！三号岛定下来归属我方，我更加相信你，你是我们俄罗斯的好军人！"

卡拉诺夫："我打你不好，可你不能对我说那种话！那很刺激我！如果你还忌恨我，你可以打我，现在就打！"

谢尔金看着卡拉诺夫，神情有些感动，搂过卡拉诺夫的肩膀说："哥哥打了弟弟，弟弟确实有错！我再说错话，你还可以打！"

卡拉诺夫："那个二号岛到底怎么办？"

谢尔金："我多方调查了，论归属应该是中方的，只要中方真诚地解决以后的事，这个岛屿的归属不是问题！"

卡拉诺夫："如果确定归属只是时间问题，对二号岛，我方就达成了一致！"

谢尔金："是的！"

卡拉诺夫："谢尔金，你狡猾是狡猾，可你还是个有正义感的人！还是我的兄弟！"

两个人的臂膀搂在了一起。

树林里，他们两个人搂着肩膀，一起唱着俄罗斯军旅歌曲，向前行走！

乔丝洛娃赶上来，开玩笑说："喂，你们两个人，不要搞同性恋！"

卡拉诺夫和谢尔金都在笑，可嘴里的歌声并未停下来。

乔丝洛娃幸福地看着他们！

卡拉诺夫等一行人和中方勘测人员会合在一起。

卡拉诺夫用眼睛扫了一下中方人员，问刘晓阳："杨呢？杨怎么没来？"

刘晓阳把手里的几包中药递给卡拉诺夫："他让我捎给您！他今天忙别的事儿去了！"

卡拉诺夫接过药包说："不知为什么，我喜欢天天见到他！刘，明天我们要到中方去会晤，可不可以……"

刘晓阳："杨和我说了，明天欢迎你们到我家去坐坐！"

卡拉诺夫："好好好！我们去！"

36．杨春河家里

晚上。

他在练着手劲，自己伸着胳膊向虚空中做着掰手腕的动作！

手机蓦然响了！

杨春河抓过手机："嗯？刘副政委！我是杨春河！嗯，没有，没有！我绝对没有同意他们从三号洞这边卸什么货物！没有！嗯，我知道了！"

他又拨通了一个电话："王营长，马上派人到三号洞通道！我马上到！"

37．三号洞附近路口

杨春河坐着的越野车和一辆军车驶来！

对面是老西子的那辆轿车和一辆载货汽车，开着大灯迎面驶来！

老西子的司机问："西哥，军车开过来了，我们怎么办？"

老西子笑了笑说："怎么办？！我能怎么办？这批货再不弄过来，俄方那边的人等不及了！锅里要煮熟的鸭子，我总不能让它再飞了吧？我只能来硬的了。那个姓杨的在勘测边界呢，只要他不来，我们就一口咬定他同意了，能蒙就蒙过去！管咋说我还是刘副政委的大舅哥嘛！往前开，别怕！"

两个车队的车灯光扫在了一起！

车，都停了下来。

军车上的战士，迅速下来，围住了老西子的轿车和货车。

老西子摇开车窗，强作笑意地说："哟！这不是一营的王营长吗？"

那个被称为王营长的人，说："你是？"

老西子笑笑："别说是谁的亲戚，那不好！我，老西子！你西哥！一起喝过酒你忘没？！"

王营长："哦，是你啊！下车吧！我们要检查一下货车里的货物。"

老西子下了车："哎呀，熟人熟面的，抬抬手就过去了。还非得折腾着我下车，抽根烟吧。"

王营长："不了！叫人把货车车门打开！"

老西子沉着脸说："王营长，非得让我那妹夫刘副政委给你亲自打电话啊？！这可是你们那个主管边防口岸的杨春河副团长同意了的啊！"

杨春河走了过来："什么事情我同意了？！你那妹夫刘副政委给我打电话了！他也说要坚决卡住你们的车，赶快打开货车车门！"

老西子一脸沮丧地钻进轿车："妈的！我这才是破船偏碰顶头风！他妈的！这个姓杨的，真的是我的灾星！"

司机："西哥，今儿个这笔大买卖，没准栽到他手上。"

老西子蹙着眉头说："戏还没演完，我不会轻易退场的。"

货车的车门已打开。有一个少尉跳下来说："报告首长，车上已经检查过了！都是走私货物！"

杨春河："前面那辆轿车的后备厢也要检查！检查完后，把这两辆车押送到地方口岸！"

少尉："是！"

军队的车，一前一后，押着老西子的两辆车，往回走。

老西子对司机说："你知不知道，他们要押我们去哪儿？去地方口岸！他们边防部队处理不了我这事儿！到了口岸，我还得想辙，我不能就这么输给他杨春河。"

前面的越野车里，坐着杨春河，颠簸的路面，他紧蹙的眉头和坚毅的脸。

38. 杨春河家

他背着手在屋子里走来走去！

电话铃声。

他接起了电话："嗯，刘副司令，你好！我没事儿！别惦记我，我没事！啊，二号岛的归属还没解决。嗯，知道了，有旱情。我们想办法吧！是啊，像往年那样在界河上叠坝难度比较大，但是农民的稻田要保啊！我们努力争取吧！啊，你家那小子在勘测组干得不错，有长进！嗯！嗯？！是啊，有这事！卡拉诺夫是把他的一个老式俄文打字机给了我！是！嗯？这可不是收人家的礼物，刘副司令，你听我跟你说！这个……"

电话里的声音："如果真是收了人家的东西，你要给军分区写出检讨！杨春河，你要记住，你是军人！第九勘测组的领导！你不能做这种事！"说完，挂断了电话。

杨春河愣了愣神，走到老式俄文打字机前，伸手摸着！心里是太多太多的情感波涛！

门，忽然开了！

卡拉诺夫和双方勘测人员走了进来！

卡拉诺夫张着双手说："杨！"

杨春河："老卡！"

两个拥抱在了一起！

谢尔金对刘晓阳说："刘，今天中午，你和乔丝洛娃一起上灶，我们就在你家吃午餐！"

刘晓阳往身上围着围腰说："没问题，不用乔丝洛娃，她是客人，我一个人就行！"

乔丝洛娃耸耸肩说："女人，下厨感觉很好！我们一起来！"

郝亚洲说："晓阳，今天你们给我打下手吧！我可以是正儿八经地学过厨师手艺！"

刘晓阳："是吗？郝工，看不出你还有这手没露呢！"

郝亚洲说:"每次回乡探家,都是我做饭做菜!心疼媳妇嘛!"
小刘:"我帮着打下手,择菜!"
厨房里,小刘在择菜,郝亚洲炒着菜!刘晓阳和乔丝洛娃也在洗菜、切菜。
卡拉诺夫在看墙上的照片:"杨!这是你的母亲,很朴实慈祥!跟我的母亲神态一样!还有你这张戴红领巾的照片,那时候你还是个孩子,看,笑得多美!让人心动!这让我想起了我的童年!我们都有过美好的童年!哎,怎么没有见到你父亲的照片?"
杨春河神情变得严峻起来:"他在战场上牺牲了,没有留下照片!"
卡拉诺夫见触到了杨春河的痛处,便不再吭声。
客厅里,桌子上摆满了酒菜。
众人都坐下了!
杨春河举着酒杯说:"来!今儿个朋友们光临寒舍,薄酒素菜,干喽!"
卡拉诺夫:"干杯!当然要干杯!"
大家吃着菜。
乔丝洛娃说:"郝先生的菜炒得很有中国味道!好吃!"
郝亚洲笑笑说:"大家喜欢吃,我就高兴!"
乔丝洛娃举起杯来:"郝,我敬你!"
郝亚洲举起杯来:"我从来不喝酒,滴酒不沾,可今儿个破个例!"说着,干了一杯!
小刘端起酒杯来,对卡拉诺夫等俄方人员说:"来,我敬俄罗斯朋友们一杯!"说着,也干了杯!
卡拉诺夫笑着说:"这位小兄弟!有些少年老成了!"说着,也干了杯!
杨春河端着酒杯,赞许地看着小刘,笑着对卡拉诺夫说:"老卡,我们边界附近的农民稻田严重缺水,在界河上叠坝的事儿还得请贵方帮个忙!"
卡拉诺夫:"叠坝?在哪儿叠坝?"
杨春河笑了:"您说能在哪儿叠?半条河的堤坝截不住水!"
卡拉诺夫:"这个话题今天不要谈了,现在边界在划定中,在这个时候,你想啊,再像以前那样,在河面叠上坝,那不行!"
杨春河:"看来不行的事,我们把它办行了,这就是我们做朋友的本事!"
卡拉诺夫:"这个事情没商量,肯定不行,绝对不行!杨,你是个男人,别像个女人似的,磨我!我有难处!这个话题从今以后不要再提起了好吧?"
杨春河眼神里充满了忧郁。

39. 小刘和郝亚洲的宿舍

小刘在打着电话:"哎,爸!你们不能那么理解我杨叔!他是收了那个俄文打字机?可你们知道那个俄文打字机的来历吗?我杨叔要把它送到博物馆的!你们可不能让我杨叔写检讨,你们弄错了啊!"
郝亚洲突然剧烈地呕吐起来!
小刘放下电话听筒,急忙过来,给他捶打后背:"郝工,你怎么吐血了?脸色特不好!我送你去医院吧!"
郝亚洲:"没事儿!没事儿!小刘,你我住一个屋里,跟亲兄弟一样,别跟别人说,好吧!"
小刘:"我不说,可你有病得治啊,硬挺着哪行?!"
郝亚洲:"我这个病是老病了!吃了药就好!我这病不能喝酒,可今儿个喝了!"说着，把药填进嘴里！
　　小刘看着郝亚洲，眼里有惆怅和感动："我知道，你为什么喝的酒！我知道！"

40．杨春河家
　　杨春河背着手，像一尊塑像似的站在夜的窗前，他在向外边望着什么？
　　桌子上是没人动过的饭菜。
　　刘晓阳从另外一间屋子走了出来："哎，我说你这人什么毛病？怎么还不吃饭？哎，我说你那台俄文打字机呢？！"
　　杨春河没有回身："寄走了，今天上午通讯班的人帮我邮给北京军事博物馆了！"说着，抬起手来掐着自己的眉心处，一脸心事。
　　刘晓阳："不就那点儿破事吗？！没完了？老跟自己较什么劲？！"
　　杨春河回过身来，没好气地："有完没完？人家不吃，人家不饿！"
　　刘晓阳："好好好，你不吃，你不饿，我可拾掇了！"嘴上说是拾掇，手上却没动："你说你烦不烦人啊，做好了饭你不吃，就站在那儿想事情！那啥事情吃完了饭不能想？你吃了饭，乐意咋想咋想，想到天亮，再接着想，我也没意见，可这都快半夜了，你的晚饭还没吃呢！愁人！"
　　杨春河："你以为我那么狭隘啊！我不是因为打字机那事儿！我是在想：眼下老百姓的稻田急着用水！可对方却不同意，这个事要真办不了，误了农时，可就是误了一年的收成，农民一年的生计！我能不急吗？"
　　刘晓阳："你急，你光急有啥用？你得想辙！还得找卡拉诺夫说！得跟他说通！你眉心别说拧成一个疙瘩，就是拧成八个疙瘩，有什么用？你得想做通卡拉诺夫工作的办法！"
　　杨春河："说得对！可想出个好办法来也真难！"
　　刘晓阳："有啥难的？你先吃饭，我告诉你个招，可以试试！"
　　杨春河反诘地："你有啥馊巴招？"
　　刘晓阳："哼，别小瞧人啊！你看看桌子上碗里的饭！"
　　杨春河："嗯，我看了，饭就是普通的饭！"
　　刘晓阳："这是普通的饭吗？这是边界附近老百姓用自己稻田打的稻子，给咱送来的拥军大米！"
　　杨春河："呀？是吗？！"
　　刘晓阳："我说啊，你明天就这么着……"

41．瑚布图河边
　　杨春河对一起走着的卡拉诺夫说："老卡，在界河上叠水坝的事儿，咱们还得谈！"
　　卡拉诺夫："如果就是为了找我说这件事，你就别说了！我同意不了，因为我没有那个权力！"
　　杨春河："老卡！我不是要你同意，而是要你向上报告！我方边民的水稻不是今年种了，明年就不种了，而是要年年种，要像以前那样，年年叠一道临时用的水坝！"
　　卡拉诺夫："我不能向上报告，向上报告上边不批，那就是给我好瞧的了！"
　　杨春河："那我们就再议！"
　　卡拉诺夫："杨！我昨天跟你说过了，你不要再跟我提出这个话题了！"
　　杨春河："如果仅仅是你我之间的事，这个话题可以不谈了，可这是两国之间的事，所以还要谈下去！"

卡拉诺夫看看杨春河："我只能说你是个军人，执拗的中国军人！"

42. 河套的另外一处
时近中午。

河套里出现了一挂毛驴车，上面坐着两个白发苍苍的老者！车上有几个保温桶。

杨春河迎了上去："呀！这不是薛大爷、薛大娘吗？！"

薛大娘："哎呀，孩子，好些日子没见你去我们村了！乡亲们都想你们哪！"

杨春河："大爷大娘！这么大岁数了，这么老远的道，真够你们累的！"

薛大娘："说啥呢？那你这不也是为着我们办事吗？乡亲们可说了，勘测组要吃别的咱没有，吃咱自己打的大米，管够！"

薛大爷和小刘他们往下卸保温桶："菜啊，都是你大娘炒的，味道好赖不敢说，可热乎！你们趁热乎吃吧！我们这可就回了啊！"说完，摆摆手和薛大娘上了毛驴车。

杨春河："大爷大娘，这些年巡逻小队老从你们村路过，在你们家可没少添麻烦！有时间我过去看你们啊！"

大爷一扬手中鞭子："哎呀，一家人不说两家话，不就赶上饭时了，在我那儿吃口热乎饭么！这点儿光都借不上，那还配做边境上的老百姓啊？！"

卡拉诺夫往这边看了一眼。

双方人员野餐。

杨春河把一盒香喷喷的大米饭递到卡拉诺夫面前："给。"

卡拉诺夫笑呵呵地接过来，嗅了嗅，说："好香的米饭！"

杨春河说："你都看到了！这饭是我们边境上的老乡送来的！"

卡拉诺夫眼睛定定地看着杨春河。

杨春河："你尝尝！"

卡拉诺夫用勺子舀了勺放进嘴里："嗯，好吃！"

杨春河说："这就是每年在界河上叠坝，引水种植的稻子碾的米！"

卡拉诺夫手像被蜂子蜇了一下，缩回去说："杨，你这不是让我吃饭，是来做我的工作！"

杨春河："是，我是要做你的工作，以使我方能获得你方的帮助！"

卡拉诺夫沉吟了半晌，说："不行，以前你们中国农民种水稻，在河上叠坝用界河里的水，是因为那时候边界走向还没正式划定，可是现在不行了，你们还要像以前那样把整条河都叠上坝，我觉得这不太合适！"

杨春河笑着说："老卡啊，界河上的国界线是划定了，可界河里的水就不能用了？中国农民的几千亩良田，将变成荒芜的草滩？老卡，你乐意看到那样一个情景吗？！那就是我们双方勘界者立下的功劳？！"

卡拉诺夫："你说的这个情景，我当然不愿意看到！我们俄罗斯人是有良知的！我们不愿意看到这个情景！"

杨春河："所以，得请少校先生帮忙！边界线虽然划定了，水资源应该共享！"

卡拉诺夫端起那盒饭，久久地看着，说："这稻米真的是好米，闻起来香香的，看着亮晶晶的，对着太阳看，白得都透亮！"

杨春河拍了拍卡拉诺夫的肩膀，从地上揪折一棵蒿草，放在嘴边轻轻嚼着说："这蒿草的味道，很苦！我相信：苦蒿的味道，永远不属于我们两国人民了！我们要共享和平生活中的甜蜜！"

卡拉诺夫缓缓地拿起手中的勺子，又吃了一口米饭说："杨，你很会做工作，我很感动！我知道我不答应向上请示，你还要来找我，我向上请示请示试试！"
　　杨春河笑了："只要你老卡出马，事情就好办！来！"做要掰手腕的动作。
　　卡拉诺夫问："干吗？我不跟你掰！"
　　杨春河："别看上回输给你了，我还真不服你！"
　　卡拉诺夫："好吧！"
　　两人的手腕掰在一起。
　　杨春河赢了！

43．界河上
　　杨春河、勘测组的人员正和一些农民正在那里叠坝！
　　薛大娘和薛大爷他们赶着毛驴车来了！
　　薛大爷招呼着："哎哎，吃饭了，吃饭了！"
　　薛大娘满面喜气地对杨春河说："好！勘了界，还能像以前一样用界河里的水种稻子，乡亲们都乐坏了。"

44．界河上
　　夕阳西下，界河上波光粼粼。
　　土坝上，有一处渗透出潺潺流水。
　　刚从上游勘界回来的卡拉诺夫，走了过来。
　　他看到了堤坝的一处有些渗水。
　　他走了过去，用手捧些泥土，叠在了坝上。
　　看着水坝修好了，流水静静地淌向中国一方的农田，他细眯着眼睛，洗了洗手，像个孩子似的看着眼前的一切。
　　阳光，在他的视野里，七彩斑斓。
　　他拿起一块石子，在水面上打了个水漂儿，水面漾起一串涟漪……
　　卡拉诺夫开心地笑了。
　　对面，杨春河站在那里，他，也拿起一块石子，在水面上打了个水漂儿，水面漾起的涟漪，和涟漪交叠在一起！
　　水上是很美的画面！
　　杨春河灿烂的微笑！
　　卡拉诺夫灿烂的微笑！
　　闪着波光的金灿灿的水面！

45．边境线上
　　山地。
　　阳光明亮而温暖。
　　卡拉诺夫对杨春河说："杨，按照卫星测定的边界线，这几座二战苏联红军烈士墓，埋在中方一侧，为了我方人员和亲属祭扫方便，贵方可不可以考虑一下这个问题……"
　　杨春河看着几座烈士墓，庄重地摘下军帽，深情地说："为了世界和平，为了支援中国人民的抗日战争，他们献出了最宝贵的生命！中国人民永远不会忘记他们！我方上级早有明确指示：这处边界线我方愿与你方签订协议，同意你方在每年前来祭扫时，提供必要的方便！"
　　有中方人员把大把的鲜花，分放在苏军烈士墓前。

卡拉诺夫和俄方人员面色沉重，但也洋溢着情感。

鲜花，在风中抖动着花瓣儿，像在诉说着什么！

46. 边境线上

双方人员行走在密林中。

杨春河问谢尔金："谢尔金！老卡可有几天没来了？！"

谢尔金看看杨春河说："他的儿子很淘气，小时候在界河里游泳，被中国边防军救起过。前几天，骑摩托车出了大事故！卡拉诺夫很是悲伤！"

杨春河神情沉重的脸："他的儿子没了？！"

谢尔金："是的，没了！他就那么一个儿子！他的心肝宝贝！昨晚上我请他出去喝了酒，他不说话，就是流泪！满脸都是泪！"

杨春河："谢尔金，你代我给他捎句话，说请他多保重！"说完，沉默地把脸扭向别处。他的眼里，在很深邃的地方，有泪光！

47. 瑚布图河边

那道水坝前，界河里的水在汩汩地流进中方境内。

阳光下的水波，泛着耀眼的光晕！

在水坝那一端，只有卡拉诺夫一个人在坐着，他吹着口琴，口琴声如泣如诉！

镜头拉回来，我们才看到水坝的这一边，站着杨春河！

他沉默着，注视着卡拉诺夫、水坝和美丽的界河！

他走到了卡拉诺夫身边，眼里有泪光，用手轻轻地抓住卡拉诺夫的手，像在掰手腕一样，只是轻轻地，轻轻地摆动着……

卡拉诺夫一只手抓紧了杨春河的手，眼睛像干涸的井，口琴声仍未停下来……

48. 瑚布图河边（字幕：几年以后）

杨春河和郝亚洲出现在我们视野里的时候，他们分别佩戴着上校和中校军衔。

他们坐在一只船上面。

小刘撑着船。

在他们前后，是拉着中国花岗岩界碑的船队！

小刘："杨团长，郝工！你们俩都晋衔了，得请客啊！"

杨春河："去年你当了科长，马上又要到互市贸易区去当总经理了，我们可没说什么啊！你那还欠我一笔人情账没还我呢！"

小刘笑了："真让我请，行啊，得等把界碑都立完了！我请！哎，杨团长！咱们用船往河套山上运界碑的事，你想得挺神啊！你说不然要是用车拉了，把这些石头、水泥、沙子再往山里运，路么不好走，不知得干到猴年马月去？！"

杨春河笑着说："哎呀，这点儿脑子谁都会动！"他回头对郝亚洲说："老郝啊，河还是这条河，工作还是这个工作，可一晃几年时间过去了！我们勘测段的四十五个岛子，还有几十公里山地边界，都划定了，咱们是都升了官了，可也都变老喽，我，你，都长白头发楂儿了！"

郝亚洲："也到岁数了，正常！"

杨春河："哎，你的那个病啊，组织上可说了，要去北京总医院去治！而且，你得马上走，越快越好！"

郝亚洲黑瘦的脸上漾着笑容："嘿嘿，再宽限几天，等界碑都立完了，我就去！"

49. 山野

杨春河他们用绳子在往山上拽界碑。人们喊着号子！

后边有人向上推着！场面不大，但显得壮观而有气势！

杨春河额头有汗珠的脸！

剧烈喘息中的郝亚洲！

小刘奋力地向上推着界碑！

一座界碑在向基坑里下落，当它端正地立在基坑里时，杨春河等肃立着的人们，一起向界碑敬礼！这是神圣而庄严的时刻！

向界碑敬礼的还有俄方卡拉诺夫中校、谢尔金中校、乔丝洛娃等。

在离界碑不远的地方，卡拉诺夫对杨春河说："杨，等双方的界碑都埋好了，我们要一起搞个庆典！我还要告诉你，我的岳父已从轮椅上走了下来，他也要来参加这个庆典！"

杨春河兴奋地："好好好！我们欢迎他老人家来！再到中国这边走一走看一看！咱们的庆典，我看就定在两国互市贸易区开关那天！那天热闹啊！好不好？！"

卡拉诺夫："行，这个主意当然行！"

郝亚洲突然晕倒了！

小刘急切地喊："郝工！郝工！"

杨春河急忙上前背起了郝亚洲。

一行人向山上跑去！

50. 小刘和郝亚洲宿舍外

夜色朦胧。

郝亚洲躺在担架上和大家握手，和杨春河拥抱。

杨春河用脸贴着郝亚洲的脸："老郝！我们等你回来！"

郝亚洲用很低的声音说："杨团长，如果我回不来了，庆典那天，你代我给大家问好！"

杨春河眼眶湿润了："老郝！我再说一遍，我们大家等你回来！"

郝亚洲直盯盯地看着杨春河，瘦削的脸上露出微笑。

小刘眼里噙着泪水，抓住郝亚洲的手说："郝工，我的好大哥，我们等你回来！"

郝亚洲用手摸着小刘的脸，说："小刘兄弟，你长大了，真的长大了！"

他对杨春河和小刘等人说："你们都回吧！"

郝工的担架，被众人抬上了车。

车，开走了！车的尾灯，一直闪向遥远！

杨春河和小刘站在那里，一直等到车没了踪影！

夜色深深，杨春河一个人徒步向军营的方向走着，他想着很沉的心事！

51. 杨春河家

写字台前，台灯明亮！

台灯下是一份传真：郝亚洲同志已于今天病逝。

杨春河拄着头，由痛苦的沉默到轻声地哭泣！

而且越哭越止不住！他仰起脸来，泪水在他的脸上横流！打湿了他鬓角亮晶晶的白发！

刘晓阳眼里盈着泪水，递给杨春河一块毛巾说："春河！你以前跟我说过的，军人不喜欢眼泪！"

  杨春河接过毛巾，泪眼婆娑地望着刘晓阳，哽咽地说："可是军人也是人，是有血有肉的人啊！"

52. 洗车场

  水帘在前挡风玻璃上流淌，好像是杨春河心里的那条泪河！

  杨春河、刘晓阳和司机坐在车内。

  水帘停了，拿水枪冲车的竟然是老西子！

  杨春河下了车："哎，怎么是你？！"

  老西子点头哈腰地："哟！是杨团长！我因为那事，蹲大狱刚刚出来！我出来去找我那妹夫刘副政委，可他一年前就转业回老家去了！现在，我是举目无亲，身上镚子儿皆无啊！我没了钱，原来身边那帮小兄弟也都没了影儿！想了半天，没辙！只好到这给人家打工！"

  杨春河："老西子，干这活儿是不是觉着有点儿屈才啊？！"

  老西子："杨团长，人是到什么山唱什么歌，我都到这步田地了，你就别哪壶不开提出哪壶了？"

  杨春河："我跟你说个事儿，行吗？！"

  老西子："说吧，啥事儿？！"

  杨春河："咱这块的中俄两国的互市贸易区，都建好了！开关以后，中俄双方商人在这个特定的区域里可以自由贸易！你有这方面的能力。就看你能不能奔正道走了！"

  老西子："心是想奔正道走，可没本钱了！"

  杨春河："这是你从心里往外说的话？"

  老西子起誓地："不是，天打五雷轰！"

  杨春河："好吧，我信你！明天你到我家来，我先借你点儿钱，你在边贸城租个门市房，干点儿正规贸易的事儿！行不？！"

  老西子："哎呀！这不是等于给我老西子雪里送炭、雨里送蓑衣么！你要真借给我这钱，那就等于救我一命了！"说着，眼里有了晶莹的泪水。

  杨春河："我虽然快退休了，可当了大半辈子的兵！我们军人，落地颗唾沫星子，那也是钉！你要向我保证，要做个正经的生意人，不再想歪门邪道！"

  老西子："现在我说啥也没用，你就瞧好吧！"

  杨春河："人啊，总得给别人学好的机会，我就相信你这一回！"

  老西子信誓旦旦地："你放心！我再不走正道，我就不是人啦！"

  杨春河上了车！车开走了，身后的刘晓阳沉着个脸！

  杨春河："呀，这是怎么了？脸，拉拉得快有瑚布图河那么长了！"

  刘晓阳："喊！我说你这人什么毛病啊？老西子这号人你搭理他干啥？！"

  杨春河笑了："老西子这号人，就看你往哪条路上引他了，引导好了，他还真能在边贸上出把力做点儿事的！要不然你教他那么些俄语不白教了！"

53. 互市贸易区内

  彩门。

  贸易区内人流如潮。

  老西子在经营着一个商铺。他在招呼和打点着中俄双方顾客。

  杨春河的鬓角已现银丝，他和小刘走了进来，杨说："哎，西老板，你看看这是谁？"

老西子："面熟！"

杨春河："瞎扯！你跟他可不面熟！我们勘界组的刘科长，现在调到你们互市贸易区当总经理来了！"

老西子急忙上前握手："哎哟哟！那以后可得请您多关照！"

小刘笑着跟他握握手。

杨春河说："光要关照可不行，你得守法经商，他就是我在贸易区的一只眼睛，时时刻刻盯着你！你这有什么事儿，我这可都能知道！"

老西子："杨团长！多余的话咱别说，费嘴！我就说一句话：人啊，不是畜生！我有记性！"

杨春河："那好，我们走了？！"

老西子："你那个钱，我还得等过一些日子才能还上你！"

杨春河："行啊！还钱的事儿不急，主要是你得干出个名堂来！"说完，和小刘走了！

老西子动情地看着杨春河的背影。

在贸易区中间地带，两国的国旗在飘扬！在阳光下显得鲜艳而有生机！

不远处，有通视道和界碑。

我方边防部队的一支巡逻队，正从这里走过。

杨春河、张组长、勘测组全体人员与俄方的卡拉诺夫、谢尔金、乔丝洛娃等人聚到一处，我们注意到：一位鹤发童颜的俄罗斯老人，身着二战时的旧军装，衣襟上挂满勋章，拄着拐杖，缓缓走了过来！还有那位村里的老妈妈也在人流之中！

薛大爷、薛大娘，还有许多村民！

中方的少先队员和俄方手持花束的小学生们！

卡拉诺夫介绍说："这是我的岳父！"

杨春河上前向他行军礼："老人家！杨学文的儿子杨春河向你致敬！"

老军人一脸惊讶："怎么？你是杨学文的儿子？！嗯，长得像啊！"他上前紧紧地拥抱住杨春河，眼里尽是泪水。

杨春河颔首："是的！我是杨春河的儿子！我们新中国军人也都是他的儿子！"

卡拉诺夫看着这一切，十分动情！

老军人含着眼泪缓缓地说："你看，在我们两国的国旗下，一片和平的阳光！人们生活得多好！多幸福！"

谢尔金："杨！郝呢？"

杨春河伤感地说："他是一只迎接阳光的鸽子，飞远了！他让我给你们大家问好！"

众人沉默下来！双方军人都脱了帽！

俄方老军人缓缓地说："为了人们的幸福，总要有人牺牲！有人付出！我们这一代人是这样！你们这一代是这样！你们的下一代也会是这样！哎，你们今天搞庆典，咱们要高兴起来，好好庆祝一下！"

杨春河说："大叔说得对！我们大家要高兴！要唱歌跳舞！掰腕子！"

卡拉诺夫："还是唱歌跳舞吧！腕子就不要掰了！"

杨春河："你是怕掰不过我？！"

卡拉诺夫："哪里？！在共同勘界中我知道了：和中国人做朋友，没有胜者败者，我们双赢！"

杨春河："好！双赢！我们唱起来跳起来！"

谢尔金拉起了手风琴，卡拉诺夫吹着口琴。
众人在欢乐地歌舞！
乔丝洛娃、刘晓阳、小刘都在欢舞！
杨春河在恍惚间，仿佛看见了郝亚洲，他那瘦削的身体，也在人群中欢舞！他那黑瘦的脸上露着微笑！恍惚间，这一切又不见了！
杨春河眨眨眼睛，眼前是一片阳光！他高兴地鼓着掌！

54. 边界线上

界碑旁。
杨春河和刘晓阳穿着没有佩戴军衔的军装走向界碑！
不远处，一支巡逻队经过这里，一位上尉大声地："杨团长！是你们啊！"
杨春河笑了，大声答道："我们要转业到地方工作了！舍不得这里，来看看！"
巡逻队的军人用敬佩的目光注视着他们！
杨春河捧起一把土，洒在界碑周围，像是自言自语，又像是说给刘晓阳："我们要代表老郝，再给界碑培一次土！"
他们脱下帽子，向界碑敬礼！
身后，不远处的巡逻军人在向界碑，也在向他们敬礼！

（本剧与黄恩成合作）

南官河边的女人

1. 南官河上的拱形桥，日
河水悠然流淌。
香芸、阮叔、阮婶驾着一艘小船驶向拱形的桥洞。
桥下的青苔和绿色枝蔓，与南官河水一道述说着这里往昔的风雨沧桑和当下的繁华喧闹。
一群孩子跳跃着，欢叫着，从桥上跑过，跑向桥那边的老街。

2. 老街，日
孩子们从桥头迎着镜头跑来，他们忘情地争抢一只球，我们清晰地看到了六岁的水仔、七岁的小桔子……
鳞次栉比的店铺、络绎不绝的人流，宛若一帧长长的"清明上河图"，从他们身边掠过……

3. 老街上的一爿画坊，日
一幅基本画好的江南水乡人物画。
吴承中神闲气定地画着。
窗外，孩子们的喊叫声不时传来，他充耳不闻……

4. 画坊门前，日
孩子们奔跑着，嬉戏着，不时从屋内纵深处的吴承中面前掠过。

5. 画坊内，日
吴承中审视着自己的画作，满脸得意之色。

6. 画坊门前，日
一只球抛过灰黑色的屋顶，落向老街。孩子们忘情地奔跑，追逐。
小桔子扑地跌入画。
她挣扎着坐起，伸出小手看：擦破了皮，渗出了血，疼得想哭。
怀里抱着球的水仔忙跑过来："小桔子，别哭，别哭……看，给你，球——"
小桔子一看球，破涕为笑了。
她接过球。
孩子们争先恐后地嚷着："传给我！""传给我呀！""给我，小桔子……"

7. 画坊内外，日
一只球飞进屋，不偏不倚正好砸在了画案上，把摆放有序的颜料、画笔和画具等都砸得乱七八糟。
那幅画，也被溅得面目皆非。
吴承中激怒地扭过脸，一个箭步冲到门前，对孩子们吼道："谁？……谁干的？！"
孩子们都愣愣地站住，戛然无声。

吴承中满脸愠怒。
小桔子怯怯地看着他。
吴承中更加生气地:"你们……谁?!"
孩子们都被他的气势给镇住了,谁也不敢吭声。

8. 杨金桔的古越戏剧服装店内,日
一个漂亮的戏剧头盔戴到杨金桔的脑袋上。
她正与郏海花兴致勃勃地比试着戏装。
杨金桔一身刀马旦的行头,笑吟吟地亮了个相。她扭脸笑问郏海花:"这批新进的戏装,漂亮吧?"
郏海花逗她:"人更漂亮!要不,别人怎么背后都喊你'越剧贵妃'呢!"
"你可得了吧!"杨金桔反而揶揄道,"那也比不上你'玉貂蝉'啊!我要是个小伙子,就猛追你,给你来一出'吕布戏貂蝉'!"
郏海花嘿嘿笑着:"我要是个男子汉啊,就娶了你,让你天天'贵妃醉酒'!"
两个人都咯咯笑了。

9. 画坊门前,日
吴承中依然与孩子们对峙着。
吴承中心痛地:"这条老街,有十多里长,哪儿容不下你们?非跑我这儿捣乱!我……好几天的心血,全让你们给毁了!"
这时,小桔子走上一步,怯怯地:"叔叔,别怪别人了,是我……"
吴承中满脸不悦地:"你……是谁家的孩子?"
小桔子低头不语。
吴承中转问水仔:"水仔,她是谁家的?"
水仔看一眼小桔子,不吭声。
吴承中生气了,抓起小桔子的胳膊:"都不吭声,那就走,找你家长去!"
小桔子吓得"哇"地哭出声来……

10. 古越戏剧服装店内,日
听到小桔子的哭声,杨金桔一愣:"小桔子?!"
她急冲到门边,朝不远处看了一眼,回头对郏海花:"真是小桔子!"
她也没来得及脱下戏装,就慌慌地跑开去。
郏海花急跟出……

11. 老街上,日
吴承中见小桔子吓哭了,慌忙松开手,俯下身哄她:"哎,好孩子,别哭,你哭什么呀……"
杨金桔穿着戏装、手拎头盔冲到小桔子跟前。她看着小桔子受伤的手,颤着声问:"这是怎么了?"
小桔子只哭不回答,一双泪眼惊恐地望着吴承中。
吴承中瞧着杨金桔那一身戏装,很奇怪地看着她。
郏海花风风火火地来了。她一步蹿到吴承中面前,猛一推他,厉声质问:"你怎么把孩子给弄成这样?"

吴承中踉跄两步："你……是她家长？"
郑海花："是啊，怎么啦？！"
杨金桔忙一把将郑海花拉到身后："她不是，我是。有什么话，你对我说吧！"
吴承中："你们家孩子，把我的画坊给弄得乱七八糟，画给毁了，画案子也……"
"你的画坊？"郑海花撇着嘴儿，满脸不屑地，"你算哪路神仙啊！这画坊是方雯卉的，你算老几啊？！"
吴承中光火地："你这人，怎么这样讲话！"
郑海花斜睨着他："我这样讲话怎么了？你凭什么把孩子给弄成这个样子！"
"海花……"杨金桔又一次将郑海花拉到自己身后。她不悦地瞪了一眼吴承中，然后走到他面前，努力让自己的脸上挤出了一丝微笑，慢声细语地说："走吧，我看看你的画坊。"
吴承中："请吧。"他率先气鼓鼓地朝屋内走去。
郑海花欲跟进，被杨金桔拉住，附在她耳边嘀咕了几句。郑海花点头，急反身朝来路跑去。
杨金桔这才走进屋。

12. 画坊内，日

"你看——"吴承中指着一片狼藉的画案子，振振有辞地说，"这……都让你们家孩子给弄成什么样了，简直……"
杨金桔看着，沉默不语。
吴承中心疼地抚着他的那幅画："你看，你看……"
杨金桔："谁画的？"
吴承中："我呀！"
杨金桔淡然一笑，不无讥讽地："刚才还真叫你把我给吓着了！我还以为……不是齐白石的，就是张大千的呢！"
吴承中沉下脸："你怎么说话呢！"
杨金桔挺气人地笑道："我做的是小本生意。"她抖抖身上的戏装，"看，就是卖这个的。哈……我不是怕赔不起你吗！"
吴承中："你说话不用带刺儿！我画得怎么了？"
杨金桔："挺好啊！我没说不好啊！说真话，你精心把它画好了，再花钱给我裱上了，再呢……骑上自行车主动送到我家，我可以考虑……把它挂在厕所里！"
"你……"吴承中气得连说话都结巴了，"我……实话告诉你，你别小看人！本人还在念大学的时候，一幅画少说也值……好几千块！"
杨金桔笑了："才好几千块啊？不多！你这幅还没画好，对吧？还不值好几千块呢，对吧？我给你五千块，买啦！"
吴承中一愣："唔？"
郑海花进屋，走到杨金桔身边。
杨金桔一甩头："海花，给他。"
郑海花把一沓五十元大票摔到画案上。
吴承中怔怔地看着。

13. 画坊窗外，日

水仔和小桔子透过玻璃窗向里面偷看。

14. 画坊内，日

杨金桔唰地扯下那幅画，笑眯眯地问吴承中："这个归我了，对吧？"

吴承中一脸真诚地："这幅损坏了，你要是真喜欢，我……"

"不必，不必。"杨金桔摆摆手，又一指凌乱的画案子，"还有这个，我再赔你五千块，行吧？"

吴承中慌忙摇手："那不用，那不用！"

"别不用！我们老街上的人，脸比钱金贵！"郑海花不由分说，又把一沓五十元大票扔在了画案上。

吴承中六神无主了："你们……这是干什么？"

15. 一幢爬满青藤的木屋，日

方伯从窗口探出头来。他往外看了一眼，喊道："水仔、小桔子，你们俩慌慌张张地跑什么呀？"

水仔驻足，仰起小脸："去找我小姨！"然后与小桔子匆匆跑开去。

方伯冲他们的背影喊："慢点儿，别摔着……"

16. 善福堂，慧心师太画室，日

老尼慧心师太正挥笔作画。

"画坊西施"方雯卉和小尼妙珠都谦恭地站在她身后。

"小姨……"水仔和小桔子破门而入。

方雯卉一惊，赶忙迎向他们："水仔、小桔子。"

水仔上气不接下气地："我表舅……跟人家吵架了！"

方雯卉："跟谁呀？"

小桔子："我妈，还有海花阿姨！"

方雯卉眉头紧锁："哦？"

慧心师太双手合十："阿弥陀佛！雯卉啊，待人宽一分是福，处世让一步为高……"

方雯卉："师太，雯卉谨记了！"

17. 画坊内，日

杨金桔、郑海花仍在教训吴承中。

杨金桔对吴承中："赔偿你的事，咱们就说完了。下面，该说说孩子了。"杨金桔瞥了他一眼，脸上的微笑倏地敛起，正色道："你凭什么把孩子给打成那样？"

吴承中忙说："我没打，我真没打呀！"

"撒谎！"郑海花怒喝了一声，"小桔子手都出血了，你还抵赖！"

吴承中一脸真诚地："真的不是我……"

杨金桔将手中的头盔"砰"地砸在画案上，然后又用力把那幅画撕得粉碎，抬手一扬，撒在地上。

吴承中惊怔地："你……"

"怎么？"杨金桔充满敌意地，"我撕自己的东西，你瞪什么眼睛！"

吴承中似乎从来没见过这阵势，愣愣地看着她。

18. 古老的福星桥，日
　　方雯卉带着水仔和小桔子急匆匆地从桥上跑过……

19. 画坊内，日
　　杨金桔逼视着吴承中，说："这世界上，有三种人：一种人良心让狗吃了，一种人良心没让狗吃，一种人的良心狗都不肯吃。你，是不是属于第三种？"
　　吴承中不悦地："你……怎么骂人呢？"
　　杨金桔沉着脸："我从来不骂好人！"
　　郏海花："金桔姐，这种人，还跟他磨什么嘴皮儿！来，把这个也砸了它……"说着，冲过去欲掀画案。
　　吴承中急冲过去，死命地护住画案："别，你们别……"
　　方雯卉满头大汗地跑进屋。她后面紧跟着水仔，小桔子躲在门外纵深处。
　　"金桔姐……"方雯卉气喘吁吁地，"这……怎么回事啊？"
　　杨金桔见了方雯卉，忙走过来，挺和气地说：'雯卉，姐对不起你，来砸你的场子啦。我可不是针对你，是对他！"
　　方雯卉："他怎么了？"
　　郏海花："挺大个男人，动手打孩子！"
　　吴承中忙分辩："我没打，真的没打！"
　　郏海花气愤地："还狡辩！小桔子手都出血啦！"
　　方雯卉审视地看一眼吴承中。
　　郏海花问方雯卉："雯卉，你们画坊怎么突然冒出这么个低层次的人来？"
　　方雯卉含笑道："他……"
　　郏海花没等她说完，便拉长声音："雯卉啊，你们画坊可一直名声在外，你又是咱十里长街出了名的'画坊西施'，千万别让一条鱼腥了你的满锅汤啊！"
　　"海花，别说了。"杨金桔忙制止她，然后转对方雯卉，"我该说的话，都跟他说了；该砸的东西，都当他面砸了；该赔的钱，也都给他了。雯卉，记住，一万元整，别让他给贪污了！"说罢，转身出屋。
　　方雯卉努力赔着笑脸："金桔姐，这是我表哥，美术学院博士生，刚毕业。"
　　郏海花夸张地瞪大眼睛："什么？还博士？博士就这素养？什么博士呀，我看他什么也'不是'！"
　　方雯卉走向吴承中。
　　吴承中一脸沮丧。
　　方雯卉问他："表哥，你真打人家孩子了？"
　　吴承中满脸委屈地："我真没打，真的没打……"
　　方雯卉看看他，没再往下深说。

20. 郏家大宅院内，夜
　　一双脚在大木桶里抬起，互相搓着。
　　郏友根坐在窗前。他边烫脚，边哼着越剧《碧玉簪》中的唱段："……她是个知书达理名门女，不负我满腹经纶志愿宏。这真是三生有缘今相逢，但愿得天长地久永相共……"
　　郏海花从屋内出，笑道："哥，听你唱的这戏词儿，又想金桔姐了，对吧？"
　　郏友根瞪他一眼："乱说。"

郑海花笑道："好，你说我'乱说'，那我就闭嘴了。我有好多话……不告诉你了。"转身走。

"回来！"郑友根忙喊住她，"今天下午，你不在店里，跑哪儿去了？"

郑海花："金桔姐新进了一批戏装，喊我去看看。"

郑友根："自己店里的事不管，管别人的闲事！"

郑海花："好，这可是你说的！往后，金桔姐再喊我去帮忙，我一律回答说你不让去。"

郑友根气短地："我怕你。"说着，从口袋里掏出一只漂亮的玉镯，递给她。

"哇，好漂亮！"郑海花瞪大眼睛惊叹道。

郑友根："真正的缅甸玉。今天，咱们店里进了一批呢！"

郑海花一脸调皮地，"这是给我的？"

郑友根："给谁你知道。"

郑海花把玉镯戴在手上："真好看，我贪污啦！"

郑友根把两只脚从木桶中抬出，说："你帮哥把脚擦干了，明天我赏你一只！"

郑海花扑哧乐了："美的你！你昨天夜里梦见月宫嫦娥了吧？"

郑友根只好自己擦脚，嘴里嘟嘟囔囔地："看我这老板当的，连个员工都管不了。"

郑海花："有能耐，你把金桔姐娶回家来，管她吧！"

郑友根："那你哥可就有擦脚的人啦！"

郑海花撇着嘴儿："你呀，等着给人家金桔姐擦脚吧！"

郑友根不置可否地乐了。

21. 方伯的乐器修理小店，夜

方伯戴着老花镜，正精心修理一把二胡。

水仔蹲在他身边，边吃橘子，边跟方伯说话。

水仔："外公，我表舅念完大书，不在北京工作，跑到咱们这儿来做什么呀？"

方伯："他是画家，喜欢江南老街。乌镇、西塘、周庄……他都跑遍了。这不，又一头扎到咱们这儿来了，一边在你小姨的画坊打工，一边画画。"

水仔："他要住多久啊？可让他快点儿走吧，我讨厌他。"

方伯嗔怪地："小孩子，不许这样说话！"

水仔："外公，你是没看见，他对人凶极啦，把小桔子都给吓哭了！"

"哦？"方伯停下手，审视地望着他。

22. 杨金桔住处屋内，夜

杨金桔刚冲好凉，穿着拖鞋、浴衣从卫生间出。

她走到床边，小桔子已经睡着了。

"金桔姐——"门外传来方雯卉轻轻的喊声。

杨金桔忙过去开门。

方雯卉进屋。

杨金桔热情地："雯卉来了，快坐。"

方雯卉一摇手："不坐。雯卉戴罪之身，金桔姐不让我下跪就不错了，哪还敢坐呀！"

杨金桔亲昵地给了她一巴掌："胡说八道。"

方雯卉掏出那一万块钱，"啪"地丢在杨金桔的桌子上。

杨金桔一愣："你这是做什么？"

方雯卉:"你的钱,还你。"
杨金桔忙说:"这不是我的钱,这是我赔你的钱。"
方雯卉不无幽默地扳着手指头说:"金桔姐,你看啊……小桔子不小心弄坏了我表哥的画,你一生气又跟海花砸了我的东西,赔我钱,这是一笔账;我表哥作为画坊新来的员工,吓着了小桔子,又惹你生气了,这又是一笔账。我好歹也是画坊的老板,不是得姿态高点儿吗!这,就算是给你和小桔子的精神损失费。"
杨金桔爽朗地笑道:"好哇,你这个'画坊西施'!你这是让我难堪呢!"
方雯卉亲昵地搂住她的肩膀:"就是让你难堪!谁让你那么厉害哩,像只母老虎,要吃人!"
杨金桔一脸真诚地:"唉,我这人,最见不得两个人受委屈:一个是生我的人,一个是我生的人。我一听小桔子哭了,又见她手出了血,这火忽地就蹿到了头顶。雯卉,姐对不起你了……"
方雯卉:"不,是我表哥对不起你。"

23. 画坊内二楼,夜
吴承中端坐在电脑前上网。

24. 杨金桔住处屋内,夜
方雯卉:"我表哥那人是个书呆子,在他眼里,画也是他的孩子。你就多理解多谅解他吧!"
杨金桔忙摇头:"小桔子说了,你表哥真的没打她,就是凶了点儿。"
方雯卉:"对孩子凶也不对!"
杨金桔深为感动地:"雯卉,你这么说话,让姐这心里……"
方雯卉调皮地接过她的话头:"心里更恨我了,对吧?怎么,还想把我一口吃掉?"
杨金桔亲昵地瞪她一眼:"想啊,特别想!瞧你,白白净净的,又细嫩又漂亮,清蒸了准好吃!"
方雯卉:"那我就像孙猴子钻进铁扇公主的肚子,在里面翻跟头,拼命折腾你!"
两个人都开心地笑了。

25. 郏家大宅院内,夜
郏海花帮她哥哥倒掉洗脚水,又端着大木桶回到窗前。
她对郏友根说:"今天,我帮金桔姐跟人打了一架。"
郏友根一惊:"打架?跟谁呀?"
郏海花:"方雯卉她们画坊来了个愣头青,说是博士,其实狗屁不是,把小桔子给打了!"
郏友根顿时满脸愤怒:"大人打孩子?不像话,太不像话!"
郏海花:"我跟金桔姐冲过去,差点儿把画坊给砸了。"
郏友根竖起大拇指:"好样的,这才是哥的好妹妹!"

26. 画坊内二楼,夜
吴承中的手,猛地拍在桌子上。
他激怒地站起来。
方雯卉刚巧进屋。

她不禁一愣，忙问："表哥，又怎么了？"
吴承中气鼓鼓地："你们这条老街上的女人，真不是东西！"
方雯卉扑哧乐了："打击面太宽了吧？连我也包括？"
吴承中："不包括你。我骂的是下午那两个坏女人恶女人！"
方雯卉息事宁人地："事情过去就算了，退一步海阔天空。"
吴承中生气地："我退，她们不退啊！你看，还给发到'微博'上去了！"
方雯卉忙凑过去看。

27. 古老的福星桥，夜
方伯牵着水仔的手，走上福星桥。
"水仔，"方伯笑吟吟地说，"男子汉大丈夫，不管碰上多凶的人，都不能被他给吓住！"
方伯："你知道咱方家的老祖宗是谁吧？"
水仔："方国珍！"
方伯停下脚，赞许地："好，答对啦。方国珍是谁？那是当年的'衢国公'，威风凛凛的大将军！"
水仔："外公，他有导弹、原子弹吗？"
方伯微微愣了一下，旋即便笑道："有哇！刀枪剑戟……就是那时候的导弹、原子弹！"
他爽朗的笑声，在夜色弥漫的南官河上回荡。

28. 画坊内二楼，夜
方雯卉、吴承中仍在电脑前看着。
吴承中一肚子委屈地："你看，我真的没打孩子，她硬说我打了，还挖苦说这是'博士生的风采'！"
方雯卉："郑海花一向口无遮拦，任她说吧。金桔姐是通情达理的人，已经知道错怪你了，哪天还要请你吃饭呢！"
吴承中心里很反感地："连认识都不认识，吃什么饭！"
这时候，楼下传来方伯的喊声："雯卉……承中！"
方雯卉忙应道："哎——"

29. 画坊内，夜
方伯和水仔等在屋内。
方雯卉、吴承中入画。
吴承中："舅！"
方伯开门见山地："承中，听说你今天跟人家吵架了？"
方雯卉噗地一乐，对水仔："小东西，准是你告的状。"
水仔没吭声，躲到了方伯身后。
吴承中有点儿沮丧地："唉，这老街上的人，真难缠！"
方伯："你呀，书念多了，糊涂了。都左邻右舍地住着，抬头不见低头见。你初来乍到，哪能跟人家吵架哩！"
吴承中不语了。

30. 郑家大宅院内，夜

郑友根正看笔记本电脑，他转对郑海花，笑眯眯地："好，骂得好！那种人，就得让他知道：咱也不是好惹的！"

郑海花："你看，转发的还不少呢！"

郑友根："就凭这，哥明天也得赏你一只玉镯。"

郑海花故意抬起腕子逗他："那我就要这只啦！"

郑友根瞪她一眼："那不行，那是给你金桔姐的。"

郑海花扑哧乐了："哥，这只好，这只贵，对吧？"

郑友根不语。

郑海花娇嗔地："哼，偏心！"

郑友根嘿嘿笑了。

31. 画坊内外，夜

方伯起身带水仔出屋，回头对吴承中叮嘱道："那个杨金桔，好人一个。前年刮台风，她老公让树给砸死了，孤儿寡母，多不容易。往后，可不能再惹人家生气呀！"

吴承中强颜为笑地："我知道了，舅。"

方雯卉忙着打圆场："老爸啊，我表哥刚来，您就少说几句吧。"

方伯这才噤声，带水仔走了。

吴承中神情沮丧地一屁股坐回到凳子上。

方雯卉笑了："哈，捅了马蜂窝了吧？"

吴承中闷闷地："踩了臭狗屎！"

方雯卉嘿嘿笑道："你呀，惹了我老爸的偶像，他还能不训你！"

吴承中满脸疑惑："偶像？"

方雯卉解释道："我老爸是个戏迷，对面的金桔姐既是戏剧服装店的老板，也是老街上有名的金嗓子。要说唱越剧，那是这份儿的！"她由衷地竖起大拇指，"她外号'越剧贵妃'，因为姓杨，也有人喊她'杨贵妃'。"

吴承中一撇嘴儿："哼，'羊贵妃'，还'牛太后'呢！"

方雯卉："我老爸说得对，那金桔姐真的是好人一个。你惹谁，都别惹她；你惹了她，会惹恼了整个老街。你呀，更别惹她们家小桔子！"

吴承中默然听着。

方雯卉："那小桔子，是金桔姐的心肝宝贝儿。别看她平时温文尔雅的，你惹她的孩子，她敢跟你拼命！"

吴承中不屑地一笑："还温文尔雅？我看不出！"

32. 方伯和水仔的住处，夜

方伯正在一只大木盆中给水仔冲凉。

水仔高兴地拍着水花。

方伯边给他洗着小屁股边说："水仔，你妈你爸没出国的时候，跟小桔子她妈最好。小桔子她妈姓杨，也算咱老街上的名门闺秀。你知道她家的老祖宗是谁吗？"

水仔："杨晨！"

方伯朗声笑道："水仔聪明！"

水仔不无得意地笑了。

方伯文不对题地："咱方家的老祖宗是武将，她们杨家的老祖宗是文臣。武将总得保护文臣！所以……往后再有人欺负小桔子，水仔你不能让他！"说完，连他自己也笑了。

33. 画坊内，夜
方雯卉边收拾画作边与吴承中聊天。
方雯卉卷着画轴回眸说："在微博上骂你的那个郑海花，她哥越剧唱得特别好，极喜欢金桔姐，眼下追得正欢呢！"
吴承中："一个寡妇，又拖带个孩子，还配用个'追'字？！"
方雯卉反驳道："你是不了解金桔姐。你若是在这老街上住久了，保不准自己也去追她呢！"
吴承中："雯卉，你太小看表哥了。凭你表哥我，就那审美？"
"对呀，"方雯卉边走边含笑嘲讽道，"我表哥是大博士、大画家，少说也得找个月宫嫦娥啊！给你找个月宫嫦娥行了吧？"
吴承中摇头："嫦娥？我可不要。跟老公闹点儿矛盾就往月亮里跑……我不喜欢强势的女人！"
方雯卉笑道："哈……说你胖，你还真喘上了！"
吴承中忍不住也笑了一下，然后问："那个郑海花她哥，是剧团的？"
方雯卉摇头："他自己开个玉器店，可心思全在唱戏上。那戏，唱得真是好，小百花剧团的水平！你闭上眼睛，绝对听不出是个男小生。可就是……除了唱戏，什么都不会！"
吴承中："那不成了清朝的八旗子弟吗？整天敲着八角鼓唱唱咧咧，正事不足闲事有余。他的玉器店能办得好吗？"
方雯卉："还多亏了有个郑海花！她也在他哥哥店里，要不怎么人们都喊她'玉貂蝉'呢！"
吴承中不屑地："'杨贵妃''玉貂蝉'，还有你——'画坊西施'……你们这儿的人真逗，恨不能把天下美女的名字都安到你们自己头上！"
方雯卉笑吟吟地："不服怎么的？表哥，你不就是奔着我们这条老街来的吗？我跟你说，你要想画好它，首先就得了解它，还得接受它，迷上它……"
吴承中苦笑着摇头："你们这条老街虽然名声在外，可……今天给我的第一印象不好！"
方雯卉亲切地瞪他一眼："你今天给我们老街的第一印象也不好……"说完，笑了。

34. 老街，晨
遥远的天光勾勒出屋脊上独特的风景——灰雕。
街上行人还不多。
吴承中背着画夹子走在老街上。
他眯细了眼睛，一路留心着老街上的各种古旧建筑和独特风情。

35. 郑氏玉器店门前，晨
吴承中从拐角处走来。
他朝店内看了一眼，突然眼前一亮，忙踅进去。

36. 郑氏玉器店后面的院内，晨
一幢古老而风格独具的木屏风隔开了院落与前面的玉器店。

吴承中背人画。

他细细地看着，满脸欣喜，慌忙放下画夹，拿出相机，连连拍照。

不远处的窗口突然闪出了郏海花！

她一见吴承中分外眼红，连声喊道："哎哎哎，你干什么呢？！"

吴承中扭过脸，一看是她，登时愣住了。

郏海花沉着脸："问你话呢，哑巴啦？"

吴承中极尴尬地："我……哈，拍几张照片。"

"拍照片？"郏海花狠狠瞪他一眼，从门内走出来，挺不客气地："你问谁啦？谁让你拍的？你以为你念了个破'博士'就可以私闯民宅啊？！"

"这……对不起，我不知道这是民宅。"吴承中嗫嚅地，"我还以为……这是玉器店呢！"

郏海花："玉器店在前面，你没长眼睛啊！"

吴承中满脸飞红地："对不起，实在对不起……"转身欲走。

郏海花："站住！"

吴承中驻足，愣愣地看着她。

郏海花："把照片全删了！"

吴承中很不情愿："这……"

郏海花一把夺过他手中的相机，三下五除二地删除了照片，然后往他怀里一扔，"请吧！"

吴承中很狼狈地逃走。

郏海花满脸得意之色。

这时，她一眼瞥见了吴承中丢下的画夹，便走过去拎起来。

郏友根从一侧门出。

"哥！"郏海花高兴地把手中的画夹子一甩，"我缴获件战利品！"

郏友根懵懂地："什么战利品？"

郏海花调皮地："先不告诉你！"她把画夹子挎在肩上，雄赳赳气昂昂地走了。

郏友根扑哧乐了。

37. 一爿废弃的古墙，晨

杨金桔迎面走来。

郏海花喊她："金桔姐！"

杨金桔抬脸。

郏海花跑过来，兴冲冲地把画夹子递到杨金桔面前，说："那小子，刚才犯在我手里啦！"

杨金桔怔怔地："哪小子？"

郏海花："方雯卉她表哥呀！一大早，他竟然跑进我们家院子里拍上照片了。我狠狠教训了他，你看，我还缴获了他的画夹子。"

杨金桔哭笑不得地："唉，你呀，你呀……"

"金桔姐，"郏海花不无炫耀地，"他打咱小桔子那件事，我还在'微博'上给他曝了光！"

杨金桔着急地："都在一条街上住着，你到网上折腾什么？再说……小桔子当我说了，他凶是凶了点儿，可真没打咱孩子，咱是错怪人家了。"

郏海花："你可得了吧，又学慧心师太，凡事都和稀泥！我这人，你不是不知道：谁敬我一尺，我敬谁一丈；谁咬我一口，我咬谁三口。哈，就算我给咱小桔子报仇啦！"
　　杨金桔："好好好！报仇啦！你是击鼓抗金兵的梁红玉，你是大破天门阵的穆桂英，行了吧？……哦，不对，你呀，我看顶多也就是个烧火丫头杨排风！"
　　郑海花揶揄道："杨排风怎么了？杨排风有万夫不当之勇，怎么也比你这个弱不禁风的'杨贵妃'强啊！"
　　杨金桔嗔怪地瞪她一眼："哼，你能耐！"
　　她把画夹子拿到自己手中，与郑海花一起朝前走去。

38. 善福堂，日
　　一对青年男女正在上香。
　　小尼妙珠提一水壶从他们身边经过，走进慧心师太的禅房。

39. 慧心师太禅房，日
　　方雯卉正与慧心师太对坐饮茶。
　　妙珠、入画为她们斟水。
　　方雯卉抿了一口，说："我表哥是美术学院毕业的博士生，喜画江南小镇。他想把咱们这条老街画成一幅长卷。"
　　慧心师太："后生有为，后生可畏！"
　　方雯卉："盼您多指点他。"
　　慧心师太淡然笑道："这条老街，虽是商业街，画它的人却要不得商人气！"
　　方雯卉赞许地："深刻！"
　　慧心师太双手合十："阿弥陀佛……"
　　方雯卉起身告辞，随手将两盒茶放到桌上："天堂莲蕊，今年的新茶，算是我表哥的拜师礼吧。"
　　慧心师太笑道："君子之交淡如水，你我的交情比水浓，咱们喝茶！"她抬手招来妙珠，"妙珠，收下。"
　　妙珠拿起茶欲走。
　　慧心师太又吩咐道："把我画的老街挑两幅送方小姐。"
　　妙珠领命而去。
　　慧心师太："老街本身就是一幅长卷。我年老眼花，未必画好，让你表哥见笑了！"
　　方雯卉喜出望外地："师父，谢谢您啦！"

40. 杨金桔的戏剧服装店内，日
　　吴承中的画夹，不时被翻过的画页。
　　杨金桔和郑海花正细心地看着。
　　郑海花："咦？你别说，那个坏小子的画儿还真不错！"
　　杨金桔打趣地："一见钟情了？"
　　郑海花嘴一撇："跟他？就他那德行？"
　　杨金桔故意逗她："别自作多情！我说的是你对'他的画儿'一见钟情。"
　　郑海花："画儿也不怎么样，跟慧心师太差远啦！"
　　杨金桔："你刚才还说画得不错！"
　　郑海花调皮地："我说反话你也信？弱智！"
　　杨金桔又翻看一张，由衷地赞叹道："不愧是博士生，画得很见功力！"

郑海花："哈,我看你才有点儿一见钟情呢!"她起身走到杨金桔身后,亲昵地搂住她,"可千万刹住车啊,别忘了我哥对你那真可以说是朝思暮想。金桔姐,你下半辈子,谁也不许嫁,就给我当嫂子啦!"

"去!"杨金桔反身要打她,郑海花却倏地一下子跳开了。她躲在一排戏装的背后,只露出个脑袋,连声喊道:"嫂子,嫂子,嫂子……"

41. 画坊内,夜

吴承中勾着头,郁郁寡欢地坐在画坊内。

方雯卉拎着他的画夹从门外进,走到吴承中对面。

她看一眼吴承中,笑了,把画夹子递过去:"表哥,给——哈,完璧归赵!"

吴承中抬起头:"你去要回来的?"

方雯卉摇头,笑吟吟地:"是人家金桔姐给送回来的。我们老街的人宽厚吧?这叫什么?这叫'优待俘虏'!"

吴承中不服地:"谁是俘虏?我那叫好男不跟女斗!"

方雯卉:"你可得了吧,不打招呼,就闯进人家宅院?!"

吴承中:"我……不就是喜欢那块大屏风吗,她用得着那么刻薄吗?!真遗憾,奥运会也没设个泼妇比赛!要是设了,那郑海花准拿冠军!"

方雯卉息事宁人地:"算了,金桔姐也批评她了。"

吴承中愤愤然地:"她们俩,演的是双簧!一个台前,一个幕后;一个红脸,一个黑脸,都不是好东西!我惹不起,躲得起,我不在这儿画了,行了吧?"

方雯卉:"哟,打退堂鼓了?"

吴承中:"不是我打退堂鼓,是有人下逐客令!"

方雯卉笑了。她走到吴承中身边,说:"表哥,我小时候,有人常学着电影里的腔调儿对我说:"'面包会有的,牛奶会有的',那是谁呀?"

吴承中看看她,不语。

方雯卉又说:"还有人常对我说,'无论什么,都挡不住明天的到来',那又是谁呀?"

吴承中依然不语。

"哈……"方雯卉朗声笑道,"原来我表哥是'语言的巨人,行动的矮子'啊!"

吴承中的激情顿时被她给重新点燃了。他把脖子一拧:"谁说的?你表哥我是'语言的矮子,行动的巨人'!喊,凭她们两个女人就想把我从这条老街上挤走?撼山易,撼你表哥我难!"

方雯卉高高挑起大拇指:"哇,表哥,就在刚才这一秒钟的时间里,你在我心中的形象就发生了翻天覆地的变化!"

吴承中:"什么变化?"

方雯卉:"从什么也'不是',变成了大博士啊!"

吴承中亲昵地瞪她一眼:"你说我是小学生得了呗!"

方雯卉咯咯笑着,凑近吴承中,挑起了大拇指:"那就更好了!在我们这条老街上,你就得先当小学生。把自己融入了这条老街,你才能画好这条老街!"

吴承中指点着她:"你伶牙俐齿,我说不过你。什么'画坊西施'?我看你纯粹是'母大虫顾大嫂'!"

方雯卉双手抱拳:"多谢表哥夸奖!"

吴承中微微一愣:"唔?"

方雯卉:"你把我说成了《水浒》英雄啊!"
两个人都笑了。

42. 方伯的乐器修理小店,日

方伯坐在门口,呆望着老街。
吴承中背画夹子走来:"舅!"
方伯抬起头:"又出来画画?"
吴承中:"走走看看。您坐这儿干什么呀?"
方伯抬起头:"看老街。"
吴承中蹲下身:"都看大半辈子了,还没看够?"
方伯:"看不够。下辈子,我还想接着看呢!"
吴承中关切地:"生意不大好吧?"
方伯不语。
吴承中:"眼下,人们口袋里都有钱了,孩子从小就学钢琴,学小提琴。舅,您不能把眼睛光盯着修修胡琴,修修唢呐!"
方伯仍不语。
吴承中:"让我说,咱再租间大点儿的铺面,开个琴行吧!"
方伯满脸痛楚地:"可……这是咱老辈儿传下来的手艺啊!"
吴承中:"开琴行,您也可以接着修二胡、修唢呐,手艺丢不了。再说了,生活变了,手艺也得变。您看那边卖老秤的商号,不是也同时卖电子秤了吗!"
方伯看看他,刚想说话,水仔突然不知从哪儿钻了出来。
水仔气喘吁吁地:"外公,快走!"
方伯嗔怪地:"刮大台风了?这么急!"
水仔:"大戏台那边,可热闹啦!"
方伯的眼睛骤然一亮:"有戏演?"
水仔拼命点头。
方伯呼地站起身,把吴承中一拽:"走,听戏去!"
吴承中忙说:"舅,您去,我还得画画呢!"
方伯却执拗地:"走吧!你听不懂越剧,就画不好老街!"

43. 三水泾桥头,日

画外隐隐传来大戏台那边的演唱声——
合唱:过了河滩又一庄,庄内黄狗叫汪汪。
祝英台(唱):不咬前面男子汉,偏咬后面女红装。
梁山伯(唱):贤弟说话太荒唐,此地哪有女红装?
放大胆量莫惊慌,愚兄打犬你过庄……
方伯拉着吴承中和水仔从桥上急急地走下来

44. 大戏台,日

人很多。
方伯、吴承中、水仔从人群中挤进。
画外:祝英台(唱):眼前还有一口井,不知井水有多深?
梁山伯(唱):井水深浅不关情,还是赶路最要紧。

方伯他们举目望台上。

45. 大戏台上，日
祝英台扶梁山伯至井前照着。
祝英台（唱）：你看井底两个影，一男一女笑盈盈。
梁山伯（唱）：愚兄明明是男子汉，你不该将我比女人！

46. 台下，日
方伯听得津津有味。
画外合唱：过一井来又一堂，前面到了观音堂。
方伯扭脸问吴承中："怎么样？"
吴承中满脸赞许地："演员的扮相很美，声音也极好！"

47. 台上，日
梁山伯（唱）：观音堂，观音堂，送子观音坐上方。
祝英台（唱）：观音大士媒来做，来来来，我与你双双来拜堂。（拉梁山伯同跪）
梁山伯（唱）：贤弟越说越荒唐……
祝英台不无失望地看着他。
梁山伯（唱）："两个男子怎拜堂？"
梁山伯："走吧！"
二人走圆场。

48. 台下，日
方伯听得极入神。
吴承中情不自禁地从肩上拿过画夹，为漂亮的男女演员画像。

49. 善福堂门外的老樟树下，日
一位剃头师傅正给别人理发。
他停下手，凝神聆听。
大戏台那边的演唱声袅袅传来……

50. 戏台下，日
吴承中手中的画像已成形。
画外掌声骤起。
吴承中把画像给方伯看。
方伯看了一眼，笑了："像！"

51. 大戏台上，日
演出已经结束，演员正在谢幕。
掌声如潮。

52. 戏台下，日
方伯、吴承中和水仔都用力鼓掌。

方伯扭头问吴承中:"怎么样?"
吴承中由衷地:"中国戏曲真了不起,表现力太强了!"
方伯又问:"唱得怎么样?"
吴承中:"婉转悠扬,真好听。表演也出神入化!"
水仔抬起头问:"外公,祝英台为什么总骂梁山伯啊?"
方伯弓下腰,刮了一下他的鼻子,笑道:"因为他像你一样,笨!"
吴承中一听,禁不住也笑了。
方伯高兴地把吴承中的手一拉:"走——"
吴承中怔怔地:"舅,去哪儿啊?"
水仔扬起小脸:"我外公要带你去看演员卸妆!"

53. 化妆室内,日

演员们正忙着卸妆。
方伯带吴承中、水仔进屋。他冲祝英台轻轻喊了声:"金桔——"
祝英台回眸。
吴承中身子悚然一震:原来竟是杨金桔!
杨金桔朝他嫣然一笑,起身迎过来:"方伯,您来了!看戏了吗?"
方伯笑吟吟地:"你的戏,我这老戏迷还能不看吗?"
杨金桔这时又转对吴承中:"那天的事,真不好意思。我……这厢有礼啦!"边说,边笑眯眯地做了个舞台上的赔礼动作。
吴承中顿时满脸飞红,尴尬极了,一时手足无措,竟不知该如何应对。
水仔倒挺机灵,也来了个舞台上的动作:"娘子免礼!"
方伯、杨金桔和屋里的人都让他给逗笑了。
吴承中也嘿嘿一笑。
演梁山伯的郑友根边卸妆,边回眸看了一眼,心里好像有点儿不大舒服。
方伯从吴承中手中拿过他刚画的素描,递给杨金桔:"你看看,画得像不像?"
杨金桔一看,喜眉笑眼地:"呀,真好,大博士水平!"
方伯笑道:"他特意给你画的,也算是为那天的事,给你赔个礼,道个歉!"
杨金桔指着吴承中笑吟吟地对方伯说:"那天,是我的孩子先砸烂了他的'孩子',他一生气抓住了我的孩子。哈……不打不相识!"
吴承中倒有点儿不好意思了,忙对方伯说:"舅,人家正忙,咱走吧。"
方伯:"那好!金桔……我们回去了。"
水仔:"杨姨再见!"
他们从杨金桔面前划过。
杨金桔:"再见!"目送他们。
郑友根走过来,捅捅她:"那人,是谁呀?"
杨金桔:"方伯的外甥,画家。"
郑友根拿过素描,瞥了一眼,充满醋意地:"画家?就这水平?"
杨金桔一把夺过去:"你懂什么呀!"
郑友根慌忙笑道:"看你,一到了台下,就不把自己当祝英台,也不把我当梁山伯啦!"
杨金桔走到一边,细心地看画,没吭声。
郑友根走到她身边,捅捅她,轻声问:"金桔,这两天你见到海花没?"
杨金桔抬起头:"海花?见了。"

郏友根笑眯眯地："那个玉镯喜欢吗？"
杨金桔愣愣地："什么玉镯？"
郏友根不禁一愣："哦？！"

54. 郏氏玉器店，日
郏海花伏在柜台上，喜滋滋地欣赏里面的玉器。
她问一个女售货员："这些都是新进来的？"
女售货员点头。
她又问："都是缅甸玉？"
女售货员："都是。"
这时，郏海花从腕上撸下那只玉镯，冲着阳光，兴致勃勃地观赏着，把玩着。

55. 郏家大宅院内，夜
窗前，硕大的盛着热水的木桶袅袅升腾着热气。
郏友根又以同样的姿态坐在窗前在大木桶里泡脚，只是这次没唱。
夜鸟的叫声从不远处传来，挺响。
郏海花从门外进，欲回自己的房间。
"海花，"郏友根喊她，"你过来！"
郏海花没动："有事儿？"
郏友根："让你过来，你就过来！"
郏海花不大情愿地走到他身边："什么事儿？"
郏友根抬起头："上哪儿去了？怎么才回来？"
郏海花："蔡叔家的黄酒专营店明天开业，我去送个花篮。"
郏友根抓起她的手，一眼就瞧见她腕上的玉镯，不悦地："我让你给金桔送去，怎么没送？"
郏海花生气地甩开他的手："这两天她和你不是总有演出吗！我不是也忙吗！我戴几天怎么了？晚几天送就能把你的心意变薄了变淡了？要不，你还是自己送吧！"边说，边要往下撸那玉镯。
郏友根忙按住她的手，满脸赔笑地："你看你这脾气！我……问一声还不行吗？"

56. 画坊内，夜
慧心师太的两幅画挂在醒目处，吴承中和方雯卉正细心观赏。
方雯卉："表哥，你看——这张，画的是涌金桥；这张，画的是人峰双塔……"
吴承中啧啧称赞道："真好！你看这透视关系……精品！"
方雯卉："慧心师太还让我带一句话给你。"
吴承中急切地："什么话？"
方雯卉："她说，我们这条老街，虽是商业街，可画它的人却要不得商人气！"
吴承中深深点头，赞许地："不光是画画。慧心师太这一语点到所有一切艺术创作的穴位上啦！商人气太浓，就难以出好作品！"

57. 水埠头，晨
这里装船的装船，卸货的卸货，一派繁忙景象。
吴承中捧着个大画夹子，正静静地坐在一旁写生。

鸟儿们叫得很欢。
突然，从一大片欢快的鸟鸣中传来一缕清丽而婉转的女声。
吴承中忍不住站起身，循声望去。

58．南官河边一个僻静的去处，晨
杨金桔正伫立河边练声。
她练得很投入。
她的音色真美，引来水鸟一片……

59．水埠头，晨
吴承中仍在引颈张望。
"喂，干什么呢？"突然有人喊他。
吴承中惊回首。
原来是郏海花！
郏海花逼视着他，满脸嘲讽地，"别把脖子抻断啦！"
不等吴承中说话，她便风风火火地朝前走去了。
吴承中望着她的背影，苦笑着摇头。

60．南官河边那个僻静的去处，晨
郏海花来了。
她走向仍在练声的杨金桔。
她倏地跳到杨金桔身后，故意吓她："啊——"
杨金桔也猛然回过身来，同样吓她："啊——"
两人开怀大笑。
杨金桔："我早看见你了。你在水埠头一转弯，我就看见你了。"

61．水埠头，晨
一条船悠然靠岸。
摇船的阮叔朝舱内喊："香芸！"
"哎！"香芸捧一竹篮新鲜的蟹子从舱内出，阮婶儿紧随其后。
阮叔叮嘱道："给你方伯送去，快去快回。"
香芸脆快地答应："好咧！"灵巧地跳到岸上。
她不经意地看了一眼正在写生的吴承中，快步朝前走去。
吴承中继续专心写生。

62．南官河边，杨金桔练声处，晨
"姐，"郏海花说，"冤家的路，真窄！刚才，我又碰上那个大坏蛋了！"
杨金桔一愣："哪个大坏蛋啊？"
郏海花："就是打咱小桔子的那个呗！"
杨金桔："这么早，他跑到河边来做什么？"
郏海花："那还不明白，偷听你练声呗！"
杨金桔笑了："你净胡说八道！"
"真的！"郏海花瞪大眼睛，"他抻长脖子往你这边看，我发现他眼神儿都有点儿不大对！"

杨金桔"啪"地拍了她一巴掌，嗔怪地："越说越玄！你还发现人家眼神儿了？！"

两个人都笑了。

63. 老街，一个炸泡虾的摊床前，晨

"滋——"两只泡虾在油里炸着。

水仔和小桔子贪馋地望着。

卖泡虾的阿婆一手持长铲，一手拿长筷，迅疾地把两只泡虾出锅，装好袋递给水仔和小桔子。

水仔、小桔子接过，撒欢似的朝方伯的小乐器店跑去。

64. 南官河边，晨

杨金桔拉郑海花靠在一棵老樟树粗大的树干上，问她："海花，你发的那几条'微博'删没删啊？"

郑海花："没呀，我凭什么删！"

杨金桔和风细雨地对她说："你，我，还有雯卉，咱平日都是顶好的姐妹。雯卉她表哥……好歹也是她家的客人。听话，你赶紧都删了……"

郑海花却笑眯眯地一挥手："姐，你打住。好姐妹怎么了？宋庆龄、宋霭龄、宋美龄还是亲姐妹呢！讲和谐，咱也不能连原则都不要了！"

杨金桔亲昵地瞪她一眼："你这张嘴，能拿去削水果，切干菜，砍木头！"说罢，转过身去。

"哈，生气啦？"郑海花笑眯眯地看着她，然后，把自己腕上那只玉镯熟练地撸下来递给杨金桔，"姐，咱换个话题吧，别总离不开那个坏蛋。你先看看这个，看能不能调整调整你的情绪，分散分散你的注意力！"

杨金桔："哇，真好看！"

郑海花："缅甸玉。"

杨金桔："是吗？"

郑海花："喜欢吗？送你了！"

杨金桔忙摇头："开玩笑！这么贵重的东西，我怎么能要！"

郑海花笑嘻嘻地："不贵重的东西，怎么能配得上你这个'杨贵妃'啊！"

杨金桔亲昵地拍了她一巴掌："又来啦！"

郑海花："不是我送你的，是有人送你的。"

杨金桔警觉地："谁？"

郑海花："我们老板。"

杨金桔："你哥？"

郑海花龇牙一乐："金桔姐，他对你的那份心思，你懂。"

杨金桔忙说："那……我就更不能收了！"

郑海花却不理会，转身一跳，飞快地跑了。

杨金桔着急地喊她："海花——"

65. 老街转弯处，日

香芸挎着竹篮一路走来。

66. 方伯的乐器修理小店内，日
方伯正戴着老花镜修理二胡。
水仔、小桔子蹲在他身边吃泡虾。
水仔把泡虾举到方伯嘴边。
方伯轻轻咬了一小口："嗯，好吃，好吃……"
小桔子也忙把泡虾举过去："吃他的，也得吃我的！"
方伯只好又轻轻咬了一口，连声说："好，好……"
香芸来到门口。
水仔忙起身迎上去："香芸姑！"
方伯也笑眯眯地："香芸来啦！"
香芸把竹篮放在地上。
水仔惊喜地："呀，螃蟹！"
小桔子也忙跑过去："我看看，我看看。"
香芸对方伯："我爸新抓的，让送过来给您和雯卉姐尝尝鲜。"
水仔："香芸姑，凭什么不让我也尝尝鲜呀？"
香芸笑道："当然有你的份儿啦，谁敢不让我们水仔吃啊！"
小桔子："我也吃嘛！"
香芸："都吃，都吃。"
方伯忍不住笑出声来。
香芸凑到方伯身边："我哥和我嫂子，在那边都挺好吧？"
方伯："他们在旧金山办起个商贸公司，专门经营咱老街的土特产。再过一段，就回来接水仔啦！"
水仔一听，忙嚷道："外公，我不去。"
小桔子："对，水仔不去！那边没有泡虾，没有水饺，没有姜汤面……"
水仔："那边还没有小桔子跟我玩！我不去嘛，我就跟着外公……"
方伯笑道："好好好，不去。我们水仔这一辈子，不上大学，不娶媳妇，也不出去闯世界，就陪着我这糟老头子啦！"
水仔："不对，我有媳妇啦！"
方伯笑道："傻小子，你说什么？"
水仔一指小桔子："我真有媳妇了，小桔子就是我媳妇！"
方伯和香芸一听，都朗声大笑。
小桔子"啪"地拍了水仔一巴掌："真傻，连保密都不懂！"
方伯和香芸笑得更厉害了。
小小的街巷，让他们开心的笑声给溢满了……
小桔子拉起水仔，朝老街深处跑去。
镜头摇向淡黑色的屋顶和灰雕。

67. 戏剧服装店旁边的小巷，傍晚
方雯卉端一大盘蒸好的蟹子，从小巷中走出，来到杨金桔的戏剧服装店门前。
方雯卉冲屋内喊："金桔姐——"
"哎！"杨金桔从屋内应声而出。
方雯卉调皮地："金桔姐，你看，我又拍你马屁来啦！"
杨金桔看一眼盘中的蟹子："香芸和阮叔来了？"

方雯卉点头："新抓的，特别新鲜。"
杨金桔很感动地："你呀，吃个跳蚤，也不忘给小桔子和我送条大腿！"
方雯卉调皮地："什么叫追星？我这就叫追星！"
杨金桔噗笑道："你又来啦！"
方雯卉把盘子递给她，转身欲回。
杨金桔忙喊住她："雯卉，你先别忙着走啊，我正好有件事求你！"
方雯卉："什么事？"
杨金桔："你来！"她转身进屋。
方雯卉只好跟她进屋。

68．戏剧服装店内，傍晚
杨金桔从柜子里小心翼翼地取出那只玉镯递给方雯卉。
方雯卉："哇，真好看。"
杨金桔："听说还是缅甸玉呢。"
方雯卉："那……少说也值十几万！"
杨金桔："所以我才找你。这么贵重的礼物，咱怎么能收呢？"
方雯卉把那玉镯举起来，冲窗外细看。

69．郏氏玉器店后院，傍晚
郏友根坐在竹躺椅上，正有滋有味儿地唱着越剧："……果然是天姿国色容颜美，好似嫦娥离月宫。我若配得名门女，可算得三生姻缘今相逢！"

70．戏剧服装店内，傍晚
方雯卉摇晃着手中的玉镯问杨金桔："这……是海花她哥送你的吧？"
杨金桔忙摇头："不，是海花送的。"
方雯卉哈哈大笑道："别遮掩了，谁不知道海花她哥追你。"
杨金桔的脸倏地红了："你胡说些什么呀！人家放着那么多黄花闺女不追，能追我一个寡妇？还拖带个孩子！"
方雯卉："寡妇怎么了？拖带孩子怎么了？咱人品不是放在那儿嘛！"
杨金桔："唉，这年头，人品值几个钱？！"
方雯卉："值几个钱？那没法算。人品是无价之宝！实话说，我最遗憾的一件事，就是我只有一个姐，没有哥。我要是有哥啊，非把你变成我嫂子不可！"
杨金桔的脸更红了："鬼丫头，你再胡说，我去跳南官河啦！"
方雯卉："跳，跳，你去跳啊！我正想看看你这'越剧贵妃'怎么变成河神娘娘呢！"
这时，有几位顾客进屋。
两人立即噤声。
杨金桔迎向客人："看戏剧服装吗？里面请——"

71．郏氏玉器店前屋，傍晚
几位顾客正伏在柜台前挑选玉件，有年轻的店员在一旁伺候。
郏友根从后屋出来，在一旁看着。

72. 戏剧服装店内，傍晚

客人拿着几件戏装出屋。

杨金桔送到门口："再见！"她转身回屋。

方雯卉："哈，生意挺火啊！"

杨金桔："自从越剧被列入国家级非物质文化遗产名录，唱的人越来越多了。"

方雯卉："海花她哥，在舞台上跟你总唱一对。你演三公主，他就演柳公子；你演林黛玉，他就演贾宝玉；你演祝英台，他就演梁山伯……你俩，多般配的一对啊！"

杨金桔轻轻摇头："生活不是演戏。实话当你说，海花她哥的心思我早就知道，可……我总觉得他跟我……不是一路人！"

方雯卉："唔？"

杨金桔坐到凳子上。

杨金桔："海花她哥，人倒是个好人，可就是太不上进。他除了会唱戏，什么都不会。"

方雯卉走到她身边："你说的也是。我爸就说过，他家那个玉器店，早早晚晚得毁在他的手里！"

73. 郑家大宅院内，傍晚

郑友根摇着大蒲扇，悠闲地躺在竹椅上。

郑海花进院。

郑友根呼地坐起来："海花，怎么才回来？"

郑海花："哥，你怎么总盯着我？还想把我拴在屋里呀！"

郑友根冲他招手："过来！"

郑海花不大情愿地走到他身边。

郑友根抓过她的手，看看她的腕子："玉镯送去了？"

郑海花点头："嗯。"

郑友根："她收了？"

郑海花又点头："嗯。"

郑友根不高兴了："你就会'嗯'啊？"

郑海花扑哧乐了："我知道你心急，这么回答不是简洁吗！"

郑友根："你这也简洁得太过分啦！细点儿说。"

郑海花朝屋内走去，一脸调皮地说："那你先等等，我得泡上一壶好茶，好好润润嗓子，等我喝透了，再慢慢跟你说。"

她推门进屋了。

郑友根满脸都是无奈，冲屋内喊道："你看看你，像什么样子！都赶上八旗子弟啦！"

郑海花突然推开窗子，咯咯笑出声来。

郑友根愣愣地看着她："你笑什么？"

郑海花蓦然敛起了笑容，一脸沉重地说："哥，这话，从你嘴里说出来，我觉得特幽默！"

郑友根不悦地："哪儿幽默？我不就是爱唱两口，有点儿业余爱好吗？"

郑海花："你心思全在唱戏上，还算业余爱好？你是把业余当专业啦！"

"专业怎么了？"郑友根振振有词地，"咱越剧，现在是非文化物质遗产！"

郑海花差点儿笑出声来："哥，你说反了，'非物质文化遗产'好不好！"

郑友根瞪她一眼："喊，话不投机！"说完，猛地躺在竹椅上。

74．戏剧服装店内，傍晚
杨金桔往外推方雯卉："去去去，快点儿帮我把镯子还人家。"
方雯卉笑嘻嘻地："海花他哥是玉器店老板，这玩意儿有的是。给你你就要，不要白不要，白要谁不要！"
杨金桔坚决地摇头："白要，更不能要。"
"哎，"方雯卉突发奇想地，"金桔姐，你要是真的不愿意给海花当嫂子，那就干脆……给我当嫂子得了呗！"
"好哇！"杨金桔乐不可支地，"可惜你没哥哥，要是有，我就坚决地让你当我的小姑子！"
方雯卉："好，这可是你说的！你这'杨贵妃'也算皇亲国戚，得说话算话啊！"
杨金桔："当然！"她朗声笑道，"'天上掉下个林妹妹'，我就不信……你还能让天上掉下个林哥哥！"
方雯卉调皮地："非得从天上掉？从地里冒出来就不行啊？！"
杨金桔笑道："我见过胡说八道的，可从来没见过像你这样的胡说八道的！你没哥哥，还能从石头缝儿再蹦出一个来！"
方雯卉也笑道："那不是已经蹦出来啦！"
杨金桔一愣："唔？"
方雯卉调皮地："我表哥！"
杨金桔顿时满脸飞红："你乱说什么呀！去去去，快去替我还玉镯！"一边说，一边往门外推她。
方雯卉回眸："你自己为什么不去？"
杨金桔："傻呀？我去，得多费多少口舌！"
方雯卉被她给硬推了出去。
杨金桔送走方雯卉，想起刚才的对话，禁不住扑哧乐了。

75．画坊内，夜
吴承中正在画画。
方雯卉端出一大盘煮好的蟹子，走到吴承中身边。
吴承中夸张地吸着鼻子："哇，好香！"
方雯卉："香芸早上才送来的。给你留的，动手吧！"
吴承中："香芸是谁啊？"
方雯卉："我姐夫的亲妹妹。"
吴承中这才大吃大嚼起来。
他一扭脸，瞥见了方雯卉腕上的玉镯。
"咦？"他抓过她的腕子细看。
"哎呀，"方雯卉忙甩开他的手："你手上全是油！"
"雯卉，"吴承中说，"这东西可不是你戴的！"
方雯卉："你是说它太贵了，我不配？"
吴承中摇头："不，我是说它太贱了，不配你。你好歹也是画坊老板，哪能戴假玉石呢！"
方雯卉吃惊地："假的？不对吧，这可是缅甸玉！"

吴承中笑道："做得倒是很像缅甸玉！"
方雯卉："表哥，这话你可不能乱说。这是郑海花她哥送给金桔姐的！郑海花她哥是谁？玉器店老板！"
吴承中："我不管他老板不老板，我只认货。你别忘了，我读研究生的时候，曾选修过玉石鉴定这门课。"
方雯卉忙把玉镯从腕上撸下来，吃惊地对着灯光细看。
"别看了，"吴承中接过镯子，轻轻弹两下，"应当说，造假的水平很高，简直可以以假乱真，但如果拿去鉴定肯定逃不过专家的眼睛。你听，声音也不对。"
方雯卉满脸狐疑地："怎么可能呢？"
吴承中："你不信我，就找我舅再看看。他年轻时不是在珠宝店打过工吗！"
方雯卉沉思，颔首。

76．方伯的乐器修理小店，夜
方伯坐在小板凳上边拉二胡，边唱着《五女拜寿》中邹应龙的唱段：
　　　　娘子啊……
　　　　大人不计小人过，
　　　　荷花出水有高低。
　　　　夸我不足喜，骂我不生气。
　　　　燕雀安知鸿鹄志……

方雯卉来了，进屋。
方伯放下二胡。
"爸，"方雯卉说，"您给看看这个缅甸玉镯。"
方伯接过，透过老花镜仔细看看，也不说话，便往脚下一手，然后倏地抓起锤子。
方雯卉惊呼："爸……你做什么？"
"砰"地一锤子下去，把那玉镯给砸碎了。
方伯砸完了，也不吭声。
方雯卉惊呆了："哎呀，爸！就算是假的，你也不能给人家砸了啊！"
方伯晃悠着手中的小锤子，笑吟吟地："哈，你老爸这把锤子，也当了一回'护宝锤'！"
方雯卉："可……这让我怎么跟人家交代！"
方伯慢声慢语地："连真假货都分不出来，准是郑友根那小子！你呀，就让他来找我吧。"
"哎呀，爸……"方雯卉连哭的心都有。

77．画坊内外，夜
杨金桔沿老街匆匆走来。
她走进方雯卉的画坊。
方雯卉急起身相迎："姐……"
吴承中瞥了她一眼，低下头，在纵深处继续画画。
杨金桔满脸焦灼地："雯卉，怎么回事？"
方雯卉："我表哥，还有我阿爸，都说那玉镯是假的！"
杨金桔小心地看着那只残破的玉镯，惴惴不安地："可……万一咱看走眼了，怎么办？"
方雯卉回头看一眼吴承中，不语。
杨金桔："不怕一万，就怕万一！"
吴承中在纵深处扭过脸，冷冷地："假的就是假的，只有一万，没有万一！"
方雯卉忙向杨金桔解释："我表哥，学过玉石鉴定。"
杨金桔朝吴承中看了一眼，不再说话。

78. 老街，晨
曙色中的老屋、瓦楞、雕梁飞檐……
鳞次栉比的商铺；
熙来攘往的人流……

79. 郏氏大宅院内，晨
"哗——"那只碎镯子的残骸从方雯卉的手中滑落到桌子上。她的身旁，站着杨金桔。
"假的？"郏友根一脸惶惑，"金桔啊，说我拿一只假镯子给你，你信吗？"
郏海花伫立一旁，忧心如焚。
杨金桔与方雯卉交换了一下眼神，说："友根，我和雯卉都挺替你担心，不光担心这只玉镯，更担心你新进来的这批玉器！"
郏友根很自信地："我干这行，一眨眼也两年多了。打猎的人，还能让雁把眼睛给啄了？！"
"哥，"郏海花插话，"生意场上无小事。要不，咱再请慧心师太给看看？"
方雯卉："海花这个主意好！她老人家，可是火眼金睛。不管什么物件，看一眼就能断出真假。"
"也好，"郏友根挺勉强地点头同意了，然后转脸对杨金桔，"我同意这么做，不为别的，就是非得让你看看，我对你杨金桔是真心还是假意！走——"
他们朝门外走去。

80. 善福堂内，慧心师太的画室，晨
一尊玉菩萨闪耀着光泽。
各种画作琳琅满目。
慈眉善目的慧心师太细细地看着郏友根带来的几件玉器和那只玉镯的残骸。
郏友根、郏海花、杨金桔、方雯卉都屏息静气地望着她。
慧心师太看完了，微微闭上眼睛。
郏友根急切地："您看怎么样？"
郏海花、杨金桔、方雯卉也都焦灼地望着慧心师太。
"罪孽啊，罪孽！"慧心师太双手合十，"阿弥陀佛……"
"啊？！"郏友根登时脸色苍白。

81. 南官河边，日
逶迤的南官河缓缓朝前流去。
郏友根勾着头，沮丧地坐在河边。
郏海花蹲在他一侧。

"哥，"郑海花柔声细语地劝慰他，"这几年，你对唱戏太痴迷了，生意上的事……唉，算了，这世界上没地方买后悔药，咱不说了。这次，就算花钱买个教训吧。"

郑友根眼里含着泪："那叫三百多万元啊！"

郑海花："咱不能告他吗？"

郑友根："告谁去？对方像在人间蒸发了，连电话都打不通了！"

郑海花无语了。

郑友根喟然长叹："唉，你哥我这次是'赔了夫人又折兵'！"

郑海花："哥，又乱说了吧？你一个单身汉，哪儿来的'夫人'！"

郑友根："杨金桔！你金桔姐会怎么看我？"

郑海花没说话。

"咦？"郑友根突然说，"海花，你说……我送你金桔姐的那只玉镯，会不会让方雯卉给换了？"

郑海花一愣："哦？"

郑友根比画着："就是……偷梁换柱，狸猫换太子！"

郑海花缓缓摇头："不可能。"

郑根友愤怒地："为什么不可能？"

郑海花："一是方雯卉根本不是那种人，二呢，慧心师太不是看过了吗？咱们带去的那些样品都是假的，怎么可能只有那只玉镯是真的！"

郑友根瞪着眼睛："慧心师太又不是金口玉牙，她的话就是真理？！"

郑海花："哥，生意场上没有常胜将军。失败了，咱就认输，然后……"

郑友根忽地从地上跳起来："谁家没有常胜将军？我就是！谁说我输了？我没输！"他从地上搬起块大石头，猛地砸进南官河里。

悠悠的南官河水，溅起高高的浪花。

82. 那幢爬满青藤的木屋，日

吴承中背着画夹从这里走过……

83. 善福堂门边的老樟树下，日

老剃头匠正熟练地给人理发。

吴承中背入画。

他站在一旁，饶有兴致地看着。

84. 善福堂内，日

慧心师太在妙珠的陪伴下，正引导来访的客人参观。

吴承中来了。

他兴致盎然地打量着佛堂，也打量着慧心师太和妙珠。

慧心师太幽默地："各位施主大德，我芳龄85岁，是老街上最年长的导游小姐。"

客人一片笑声。

吴承中禁不住也笑了。

慧心师太又说："本人虽然属于'80后'了，现在却正值第五青春期！"

众又笑。

吴承中被笑声感染，忙打开画夹，为慧心师太和妙珠画像……

85. 画坊内，夜
吴承中把慧心师太和妙珠的素描画像都夹在画板上，自己退后一步欣赏。
方雯卉进屋。
吴承中回眸，拉着长声含笑道："你这'画坊西施'，还有那位'杨贵妃'，今天是怎么应对的'玉貂蝉'和她哥啊？他们承不承认那玉镯是假的啊？"
方雯卉笑嘻嘻地："表哥，你就好比那'唐明皇'，金口玉牙，说啥算啥，打个喷嚏都是圣旨。你都说是假的，他们还敢说是真的吗！"
吴承中瞪了她一眼："你怎么还把我跟唐明皇扯到一块去了！"
方雯卉满脸调皮地："哈……我不是觉得你跟对门那位'杨贵妃'挺般配的吗！"
吴承中正色道："雯卉，这玩笑不能开！她是个寡妇，性子又那么烈，我宁肯打光棍儿也不能找个妈管着我。"
方雯卉不以为然地："表哥，这你就不懂了。女人没脾气，那就像白开水，喝两天你就腻了。有性格有棱角的女性，才是茶和咖啡，喝起来才有滋有味儿！"
吴承中："可要是辣椒水呢？"
方雯卉："辣椒水怎么了？辣椒富含维生素C，既养身体，又刺激食欲！"
吴承中忍不住笑了："你伶牙俐齿，我说不过你。唉，说实话，表哥我都有点儿替你发愁了。你这么强势，谁敢娶你？咱可别成'剩女'呀！"
方雯卉拍着胸脯儿说："你表妹我不是'剩女'，是'圣女'。追我的人，要是让他们排队，能从这条老街的最南端排到最北端，然后呢，还得在卖芝桥和福星桥上绕三圈儿！"她凑到吴承中身边，"你信不信？"
吴承中笑道："你说能沿南官河一直排到三门、温岭、玉环得了呗！"
方雯卉："比那远，可我说的时候不是得谦虚点儿嘛！"
吴承中让这个可爱的小表妹给逗得开心大笑。

86. 郏氏玉器店内，夜
郏友根正一件一件地看着他的那些假玉镯。
他在沉思。
郏海花来到他身后，轻声喊他："哥——"
他浑身悚然一震，下意识地把手捂在了那些玉镯上。

87. 画坊内，夜
方雯卉问吴承中："今天见到慧心师太了吧？"
"见到了。"吴承中心悦诚服地，"你们这儿真是藏龙卧虎，我遇见大师啦！慧心师太就像本厚厚的书，很值得一读。"
方雯卉："还有那个妙珠，你别看她年龄不大，也是一本厚书呢！"
吴承中："哦？"
方雯卉："慧心师太的父亲是位抗日名将，后来在内战中又成了战犯。她说父亲一辈子杀人太多，不到二十岁就在善福堂削发为尼，替父赎罪。"说着，竖起大拇指，"书法、绘画、金石，慧心师太都是这份儿的！"
吴承中颔首。
方雯卉："那个妙珠呢，是个高才生。可她父亲是煤老板，非逼她嫁给一个市长的儿子。她一气之下，便投奔了慧心师太，与红尘了断啦！"
吴承中："有性格！"

方雯卉："我们这条老街，满街都是故事，满街都是画。你呀，就慢慢读，慢慢看吧！"

吴承中俏皮地拱手："'西施'娘娘放心，小生遵命啦！"

两个人都笑了。

88. 吴承中住处的窗口，傍晚

从窗口望出去，在淡淡的暮色中，那一排排老屋，还有瓦楞和灰雕，像是一首凝固的诗。

吴承中伫立窗口，贪婪地望着，不时拿起笔在画纸上勾勒几下。

突然，一根长杆在他眼前一闪，"啪"地搭在他窗下的木托上，把他给吓了一跳！他朝对面看去——"

对面的窗口，杨金桔仿佛没事似的，正往刚搭好的过街横杆上晾洗好的衣服。

吴承中怔怔地看着。

杨金桔这时才发现他，友好地打招呼："又画画？"

吴承中礼貌地点头。

杨金桔笑盈盈地："我晾衣服。"

"好，你忙，你忙……"吴承中忙缩回头去。

89. 杨金桔的住处，傍晚

杨金桔把衣服晾好，又朝对面窗口望了几眼，才转过身来。

小桔子正往身上穿着儿童戏装。

她穿好了，往一把小凳子上坐，不小心，把凳子坐翻了，一个倒仰朝后摔去。

杨金桔一声惊叫，急扑过去。

小桔子灵巧地从地上爬起来。

杨金桔急切地："摔疼了吧？"

小桔子努力笑着，一边用手揉着小屁股，一边安慰她说："妈，没事儿，我练杂技呢！"

杨金桔仔细查看她的脑袋瓜儿、胳膊和腿，见并无大碍，才叮嘱道："当心！"

"妈，"小桔子亲昵地扑到她怀里，"你教我唱越剧呗。"

杨金桔这才笑了笑，说："好吧，来，你坐好……"

90. 吴承中的住处，傍晚

吴承中在纸上细心地画着老屋。

杨金桔与小桔子一唱一和的声音从窗外袅袅飘进屋内——

    牡丹竞放笑春风，
    喜满华堂寿烛红。
    白首齐眉庆偕老，
    五女争来拜寿翁……

母女俩一个声情并茂，一个充满童稚，宛若天籁之音。

吴承中凝神静听，禁不住微微笑了一下，却又轻轻摇了摇头。

91. 善福堂内，慧心师太画室，夜

一条老街；

一座石桥；

一幢爬满青藤的木屋……

慧心师太正在潜心作画，她笔下的老街情趣盎然。

妙珠在一旁细心揣摩。

92. 画坊内，夜

吴承中也在作画。

方雯卉饶有兴致地看着。

方雯卉："你的画，有'清明上河图'的味道，只是多了一些写意。"

吴承中："说真话，我开始找到感觉了，我越来越喜欢你们这里了。"

方雯卉："表哥，你发现了吗？我们这里的路，都是一座又一座的桥连起来的。路的前边，一定有座桥；桥的前边呢，又一定铺着路。"

吴承中笑了："雯卉，我觉得，你当画坊老板……真是有点儿屈才了？"

方雯卉："唔？"

吴承中："你应当去写诗。当个女诗人，多好！"

方雯卉："不愧是大博士，忽悠人都与众不同！"

两个人都咯咯笑了。

93. 善福堂内，慧心师太画室，夜

慧心师太看一眼妙珠，把画笔递给她："这里，你给补补白。"

妙珠接过画笔，细心地画着。

"好！"慧心师太高兴地鼓励她，"好好画吧。人世间沧海桑田，一切都在变。花季少女会变成老阿婆，毛头小伙儿会变成老阿公，咱们这千年老街也会更老。总有那么一天，这些画和文字，会成为后人研究老街的'化石'。"

妙珠微微笑道："一切都在变，唯有您不变。"

慧心师太："唔？"

妙珠："您的画，已经越来越有神韵。许多藏家高价来买，您一概婉拒，却又常常随手送人！"

慧心师太："我还是那句话，不是朋友千金不卖，是朋友分文不取。金钱如海水，喝得越多，渴得越厉害。佛堂乃清净之地，断不能溢满铜臭气！"

妙珠双手合十："师父妙言，弟子谨记。"

94. 画坊内外，夜

杨金桔来了。

她端着一盘状元糕，进屋。

方雯卉调皮地："哇，贵妃娘娘驾到！"

吴承中回眸看着，目光中再无敌意。

杨金桔："雯卉，还你盘子。你那天送的蟹子真鲜，小桔子吃得满嘴流油。我做了一点儿状元糕，你、方伯、水仔，还有你表哥，都尝尝。"

"金桔姐，你看——"方雯卉把杨金桔拉到吴承中的画前（跟移），有意炫耀地，"我表哥画的老街，你看像不像？"

杨金桔弓下腰细看，由衷地赞叹道："画得好！不光形似，而且神似。"
吴承中听到她的评语，禁不住对她刮目相看。
"透视关系尤其好，"杨金桔继续说，"你看，这叫'远山无树，远水无痕，远人无目'……"
"哦？"吴承中无比惊异地，"你还懂画？"
杨金桔笑道："唱越剧的人，不少都喜欢画画。我小时候，家父还专门教过我呢。"
方雯卉："表哥，你知道金桔姐的父亲是谁吗？"
吴承中摇头。
方雯卉："杨千鹤啊！"
吴承中浑身一震："杨千鹤？那是国画大家呀！"
方雯卉："才知道？人家金桔姐的老祖宗还是御相杨晨呢，也算是家学渊源的名门闺秀！"
杨金桔笑了，对方雯卉："雯卉，电视台不选你去当广告部主任，真是屈了才了，他们是瞎了眼！"
方雯卉开心地笑了。
吴承中没笑。他注视杨金桔的目光中平添了许多许多的内容……
杨金桔让他看得有点儿不好意思了，她慌忙低下头，说："你们哥俩趁热吃，我该回了。"边说，边走出屋去。
吴承中一伸手，抓块状元糕，塞进了自己嘴里。
方雯卉看着他，意味深长地笑了。

95. 杨金桔的住处，夜
一双手，很小心地把吴承中在大戏台下画的那张素描贴在墙上。
这是杨金桔。她退后一步，含笑望着。
躺在床上的小桔子睁开眼睛："妈，你怎么还不睡？"
杨金桔忙过去哄她："你先睡，妈一会儿就睡。"
"妈，"小桔子却坐起身来，指着那幅素描，"是那个叔叔画的吧？"
杨金桔掩饰地："哪个叔叔？"
小桔子："水仔他舅呗。"
杨金桔笑了："你这个小机灵鬼！"

96. 画坊内，夜
吴承中仍在作画。
方雯卉含笑望着他，说："表哥，你好好画我们老街。你画好了，我保你交一次桃花运！"
吴承中笑着摇头："我一个书呆子，能有什么桃花运！再说了……"
方雯卉："我们这儿的女人难缠，不是东西……对吧？"
吴承中忙否认："这可是你说的，不是我说的！"
方雯卉："你刚来时亲口说的！"
吴承中忙说："那是生气时说的。人在生气、喝酒和做梦时说的话，都一概不作数！"
方雯卉："有你这句话，我就明白了。"
吴承中："你明白什么？我郑重表个态：我可不想当什么梁山伯，更不想去找什么祝英台！"

方雯卉调皮地一挑大拇指："聪明！绝顶一级的！"

吴承中愣愣地看着她。

方雯卉抿嘴一笑："梁山伯与祝英台，那是爱情悲剧；你等着，我要导演一出爱情喜剧给你看！"说完，把手往身后一背，嘴里哼着锣鼓点儿，迈着越剧中"老生"的方步走了。

吴承中瞧她那副调皮样儿，忍不住笑了。

97．杨金桔住处，夜

小桔子满脸认真地："妈，水仔他舅跟你吵过架，你心里恨他吗？"

杨金桔轻轻搂过小桔子："妈给你讲个故事呗。"

小桔子雀跃地："好啊，好啊！"

杨金桔喃喃地："有那么两个人，大吵了一整天。一个人说三八二十四，另一个人说三八二十一。"

小桔子："三八怎么能等于二十一呢！"

杨金桔："就是呀！可他们两个却相争不下，还告状告到县官的那里。县官听了，你猜他怎么断的案子？"

小桔子："怎么断的？"

杨金桔："他命令：'去，把说三八二十四的那个人拖出去打二十大板'！"

小桔子："他打错人啦！"

杨金桔："那个说三八二十四的人也像你这么说。他很不高兴地问县官：'明明是他蠢，为什么打我？'县官说：'你能跟说三八二十一的蠢人吵一整天，我不打你打谁？！"

"哈……"小桔子乐得前仰后合，"妈，你是说……水仔他舅很蠢很蠢，对吧？"

杨金桔摇头："妈不是那意思。妈是说……吵架的人，不管对错，都很蠢。那天，妈就做了一回蠢人！"

小桔子不说话了，呆呆地望着她。

杨金桔冲她笑了一下："小桔子，往后，妈绝不会再做这种蠢事了，一定！"

小桔子冲杨金桔挑起了大拇指："我们老师说，敢于承认错误的都是好孩子！"

98．郏家大宅院内，夜

"砰——"一只脚用力踹向郏友根烫脚的大木桶，把水洒了满地。

这是郏海花。她怒气冲天地瞪着哥哥。

郏友根高抬着两只赤脚，惊怔地："你做什么呀？你……疯啦？"

郏海花带着哭腔喊道："哥，我看你才疯啦！"

郏友根瞪着眼睛："你什么意思？"

郏海花："听说，你今天卖出去两只假玉镯？"

郏友根浑身是理地："不卖，我那三百多万元岂不等于抛进了南官河！"

"哥，"郏海花急切地，"咱们郏家，祖祖辈辈都在老街上做生意。绸庄、布店、银楼、客栈、水埠码头、木材行……老祖宗哪样没干过？咱'郏'家这个'郏'字，从来都是跟信用画等号的。哥，你可千万不能把信用毁在咱的手里呀！"

郏友根擦干脚，站直身子："海花，你年纪轻轻，却比我还老古董！这都什么年代了？还抱着老皇历不放！无商不奸，再说了……咱这也不是奸，咱也是被别人骗了！"

郑海花气得直跺脚："咱被别人骗了，就可以接着再骗别人吗？贪便宜，失便宜，不会有便宜白白到屋里。信用一旦没了，往后咱还有脸在这老街上混吗？！"

郑友根厉声吼道："你懂什么呀？把嘴闭上行不行？"

郑海花："不闭，我就不闭！明天，我就去告诉金桔姐！"

郑友根厉声吼道："你敢！"

郑海花含着泪："人家都说，一个是奸商，一个是贪官，都像你们唱戏的，是两面人，台前和幕后不一样！我还总是为你们打抱不平，觉得这是对爱唱戏的人的一种侮辱！可你……"

她说不下去了，一屁股坐到不远处的凳子上，默默垂泪。

郑友根则像一头困兽，也不说话，在她背后的院子里不停地走来走去……

99. 水埠头，晨

阮叔的小船泊在水边。

他正就着两碟小菜有滋有味儿地喝着黄酒。

阮婶端饭出来。

不远处的老式木屋前，有妇女蹲在水边的石阶上洗衣服，还有人从二层楼的窗口吊下木桶汲水。

香芸梳洗得很整齐，挎只小篮子从舱内出。

阮叔抬起头："走？"

香芸："走。"

阮婶："快回！"

香芸："快回。"

阮叔："可别把钱丢了。"

香芸笑了："爸，我是三岁两岁的小孩子吗？"她敏捷地跳到岸上，回眸一笑，轻盈地走了。

阮叔望着她的背影轻叹一声："唉，香芸一嫁人，咱这家……"

阮婶看着他："咱这家怎么了……"

阮叔摇头："没意思了。"

阮婶："香芸在就有意思，我在就没意思？"

阮叔："桥归桥，路归路。你是我婆娘，她是我闺女。你能让我把你也当闺女吗！"

阮婶亲昵地瞪他一眼，猛然把围裙砸到他脸上："你个老东西……"

100. 郑氏玉器店门前的老街，日

香芸满脸喜气地从门内出。

她抬起腕子，珍爱地看着刚买的玉镯，沿老街朝前走去。

101. 戏剧服装店，日

郑海花正在向杨金桔哭诉。

"金桔姐，"郑海花哽咽道，"三百多万元，确实不是个小数字，可……这批玉器要是真的卖出去，我们老祖宗创下的信誉也就砸了！"

杨金桔面色凝重地："一个是真，一个是善，一个是美，这三个字是咱老街的灵魂。一条鱼，可以腥了一锅汤；一批假货，也足以坏了老街的形象。你哥，糊涂！"

郑海花："你去劝劝他吧。他对你的那份心思，我最清楚。眼下，他是急疯了，也

许……只有你的话他还能听得进。"

杨金桔沉思。

102. 方伯的乐器修理小店，日

方伯背着手伫立在店铺前，望着招牌发呆。

吴承中站在他身边，轻声说："舅，我知道您是舍不得这块老招牌，可……咱改办琴行，您仍然可以修理胡琴啊唢呐啊什么的，两不耽误，多好！"

方伯不语。

香芸挎着小篮子走来。

香芸："方伯！"

方伯："哟，香芸来啦！"他给吴承中介绍，"香芸，你表姐夫的亲妹妹！"

吴承中笑道："人没见过，可你送来的蟹子我倒是吃过了，真鲜！"

方伯一指吴承中，对香芸："吴承中，我外甥，你得叫哥。"

香芸甜甜地一笑："哥，你爱吃，等哪天我再送来。"

这时，吴承中一眼就瞧见了香芸腕上的玉镯，不禁一愣，忙对方伯说："舅，你看——"

香芸嫣然一笑，落落大方地抬起腕子："方伯，我快嫁人了。我爸我妈说到时候一定请您和雯卉姐，还有水仔，都去喝喜酒。"他又转对吴承中，"哥，您也去。"

吴承中慨然应允："好啊！"

方伯指指她的玉镯："嫁妆？"

香芸含笑点头："嗯。"

方伯："刚买的？"

香芸又点头："嗯。"

方伯："多少钱？"

香芸："六万多一点儿。"

方伯："在郏家玉器店，对吧？"

香芸："对。我爸说，那是老店，有信誉。"

方伯骤然火起地："郏友根这小子，疯啦！"

他冲到屋内，拎过一把锤子，对香芸和吴承中一挥手："走！"

香芸莫名其妙地："方伯……"

方伯没吭声，大步流星地朝前走。

"舅！"吴承中赶紧追上他，附在他耳边轻声嘀咕了几句。

方伯微微一愣，旋即连连点头。

吴承中回头喊香芸："香芸，走……"

103. 郏氏玉器店内，日

店内顾客不多。

吴承中、香芸从门外进。

郏友根忙迎上来。

吴承中抬起香芸的腕子，和颜悦色地说："郏老板，像这种成色的玉器，您这儿还有吗？"

郏友根："有哇！这是地道的缅甸玉，上等成色！"

104. 那爿废弃的古墙，日
杨金桔和郏海花匆匆前行……

105. 郏氏玉器店内，日
吴承中："您有多少？"
郏友根："您要多少？"
吴承中："您有的，我都要。"
郏友根一愣："唔？"
吴承中："我有一亲属，在临海开了间老银铺，生意不大好，想改作玉石生意。"
郏友根点头："当下，人们日子过好了，口袋里有钱了，银饰不像过去那么吃香了。什么长命锁啊，银铃铛啊，银镯子啊，需求量不大，做生意就是得与时俱进！"
吴承中："让我看看货吧，我多买可得优惠啊！"
"一定，一定！"郏友根朝售货员们一挥手，"来大主顾了，上货！"

106. 爬满青藤的木屋，日
杨金桔和郏海花拐过墙角。

107. 郏氏玉器店内，日
多种玉件展现在吴承中和香芸面前的柜台上。
郏友根眉飞色舞地推介："你看，这成色，这造型，这品位……"
突然，一条胳膊横空出世，把那些玉件"哗啦"一声全部扫下柜台！
郏友根猝然一惊！
方伯蓦然出现在郏友根面前，脸色凝重地盯着他。
郏友根惊怔地："方伯？你……"
方伯生气地瞪他一眼，猛转身，抢起锤子，朝落在地上的那些"玉件"一阵猛砸。
郏友根急急地冲过来，一把抓住方伯的手："方伯，你疯啦？"
方伯冷峻地看着他："友根，我没疯，是你疯啦！"
郏友根颤着声："你没疯，为什么砸我的铺子？"
方伯把手中的锤子举到他面前，说："你知道的，我这是'护宝锤'！我砸的是你的物件，护的是你祖宗的荣誉！"
郏友根："你……"
这时，杨金桔和郏海花猛然冲进屋来。
郏友根一愣，慌忙松开了方伯的手。
杨金桔走到他面前，一字一句地说："友根，咱们学戏时，师父是怎么说的？人这一辈子，在台前幕后都要做好人，不能一边演着好人一边做着坏事！"
郏友根双手抱头，缓缓蹲到地上。
杨金桔也随他蹲了下去，轻声说："友根，人活在世上，没有谁可以回到过去重新开始，但谁都可以从现在开始，去争取一个完全不同的结局。"
吴承中、方伯、郏海花、香芸都默默地看着。
突然，从郏友根的喉咙里发出了悲怆的哭声。
方伯用手中的锤子使劲砸向散落在地上的一个物件，发出刺耳的声响！
郏友根倏地抬起头。
方伯声如洪钟地："友根，你小子别哭！好好做生意，走正路，我还是你的戏迷！"

郏友根没说话，泪水却从眼眶中溢了出来……

108．吴承中的住处，黄昏
水仔和小桔子正唱《天上掉下个林妹妹》——
水仔：天上掉下个林妹妹，似一朵轻云刚出岫。
小桔子：只道他腹内草莽人轻浮，却原来骨格清奇非俗流。
水仔：娴静犹如花照水，行动好比风扶柳。
小桔子：眉梢眼角藏秀气，声音笑貌露温柔……
吴承中笑眯眯地看着。
"小桔子——"从对面窗口，传来杨金桔的喊声。
吴承中忙说："小桔子，你妈喊你啦！"
小桔子郑重其事地拉水仔谢幕："今天的演出，到此结束！"
吴承中乐得前仰后合。
小桔子和水仔蹦蹦跳跳地跑出屋去。
吴承中起身走向窗口。
吴承中刚到窗口，恰巧又遇上杨金桔从对面伸过来的过街横杆。
吴承中友好地笑道："嘀，又发动侵略战争了？！"

109．对面杨金桔的窗口，黄昏
"这可不是侵略！"杨金桔笑答，"这叫过街横杆，咱老街的一景。你看，我家这边也为你们家特意留着个木托呢！"

110．吴承中的窗口，黄昏
吴承中探头看看，果真如此，禁不住笑了。
他看一眼杨金桔，心悦诚服地："你的越剧，唱得真好！"
杨金桔："你会唱吗？"
吴承中忙摇头："不会，我唱歌跑调儿！"

111．杨金桔的窗口，黄昏
杨金桔鼓励他："你唱几句，我听听真跑调儿还是假跑调儿。"
吴承中忙说："我真不行。"
杨金桔不依不饶地："来一句，就来一句还不行吗！"

112．吴承中的窗口，黄昏
吴承中只好清清嗓子，抻起脖子唱了一句："天上掉下个林妹妹……"调儿确实跑得极厉害。

113．杨金桔的窗口，黄昏
杨金桔忍不住"咯咯"笑出声来。

114．吴承中的窗口，黄昏
吴承中涨红着脸："我不唱，你偏让我唱。这脸丢大了吧？"
杨金桔止住笑："不，这不丢脸。"

吴承中："还不丢？看把你乐的！"

115．杨金桔的窗口，黄昏
杨金桔："你这不是跑调儿，你这是自己作的曲儿！"说完，忍不住又笑了。

116．吴承中的窗口，黄昏
吴承中假装沉下脸来："拿我开心是不？我得罚你！"

117．杨金桔的窗口，黄昏
杨金桔："怎么罚？"

118．吴承中的窗口，黄昏
吴承中："我出两个上联，你对上，我服你；你对不上，我也笑你！"

119．杨金桔的窗口，黄昏
杨金桔跃跃欲试地："好，你出！"

120．吴承中的窗口，黄昏
吴承中："登桃花岛，看岛花，交桃花运……"

121．杨金桔的窗口，黄昏
杨金桔略一沉思，答道："游仙女湖，拜湖女，结仙女缘！"

122．吴承中的窗口，黄昏
吴承中登时怔住了。
杨金桔："对上一个了，再来！"
吴承中想了想，又出一联："画上荷花和尚画……"

123．杨金桔的窗口，黄昏
"画上荷……和尚画……句首的'画'是名词，句尾的'画'是动词……"杨金桔沉吟着，突然抬起头来，说："绣首鲜桃仙手绣！"

124．吴承中的窗口，黄昏
吴承中被彻底震住了。
他怔怔地望着杨金桔。

125．杨金桔的窗口，黄昏
杨金桔甜甜地笑了："你呀，撞枪口上了吧？对对联儿，是我的长项！小时候，家父就经常教我背古诗，对对联儿。"

126．吴承中的窗口，黄昏
吴承中不再说话。
他无言地望着杨金桔。

他的目光中，多出了许多灼热的东西……
这时，从下面的老街上传来方雯卉的喊声："哎——哎……"
吴承中忙探出头朝下望去。

127．俯瞰中的老街，黄昏
方雯卉笑盈盈地仰着脸："表哥，金桔姐，你们俩眉来眼去的，太不注意影响了！"
水仔和小桔子闻声跑过来。
水仔："小姨，你说谁呢？"
方雯卉拿手往上指指。
水仔和小桔子都仰起小脸朝上面张望。

128．仰望中的窗口，黄昏
吴承中没说话。
杨金桔则笑眯眯地："雯卉，欠掌嘴了吧？当着孩子也乱说！"说罢，她突然从窗边抓起三个桔子，一边笑，一边像连珠炮似的朝方雯卉抛去！

129．老街上，黄昏
方雯卉灵巧地接住桔子，给水仔和小桔子每人发了一个，然后才牵起他们的手，说着笑着走了。

130．善福堂内，慧心师太的画室，夜
慧心师太正悉心指导吴承中和妙珠画画。
吴承中回眸看一眼慧心师太，说："师傅，我正劝我舅改造他的老字号。"
慧心师太赞许地点头："世间万物，并非唯有'老'才好，该求变就求变。"
吴承中想了一下，说："唯佛教和僧家例外，那是千百年不变的。"
慧心师太摇头："星云大师就力主佛教要从山林到人间，从老年人到青年人，从传统到现代，从遁世到救世，从幽怨到喜乐……人世间，绝对不变的没有，什么都不例外。"
"师傅……"吴承中望着慧心师太，满眼都是喜悦和赞佩的光芒。

131．戏剧服装店内，夜
杨金桔和一个女售货员正在悬挂新进来的戏剧服装。
方雯卉来了。
方雯卉："哇，又进新戏装了？"
杨金桔走到她身边，点着头说："郊区一个村，一次就订三十套！"
方雯卉递给她一个挺漂亮的大信封。
杨金桔："什么？"
方雯卉："请柬。"
杨金桔故意逗她："请我参加你的婚礼？"
方雯卉也逗她："我八字还没一撇呢，哪像你呀，一撇一捺都凑齐了！"
杨金桔拿请柬"啪"地给了她一下："谁凑齐了！"
方雯卉故意夸张地压低声音："我表哥，好人，才子，属于当代唐伯虎那个级别的！你想当秋香，就得抓紧追，可千万别把我的竞争心给激发出来，那你可就后悔莫及了！"
杨金桔立即撇着嘴儿："你的竞争心？你们俩一个表哥一个表妹，有血缘关系！你还

当这是贾宝玉、林黛玉那个时代啊！"

"哈……"方雯卉指点着杨金桔："露馅儿了吧？露馅儿了吧！"

她走向杨金桔，伸出一个指头向她刮脸皮："羞哇，真羞！"

杨金桔自知语失，娇嗔地打掉了她的手，然后忙掩饰地打开信封看请柬："哦？你们家的小乐器店要改琴行了？"

方雯卉："我表哥的主意，他还给出了一部分资金，新租了一套房子。"

杨金桔："你爸愿意吗？"

方雯卉："好不容易才想通了，明天就挂牌儿了！"

杨金桔高兴地："好哇！雯卉，你细琢磨琢磨咱们这条老街，它一半是历史，一半是现实；一半是古典，一半是现代！其实啊，它每天都在变，不停地变。咱该变的时候不变，就会跟不上它的变……"

方雯卉扑哧乐了："金桔姐，你跟我绕口令呢！"

132. 郏氏玉器店内外，晨

吴承中从街角拐过来，从这里路过，一眼瞥见站在门口的郏海花，忙把头一低想快点儿过去。

郏海花却一步蹿出来，喝道："哎，站住！"

吴承中停下脚，怔怔地望着她。

郏海花沉着脸问："听说……那只假玉镯是你最先看出来的？"

吴承中没说话，只是点点头。

郏海花瞥他一眼，情绪挺激烈地："你们凭什么给砸了啊？"

吴承中也同样沉着脸："那不是假的吗！"

郏海花："假的就砸啊？我们又没上电视里参加鉴宝节目！再说了，参加鉴宝节目砸不砸还得签个文书呢！"

吴承中被她问得语塞了，把脸扭到一边，不说话。

郏海花不无得意地暗自一笑，然后命令道："进去！"

吴承中不解地："干什么？"

郏海花："我得罚你！"

吴承中一脸茫然地："罚我？"

"走吧，你！"郏海花走过去，不由分说地推他进屋。

大屏风醒目地矗立着。

郏海花推吴承中入画。

吴承中挣扎着："你……你干什么呀？"

郏海花一指大屏风："拍！"

吴承中一怔："唔？"

郏海花强忍着笑："我罚你拍照片！"

吴承中愣在那儿，不敢动。

郏海花瞪他一眼："你上次来时的那本事呢？拍吧！我们老街的人，赏罚分明。谢谢你帮我们看出了假玉，随便拍吧！"说完，龇牙一乐，扭头走了。

吴承中愣愣地站着，忍不住扑哧笑了。

他惊喜万状地掏出相机，对着大屏风，疯狂地拍了起来……

133. 方伯的琴行内，日

一双手，在小心地揩拭着锃亮的圆号。
这是方伯。他放下圆号，在屋内四处欣喜地顾盼，看他的钢琴、小提琴、大提琴……
吴承中从门外进："舅！"
方伯响亮地应道："哎！"
吴承中："外面都准备好了！"
方伯兴奋地一挥手："那就开张！"

134. 方伯的琴行外，日

鞭炮骤响。
在烟雾和纸屑中，一大块红绸子被揭下，露出"方家琴行"的硕大牌匾。
人们热烈鼓掌。
我们在人群中依次看到：方伯、方雯卉、吴承中、杨金桔、郑海花、郑友根、香芸、阮叔、阮婶儿……
水仔和小桔子手牵着手，在人群中嬉戏。
他们欢叫着跑来跑去……

135. 那片废弃的古墙，晨

水仔和小桔子手牵着手，嘻嘻哈哈地跑过。
杨金桔和吴承中背入画。
吴承中瞥一眼杨金桔，又看看不远处的水仔和小桔子，有意往她身边凑了凑。
"哎，"他没话找话地，"你们家小桔子，真可爱！"
杨金桔看看他，没说话。
吴承中调侃地："把小桔子卖给我吧！"
杨金桔笑笑："不卖，干脆白送你算了。"
吴承中："当我的干女儿？"
杨金桔没吭声。
吴承中幽默地："不同意？你要是敢不同意，那我可就让她当我的亲女儿啦！"
杨金桔依然没说话。她微微一笑，扭头走了。
吴承中忙追过去。

136. 老街拐弯处，晨

杨金桔放慢脚步，有意等吴承中。
"金桔……"吴承中追上来。
杨金桔微微低下头。
"我……"吴承中的口齿突然变得笨拙起来，"哎，实话说，我……嘿嘿，都暗恋你好多天啦！"
杨金桔忍不住扑哧一笑。
"你别笑，"吴承中满脸认真地，"暗恋……可是人世间最真诚最无私最伟大的感情！"
杨金桔亲昵地瞪他一眼："你都说出来了，还叫暗恋啊？！"
吴承中一想，忍不住也笑了。

137. 一条小巷内，晨
小桔子和水仔隐在这里，朝杨金桔和吴承中那边偷看。

138. 老街拐弯处，晨
杨金桔瞥一眼吴承中，故作严肃地："有人说过，我们这儿的女人很难缠，那是谁呀？"
吴承中："我呀！可女人不难缠，能拴得住男人的心吗？"
杨金桔："还有人说过，我们这儿的女人不是东西，又是谁呀？！"
吴承中："也是我呀！女人是人，大写的人，怎么能是东西呢！"
杨金桔瞥他一眼，强忍住笑："我有一个'段子'，给你讲讲？"
吴承中："洗耳恭听！"
杨金桔："矿泉水一直暗恋方便面。你猜方便面怎么回答它？"
吴承中："同意呗！"
杨金桔摇头："方便面说：'小样儿！一点儿热乎气儿都没有，还想泡我！"
吴承中哈哈笑道："那矿泉水把自己烧开了，热起来，不就行了！"
杨金桔也被他给逗得乐出声来。
"妈——"这时小桔子沿老街跑来了，"我饿了，想吃姜汤面！"
吴承中一把她抱起来，在空中抢了一圈儿，才放下她，笑眯眯地："好，吃姜汤面，叔叔请你客。"
小桔子高兴地："哦，叔叔请客喽，叔叔请客喽……"
吴承中与杨金桔每人牵她一只手，沿老街朝前走去。
镜头缓缓升起。
这时，呈现在我们眼前的是：像老街一般凝重的南官河，像南官河一样流动的老街……

（本剧由九州同映和长影集团第一影视公司联合拍摄。总导演：韩志君，导演：戴曙鸣、沈慕晗，主演：赵雅莉、魏一、陈凡、李南、周博文、祝希娟、肖彬。）

金秋喜临门

1. 钱玲家的院门口，晨

一只粗大的手掌，把院门拍得"啪啪"山响。

院内狗叫。

钱玲的声音："谁呀？"

"我！"来人高声嚷道。

门吱呀一声开了，露出钱玲的脸。她四十多岁，风韵犹存，见门外来人不禁一怔："老郑三叔，啥事啊？大清早就砸门！"

六十多岁的郑三老汉一头大汗，满脸焦灼："周富呢？让他出来！"

钱玲："上肉铺了。啥事这么急？"

郑三老汉满脸忧愤地："我家大黑让人偷啦！"

钱玲："狗丢了？狗丢了找周富干啥呀？他又不是你家的狗！"

院内狗又叫。

郑三老汉忍不住抻脖子往里看。

钱玲不悦地瞪他一眼，倏地闪开身子，皮笑肉不笑地："那不是你们家大黑，那是我们家小白！"

郑三老汉抻长脖子细看，转身失望地走开。

"有毛病！"钱玲不满地嘟囔着，"砰"地撞上院门。

2. 周家婶子破旧的草房前，晨

郑三老汉的女儿秀姑急匆匆地跑过来。

周家婶子在门口喊她："秀姑——"

秀姑停脚，亲切地："婶儿！"

周家婶子见四周没人，便走到墙边，关切地问："你爸把大黑丢了？"

秀姑点头："嗯。"

周家婶子焦灼地："那可是他的命啊！"

秀姑："我爸都快急疯了。婶儿，我得去找他，怕出事。"

周家婶子："快，那你快！"

秀姑跑开了。

周家婶子关切地望着她。

3. 周富的肉铺，晨

周富正在案子上砍肉。

郑三老汉来了，问："周富啊，看见叔的大黑了吗？"

周富猛抬头，惊讶地："咋？你家大黑丢了？"

郑三老汉："有没有人上你这儿来卖狗？你杀没杀我家大黑？"

周富扑哧乐了："谁不知道大黑是你的命根子！要了我的命，我也不敢干那种缺德事呀！"

郑三老汉眼里透出悲愁："那你说，我家大黑咋说没就没了呢？"

周富想了想，说："八成是被人给药死了。最近这段，偷狗的挺多！"

周富的话就像是他手中那把砍肉的刀，一下子就把郑三老汉的心和希望给劈开了，锋利得让他待了好久才觉得无比的疼。

他颤着声问："要是有人药了它，我咋没听见它的叫唤？大黑吃了药，会疼得叫唤呀！"

周富说："现在谁还用毒药？毒药弄的狗也没人敢吃。都是很厉害的迷药，狗只要吃了一点点，甚至闻到一点点，就立刻跟死了一样，只有任人摆布的份儿了。"

郑三老汉仍旧怀着一丝希望地说："大黑乖得像个孩子，比孩子还聪明。它鼻子灵着呢，一点儿味道它也会闻出来的。"

周富面色沉重地说："那种药无色无味，要是不说，人看到它也不知道它是迷药。"

郑三老汉泪光闪闪地："狗比有的人善良，有的人比狗黑心。"

这时，秀姑跑来："爸，快回去吃饭吧！大黑都没两天啦，要回早回来了，还用得着你到处找？"

郑三老汉长叹一声，不动。

秀姑硬拉着他往回走。

走了几步，郑三老汉又回过头问周富："你说……大黑会不会是跑出去玩了，能不能哪天又摇着尾巴颠儿颠儿地跑回来？"

周富摇头："刚才秀姑说都没两天了。让我看啊，肯定是被人给药了，现在不知正在哪口锅里煮着呢！"

郑三老汉的脸猛烈地抽搐，浑浊的老泪在眼里闪烁："那……你再告诉我十里八村几个收狗的户，我挨个去问问。"

秀姑柔声细语地劝他："爸，不会有人承认，更不会有人告诉你是谁偷狗卖的。"

周富也走过来，说："秀姑是明白人。那些收狗的人，要是告诉你了，不是砸自己的饭碗吗？这年头，谁不想多挣几个钱儿！"

郑三老汉悲痛欲绝地摇头、叹气，跟着秀姑走了。

4. 郑三老汉家的院门前，晨

这是一座很敞亮整洁的院落，里面有三间挺阔气的大瓦房。

秀姑欲拉他进院。

郑三老汉："不，我回苹果园。"

秀姑嗔怪地："留着三间大瓦房您不住，偏住那小屋！那儿太潮，住常了会得病。"

郑三老汉执拗地摇头："不，我得在那儿等大黑！"

秀姑无奈地看着他。

5. 苹果园的小屋，黄昏

郑三老汉坐在屋檐下，"嚓嚓"地磨着一把刀。

秀姑抱着小行李卷儿急匆匆地走来。

郑三老汉倏地把刀藏在身后，问："你来做什么？"

秀姑："我来陪你住。"

郑三老汉："胡闹！"

秀姑："大黑没了，我怕你孤单。"

郑三老汉赌气地："你不回去，天黑了我就坐在月亮地里，连屋都不进。"

秀姑蹲到他身边，好言好语地："爸，屋里太潮，你还是搬回家睡吧！"

郑三老汉横她一眼："这苹果园谁看？！"

秀姑笑道:"家家都有苹果,谁偷?"
郑三老汉摇头:"不,我还得在这儿等大黑!"
秀姑无奈,也无语。
郑三老汉往回搡她:"走吧,你快走!"
秀姑起身,刚要走,却一眼瞥见他藏在身后的刀,忙抓起来,惊问:"爸,你想干什么?"
郑三老汉起身夺。
秀姑躲闪,不给。
郑三老汉狠狠地:"快给我!我抓到那个偷我大黑的,要捅进他脖子里!"
秀姑正色道:"爸,你糊涂了?杀人要偿命!"
郑三老汉:"我死了,也绝不让那些偷狗杀狗的畜生有好日子过!"
秀姑:"爸……"
郑三老汉:"大黑不也是一条命?害了我的大黑不偿命?!"
秀姑生气地:"唉,我跟你说不明白!"她拿刀走。
郑三老汉倏地起身:"给我刀!"
秀姑加快脚步,连头都没回一下。
郑三老汉抓过身边一条光溜溜的槐木棍儿,猛地砸在身后的窗上。伴着一声脆响,玻璃碎屑四溅……

6. 苹果园的小屋内,夜
冰冷的月光和秋风一道,从砸碎的窗玻璃挤进来。
郑三老汉没睡,他蜷坐在炕上抽烟。
远远的有狗叫。
郑三老汉一激灵,光着脊梁,趿着鞋,拎着一盏手提照明灯从小屋跑出去。

7. 苹果园的小屋外,夜
狗叫声停了。
从苹果园的外边,顺风刮过来一阵隐隐约约的哭声。
真怪,这么晚了谁在哭?
郑三老汉慌忙提上鞋,循着那哭声跑去。

8. 苹果园附近的一片树林子,夜
郑三老汉一手拎着槐木棍儿,一手提着灯,走进树林子。
哭声突然停了。
怪了,莫非遇见了鬼?
他瞪大眼睛,细细搜寻。
前边不远处,有一处孤坟。突然,从那里又传出令人惊骇的压抑不住的啜泣声。
"谁?"郑三老汉威武地喊了一声。
没人应。
郑三老汉连忙小心地走过去,依稀看见坟前的一棵大歪脖树下,正倚着一个瘦小佝偻的身影。
"谁?快出来!"郑三老汉喝道。
那个身影惊得从树影中移到了交织着星光和月光下。一个妇人低着头,双肩抽动不

已。

郑三老汉忙走过去，拿灯一照：周家婶子！

郑三老汉："大妹子，你咋了？他们又惹你生气了？"

周家婶子不说话，捂着脸，哭音更喑哑，肩头抽动得更厉害。

郑三老汉一阵沉默。

9. 郑三老汉家的院内，夜

秀姑双手擎着一块大玻璃从屋内出来。

她抬脸看看天，顺手拿过一把雨伞夹在了腋下。

10. 小树林子里，夜

郑三老汉把灯挂在树杈上，轻声劝着周家婶子："别想不开。都是自己养的，不孝就告他们。"

周家婶子仍是哭泣不已，不搭话。

郑三老汉突然想到了什么，便说："你可别犯糊涂，好死不如赖活着，可千万不能寻短见。"

周家婶子放下手，抬起头。她两眼噙着泪，看着郑三老汉："我不怕你笑话。我舍不得死，我丢不下孙子和孙女。"

郑三老汉："那深更半夜，你跑这儿来做什么？"

周家婶子一指那处孤坟："我心里憋得慌，到这儿来跟我们家那死鬼叨咕叨咕。"

这句话，就像一把小刀子，扎得郑三老汉心疼。他说："你心里有啥憋闷话，就不能找我说？"

周家婶子哽咽道："一入夏，我那小屋子就没法住了，到处漏雨，潮乎乎的，鞋子三天不穿就长绿毛。我找周富和周贵，他们俩一个当不了家，不敢揽事；一个能当家，却不愿揽事。你说我……咋摊上这样的儿子！"

郑三老汉："他们不管你，你就不会来找我？你别看我人老了，可身板硬实着呢。收拾收拾房子，还不是小事儿一桩！"他逞能似的捶捶自己的胸脯儿，这才发现自己光着上身，有些不好意思，脸也奇怪地发烫。

周家婶子低下头，声音如同蚊子般细弱地说："那咋好意思？我咋还敢麻烦你？"

郑三老汉生气道："你呀，真是！前些年，我不是经常帮你干这干那吗？"

周家婶子："你忘了？惹得一些人嚼舌头，差点儿用唾沫星子把咱俩淹死！"

郑三老汉登时无话了。

11. 苹果园的小屋前，夜

秀姑双手擎着玻璃走到窗前，轻声喊道："爸——"

没人应声。

她探头朝屋内望望，见没人，便径自走到窗前，在那块被郑三老汉砸碎的玻璃处，安装新玻璃。

12. 小树林子里，夜

郑三老汉长叹一声："唉，你年轻的时候，是水灵灵的一朵花，哪个男人不眼馋？可惜周四没福气，早早地就扔下你和孩子走了。"

周家婶子的心怦怦跳着，脸热烫烫的，有说不出来的心慌意乱。她叹口气说："你不也一样。自从嫂子一死，没了她的照顾，你的日子也不好过。比我强点儿的，就是你摊上了秀姑那样一个好闺女！"

郑三老汉："我好歹还有大黑做伴儿，你没有。"

周家婶子："大黑还没信儿？"

郑三老汉痛苦地摇头。

两个人都不说话了。

一阵风吹下来，树叶飒飒作响，接着是一阵噼里啪啦的声音。

"下雨了！"周家婶子不由自主地惊呼一声，利索地跳起身。

"快跑吧！"郑三老汉不假思索地伸出手，拉住她，拎起槐木棍儿和灯，跌跌撞撞地朝他那苹果园的小屋跑去。

"唰啦"一道闪电，"咔嚓"一声惊雷。

雨点劈头盖脸地砸下来，整个世界都开始颤抖……

13. 苹果园门口，夜

秀姑撑着把伞，从苹果园中跑出来，焦灼地向四处张望。

远远的，她看见郑三老汉和周家婶子跑过来，微微一怔。

她悄然躲到一边。

14. 苹果园内的小屋，夜

郑三老汉拽着周家婶子，跑进小屋。

周家婶子用双手拢拢跑乱的头发，脸儿红红的，对郑三老汉说："瞧，你都淋成什么样啦，还不快擦擦！"

郑三老汉把毛巾摸过来，却塞给周家婶子，然后又扯过自己的一件干爽衣服，也丢给她，"你看，你也淋得不成样子。快换衣服，我出去。"

周家婶子的脸在灯光下更红了："雨太大，你还出去干什么！"

郑三老汉愣愣地看着她。

周家婶子："都老掉渣儿的人了。你背过身去，闭上眼就行。"

郑三老汉听话地走到门边，把脸朝向门外的雨。

他听见周家婶子正在啰啰唆唆地换衣服。他控制着让自己不回过头。他想象着周家婶子湿淋淋的身体在灯光下会是什么样子。他的身子有些微微颤抖。

15. 小屋前，夜

秀姑撑着伞，悄然靠近窗子，向里面张望。

16. 小屋内，夜

周家婶子边系扣子边说："你回过头来吧！"

郑三老汉回过头，见自己的衣服穿在她身上虽有些肥大，却把她显得挺精神，便说："想不到，我的衣服穿到你的身上，这么好看！"

周家婶子微微低下头："唉，老了。"

郑三老汉动情地说："你不老呢，想不到，刚才你还能跑得那样快！"

"真的？"周家婶子的眼里射出一抹光。

郑三老汉点点头，用力地咽了口唾沫。

周家婶子的脸，羞得像少女般绯红，说："你累坏了，快歇着吧，我该走啦！"

郑三老汉把身子横在门口："雨这样大，你怎么走？我不累，我陪你坐着，咱俩说说话。"

周家婶子点点头，缓缓坐在了炕边："唉，也是的。这些年，我都快成哑巴了。没人说话的日子，就像枯木头一样没滋没味儿。"

郑三老汉一听，微微启唇笑了。

17. 窗外，夜
雨小多了。

秀姑朝屋内看着，禁不住也宽慰地笑了。

她转身悄然走开。

18. 周家婶子破旧的草屋前，晨
鸡叫声此起彼伏。

在雨后晴朗的早晨，突然有人扯着嗓子高喊："塌房子砸死人啦！塌房子砸死人啦！"

整个小村子顿时喧闹起来，很多男女老少都跑到周家婶子的房前。

一夜秋雨，把本来就很破旧的草屋泡塌了，只剩下一堆废墟。

"奶奶——"孙女小燕冲着废墟顿着脚哭喊。

"妈，妈啊……"周富和大儿媳钱玲也跑来。

二儿媳春燕大喊："快动手扒！"

周富冲过去，一边用手扒拉着泥土，一边悲伤地大声哭叫："妈，妈……"

春燕也冲上去，跟他一起扒。

钱玲仿佛此时才想起了婆婆的百般好处，也抓过一把铁锹，跟着大伙扒土。

春燕冲她喊道："嫂子，轻点儿，别伤着人！"

正在这时，人们蓦然静止。他们看见了正从苹果园走出来的周家婶子！她显然不知道这边发生了什么事，在朝阳的映照下，面色红润自然，脚步欢快轻松，宛如年轻了二十岁。她穿着郑三老汉的衣服，自己的湿衣服拎在手里。

人们疑惑地对视着。

周富登时变了脸色。

人群一阵静寂，接着又开始叽叽喳喳。

所有的人都站在那儿不动，异样的目光几乎把周家婶子给整个儿淹没了。

小燕惊喜地喊道："奶奶——"扑过去抱紧了她。

春燕也跑过去："妈……"

钱玲挺大嗓门地："妈，你这是上哪儿去了？"

周家婶子没吭声。

钱玲又问一句："妈，你上老郑三叔的苹果园干啥去了？"

周富激怒地："你少说一句，谁能把你当哑巴卖了！"

周家婶子看一眼周富，又扫一眼众人疑惑的、窃窃私语的、嘲笑的目光和模样，心里顿时明白了。

她宛如被霜打了般僵住，面色惨白。

她手中湿漉漉的衣服"啪嗒"一声，掉进脚下浑浊不堪的污水中，包在里面的几只大苹果也滚出来，是那么的刺眼……

19. 苹果园里，晨
郑三老汉哼着山东梆子，在苹果树间笑盈盈地仰脸巡视着。

20. 周贵家院子里，晨
周贵嘴里哼着山东梆子，推摩托车正要出门，却遇上春燕、小燕扶着周家婶子进院儿。
周贵看着周家婶子，惊讶地："妈，一大早，你咋来了？"
春燕："妈的房子塌了。"
周贵："啊？！"
春燕："妈早就说，那房子该修啦，真悬，真是太悬啦！"
周贵强颜作笑地："快进屋。"
春燕和小燕扶着周家婶子进屋。
周贵却悄悄伸出手，把春燕给拽住了。

21. 钱玲家院子，日
周富沉着脸往外走。
钱玲喊住他："站住！"
周富驻足回眸，没说话。
钱玲走到他身边："你脸耷拉得像头驴似的，我欠你八百吊了？"
周富不冷不热地："你不欠我，我这辈子欠你的。"
钱玲撂下脸："不就因为我没让你妈住到咱家来吗？我妈不是也没来吗！"
周富："我说了吗？"
钱玲："你心里不乐意也不行，我不能整天看你脸子！"
这时，五岁的儿子小虎从屋内跑出来，站到周富的身前，仰起小脸对钱玲："妈，你别总欺负我爸！你凭啥不让奶奶来咱家？"
"你……"钱玲生气地扬起巴掌，却没舍得落下去，"去，你一个小孩子家，少管闲事！"
小虎挺起小胸脯儿："我作为男子汉，偏要管！"
钱玲和周富瞧他那小模样，都差点儿笑出声来，顿时化干戈为玉帛。

22. 周贵家院子一角，日
周贵把春燕拽到这儿，先朝屋里溜了一眼，然后才压低着声音说："你傻呀？咋把妈领咱家来了！"
春燕："不领咱家，你让妈住哪儿？"
周贵："哥是老大，他咋不领他家去？"
春燕："大哥有心领，可见嫂子脸色不好，没敢。"
周贵："我是怕黏在咱们手上，抖搂不掉。"
春燕不悦地："这是生你养你的亲妈，你抖搂什么！"
周贵瞪她一眼，长叹一声，抱头蹲在了地上。
春燕沉默地看着他。

23. 屋内，晨
小燕拿着一只大香蕉递给周家婶子："奶奶，吃！"

周家婶子接过，没吃，忧心忡忡地拿眼望着窗外。

24．苹果园内，日
郑三老汉正拎只小筐俯拾落果。
秀姑从外面跑来，气喘吁吁地："爸，我周婶的房子塌啦！"
郑三老汉惊得张大嘴："塌啦？"
秀姑："塌啦！"
郑三老汉颤着声："人呢？"
秀姑："多亏了昨晚没在屋里！"
郑三老汉微微松了一口气："人没砸着就好。走，看看去。"
秀姑一把拽住他："爸，先别去，村子里都嚷翻天啦！"
郑三老汉："唔？"
秀姑："他们见周婶是从咱苹果园子走出去的，就说您早就跟她勾搭到一块儿了。"
郑三老汉猛地一甩手："听兔子叫还不种黄豆了？我不怕！"
他朝门外冲去。

25．周富的肉铺，日
周富正低头砍肉，周贵骑摩托来了。
"哥，"周贵走近他，"你就把妈推给我一个人啦？"
周富满脸为难地："我乐意跟妈在一块儿，可你嫂子……"
周贵："你一个大老爷们儿，怕她个老娘儿们做什么？"
周富自我解嘲地："自古英雄多惧内，只有赖汉不怕妻。好男人，任何时候跟女人吵架，都要善于服软儿、认输。"
周贵："照你这么说，你是英雄，我是赖汉，你是好男人，我是坏男人了？你这英雄和好男人不养妈，倒非让我这赖汉和坏男人养妈，啥道理？"
周富忙说："不，你是英雄，我是赖汉，你是好男人，我是坏男人，行了吧？"
周贵沉着脸："不合适吧？你们两口子，就像铁公鸡一样，一毛不拔？"
"拔！"周富忙从身边的钱匣子里扯出二百块钱，边递给周贵边小声叮嘱，"千万别让你嫂子知道。"
"哥，你呀……"周贵边说，边把手又伸向了钱匣子。
周富慌忙双手捂住，满脸惊惶地："陆续来，陆续来。一天拿太多，你嫂子能发现！"

26．周家婶子坍塌的草屋前，日
郑三老汉挂着槐木棍儿，伫立在废墟前，默默无语。
他脸上深深的皱纹里，储满了愤懑和忧伤。

27．周贵家，日
小燕坐在周家婶子怀里，十分亲昵地搂着奶奶的脖子。
周家婶子尽享这种天伦之乐，心都醉了。
这时，有人进院，在窗外喊："表哥，表嫂——"
周家婶子一看，忙和小燕一起迎出门去。

28. 院子里，日

陈秋生——一个黑瘦的男青年拎着个小筐站在院子里。

周家婶子和小燕从门内出。

陈秋生对周家婶子："姑，我娘让我来给您送点儿咸鸭蛋，一看那房子塌了，差点儿把我吓死。"

周家婶子苦笑笑："阎王爷嫌我穷，不收我。"

这时，周贵推摩托车进院："呀，秋生，哪阵风把你给吹来了？"

陈秋生笑道："来看看我姑。"他转向周家婶子，"姑，我看，您干脆搬到我们家去住吧。我妈整天躺在炕上，连个说话的人都没有。"

周贵一听，忙说："妈，也是的。白天，我和春燕都在外面忙活，剩下你在家，也够孤单的了。"

"不，"小燕一听立刻嚷道，"奶奶不走，我还跟奶奶玩呢。"

周家婶子摇头，对陈秋生说："你娘有病，已经够拖累你的了，我哪能再去添乱！"

"哇，奶奶不走啦！"小燕兴奋地跳起来。她张开小手，想让周家婶子抱。

周家婶子刚把手伸出去，周贵却猛地把小燕的手一拽，说："别闹，奶奶累了。"然后满脸不高兴地拉小燕进屋。

周家婶子看他一眼，对陈秋生说："你表哥，打小就这驴脾气。来，坐，姑跟你说说话。"

陈秋生痛快地："哎！"

29. 周贵家，夜

小燕睡着了。

周贵和春燕半躺半坐在床上。看得出，他们正谈着一个不怎么轻松的话题。

春燕："周贵，你对妈，不能这德行！"

周贵不服地："我啥德行啦？"

春燕："你自己心里明白。"

周贵忽地坐直身子："春燕，哥是老大，他跟嫂子一个卖粉皮，一个开肉铺，哪天不进个几千块。他们不养活妈，凭啥全推给咱？！"

春燕吃惊地看着他，不语了。

周贵："你咋不说话了？"

春燕仍不语。

周贵摇摇她的肩："你想啥呢？"

春燕轻轻推开他的手，又掸了两下他刚刚碰过的地方，然后才说："我在想，凭我春燕，这辈子能交透你吗？"

周贵："你凭良心说，结婚这几年，我对你咋样？我是不是含在嘴里怕化了，顶在头上怕吓着？"

春燕沉重地摇头："妈给了你血脉，给了你骨肉，给了你生命，她都没能把你交透，我一个外姓人……"

周贵："你想多了。"

春燕翻过身去，不理他。

周贵笑嘻嘻地："行，算你说得对。大哥跟我说，'自古英雄多惧内，只有赖汉不怕妻'。他还说，好男人，任何时候跟女人吵架，都要善于服软儿、认输。我服软儿，我认输，还不行吗？"说完，他亲昵地把春燕搂到自己怀里。

春燕轻轻推开他，说："别闹，我心里烦！"

30. 邻村，陈秋生家院内，夜
这是一个整洁的院落，里面有一座比较破旧的草房。
陈秋生正弓着腰在窗前劈楂子。
里屋传出剧烈的咳嗽声。
陈秋生忙丢下斧头，跑进屋去。

31. 屋内，夜
昏暗的灯光下，一个病恹恹的老妇人躺在炕上。
陈秋生端着碗走到炕边，一边吹着气，一边说："妈，快喝口热汤，压压。"

32. 热闹的村街上，日
钱玲正高声叫卖："凉粉儿，卖凉粉啦！酸辣凉粉儿、芥末凉粉儿、蒜香豆豉凉粉儿、鸡蛋丝炒凉粉儿喽……那位大哥，来碗凉粉吧！"
周家婶子挎着一只小篮子从旁边的村街走出来，只瞥她一眼，便忙扭过脸，像没看见似的继续朝前走去。
钱玲瞧见她，忙喊不远处卖鱼虾的妇女："嫂子，帮我看会摊儿！"她警觉地尾随周家婶子而去。

33. 周富的肉铺，日
周富正砍肉，一抬眼瞧见了母亲，忙放下刀迎过来。
周富："妈，在老二那儿住着行吧？"
周家婶子："挺好。"
周富："春燕没不乐意？"
周家婶子："没。你放心，去忙吧。"她欲走。
周富："妈……"
他转身走到肉案前，举刀砍了一大块肉，又从钱箱里拿出二百块钱，塞进母亲的篮子，说："妈，快走吧，别让钱玲看见。"
"啥事儿背着我呀？"钱玲仿佛从天上掉下来似的，蓦然出现在他们母子身后，吓得周富一激灵。
周家婶子忙从篮子里把肉和钱拿出来，还给钱玲："我不缺钱花，更不爱吃肉，你们留着。"说完，转身就走。
钱玲忙追上，把肉和钱硬塞回篮子里，笑眯眯地："妈，你拿着。这多多少少，也是你儿子的一片孝心啊！"
周富紧张地看着。
周家婶子担心地回眸看儿子。
钱玲搂着她的肩，满脸含笑地把她推走了。
钱玲待周家婶子走远了，才转过身，沉下脸，目光像锥子似的扎向了周富。
周富慌慌地低下头去。

34. 周贵家院子里，夜
小燕坐在奶奶的怀里仰脸看星星，周家婶子却心事重重，不时地朝院外张望。

她对小燕："你爸你妈咋还不回来！"

35. 钱玲家的院子，夜
一条小白狗冲着窗户狂吠。

36. 钱玲家屋内，夜
"啪"的一个大耳光实实在在地砸在了周富的脸上，把他打了个趔趄。

周富还没站稳脚跟，钱玲便冲过来，又是狠狠的一巴掌。

周富结结巴巴地吼道："你……怎么又打人！"

钱玲满脸愠色地："我没打人，我打狗！"

周富："你……"

儿子小虎站在屋角，惊恐地看着他们。

钱玲咬牙切齿地："吃里爬外的东西！狗还懂得看家护院。你把这房子也安四个轱辘，给你妈推去得了呗！"

周富满脸赔笑地："你看你，别吓着孩子。不就是二百块钱一块肉嘛！我给你妈的，不是比这多多啦！"

钱玲从床上抓过一把笤帚，义愤填膺地砸向周富的脊背，嘴里连声说："犟嘴！你还敢犟嘴……"

小虎哭喊道："妈，你别打我爸啦！"

周富瞥一眼儿子，感到自尊心受到严重伤害。他倏地跳将起来，从地上抓起一把斧子，对钱玲大吼："你还真打呀！你敢再打，我劈了你！"

小虎更大声地哭喊："爸……"

钱玲轻蔑地看周富一眼，故意押长了脖子："你是你妈养的，就往这儿砍。老娘我砍头只当风吹帽！"

周富软了，瞪她一眼："你干脆别叫钱玲了，改名叫'钱串子'吧！我前辈子作啥孽了，咋摊上你这么个臭娘儿们……"旋即把斧子往地上一丢，努力挺起胸脯儿，雄赳赳气昂昂地走出屋去。

37. 钱玲家院子，夜
周富刚从屋里走到院中，钱玲便旋风般地追将出来。

周富小声地："我惹不起你，我躲出来了，你还想咋的？"

钱玲咄咄逼人地："你放个屁就跑，可能吗？"

周富朝邻院看看："小点儿声，家丑不可外扬！"

钱玲更大声地："我偏要外扬！"

小虎从窗里探出头来，含泪看着院内。

钱玲像抓小鸡似的用手揪起周富的脖领子："刚才你说我什么了？"

周富嗫嚅地："我没说什么呀！"

钱玲："你说我是'钱串子'，对不？"

周富不语。

钱玲："你说我是'臭娘儿们'，对不？"

周富仍不语。

钱玲猛地把他一搡："那好，你从这个家滚出去，去找你那些不是'钱串子'的'香娘儿们'！"

周富压低着声音："你当我不敢？"说完，就仿佛解脱了似的，急转身开门。

钱玲厉声地："你走了，就别回来！"

周富手扶着门框，摆好了随时可以逃跑的姿势，然后才瞪起眼睛，压低着声音咬牙切齿地说："再回来，我是你孙子！"他砰地摔上门，走了。

小虎从屋内追出："妈，你别攥我爸走啊！"

钱玲朝院外瞭一眼，把小虎一拽，扭头回屋。

那条小白狗欲跟进。

她飞起一脚，踢得那狗嗷嗷直叫。

小白狗的叫声，引得村子里的狗你呼我应地叫成了一片……

38. 苹果园中的小屋前，夜

郑三老汉听到狗叫声忙跑出屋，弓着腰，眯起眼睛朝夜幕中张望，嘴里不停地喊着："大黑，大黑……"

没有回声，连远处的狗也不叫了。

只有秋蝉在低唱；

只有夜鸟的啼鸣……

39. 周贵家院内，夜

周贵和春燕终于回来了。

周家婶子忙起身，对周贵："咋才回来？快点儿去你哥家看看。"

周贵："上他家干啥？"

周家婶子忧心忡忡地："我出去买菜，打你哥的肉铺过，他硬塞给我一块肉和二百块钱，不巧让你嫂子给看见了。我……我是怕他们俩打架。"

周贵："妈，你真能多管闲事儿。打，就让他们打呗，打出猪脑子和狗脑子来，跟咱有啥关系？"

春燕嗔怪地："你咋说话呢！"

周家婶子却并不生气，从窗台上拿过肉和钱，好言好语地对周贵："听妈话，你跑一趟，顺手把这肉和钱还给你嫂子。"

周贵："我不去，我懒得见那娘儿们！这钱，咱留着花；这肉，咱做着吃。"

周家婶子不无痛楚地笑笑："我可不吃，吃了会噎得慌！"

周贵脱口而出地："妈，我哥是老大，也不能让他们把你全推给我一个人吧！"

"啥？"周家婶子心里咯噔一下，像被刀子给扎了。

春燕不悦地："周贵！"

小燕仰起脸："爸，奶奶让你去，你就去呗。不听妈妈的话，不是好孩子。"

春燕见周贵仍不动，忙从周家婶子手里接过肉和钱，说："妈，你要是放心不下，我去看看。"

周贵忙拦住她："别，黑灯瞎火的，你一个女人家……"说着，从她手里夺回肉和钱，又把小燕交到她怀里，出门走了，嘴里还骂骂咧咧地，"钱串子，那两口子一对钱串子！"

春燕见他出门，忙把小燕放回周家婶子怀中，说："小燕，好好跟奶奶玩。"

小燕儿很乖地："哎！"

周家婶子的脸上却有着无尽的酸楚……

40. 钱玲家院子里，夜

钱玲坐在屋檐下，一边悠闲地泡着脚，一边细心听着门外的动静。

41. 从村街到钱玲家院门口，夜

周贵把二百块钱揣进口袋里，手里只剩下那块肉。
他走到院门口，敲门。

42. 院子里，夜

钱玲听到敲门声，以为是周富回来了，故意不理。

43. 院门外，夜

周贵生气，伸出巴掌，由敲门变成用力拍门。

44. 院子里，夜

钱玲把脚从盆中抽出来，悄悄端起那盆脏水，蹑手蹑脚地朝院门口逼近。

45. 院门外，夜

周贵攥起拳头，由拍门变成使劲砸门。

46. 院子里，夜

钱玲踮起脚跟，猛地把盆中水朝门外泼去。

47. 院门外，夜

周贵被淋了个正着，钱玲的一只花袜子粘在他头发上。
他抓过袜子一看，气得脸都歪了，猛一脚把门踹开。
钱玲一惊："呀，周贵，是你？"
周贵气急败坏地："你疯了，你！"
钱玲满脸赔笑地："我还当是你哥！"
周贵："我哥你就泼洗脚水？！"
钱玲讪笑着，不语了。
周贵把手中的肉地上一扔，扭头就走。
钱玲捡起肉喊住他："老二，你啥意思？"
周贵："这肉，妈说不要。"
钱玲沉下脸，不无讥讽地："有志气！可……那钱咋要了？"
周贵连头都没回一下就走了。
钱玲关上院门，故意不上闩，然后把肉狠狠摔到那条小白狗面前，便扭着屁股进屋了。

48. 黑黢黢的村街，夜

郑三老汉弓着腰，眯起眼睛，朝四处张望，嘴里不停地喊："大黑，大黑……"
秀姑跑来，把一件外衣披到他身上："爸，别找了。"
郑三老汉眼里含着泪："不行，我活要见狗，死要见尸。我总觉得我的大黑死不了。"

49. 钱玲家门外，夜

周富手里拎了一包东西，走到院门前，踮起脚跟朝院内探头看看，一推，发现院门虚掩着，便小心翼翼地进了院儿。

50. 院内，夜

小白狗亲昵地迎上。

周富走到屋门前，拉门不开，便过去敲窗。

51. 钱玲家屋内，夜

钱玲正坐在床上用塑料卷发器悠闲地弄着头发。听见敲窗声，不理。

周富在窗外："开门呀……"

钱玲不吭声，凑过去，猛地推开窗子，正撞在周富的额头上。周富手捂脑袋，讨好地嘿嘿笑道："还没消气呢？"

钱玲横眉冷对地："找我有事？"

周富一指旁边的门："让我进屋。"他一扬手中的东西，"看，我买来了你最爱吃的烧鸡、烤鹅！"

钱玲："不吃，我怕你下毒！"

周富嬉皮笑脸地："那咋舍得！"

钱玲瞪他一眼："你不是说不回来了吗？"

周富涎着脸："嗨，那不是气话吗！"

钱玲："你不是说再回来就是我孙子吗？"

周富拿眼睛朝邻院看看，然后嘻嘻笑着，压低了声音："奶奶，开门！"

钱玲强忍着，不让自己笑出声来："大点儿声，我没听见。"

周富继续压低了声音："奶奶，"然后大声地，"开门！"

钱玲憋住乐："还说不说我是'钱串子'了？"

周富："再说烂嘴丫子！"

钱玲："还骂不骂我是'臭娘儿们'了？"

周富忙不迭地："再骂你撕我嘴！再说了，普天下谁不知道，我媳妇是有名的'凉粉西施'，不臭，香，顶风香八百里！"

钱玲审视地盯着他："往后，还往不往你妈那儿偷东西了？"

周富愣了一下，没说话。

钱玲的目光像锥子一样："是狗改不了吃屎，对不？"

周富忙说："改得了，改得了。再偷，你剁我手指头。"

钱玲看他一眼，不再说话了。

周富苦着脸："审问完了吧？奶奶，你该开门了吧！"

钱玲屁股往后蹭了蹭，拿下颏儿一指窗户："我懒得动，辛苦了，爬进来吧！"

周富只好先把手中的东西递给钱玲，然后撅起屁股从窗子往屋里爬。

床上，躺在被窝里佯睡的小虎，偷偷睁大眼睛，诧异地看着。

钱玲的脸上，露出了不无得意的笑容……

52. 周贵家院门前，日

周家婶子出门倒水，远远瞧见郑三老汉拎着槐木棍儿沿街走来，便故意等他。

"老郑三哥，"她隔着墙头把手中的衣服递出来，"你的衣服。"郑三老汉接过，下意识地放到鼻子下面嗅了嗅,似乎是要嗅出周家婶子的体香。

周家婶子无言地看着他。

郑三老汉挺不好意思地把衣服从鼻子底下挪开了。

周家婶子轻声问:"大黑还没影儿?"

郑三老汉停下脚,摇头,声音喑哑地:"唉……我的伴儿没了。"

周家婶子脸上一片同情,说:"秀姑一晃儿二十六岁了,也到了该找婆家的岁数。我有个娘家侄子人挺好,要是能成,也算是你的半个儿呢!"

郑三老汉点头:"你说的话,我信。"

周家婶子好像还有话要说,却瞧见村街上有人走过来,忙扭头进屋了。

郑三老汉看着她的背影,深深叹口气,彳亍前行。

在他身后不远处,秀姑出现了,悄悄跟着他。

53. 热闹的村街上,日

钱玲正吆喝着卖凉粉:"凉粉儿,卖凉粉啦……"

突然,她瞧见旁边不远处围了一堆人,便停止吆喝,好奇地凑过去,抻脖子一看,发现周贵正牵着一条大黄狗在那儿叫卖:"谁买狗?狗肉性温,狗肉大补,治腰痛,治尿频,治浮肿,治耳聋,治腹胀,治阳痿……女人吃了,精气神儿足;男人吃了,火力旺。哎,谁买狗哇……"

钱玲挤进人群:"哟,他二叔,你从哪儿弄来这么一条大狗,真肥!"

周贵瞥了她一眼,没吭声。

钱玲凑到他身边,低声说:"还不快送到你大哥肉铺去!"

周贵:"嫂子,你可得了吧,我这狗,又不是大风刮来的!"

钱玲拉着长声:"哟,你这说的是啥话?我们买你狗,又不是不给你钱!"

周贵淡然一笑:"你跟我哥,都是'钱串子'脑袋,把我卖了,我都能帮你们数钱。我可算计不过你们!"

钱玲不高兴地看着他。

周贵:"嫂子,别生气啊。我这人,说话是胡同撵猪——直入直出。"

钱玲亲昵地拍拍他的背,喜眉笑眼地:"老嫂如母。听我的话,送你哥肉铺去。"

周贵:"你才过门几年呀,啥老嫂啊?够格儿吗!"

周围的人们一片哄笑。

钱玲有点儿尴尬。

周贵对她说:"亲兄弟明算账,我不能吃一百个豆儿还不知豆腥味儿!"他扭过脸,不再看她,高声喊道,"哎,谁买狗?狗肉性温,狗肉大补,狗肉……"

"周贵!"郑三老汉出现在人群中,厉声发出断喝。

周贵吓一跳。

郑三老汉黑着脸:"我家大黑呢?"

周贵满脸不悦地:"我是你们家打更的呀?你花多少钱雇我给你看狗了?!"

郑三老汉:"你跟叔说实话,大黑是不是你药死的?"

周贵登时变了脸:"你让我跟你叫叔,你又这么埋汰人!"

郑三老汉一指大黄狗:"那……你说,这条狗哪儿来的?"

周贵理直气壮地:"我花钱买的!"

郑三老汉不信地:"跟叔说假话了吧?"

周贵:"真是花钱买的,整整三百块呢。"这时,他一眼瞥见了从人群中挤进来的秀姑，像遇见救星似的，说："不信，问你们家秀姑。我买狗时，她看见了！"

秀姑走到郑三老汉身边："爸，人家这是大黄，不是咱家大黑！走，咱回去。"她伸手拉他。

郑三老汉却猛地甩开她的手，厉声吼道："不！"

54. 周富的肉铺，日

周富和一个小伙计正忙着砍肉，钱玲匆匆跑来，猛地把他一拽：

"快！"

周富愣愣地看着她。

钱玲："你兄弟不知从哪儿弄来一条大狗，正卖呢。那狗肥着呢，少说能出好几十斤肉！"

周富瞪大眼睛："真的？"

钱玲："咱买来杀了，连肉带皮，少说也能卖一千块！快去……"

周富跟着钱玲匆匆跑去。

55. 周贵卖狗的地方，日

郑三老汉看看那条大黄狗，对周贵说："你看这狗，多稀罕人，谁丢了会不急？听叔的话，放了它吧！"

周贵白他一眼："哈，你说得真轻巧。我这可是花了银子的！你心好，你掏钱，把它买下来放生！"

郑三老汉想了想："三百块，叔给你。"

周贵摇头："不，少了五百我不卖。"

郑三老汉："你……"

这时，钱玲引着周富汗淋淋地跑来。

钱玲："五百就五百，我们要啦！周富，掏钱！"

周富一边掏钱，一边看着脚下的大黄狗，朝钱玲频频点头。

"慢，"郑三老汉沉着脸，"我再加一百，六百。秀姑，把狗牵走。"

"哎，"秀姑欲牵狗，却被钱玲给夺了回去。

钱玲对周贵："肥水不能流了外人田，卖给我和你哥。"

周贵嘻笑着说："谁出的钱多，这狗就归谁。"

"那……"周富拿眼睛请示钱玲。

钱玲点头批准。

周富大声地："我再加五十，六百五！"

郑三老汉颤着声说："周富啊，这么好的狗，你就忍心杀？你就忍心眼看着它变成别人肚子里的屎？"

钱玲不悦地："老郑三叔，你这是咋说话呢？你好心，你就再往上加钱呀！"

"我加！"秀姑在一旁忍不住了，高声说，"我再加三百，一千！"

周围的人们轰的一声。

郑三老汉瞅一眼秀姑："我再加五百，凑一千五！"

人们顿时惊叹声一片。

钱玲、周富、周贵，也包括秀姑，无不诧异地看着他。

郑三老汉用挑战的目光盯着周富和钱玲："有本事你们就再往上加，加到多少，我都追！"

周富咽口唾沫，想说话，钱玲捅他一下，他就把到了嘴边的话又咽了回去。

钱玲朗声笑道："老郑三叔哇，你把我们当傻子了，是不？我们再往上加，你一闪身走了，吃亏上当的就是我们。我们没你家那么大的苹果园子，也没你家有钱。这狗，让给你了。"她拿脚轻轻踢了一下周贵，"一千五，你此时不成交更待何时？！"

周贵环视周围："还有没有加钱的？"

无人应声。

周贵："我倒数五个数——5、4、3、2、1"，他"啪"地一拍大腿，"成交！"

钱玲对周富："哈，你看你弟多逗，整得像拍卖会似的。"

郑三老汉头一甩："秀姑，掏钱！"

秀姑大大方方地甩出一沓钱给周贵，不屑地："你可数好了。"她不待周贵说话，便牵起狗，"爸，咱们走。"

56. 村街上，日

秀姑牵着狗走过来。

秀姑笑道："爸，您真是想狗想疯了。我刚加到一千，还没等对方喊价，你就呼啦一下子抬到了一千五，犯傻了吧？"

郑三老汉："眼下，你婶子就住在周贵家，我呀，是故意让那小子多得点儿。"

秀姑恍然大悟般地竖起大拇指："高！姜，还是老的辣。"

郑三老汉："你也不赖，秤砣小压得住千斤！"

他们牵着狗朝前走去。

57. 周贵卖狗的地方，日

周贵蹲在地上，用手蘸着唾沫数钱。

钱玲和周富都伸长了脖子看。

钱玲："都数三遍了，别数了。再数，也不会多出一张。"

周贵没理她，起身欲走。

钱玲一把拉住他："哎，你多少得分给嫂子点儿吧？"

周贵不悦地："凭啥呀？"

钱玲："没有我给你当托儿，你能卖到一千五？"

周贵："你们两口子真逗！"

周富不悦地："我又没说话，你捎带我干啥！"

周贵对钱玲："嫂子啊，别人背后都说你是'钱串子'，没白说！还有人说你是'凉粉西施'呢，我看你给人家西施舔脚趾头都不够格儿！"说完，走了。

钱玲喊他："哎……"

周贵连头也不回。

钱玲对周富："你看他，咋说话呢！"

周富妇唱夫随地："是啊，不会说话！"

钱玲又说："真抠！"

周富："挺抠！"

钱玲扭头对他："你们家遗传基因太差！"

周富愣眉愣眼地看着她，想说什么，又没敢说。

58. 村街上，日

秀姑对郑三老汉说："爸，细想，也挺值。咱等于花一千多块钱买了条命。有它在苹果园里给您做伴儿，我也放心多了。"
　　郑三老汉："不，我不要它做伴儿，我要等我的大黑。你，把它放生了吧！"
　　秀姑："爸……"
　　郑三老汉斩钉截铁地："放了！"
　　秀姑："要不……等咱找到大黑了，再放。"
　　郑三老汉："这么好的狗，谁丢了会不急。"
　　秀姑："爸，你真舍得放？"
　　郑三老汉："放！"
　　秀姑立刻听话地把绳子摘了。
　　那条大黄狗倏地跑开，跑了一段路，又停下脚，回过头，充满感激地望着秀姑和郑三老汉，亲昵地叫了几声。
　　郑三老汉乐了，对秀姑："你看，狗通人性！"
　　秀姑高兴地看着郑三老汉："爸，大黑一丢，我就没见你有过笑模样。就为你刚才这一笑，咱那一千五百块钱值啦！"
　　郑三老汉忍不住又笑了一下。

59. 周贵家门前的村街上，日
　　周家婶子瞧见郑三老汉和秀姑走过来，在院子里关切地望着他们。
　　郑三老汉也望着她。
　　这时，有个中年汉子，用摩托车驮着个大编织袋，里面像有狗在动。
　　郑三老汉的眼睛仿佛被火给灼了一下，突然雷霆般地大吼一声："站住！"
　　周家婶子忙跑到墙边看。
　　那中年汉子停车、回眸："咋了？"
　　郑三老汉用槐木棍儿一指那编织袋："是不是偷狗的？"
　　中年汉子梗着脖子："是啊？咋的！"
　　郑三老汉厉声地："打开！"
　　中年汉子黑着脸讥讽道："你是警察啊？我咋没见你屁股后头有匣子枪呢？"
　　郑三老汉："少废话，让你打开就打开。"
　　中年汉子："我偏不打！"
　　郑三老汉冲过去。
　　"爸……"秀姑喊他一声。
　　郑三老汉猛地扯开编织袋的拉链，两头小猪羔儿从里面探出头来。
　　郑三老汉一愣，忙又重新拉上。
　　中年汉子："你别忙着拉上啊，快带着我偷的狗报案去啊！"
　　秀姑忙赔着笑脸："对不起，对不起……"慌慌地欲推郑三老汉走。
　　"站住！"那中年汉子也大吼了一声，摆出一副要打仗的架势。
　　周家婶子见状忙跑出来，连声说："好兄弟，别生气，千万别生气……"然后催秀姑，"秀姑，快拽你爸走。"
　　秀姑急推着郑三老汉走开。
　　那中年汉子愤愤然地："太不像话！"
　　周家婶子满脸堆笑地："他们家狗丢了，急的。你千万别生气，婶子替他们给你赔礼了……"
　　中年汉子余怒未息地望着郑三老汉和秀姑远去。

60. 钱玲家院子，傍晚

钱玲和小虎坐在屋檐下吃西瓜。

周富从院外进。

他从钱玲身边走过时，顺便从口袋里掏出一沓钱递给她。

钱玲："多少？"

周富已经进了屋，又回过头来："一千六。"

钱玲怀疑地："咋这么少？"

周富："今天肉卖得不好。"

钱玲半认真半开玩笑地："可别留小份子啊！"她放下西瓜，蘸着唾沫，仔细地数钱。

周富拿着个大水瓢，边喝水边走出屋来，谦卑地蹲到钱玲面前，小声地："刚才我路过妈那儿，进屋看看，她在老二那儿，心里好像也不咋痛快。"

钱玲倏地沉下脸，顺手一推，把他推坐在地上，然后抖着手中的钱说："我说咋就卖了这么几个子儿！你准是又偷着给你妈送钱去了！"

周富苦着脸发毒誓："我要是骗你，天打五雷轰，出门让车咯嘣轧死！"

小虎同情地看看他爸，噘起小嘴儿："妈……"

61. 周贵和春燕的屋内，夜

小燕躺在被窝里。

春燕正跟周贵说话："……妈跟老郑三叔，一个有情，一个有意。咱们做小辈的，为啥非要当王母娘娘呢？"

周贵："这你就不懂了。妈都这岁数了，还让她嫁人，一是对死去老爸的不孝，二是会让别人觉得我们这些当儿女的不愿意养活妈，把她给推出门去了。这种不孝的名声，谁担得起？"

春燕："就为给别人留下个'孝'的印象，就忍心让妈心里苦着？！"小燕突然从被窝里爬起来，指着周贵的鼻子："爸，你自私！"

周贵想发火，可面对小燕那张可爱的脸，没舍得。

62. 苹果园的小屋前，夜

秀姑和郑三老汉坐在一张小桌旁，正边吃饭边聊天。

秀姑："爸呀，周婶是好人。你要是让她给我当妈，我认。"

郑三老汉瞪起眼睛："你胡咧咧什么呀！"

秀姑笑道："爸，别遮掩了。"

郑三老汉的脸腾地红了："我都土埋脖颈儿的人了，做粥不黏，做汤不咸，还有心思想那事儿！"

秀姑："爸，人这一辈子，顶多四万来天，不能白活。"

郑三老汉："你先嫁人。你不嫁人，没资格谈我的事。"

秀姑笑了："我八字连一撇儿都没有，嫁谁去？"

郑三老汉挺神秘地："我告诉你，有一撇儿了。"

秀姑："哦？"

郑三老汉："你婶子对我说呀，她有个娘家侄子挺好。"

秀姑扑哧乐了："我婶子啥时候跟你说的？哈……爸，你又背着我去约会了？"

郑三老汉大手一摆:"别打岔!"
秀姑扑哧乐了。

63. 苹果园外,日
春燕来了,在墙外朝秀姑招手:"秀姑——"
秀姑正跟郑三老汉一起摘苹果,听见春燕喊,随手捡了两个大苹果,跑出去。
郑三老汉喊:"春燕啊——"
春燕应道:"哎!"
郑三老汉大声地:"房子塌了,你妈还活着,命算捡来的。跟周富、周贵那俩王八犊子说,屎一把尿一把地把他们拉扯大,翅膀硬了别丧良心!人在做,天在看,还有全村的老老少少也都瞅着呢!"
春燕赶忙笑道:"叔,您放心。"
郑三老汉却是满脸的不放心。在他的身后,茂密的苹果树的枝头,坠满了肥硕的果实,在太阳的照耀下闪烁着诱人的色彩。

64. 苹果园外的一棵老树下,日
秀姑和春燕走到这儿,边啃着苹果,边聊天。
春燕:"秀姑,前几天,我去了趟南山。人家那儿提出,一定要让老年人生活得更有质量,更有尊严,更有乐趣,更有空间。可咱们……"
秀姑点头:"是啊,咱们这俩老人都不易,晚上连个说话的人都没有。我早看出来了,他们俩心里都有那意思。你看出来没?"
春燕笑道:"还我看出来没!你当我是傻子呀?这事儿,村子里前几年就有人传;塌房子的事一发生,就嚷嚷得更凶啦!"
秀姑:"干脆,咱们来个借坡下驴,成全了俩老人得了!"
春燕雀跃地:"我看行。"
秀姑:"你家大嫂啥意思?"
春燕:"她那人,无利不起早,有利盼鸡鸣。咱不管她。只要俩老人乐意,这是他们的自由!"
秀姑"啪"地给她一巴掌:"欧啦!"
春燕皱着眉,揉着肩:"'欧啦'就'欧啦'呗,你下手这么重干啥?"
秀姑嘿嘿笑道:"我激动的!"
春燕:"你先别激动,我还有个条件呢!"
秀姑:"别卖关子,快说。"
春燕笑嘻嘻地:"咱们必须亲上加亲。"
秀姑愣眉愣眼地:"啥?"
春燕:"我妈说,有件事儿,跟你爸说了。你别摆架子,该见得见见。"
秀姑笑道:"这事儿,你跟着掺和啥!"
春燕调皮地:"我当然得掺和啦,说成一门红媒那叫增寿十年呢!再说了,像我这么优秀的人才,你就不想高攀一下,给我当个妯娌啥的?"
秀姑不解地:"咋能成妯娌呢?"
春燕拊手笑道:"真缺心眼儿,不是一般的缺,是太缺啦。我妈的亲侄儿,那不就是我们的亲表弟吗!你要是嫁给了我们的亲表弟,那咱俩不就成了妯娌吗!"
秀姑也笑了:"这弯儿,把我给绕蒙了!"

春燕："你说句准话，见不见见？"

秀姑调侃地："没想好，怕你这人贩子把我给卖了！"。"

春燕伸手咯吱她："说啥呢！快说，见还是不见？"

秀姑乐得喘不过气来，只好告饶："见，见，见……"

65．周富的肉铺，日

周富和那个小伙计正忙活着，钱玲匆匆跑来，一把夺过他手中的刀，咣当丢在案板上，说："走！"

周富懵懂地："干啥去？"

钱玲："接妈去！"

周富一愣："哦？"

钱玲猛一拽他："你快走吧！"

66．村街一角，日

钱玲拽着周富走到这儿，周富挣脱了她的手。

周富满脸狐疑地："你刚才说干啥去？"

钱玲："接妈去呀！"

周富："今天这日头是打哪边出来了？"

钱玲朝四周瞥了一眼，然后挺神秘地压低声音："你说春燕逗不逗？她正张罗着要把妈嫁给老郑三叔。"

周富瞪大眼睛："啥？"他寻思一下，又点点头，"也好，那样妈能舒心，我也省心。"

钱玲："这事，我也同意！可秀姑她们家，总不能空手套白狼吧？"

周富一愣："你当妈是黄花闺女，还想卖俩钱儿？"

钱玲："不是黄花闺女咋了？好歹也是个大活人！他们家趁那么大个苹果园子，哪年不收个十万八万块的。娶老伴儿白娶，可能吗？"

"你呀……"周富苦着脸说，"我说今天日头咋打西边出来了。你……真是'钱串子'脑袋！"

钱玲倏地沉下脸："你说谁？"

周富吓得一激灵："我说我自己。"

钱玲指着他的鼻子低声骂道："我瞎眼了，怎么嫁你这么个傻子！小虎一眨眼就长大了，是上学不用钱还是将来娶媳妇不用钱？这年头儿，谁是爹？钱是爹！只要有钱，拉泡屎都有人吃！"

周富不语了。

钱玲又说："除非傻瓜，谁不想法儿多搂点儿钱！"

周富满脸苦涩，连声说："好，你搂，你搂。"

钱玲一甩头，命令道："走！"

周富像俘虏一样被她给押走了。

67．周贵家院内，日

小燕哭闹："奶奶，奶奶，我要奶奶……"

周贵哄她："别闹，奶奶上大伯家了。"

小燕仍哭闹："不嘛，我要奶奶……"

春燕从屋内出，瞪周贵一眼："是不是你逼大哥来接的？"
周贵光火地："谁逼他了？你胡咧咧什么呀！"
春燕瞪他一眼，没吭声。

68. 钱玲家西厢房门前，傍晚
孙子小虎反坐在奶奶的大腿上。
周家婶子笑眯眯地端详着他胖乎乎的小脸，忍不住连连亲着。
钱玲从屋里出来，一眼瞥见，忙伸出双手把小虎抱起来："来，该洗澡了。"
小虎挣扎着："不，我不要洗澡，我要跟奶奶玩！"
钱玲沉下脸："别闹！"
小虎："不嘛，我要跟奶奶玩！"
周富在窗内瞧见了，说："让他跟奶奶再玩会儿呗。"
钱玲瞪他一眼："我不是怕累着妈吗！"
周家婶子忙伸出双手，欲接过小虎，连声说："不累，我不累。"
钱玲却没吭声，往旁边一闪，用胳膊夹起小虎进屋了。

69. 屋内，傍晚
周富对钱玲："你看你，小虎乐意跟妈玩，你……"
钱玲瞥一眼窗外，小声地："你傻呀？这么些年，妈压根儿就没检查过身体。她抱住小虎，又啃又亲的，我是怕……咱有仨瓜俩枣儿吗？不就小虎这么一个儿子吗！"
"你……"周富想说什么，但一看钱玲那犀利的目光，便不敢再往下说了。
小虎却仰起小脸，挺大声地："妈，好啊，你嫌奶奶！等你老了，等我长大娶媳妇了，我也让她嫌你！"
钱玲一听，不单没生气，却反而乐得拍手打掌："哈哈，你看这小兔崽子！才多大丁点儿，就想着娶媳妇的事儿啦。"
周富却心事重重，一点儿也没笑出来。

70. 村头大树上，日
一只花脖子喜鹊，扑棱棱地飞起来，刮得树枝儿乱颤……

71. 村街上，日
春燕拽陈秋生一路走来。
春燕："你信不过我，还信不过你姑？"
陈秋生停下脚，红着脸："我不是信不过，我是怕坑了人家。这几年，给我娘治病，工作我都辞了，家底也花光了，连新房子都卖了。"
春燕："秀姑和她爸，都不是嫌贫爱富的那种人。人家家里有钱，就是挑人。你看——"她指着一只大瓦房，"那就是她家的房子，多敞亮啊。她家，还有好大好大的一个苹果园呢！"
陈秋生摇头："那咱就更不配了！"
春燕："咋不配？我看你俩不是一般的配，而是很配。走，见一面。"
陈秋生为难地："二嫂……"
春燕硬拽着他："走吧，你！"

72. 苹果园内，日

郑三老汉和秀姑正摘苹果。

春燕拽着陈秋生来了。

春燕笑姿盈盈地："秀姑——"

秀姑扭过脸，一看陈秋生，不禁愣住了："你？"

陈秋生极为窘迫地："呀……二嫂……"

春燕惊异地："你们认识？"

秀姑笑笑，落落大方地："我们是中学同学。"她转向陈秋生，"你不是一直在省里上班吗？"

陈秋生憨厚地："我娘有病，我辞了。"

郑三老汉一听兴奋地："辞了好，离家近。我听你姑说过你！看——"他一指秀姑，"我闺女秀姑，长得多水灵！"

秀姑顿时满脸飞红："爸，你乱说什么呀！"

郑三老汉对秀姑："你婶子说得没错吧？一看就是好小伙儿！"

秀姑嗔怪地："爸……"

春燕哈哈笑着，一拍陈秋生的背："你看，老岳父这关算过啦！"

她把郑三老汉也逗乐了。

陈秋生被她说得不敢抬头。

秀姑的脸也羞成了红布："春燕，你太坏！"

春燕假装严肃地："哎哎哎，往后不许再叫我春燕，得叫嫂子、表嫂！"

"再胡说，我撕你嘴！"秀姑忍俊不禁地笑了，撒娇似的追打着她。

陈秋生偷偷抬起头，笑眯眯地看着。

郑三老汉："你姑说你好哩。"

陈秋生憨厚地："我亲姑，能不夸我吗！"

郑三老汉："她从不骗我，她的话我信。"

73. 钱玲家院内，傍晚

钱玲、周富、小虎正围坐在桌前吃饭。

钱玲突然噗地一口把嘴里的饭菜全吐在了桌子上。她冲屋里喊道："妈，少放盐啊，太咸啦！"

周家婶子扎着小围裙从屋里端一盘刚炒好的菜出来，怯怯地："咸了？"

周富一边吧嗒嘴儿一边说："咸吗？不咸啊！"

钱玲："你口重。"

周富笑道："净瞎说。我不是比你口轻多了吗！"

钱玲"啪"地把筷子摔在了桌上，然后抓过菜盘子，猛地扣在周富的饭碗里，"不咸，你吃！"起身进屋了。

周家婶子站在那儿，心里极不是滋味儿……

74. 苹果园的小屋内，傍晚

炕上摆着小桌。

郑三老汉、秀姑和陈秋生已经吃完了饭。

陈秋生下地："叔，秀姑，时候不早了。我妈有病，还得等我回去做饭呢。"

郑三老汉用赞赏的目光看着他："你还会做饭？好小伙儿，有孝心，快……快回吧！

秀姑，送送。"
　　秀姑和陈秋生走出屋去。
　　郑三老汉笑吟吟地目送他们。
　　陈秋生走到外面窗口，又探进头来。他看看小屋，说："叔，这屋挺潮。您年龄大了，多注意腰腿。我们家有张狗皮褥子，明天我给您送来。"
　　郑三老汉目光中充满了赞赏："哈，这孩子，心细！"
　　秀姑和陈秋生从窗口消逝了。
　　郑三老汉回过头来，乐不可支。他端起小桌上的一大杯酒，扬脖干了。
　　"爸。"秀姑回到窗外。
　　郑三老汉一愣："你咋这么快就回来了？往远送送哇！"
　　秀姑忍不住笑道："爸呀，你今天也太主动了。哪有女方这么主动的！"
　　郑三老汉："管他什么女方男方！你婶子是好人，不会坑咱；再说了，你们又是老同学，知根知底。你二十六岁了，大闺女了。我巴不得呀，你明天就能嫁人呢。"
　　秀姑笑嘻嘻地："爸，你是巴不得早点儿把我嫁出去，好给婶子腾地方，对不？"
　　郑三老汉佯怒地："胡说八道！我是怕你剩在家里。再新鲜的苹果，剩在家里也会烂。"
　　秀姑调皮地："哈，你闺女我……是'烂梨不烂味儿'！"
　　郑三老汉也笑了："你呀，瞒不过我。瞧你看他的那眼神儿，喜欢得都恨不能把他吃进肚里去。"
　　秀姑红着脸："谁呀，谁呀！"
　　父女俩都开心地笑了。

75．村街上，日
　　人来人往，挺热闹。
　　郑三老汉挎着一篮子苹果，走了过来。
　　一条黑色的大狗从他身边跑过。
　　他瞪大眼睛，细细地看着，看清了并不是自己的大黑，很失望地摇头，叹气，又继续往前走……

76．苹果园，日
　　秀姑送陈秋生出来。
　　她有点恋恋不舍地："你看你，来了就走，多坐一会儿呗。"
　　陈秋生微笑着摇头："家里有事。"
　　秀姑："等等我爸呗。"
　　陈秋生又摇头："我娘离不开。"
　　秀姑只好目送他远去。

77．村外，日
　　陈秋生走出村口，走到秋日的旷野中。他忍不住停下脚，又回头望了一眼秀姑生活和居住的小村庄。他突然发现，在那条弯弯的小道上，秀姑正迅疾地朝他跑过来。
　　他站住了，一言不发地看着她越跑越近。
　　秀姑气喘吁吁地来到陈秋生的面前，她的胸膛饱满地起伏着，让他感到了整个季节的骚动。

她无声地看着他。
他激动地看着她。
她浅浅地笑了一下。
他也跟着她笑了……

78. 钱玲家院门口，日
郑三老汉踮起脚跟向院内张望。
没有动静。
于是，他把苹果筐放在门前，悄然走开了。

79. 秋日的旷野，日
秀姑和陈秋生一前一后地走着，两个人都略略有点儿拘谨。
陈秋生不时地拿眼偷看秀姑涨红的脸，良久，才喃喃地说："秀姑，真没想到，我遇见的是你，可……说真的，我真的很害怕。"
秀姑看着他，不语。
陈秋生："我怕……亏待了你。"
秀姑淡然一笑，仍不语。
陈秋生一脸真诚地："我娘有病，我家很穷，我家屋子很破。"
秀姑摇头："我爸不挑那些，我爸光挑人。"
陈秋生："唉，可惜，我工作也辞了。"
秀姑笑眯眯地："当初在班上，你是尖子。你可能还不知道吧？我们女生不少都悄悄盯着你，背后叽叽喳喳地说你。你要是还在省里工作，就算满天下雹子，也砸不到我身上。"
陈秋生目光灼热地看着她。
秀姑："穷不怕，咱还能想法子再变富。"
陈秋生眼里泛出了泪光："秀姑……"
两个人久久地对视，无语。听得见满山秋叶飒飒作响，也似乎听得见彼此的心跳。
"哎哟！"秀姑突然一声尖叫，身子斜斜地歪下去。
"怎么了？"陈秋生关切地问，同时急忙一伸手，揽住了秀姑的肩，秀姑整个人就软软地偎了过来。
一条蛇蜿蜒着在田野里消失了。
秀姑的脸色由苍白转为血红。她窘迫地从陈秋生怀里挣脱出来，慌慌地说："蛇，是蛇！"
陈秋生也突然红了脸。
秀姑不好意思地："对不起，我从小就怕蛇。"
陈秋生突然惊叫起来："呀，你的手割破了！"
秀姑低头一看，才见左手食指上淌出桃花般的一摊鲜血。她皱皱眉，甩甩手说："没事儿。"
陈秋生一把抓住她的手腕说："你忍着点儿，我给你止血！"
他用眼一扫，发现不远处有几棵荠荠毛，便过去采了，在手中揉来搓去，一会儿就搓成了一团绿泥，用手指撮了，把汁液挤在秀姑的伤口上。他说："这荠荠毛是止血消炎的良药，《本草纲目》上记载的。"
秀姑让陈秋生握了手，脸儿一直红红的，低着头说："谢谢你！"陈秋生不好意思地说："这点小事儿，还谢我做什么。"
一队秋雁飞过，"嘎嘎"的叫声回荡在秋天的原野。

80．苹果园的小屋内，日
郑三老汉从外面走回小屋。
他屁股刚要搭在炕上，却又倏地跳将起来。
一张新铺上的黑色狗皮，像火一样灼伤了他的眼睛！
他颤着手，拿起那张狗皮，醒目地找到了那两块他所熟悉的白色花斑，浑浊的老泪瞬间模糊了他的眼睛。
"谁干的？"他猛然发出狮吼。
他操起那根槐木棍儿，发疯般地冲出屋去。

81．苹果园大门口，日
秀姑满脸红晕和喜气，嘴里哼着山东梆子，乐颠颠地往院内走，却迎面遇上了暴怒的郑三老汉。
郑三老汉红着眼睛吼道："是不是那个陈秋生来送狗皮了？"
秀姑点头，惊愕地看着他。
郑三老汉厉声吼道："那个王八蛋哪儿去了？"
秀姑惊慌地："爸，咋了？"
郑三老汉带着哭腔："大黑！他……杀了大黑！"
"哦？"秀姑颤着声，"那张狗皮……会是咱家大黑的？！"
郑三老汉把她拽到窗口："你看啊！"
秀姑惊呆了。
郑三老汉疾步朝外走去。
秀姑追上他："爸，你上哪儿？"
郑三老汉咬牙切齿地："我要找他算账！"

82．陈秋生的家，日
郑三老汉怀里揣着愤恨，眼里射着怒火，手里提着棍子，就像
一头被杀死了幼仔的猛虎，威风凛凛地出现在了院门前。
陈秋生背着小山般的一大捆柴，正往院内走。他一回头，瞧见了秀姑和郑三老汉，满脸惊喜，忙甩掉背上的柴，急奔过来："叔，秀姑！"
郑三老汉和秀姑都没吭声。
陈秋生不禁一愣。
郑三老汉逼视着他："你杀了我家大黑？"
陈秋生登时色变，惊得额头冒汗："叔……"
郑三老汉："你杀了我家大黑，对不？"
陈秋生惶惶然地："叔，咋？那条大黑狗……是……您老人家的？"
"畜生！"郑三老汉从牙缝间狠狠地挤出了这两个字。
秀姑也用鄙夷的目光看着他。
陈秋生羞愧地低下头。
郑三老汉气得身子直抖："你姑那么好的一个人，怎么会摊上你这么个败家侄子！"
秀姑眼里含着泪，怒视着陈秋生。她一扭头，跑开了。

陈秋生用不舍的目光追逐着她的背影。
郑三老汉用槐木棍子指着陈秋生："要是人肉可以卖，你也会把人偷来杀了，是吧？"他那架势，恨不得把他撕个粉碎。
陈秋生低垂着头："叔，那狗不是我偷的，是我买的。"
郑三老汉："买的？你在哪儿买的？"
陈秋生："狗市。"
郑三老汉："买了你就杀？那么好的狗你也舍得杀？！"
陈秋生："叔，你打我吧。"
郑三老汉抖了抖手中的棍子，却没有打下去："要不是看在你姑的面上，我让你给我的大黑偿命！"
"叔……"陈秋生低头哭出声来，"求您小点儿声，让我娘听见，能骂死我！"
"你这种人，还怕骂？"郑三老汉瞪着他，斥责道，"我不怕你穷，只怕你坏。我万万没想到，你会是这样一个人！"
"叔……"陈秋生长长地叹了一口气，不再吭声了。
这时，从院内的小屋里传出一阵剧烈的咳嗽声，紧接着，是一个老女人颤巍巍的声音："秋生啊，谁来了？"
"娘……"陈秋生一听，慌忙朝屋里跑。
"站住！"郑三老汉一声断喝。
陈秋生像被使了定身法似的，僵在了门前。
郑三老汉疾步走过去："你跑什么？"
陈秋生嗫嚅地："叔，我娘病着呢！"
郑三老汉审视地瞪着他，然后朝门边走。
陈秋生慌忙拦住，低声恳求道："叔，求求您，千万别跟我娘说，她……"
郑三老汉猛地把他搡开，一步跨进屋去。

83. 屋内，日
借着门口射进来的阳光，郑三老汉用眼睛把屋里扫了一遍，家里真的很穷，屋里设施特别简陋。
陈秋生的母亲有气无力地躺在炕上，不时地发出一阵咳嗽声。
她呆望着郑三老汉："秋生啊，这是谁来了？"
陈秋生从门口挤进来，掩饰道："我姑她们村儿的，来看看您。"
陈母嘤嘤地哭出声来："都是我不好，拖累孩子这么多年！我咋还不快死呀？这是上辈子做了什么孽！"
陈母又连声咳起来。
陈秋生忙跑过去，小心地为母亲拍背。
陈母又说："多贵的药都吃了，各种偏方也都用了，把家底都折腾光了。"
陈秋生："娘……"
陈母："我整天盼着死，可……"
在老女人哭诉般的唠叨声中，郑三老汉的心好像让什么东西咕咚砸了一下。他扭过脸看陈秋生。
陈秋生眼里盈着泪，说："娘，您别急。都说吃黑狗肉、喝黑狗血能把您的病去根。咱吃了，也喝了，慢慢会好的，一定。"
这番话，他明显是说给郑三老汉听的。

郑三老汉皱皱眉，没说话，扭过头，缓缓地走出屋去。

84．屋外，日
郑三老汉刚从屋里出来，陈秋生便紧跟出来。
"叔……"陈秋生低声说，"真对不起，等我有了钱，再买一条赔您。"
郑三老汉仇恨地盯着他，但说话的口气却明显缓和了："赔？啥样的狗能顶得上我的大黑！狗是忠臣，大黑陪我七八年了。你不该把它杀了呀！"说着，他的声音哽咽了。
陈秋生咽了下唾液，说："我……也实在没办法了。我娘有痨病，又得了半身不遂，啥药都用过了，还是连床都起不来。听人说吃黑狗肉喝黑狗血能治这病，我就……这是我生下来，头一回杀生。没想到，杀了您的命根子。"
郑三老汉："吃狗肉喝狗血能治痨病和半身不遂？这不是胡说八道吗！这种话你也信？"
陈秋生："我也不信，可看我娘那难受的样子，不试试又不死心。叔，您打我吧，我……是活该的！"
郑三老汉静静地站在他面前，好久没说话。
陈秋生从口袋里掏了半天，才哆哆嗦嗦地摸出点儿钱："我这还剩二百多块钱，您先拿着，我慢慢赔您。"
郑三老汉没理他，扭头就走，走到了院门口，才回过头，哑着嗓子丢下一句硬邦邦的话："本该让你给我的大黑偿命。先留下你……好好孝敬你娘！"他头也不回地走了。
陈秋生沮丧地抱头蹲到地上。

85．钱玲家院内，傍晚
郑三老汉送来的那筐苹果醒目地放在窗前。
周家婶子正给小虎笨拙地削着苹果皮，削下的皮舍不得丢，都塞进了自己嘴里。
小虎手里拿着一个，正咔嚓咔嚓地吃着。
钱玲进院儿，惊讶地看着小虎，一把将苹果夺过，"啪"地给他一巴掌："你不怕吃坏肚子啊！"
小虎哇地哭出声来。
周家婶子心里一颤，忙说："洗了，没让他吃皮。"
钱玲厉声问小虎："那……你手洗了吗？"
周家婶子："洗了。"
小虎哭喊道："奶奶给我洗了两遍呢！"
钱玲转问周家婶子："有外人来了？"
周家婶子："没呀！"
钱玲："那……这是哪儿来的苹果？"
周家婶子："哦？就放在院门口，我还以为是你们……"
钱玲的眼睛像锥子似的扎了她一下，狠一甩小虎："进屋！"
小虎回眸哭道："奶奶……"
周家婶子木然地站在那儿，没再说话。

86．苹果园的小屋内，夜
郑三老汉用粗大的手掌小心地抚摸着那张黑色的狗皮。
他想起了他的大黑。

他颤颤地把狗皮捧起来，抱在了自己胸前，他的眼里涌出了泪。
秀姑从门外进，看一眼桌上一动未动的饭菜，说："爸，你咋还不吃饭？"
郑三老汉不动，也不语。
秀姑不再劝他，默默坐到炕边。
父女两个，心情都极坏。

87. 苹果园内外，晨
秀姑郁郁寡欢地在苹果树间穿行，早晨的太阳透过枝叶的缝隙把暖色的阳光洒在她身上。
陈秋生怯怯地走来。
他走到墙边，轻声喊："秀姑——"
秀姑瞥他一眼，扭过脸，不理睬他。

88. 小屋门前，晨
郑三老汉也瞧见了陈秋生。
他微微叹口气，缓缓走进屋去，把时间和空间都腾给了秀姑。

89. 苹果园内，晨
陈秋生走到秀姑身后，秀姑并不回头。
"秀姑，"陈秋生声音喑哑地，"为这事，我一整夜没睡。"
秀姑不语。
陈秋生："真遗憾。我才明白，这么多年了，我一直等的人原来就是你！"
秀姑头也不回地："你不要再说了，你走吧。"
陈秋生不语了，他呆呆地看着秀姑。
秀姑微微侧转身，看见陈秋生的眼睛里溢满了星光。她的一颗心差点儿被淹在了里面，忙低声说："走吧，你快走吧。让我爸看见，又该惹他生气了。"
陈秋生只好讪讪地走了。
秀姑看着他，心里很难受。

90. 村街上，日
周家婶子急匆匆地走着。

91. 苹果园内，日
秀姑沮丧地靠坐在苹果树下。
周家婶子来了，急急地："秀姑！"
秀姑忙站起身："婶子。"
周家婶子："听说，杀你们家大黑的是秋生？"
秀姑沉重地点点头。
周家婶子焦灼地："哎呀，这孩子！"她略沉吟了一下，"你爸呢？"
秀姑："在屋里。"
周家婶子忙趱转身子，朝小屋快步走去。

92. 从村街到周富的肉铺，日

钱玲黑着脸跑来："周富！"

周富忙跑到她身边。

钱玲："你妈跟老郑三叔勾搭得很紧。昨天，老郑三叔刚到过咱家，今天你妈就又跑到苹果园去了。外贼好防，家贼难防。可别还没等咱们跟那老东西谈好条件，倒让他们先把咱家倒腾光了。那样……咱岂不是赔了夫人又折兵！"

周富："你话别说得太难听。"

钱玲："是我说的话难听，还是你妈做的事难看？要嫁，我不反对，找咱谈好条件，明媒正娶。整天这么偷偷摸摸的，你这当儿子的脸往哪放？放裤裆里？"

周富不语了。

钱玲："有件事，你别怪我。我有法子对付他们！"说完，一扭身走了。

93. 苹果园内，日

秀姑依然郁郁寡欢地呆坐在苹果树下。

郑三老汉走过来对她说："闺女，心里别难受。去吧，去找那个陈秋生。"

秀姑惊愕地抬起头，不解地望着他。

郑三老汉："那小子，是个老实人。"

秀姑不语。

郑三老汉："也是个好人。"

秀姑仍不语。

郑三老汉："去吧，别耍小孩子脾气了。"

秀姑："不，他杀了咱家大黑。说是买的，谁知道他到底是不是偷的！"

郑三老汉深深叹了一口气，说："唉，他娘病重，着急，就有病乱投医。就算是他偷的，也是一片孝心。"

秀姑不吭声了。

郑三老汉："刚才你婶儿说，古时候，还有人割自己大腿上的肉尽孝心呢，咱……唉，不过是舍了一条狗吧……"

秀姑微微抬起头看着爸。

郑三老汉："不孝的人，对朋友必不义，对国家必不忠。有孝心的人，重情分，往后能对你好呢！"

秀姑落泪，摇头："不，我一想起咱的大黑，这心里就过不去！"

郑三老汉："反正……我该说的都说了。你也不小了，你自己慢慢寻思吧！"他转身走开。

94. 周贵家院门口，日

周贵坐在门外一个大树墩子上，有滋有味儿地唱着山东梆子。

郑三老汉拎着一大筐苹果从门前走过。

周贵瞧见，站起身，喊住他："哎！"

郑三老汉驻足。

周贵走过去："老郑三叔，干啥去？是不是又要偷偷摸摸地给我妈送苹果？"

郑三老汉："你年纪轻轻的，咋说话呢！"

周贵："还咋说话！你昨天一筐苹果，给我妈惹出一堆麻烦。"

郑三老汉："哦？街坊邻居，送筐苹果咋了？"

周贵:"哟,你老人家可别装啦!那天一场大雨,把你做的事都抖搂出来了。屋一塌,本来以为我妈砸在了里面,我们正伤心落泪呢,她却活枝鲜叶地从你那儿出来了,还穿着你的衣服。你真有能耐,把我们家和整个村子都给耍了!"

他说着,有些愤愤不平起来。

郑三老汉惊呆了。他的心顿时变成了岩石中的钢钎,被一只十二斤重的大锤头一下比一下重地狠砸着。

这时,春燕领着小燕沿村街急急地跑回来。

周贵指着郑三老汉对春燕说:"你看,老郑三叔多浪漫,又要偷偷摸摸地去给妈送苹果!"他转向郑三老汉,"你再插上几朵玫瑰花儿呗!"

春燕责备地:"你咋说话呢!"

郑三老汉气得脸都变色了,但强忍着没发火。

春燕对周贵:"你可别在这儿耍花舌子了!快去看看,嫂子把妈给锁在了屋里。我跟小燕去送吃的,连院子都没让我们进!"

小燕:"小虎哥哥说,奶奶的眼睛都哭肿了!"

"畜生!"郑三老汉闻言,怒吼一声,把手中的苹果筐往地上狠狠一摔,拎着那根槐木棍子就朝钱玲家跑去。"

周贵指着他的背影对春燕说:"你看,这老东西疯啦!"

春燕不悦地:"我看你才疯啦!"

她拉着小燕,跟在郑三老汉后面急追。

95. 钱玲家院内,日

一把锁头,挺刺眼地悬挂在西厢房的门上。

小虎在窗前回头:"妈,我奶奶又哭了。"

钱玲走过去,弓下身子,趴在窗玻璃上对屋内轻声喊道:"妈,先委屈你几天,可别生我的气。我这么做,也是为你好。"

屋里没有动静。

钱玲又轻声喊道:"等我们跟老郑三叔把话都挑明了,你们愿咋来往,随便!"

屋里依然没有动静。

这时,院门被"砰"的一脚蹬开了,郑三老汉瞪着眼睛手抡棍子出现在门口。

小虎吓得扑到钱玲怀里:"妈——"

钱玲也被他的样子给吓坏了,颤着声说:"老郑三叔,你……你这是干啥?"

周富拎了堆猪肠子从门外进,不知发生了什么事,连声问:"怎么了,怎么了?"

郑三老汉怒指周富:"你这个畜生!你娘白养了你!"

他气汹汹地喊着,朝周富搂头就是一棍。

周富慌忙躲过去。

钱玲在一旁气急败坏地骂道:"你这个老不死的!"

96. 西厢房内,日

正靠墙闭眼坐着的周家姊子听到外面的吵闹声,浑身一激灵,忙下地,趴在窗户上朝外看。

97. 院子里,日

钱玲指着郑三老汉,继续骂道:"这是我们家,你不怕坐牢你就闹!"

"坐牢，我坐你娘的牢！我要让你们去坐牢！"郑三老汉气呼呼地吼着，抡着棍子朝周富追去。

周富并不还手，只是躲闪，嘴里连声地："三叔，三叔……"

气疯了的郑三老汉如头闻着血腥气的老虎，谁也不敢惹。

突然，传来石破天惊的一声喊："住手，你给我住手！"

郑三老汉蓦然回首，只见周家婶子正一边用手砸着窗户，一边嘶声喊叫。

周富这时瞧见了门上的锁头，愤怒地吼道："这锁，谁上的？"

钱玲满不在乎地："我呀。"

周富激动地："你这是家，还是监狱？！"

钱玲瞪大眼睛："监狱？我一天好吃好喝地供着，还监狱！你告诉我，哪儿的监狱能有这样好，我也去住，省得整天卖凉粉儿，喊得口干舌燥的不说，还风吹雨淋日头晒的！"

周富气急败坏地："你……你打开！"

钱玲脸一扭："我偏不开！"

郑三老汉早已经按捺不住了。他猛地冲过去，用手中的槐木棍子猛砸，可那锁却纹丝不动。

这时，一把斧头举到了他的面前。他低头一看，是小虎。

他接过，猛一砸，锁掉了，门开了。

周家婶子流着泪从屋内走出。她拼命地捶打郑三老汉，哭喊道："谁让你来的？谁让你打我儿子？谁让的……"

郑三老汉不动，任她打，眼里沁了浑浊的老泪。

院门口，春燕和小燕冲进来，见到眼前的情景，都怔住了。

周家婶子停止了捶打，蹲在地上，呜呜哭出声来。

春燕走过去，拉她起来："妈，别哭。"

小燕和小虎也跑过去，都说："奶奶，别哭了。"

周家婶子猛然抱紧了春燕和小燕、小虎，哭得更大声，仿佛把积聚在心中的酸楚、委屈，都一股脑地倾泻出来。

郑三老汉的眼泪不觉间也流了满脸，连胡子都湿了。

他伸出手，把周家婶子一拽，拎起棍子就走。

周贵从外面跑进来，张开两手拦着："站……站住！你要把我妈弄到哪里去？"

郑三老汉不说话，用力把他搡开。

钱玲见人多了，就有了劲头，壮着胆子喊："你这可是犯法！"

郑三老汉大骂："你还有脸这样说？你早该让雷劈了。你们关你妈，到底谁犯法？我这就和你妈到法院告你们去！有种你们一块儿去，你们也可以告我啊！"

一听去法院，周富就白了脸。他忙说："老郑三叔哎，你可千万别动火。随你怎么都行，只是别去法院！"

他挡住钱玲，让郑三老汉拉着周家婶子走出院门。

周家婶子欲挣脱："老郑三哥……"

郑三老汉："听话，跟我走。"

他拽着周家婶子朝前走去。

周贵："哎……"

春燕忙一把将他拽到身后。

小燕紧紧抱住他的腿："爸爸，你让奶奶走……"

98. 钱玲家门前的村街，日

郑三老汉拉着周家婶子朝前走，后面跟了不少人看热闹。

春燕拦住大伙："你们看什么？有什么好看的！"

周富也跑过来。他看着人们异样的眼神和奇怪的神情，气愤地说："你们就没有个老的时候吗？把心摆正，省得睡觉的时候做噩梦！"

春燕挥着手："散吧，大伙儿都散吧！"

众人一哄而散了。

钱玲这时走过来，嘟嘟囔囔地："这……不是抢亲吗！"

周富低吼了一声："败家娘儿们，你住嘴吧。你竟敢把门上锁，太过分啦！"

"啪"——钱玲没吭声，却一个大耳光扇过来。

周富猛然把手中那挂猪肠子摔在她身上，厉声吼道："败家娘儿们，你给我滚回屋里去！"

钱玲想要发火，但看他脸色铁青，没敢！

春燕柔声细语地："嫂子，这事要是真告上去，你还真得吃不了兜着走。这叫啥？叫……非法限制人身自由。"

钱玲惊愕地瞪大眼睛："啥？！"

她想了想，扭脸喊周贵："快，说啥也不能让他就这样把人领走了啊！"

周贵忙把小燕推开，朝前面追去。

钱玲也跟上。

春燕生气地："周贵……"

99. 村街上，日

郑三老汉拽着周家婶子疾走。

周家婶子轻轻挣脱了他的手："老郑三哥，你……这是要拽我上哪儿啊？"

郑三老汉："我那苹果园呗！"

周家婶子忙说："别，我还是回自己家。"

"家？"郑三老汉满脸悲戚地，"你还有家吗？"

周家婶子低头不语了。

郑三老汉："走吧！"

周家婶子十分犹豫地："那……咱还不得让唾沫星子给淹死！"

郑三老汉很动感情地："咱俩，还能在世上活几年？不能再看着别人的脸色过日子！走，走吧……"他又一次伸出手，拽着周家婶子往前去。

"站……站住！"周贵和钱玲气喘吁吁地从后面追上来。

周贵："老郑三叔，你就这么把我妈领走，算咋回事？"

郑三老汉："算明媒正娶！"

钱玲讥笑道："明媒正娶？你的媒是谁？我咋没听说。"

郑三老汉不免有点儿语塞。

这时，秀姑仿佛从天上掉下来似的，蓦然出现在他们面前，朗声宣布："我！是我做的大媒。我赞成我爸娶婶子，我认这个新妈。"

"你？"周贵轻蔑地看着她。

钱玲也笑道："你算老几啊！"

"还有我！"春燕和周富从后面追上来，她气喘吁吁地说。

周贵和钱玲都不禁一愣。

春燕说："我也赞成这门亲事。大哥，也说说你的意见吧。"
周富揩揩满脸的汗，对周贵说："妈这辈子，不易。孝顺这俩字，关键在顺。咱当儿女的，就遂了妈的心愿吧。"
"啥？"钱玲惊愕地瞪大眼睛，"你这个叛徒！你们就这么简简单单地让妈被人领走？"
周贵："就是！妈好歹也是个大活人，这也太便宜他们了！"
郑三老汉凄苦地一笑："你们想要什么？说话。只要我家有的，随便。"
周贵："你这话说大了吧？"
郑三老汉："不大。男子汉大丈夫，吐口唾沫就是钉儿！"
周贵："我们想要你满园子苹果，也给？"
周富忙说："别……"
春燕也铁着脸："周贵！你们……这是要卖妈吗？"
周家婶子气得直抖："那能卖七八万块！妈都这岁数了，还……还值这个价吗？"
郑三老汉环视着周围的人们，最后把目光落到了秀姑身上。
秀姑面对郑三老汉，掷地有声地："爸，咱给！"
在场的人，包括周家婶子，都不免一惊。
秀姑走到周家婶子身边，亲昵地说："婶儿，你可比那满园子苹果金贵多了！"
钱玲一听，忙说："是啊，我妈不比那满园子苹果金贵？不是一般的金贵，是金贵得太多啦。老郑三叔，秀姑，你们可得听清楚：那园子里的苹果，必须让我们连收三年！"
春燕轻蔑地瞪她一眼。
周富欲制止："钱玲，你……"
钱玲拿手一指他："你找个草窠儿，一边眯着去！"
周家婶子气得冲过来："你们……你们这不是讹人吗！"
郑三老汉忙把她拉到自己身后，对她说："行，咱不怕他们讹！"
秀姑也说："婶儿，三年就三年！爸，咱们值！"
郑三老汉转脸深情地看着周家婶子，连声说："值，值，值……"
周家婶子的情绪突然失控，呜呜地哭出声来。
郑三老汉伸出粗壮的胳膊，把她紧紧揽到了自己怀里，生怕不小心会被别人抢走一样……

100．苹果园，晨
硕大的苹果在晨曦中泛着红光。
鞭炮声从村中隐隐传来。

101．秀姑家的院子里，晨
大红喜字贴在窗上。
鞭炮炸响；
唢呐高唱。
小虎、小燕和孩子们满院子撒欢儿。
周富拿刀娴熟地切着各种肉食。
秀姑、春燕里里外外地忙活。
人们开始快乐地起哄：原来，是郑三老汉和周家婶子被拥出了屋门……
陈秋生也来了。
他怯怯地走到院门口，引颈朝里面张望。

春燕瞧见了他，忍不住抿嘴一乐。

102. 苹果园里，晨
在热闹的鞭炮声和唢呐声中，周贵缓缓走到墙边，朝远处张望，然后转过头来喊："嫂子，那边开始了，咱俩不去露个脸儿，不大好吧？"

离他不远处，钱玲正趴在梯子上忙着采摘苹果。听到周贵的喊声，她先是引颈朝远处看看，然后便下梯子，不小心一脚踩空，跌落在地上的一大堆苹果里。

她挣扎着爬起，坐在苹果堆中，叹出了一口长气，不知道心里在想什么……

103. 秀姑家的院子里，晨
郑三老汉和周家婶子挨桌给乡亲们敬酒。

春燕却拽着秀姑，挤到了陈秋生身边。

秀姑瞧见陈秋生一愣，狠狠瞪他一眼："你来做什么？"

陈秋生低着头："秀姑……"

秀姑生气地："你偷啥不好？偏偷我们家大黑！"

陈秋生一脸无辜地："我真不是偷的，是买的，用的是我卖血的钱。要是真偷了，我还敢去给叔送狗皮吗！"

春燕对秀姑："是啊，偷了你家的狗，接着再把狗皮送回来，那岂不是太傻啦！"

秀姑的情绪略略缓和了些。她瞪陈秋生一眼："你赔我们大黑！那是我爸的命根子，你知道吗？你要尽孝心，我就不要尽孝心吗？"

陈秋生连声说："我赔，我赔……"

秀姑："你拿啥赔？"

把陈秋生一下子给问住了："拿，我拿……"

春燕这时却嘻嘻笑道："说难赔，也难赔；说好赔，也好赔。"

秀姑和陈秋生都不解地望着她。

春燕抿着嘴儿："叫我说呀，干脆，秋生你就给我们秀姑……当一辈子大黑！"

陈秋生的脸腾地红了。

秀姑"啪"地给了春燕一巴掌，满脸娇羞地："去你的！"

春燕冲陈秋生喊道："傻子！今天是你和你老岳父的好日子，快点儿伸手帮着忙活呀！"

"哎！"陈秋生喜出望外地应了一声，便跑向了周富那一边跟着忙活起来。

他的目光追逐着秀姑，脸上有了一点儿笑模样。

这时，鞭炮炸得更响了，唢呐也吹得更欢了。

人们都快乐地朝前面看去——

在硕大的红喜字前，郑三老汉开心地咧嘴笑着；周家婶子呢，则撩起衣襟，幸福地揩泪……

（本剧与山东日照作者蓝强合作，刊于《中国作家》，CCTV-6摄制。总导演：韩志君，导演：戴曙鸣，主演：郭凯敏、温玉娟、郝岩、马境、尚大庆、关小平。）

耿二驴那些事儿

1. 山野间，日

在浓郁的山西地方民间音乐中，一穗吊在竹竿上的玉米棒来回晃悠。

驴头入画。竹竿挑着的玉米棒不断地在驴头前面晃动。驴为了能吃到玉米棒，一个劲儿地扬脖往前探，往前动。

耿二优哉悠哉地骑在驴背上。

远处，是深秋的旷野，是太行山西麓的黄土丘陵沟壑区，各种形态奇崛的土崖尽入眼底。

耿二快乐地唱着——

　　　　　　"天上的老鹰地上的鸡……

耿二骑着毛驴在土崖和沟壑间前行。

他的歌声在黄土高坡缭绕——

　　　　　　绕来绕去我撂不下你；

耿二咧着嘴，摇头晃脑地唱着——

　　　　　　黄雀雀钻进圪针林，

耿二继续唱——

　　　　　　光棍汉寻的是心上人……

他一边唱，一边晃动挑着玉米的竹竿，两脚踢打着小调的节奏。

"耿二！耿二……"突然有人急切地喊他。

他忙下驴，回头。

村会计巧花从纵深处气喘吁吁地朝他跑过来。

巧花："耿二，不好啦！"

耿二惊诧地："巧花，咋啦？"

巧花："钱五嫂家的种驴让人给牵走啦！"

耿二颤着声："谁呀？谁牵走的？！"

巧花摇头："不认识。"

耿二气愤地："他们在哪儿？"

巧花拿下颏儿一指："朝莲花山那边去了。"

耿二也不说话，把驴缰绳往巧花的手里一塞，近乎疯狂地朝远处跑去。

巧花忧心忡忡地望着他……

2. 高高土崖下的一条小路，日

一高一矮、一胖一瘦两个小伙计牵着几头驴沿小路走来。

耿二蓦然从崖上冲出，满脸汗淋淋地对崖下大吼："站住！你们给我站住！"

两个小伙计仰起脸，愣愣地看着他。

耿二急不择言地："把种驴留下！"

胖伙计扑哧一乐，转脸对瘦伙计，用讥讽的语调说："呀，出劫匪啦！"

耿二怒不可遏地："我不是劫匪，你们才是劫匪！"

这时，一位女性（胡娇）驾着小车在离土崖很近的另一条乡间土路上入画。

她隔着车窗问两个小伙计："咋啦？"

胖伙计一指崖上的耿二："他让咱把种驴留下，还骂咱是劫匪！"
胡娇下车，仰起脸问耿二："你凭啥骂我们是劫匪？"
耿二气鼓鼓地："不是劫匪，你们凭啥牵走钱五嫂的种驴？！"
胡娇满脸不悦地："我们一手交钱，她一手交驴，你管得着吗？"
"唔？"耿二听了着实一愣，有点儿语塞地，"给钱了？那……你们给了多少钱？"
胡娇冲他轻蔑地一笑，很气人地："商业机密！"她冲两个伙计一甩头，"走——"
耿二焦灼地："哎，哎……"
两个小伙计牵驴朝前走。
耿二嘶声地："站住，你们站住！"
胡娇目光中充满了挑战和讥讽，夸张地朝他摆手："拜拜……"
"哎哎……"耿二急得满脸是汗。他喊了几声，见没人理他，突然一咬牙，纵身从高高的土崖上跳下。
啊，好吓人的自由落体！
胡娇惊得张大了嘴巴！
在"噗"的一声响后，她慌慌地朝土崖下跑去。
耿二正挣扎着从一堆豆秸中爬起来。
胡娇冲入画，愤怒地吼道："你不要命啦！"
耿二龇牙一笑："我要驴！"
胡娇瞪他一眼，继续吼道："你二啊！"
"咦？"耿二一愣。他急忙拍拍身上的草屑，又用手捋捋头发，"你咋知道我的小名儿？"
胡娇不再说话。
她用奇怪的目光细细打量着眼前这个奇怪的人……

3. 钱五嫂家，日

一个整洁却有些衰微破败的农家小院。
钱五嫂低头坐在院中。
村治保主任瘸腿路平正陪她说话。
路平关切地："五嫂啊，你家的大种驴是五哥留下的，咋说卖就卖了？"
钱五嫂沉重地摇头不语。
耿二爹笑吟吟地进院儿。
钱五嫂瞥见他，没吭声，转过身低头择身边的野菜。
耿二爹入画，对路平："你小子咋也在这儿？"
路平："来问问五嫂卖驴的事。"
耿二爹蹲到钱五嫂对面："真卖了？"
钱五嫂不语。
路平替她回答："卖了，都让人家给牵走啦。"
耿二爹："卖了好，早该卖！一山不容二虎。"
路平惊讶地望着他："二叔，你这话啥意思？"
耿二爹没理他，径自对钱五嫂说："你说咱们两家吧，本来是好邻居。可为种驴的事，好像总是今天我抢你盆里的，明天你又抢我碗里的，别扭！你把种驴这么一卖，咱这满天的云彩就都散了。"
钱五嫂苦笑笑："二叔，我得点火做饭了。"起身进屋。

路平瞪他一眼，说："我也该回了。"瘸着腿朝院门走去。
耿二爹被他们给晾在那里，很尴尬。

4. 高高的土崖下，日
耿二瞪大眼睛："啊？钱五嫂真把种驴给卖啦！"
胡娇："我们整整花了一万六千块，能是你想留就留吗？还骂我们是劫匪，谁是劫匪呀？"
耿二忙走近她："妹子，你听我说……"
胡娇："别叫我妹子！我可没你这样的哥。"她抬眼看看高高的土崖，心有余悸地，"世界上竟有你这种人！还跳崖，你去跳珠穆朗玛峰得了呗，太二啦！"
耿二满脸堆笑，讨好地："妹子，你说得对，我就是有点儿二。"
胡娇纠正他："你不是有点儿二，是很二！"
耿二："妹子，你说得对，很二。要不，人家咋能忘了我的大号叫耿智明，整天喊我耿二呢！"
这时，驴叫。
耿二一听，便扭身朝两个小伙计和驴那边走去。
胡娇无言地看着他。
两个小伙计牵着驴。
耿二入画，亲昵地抚摸大种驴。
瘦伙计猛然拨开他的手："别摸！"
耿二梗着脖子："我摸摸咋啦？"
胖伙计："怕你弄脏了我们的驴！"
耿二不无愠恼地看着他。
胡娇入画，对耿二："你甭摸，摸也没用，再摸，这驴也不姓耿。"
耿二努力很谦恭地："对，妹子，它不姓耿，姓钱。这头种驴，是钱五嫂家的命根子，也是我们青龙山全村人的命根子啊！"
胡娇："哦？"
耿二："我们全村只有两头公驴，我家一头，钱五嫂家一头。各家各户的母驴全靠它俩配种呢！"
胡娇看着他，不语。
耿二很动情地："我正张罗成立养驴合作社，全村那么多头母驴，光靠我们家一头公驴，能忙活过来吗？"
胡娇仍然没说话，只是静静地看着耿二，看着这个为了一头驴傻呵呵跳崖的男人……

5. 长着老槐树的村街，日
耿二爹背着手，哼着小曲儿，沿村街走来，在老槐树下遇见巧花。
巧花拉着长声："呀，二叔，啥事这么高兴啊？"
耿二爹："巧花啊，钱五嫂把家里的种驴给卖了。从今往后，你家母驴再配种，直接找二叔我吧！"
巧花哈哈笑道："我们家母驴配种直接找二叔你？二叔你这话是咋说的！"
耿二爹脸腾地红了："我是说……直接找你二叔我们家的种驴。"
巧花："哦，我明白了，怪不得你老人家乐成这样呢！往后，你家的种驴是蝎子粑粑——独（毒）一份儿啦；村里配种的钱，二叔你可以被窝里放屁——独吞啦！"

耿二爹被她给说破了心思，板起脸，一副严肃的样子："巧花，你咋说话呢！"

6. 高高的土崖下，日

耿二对胡娇："……妹子，我这么一说，你就明白我为啥都急得跳崖了吧？"

胡娇想了想，对两个小伙计："把那头种驴给他们留下吧！"

耿二激动得一把抓住胡娇的手："妹子，太谢谢你啦，太谢谢你啦！"

胡娇急抖他的手，但耿二抓得太紧了，硬是抖不脱。

耿二发自内心地："说真的，妹子，我连给你磕一个的心都有！"

胡娇猛然甩开他的手，不悦地："想磕你趴地下就磕，抓我手干啥呀！你看，手都让你给攥红啦！"

耿二忙不迭地："对不起，对不起。我激动的！要知我的感谢有多深，抓手代表我的心。"说着，急从口袋里掏出手机，"来，扫一扫，加个微信。"

胡娇略为反感地："扫啥扫？加啥加！"

耿二有点儿尴尬："我没别的意思。我……不是得把你买种驴的钱给你转回去吗！"

胡娇："你甭扫，我也不加。明天，你把钱给我送到莲花山驴肉香饭庄去！"说罢，转身出画。

耿二喊道："哎，你就不怕我要赖，就不怕我不给你！"

胡娇回眸："你不是就叫耿二吗？你们家不就在青龙山吗？我不信，跑得了和尚还跑得了庙！"

耿二牵着大种驴呆立在那里，怔怔地望着。他的目光中，竟多出了不少很复杂的东西：有感谢，有赞许，也有太多不舍……

7. 钱五嫂家院内，傍晚

瘸腿路平正在院子里挥舞着连枷帮钱五嫂打高粱头。

耿二牵着大种驴出现在院门口。

"呀！"路平忙丢下连枷迎了过去。

他惊喜地问耿二："咋又牵回来了？"

耿二没回答，冲屋内喊："五嫂！"

路平也忙跟着喊："五嫂，五嫂！你快……快出来呀！"

钱五嫂应声入画。

钱五嫂一见耿二牵着的大种驴，顿时惊呆了："耿二，你……咋又把驴给牵回来了？"

耿二："五嫂，这驴，咱不能卖。"

路平高兴地："对呀，不能卖！"

钱五嫂难过地："不卖？这眼看着又得给秀秀寄学费和伙食费啦，家里也快揭不开锅了。不卖，钱从哪儿来？"

耿二理解地："我知道，五嫂，你们家姓钱，却缺钱。可你也不想想，五哥没了，秀秀又在外面上大学，你一个寡妇，离开种驴咋生活？！"

钱五嫂："耿二，你咋说话呢！"

路平笑道："就是，咋说话呢！"

耿二自知语失，急入画。他"呸呸"吐了两口唾沫，又伸手打了两下自己的脸，说："我看我这破嘴！我的意思是说，你把种驴卖了，家里过日子，连个顶梁柱都没有了。"

路平"啪"地给他一巴掌："你这小子，种驴算啥顶梁柱！"

钱五嫂一把揪住他的耳朵："我让你满嘴喷粪！我让你满嘴喷粪……"

耿二疼得直咧嘴，连声告饶："五嫂，五嫂……"

钱五嫂松开他。他一边揉耳朵一边说："我是好意，我是说……这头种驴，是你们家来钱的道。你是装钱的匣子，它就是搂钱的耙子。"

路平哈哈笑了。

钱五嫂瞪他一眼："又胡说！"

吓得耿二急忙闪开身子："我是比喻，我不是比喻嘛！"

钱五嫂长叹一声，走到种驴的身边，轻轻摩挲着它，说："这驴，是你五哥留下来的，我也舍不得卖。可……"

耿二："我明白。这驴，你收下；钱，我退她。"

钱五嫂摇头："那算咋回事！"

路平："我还有2000多块钱，我也帮着凑个份子！"

钱五嫂："不，不中！"

耿二："就算我借给你的。等咱把合作社成立起来，你们家脱了贫，有了钱，再还我，还不中吗！"

钱五嫂："你们家，钱都是你爸把着。"

路平："就是，他是有名的铁公鸡，拔一根毛都很难。你能弄出钱来？"

耿二："五嫂，你放心，我有办法。"

钱五嫂非常感动地："耿二，你跟你爸，可是太不一样了！"

路平："就是，很不一样！"

耿二："路平，你……在这儿跟五嫂俩唱双簧呢！"抬脚欲踢路平。

路平急忙瘸着腿跑开。

耿二追上，照他屁股就是两脚："我让你多嘴！我让你多嘴……"

路平双手捂着屁股，冲钱五嫂嘿嘿笑。

钱五嫂也被他们给逗笑了。

她笑的时候，挺好看！

8. 耿二家屋内，夜

一只酒杯"砰"地摔在桌上。

这是耿二爹。

他对耿二吼道："啥？你把钱五嫂家的种驴又给牵回来了？你……你也忒二啦！"

耿二嬉皮笑脸地："爹，你别生气，你听我说……"

耿二爹愤怒地："你别说，我不听！"

耿二："爹……"

耿二爹一挥手打断他："你别叫我爹。你对钱五嫂那么好，你去给她当儿子、管她叫妈吧！"

耿二娘正好端饭菜进屋，走到桌前，砰地把饭菜重重地放到桌子上，狠狠瞪耿二爹一眼："还说儿子二，我看你才二！咱儿子要是管钱五嫂叫妈，你把我往哪儿摆？！"

耿二爹不悦地一推她："你插啥嘴？靠边站！"他转对耿二："我好不容易拐弯抹角地劝她把种驴卖了，你又帮她牵回来，想让它跟咱家的种驴争嘴啊？！"

耿二笑了："爹，咱村眼下有那么多头驴，将来成立了养驴合作社，还会更多。你就留咱一头种驴，配得过来吗？你想把它累死啊！"

耿二爹不语了。

耿二："爹，我先朝你借一万六千块钱，替钱二婶把种驴钱还回去。"

耿二爹瞪大眼睛："啥？就她那破驴，还卖人家一万六千块？那是金驴还是银驴呀？叫我看，顶多值几千块钱。"

耿二："爹，你说的是乾隆年间的事吧？眼下，种驴没有下一万五一块的！"

耿二爹："铁匠不管木匠的事。她家卖驴，与我无关。"

耿二央求道："爹，就算儿子借你一万六千块钱还不中吗？"

耿二爹："不中！"

耿二退了一步："那就借我一万四，路平手头还有两千。"

耿二爹："一毛钱也不借！我那钱，是攒着给你娶媳妇的。"

耿二："我宁肯不娶媳妇，也要那头种驴！"

耿二爹气得猛一踹耿二："滚，你给我滚！"

耿二一个趔趄摔在地上。

耿二娘心疼地跑过去，冲耿二爹吼道："你疯啦！"她扶起耿二，用力往门外推他，"去去去，快回屋去。还想在铁公鸡身上拔毛？你找错对象了！"

耿二爹气得浑身发抖，指着耿二的背影骂道："二！这小子也忒他妈的二啦！"

耿二妈回头顶撞他："那还不是随根儿，还不是你们家的遗传基因好！"她走过去，拿手指狠狠杵了杵他的额头："你呀，还说儿子二，我看你比儿子更二！"

耿二爹满脸惶惑："我？我更二？！"

9．耿二爹妈的屋内，夜

驴倌儿耿二突然失眠了。

他躺在炕上，翻来覆去地睡不着。钱五嫂、耿二爹和胡娇的形象接踵在他眼前浮现——

钱五嫂苍白的脸："你们家，钱都是你爸把着。他是有名的铁公鸡，拔一根毛都很难。你能弄出钱来？"

耿二爹愤怒的脸："不中！一毛钱也不借！我那钱，是攒着给你娶媳妇的。"

胡娇含笑的脸："你不是就叫耿二吗？你家不就在青龙山吗？我就不信，跑得了和尚还跑得了庙……"

耿二一骨碌爬起身，朝窗外看看，又转回头来苦笑，自言自语道："人都说好汉架不住三泡稀屎，可没想到，我耿二硬是让一泡尿就给憋死啦！唉……"

10．青龙山村的村街上，日

这是一个空壳村，青壮年都进城打工去了，留在家里的几乎全是老人和儿童。石板铺就的乡间小路曲曲弯弯，砖瓦筑起的农家小院错落有致。

村委会边的老槐树下，几个老人泥塑木雕般坐着晒太阳。

耿二牵着他家的公驴走过来。

一老汉："二子啊，又出去配种？"

耿二摇头："遛驴。"

坐在槐树下的老汉们调侃着："耿二，连你家的公驴都总出去配种，你咋还打光棍儿呀？"

"快奔四十岁了，该娶个媳妇啦！"

老汉们的话捅到了耿二的痛处。

他的脸上，露出酸涩的表情，说："放心，一个萝卜总有一个坑儿！"

11. 另一条村街上，日
巧花和钱五嫂走来。她们的身后，一棵老槐树苍劲、有力，直插云天。
突然，她们都停下脚，默默地望着前方。
耿二牵着驴，耷拉着脑袋走来。
巧花和钱五嫂入画。
巧花："耿二，你咋像霜打的茄子——蔫了？"
耿二猛抬头，强颜作笑地："谁蔫了？没蔫啊！你们看，我这不是挺乐呵的吗！"
钱五嫂走到耿二身边，怯怯地："钱的事，你爸没答应吧？"
"扯！"耿二"啪啪"地拍着胸脯儿，"我是我爸唯一的合法继承人，别说才一万多块钱儿，就是想把房子安上轱辘推到集市上卖了，他也不会说个不字！"
"啊？"巧花表情特夸张地，"这么说，你竟然从铁公鸡身上拔下毛来了？"
耿二："巧花，闭上你的嘴巴。风大，小心吹着你舌头！"说完，牵驴走了。
钱五嫂关切地望着他的背影。
巧花："怪啦！这太阳能打西边出来？"
钱五嫂没说话，只是喟然长叹了一声……

12. 耿二家的大院，日
耿二牵着驴郁郁不乐地进院儿。
院子里有正房有厢房。正房是居室，厢房是驴圈。驴圈干净整洁，井井有条，里面拴着多头母驴。
耿二依次从这些背景前滑过，走到驴圈前拴驴。

13. 耿二爹妈的屋内，日
站在窗边的耿二娘突然扭过头来，对耿二爹说："哎，你快看，你快看——"
耿二爹正蹲在地上用绳子编驴笼头，头也不抬地："看啥？"
耿二娘："你看咱儿子。"
耿二爹："他有啥好看的！"
耿二娘心疼地："我看他都快愁死了。你就借他一万六千块呗！"
耿二爹："不借。"
耿二娘："你那钱，整天锁在小匣子里，能下崽儿啊还是想生蛆呀？"
耿二爹："不管下崽儿还是生蛆，想借那寡妇用，没门儿！"
耿二娘只好无奈地摇摇头，朝门外走去。
耿二爹不理睬，径自忙自己手中的活计。

14. 耿二家大院，日
耿二低头坐在驴圈旁。
耿二娘入画，小声说："二子啊，别愁坏了身子。"
耿二不说话。他耷拉着脸，站起身，给所有的驴都添上草料，然后又给种驴单独撒上一点苞米粒。

15. 空镜
这是太行山区独有的月夜。皎洁的月轮，悬挂在黑黢黢的黄土丘陵沟壑的上方，别有一番神韵……

16. 耿二家院门口，晨
大公鸡远远近近的啼鸣唤醒了这座小小的山村。
一个邻家小姑娘领着胡娇，还有一胖一瘦、一高一矮的两个小伙计沿村街走来。
他们身旁，挑水的、拎菜的、背柴的、牵驴的……不时有人走过。
到了耿二家门口，邻家小姑娘朝院内一指。
"谢谢你啦！"胡娇含笑道。
小姑娘扭头跑开。
胡娇敛起了笑容，冲院内厉声喊道："耿二——"

17. 耿二家院内，晨
耿二正背身喂驴，听到喊声，猛回头，往前走了几步，又蓦然驻足，一脸惊慌。

18. 耿二家院门口，晨
胡娇继续喊着："耿二，你出来，快点儿给我出来……"

19. 耿二家院内、外，晨
耿二快步跑到门边，透过门缝儿朝外看。
耿二娘轻声问："谁呀？"
耿二回头，小声地："来要账的。"
耿二娘紧张地："哎呀，那咋办呀？"
耿二："娘，你就说我不在家！"
胡娇的声音："耿二！耿二，你出来……"
耿二娘为难地看着耿二。
耿二急切地比画着，让她赶紧答话。
耿二娘却连连摇手，撒谎的话说不出口。
门外的胡娇等不及了，直接推门而入。
胡娇进门。
耿二倏地闪身躲到门后。
胡娇礼貌地问耿二娘："大娘，你们家耿二呢？"
耿二在门后连连朝母亲摆手。
耿二娘支支吾吾地："耿二？他……哈……"
胡娇狐疑地望着她。
她顺着耿二娘的视线扭头一看，发现了躲在门后的耿二，差点儿笑出声来："你藏门后干啥呀？"
耿二尴尬地捂着鼻子："哎呀，你也太愣啦！我刚要给你开门，你就使劲一推，把我鼻子都给撞酸了。刚才我这眼泪呀，哗哗的！"
胡娇憋住不笑："行啦，快出来吧！"
耿二顺手从门边抓过一根树棍，拄着，一瘸一拐很艰难地走出来，笑盈盈地："呀，怪不得大清早这喜鹊就喳喳叫（模拟喜鹊的叫声），原来是来贵客啦！"
胡娇怔怔地看着他："你咋还瘸了？"
耿二满脸苦兮兮地："那天你们走了，我才觉得腿疼。跳崖，摔成严重骨折了。"

胡娇满腔的不满瞬间化为同情："呀，不会落下残疾吧？"
耿二苦着脸："那是肯定了。这回，连媳妇都难找了，我都准备打一辈子光棍儿啦！"
胡娇："怪不得一连等了你好几天，也没去送钱。"
耿二："大丈夫一言既出，本该驷马难追。可你……我这样子，动不了啦！"（边说还边绕着胡娇，拄着棍儿走了一圈儿。）
胡娇愣愣地看着他。
耿二爹这时牵驴进院儿，莫名其妙地看着胡娇和一瘸一拐的耿二。
耿二娘入画，接过他手中的缰绳。
耿二爹惊愕地问："这是唱的哪出戏？"
耿二娘："二子欠的那钱，人家来要账啦！"
"啥？"耿二爹登时怒火中烧，转身抓过一把大扫帚，气呼呼地冲向耿二，劈头便打，边打边骂："兔崽子，我让你多管闲事，我让你引债主上门，我让你丢我老脸……"
耿二慌忙丢下手中的拐棍儿，撒腿就跑。
胡姣惊怔地看着突然又不瘸了的耿二。
耿二爹满院子追打耿二。
鸡飞；
狗跳；
驴惊……
耿二仓皇中逃到院角的石梯旁，纵身一跃，沿石梯飞身爬上屋顶。
耿二爹追过来，也欲追上石梯，不料力不从心，脚下一滑，险些摔倒。
耿二一惊："爹，你当心。追不上，就别追了。"
耿二爹气得满脸煞白，用一只手支着石阶，上气不接下气地："耿二，你……"他挣扎着，还想往上爬。
耿二娘冲到他身边，猛然夺下他手中的扫帚，厉声喝道："你疯啦！"
耿二爹气得大口喘着气，不说话。
耿二娘指着他对胡娇说："闺女，别生我儿子的气。这老东西是只铁公鸡，耿二借不出钱都快愁死啦！"
胡娇愣愣地听着。
耿二爹对胡娇："对，我就是铁公鸡。那头种驴钱，你去找钱寡妇要，想让我们家出？连门儿都没有！"
胡娇微微蹙起眉头。
耿二站在屋顶，急忙弓下腰，对胡娇说："我爹这么说是谦虚，你别信。他老人家不是铁公鸡，我肯定能从他身上拔下毛来！你那钱，黄不了，绝对！"
耿二爹咬着牙，怒对耿二："好小子，我等你来拔。我要让你拔下一根毛，我管你叫爹！"
耿二："爹，别激动。咱……家丑不能外扬啊！"
胡娇看着耿二和这一家人，实在憋不住了，扑哧乐出声来……

20. 村头小河边，错落有致的石板上，日
耿二双手抱膝，躬身坐在石板上。
他微微仰起脸，对站在她面前的胡娇说："你嘿嘿乐啥？看我爹打我，你高兴啊！"
胡娇笑着："哈……我是乐，有个大男人，让我吓得直往门后躲，就差没钻老鼠洞了；还有个瘸子呢，一跑起来，比兔子还快，还能爬墙上房、飞檐走壁！"
　　耿二红着脸："对不起，我……我暂时没弄到钱。一弄到，立马就给你送去，哄你是狗！"
　　胡娇："那头种驴你们家要了？"
　　耿二摇头："不，还给钱五嫂了。"
　　胡娇满脸狐疑地："那为啥她不还钱，你还钱？"
　　耿二站起身："她姓钱，没钱，又是个寡妇，村里有名的贫困户。五哥有病时欠了一屁股债，闺女现在又正上大学……放心，我借到钱一定还你，骗你是狗。"
　　胡娇内心很感动："哦，原来你也是为了扶贫。那……这钱，你也就别急了，算我先借给你的吧。"
　　耿二喜出望外地："真的？"
　　他激动地去抓胡娇的手。
　　胡娇忙把手背到身后。
　　耿二自己抖着手："妹子，我顶多拖到养驴合作社成立，钱立马还你，哄你是狗！"
　　胡娇笑了："狗狗狗，你就不会换个词儿啊？我又没催你还钱！"
　　耿二激动万分："哎呀，这可真是芝麻掉进针眼儿里，太巧啦！像你这样的好人不多，咋偏偏叫我给碰上了！妹子，还忘了问，你……咋称呼？"
　　胡娇："我叫胡娇。"
　　耿二："哈……还大料呢！咋起个调料名儿啊？"
　　胡娇："不是胡椒，是胡娇。古月胡，江山多娇的娇。"
　　耿二吧嗒着嘴："好名字，跟你的长相挺般配。"

21. 河边不远处的一块大石头后，日
　　露出耿二爹和耿二娘的脸。
　　他们愣愣地朝耿二、胡娇的方向张望……

22. 河边，错落有致的石板上，日
　　胡娇："大哥你脾气倔、心眼儿好。"
　　耿二："别叫大哥，叫二哥。我在家排行老二。"
　　胡娇："哈，二哥！咱俩，就算是不打不成交吧。"
　　这时，村治保主任路平瘸着一条腿气喘吁吁地跑来。
　　他边跑边喊："耿二，耿二驴……"

23. 河边不远处的那块大石头后，日
　　耿二爹一拍大腿，不无痛惜地对耿二娘说："唉，妈的，来了个搅屎棍！"

24. 河边，错落有致的石板上，日
　　耿二大声笑问："路平，大火把你家房子烧了，让我去救火啊？"
　　路平又朝前跑了几步："耿二驴，不是救火，是救人！"
　　耿二一惊："救人？救谁？"
　　路平："巧花！"
　　耿二跳过小河："巧花咋了？"
　　路平："让一大帮人给堵在村委会里啦！"

耿二："出啥事了？"
路平："债主们又来讨债！"
耿二："这事儿你别找我，赶紧去找老主任钱家义呀。"
路平："老主任不是上县城要债了嘛，你让我咋找？"
耿二："我出面也不好使呀。"
路平："你就冒充咱们村的代理主任……"
耿二："我连小组长都没当过，还冒充代理主任？也不像啊！"
路平一把抓住他的手，说："像，绝对像。耿二，别看大伙儿都说你有点儿二，可我心里有数：你是智多星，是咱青龙山的一号男爷们儿！"
胡娇饶有兴致地听着他们说话。
路平："作为咱村的一号男爷们儿，在这关键的时刻，你能让巧花一个娘儿们顶在头里吗？"
耿二："你不也是男爷们儿吗！"
路平悠荡了一下瘸腿："我这一条半腿，能算数吗！"
耿二满脸为难，回头看看胡娇。
胡娇上下打量着耿二，故意激他："哈，人真的是不可貌相。二哥，我咋也想不出，你……就凭你，居然会是青龙山的一号男爷们儿！"
耿二的情绪一下子被她给激起来了："你想不出？那我就让你亲眼见，中了吧？"
胡娇入画。
路平忙解释："我们不是有意拖欠，是真没钱。巨龙炼焦厂欠我们30万块，老主任把腿都跑折了，他们硬是不还！"
胡娇思忖、点头。
耿二对路平："唉，当初要是听我的，咱把养驴合作社办起来，村里也入股，哪至于有今天啊！"
路平："还说那些干啥呀。我先回，你千万千万随后就到啊！"说完，瘸着一条腿，匆匆走了。
胡娇看着他的背影："咦？你们青龙山的人，咋一遇上急事都装瘸？"
耿二："不，我是假瘸，他是真瘸。"
他郑重地紧了紧裤腰带，模仿着电影中英雄人物出征的口气，说："你等着我胜利的消息吧！"精神抖擞地快步跑去。
胡娇忍不住笑了。

25. 村委会院内，日

院内乱成了一锅粥。
一群讨薪的外地窑工把村里的女会计巧花紧紧围住："她是会计，就找她要！"
巧花左冲右突，难以脱身。
路平瘸着一条腿，满脸大汗地挤进院子，挡在窑工中间，拼命保护巧花。
窑工甲："煤卖完了，煤矿也关了两年多了，挖煤的工钱到现在还不给，想咋的呀？赖账啊？"
巧花："不是没钱吗？有钱肯定给。"
窑工乙："没钱？"
巧花："真没钱！"
窑工乙："我们都来了八趟了，老主任总是不在，这不是成心躲我们吗！"

窑工丙："跑得了和尚跑不了庙，今天我们就拆庙。"
路平拦挡着气愤的人们："不行，不行，她是会计，我是治保，我们说了都不算啊。"
众窑工："那就找个说了算的！"
这时，耿二急匆匆地赶到了。
耿二："哟，咋回事啊？"
路平见他来了，忙说："好哩，说话算数的人来了。这是我们村代理主任，耿智明耿二。"
窑工们立刻围上耿二："耿主任，你可得还我们钱啊！我们吃着阳间饭，干着阴间活，容易吗？"
耿二："同志们好！同志们辛苦了。"
窑工甲："我们不好，不辛苦。"
耿二："来，都坐下，有话咱们慢慢说。"
窑工甲："不坐，坐什么坐！少废话吧，干脆点儿，给钱！"

26. 村委会院外，日

胡娇也赶到了。她站在老槐树后，关切地望着院内。
她转身吩咐两个小伙计："快去，多买几箱矿泉水。"
小伙计应声而去。
耿二爹来了。
他站在胡娇斜对面，不看院内，却偷偷地打量着胡娇。
胡娇没有觉察，关切地注视着院内。
耿二爹眯细了眼睛，细细地观察着胡娇。

27. 村委会院内，日

耿二咽口唾沫，对窑工们说："我们不是没钱，我们有钱。"
巧花："耿二，你胡说啥呀？有钱，钱在哪？"
耿二虎着脸对巧花："你把那个'耿'字省了，叫我二主任！"
路平马上接过话茬："二主任，二主任，你跟她一个小会计要啥态度哇？"转脸冲巧花挤眼睛，"叫二主任，咱听二主任的。"
耿二："我说有钱就是有钱。你们往一块拢拢，总共欠你们多少？"
窑工们满怀希望地："我们早就拢好了，总共十六万七千元。"
耿二："才十六万七千元呀。不瞒各位，我们村还有三十万元。"
窑工们欢喜地："那足够我们的啦！"
耿二："可这钱不在我们手哇，在巨龙炼焦厂呢，欠我们三年了。老主任现在还蹲在那要账呢。"
窑工们失望地："债钱啊！那还叫钱吗？得了，还是拆房子吧。"

28. 院外的老槐树下，日

胡娇蓦然一惊，引颈朝院内张望。

29. 村委会院内，日

耿二："这破房子，立在这都不值几个钱，拆些破砖烂瓦拿回去你们还能顶钱花？要拆只管拆，拆完房咱们的账可就两清了。"

一听耿二这么说，窑工们反倒不敢拆了，央求地："二主任，我们都是拉家带口的，孩子上学等钱，老人看病等钱，你就给我们想想办法吧。"

耿二："好债不可赖要。你们放心，我们肯定能把钱要回来。只要钱一到手，立刻给你们。"

窑工们："二主任，我们可就指望你了。"

胡娇指挥着两个小伙计扛矿泉水走进院子。

胡娇高声喊道："水来啦！来，喝口水……"

耿二一见，乐了，忙一指她，对窑工们说："放心。我们马上就要成立养驴合作社了。她是用驴大户，我们村的财神爷。就算讨不回来债，我们靠养驴也能还你们钱。"

"真的啊！"窑工们争先恐后地朝门外拥去。

胡娇面对朝她拥来的窑工有点儿手足无措："我……我……"

耿二爹又转移到她身后的纵深处，目不转睛地看着她。

众窑工："妹子，求你了，快买他们的驴吧，越快越好，越多越好！"

胡娇一时不知该咋应对。

耿二从人群中挤进来。

耿二爹一看，怕被他发现，悄悄走了。

胡娇："大伙儿都先别急，来，喝口水，压压火。"

"对，"耿二赶忙过去给大家发水，"来，喝口水，喝口水。"

窑工甲："不喝。拿不到钱，给茅台酒也不喝。"

胡娇笑道："别不喝，润润嗓子，咱们有话好好说。"

耿二："对，有话好好说。"

窑工乙："你们真能还我们钱？"

耿二："都消消停停地回家，等待我们胜利的消息吧！"

窑工甲："说话算数？"

耿二瞅一眼胡娇，"啪"地一拍胸脯儿："绝对！"

30. 耿二家院内门口，日

耿二娘正引颈张望。

耿二爹背着手回来了。

耿二娘急急地："咋样？"

耿二爹："啥咋样？"

耿二娘："你不是说要凑近了看看那女的吗？"

耿二爹："还中。"

耿二娘："咋叫还中？"

耿二爹："比当年的你强出一大截，俊多啦！"

耿二娘使劲给他一巴掌："咋说话呢！"

耿二爹嘿嘿笑着："丑妻近地家中宝，你也不错！"

耿二娘也笑着，一把揪住他的耳朵："你说谁丑？"

耿二爹疼得龇牙咧嘴，连声说："我丑，我丑……"

31. 村街上，黄昏

斜阳晚照中的村街很美。

耿二和胡娇入画。

两个小伙计牵着新买的几头驴，在后面跟着。

人们都用异样的目光看着他们，看得耿二和胡娇都有点儿不自在。

还是胡娇率先打破了尴尬："二哥，谢谢你帮我买了几头驴。"

耿二："区区小事，何足挂齿。"

胡娇："哟，还跩上了。"

耿二很真诚地："你主动帮我劝走了那些债主，我帮你买几头驴还不应该吗！"

胡娇："二哥，你真有把握还上那些窑工们的钱？"

耿二沉重地摇头："难哪！"

胡娇惊愕地："哦？"

耿二："唉，我们是空壳村，没钱，我又不是村主任。今天，我是典型的'瘦驴拉硬屎'！"

胡娇："就算你是'瘦驴拉硬屎'，也不能说话不算数。别说你还是男子汉，连我们女人，也得吐口唾沫就是钉儿！"

耿二一脸愁苦地面对胡娇："难。"

胡娇："欠债还钱，你们去要账啊！"

耿二："那老板，死猪不怕开水烫，不给呀。"

胡娇笑道："你不是叫耿二驴吗？就不能跟他使点儿'二'的和'驴'的招法？"

耿二不解地："唔？"

胡娇笑眯眯地抓过他的手，用手指头在他手心写了几个字，又附在他耳边嘀咕了几句。

耿二扑哧乐了："别人都说我'二'我'驴'，可我看啊，你比我更'二'更'驴'！你不该叫胡娇，应当改名叫胡搅！"

胡娇忍俊不禁地："我看你应该叫胡说！"

耿二："哈，你叫胡搅，我叫胡说，那咱们可真成亲哥俩啦！"

32. 耿二爹娘的屋内，夜

桌上热腾腾的饭菜。

耿二爹对耿二："你脑子进水了？就知道养驴！年轻人都进城了，村里连个闺女都没有，你在这擎等着打光棍儿呀？"

耿二娘："是啊，你爹和我不就是担心你娶不上媳妇嘛。"

耿二："爹、娘，你们放心，我把驴养好了就能换来媳妇。"

耿二爹神秘地："今天来找你那个女的，啥情况？"

耿二："没啥情况呀。"

耿二娘："欠她的钱咋办了？"

耿二："算她借我啦。"

耿二爹惊愕地："啊？那叫一万六千块啊！她……是不是对你有啥想法儿啦？"

耿二忙摇头："爹，你是想儿媳妇想疯了吧？咱是蹬自行车的，人家是开小汽车的。人家，那是仙女一级的人物啊！"

耿二娘："仙女咋了？七仙女还配董永了呢，白娘子不也配了许仙么！"

耿二爹："不对。叫我看，她准是有啥想法了。要是没啥想法，能一下子借你这么多钱？！"

耿二："爹，你当这满天下的人，都像你这么抠呢！"

耿二爹："咋说话呢？！"
耿二不语了。
耿二爹："我知道，爹说话你不乐意听，可不乐意听我也得说。眼下，你最要紧的不是养驴，是得赶紧把光棍儿的帽子给我摘了它！"
耿二"砰"地把筷子摔在桌上，生气地："爹啊，你们别这么烦人好不好？我明天还得起大早哩！"起身走了。
耿二爹对耿二娘："看，这犟驴，又尥蹶子了！"

33. 县城里老主任和老伴儿住的小旅馆，夜

青龙山村委会老主任钱家义站在桌子旁用手机通话："巧花啊，钱还是要不回来啊。我跟你姑都在这儿耗了半个多月了，那个丧良心的老板，现在连厂大门都不让我们进。今天，那些讨债的窑工，是咋哄走的啊？……啥？耿二？！"
主任老伴："耿二咋了？"
老主任："那小子，把讨债的窑工都给哄走了！别看他驴，他二，办起事来还真不赖！"
老伴长叹一声："可……咱们这债可咋讨啊？"
老主任没说话，脸上的皱纹更深了……

34. 巨龙炼焦厂大门口，晨

工人们正打扫厂区卫生，有几个在厂门上悬挂"热烈欢迎外国贵宾和领导光临"的条幅。
老主任和老伴背入画。
门口的大个子保安不耐烦地："站住，站住！你们咋又来了？"
老主任一脸愁苦地："小兄弟，你放我们进去吧。你们厂欠我们的钱不还，我们村都快揭不开锅啦！"
"不行，不行！"大个子保安连连摇手，又一指厂门上的条幅，"你们也不看看今天是啥日子！"
主任老伴套近乎："小兄弟，看样子，你也是从农村出来的吧？帮帮咱农民兄弟呗！"
大个子保安苦笑笑："婶儿啊，我是从农村出来的不假，可要是放你们进去，我也就又回农村了。"
老主任无奈地叹气、摇头，缓缓蹲到地上。
大个子保安弓下腰，好言好语地："叔，这可不是你老蹲的地方。快走，快走吧。算我求你了，还不中吗？"
老主任仰起脸，满眼都是焦急和无奈！

35. 太行山区的丘陵与沟壑，晨

一支足有五六十人牵着的驴队，浩浩荡荡地沿着山路逶迤而来。
在行进的驴队中，我们看到了一些熟悉的面孔：耿二、巧花、钱五嫂、路平……
他们庄严地向前挺进！
胡娇手持Ipad，录着视频。
耿二走过她身边，两人相视一笑。

36. 巨龙炼焦厂大门口，日

小号、长号、圆号……

单簧管、双簧管、萨克斯……

小军鼓、大军鼓……

这是一支三流管乐队正在演奏着流行的乐曲。

老板和几个厂领导，西装革履地站在乐队前准备迎接领导和外国嘉宾。

老主任和老伴沮丧地蹲在马路一侧的树下，生气地看着。实在没办法了，他们只好沉重地摇摇头，起身走了。

胡娇的小车疾驰入画，戛然刹车。

胡娇急匆匆地跳下车，一边朝厂门口跑，一边大惊小怪地喊："秦总！秦总……"

老板和厂领导们都惊怔地看着她。

胡娇比比画画，说什么听不清。

老板冲身后的乐队气急败坏地喊道："别他妈吹啦！"

管乐声戛然而止。

老板急问："咋回事？咋回事！"

胡娇："不好啦！"

老板："咋不好啦？"

胡娇："我刚才在路上遇见青龙山好多好多村民，牵着好多好多头驴，到你们厂讨债来啦！"

老板生气地："牵驴来讨债？这不是胡闹吗！甭搭理他们！"

胡娇朝他一竖大拇指："临危不惧，大将风度！"

老板一愣："临危？"

胡娇拿出Ipad，放视频给他看："你看，来势汹汹啊！我是看在咱们过去相识的份上，怕他们来搅了你今天的好事，才特意给你报个信儿。你不在乎就好！估摸他们马上就到了，我也该走啦！"转身欲走。

老板一听，慌忙拉住她问："他们……到哪儿了？"

胡娇："我刚才遇见他们的时候，都过了狮子桥啦！"

老板惊愕地瞪大眼睛："啊？！"

37. 山路上，日

一张张倔强的庄稼汉的脸和一只只高昂的驴头依次划过画面。

耿二率领的长长的驴队正雄赳赳气昂昂地行进，扬起的沙尘腾起一大片烟雾。

几辆小车飞速冲过来，老板率五六个保安跳下车。

他们欲上前阻拦，却被驴队冲得东倒西歪。

老板被这阵势吓蒙了，慌慌地："干啥？你们想干啥！"

耿二扬手，示意驴队先停下，然后对老板说："你们厂欠我们三十万元，都三年多了。我们来找你讨债！"

老板："我今天没空儿，你们先回！"

耿二笑吟吟地："你没空儿？我们有的是空儿啊！拿不到钱，我们坚决不回。"

老板挑衅地："我就不还，你们还敢吃了我？！"

耿二不理他，转过身在最前面指挥着："发出我们的吼声！"

驴们的叫声震耳欲聋。

耿二竖起大拇指："好嗓门儿！"

老板用双手捂着耳朵。

耿二伸出手把他的两只手从耳边压下，说："我们急等用钱，你们得还钱。"

老板摇头："现在没钱，有了钱就给你们。"

耿二："啥时候有钱？"

老板大声说："你听不懂人话吗？等有了钱就给你们。现在外商马上就来签合作协议，领导也来，我没时间和你们说这些破事！"

耿二："破事？我们来要债，是正事！你们不还钱，我们的驴没东西吃，没房子住。没吃没住的，驴就吼，急了还踢人，你当心！"

老板生气地："好，你让它们使劲吼。如果嚎叫能解决问题，驴早就统治了世界！"

耿二："如果嚎叫不能解决问题，我就让它们永远叫下去！"

他双手又一挥："发出我们的吼声！"

驴们又大叫。

老主任和老伴沮丧地坐在一辆小三轮上驶过来。听到驴的叫声，主任老伴霍然起身，对老主任："呀，你看，你快看——"

老主任也缓缓站起，张大了嘴巴，惊愕地望着前方。

女秘书一边接电话，一边慌慌张张地跑过来，小声对老板："赶快采取措施吧，领导和外商马上就到了！"

老板急得头上直冒汗，忙走向耿二，说："好好好，我先还你们五万元，中吧？你赶快把驴牵走。"

耿二："中，你还五万元，我就牵走五头驴。"

老板："那我还十万元，中了吧？另外二十万元年底还清。"

耿二："还十万元，我就牵走十头驴。"

老板："看来你真要跟我过去，是吧？"对女秘书说，"给公安局打电话。"

耿二笑着说："我们一没妨碍公共交通，二没扰乱社会秩序，就是到你们厂里规规矩矩地要账。谁若敢护着你们欠债不还，我就拉着驴队去找他算账，看咱们谁赢！"

老板黑着脸："你这人，咋不按常理出牌！"

耿二："常理？欠债还钱，这是祖辈留下的常理，咋到你们这就给改了？"

老板："你们是青龙山的吧？你们老主任我认识。"掏出手机打电话，"喂，老主任，我是巨龙的秦长富啊！"

38. 不远处的土崖下，日

在小三轮上的老主任正接电话："……秦老板啊，那小子是有名的二驴子。你给他只老虎他都敢骑！今天，你不还钱，他敢把天给你捅个大窟窿！"

他关上手机，痛心疾首地对老伴说："这个耿二驴，真不怕乱子大呀！我这么多年给村里攒下的好印象，闹不好全毁在这混蛋小子手里啦！"

39. 弯弯弯的山路上，日

老板生气地关上手机，满脸焦灼地转身对耿二，"给你二十万元，中不？"

耿二弦外有音地："差一分都不中！我告诉你，我这些驴呀，就是贱皮子，打着不走，牵着倒退。你不给它来点儿真的，它不知道马王爷三只眼。"他向后挥手，"走哇，到他们厂里去，找领导评评理！"

老板彻底服了。他看了看表，慌忙拦住耿二，无奈地对女秘书："快给会计科打电话，让他们立即送三十万元的支票来，越快越好。"又对耿二，"钱马上送到，你们赶快把驴牵走，千万别到厂里去。"

耿二慢条斯理地："别忙，别忙。钱一拿到，我们马上就走。"

老板烦躁地："别啰唆了，快滚吧！"

耿二义正辞严地："我们是你的债权人。你这个滚字用得不对，我要求你必须赔礼道歉！"

老板被他给彻底震住了，赶忙拱着手："我赔礼，我道歉，我管你叫祖宗，中了吧？"

40. 老主任的小三轮的旁边，日

胡娇的小车入画，停在了小三轮的旁边。

车窗摇下，露出胡娇的脸。

她朝耿二那边看着，脸上现出一片灿烂的微笑……

41. 回村路上，黄昏

夕阳西下，霞光满天，景色要多漂亮有多漂亮。

耿二的驴队在晚霞中格外富有诗意。

耿二的粗犷的歌声在土崖间回荡——

　　　　"天上的老鹰地上的鸡，
　　　　　绕来绕去我撂不下你……

耿二骑着驴，哼着小曲，打着节奏，像得胜的将军，走在驴队的前面。

他忘情地唱着——

　　　　　黄雀雀钻进圪针林，
　　　　　光棍汉寻的是心上人……

胡三、马七等紧随其后。

胡三："耿二，你撂不下的人是谁呀？"

马七："你要寻的心上人是谁呀？"

瘸腿路平："对，老实交代！"

巧花也跟着起哄："不老实交代，咱就想法儿让他打一辈子光棍儿！"

耿二和众人一起开心地大笑。

路平回眸看钱五嫂。

钱五嫂遇上他灼热的目光，悄悄低下头。

耿二长长的驴队，逐渐消失在晚霞中……

42. 村委会屋内，傍晚

巧花正坐在桌边打算盘。

路平关切地问："咋样？"

巧花摇头、叹气："总共要回来三十万元，还窑工的欠款十六万七千元。"

路平："那得还。"

巧花："村小学修教室得九万元。"

路平："那得修。"

巧花："老主任让把欠特困户的补助都发了。"

路平："那得发。"

巧花："这么算下来，只剩下几百块钱啦！"

路平长叹一口气："唉，耿二还想拿这笔钱买驴呢，我看顶多买几只老鼠！"

巧花不无感慨地："人家别的村都富得流油，咱村为啥穷得缩水？"

路平："我看，咱村上不去，是缺一个像样儿的村主任。"

巧花快人快语地："我看耿二行，比你舅强。"

路平笑了："我舅不也是你姑父吗！"

巧花摇头："唉，他当村主任年头太长了，人是好人，但不是能人。"

路平："听你的意思，这次换届，想'大义灭亲'？"

巧花笑了："不是我要'大义灭亲'，是养驴专业户们正在串联呢！"

43. 老主任家，夜

主任老伴凑过来，问坐在沙发上的老主任："咋？听说耿二想当村主任？狗皮膏药补轮胎——他也不是那块料哇！"

老主任摇头："不，那小子，能折腾，有本事，就是太驴，太犟，太一根筋，太二！"

主任老伴："别大意。天底下，最难猜的是人心。"

老主任叹口气："唉，这芝麻粒儿大的小官，谁乐意当谁当吧。"

老伴："你不想干了？"

老主任："小煤窑关了，来钱的路断了，欠一屁股债务，不好干啊。"

老伴："过去咋干现在还咋干呗。"

老主任："现在跟过去一样吗？精准扶贫，精准脱贫，坚持标准，限期完成，吹气哪？我要是能退下来，倒省心了。"

老伴递给他水："你糊涂了？那耿二，外号二驴子。他要是当上村主任，还不得净干些出格的事啊！"

老主任胸有成竹地："他也不一定能选上。就算选上了，治保主任路平是咱外甥，会计巧花是你娘家侄女，村委会委员都是抬头不见低头见的乡亲。我说句话谁能不听？凭他耿二，小虾米能翻起多大浪！"

说着，他一按遥控器换了个电视台。

老伴似有所悟："啊，明白了，你就是不当村主任，也还可以遥控啊！"

44. 耿二爹娘屋内，夜

耿二爹坐在窗边，对窗外的路平和巧花说："不行不行。我们家耿二，可不当那个村主任，坚决地不当。人家把驴牵走了，让我们去拔橛子？再说了，他也干不了啊。"

巧花："叔，这你可就只知其一不知其二了。他在关键时刻不怕事，还能成事，不当主任可真有点儿可惜了。"

耿二爹："他那么能耐，前几届为啥没让他干哪？村里穷得叮当响了，才想起他来了！"

路平："疾风知劲草，危难识忠臣。不到危难的时候，真人他也不露相啊！"

耿二娘："你们可拉倒吧，忽悠别人行，忽悠我们家老二？不好使。他外号叫啥？二驴子，驴出名儿了！"

路平："那我们就顺毛摩挲他。"

耿二："你顺毛摩挲谁呀？还真把我当驴了！"

耿二爹和耿二娘都被他俩逗笑了。

巧花："叔、婶儿，我还真不是说笑话。耿二当上村主任，再找对象儿，那身份可就是干部，条件就大不一样了。"

耿二娘一听这话，有点恍惚："可也是，啊？"说完看着耿二。

耿二爹仍然态度坚决："不，我们耿二成天赶驴拉磨，他还能把自己的手往磨眼里插呀？真是！"说完也看着耿二。

耿二谁也不看，也不说话，不知他在想啥。

路平接着劝他："二啊，你一门心思想成立养驴合作社，可过去为啥总张罗不起来？你没权，说了不算哪！你要是当上村主任，那可就不一样了，一声令下，就能把你一心想干的养驴事业操持起来。想想，那啥阵势、啥气魄呀！"

巧花趁势也烧一把火："村里不少人都有这个想法。"

片刻静场。

出乎所有人的意料，耿二平静地说："要是真能把养驴的事情做大做强，我干。"

路平惊喜地："真的？！"

巧花："太好啦！"

耿二娘："瞅瞅，驴劲儿又上来了。"

耿二爹："瘦驴拉硬屎！憋的！"

45. 村戏台，日

艳阳高照，戏台上挂着"青龙山村委会换届选举大会"的会标。

戏台两侧张贴着"建设新农村实现中国梦""选好带头人齐心奔小康"的标语，大喇叭里播放着家喻户晓、耳熟能详的山西民间音乐。

路平、巧花在台上紧张地忙活。

戏台下陆陆续续来了几百选民，老人、妇女居多，有的戴着草帽，有的嗑着瓜子儿，孩子们跑来跑去，玩耍嬉闹。

耿二爹、耿二娘坐在人群中。

老主任和老伴也坐在人群中。

人们乱哄哄地议论着。

这时，村民胡三和马七各举着一块牌子入场："选耿二""养好驴"。

老主任愣愣地看着。

耿二爹、耿二娘也愣愣地看着。

人们看着那两块牌子，忍不住哄堂大笑。

钱五嫂突然从人群中站起来，高声喊道："对，我也选二子！别看耿家二子死心眼儿，一根筋，像犟驴……"

众笑。

钱五嫂继续喊："可他心肠好，人不赖！"

众热烈鼓掌。

46. 村委会办公室，日

老主任坐在办公桌正中间，耿二站着。

老主任拿腔拿调地："从今天起你就是村主任了。"

耿二："就怕我不行，瞎了乡亲们的一片心。"

老主任："别怕，还有我呢。"

耿二忙说："别，你是你，我是我。"

老主任似有察觉但没认真："你放心，干好了算你的，干不好我兜着。"

耿二："不用不用。"
老主任吃惊地看了看耿二，然后才走向柜子。他拉开柜门，取出一个小木盒。
耿二跟过来。
老主任把木盒递给耿二。
耿二拿过来看了看问："这是啥玩意儿？"
老主任："公章在里面，你要保管好。"
耿二很高兴，模仿军人的姿势立正："是，保证完成任务！"

47. 村委会院外，日
几株饱经沧桑的老槐树在暮色中更显遒劲。
老主任从院内出，背着手往家走。
耿二突然手捧小木匣追出来："老主任！"
老主任驻足。
耿二追上老主任，晃着小木盒上的铜锁说："你忘给我钥匙了。"
老主任把拴在裤腰上的钥匙拎出来晃了晃，又放回去，说："你小子，太二，太驴。你当我的接班人我心里还真的有点儿不踏实。我呀，得把你扶上马、送一程。"
耿二愣愣地看着他。
老主任："遇上大事，你跟我商量，咱俩意见一致，我开锁，你盖章。"
耿二："那我也就不藏着不掖着了。我当这个村主任，就是为了养驴。我上任要办的第一件事就是要把养驴合作社办起来，你同意不同意，盖章不盖章？"
老主任想了想，说："我看……"他亲切地拉过耿二，把他拽到老槐树下，又与他并肩坐在一起，才说："你还是要先从细小麻烦的工作一步一步做起。"
耿二："具体点儿。"
老主任扳着手指头："查岗查哨，防火防盗，清洁卫生，村容村貌，婚丧嫁娶，唱戏赶庙，组织生产，抗旱防涝，调解纠纷，劝贤尽孝……总之，要想当好村主任，你就得比狗睡得晚，比鸡起得早。"
耿二："我不是狗，也不是鸡。我是驴，驾车拉磨的驴，行吗？"
老主任哈哈笑了："耿二，别人都管你叫耿二驴。我呢，希望你能把后面那个驴字去掉。"
耿二也笑笑："怕是去不掉。新官上任三把火，我要烧的第一把火就是办养驴合作社。这个章，你到底同不同意盖？"
老主任不语。
耿二起身就走，回过头来说："老主任，我不信，这个小木盒能禁得住铁榔头！"
老主任慌忙追过来："哎，别砸别砸！你看，你的驴劲儿又上来啦！"他急急地掏钥匙，"这个章我同意盖，还不中吗！"
耿二高兴地龇牙乐着："老主任，只要你同意我养驴，让咱青龙山真正富起来，这公章、钥匙都由你一个人把着也没关系！"
老主任无奈地："耿二，我记得你小子也不属驴呀！"
耿二梗着脖子："属啊！"他一本正经地扳着手指头，"子鼠丑牛寅虎卯驴，我是卯年生的，不属驴属啥！"
老主任笑笑："耿二，你小子，真二！"

48. 莲花山驴肉香饭庄前，傍晚

耿二推着一辆破旧的自行车来到驴肉香饭庄门口。他望着牌匾上"莲花山驴肉香饭庄"几个字，自言自语地："是这，就是这。"他把自行车支起、锁好，走进饭庄。

49. 驴肉香饭庄内，傍晚

耿二进屋。
饭庄里已经坐满了客人。
耿二东张西望。
女服务员过来："大哥吃点儿啥？"说着，把菜谱递上。
耿二没接，摆摆手："我先看看。"

50. 青龙山村委会，傍晚

会计巧花正趴在桌上算账，老主任从窗外探进头来："巧花啊，还忙呢？"
巧花忙起身："姑父！"
老主任："巧花啊，刁乡长来电话，对耿二当村主任不放心，怕他嘴上没毛，办事不牢。"
巧花："还嘴上没毛？他转眼之间也奔40岁了！"
老主任："太二，太驴。往后，凡是他定的事，你们都得先听听我的态度再办，千万别给咱村里抹黑，更别给上面领导添麻烦。别以为你姑父我退下来了，金盆摔碎了，分量在！"
巧花犹豫地："这……中吧，姑父。"

51. 驴肉香饭庄内，傍晚

耿二正在有客人的桌边巡视。他背着手，细细地看着那些桌子上的菜肴，看得人家莫名其妙。

52. 钱五嫂家院内，傍晚

路平瘸着腿挑水背身走向院门。
钱五嫂正在院子里晾衣服。
老主任喊："路平！"
路平驻足回头。
钱五嫂闻声，忙走过去轻轻掩上院门。
老主任背着手走向路平。
路平："舅！"
老主任朝院内瞥了一眼，明知故问："帮谁挑水呀？"
路平："钱五嫂。"
老主任："寡妇门前是非多，你小子别总往这儿凑合！"
路平："我不是扶贫嘛！"
老主任："扶贫！咱青龙山那么多贫困户，咋没见你给别人挑水？"
路平低头不语。
老主任想了想，又说："耿二驴当了村主任。"
路平："对呀，不是刚选出来的吗！"
老主任："舅是主动下来的。金盆摔碎了，分量在，往后大事小情，你们还得多问

我！"

路平愣愣地看着他。

老主任："乡里头正抓'一村一品'，安排咱们村重点栽樱桃。"

门内的钱五嫂闻言心里一震。

老主任："咱们是下级，得服从上级，不能胡来。你是村委会委员，这事儿你知道的。可现在耿二驴一门心思养驴！咱们得想法儿给他扳扳道岔儿。"

他话音未落，钱五嫂突然从院内冲出，说："老主任，我们家钱五活着的时候，连栽两年樱桃，一棵没活，血本无归。咱们村，千万不能在那一棵树上吊死啊！"

路平附和地："对呀，舅，去年咱们不是也试验过了吗？青龙山的土质，栽不活樱桃啊！"

老主任不悦，对钱五嫂："村里的领导研究工作，你乱插什么嘴！去，该干啥干啥去。"

钱五嫂沉下脸："研究工作？离我家门口远点儿！我这儿可是'寡妇门前是非多'！"说罢，砰地关上院门。

老主任一怔，赶忙拉起陆平就走。

陆平肩上挑着水："舅，拉我干啥呀？"

53. 单株老槐树下，傍晚

老主任拽着路平入画。

老主任对路平："刚才，钱五嫂偷听咱俩说话了。"

路平没吭声。

老主任："哼，村里的事，一个寡妇也想插嘴！"

路平："人家代表的也是群众意见。"

老主任严肃地："路平，你小子是听刁乡长的，听我的，还是听耿二驴和这个寡妇的？"

路平："舅，谁对我得听谁的吧？"

老主任瞪着他，满脸不悦。

54. 驴肉香饭庄内，傍晚

耿二仍在挨桌考察着驴肉菜肴。

这时，胡娇从二楼走下来："哟，这不是耿二哥吗？"

耿二兴奋地："哎呀，这可真是一脚踢出个屁——响当当儿！我正想找你，你就出现啦！"

服务员斥责他："咋跟我们董事长说话呢！"

"董事长？"耿二闻言吓了一跳。"我……我没想到你是董事长，还当你是专门负责买驴的……"

胡娇笑道："对呀，我是董事长，也是负责买驴的。"她回头吩咐服务员，"给我们来一盘酱驴肉、一盘酱驴肚，再让后厨炒几个热菜，外加一盘驴肉蒸饺。我请二哥喝酒。"

耿二连连摇手："不用，不用。我自己点菜吧。"

胡娇热情地："到这儿了，还用你破费！"硬把他拽走了。

55. 驴肉香饭庄二楼办公室，夜

耿二坐在椅子上，如坐针毡，没话找话地："你这个驴肉馆儿，咋还开到深山里来了？"

胡娇笑盈盈地："我们要的就是绿色和休闲。酒好，还怕巷子深吗？肉香，还怕路途远吗？这不是，连你这样的贵客也上门来了！"

耿二："我算啥贵客呀，就是一养驴的。我欠着董事长的钱，还让董事长请我吃饭，多不好意思啊，我看还是算了吧。"

胡娇笑了："急着回家吧？怕回去晚了跪搓板吧？要不……你先给嫂子打电话请个假？"

耿二不好意思地："我，我还没给你娶到嫂子呢。"

胡娇吃惊地看着他。

耿二解释："缘分没到，我这牛郎，一直没遇上织女。"

服务员送菜。

胡娇给耿二倒了杯酒，然后也给自己斟满，举起杯："来，啥也不说了，都在酒里呢，干了吧。"

56. 钱五嫂家院子里，夜

路平瘸着腿，沿梯子从屋顶爬下来。

他脸上沾了不少泥土。

钱五嫂拿热毛巾入画："快，擦擦脸。"

路平憨笑着："放心，明年再下多大雨，房子也不会漏了。"

钱五嫂："黑灯瞎火的，你腿脚又不好，也不怕摔了！"

路平："黑天干好，省得别人见了又说三道四。你别看我腿瘸，我能一口气爬到太行山顶上去！"说着，还逞能似的踢了踢腿，劲使大了，身子一歪，差点儿摔倒。

钱五嫂忙一把扶住他，嗔怪地："你呀，逞啥能！"

路平龇牙乐了。

57. 驴肉香饭庄楼上办公室，夜

耿二和胡娇还在边喝酒边聊天。

耿二把杯中酒一口干了，吃了块驴肉，连连赞叹："你这肉真好吃。"

胡娇调侃地："说错话了吧？"

耿二："哈，我指的是酱驴肉，不是指你的肉。"

胡娇笑了："驴是咱当地的特产，酱驴肉是我们饭庄的招牌。"

耿二憨笑着又夹起一块驴肉边吃边说："我今天来，一是想考察考察驴肉的销路，二呢，我这心里吧……也特别想来看看你。"他起身，走到胡娇身边，一边为她斟酒，一边说："想拜你为师，向你请教请教养驴的事。"

胡娇："养驴得找你呀，吃驴你找我。"

耿二巧妙地炫耀："唉，我不是当上村主任了吗，不是得虚心学习更多的知识吗！"

胡娇："呀，升官了！恭喜呀！"

耿二："啥官呀，比驴倌儿高半格，村官儿。"

胡娇："村官儿也是官儿呀，一级行政啊。"

耿二："比你这个董事长差远啦！"

胡娇："啥董事长啊！告诉你吧，我也是农村出来的，白手起家，苦干多年，才开起

了驴肉香饭庄的连锁店。"

　　耿二："呀，还连锁呢，那得需要好多好多驴肉吧？"

　　胡娇："对呀。所以，这驴，就是咱们两家进一步合作的红娘。"

　　耿二眼睛一亮："哈，红娘，你这个比方打得好！"

58. 钱五嫂家院门边，夜

钱五嫂正送路平出门。

　　"她叔……"钱五嫂低着头说，"往后，别总往我这儿凑合了。"

　　路平紧张地："烦我了？"

　　钱五嫂摇头："你是村干部。你舅说了，寡妇门前是非多。"

　　路平满不在乎地："我不信驴圈里能找出马蹄印，咱身正不怕影子斜！"

　　钱五嫂爱怜地看着他，不说话了……

59. 驴肉香饭庄二楼办公室里，夜

耿二兴致勃勃地："我们村，几个养驴大户日子都过得不错。我总想让全村都养驴，全村都脱贫，可张罗了几回都没张罗起来。现在，我当村主任了，我要把这个事办了。"

　　胡娇："好哇，不能让群众白选你一回。"

　　耿二："驴若是养多了，肯定得卖出去吧？"

　　胡娇："再多你能多多少呀？驴，浑身都是宝啊！生产晋胶需要驴皮，有多少要多少；驴毛可以制成纺织品，驴奶可以制面霜，驴骨头可以制药，驴粪是上等的有机肥；驴肉，有我们这一行接着。'天上龙肉，地上驴肉'，现在越来越多的人喜欢这一口了。这市场，可大了去了！信我的，你就放开养吧。我有连锁店，我们还有行业协会，你有多少我都能帮你推销出去。"

　　耿二兴奋地："我找你算是找对了。"

　　胡娇端起杯："那是，缘分嘛，走一个。"

　　耿二："别，别老说缘分，还是说合作吧。"

　　胡娇："为啥？"

　　耿二："让你们家妹夫听见该误会了。"

　　胡娇："误会不了，我们都离婚多年了。"

　　耿二眼里喷射出希望的火焰！

　　他呆呆地注视着胡娇。

　　胡娇让他看得有点儿不好意思了，娇嗔地："哎，你……咋看人呢！"

60. 耿二家院内，夜

耿二的爹娘一边挑灯喂驴，一边焦灼地朝门外张望。

　　耿二娘："这二子，咋还不回家？"

61. 驴肉香饭庄二楼办公室里，夜

耿二用煽情的语调说："唉，孤雁难飞，独木桥难过。凭你这条件，应当再找一个呀！"

　　胡娇摇头："没遇上合适的。"

　　耿二高兴了："这么说，我是牛郎没遇上织女，你是七仙女没遇上董永啦？"

　　胡娇又摇头："我哪儿够得上七仙女！"

耿二志忐忑忑地跟胡娇碰了一下杯，然后一口干掉，说："妹子，我喝多了。人说醉话，说错了也不该怪罪吧？"

胡娇："你当我是小心眼儿的女人吗？"

耿二："那我就说了？"

胡娇爽气地："说！"

耿二吞吞吐吐地："那天，我在土崖下见到你，你……真的好爽气！我吧……哈，就有点儿王八看绿豆——对眼儿啦！"

胡娇咯咯笑道："哈，二哥，你真逗！"

62. 耿二家院内，夜

耿二爹一边喂驴一边骂："这兔崽子，刚选上村主任，就骑上破车子跑了，连驴都忘了喂。"

耿二娘："他能去哪儿呢？村子里我都找遍了。"

耿二爹愤愤地吼道：："连个招呼都不打，真二，真驴！"

耿二娘指着他的鼻子："看，你也犯驴了不是！"

63. 驴肉香饭庄二楼办公室，夜

耿二借着酒劲儿，正继续抒情："那天你走了，我这心里就放不下你了，想抠都抠不掉。"

胡娇听了很感动，却有意岔开了话题："二哥，咱俩刚认识，还是你们养驴，我们买驴，先好好合作吧。"

耿二举着酒杯，呆呆地望着胡娇，嘴里唠唠叨叨地："开头我让你说合作吧，你偏说缘分；可现在我一说缘分呢，你又说合作了。"

胡娇实在忍不住了，假装咳嗽，扭过脸去偷偷笑了一下。

突然，耿二像屁股被烫了似的，呼地跳将起来："呀！"

胡娇惊愕地："咋了？"

耿二："驴！"

胡娇："驴咋了？"

耿二："我的驴！我忘了喂驴啦！"

胡娇如释重负地："哎呀，我还以为发生地震了呢！"

64. 青龙山的早晨，空镜

远山近舍，沐浴在温暖的阳光里……

65. 村委会门口，日

老主任、耿二、巧花、路平等人在门口站着，迎候乡干部。

一辆桑塔纳轿车从远方驶来，停在村委会门口。

老主任赶忙上前迎接。

从汽车里走出刁乡长，还有扶贫工作队的袁芳。

老主任指着刁乡长和耿二分别介绍："这是新来的刁乡长，这就是我们新选出来的村主任耿二耿智明。"

耿二先是一愣，然后热情握住刁乡长的手："哎呀！认识认识，发小发小，老刁家二牤子。这下可好了，啥时候调过来的？"

老主任在后边拿手捅他。
耿二不解其意："你捅我干啥呀？我俩是小学同学。"转身对刁乡长，"你模样没变。还记得我吧？我是耿二，二驴子。有一次咱俩一块偷西瓜，让人家给抓住了，想起来没？"
刁乡长挺尴尬，只是干笑："哈哈，哈哈……"
老主任扯过耿二，小声地："滚一边去吧，没大没小、没恭没敬、没正经的玩意儿。"对刁乡长，"乡长，快请进……"

66. 村委会院内，日
屋檐下悬挂着"欢迎上级领导来我村检查指导工作"的标语，郑重得有点滑稽。
院内摆了一张长桌，刁乡长坐在正中，袁芳坐在旁边，老主任、耿二和村委会其他人员依次坐在另一侧，一张张严肃的脸。
巧花倒水。
老主任似乎还没有从村主任的角色中转变过来，抢先说："欢迎刁乡长光临青龙山检查指导工作。现在，请刁乡长做指示。"
耿二无言地注视着他，略显不悦。
大家鼓掌。
刁乡长摆了摆手，满口官话套话："我刚来不久，没有啥好指示的，简单说几句吧。这次下来，就是跟各村新班子成员见见面，听听大家对建设新农村、脱贫致富奔小康的打算。"
在他讲话的过程中，耿二一直盯着他，心里有点儿不是滋味。
刁乡长拧开自己的水杯喝了口水，然后指了指同来的袁芳说："这位是省里分配给青龙山的扶贫工作队员袁芳，省文联干部，美院毕业的高才生。"
大家鼓掌，袁芳站起来给大家鞠躬。
刁乡长："希望大家支持袁芳的工作，安排好袁芳的生活。"
老主任马上热情表态："全力支持，周到安排。"
耿二不悦地："咋给我们派来一个画画的？"
刁乡长不悦地看着耿二，说："画画的也要下基层学习、锻炼，同时帮扶你们村尽快脱贫致富。"
耿二："脱贫致富是干出来的，不是画出来的。"
袁芳低下头，有点尴尬，也有点不忿。
老主任赶忙岔开："感谢上级对我们村的关心和爱护，我们热烈欢迎，热烈欢迎。"
大家再次鼓掌。
刁乡长显然十分扫兴："那就到这样吧，我们走了"
耿二小声地："不是想听新班子的打算吗，养驴的事我还没说呢，咋就走了啊？"
老主任瞪他一眼："你说得还少哇！"
耿二不吱声了。

67. 村委会院门口，日
刁乡长的小车绝尘而去。
老主任对耿二："耿二啊耿二，狗尿苔上桌，你真不是那盘菜。"
耿二不屑地："我压根儿也不想把自己当那盘菜！"
老主任："我看你是噘嘴骡子卖个驴价钱——肯定吃嘴的亏。"

耿二："为了村民们的利益，吃亏我认。"

袁芳饶有兴味地看着这两代人斗嘴。

老主任对袁芳："对不起了。我们这位新主任没多少文化，是个粗人。"

耿二努力笑着："那是，我认识的字，比老主任多不了太多。他认识四升，我也就认识一斗。"转向老主任，"彼此彼此。"

袁芳咯咯笑出声来。

老主任生气地瞪耿二一眼："鞋帮刚做了帽檐你就往上翘！"转身走了。

袁芳扑哧乐了，对耿二一挑大拇哥："有性格。"

耿二一听，也扑哧乐了："男子汉大丈夫，不能让人当软柿子捏。该驴的时候，就得驴！"

袁芳又一挑大拇哥："驴子哲学！"

68. 青龙山下小河边的石板上，黄昏

夕阳映照下，青龙山显得十分诱人。

山下的小河发出"哗哗"的流水声。

河边的田地里，有几个老人在分散地劳作着。

山坡上有几头驴在低头吃草。

一派优美的田园风光。

袁芳支着画架在专注地画画。

画纸上的驴栩栩如生。

袁芳满头的秀发飘飘，很酷。

耿二牵头驴走过来，笑眯眯地："你看这山，你看这水，你看这草，是不是特别适合养驴？"

袁芳一边画画一边回答："适合。"

耿二："我上任第一把火就是要先把养驴事业烧起来，你看恰当不恰当？"

袁芳仍然一边画画一边回答："恰当。"

耿二对袁芳的敷衍有些不高兴，可当他走到袁芳身后一看，惊讶了："哎呀，你这驴画的，跟真的一样，都赶上黄胄啦！我特别喜欢黄胃画的驴。"

袁芳差点儿把眼泪都笑出来了。

耿二奇怪地："咦，你笑啥？"

袁芳努力憋住笑，站起身，说："那个字念胄，是黄胄，不是黄胃。胄上面是个田字，胄字上面是个由字。"

耿二不但没生气，反而由衷地："嘿，不愧是省里来的干部，不单画画得好，学问也深。"

袁芳指着自己的画，调侃地："画得真好吗？卖给你。"

耿二："这也能卖钱哪？"

袁芳玩笑地："当然了。给你打个折，3000万元拿走。"

耿二："哈，我要是有3000万元，就不买你画的假驴，就买很多很多真驴，实现我的养驴梦了。"

袁芳："养驴也有梦啊？"

耿二："有啊！我从小骑驴放驴，赶驴驾驴，一直有个养驴的梦。这个梦，到现在也不醒。"

袁芳饶有兴味地听着。

耿二："我们全家养驴，祖辈养驴；驴也养了我们全家，养了我家几代。我和驴的感情你们不懂。现在，我当村主任了，我要让全村养驴，驴养全村！"

袁芳深感震撼，刚想说点啥，巧花疾步走过来了。

巧花对耿二说："刚才乡里来电话，让老主任、你和袁芳明天下午两点到乡里开会。"

耿二牢骚地："前天开会、昨天开会、明天咋又开会？三天两头光开会，越开越不会。"

袁芳对耿二刮目相看。

69. 乡政府会议室，日

墙上挂着"大力发展一乡一业一村一品动员大会"的会标。

会场内坐着三十多人。

刁乡长在讲话："同志们，为了尽快摘掉贫困的帽子，我们要大力发展一乡一业一村一品……"

会场里有人小声嘀咕："啥是一乡一业一村一品呀？"

刁乡长："一乡一业一村一品就是除基础农业之外，每乡要有一个特色产业，每村要有一种特色产品。根据咱们乡地处山区的特点，乡里决定重点发展水果产业，梁家寨以苹果为主，马家坪以鸭梨为主，白龙山以蜜枣为主，青龙山……"

会场内有呼噜声响起，伴有零星的笑声。

刁乡长停止了讲话，皱起眉头朝会场内望去。

耿二正打着呼噜，不少人都转头看着他。老主任忙示意坐在他身边的袁芳把他推醒。

耿二迷迷糊糊地："不喝了，不喝了。"

人们大笑。

刁乡长："耿主任，你是不是喝多了？"

耿二："嘿嘿，不多。"

众又大笑。

老主任焦急地看着他。

刁乡长严肃地："明明知道下午开会，你为啥还喝酒？"

耿二："马七老汉家的骡驴生了一个骡子，纯色野鸡红，两三年之后就能卖两三万元，一下子就把村民养驴的积极性拱起来了。高兴啊，不喝咋行？我自带酒水，还随了礼钱。"

刁乡长："我再说一遍，以后村两委成员绝对不准在工作时间喝酒，这是一条铁的纪律。"

老主任向耿二连连摇手，不让他再说话。

耿二却径自说下去："你们喝酒是公费，我们喝酒是自备；你们办事靠开会，我们办事靠喝醉。"

众哄堂大笑。

袁芳也跟着笑了。

老主任小声对袁芳："别乱笑。你笑，就等于支持他。"

袁芳忙敛住了笑容。

刁乡长："我不管你是公费还是自备，也不管你是靠开会还是靠喝醉，青龙山完不成任务，我就拿你是问。"

耿二："任务？啥任务哇？"

刁乡长："乡里决定，你们村栽种五十亩樱桃树，重点打造青龙山樱桃品牌。"
耿二呼地站起来。
老主任试图制止他，低声地："耿二！"
耿二只当没听见："啥？栽樱桃？不行不行，我们那儿栽不活樱桃。"
刁乡长："你咋知道栽不活？"
耿二："祖上栽过，栽不活，所以才唱：'樱桃好吃树难栽……'"
人们再次哄堂大笑。
袁芳忍不住又笑了。
耿二："去年我们也试过，栽不活，不信你问老主任。"
老主任着急地偷偷向他摆手，示意他坐下并把嘴闭上。
耿二却梗着脖子不坐。
刁乡长冷冷地看着耿二："你总是捧着老皇历不放，咋能带领村民创新创业啊？"
耿二："咋不能？我早都合计好了，我们村的一品就是发展养驴事业，先成立合作社，再办公司。"
刁乡长："你养驴跟我们乡的水果产业能对上簧吗？"
耿二："能啊，别村的烂水果可以给我们村当饲料，我们村的驴粪尿可以给别的村当肥料。"
众人笑破了肚皮。
刁乡长被气得无语。
袁芳向耿二投去钦佩的目光。
老主任忙站起来打圆场："乡长别生气，我们耿二的脑袋小时候被驴踢过，爱认死理。我们回去一定好好研究栽种樱桃的事，保证完成上级交给的任务。"
耿二看着老主任："你记错了，被驴踢的不是我。"
众又笑。
袁芳不无欣赏地看着他。
老主任用手指点着他："我没记错，你被驴踢过，还踢得不轻呢！"

70. 阳光下的原野，日

耿二与袁芳一起回村。
袁芳骑着一辆电动车，耿二骑着他那辆破自行车。
袁芳瞧见他吃力蹬车的样子，笑道："耿主任，你还是个养驴大户，瞧你这破车，除了铃儿以外都响。"
耿二笑笑："宁可亏了我，不能亏了驴！"
他话音刚落，由于上坡蹬得太狠，车链子咯噔断了。
"哈，坏了。"耿二下车看看，对袁芳，"车链子折了。"他只好扛起了破旧的自行车，打趣地："你是大学毕业，你人骑车；我呢，中学毕业，低你一等，只好车骑人了。"
袁芳笑了，也忙下车，推着车陪他一起朝前走："耿主任，我发现，你这人，特别有性格。"
耿二笑道："我发现，你这人，也特别有性格。袁芳，我改主意了，对你来，表示欢迎。"
袁芳："这么说，你原来是不欢迎了？"
耿二直率地："那是，开始不单不欢迎，心里还挺烦，咋给我们派个画画的！"

袁芳："那……你为啥突然又不烦了？"
耿二："我看出来了，在村委会，你能支持我。"
袁芳："不一定。你对，我就支持；你错，我就反对。刚才你在会上说，咱们青龙山不适合栽樱桃，有科学依据吗？"
耿二："我们祖辈试过，不行；前两年，钱五哥试过，也不行；去年老主任又带人试过，还不行。"
袁芳："明天，我去趟省城吧，把咱这儿的土拿去化验一下。"
耿二站住脚，放下自行车："呀，那敢情好啦！"
袁芳看看他，说："耿主任……"
耿二忙打断她："最好还叫我耿二，'主任'俩字我听着特别扭。"
袁芳："你坚持办养驴合作社，我认为这个方向是对的。农村改革，有个著名的'三变'经验，你知道不？"
耿二："哪'三变'？"
袁芳："'资源变资产，资金变股金，农民变股东。'你要搞的养驴合作社，与上级倡导的这'三变'正对路！"
"好，太好啦！"耿二听得心花怒放。他连声叫好，然后朝着自己的脸上"啪啪"地连打了几巴掌。
袁芳奇怪地看着他。
耿二重新扛起自行车，继续朝前走去。
袁芳推车跟进："你打自己的脸干啥呀？"
耿二："早知道你们扶贫工作队这么好，你来那天，我不该给你冷脸子！"
袁芳哈哈笑了："为你的自我批评精神点赞！"耿二也哈哈笑出声来。
他们的笑声，在充满希望的田野上回荡……

71. 村委会门前的老槐树下，傍晚
村两委成员围树或坐，或站，或蹲。
老主任仍然没放下会议组织者的习惯："乡里规划，让咱们村发展樱桃一品，先栽种五十亩实验，取得效益再扩大面积，将来成为樱桃村。"
耿二："明知道栽不活，还硬让栽，这不是瞎指挥嘛。"
老主任："啥叫瞎指挥啊？过去栽不活不等于现在栽不活。"
巧花看一眼袁芳："是啊，科技发展了，省里也派人下来了，没准能行。"
袁芳："画樱桃我行，栽樱桃我可不行，在咱们青龙山栽樱桃我更不行。我把咱这儿的土拿到省农科院化验了。专家们说，咱们村地处青龙山阴坡，日照弱，土偏寒，而且透气性也差，不适合栽种樱桃。樱桃喜光、喜水、喜温暖……看，这是专家给写的报告。"
老主任挺不悦地扫了一眼袁芳："专家的话你也信？"
路平看着袁芳递过来的化验报告，说："舅，如果连专家的话都不信，那咱们还信谁？你说呢，舅？"
巧花："是啊，姑父，专家的话，咱可不能不听。"
老主任怒视着巧花和路平："这是开会，你们姑父啥姑父？舅啥舅！"
巧花和路平只好噤声了。
耿二："明知栽不活，还硬栽，就是违反科学规律。闭上眼睛瞎折腾，越折腾越穷。"
老主任不耐烦地挥了挥手："啥叫瞎折腾？贯彻上级的指示能叫瞎折腾吗？'精准扶

贫、精准脱贫'是死命令，咱青龙山得大声吆喝呀！"

耿二："扶贫脱贫不能挂在嘴上，要想在心上，拿在手上，走在路上。我考察过了，在咱这地方，养驴就是精准扶贫精准脱贫的阳关大道。驴是银行，驴身上全是宝：驴肉、驴皮、驴血、驴骨、驴毛、驴蹄、驴屎、驴尿，样样有用。"

老主任走到他身边，放低声音，很动感情地："耿二，你当村干部，最重要的是要听话，要对领导负责。"

耿二："我是村民选上来的，我得对村民负责，凭啥对他二犊子负责呀？我宁信世上有鬼，也不信他那张臭嘴！"

老主任厉声地："你放尊重点儿！人家歹乡长好歹也是一乡之长！"

耿二："一乡之长他小名也叫二犊子。"

袁芳和巧花想笑又不敢笑。

老主任对耿二愤愤地："真是笨鸡蛋吃多了！你回去再好好琢磨琢磨，等你琢磨明白了，咱们再研究。"

耿二："我早琢磨明白了，就是一条道：养驴！"

老主任："你敢！"

耿二："我敢！"

老主任："耿二啊，我刚刚退下来，说话就一点儿不灵了？"

耿二："家有千口，主事一人。咱也不能谁都说了算啊！"

老主任生气地："你……你小子这不是卸了磨杀驴吗！"

耿二："小的不敢！"

老主任："那你就按乡里的要求办。"

耿二摇头："不，我养驴！"

老主任光火地："你当我的话是屁呀，有味儿闻闻，没味儿听个响？！我这么做，也是对你的爱护，懂不懂？"

耿二："不懂。我求你了，最好别这么爱护我。"

老主任生气地："你……放肆！"

耿二的驴劲儿上来了："我是村主任，你是村主任？"起身就走。

老主任冲耿二的背影生气地喊道："二驴子，你跟我要驴，跟我尥蹶子呀？我是怕你惹事，好心好意护犊子你都不懂！"

72. 耿二家院门口，傍晚

耿二刚一走进院门，一只鞋便飞了过来，正好砸在他脸上。

耿二吓一跳，捂着脸一看，耿二爹正气势汹汹地冲向他。

耿二生气地："爹，你这是打谁呀？"

耿二爹："打你！"

耿二："我咋惹你了？"

耿二爹："你倒是没惹我，可你惹老主任也不中！你黄嘴丫子没褪，凭啥跟老主任耍驴，还跟他尥蹶子？"

耿二不服地："我一晃儿都快四十岁了，还黄嘴丫子没褪？"

"你……"耿二爹更火了，"你还敢犟嘴！"脱下脚上的另一只鞋，劈头盖脸地打他。

耿二愤怒地大吼："住手！"

耿二爹一愣，蓦地停下手。

292

耿二抖抖肩："爹，你胆儿也忒肥了，竟敢打村里的领导？"
耿二爹一听，抡鞋又打："我打的就是你这个领导！"
这时，突然从斜刺里杀出了耿二娘。她手握一把扫地笤帚，冲过来，不问青红皂白，朝耿二爹背上便打。
耿二忙抱住他娘。
耿二爹英雄气短地："咦，你咋随便打人？"
耿二娘反问："你咋随便打人！"
耿二爹："我这不是教育儿子吗！"
耿二娘："我这也是教育你！"
耿二爹瞪着眼睛，不敢吭声了。
耿二忙过去亲热地搂住爹："爹，你老人家别生气。晚上，我请你喝酒，中了吧？"
耿二爹脖子一梗："我不去。"
耿二娘拿笤帚指着他的鼻子，厉声地："你敢不去！"
耿二爹吓得一哆嗦。
耿二娘："想敬酒不吃吃罚酒？"
耿二爹忙小声地："去就去呗，你这么厉害干啥呀？"

73. 一家乡村小饭店，夜

桌上摆着酒菜，耿二请胡三、马七吃饭。
耿二爹作陪。
耿二倒上酒，举起酒杯："来，咱们喝酒。"
两老汉相互看看，四个人碰杯，喝干。
胡三放下酒杯："二子，这不年不节、不嫁不娶、不生不养的，你请我们喝啥酒哇？"
马七附和地："对呀，得说清楚，得说清楚。"
耿二放下酒杯："咱们成立养驴合作社的事定下来了。"
胡三："真的呀？"
马七："太好了！"
耿二爹没吭声，心里在想事。
耿二："村里以场地入股，村民以毛驴入股，按股分红，按工发饷，让能人放牧，能人喂养，加快繁殖，形成规模。等咱们把养驴产业搞出个模样，村里、村民腰包都鼓起来，再办公司。"
胡三沉思片刻："好哇，我家的驴全入股。"
马七附和："我家的驴也入股。"
耿二一听，非常高兴，赶忙走过去，搂住两位老汉的肩："太好了！十次拉手不如一次喝酒！今天我请你们来，就是想让你们给全村带个头，把养驴合作社痛痛快快地办起来，再耽搁不起了。"
胡三："早就盼着这一天了。"
马七："驴一扎堆儿，生长就快，谁也不吃亏。"
耿二："对呀！羊是群养，驴是单养，群养有优越性，能把爱情产生。我把我家的公驴也贡献出来，免费给各家配种。"
胡三："对，先有好圈后有好驴，咱得先把驴圈修起来。"
耿二爹："修驴圈，那得银子啊，没有几十万元下不来。"

耿二："车到山前必有路！钱会有的，驴圈也会有的。"
胡三："那敢情好了。母驴好，好一窝；公驴好，好一坡；几年就能换一茬。"
耿二爹："那不得把我们家种驴累死呀。"
耿二："还有钱五嫂那头呢，让它们俩轮流上岗。"
胡三调侃地："万一两头种驴配不过来，老耿二哥你也上！"
马七："我看中！"
耿二爹沉下脸："屎壳郎打喷嚏——你们满嘴喷粪！"
胡三嘻嘻笑着："我说的是人工配种，那不是老耿二哥你的长项嘛！"
马七："就是，就是！"
耿二爹不语了。
耿二讨好地："爹，你是养驴的老把式，给我们当顾问吧。"
耿二爹脑袋晃得像拨浪鼓："得，我还是在家陪你妈吧。"

74．耿二家的驴圈，夜
耿二爹坐在驴槽前，看着驴吃草的样子，听着驴吃草的声音，内心很复杂。
耿二背着一大捆草回来了。他放下草捆，擦着脸上的汗说："爹，还没睡？"
耿二爹："睡不着！"
耿二："咱就要成立养驴合作社了，高兴的吧？"
耿二爹："愁的！"
耿二："多好的事，愁啥呀？"
耿二爹："二子啊，你把赵黑子、孙小手、魏大勺子，还有钱五嫂这些困难户都拉进合作社，咱家、胡三和马七这些养驴大户是不是太吃亏了啊？再说了，物以稀为贵，村里的驴养多了，咱家的驴还能卖上价钱吗？啥玩意一多了不都得臭吗？"
耿二凑过去，亲昵地搂住他爹的脖子，说："爹，你是村民，你得为自己家想事；我是村主任，我不得谋划全村的大局吗？"
耿二爹："你谋划大局也不能专门谋划你爹呀！"
耿二满脸赔着笑："爹，你老人家要是不支持，儿子还能干好啊？"
耿二爹长长叹口气，不说话了。

75．村委会门前，日
台上挂着"青龙山养驴合作社成立动员大会"的会标。
耿二、袁芳、巧花、路平站在台上。
台下有百十号村民。
耿二手拿话筒在讲话："父老乡亲们，咱们青龙山养驴合作社就要成立了！村里以荒山入股，大家以驴入股，每年按股分红。有愿意参加的就到袁芳那里登记。我家的驴全都入股。"
耿二的爹娘都在台下无声地看着他。
钱五嫂率先站起来："我家的种驴入股！"
胡三："我家的驴全入股。"
马七："我家的驴也入股。"
巧花："我家的驴也入。"
老主任站在老槐树下看着。他见巧花也表了态，眉头一皱，转身走了。
一老汉牵着一头瘸驴走过来，问："耿二，我家的驴腿脚不利索，能入股吗？"

耿二："能，腿脚不利索不是大毛病，不影响生育就行。"说完顺便转脸问路平："你说，对吧？"

老汉哈哈大笑："哈，这事你问路平，你让他咋表态呀！"

众笑。

钱五嫂关切地朝台上望着。

路平与钱五嫂对视一下，极力掩饰着自己的尴尬。

有人借机起哄："路平，那你也入呗。"

路平瘸着腿朝前走了几步，笑着喊："起啥哄，你们！"

台下笑得更厉害了……

76．老主任家，日

老主任背着手走进屋。

主任老伴："咋样？"

老主任："不咋样。"

老伴："咱家的驴入不入？"

老主任："不入！耿二这小子太二啦，凭他那驴脑子，还想养驴！"

老伴："咦？你不是说……给他只老虎他也能骑吗！"

老主任："我是说，给他只老虎他也敢骑。敢骑跟能骑会骑是一码事吗？他才有一分钱染料，就想开染坊；连个驴圈都没有，就办合作社！"

老伴："修个驴圈得多少钱？"

老主任："少说也得几十万元，把耿二驴的骨头渣子榨成油，怕也修不起。"

主任老伴："这二驴子，胆儿真肥啊！"

老主任："唉，这头犟驴，认准一条路，十头老牛都拽不回。上头让栽樱桃，他非养驴。反正我该说的话都说了，责任尽到了。骑驴看唱本——走着瞧吧。"

77．村街上，傍晚

耿二和袁芳边说话，边沿村街走来。

袁芳："成立合作社是方向。养驴，需要规模化、集约化、市场化。我正联系，努力让晋胶集团参与，也在为咱村争取扶贫贷款。"

耿二朝她竖竖大拇指："我的意思也是……要整咱就整出个响儿来，要干咱就干出个样儿来。"

袁芳赞赏地点点头。

78．钱五嫂家院内，傍晚

一把梳子正在为种驴梳毛。

这是钱五嫂。

路平拎着两个红色纸盒从院门进，笑盈盈地走过来，隔着种驴与钱五嫂说话。

路平："五嫂，这是晋胶，用驴皮熬的，吃了大补；这是阿胶枣，用晋胶泡的，补血，又美容。"

钱五嫂凄然一笑："都这岁数了，还补啥血，美啥容啊！"

路平摇头："五嫂，是苦日子把你拖累的。你好好补补身子美美容，咱比不上西施，也不输给貂蝉！"

钱五嫂倏地红了脸："你说啥呢！"

路平的脸上也泛起一片红晕。

他沉吟了一下，然后绕过驴头，走到钱五嫂身边，说："嫂子，五哥走了快两年了，这日子可真够你熬的。我有句话，不知当说不当说？"

钱五嫂顿时心跳加速，红着脸："你说！"

路平："找个合适的人，嫁了吧。"

钱五嫂羞赧地低下头："我这情况，谁要！"

路平紧张得心都快要跳出胸腔了。他结结巴巴地："有个人……想要。"

钱五嫂抬脸望着他，眼里闪耀着希望之光！

路平心里很慌，躲开她的目光，迂回地："就是那个人……不知你能不能相中？"

钱五嫂怔怔地望着他："那个人？哪个人？"

路平支支吾吾地："我……我的一个亲戚……"

钱五嫂无言，眼里的火瞬间熄灭。

路平脸憋得通红，往旁边走了几步，踢了两下腿，试探地："他吧，哪样都好，就是……就是吧……跟我一样，个不高，腿也……（他有意瘸了几下）哈，不知你嫌不嫌？"

钱五嫂误解了，心底有点凉。

她突然潸然泪下……

路平惊怔地："五嫂，你……你咋啦？"

他伸出手去，笨拙地为她拭泪。

"你滚！"钱五嫂猛然挥臂拨开他的手，随即发出一声嘶吼。

路平吓得浑身一哆嗦，忙不迭地："五嫂，你……你这是咋了？"

"滚，你快滚……"钱五嫂把路平刚刚送她的晋胶和阿胶枣，一股脑地砸到他身上。

路平满脸惊慌，仍不甘心就这样滚了，想要解释："我……我……"

钱五嫂却猛然弯腰冲过去，一头撞到他肚子上，把他匍然撞出了院门！

79. 钱五嫂家院门前，傍晚

耿二、袁芳刚好走到这儿。

院里突然摔出一个庞然大物，"咚"地砸在他们面前，把两个人着实吓了一跳。

80. 钱五嫂家院内，傍晚

钱五嫂冲到门前，"砰"地关上院门，无力地靠在门上，一任苦泪尽情流淌……

81. 钱五嫂家院门前，傍晚

耿二扶起路平，急切地问："你这是唱的哪出戏啊？"

路平瞥一眼袁芳，苦笑着摇头，没说话。

耿二小声对路平："唉，寡妇门前是非多，寡妇门前好戏也多！"

"不是。"路平忙附到他耳边嘀咕了几句。

"哈……"耿二忍不住笑出声来，点着路平的脑袋瓜儿，"你呀，自作聪明，活该！"

袁芳："咦？这儿就我们仨。你们俩鬼鬼祟祟、嘀嘀咕咕，就背着我一个人啊！"

耿二笑道："你没结婚，你不懂。"

袁芳反问："你结婚啦？"

耿二语塞。他想了想，说："此事，少儿不宜。"

袁芳"啪"地给他一巴掌："你才是少儿！"

耿二扑哧笑了。

路平却仰天长叹一声。
耿二一指路平，悄悄对袁芳："他是弄巧成拙！"
袁芳立即纠正他："弄巧成拙好不好！"
耿二一脸茫然地："拙？"

82. 耿二家院内，夜
耿二爹无精打采地靠坐在驴棚的墙边。
耿二进院。
耿二爹直了直身子："二子，我越想心里越别扭。这一加入合作社，那么多母驴都等着咱家种驴配种，这不等于咱做的是赔钱买卖吗！这不等于咱家拿钱给你换了个破官儿当吗！"
耿二："爹，把眼光放远点儿。"
他坐到他爹的对面，继续说："养驴，必须成立合作社，形成规模。眼下，谁驴养得少，形不成规模，谁就没有话语权，谁就是孙子；谁驴养得多，形成了规模，谁就有话语权，谁就是爷……"
耿二爹一语双关地："我想当爷，可孙子呢？"
耿二语塞。
耿二爹："你连个媳妇都混不上，我还能当爷？"
耿二笑了："爹，别着急啊。你不就是想找个儿媳妇吗？咱好饭不怕晚。"
耿二娘从屋门出来，接过话头，说："可要是太晚了，汤也冷了，菜也凉了，还能算好饭吗？"
耿二"啪啪"地拍着胸脯儿："爹，娘，你们就等着听我胜利的消息吧！"

83. 通往莲花山驴肉香饭庄的乡间小路，日
甭看耿二的破自行车病休了，可别忘了，他还有驴呢！
此刻，耿二骑在一头小毛驴的屁股上，颠儿颠儿地往莲花山走……

84. 驴肉香饭庄胡娇办公室，日
胡娇一边斟水一边问："听说，养驴合作社办起来了？"
耿二："办起来了。"
胡娇："还听说，缺一个大驴圈，对吧？"
耿二："是啊。"
胡娇："修驴圈缺钱，对不？"
耿二："我们村的事，你咋了如指掌啊？"
胡娇笑了："我有千里眼、顺风耳。"
耿二："困难挺多。可不管咋困难，这驴我们养定啦！"
他一把抓过胡娇的手，用指头在她的手心比画着："你看这个'驴'字，是有户口的马。"
胡娇忙抽回自己的手："哈，有户口的马，二哥，你可真能琢磨！"
耿二红着脸："你的手……可真软乎，摸着，我这小心脏怦怦直跳！"
这回轮到胡娇脸红了。
她娇嗔地："男女授受不亲，以后不许乱摸！再说了，你是个大活人，那小心脏能不跳吗！"

耿二先是把自己与胡娇接触过的手放到鼻子下做了次深呼吸，然后又嘿嘿笑着："妹子，我能表达一下自己对美好生活的向往吗？"

胡娇瞪他一眼，没说话。

耿二笑道："说真话，从打第一次见到你，我耿二，就王八吃秤砣——铁心了！"

胡娇把脸微微板起来："又没喝酒，咋说醉话！"

耿二心情有点儿紧张："妹子，你烦我了吧？"

胡娇纠正他："不对，我不是你妹子，你得叫我姐。在我面前，你是弟。"

耿二傻眼了："哦？"

胡娇心情很复杂地："我查过了，你……比我小三岁呢。"

耿二愣愣地看着她。

胡娇坐到椅子上，勉强一笑："好了，这事，以后不许再提啦！"

耿二："妹子……"

胡娇严肃地："叫姐！"

耿二不肯改口："妹子，那……我走了。"说完朝门口走去。

胡娇满脸不舍地望着他。

耿二快出门了，胡娇突然追过去拦住他："你站住。"

耿二一愣："咋了？"

胡娇没话找话地："你……当我说过，养驴合作社成立起来，就立马还我钱。我没记错吧？"

耿二红着脸："有这事，可……"

胡娇咄咄逼人地："你还说过，哄我是狗，对不？"

耿二点头。

胡娇："你到现在还没还钱！"

耿二紧张地看着她。

胡娇："你哄我了！你……是狗了。你……得当我学几声狗叫！"

耿二一听，如释重负。

他嘿嘿笑了，冲着她学狗叫："汪、汪、汪……"

胡娇想笑，却不知咋的，眼睛里出现了一片闪光的东西……

85. 空镜

太行山区一个壮丽的日出……

86. 刁乡长办公室，日

刁乡长正伏案书写。

耿二和袁芳推门进。

耿二满脸堆笑："刁乡长，忙着呢？"

袁芳也礼貌地："乡长好！"

刁乡长看一眼耿二："不喊我二牤子了？今天咋这么客气了？有事求我吧？"

耿二笑嘻嘻地："没事，就是向领导汇报汇报工作。"

刁乡长："那好，你就先汇报汇报村里樱桃的栽种计划吧。"

耿二嬉皮笑脸地："现在又不是栽种樱桃的季节，我还是先汇报汇报养驴的事吧。"

刁乡长不耐烦地："你咋就黑上养驴了？你们村养了几十年驴，至今都没脱贫，还养啥驴！"

耿二："我养驴，我脱贫了。全村没脱贫，那是因为像我这样的养驴专业户太少，没成规模。现在，我们就是要大规模地发展养驴……"
刁乡长打断他："乡里落实一乡一业一村一品，给你们村的任务是啥你忘了？"
耿二："没忘啊，种樱桃。"
刁乡长："那你咋不落实啊？"
耿二："刁乡长……"
刁乡长一挥手打断他："你们青龙山是典型的'不作为，乱作为'。你就不怕我派工作组对你们村行政班子进行整顿吗？"
耿二继续嬉皮笑脸地："整顿就整顿呗，你还能把我这个村官儿整顿成乡官儿啊？那你干啥去呀！"边说边凑到刁乡长的桌边。
刁乡长有点儿生气地："二驴子，你……"
耿二："哈，你也喊我二驴子了吧？我听了好亲切。老同学，听说我们村有20万元的扶贫款，看在咱是发小的面上，批给我们吧！"
刁乡长："那是种樱桃用的专款，不能让你们养驴。"
袁芳："乡长，灵活点儿。"
刁乡长摇头："灵活不了。"
耿二不高兴了："一点儿面子不给？"
刁乡长："给你面子，我的面子就没了。"
耿二生气地："二牤子，你……"用胳膊猛然一扫，把一大杯茶水打翻在桌上。
刁乡长慌慌地收拾着桌上被弄湿的纸张和书本。
耿二脸色铁青，愤怒得像一头驴。袁芳一把没拉住，他摔门而去。
袁芳回过头，还想做最后的努力，近乎恳求地："乡长……"
刁乡长没吭声，啪的一声把手中的笔重重摔在桌子，脸色要多难看有多难看。
袁芳不便再说话，忙转身出屋了。

87. 回村路上，日

耿二气鼓鼓地大步走，袁芳在后面紧追。
耿二走得很快。
袁芳停下脚，生气地在后面喊："耿主任，你除了要驴脾气还有点儿别的能耐吗？"
耿二也停下脚，怒气未消地："没有！驴脾气、驴秉性、驴志向、驴精神就是我的全部能耐！"
袁芳追上他，平静地："你能不能冷静点儿！"
耿二愤愤地："这小子，是存心治我！"
袁芳："治治你的驴脾气也好。"
耿二瞥了袁芳一眼："小样儿！今天我把话撂到这儿，往后我就是去偷、去抢，也绝不求他二牤子！"
袁芳有意调节气氛："你到哪儿去偷到哪儿去抢啊？"
耿二："哪有钱我到哪去偷到哪去抢。"
袁芳故意挤对他："银行有钱，你敢偷你敢抢吗？"
耿二瞥了袁芳一眼："银行不能抢，但可以借。"
袁芳豁然："对呀，为啥不到银行贷款哪？"
一提贷款，耿二脑袋马上耷拉下来了："不是没试过，人家不借呀。"
袁芳不解："为啥？"

耿二："唉，谁给咱说话、谁给咱担保啊？人缘不好呗。"
袁芳："放心，我正帮你们争取扶贫贷款，估计很快就能批下来。再说了，你人缘还不好？多少人喜欢你呀。"
耿二："瞎说，还有人喜欢我？！"
袁芳："多了去了！"她扳着手指头，"胡三、马七这些养驴专业户，巧花、路平这些村干部，钱五嫂、赵黑子、孙小手、魏大勺子这些扶贫对象，你爹、你妈，还有胡娇……"
耿二停下脚："胡娇？可拉倒吧，人家一个老板，喜欢我啥呀？！"
袁芳："你是男人你不懂。她喜欢你的角度跟别人不一样，她是从心里往外喜欢你！"
耿二："你还钻到她心里去了？"
袁芳："她的心思，我一眼就能看穿。"
耿二摇头："我早就试探过了，她把门封死了！"
袁芳："唔？"
耿二："她说她认真查过，说我比她小三岁，非让我管她叫姐。这不是明摆着告诉我不要对她有非分之想吗！"
袁芳哈哈笑道："耿二啊耿二，别人说你二我还不信，没想到你真二啊！"
耿二："我咋二了？"
袁芳："你也不想想，她要是不喜欢你，咋会那么仔细地去查你的年龄啊？"
耿二猛然醒悟地："哟，袁芳，别看你年龄比我小，可恋爱的经验你可真是比我丰富多啦！"
袁芳笑："你咋说话呢！"

88. 青龙山，日

天空依旧碧蓝，风光依旧迷人。
那辆我们早已熟悉的小车从远处开来，停到青龙山下。
胡娇从车上下来，久久地驻足观望。
"姐……"袁芳一边喊，一边远远地朝她跑来。耿二紧随其后。
耿二惊喜地："呀，你咋来了？"
胡娇："来看看你们养驴的牧场。你们这是……"
袁芳："到乡里要扶贫款。"
胡娇："给多少？"
耿二摇头："零元！"
胡娇："修驴圈的钱，还没有吧？"
耿二："要回来那30万元外债，刨去欠窑工的钱、修小学校的钱和发老人的福利款，只够喂几只家雀啦！"
胡娇同情地："巧妇难为无米之炊啊。"
袁芳把手朝远处一指，"你看看，我们这儿是多好的天然牧场！"
胡娇："是啊，养驴的好地方！"
耿二竖起大拇指："你比我们乡长有眼光。"
胡娇笑着按下他的手指："哎，你们合作社的驴群呢？"
耿二："还由各家各户分养呢。开饭店，得有饭堂；办工厂，得有厂房；我们要养驴，得有驴圈。只要修好驴圈，有公驴配种，驴群繁殖得就快，收益就高，村民们肯定会更加争着抢着入股。"

胡娇："还需要多少钱？"

耿二："十万八万不嫌少，百八十万不嫌多，反正将来按股分红。"

胡娇问袁芳："听说，晋胶集团已经有加入的意向？"

袁芳点头："正谈呢。我们一定要设法请大企业加入进来，也一定要形成产销一条龙！"

胡娇："对！从长远看，我们的连锁店也应该有一个稳定的食材供应基地，不然发展没保证也没后劲。"

袁芳话里有话地："姐，你要投资，那可太好了！让我说啊，你跟我们耿主任，有无限合作发展的可能性。他是养驴的，你是收驴的，谁也离不开谁。"

胡娇："实话说，我们已经来考察多次了，决定先投180万元！"

耿二和袁芳惊喜地："啊？！"

耿二冲过去，想抱胡娇，手都张开了，没敢，又缩了回来。

袁芳被他逗得笑弯了腰。

胡娇看着他，禁不住也微微地笑了。

89. 耿二家院内，夜

"啥？"耿二爹惊愕地张大嘴巴，"180万元？二子啊，那要是赔了咋办哪？你把你爹你妈的骨头渣子研成末当药卖也还不起呀！"

耿二信心十足地："赔？我从打办合作社那天起，就只想着赚没想过赔。我不单要带领乡亲们赚钱，还要给你们二老赚回个儿媳妇。"

这时，巧花"砰"地撞开院门，气喘吁吁地："主任……"

耿二霍地起身："咋了？"

巧花："钱五嫂家的种驴病倒啦！"

耿二惊愕地："啊？"

巧花："两三天了，不吃不喝，像是快要死了！"

耿二一脸惊慌："呀……"

耿二爹不紧不慢地："驴病了，去找路平啊，他从小就跟着他爹学兽医。"

耿二："对呀，快去找路平啊！"转身朝门外跑去。

90. 钱五嫂家院子里，夜

路平早就到了。

他头上戴着一盏电池灯，身穿白大褂，正给种驴打针。

钱五嫂紧张地注视着。

袁芳也在他身边。

耿二、巧花冲进院子。

耿二对路平："我跟巧花到处找你……"

路平："等你找？汤也冷了，菜也凉了。"

耿二："啥病？"

路平："结症。"

耿二："咋样？"

路平："灌了药，打了针，四蹄都放了血，估计一两天能好。"

钱五嫂长舒了一口气，看着路平，目光中充满感激。

袁芳瞥一眼她，善解人意地："耿主任，那……咱们就都放心回去吧。"
耿二会意地："对，都走，都走吧，路平留下。"
巧花不解风情："我也留下。"
耿二："你留下干啥？"
巧花："我陪五嫂。"
耿二一把拽起她："走吧，你！"

91．钱五嫂家院门前，夜
耿二拽着巧花从门内出。
袁芳紧随其后。
巧花发蒙地："你拽我干啥呀？"
耿二："我嫌你在那儿碍事。"
巧花："我在那儿碍啥事了？"
耿二冲袁芳挤挤眼："你看，少儿不宜吧？"
袁芳和耿二都扑哧乐了。
巧花愣眉愣眼地："你们傻笑啥呀？"
耿二和袁芳瞧她那样子，禁不住乐得前仰后合……

92．钱五嫂家院内，夜
路平和钱五嫂分坐在种驴的两边，气氛有点儿尴尬。
良久，路平才低着头说："五嫂，实在对不起，那天惹你生气了。"
钱五嫂也低着头："不，我得感谢你。"她一指种驴，"你……把我们家最金贵的东西给保住了。"
"不，"路平倏地抬起头，"五嫂，你们家最金贵的，不是它，是你！"
钱五嫂缓缓抬起头，凄楚地一笑："我一个寡妇，还金贵个啥？"
路平："五嫂……别总寡妇寡妇的。"他站起身，绕过驴头，走到钱五嫂身边，很动感情地，"在我心里，你……你还是黄花闺女呀！"
钱五嫂："又胡说！再胡说，我还赶你出去。"
路平："五嫂，那天，我也不是胡说。我……我是向你表达真心。"
钱五嫂又有点儿生气了："你当我是皮球，想踢给谁就踢给谁？"
"我……"路平辩解道，"我舍不得踢给别人，我是想……抱在怀里，留给我自己！"
"哦？"钱五嫂狐疑地看着他。
路平不说话了。他走了几步，用手轻轻抚摸着驴头，说："我诚心想帮你来养驴。我呀……上回给你介绍的那个瘸腿人，叫路平！"
钱五嫂吃惊地看着他，心里一阵狂跳。
良久，才缓缓摇头："谢了，兄弟。可……你看，嫂子我穷得叮当乱响，又是个寡妇……"
路平急了："五嫂，你看看我这个头儿，你再看看我这腿——"他晃荡了几下那条瘸腿，"你当我是人见人爱的小鲜肉吗！"
钱五嫂："你不是小鲜肉，可你是好男人。你找个好对象不愁！"
路平："不！咱不是都看过《打金枝》吗？男人攀高枝儿，受窝囊气！"
钱五嫂不说话了。

突然，她伏到路平宽阔的肩膀上，嘤嘤地哭出了声……

93. 青龙山驴圈修建工地，晨
鞭炮骤响，纸屑纷飞。
耿二的喊声："青龙山驴圈建设开工啦……"
工地上一派繁忙……

94. 村委会院内，晨
老主任来了。
巧花热情地迎上去。
巧花："姑父！"
路平也从窗户探出头来："舅！"
老主任："袁芳呢？"
路平看巧花一眼。
巧花有意掩饰："我刚才还看见了……"
路平也撒谎："去修驴圈的工地了吧？"
老主任笑骂："你们这两个兔崽子、连我都敢糊弄。"
巧花："谁糊弄了？"
路平："没糊弄啊！"
老主任瞪他们一眼："袁芳到县里告刁乡长的状，当我不知道！"
巧花和路平互扮鬼脸。
这时，耿二满身泥浆地回来了："哟，老主任来了！"
老主任扭过脸："驴圈说干就干上了？"
耿二一拍胸脯儿："说到做到，不放空炮！"
老主任笑道："看把你能的！你那么能，咋连个媳妇都没混上！"
巧花、路平笑。
耿二："掐一回豆角抽一次筋，相一回对象伤一回心，都嫌咱们村穷。等我把养驴的事业做大了，媳妇会有的，大舅子小姨子会有的，老丈人丈母娘也会有的。"
老主任："吹吧你！"
路平拐着腿从屋内出，走到老主任身边："舅，还别说，你这句话我赞成。婚姻，都讲究个般配。叫我说，当今这世界上，跟耿二驴般配的女人一个没有，男方太差！"
耿二不服地："你把我贬到地缝里去了。"
路平："不服？亮出真本事，你娶一个回来给我们开开眼。"
耿二："激我吧？"
路平笑嘻嘻地不语。
耿二："你还真别激我，激我我兴许来真的！"
巧花："那你来呀，我们就想看你来真的呀。"
耿二："士可杀，不可辱。我耿二驴，为这事琢磨好几天了。我……我这回豁出去啦！"
老主任赶忙叮嘱："有相中的，追人家可以，但要注意村主任的形象，还要注意政策和策略。"
耿二习惯性地紧紧裤腰带："你们就等着听我胜利的消息吧！"

95. 驴肉香饭庄胡娇办公室内，日

胡娇正在电脑上查资料，忽闻窗外一片嘈杂声。

那一胖一瘦一高一矮的两个小伙计破门而入："胡总……"

胡娇惊愕地："咋了？"

胖伙计："耿二驴带着他的驴跑到咱驴肉香饭庄要驴来啦！"

胡娇皱皱眉头："我跟我绕口令呢！"

96. 驴肉香饭庄门前，日

耿二驴指挥着几十头驴，一个个披红挂彩，在饭庄门前摆成了一个很好看的红色的心的造型。

周围，吸引来不少看热闹的群众。

97. 楼上——楼下，内——外，日

胡娇在镜子前匆忙照了照，手忙脚乱地梳了梳头发，又涂了点儿口红，这才走到了外面的阳台上。

那个由披红挂彩的驴们组成的硕大红色心形醒目地呈现在她面前。

胡娇心里一热，产生了莫名的感动。

耿二一见她露了面，突然扯着脖子高声唱了起来——

"天上的老鹰地上的鸡，

绕来绕去我撂不下你。"

胡娇急忙冲他喊道："耿二，这么多人围着，你知不知羞啊？"

众大笑。

耿二却满不在乎，径自唱下去：

"黄雀雀钻进圪针林，

光棍汉寻的是心上人……"

胡娇在楼上急得直跳脚："耿二驴，你……你这是作的啥妖哇？"

耿二笑嘻嘻地："我是求婚，不是作妖。"

周围的人们起哄、鼓掌。

胡娇着急地："快把那些驴牵走！"

耿二："牵走干啥呀？驴，不是你和我的最爱吗！"

众大笑。

胡娇愠恼地："烦人！"说完，转身回屋了。

耿二一愣，忙示意大家安静下来，自己猫着腰迅疾地朝屋内跑去

98. 驴肉香饭庄胡娇办公室，日

胡娇有些生气地坐在桌前。

耿二小心翼翼地从门外进："哟，咋还生气了？"

胡娇沉着脸，不理他。

耿二："咦，跟我炕蹶子，是不？跟我要驴，是不？"

胡娇啼笑皆非地："外面那么多人看热闹，你这是唱的哪出戏啊？成心出我的丑对吧？"

耿二："不，我是向你表达感情，这也是我日益增长的美好生活的需要啊！"

胡娇："你再美好生活的需要，也不能牵帮驴来呀！"

耿二："这招儿，不是你教我的吗？"
胡娇："我教你去讨债，也没让你拿它对付我呀！"
耿二："我找你也是来讨债呀！"
胡娇："我欠你啥债？"
耿二："感情债！"
"胡说八道！"胡娇正色道，"我不是早就跟你说明白了吗！"
耿二："没说明白，我不明白。"
胡娇："你比我小，我比你大。"
耿二："大多少？"
胡娇："大三岁。"
耿二："女大三，抱金砖！'"
胡娇："我是姐，你是弟。"
耿二："弟恋姐，坚如铁！"
胡娇："我……我还有个十岁的女儿呢。"
耿二："我提前当爸爸，那可是天上掉馅饼！"
胡娇："你不嫌我胖？"
耿二："买驴要买抓地虎，选妻要选胖媳妇！"
胡娇站起身："你会后悔的。"
耿二："永不！"说着，他顺手捧出一个LV包，跪下一条腿，双手递上去。
胡娇没接。
耿二："我看这拼音字母——LV（读驴），跟咱俩的专业有关，就特意给你买来了。"
胡娇没好气地："这是LV，路易威登，世界名牌好不好！你不是养驴正缺钱吗？花一两万块买个包包值吗！"
耿二："哪有那么贵，我才花了250块！"
胡娇差点笑出声来："好哇，你买假名牌糊弄我！"
耿二却真诚地："货假心不假。我想把世界上最好的给你，却发现你就是世界上最好的。"
胡娇努力憋住不笑，揭露他："抄的！网上抄的！"
耿二扑哧地乐了："抄咋了？说明我善于学习。就连这跪下一条腿，也是在电视里看的！"
胡娇实在憋不住，竟咯咯笑出声来。她扑上去，亲昵地捶打着他："耿二，你小子太二了，太驴了；我让你二，我让你驴……"

99．耿二家院内，夜
耿二爹和耿二娘正焦急地等耿二。
耿二兴冲冲地回来："爹，娘……"
耿二爹："咋才回来呀？"
耿二嘿嘿笑着："好饭不怕晚。"
耿二娘："你一个劲儿傻笑啥呀？"
耿二："爹，娘，儿子跟光棍儿的生活正式拜拜啦！"
耿二爹立刻满眼发光："真话假话？"
耿二娘也立马精神十足："骗没骗人？"

耿二信誓旦旦地："儿子真有啦！若说假话若骗人，我是王八蛋！"
耿二爹"啪"地给他一巴掌，"你这浑小子，真是太二啦！你是王八蛋，我和你娘成啥了！"
一家三口，都开心地笑了。

100. 青龙山驴圈建设工地，晨
标准的驴舍已经初具规模。
村民们七嘴八舌地议论着。
村民甲："哎，这要是安上床都可以住人了。"
村民乙："赶快入股吧！"
耿二走过来："不入也行，把驴卖给我们，我们支付现金。"
村民甲："耿主任有钱了，说话也硬气了。"
村民乙："你有钱我们也不卖，哪有年年分红合算哪！"
这时，袁芳骑着电动车来了，喊耿二："主任——"
耿二："哎！"
袁芳："刁乡长来了，在村委会等你。"
耿二一愣："啊？"

101. 村委会院内，晨
刁乡长和老主任默然无语地对坐着。
耿二、袁芳进院。
刁乡长慌忙迎过来，冲耿二打了一拳："你小子，让袁芳告我的刁状。"
耿二不说话，看着刁乡长傻笑。
袁芳："我只是反映反映情况。"
刁乡长："对不起呀，耿二。"
耿二吃惊地看着他。
刁乡长："县里批评我了，说我们强制各村种水果，违背了'三严三实'的作风，也不符合精准扶贫的精神，责令我们立即纠正。我向你道歉。"
刁乡长向耿二鞠躬，耿二慌忙还礼，两个人头碰到了一起，都很尴尬。
老主任无言地望着。
耿二诚惶诚恐地："你可别，天地良心，我们不是不想栽樱桃，是我们这儿真的栽不活呀！你看，这是专家的报告。"说着从桌上拿过报告递上去。
刁乡长："我听袁芳说了。耿二，小时候的那股驴劲你一点儿都没变，我佩服你的这股劲头，真的。可你也得理解我呀。"
耿二掏心地："理解，理解，非常理解。你和我不同：我是民选的，所以得为民负责；你是上边任命的，所以得让上边看好。"
老主任在一旁听着，心里受到触动。
刁乡长："二驴子，你又扯远了。"
耿二："没扯远。刁乡长，你叫我二驴子我高兴、亲切。不过，往后，我绝不再叫你二牤子了。"
刁乡长瞅瞅他，笑了。在场的人也都笑了。
只有老主任，仍在默默沉思。

102. 驴圈内，日

数不清个数的毛驴在槽头吃草。

从外面传来鞭炮声、锣鼓声和唢呐声，引得驴们翘首张望……

103. "青龙山养驴基地"开业庆典现场，日

强烈的山西音乐声中，一大块红绸从"青龙山养驴基地"的牌匾上滑落；一张又一张憨厚又满是欣喜的庄稼院男女老少的脸……

驴圈已经修好。村民们纷纷牵着自家的驴前来入股。不少乡亲还化着浓妆，戴着鲜花，穿着闹秧歌的服装，源源不断地往这儿聚集。

老主任也牵着三头毛驴来了。

胡三一眼瞧见他，揶揄地："哟，你也来啦？"

老主任若无其事地："与时俱进，我也得跟上形势啊！"

马七："养驴干啥呀，入股干啥呀？种樱桃去呗，种樱桃多好啊！"

老主任："你小子哪壶不开提哪壶，找揍是不是？"

胡三："你不是亲口对我说过，傻瓜才合作养驴吗？"

老主任嘿嘿笑着："我说过吗？岁数大了，记不起来了！"

众笑。

马七："浪子回头金不换，热烈欢迎老主任入股啊！"

老主任笑道："你咋说话呢？想挨踢对吧？"边说，边朝他屁股踢了一脚。

"哎哟哟……"马七双手捂着屁股，夸张地跳着脚。

众大笑。

耿二、胡娇、袁芳、路平、巧花、耿二爹、耿二娘等都来了。

耿二："呀，老主任，你这是……"

老主任一本正经地："耿二，我作为青龙山的老主任，为了支持你这个新主任的工作，特意到驴市上买了两头驴，连同家里的一头驴，都牵来入股了。你小子收不收哇？"

耿二高兴地："收，收哇！"

老主任："哼，你小子要是敢不收，我也踢你屁股。"他转脸问耿二爹和耿二娘，"你们给不给我踢你们家二驴子屁股的权力？"

耿二爹："给，给……"

耿二娘："那能不给吗，别踢错了地方就中，我们都盼孙子呢！"

众大笑。

耿二走到老主任面前，饱含感情地："您是前辈，我们是后生，欢迎您指点、帮助。我二驴子虽说有点儿二，有点儿驴，但我嘴狠心不狠，嘴硬心不硬。我养驴不是为自己，是为全村，为大家。过去，我有啥对不起您的地方，您……哈，就高高手……"

老主任听了很感动，眼眶子都有些发潮了。

"老主任，"袁芳指着驴圈介绍说，"咱们已经与晋胶集团签了合同，形成了产销一条龙，还从银行拿到了500万元的扶贫贷款。"

老主任："500万元，这么多呀！"

袁芳兴奋地："您看，咱们现在有山西驴、德州驴、佳米驴、关中驴、新疆驴，重点发展黑驴。我们还准备和中央美院共同打造一个中国最大的毛驴写生基地呢。"

老主任高兴地："好哇！耿二，你这小子不单二，不单驴，我还得再给你加个字：中！"

耿二一指袁芳："更中的在这儿呢！她画的'牧驴图'得了省里的大奖，拍卖的钱全都捐给咱村里了。"

袁芳一撇嘴儿，对耿二："当初你还讽刺我，说（模仿耿二的语调）'咋给我们派来一个画画的'！"

耿二笑道："我那不是使的激将法吗！"

众笑。

老主任也笑了。他随手从裤腰带上解下一把钥匙递给耿二："这是开公章盒的钥匙，用不着我监管你了。"

耿二："别给我，给巧花吧。"

巧花收起了钥匙。

耿二："老主任，您放心，只要您和乡亲们都支持我，我耿二驴就好好给大伙当驴！"

众大笑。

胡娇轻轻捅了耿二一下，示意他说话文明点儿。

老主任一眼瞧见了，问："咦？这位是……"

耿二龇着牙："我媳妇！"

胡娇"啪"地给他一巴掌："说啥呢！"

耿二娘："八字有一撇儿了，就差一捺啦！"

耿二爹解释："喜事还没办呢。"

老主任："我看啊，趁今天养驴基地开业，咱一块办了得了，也算双喜临门！"

巧花："好哇！姑父，你这主意好。"

路平："高啊！舅，你这主意高！"

耿二爹忙摇手："不中，不中！娶媳妇是我们家的大事，哪能这么马马虎虎！"

耿二娘："就是，咋也得明媒正娶，雇个小轿车接过来呀！"

耿二："爹，娘，我一个养驴的，她一个烀驴肉的，我们俩一个剩男一个剩女，哪来那么多讲究！咱就听老主任的吧！"

袁芳笑问胡娇："你同意吗？"

耿二还不待胡娇回答，就抢过话来说："我媳妇同意！我们俩呀，早就商量好了，往后，在众人面前，都是我说了算，无论如何也不能给大伙留下我怕老婆的印象！"

周围的人们哄堂大笑。

这时，路平扯开嗓门大喊："青龙山养驴基地开业庆典的表演活动开始，耿二驴与胡娇的婚礼也开始！"

人们鼓掌。

钱五嫂目光灼热地看着他。

路平："首先，请新娘子给我们大家唱支歌——"

耿二一听，急了，忙挺身出来打掩护："别别，别难为我媳妇，她唱歌跑调！"

"谁唱歌跑调啊！"胡娇却不领情，猛然把他往旁边一推。

耿二脚下一滑，摔了一个四脚朝天。

人们又一次哄堂大笑。

胡娇不管他，径自扯开嗓门唱了起来——

　　　　　好马（那个）上坡坡（哎嗨哟）要走盘山道，
　　　　　好船下水（哎嗨哟）敢闯八道江；
　　　　　好鸟唱歌不在笼子里头唱，
　　　　　好花要开出……开出那石头墙！

好女人哎……好女人都敢追太阳，追呀追太阳，
好男儿要有铁脊梁，压不弯的（那个）铁脊梁！

这时，耿二早已从地上爬起来，他调皮地接唱——
好男儿我有……我有铁脊梁，
好女人你要嫁（哎嗨哟）我这样的郎，
要嫁你就嫁我这样的郎……

胡娇娇嗔地："去你的吧！"满台子亲昵地追打他。耿二狼狈地逃着……
台下的人乐翻了。
锣鼓声再次响起；
大家一起扭秧歌，还有人表演"跑驴"。
一看见"跑驴"过来了，耿二顿时来了精神。他敏捷地把胡娇背起来，和大家一起尽情地扭。胡娇害羞地拍打他，大家起哄。
小小山村，一片欢乐的海洋。
耿二爹、耿二娘乐得合不拢嘴；
路平在人群中挤来挤去。
钱五嫂也在东张西望地找他。
终于，他俩相视一笑，挤到了一起。
路平大方地朝她伸出手。
钱五嫂不好意思地把手背到身后。
路平笑盈盈地去抓，钱五嫂半推半就，他们把手紧紧攥在了一起。
耿二和"跑驴"较着劲地扭。
他背上的胡娇由亲昵地捶打他到投入地配合他，愈扭愈起劲儿。
他俩尽情地扭着，背着身扭向了"青龙山养驴基地"的牌匾，然后慢慢扭过头来，冲着观众露出幸福而灿烂的微笑……

（本剧与山西电影家协会主席杨志刚合作，刊于《中国作家》，在CCTV-6黄金时段播出。总导演：韩志君，导演：戴曙鸣。）

田四爷

1. 通往小镇的村路上

迷蒙夜色的弯道上，几匹坐骑从远处奔来，蹄花踏踏，溅起一路烟尘。

"驾！哦！哦！"有人吆喊着。

年方四十岁的镖师田四儿和他六十岁的师父沈镖头挥鞭策马，他们年龄不同，但眉宇之间都透出一股英豪之气！

哑巴河村的几位财主：绰号"康大巴掌"的康万富、张三江和李四海等几个人骑的马，明显的要比田四儿和沈镖头骑的马高大肥壮，衣着也比他们显得富有阔绰许多。

哦，一溜马队，却是贫富有着鲜明反差的两伙人啊。

2. 小镇的无名酒家

院门口，高高木杆上悠荡着个红色的饭幌子。

马队，奔进院子里。

人们纷纷跳下马，在门前的马桩上拴马。

酒家的男掌柜和他的女人二翠迎出门来。

门口的逆光灯影中，人们鱼贯而入。

沈镖头边进屋边说："哎哟，四儿啊，现在你这匹马腿脚忒慢了，要不是日本人把你的菊花青硬给征了去，这点儿路咱们早就到了！"

同来的财主张三江随声附和道："那是，田四儿镖师那匹菊花青，那是什么马？那个头儿那腿脚，那鬃毛那眼神，我张三江活这么大岁数，没见过哪匹马能比得上它，那可是匹好马中拔尖儿的好马！"

走在前头的沈镖头回过头来："唉，越说越想它了，它救过我这女婿田四儿好几回命呢！"

田四儿叹口气说："别提这茬儿了，说得我心都疼了！菊花青的下落我知道，就在县城日本宪兵队里养着哪！唉，只怕这辈子没缘再和它见面喽！"

3. 酒家内

酒桌，摆着一些菜肴。人们在喝着酒。

二翠和掉了乳牙的女儿小辫子，在往桌子上端着菜。

田四儿看着小辫子，对二翠说："店家这闺女长得乌眉亮眼儿的，可惜我那儿子小趟子是个哑巴，不然，咱们两家真就做得亲家了。"

沈镖头："哎，我那外孙小趟子，虽是小时候一场病，发烧给烧哑巴了，可论长相和精明劲儿，那可都不照正常人差！"

"康大巴掌"话语里阳中有阴地："不差，大名鼎鼎的沈镖头的外孙子，田四儿的儿子，那还差得了啊！虽然是个哑巴，那也算个人哪！来！咱们再干一个！"

田四儿用眼觑了"康大巴掌"一眼，知道他话中有话。

沈镖头端起酒杯："康万富啊，咱们一起在哑巴河村里住了这么多年了，我和四儿也没少帮你们家上辈人走镖，你一直是属铁公鸡的，一毛不拔，今儿个倒是大方起来了。我们到现在还没闹明白，到底为啥非要跑这老远，请我们来吃这顿饭哪？"

"康大巴掌"笑笑说："没什么大事儿，吃饭是个由头，主要是再商量商量出壮丁的事儿。"

田四儿："那个事儿，那天不是一起说过了，村子里青壮男人就这么十个二十个的，谁家都不愿意出有去路没活路的壮丁，依我看还是请你们几位有钱的主儿开开恩，掏掏腰包，跟镇上的保长好好活动活动，把这壮丁的名头费交上去，这一片云彩不就都散了吗？"

"康大巴掌"阴阴一笑："哈哈，田四儿这个提法，就是劫富济贫了，拿我们几家有钱的开刀，替村里穷老百姓办事儿，哈哈，我们早听明白了！"

田四儿："康东家，你们几家舍点财，说不定就是救了村里老百姓的几十条命，不好吗？"

"康大巴掌"慢条斯理地说："只怕事情不像你想得这么简单啊！"

4. 后厨内

二翠男人正在烙饼，财主李四海溜了进来。

二翠男人："大表哥，今儿个怎么有闲工夫过我们这边来吃饭呢？"

李四海向喝酒的那边觑了一眼，压低声音说："哎，你们得有个准备，一会儿，这儿要出大事儿啦！"

二翠男人一惊："嗯？！出大事儿？什么大事儿？"用手指指耳朵："说！"

李四海附耳低语："康万富向日本人把沈镖头和田四儿给告了，说他们抗丁，日本人马上就来抓他们！"

二翠男人听罢，神色大惊，放下手中的活计："哎呀，这还得了啊？那田四儿镖师和沈镖头，都是咱这一带有名的武功高手，行侠仗义的，帮老百姓做了多少好事儿啊。'康大巴掌'，那小子心也太黑太毒了吧？！"

李四海示意他小声，又说："姓康的那小子，阴哪，一个村儿住着，过去沈镖头、田四儿还都帮他家走过镖，他家上辈人油水捞大了。可'康大巴掌'一点人情味儿也没有，宁可让别人舍命，自己也不舍财啊！"说着，"嘘！"做了个手势："沾点儿酒，我就来尿，我得去方便方便。"说着，走到外边去了。

二翠男人把手中的一把菜刀砍定在菜板儿上，急忙对女人二翠说："不行，这么好的人，咱们见死不救，罪孽啊！"他小声向二翠示意着什么。

二翠听完，忙扯过女儿小辫子耳语，并把一盘菜递到她手里，示意她送到酒桌那边去。

5. 酒店外

一些穿黑衣的蒙面人，已在屋外潜伏，不时探头向屋内观望。

拴马桩上的马匹不安地骚动。

田四儿的那匹坐骑咴咴地嘶叫，用蹄子刨着地。

6. 酒家内

酒桌旁，众人正在喝酒，沈镖头举起酒碗："康万富这么破费，倒叫我们不好意思了。不说谢话，干啦！"说着，大半碗酒，一饮而尽！

"康大巴掌"半阴不阳地："沈镖头真是海量，痛快！来，再满上！"

李四海的一边系着腰带，一边走了回来。

"康大巴掌"拿眼睛觑着他。

小辫子端上一盘菜来，用手故意扯了田四儿的衣裳角一下。

田四儿一惊："嗯？！"

"康大巴掌"脸色紧张地拿眼睛盯着田四儿。

二翠站在一旁，着急地给田四儿丢了个眼色，又趸身走进厨房去了。

田四儿似乎明白了什么，他忽地站起身。

"康大巴掌"："田四儿！你要上哪儿去？！"说着，酒桌下面的手，伸向了衣兜，要去摸里面的手枪。

田四儿若无其事地笑道："去外头儿尿泡尿，立马就回！"说着，站起身来往厨房那边走。

"康大巴掌"看着田四儿坐的椅子上还搭着他的外褂儿，放心地把摸枪的手缩了回来，扬扬手说："快去快回，这杯酒，等你回来，敬你！"

7. 后厨内

田四儿刚踏进来，二翠男人一把扯过他，急切地说："田四儿镖师啊，你小子屁眼子大的心都能丢喽，还喝哪？那'康大巴掌'向日本人把你和沈镖头告了，说你们抗丁，日本兵马上就到，来要你和沈镖头的命了！还不快跑啊！"

田四儿大惊："啊？！此话当真？"

二翠男人："不是仰慕着你田四儿镖师和沈镖头的好名声，我们当你说这话干吗？！你快点儿跑吧，跑晚了就要出大事儿了！"

田四儿牙齿都快咬碎了："康万富！这条装作笑脸的毒蛇！我饶不了你！"说着，就要返回屋去。

二翠男人用手死死扯住田四儿，用恳求的口吻说："田四儿，你快逃命吧！"

二翠也拖着他，说："你不能再回去啦，可能人家早就下好了埋伏，现在屋外头就有人！我们原先还以为是他们带的家丁呢。"

田四儿说："不行，我的岳父也是我的恩师沈镖头还在里面呢，我怎么能一个人走呢！"

二翠男人说："你先跑，沈镖头，我们再想办法救他！"

二翠低声而急促地说："你快从这后门儿跑吧，现在还来得及！"

小辫子也急切地说："是啊，叔！"

田四儿用手摸摸小辫子好看的小脸蛋，笑道："叔不怕他们！"话音未落，已飞身进屋去了。

8. 酒家内

沈镖头显然已经喝得酩酊大醉。

田四儿一个箭步冲进屋里，顺手掀翻了酒桌。

沈镖头神色一惊。

田四儿："康万富！原以为你是好心请我们吃酒，却原来是下了套子要害我们，看招！"说完，对着康万富出拳行脚。

康万富急忙躲闪，冲着田四儿扣动手枪扳机，子弹显然是打飞了。

田四儿冲沈镖头喊："师父！你快走！"

已有几个黑衣蒙面人从屋子外面冲进来，与田四儿、沈镖头拳脚相斗。

屋子里顿时乱了套。

"康大巴掌"躲在一隅，两手握着枪，不停地颤抖，一直在寻找机会开枪，可厮打的人们飞闪腾挪，动作太快，弄得他眼花缭乱，不敢开枪。

张三江、李四海，都吓得躲到墙角的另一张桌子下面去了。

张三江蜷在那里，打着酒嗝儿对李当家的说："这怎么好模样儿地说打就打起来了？！我可是又没吃好也没喝好呢。"说着，嘚拉着手指头上的油渍。

李四海说："还说什么吃啊喝啊？日本兵马上到，这儿要出人命啦，咱俩瞧机会赶紧溜杆子吧！"

张三江说："哎哟，怎么还有这事儿啊，早知道这是鸿门宴，咱也不能来啊，姓康的跟我牙缝儿都没揌哪！"

李四海说："谁让平时你嘴快，人家都叫你张快嘴儿来着，康东家没把这话告诉你，是怕你跑了风声！"

张三江掐着李四海的腮帮子说："李东家，你事先就知道，他不跟我说，你也瞒我，你小子也不是个东西！"

李四海疼得直咧嘴："放手，快放手！肉快叫你给掐下来了！"

田四儿和沈镖头与围打他们的人血拼着！

沈镖头弯曲五指，奋力打在穿黑衣者的脑门上！

对手脑门上立即出现五处指点痕迹，暴毙倒地。

其余几个黑衣蒙面人一惊，有人叫道："火狐狸抓！"

田四儿、沈镖头进一步施展拳脚，把几个黑衣蒙面者打倒在地！

"康大巴掌"见状，神色大惊，急忙向墙角躲藏，说："你们二位要是识相，就赶紧投降，日本皇军马上就到！"

田四儿："姓康的！你这个中国人中的败类！汉奸！"

田四儿、沈镖头，向他缓缓逼近。

枪，突然响了！

沈镖头用身体一挡田四儿，左臂中枪，渗透出汩汩鲜血！

田四儿大呼一声："师父！"

沈镖头推开田四儿："四儿！你快走！这儿有我挡着！"说着，怒目圆睁，径直向"康大巴掌"走去！

又是一枪响起，沈镖头腿上中弹，他摇晃了一下，又站住了，突然哈哈大笑起来："康锁子！想当初我帮你康家走镖的时候，你还穿着活裆裤呢，你小子出息个暴啊，今天居然拿枪打起老子来啦！打！冲这打！打不死我，老子就要了你的命！"

"康大巴掌"握枪的手不断地颤抖！

屋外，有摩托车停车的声音，和狼狗的吠叫声！马匹的惊叫声！

"康大巴掌"阴险地一笑，立马硬气起来："哼哼，皇军来了，你们敢把我怎么样？"

田四儿一个箭步，蹿上前去，空手夺枪，把"康大巴掌"反臂拧倒在地上。

沈镖头突然发力，用肩膀把田四儿扛开："四儿，你快走！我来收拾他！"

田四儿被从跌跌撞撞地顶进后厨房。

"巴嘎！巴嘎！"一位日本少佐和一群日本兵，带着一只狼狗，冲进屋内，端枪瞄住了沈镖头。

"康大巴掌"从地上爬起来，掸掸身上的土，走到日本少佐面前："太君，带头抗丁的就是他，那屋还有一个！"

日本少佐一挥手，立即有日本兵冲向沈镖头，并冲进后厨房。

沈镖头徒手与日本兵搏斗，两个日本兵被互相端着的枪刺刺中，倒地身亡。又有一群日本兵冲了上来！

沈镖头在明晃晃的刺刀下，在军靴的踢踏下，被捆绑起来！

二翠男人、二翠和小辫子被从后厨房带了出来！

狼狗不停地吠叫。

小辫子吓得直往后躲。

日本少佐指着二翠男人，生硬地问"康大巴掌"："他！抗丁的有？"

"康大巴掌"回答："太君，他，抗丁的没有，可是……"

日本少佐："可是的什么？什么的可是？"

"康大巴掌"走到二翠男人面前，半阴不阳地问："说，是不是你把皇军要来的事儿，告诉给了田四儿那小子？！"

二翠男人不语，怒目圆睁，看着"康大巴掌"。

二翠和小辫子脸上都有惊恐之色！

日本少佐："嗯，你的，良民的不是！"说着，上前给了二翠男人一个重重的耳光。

血，从二翠男人的嘴角溢流出来！

小辫子吓得"哇哇"大哭起来！

日本少佐走到小辫子跟前，用手摸着她的头："嗯，小孩，不要怕，皇军，大大的好，喜欢小孩，来，糖块，咪西咪西的，我们不伤害良民的干活！"说完，转身指着沈镖头和二翠男人，对日本兵吩咐道："他们，外边的去！"

9. 院里院外

田四儿从酒家的矮墙外探头向屋子这边张望！

门开了，沈镖头和二翠男人被捆绑着，从屋子里带了出来！

沈镖头的坐骑冲主人"咴咴"地叫着！

日本兵点燃了几支火把。

沈镖头被绑在了拴马桩上，二翠男人被绑着站在了一边。

"康大巴掌"的人举着火把，和日本兵在院子里围成了个小圈儿！

"康大巴掌"扬扬得意地走到沈镖头面前："沈镖头，死到临头，你还仰面朝天的牛气什么？你和那田四儿不是说让我们出钱，叫保长找皇军去免壮丁吗？！你们能想出要我出钱的主意，我就能请皇军要你们的命！"

沈镖头"噗"地一口鲜血，喷在了"康大巴掌"的脸上："王八蛋！日本人的一条狗！中国，亡就亡在你们这些王八蛋身上！"

"康大巴掌"伸手要打沈镖头，被日本少佐拦住了："嗯，你不要动手，脸打肿了，我的狗狗就不喜欢吃他的肉了！"他冲狼狗一个呼哨，狼狗立马扑了上去！

沈镖头胸前的衣裳被撕开！血，喷红了整个画面！

张三江、李四海都吓得赶紧扭过脸去！

沈镖头的坐骑，咴咴叫着，用前蹄刨着地！

田四儿在矮墙外两眼垂泪，痛苦地低下头，用拳头轻轻捶打着矮墙！

沈镖头的脸痛苦地痉挛着，拿眼睛盯着"康大巴掌"和日本少佐，那目光里似有火光在腾腾燃烧。最后，颓然地低下了头！

沈镖头和田四儿的坐骑，猛地挣脱缰绳，想往院外奔！

"康大巴掌"抬手一枪，击中了沈镖头的坐骑，马摇晃了一下，倒在了沈镖头的脚下，它，和主人一起，痉挛着缓缓地合上了眼睛！

田四儿的坐骑，挣开了缰绳，疯了似的向院外奔去！

"康大巴掌"再度举枪射击，枪膛里的子弹卡壳了，他有些纳闷地骂道："妈的，好好的枪，怎么就卡壳了呢？！"

日本少佐指着二翠男人一挥手："他的，带走！壮丁去的干活！"又一枪击落高杆上饭幌的绳子，饭幌扑通地坠于地面。

少佐对日本兵说："我们的人，都抬出来的！房子的，烧！"

有日本兵从"康大巴掌"的人手中夺过火把，点着了酒家的草房！

二翠男人被强行带上摩托车走了。二翠哭喊着扑上去："小辫子他爹！"

小辫子哭喊着扑上去："爹！爹！"

二翠和小辫子都被日本兵用枪拦住了！

"康大巴掌"凑到日本少佐面前，指点着二翠说："太君，这个小娘儿们长得蛮有味道的，就是黑点儿，太君是不是也带回去尝尝味道？！"

日本少佐："嗯，不要的！女人，皇军大大的不缺，她的男人抗丁的，她，还是良民的干活！"

"康大巴掌"："哈咿！我的明白，太君是嫌这个小娘儿们长得黑了点儿，刚才跑了的那小子，他家那娘儿们长得又白又带劲儿，回头我把那娘儿们抓到手，给太君送去的干活！"

日本少佐突然打了"康大巴掌"一个耳光："嗯！皇军的，不要女人！要的是中国老百姓都能像你一样对天皇的效忠！玩一个乡村女人，会坏了皇军大东亚共荣圈的大事情，你的，良心的不好！"

"康大巴掌"啪地一个立正："哈咿！"

日本兵都跳上摩托车走了，酒家的房子仍在燃烧。

"康大巴掌"见日本兵走了，捂着脸，自己说给自己听："哈咿，哈咿个屁！你们皇军祸害的中国女人还少啊，还不要女人，这太君真他妈的能装！我今儿是拿热脸贴上了他的冷屁股啦！"

他跳上马，对张三江、李四海说："张东家、李东家，今天的事儿，你们就当什么也没看见，日后要是从你们嘴里传出个风言风语来，我康某人认识你们，手里的枪可不认识你们！"说着，和几个人上了马，一起策马走了。

张、李两个人吓得腿早软了，怎么也爬上不马上边去了！一个踩着矮墙头，你扯我，我拽你，才算上了马，走了！

10. 野外

田四儿老远地看见自己的坐骑奔来，手指含在嘴里，一声呼哨，马立即奔到他面前停住了。田四儿飞身上马，拨转马头，冲着闪着火光的方向奔去！

11. 哑巴河村的田四儿家

屋门，忽地开了！

田四儿扛着沈镖头的尸体进来，放在了土炕上！

田四儿妻一惊，在黑暗中爬起来，划了根火柴，想掌灯，当看见血肉模糊的沈镖头时，手里刚燃着的一根黑头火柴，一下子掉到了地上："爹！这是怎么了？！"

田四儿咬着牙说："别掌灯！咱爹是叫'康大巴掌'和日本兵给祸害死了！"

田四儿妻立马大声哭起来，田四儿的儿子小趟子也被惊醒，揉着眼睛从被窝里坐了起来。

田四儿喝止他的妻说："别哭！'康大巴掌'一会儿肯定要来抓我。你给我收拾下东西，我得马上走！"

田妻用手捂着嘴，悲怆地呜咽着，弯身下了地，摸黑儿掏柜子里的东西，给田四儿打着包袱。

12. 哑巴河村村落中

康家的高宅大院门前，有一家丁策马奔来！

一家丁下马要往院门里进，门却忽地开了！

"康大巴掌"和挑着灯笼的家丁，早已等在这里！

一家丁忽急地说："爷！田四儿那小子回来了！"

"康大巴掌"叫好手枪的机头，说："走！"他对手下的家丁说："你们都给我听好喽，连这小子和他那小娘儿们一起都给我抓来，我都要活的！"说罢，蹬鞍上马。

13. 哑巴河村田四儿家

田四儿在一块磨石上，磨着一把尖刀，旁边还有好几把尖刀显然已经磨好了。窗口透进来的迷蒙月光，照着他那坚毅而又充满倔强的脸！

田妻抱着小趟子，在无声地流泪。

田妻声音颤抖地说："孩子他爹，我知道你是铁心要为俺爹报仇，你这一去，生死不知，干脆，你先用刀把俺娘俩挑了吧，挑了，你也就轻手利脚的心无挂念了，今后你就是有个好歹，我们娘俩也惦记不着你了！"

田四儿闻言，看看手里颤抖着的刀，眼角溢出泪水来："孩子他娘，你的心思我知道，可我田四儿这辈子没做过坏事，没杀过好人，让我杀你们，还不如杀了我自己！"

屋外，忽然有"康大巴掌"的家丁高叫着："田四儿！你跑不了！赶快出来！不然我们就要开枪了！"

田四儿双眉紧锁，掀开窗子，飞身一跃，从自家窗口跳到了外面！

院墙上，伏满了举着洋炮、土枪的家丁。

"康大巴掌"在院外骑在马上，得意地笑着："田四儿，识相的赶快举手投降，不识相的，明年的今天就是你忌日的周年！"

田四儿冷冷一笑，嗖地蹿上房顶："'康大巴掌'！我田四儿今天算是认识你了！你记着：我师父的仇早晚要报，你敢动我媳妇和孩子一根毫毛，我就杀了你全家！"

"康大巴掌"阴阴一笑："哈哈，到底是属鸭子的，嘴硬！给我打，把他给我打成筛子眼儿！"

"唰！"房顶上闪下一道亮光。"康大巴掌"一闪身，又"啊"地怪叫一声，一把尖刀刺中的他的左臂，"康大巴掌"手捂着伤口，号叫着："打！给我往死里打！"

密集的枪声！房顶上，田四儿往后仰倒！

有家丁爬着梯子登上房顶，房顶上却早没了田四儿的踪影儿！

屋子里，"康大巴掌"和家丁涌了进来。

"康大巴掌"对田妻说："这么漂亮个小娘儿们，没想到一朵鲜花插在了田四儿这块牛粪上！可惜啦！看你长得这么水灵，我康某人手里的枪，也舍不得冲你扣动扳机，不过，你男人田四儿带头抗丁，牵连到你，识相的，就跟我康某人到宅子里走一趟，去干什么，你心里自然明白！"

田妻怒目圆睁，她猛地推开儿子小趟子，爬到了沈镖头遗体旁，惨惨地叫了一声："爹！不孝的女儿和你一起去了！"说着，早攥在手中的一把尖锥刺进了前胸，她，乌眉亮眼的俊俏女人啊，颓然倒在了沈镖头的遗体旁！

"康大巴掌"一愣："妈的，这白白嫩嫩的小娘儿们，还真他妈的是个殉情烈女呢！"

土炕上，哑巴小趟子在娘的身旁呜呜哭着，田妻抬起苍白无力的手，最后给他揩着眼泪，声音弱弱地说："孩子，娘对不起你，没把你拉帮成人，就先走了！孩子啊你……"说完，气绝身亡！

小趟子哇哇哇地叫着，眼里尽是泪！

一家丁指着小趟子说："爷！这个小崽子，要不要带走？"

"康大巴掌"："我们康家不缺吃闲饭的！"

一家丁又说："爷，康家是不缺吃闲饭的，可缺个半夜起来喂马的啊！"

"康大巴掌"问："你的意思是？"

那家丁说："爷，把这小哑巴攥在咱手里，那田四儿就有一张牵肠挂肚的牌儿，攥在咱们手心儿里呢！"

"康大巴掌"："嗯，也好，那就把这小哑巴带回去吧，当养一条狗了！"

14. 去往长辛店的路上（夜转日、日转夜）

田四儿骑着坐骑，飞奔在路上。

他的左臂显然受伤了，衣服上渗出血渍。

15. 长辛店某铁匠铺

几根木桩里绑着一匹马。

有铁匠正在给马匹挂铁掌。

通红的烙铁，烫着马蹄，生出阵阵青烟。

铁匠放下烙铁，又拿起刀，力图把马蹄削得很平。

田四儿骑马到了，他跳下马来，把马拴在一根木桩上，径直走进铁匠铺内。

铺内，炉火通红，有人忽啦忽啦地拉着风箱，有两个打锤的人在掌钳师傅小锤的指点下，挥锤打铁。

田四儿抄起一个长把铁舀子，舀起淬火用的水就要喝。

掌钳师傅喝止道："哎！那是淬火用的水，不能喝！"

一个小伙计指指旁边的一个水瓮，说："那里有干净的水，喝那的！"

田四儿渴极了，一顿牛饮，水，洇湿了他的脸颊脖子和衣裳的前襟儿。

掌钳师傅和几个伙计都停下手中活计，愣了眼神。

掌钳师傅看到了他左臂上的伤，和伙计们交流过眼神，问："请问，你这是从哪儿来，要到哪儿去啊？"

田四儿放下水舀子，打了个水的饱嗝儿："从到你们这挂马掌的地方来，再到挂完马掌接着往前走的地方去！"

听了这话，掌钳师傅一愣，进而探询地问道："你这胳膊上的伤是……"

田四儿硬朗地答道："没事儿，擦破点儿皮儿！"

掌钳师傅摇摇头说："不对，这可不是擦破点皮儿，这是红伤！"

田四儿神情一震："实不相瞒，被村里的汉奸打的！"

掌钳师傅闻言，和气地说："你别怕！我们这铁匠铺里没有外人！来，跟我到里边来。"说完，径自走进了里屋去了。

田四儿想了想，跟了进去。

里屋。掌钳师傅拿出一包药，打开，抖在一块干净的布上，轻轻敷在田四儿左臂的伤口上，又用撕开的布条给他缠好："这位兄弟，你伤得这么重，还往哪儿去啊？如果信得着我和铺子里这帮伙计，就在这儿歇下吧，怎么样？！"

田四儿问:"这位师傅,在这兵荒马乱的年月,你们不知道我是什么人,怎么就敢收留我呢?"

掌钳师傅:"不凭别,就凭我这老铁匠看人的这双眼睛,好人赖人,我一眼就能分得清,你信吗?"

田四儿扑地单腿跪在地上:"老师傅,我田四儿现在正是上天无路,下地无门的时候,得您施恩,真是感动得不知说什么才好!"

16. 铁匠铺的小仓库内

一个长得挺秀气的小伙计擎着盏油灯、夹着铺盖卷,和掌钳师傅、田四儿一起走了进来。

微弱的灯光下,田四儿看到仓库内堆积着各类杂物,地上一席草垫子上,那个小伙计正铺着破旧的被褥。

掌钳师傅对田四儿说:"这地方僻静,你就放心住下去,住到伤完全好了再说!"

田四儿说:"天不早了,您和伙计们都累了一天了,别再照顾我啦,都早点儿歇着吧。"

掌钳师傅嗔怪地说:"哎,进了我们铁匠铺的门,就是自己家的人了,有什么事儿,别怕麻烦我们,就尽管言语一声。"又指指那个小伙计:"他姓孟,我们大家伙都叫他小孟子,有啥事儿你就找他,他办不了的自然会告诉我的!"

掌钳师傅和那个被叫作小孟子的小伙计一招手,俩人出门走了。

夜,静极了。田四儿躺在被子上,竟无半点儿睡意,他摸摸左臂伤口敷着的药布,又摸摸身下的被褥,又使劲儿拍打拍打自己的脸,确信自己不是在做梦,才缓缓地合上眼,哦,他实在是太困倦了。

屋外的月亮,在厚厚的云层后面露出半个脸来!

17. 铁匠铺的小仓库内外

白天,掌钳师傅给他换药的情景,与天上的月圆月缺相叠化。

又是一个圆月当空的夜晚。

田四儿在试着练武,他的伤显然已经好多了。

门,吱呀一声开了。

掌钳师傅和小孟子等几个伙计进来后,小孟子点着了油灯。

伙计们搬开一些杂物,还有封好的木板。

木板下是一些大刀片子还有一些长条状模样的钢铁物件。

掌钳师傅和伙计们往外搬运这些物件。

田四儿问掌钳师傅:"师傅,这些物件要往哪儿搬?"

掌钳师傅:"往抗日武装的手里送!"

田四儿:"嗯?!抗日的武装?他们在哪儿?我正想找他们呢!"

掌钳师傅笑道:"哈哈,世间的事儿就是这么巧,有时候要找的东西,可能是踏破铁鞋也找不着,可得来却不用费半点儿工夫!"

田四儿问:"师傅,你们就是?"

掌钳师傅笑模滋儿地说:"田镖师,我告诉你说吧,这儿,没外人!"

田四儿有些兴奋了:"哦,原来你们都是和抗日武装是一伙儿的!"

掌钳师傅:"嗯,当田镖师这明人,咱用不着说暗话!"

田四儿:"那我现在就加入你们!"说完,就要伸手搬东西。

掌钳师傅制止道:"哎,你加入,我们欢迎,可先不能伸手。你的胳臂上的伤,还没好利索呢!"

田四儿挥挥胳臂说:"没事儿了!不怕!"又冲一位伙计说:"来,往我这肩膀上来一袋!"

掌钳师傅:"你行吗?"

田四儿说:"行!这活儿用膀子不用胳膊!"

掌钳师傅和另一伙计只好把一个沉甸甸的袋子,搭在田四儿肩膀上。

田四儿一阵风似的扛了出去。

他和伙计们把一袋又一袋东西,装在了小仓库外的马车上。

18. 哑巴河村、"康大巴掌"家宅院内

马厩内,马灯悠然亮着。

小趟子在喂马。

"康大巴掌"手里拿着个水烟袋,滋啦滋啦地抽着,对一个家丁说:"给我看紧着点儿,别让这小哑巴跑喽!"

那家丁说:"康爷,您就把心放在肚子里睡大觉去吧,有我们盯着他,大院门锁着,别说是个大活人,就是个小蛤蟆崽子也甭想蹦出院儿去!"

"康大巴掌"听完,阴阴地看了小趟子一眼,滋啦着水烟袋,转身进了屋去。

19. 铁匠铺内外

一位戴着眼镜、身着长衫的汪先生正和掌钳师傅下棋。

掌钳师傅:"汪先生,您的棋是越走越刁,原来我只防你的马后炮,现在却不得不防你的插肋车啊。"

汪先生笑着说:"哈哈,跟你下棋,我不想出几招硬气的走法,只能是输哇!踩马!"

掌钳师傅:"哎哟,大意失荆州哇,我的马不该没有棋子儿跟进,怎么千里走单骑啊?!"

田四儿端着壶给他们续茶水。田四儿刚转身,汪先生就问:"这位,我还是头一次见,是?"

掌钳师傅:"哦,铺子里新来的伙计,苦命人!"

汪先生用异样的眼神盯了田四儿一眼,说:"他身上怎么有股子药气味儿?"

掌钳师傅:"是吗?咱这铁匠铺,一天到晚烟熏火燎的,哪有什么药味儿?我这鼻子是啥也闻不出来了!哦,拱卒!"

20. 铁匠铺院内

刚入夜,田四儿正在月下走拳,飞闪腾挪,一展身手。

"好身手!"掌钳师傅和小孟子等几个伙计走了过来!

田四儿收住招式,抱拳道:"让诸位见笑了!"

掌钳师傅笑着说:"嗨嗨,就这身手,上阵杀鬼子,肯定叫那些王八蛋屁滚尿流!来,歇歇!咱们一起喝口茶!小孟子,弄茶去!"

小孟子应道:"好嘞!"

伙计们转身已抱来一张小方桌,几只小凳,置于院中。

小孟子摆好桌上茶壶茶碗,还有简单茶点,一应上全,他提壶往碗里倒着茶水。

田四儿与众人围坐小方桌前，他端着茶碗，问道："师傅，那位汪先生，是什么人？"

一位伙计说："从外面派到镇子学校的校长，刚来没多久。"

掌钳师傅吸着烟袋说："这个人，到底是什么人，咱们还真没看透，我们的事儿，不能露给他！"

田四儿："依我眼光看他，他看人的眼神里好像藏着一种什么东西，很深很深的东西！。"

掌钳师傅沉思着问："嗯，他戴着那副黑框眼镜，让人很费琢磨！田四儿镖师，你觉得他眼睛里藏的是什么？"

田四儿："对他，知道得太少，现在，我也说不好！"

掌钳师傅掏出一支盒子炮，递给田四儿说："嘿嘿，你想要的宝贝，我们给你拿来了！"

田四儿接过盒子炮："好家伙，还是支净面匣子，好啊，过去走镖的时候，我还真用过这家伙！有了它，我就好找日本鬼子和'康大巴掌'算账了！"

掌钳师傅："田四儿啊，和那个'康大巴掌'、日本鬼子的家仇，早晚咱们要报！可眼下国难当头，咱们得救国才能救民哪！"

小孟子正在端茶倒水，手一抖，碰倒了桌子上一只茶碗，茶水四溢。小孟子急用抹布揩拭干净。

没有人注意到这些。

掌钳师傅又说："你的家仇眼下得先往后放一放，红区那边有信儿来，缺枪缺子弹，想要咱们多弄些日本鬼子手里的军火，你不一直也想找回被日本人硬征走的那匹菊花青吗？我们已准备多日了，今儿晚上，咱们就摸进县城，去夜袭日本宪兵队！"

田四儿抬头一看，见院子里已有十几个脸上蒙着黑巾的人，都已携枪翻身上马了。

田四儿把盒子枪往怀里一插，顺手接过小孟子牵过的那匹马来，飞身上马，他把一块黑巾蒙在眼睛下面，系好。

马队，驰过镇街。

正在临街一间屋子里居住的汪先生，听见马蹄声，吹熄了马灯，透窗向外观看。

21. 县城，日本宪兵队大门外

两个日本兵正在一起对火点烟。

田四儿从暗中猛然蹿出。只把两只手掐住日本兵脑袋对着一磕，两个日本兵立马倒地。

田四儿回身一挥手，众人立马徒步冲进宪兵队大门。

四个巡逻兵列队走了过来。众人上去，结果了他们。

掌钳师傅手里拿张地图，对众人说："你们几个看住这个宿舍门，不允许一个鬼子从这里冲出来！田四儿镖师，你的菊花青就在那边！其余的人跟我去军火库！立即行动！"

有人把手榴弹拉出了环儿，攥在手里，眼睛盯着日军宿舍的门口。

有人向军火库方向奔进。

田四儿，已跑进了日军的马厩。

微弱的灯光下，他看见了自己的那匹菊花青。

手，轻轻解脱了拴在吊木上的缰绳。

菊花青，闻到了主人的气息，突然仰天长嘶一声，其他的马匹一阵骚动。

田四儿用手搂住了菊花青的脖子，把脸紧贴在菊花青的头上，菊花青与主人一副亲昵的模样。

马厩一旁的一间小屋子里，走出一位日本兵，他披着衣裳伸着脖子看看，自言自语地骂道："巴嘎！再叫，死了死了的！"

唰！一道亮光闪过，日本兵胸前插着一把尖刀，倒地身亡。

这边，田四儿已翻身上马。

又一位日本兵自小屋内出，见到倒地的日本兵，立即鸣枪！

枪声，划破夜空！

军火库那边，人们身上已背满枪支弹袋，正从库内撤出。

伙计们个个身上背得满当当的，在向宪兵队院外移动。

警笛声骤然响起，伴随狼犬的吠叫声。

持手榴弹的伙计，把手榴弹甩进日军宿舍。

日军宿舍房顶上，突然响起了机枪！

子弹的火蛇，压制着掌钳师傅带领的劫得军火的人们！

一位伙计用嘴咬开弦儿，也向日军奋力投掷出手榴弹！

菊花青，如一道白色的闪电，从日军宿舍墙边穿过。

田四儿，纵身一跃，飞上了房顶。

他手中的盒子炮响了。

打机枪的日本兵倒在血泊中。

掌钳师傅等人鱼贯而出。

硝烟未散。日本少佐手持战刀，带领日本兵从屋内冲出。

日本兵举枪射击着。

掌钳师傅、田四儿他们回击着！

枪声、爆炸声，响作一团！

22. 县城外的小路上

田四儿、掌钳师傅、小孟子等一行人，已骑马奔驰在返回的路上。

田四儿骑着菊花青，旁边带着先前骑着的那匹瘦马。

远处，有日军的摩托队在鸣枪追击。

23. 河岸边

夜色中，早有一只小船泊在那里。

掌钳师傅、田四儿和伙计们把枪支弹药，装上小船。

一支篙，点开了宁静的水面，小船划走了。

24. 铁匠铺后院小屋内

掌钳师傅、田四儿和伙计们把留下的部分枪支弹药，藏入地窖。

掌钳师傅一口接一口地抽着闷烟。

田四儿他们藏好武器，就都向掌钳师傅这边围拢过来。

田四儿："师傅，这一仗，咱们打得够可以，人没伤着一个，军火弄来不少，你该高兴才是啊，怎么还愁眉不展的？"

掌钳师傅说："田四儿啊，这位汪先生，不光你不摸底，我也对他也不摸底，这是个有来历的人啊。"

田四儿："如果他是日本鬼子的帮凶，帮虎吃食，咱们手里有家伙了，就去灭了他！"

掌钳师傅摆摆手说："这话说得有点儿早，他没露出真面目来，咱们怎么能灭了他？"

田四儿说："师傅想怎么办？"

掌钳师傅："我们事事要提防着他，加着他的小心。这位不明来路的汪先生，使我心里纠结起了一件事儿。"

田四儿："什么事值得师傅这么纠结？军火咱弄回来了，我的菊花青也骑回来了。这些事儿，汪先生是没法知道的！"

小孟子用手拨着油灯捻子。

掌钳师傅笑了："军火是藏起来了，可你的菊花青怎么藏？！"

田四儿："师傅的意思是？"

掌钳师傅拍拍田四儿肩膀说："田四儿啊，原先我思虑得也不细，我们今天骑回来的这匹菊花青，可能是个惹祸的精啊！"

屋外，菊花青拴在马桩上，悠闲地吃着草料。

屋里，田四儿一愣，凝神屏息看着掌钳师傅。

掌钳师傅说："论说，这真的是匹好马，我也知道它救过你的命，可是它不是一般的马，太惹眼了，咱们店铺小，没地方藏得下它，树大招风，来人就能看到它，如果有人给日本鬼子通了信儿，咱们这个抗日的小据点就暴露了，就会招来大损失。你问我为啥乐不起来，就为这！"

田四儿低下头，半晌抬起头来，眼里已有了泪水："师傅说吧，怎么处置它，我听师傅的！"

掌钳师傅看着田四儿眼里的泪水，没再说什么，用手拍拍他的肩膀，转身走了。

伙计们也都走了。

只有田四儿一个人静静地站在那里。

25. 屋外

夜色中。

墙角，田四儿在挖土坑，他的脸上有汗渍。

坑，显然已经挖好了，只有一把铁锹，插在浮土上。

田四儿已站在菊花青身边，菊花青用头亲昵地蹭着田四儿的脸和身子。

田四儿用手摸着马的头，泪水，无声地流下来。

他迈着沉重的脚步，牵着菊花青向土坑走去。

月光下是田四儿和菊花青的长影。

田四儿猛然挥刀的影子。

血水喷红的画面，菊花青惨叫倒地和哀鸣声。

远处，掌钳师傅和伙计们静默地肃立着，每个人的眼里都充满沉痛而悲伤！

有伙计过来帮着向坑里填土。

田四儿满脸是泪，颓然跪在了坑边上！

不知什么时候，掌钳师傅来到田四儿跟前，伸出手帮他抹着眼泪："田四儿镖师，你回屋吧，养足精神，寻找机会，咱们还要去找'康大巴掌'这个汉奸算账呢！"

小孟子听了这话，狡黠地眨眨眼睛！

田四儿依然跪在那里，抹了把泪水，沉重地点点头。

良久，他突然抓起一把松软的土，撒落在自己头上，用头拱进埋菊花青的土里，低声呜咽着。

哦，这是让人无比伤情的呜咽，掌钳师傅和伙计们都落泪了。

小孟子却不知什么时候悄悄走开了！

26. 原野上

掌钳师傅、田四儿和伙计们等人，骑马驰过。

马蹄，田四儿先前骑过的那匹瘦弱马儿的马蹄啊。

27. 哑巴河村内外

村庄附近的一片树林里，田四儿他们在往树木上拴着马。

夜，静极了。

天黑黑的，天上只有一弯月牙儿。

"康大巴掌"府前，村庄里传出狗吠声。

田四儿飞身上墙，并从墙上甩下一根绳子。

掌钳师傅和田四儿一行人等，翻墙进院。

一只狗儿冲了过来，冲人们不停吠叫。

田四儿一甩手，袖中飞刀银光一闪，狗儿倒在了血泊中。

人们往院子里摸进。

田四儿小声对伙计们说："这间就是'康大巴掌'住的地方。那边那排房子是家丁住的地方。"

立即有人朝家丁那排房子扑了过去。

田四儿飞起一脚踹开"康大巴掌"的房门，眼前的情景却令他感到惊异："康大巴掌"的床榻上没人，被子铺叠得很整齐。

一同闯进来的还有掌钳师傅，也是一脸疑惑。

有伙计跑过来："师傅！家丁的房子里全是空的！"

掌钳师傅："不好，看来'康大巴掌'是早有准备，告诉大家行动要倍加小心！"

那伙计："是！"

伙计的声音未落。

院落的各个房顶上却亮起一片灯笼来。

"康大巴掌"手持盒子枪，和很多家丁都在房顶上，有不少人架着枪。他阴阴一笑，说："田四儿，你康爷我早就知道你要来，左等右盼，总算把你盼来了，你们既然来了，就不要走了，都把手举起来，康某人家的牢房早给你们准备好了，你们若是想动刀动枪也行，你往房后看，那根灯笼杆上，可正挂着你一个心爱的大灯笼呢！"

田四儿往房后一看，见那根高高的灯笼杆上吊着自己的儿子小趟子。

小趟子蹬着腿，冲着田四儿他们倔强地语音不是很完整地喊叫着爸爸。

"康大巴掌"用枪指点着灯笼杆上的小趟子，说："田四儿，我虽然没有百步穿杨的枪法，可举枪打灭你这个心上的小灯笼，还是不费吹灰之力的。你想要你的哑巴儿子，就学乖些，把手麻溜给康爷举起来！"

田四儿怒目圆睁，突然一甩手，"康大巴掌"右腕中了飞刀。

田四儿又一甩手，银光一道，直奔灯笼杆上飞去，拴小趟子的麻绳被飞刀断开。

小趟子从灯笼杆上向下滑落。

田四儿的灯笼杆下接住了小趟子！把他夹在胳膊下。

嗒嗒嗒，一道道银光闪过，房上有的灯笼纷纷熄灭。

"康大巴掌"手握右腕，趴在了房顶上，有家丁朝田四儿和伙计们开着枪。

掌钳师傅和田四儿他们回击着。

枪声越发密集起来。

突然，掌钳师傅左臂中弹。

田四儿一边还击，一边对掌钳师傅急切地说："师傅，这儿有我顶着，你们快撤！"

院墙处，墙上下有伙计把"掌钳师傅"接到墙外。

田四儿扛起儿子。

房顶上仍在响枪。田四儿窜进马厩。

一匹快马，风驰电掣地奔向康家院落大门。

田四儿抬手一枪，大门锁扣被击落。

大门裂开一道缝隙，快马驮着田四儿和小趟子冲出。

他们的身后，依然是枪声！

28．铁匠铺小仓库内

小趟子躺在床上，一些伙计围在这里。

掌钳师傅已包扎好左臂，对田四儿说："这孩子啊，看来命是保住了，可伤得不轻，明儿个得去找镇上郎中，好好帮着调理调理！"

田四儿咬着牙说："师傅，他妈没了，就剩下我这个爸了！好歹是把孩子抢回来了，留在'康大巴掌'手，说不定哪天就没命了！只是……"他看着"掌钳师傅"受伤的左臂："只是因找'康大巴掌'报仇，连救孩子，伤了师傅。"说着眼里有泪光。

掌钳师傅说："找'康大巴掌'这种汉奸报仇，不是你田四儿镖师个人的事，是我们大家共同的事，这种败类不除，必酿大祸，只是我们的人手家伙还不够强大，暂时打不过他们！"

田四儿："以前他的家丁使的是洋炮大刀，如今也装备上了快枪。这是咱们的除奸行动的最大困难。"

掌钳师傅："我听说，咱们长辛店这一溜儿，不少抗丁跑丁的青壮年人，无处藏身，就拉起抗日武装来了。他们人数不少，也有家伙，端炮楼，抢火车，没少做事儿。如果能联系上，并把他们和咱们弄到一块儿，就成了一股不小的力量！"

田四儿认真地点着头："我也听说了！只是他们居无定所，要找到他们也难！"

29．哑巴河村、"康大巴掌"家

灯下，有家丁给"康大巴掌"伤口涂着药，并包扎。

"康大巴掌"问手下的人："那个小哑巴，为什么没给我没看住？"

手下的家丁："王二虎带人看灯笼杆上的小哑巴来着，这话，康爷得去问他！"

"康大巴掌"一摆手："不用问了，把那几个人给我捆起来，扔牢房里，先饿他们几天再说！"

家丁怯懦地说："是，康爷！"下去了。

"康大巴掌"对给他包伤的家丁说："这些废物不整治，下次田四儿他们再来，我这个家就得叫人家给荡平啦！"

30．铁匠铺内外

白日。

后屋，田四儿正给小趟子喂药。

铺子门口，汪先生走了进来，对一位伙计说："你们师傅呢，说我找他，想跟他下盘儿棋。"

伙计忙说："汪先生，您先等下，我去找找看。"

掌钳师傅穿着一件长袖衣裳，和伙计一起走了进来："哎哟，是汪先生来了！"

汪先生和掌钳师傅摆棋子。

汪先生注意到掌钳师傅的左臂一直未动。

他突然向掌钳师傅的左臂捏了一把。

掌钳师傅疼得下意识地"哎哟"了一声。

汪先生："您的左臂，这是？"

掌钳师傅："打铁不小心，叫烧红的铁屑子烫了一下。不要紧的，很快就好！"

汪先生装作若无其事："哦，您打了几十年铁了，怎么还会叫铁屑子给烫了呢？看来，世间的事，会发生什么和会怎么发生，真的是让人不可想象。"

掌钳师傅："走棋，拱相肩兵了！"

汪先生："我还是老走法，架中间炮！"

31. 铁匠铺后屋

田四儿刚给小趟子喂完药，小趟子忽然睁开了眼睛。

田四儿好不惊喜："哎哟，我的儿啊，你可醒过来了！"

小趟子软软地坐起，搂住了田四儿，用含混不清的语音喊着爸爸。

田四儿把脸紧贴在儿子的脸上，说不清楚是欢乐还是悲伤的泪水，从眼里纵情溢出。

32. 街市、铁匠铺门前

田四儿和小趟子在一家布店里。

这时候，人们才注意到：小趟子已是衣衫褴褛，衣裳的后背处，被灯笼杆磨碎的口子十分显眼。

店家正在给田四儿量布扯布。

突然，日军的摩托队驶过街面，向铁匠铺方向驶去。

田四儿一惊，匆忙付了钱，扯着小趟子走出布店。

日军的摩托队停在了铁匠铺门前。有日本兵带着狼狗冲进铺内。

田四儿和小趟子急忙躲避在街角，向铁匠铺方向张望。

铁匠铺门前，掌钳师傅被日本兵带了出来。

田四儿下意识地向腰里摸枪，可惜，他没把枪带在身上！

掌钳师傅，被带上摩托车。

有铺子里的伙计跟了出来！

日军的摩托车开走了。

田四儿眼里满是愤怒的火光与泪光！

他眼前浮现起了，铁匠炉旁，熊熊炉火映照着掌钳师傅挥动小锤打铁的身影，还有：二翠男人被带走和日军火烧酒家的往日情景。

田四儿的拳头，攥得紧绷绷的。

33. 铁匠铺后屋

夜，弱弱的灯光，照着一张张坚毅的面庞。

小孟子说："师傅被抓，与这位汪先生很可能有关系。"

田四儿："很像！我们现在就去抓他！但在情况未弄明白之前，先不要伤他！要个活口！立即行动！"

伙计们立即掖好枪支，走出门去。

34．汪先生住处

一盏灯，在桌子上亮着。

田四儿和伙计们破门而入。

汪先生从里屋从容地走了出来，他戴着套袖，围着围裙，手上有墨迹。

田四儿厉声说："汪先生！我们铁匠铺的掌钳子师傅被日本人带走了，是你告的密吧？！伙计们，给我绑喽！"

立即有伙计上去，用绳子要捆汪先生。

汪先生说："慢！我姓汪不假，可不是汪精卫的汪，我本人叫汪洋海！"

田四儿厉声说："别废话，捆起来！"

汪先生说："田四儿镖师，捆我可以，我想先请你们看一件东西，再捆我不迟！"

田四儿："看什么？"

汪先生："你们跟我来！"

一伙计举着枪说："你要是耍滑头，我就一枪崩了你！"

田四儿示意："跟着他！有我们在，就是借他对翅膀，谅他也飞不了！"

众人跟汪先生拐了个弯，走进了一间小屋。

屋里黑黑的。有伙计划着了火柴，点燃了一盏油灯。

眼前的情景，让田四儿和伙计们惊呆了：一架油印机，旁边是印有"抗日先锋"字样的油印传单。

田四儿惊呆了："汪先生，你是？"

汪先生："国难当头，身为一个中国人，焉能卖国求荣，对日本鬼子奴颜婢膝？！"

田四儿："这么说，是我们错怪您了。"他示意拿着绳索的伙计退后。

汪先生："田四儿镖师，你们师傅，他是个好样的！"

田四儿："汪先生，师傅被抓，这事儿出得有些蹊跷，没有人告密，日本鬼子怎么会把我们师傅给抓走呢。"

汪先生："是的，敌中有我，我中有敌，古往今来，概是如此。"

田四儿："汪先生，现在我们心里都像着了火似的，我们打算先进城打探一下情况，想尽一切办法，也要把师傅救出来！"

汪先生："人急不能无智，着忙也要择路。你们人寡势单，这么硬碰蛮干不行！"

田四儿说："先生有什么好主意，请指教。"

汪先生："你们听说咱们这一带一直在闹抗日的武装了吧？"

田四儿："嗯，我们也一直想找他们！"

汪先生："好，他们都和我有联系！我这儿就是他们的联络点，打今儿个起，这个联络点就属于我们一起的了，好不？！"

田四儿用拳一捶桌子："当然好！"

汪先生："现在，咱们有两场硬仗要打，一是要打'康大巴掌'，先打掉他们，把他们手里的家伙弄过来进一步武装我们自己，我们的人还有些有刀没枪的人。之后，再说进县城找日本鬼子救师傅的事儿！"

田四儿："嗯，汪先生，我们手里还有一部分军火，也都归你统一调配！"

汪先生："好！"

田四儿忽然深深叹了口气！

汪先生："田四儿镖师，怎么如此长吁短叹？！"

田四儿轻轻捶了汪先生一拳："早知你汪先生是自己人，我何必杀了心爱的菊花青呢，唉，现在肠子都悔青了！"

小孟子眨着眼睛说："田镖师别伤心了，汪先生是好人，可镇子上人多眼杂，有别人发现了，向日本人告密也是说不定的事儿。灭了菊花青，咱师傅还叫日本鬼子给抓走了呢！"

35. 哑巴河村外

那片树林中，很多人都在拴马，准备枪支弹药。

汪先生正向田四儿介绍两个身材魁梧的汉子："这位是王海龙，这位是张子彪！都是这些人里领头儿的！"又向被称作王海龙、张子彪的介绍："这就是远近闻名的田四儿镖师！"

王、张二人亲昵地用拳头捶打着田四儿说："早知道田四儿镖师的大名！久仰久仰！"

汪先生："田四儿镖师，对康家大院里的情况比较了解，让他给你们说一下情况。"

田四儿给他们和又围过来的几个人在地上画着图，介绍着什么。

王海龙一抬头，看见了围拢过来的铁匠铺的那个小孟子："哎，你怎么这么面熟？是康……"

小孟子说："天黑，你肯定是认错人了，我是长辛店铁匠铺的小伙计，小孟子！"

王海龙："哦！你和我认识那人长得真是有些像呢！"

田四儿在和别人说着话，并没注意到这些。

36. 哑巴河村、"康大巴掌"家内外

枪声响起，喊杀声震天价响。

很多人翻越着院墙。

田四儿骑着马，带人冲进康家大门。

有反抗的家丁，被枪弹击倒。

房顶上，有家丁在架枪射击。

"康大巴掌"从一处天窗处登上房顶。

激烈的厮拼。

双方人员各有伤亡。

不断有队伍向房顶冲击。

房顶上的家丁在负隅顽抗。

汪先生、王海龙、张子彪等都在激战之中。

王海龙一个人在向房子那边摸进。

铁匠铺的那位小孟子，见前后左右无人，立马朝王海龙背后开了两枪。

王海龙急转身来，鲜血涌出了胸口，他怒目圆睁："康……你是康六子……'康大巴掌'的侄儿……"说完，倒在了血泊中！

田四儿飞一样蹿出房顶，举枪向架枪家丁射击。

"康大巴掌"手里颤颤地举着枪："田四儿，你不要过来！"

银光一闪，"康大巴掌"手上流出鲜血，手中的枪落在了地上。

田四儿一个箭步上前摁住了"康大巴掌"。

院子里，已被汪先生他们完全控制住了。许多家丁被缴械。
"康大巴掌"被押解在院子里，院子里是震天的欢呼声！
田四儿一边用绳子捆好"康大巴掌"，一边说："姓康的！我田四儿今天就是让你尝尝当汉奸的滋味！"
马的后面，拴好了"康大巴掌"。
"康大巴掌"看见了小孟子，他们用眼神瞬间神秘地交流了一下。
有人把康的大老婆、小老婆和一些家丁押了过来。
有人问："田四儿镖师，这些人应该怎么处理？"
田四儿看了看这些人，说："我田四儿是说过，要灭了他'康大巴掌'的全家。可冤有头债有主，有他一条命顶罪就够了！你们这些人都听着，日后，不能再帮虎吃食欺压百姓，都听见没？"
康的大老婆、小老婆等人都跪在地上，给田四儿磕头。
"康大巴掌"冷笑道："姓田的，我今儿个是落到了你手里，你们不去日本宪兵队救你们的人，倒先来打我，没借日本人手里的刀杀光了你们，是我康某人失算！可你也别太高兴了，三国书里讲到死诸葛也能治死你活司马！"
田四儿："你别再做梦了，你记好了，明年的今日就是你的忌日！"
"康大巴掌"说："你想让我怎么死？"
田四儿说："你作恶多端，我岳父被日本人的狼狗活掏了，我的女人，叫你逼死了！今儿个我一枪结果了你，太便宜你了，得给你点罪受！让你也尝尝死的滋味！"他骑上马，奋力挥鞭，马拖着'康大巴掌'，飞奔起来，荡起一路烟尘。
田四儿在飞驰的马上嘶喊："汉奸！就是这个下场！"
田四儿的身边，闪过夜色中的村庄，村民们兴奋的脸庞。
马，停了。"康大巴掌"血肉模糊，早已断了气。
许多村民围拢过来，跺着脚，朝"康大巴掌"的尸体上吐着唾沫。
田四儿在人群中看到了张三江和李四海。
他们两个人一脸恐惧之色。
田四儿在马上笑笑说："两位东家，你们也都看见了，不管是谁，只要他给日本鬼子当狗腿子，欺压咱老百姓，就是这下场！"
两位东家怯怯地应道："那是那是！"
田四儿："李东家，我还是得谢谢你，没有你透风给你那表亲，我田四儿也许早叫日本的狼狗给掏了！"
李四海擦着额头上的汗说："哎呀，该做的，不用谢！"
张三江用肘腕点了李四海一下："还说我嘴快呢，这回弄明白了你嘴比我快多了！"
李四海指指地上的几只木箱："田四儿镖师，这是我和张三江两家给你们凑的一些钱财，请收下！"
田四儿："眼下，打日本鬼子，队伍正缺少这个买武器，我们就不客气了！"他对身边的伙计说："抬走！"

37. 墓地
夜色中，掌钳师傅、田四儿和许多人都在这里。
王海龙的新坟前，他们寄托着哀思。
那位小孟子也在人群之中，他拿眼睛偷偷觑着左右的人们。
夜色中，田四儿牵着马，来到沈镖头和妻子的坟前，默默地站立着。

他闭着眼睛喃喃地说:"师父,媳妇,我田四儿今儿个给你们报仇了,九泉之下,你们闭眼安魂吧!"

38. 铁匠铺内
白日。田四儿已换上了铁匠铺伙计的衣裳,在挥锤打铁。
小趟子在拉着吹火的风箱,炉里火光熊熊。
通红的铁块,生风的大锤,飞溅的铁星。
田四儿和伙计们浸汗的坚实臂膀。

39. 铁匠铺院内
月光下,田四儿在小仓库门前,带小趟子打着少林长拳。父子俩一招一式,疾风流走,透出雄浑与精湛!

40. 铁匠铺前
田四儿的伙计们一起在给别人的马挂铁掌。
小趟子在一旁观看。
一个小姑娘,小脸儿脏兮兮的,衣衫褴褛,捧着个饭碗,来门前讨饭吃,怯懦无助的声音:"伯伯叔叔,帮帮忙吧!"
田四儿好像在这声音中听出了什么,身子像被蜂子蜇了一下,他停下手里的活计,细细打量眼前讨饭的小姑娘,这时,他看到:离小姑娘不远处,站着个衣衫褴褛背着身子的女人!
田四儿揉揉眼睛,自言自语道:"怎么有点儿像小辫子和二翠呢?!"他又揉揉眼睛,再细细观看:"莫非是我看花了眼睛?"
那女人闻声,回转身来,哦,真的是二翠!
田四儿又惊又喜:"哎呀,二翠!怎么会是你们娘俩?!你们是从天上掉下来的吗?!"
二翠一脸惊愕:"呀,田四儿!孩子他叔,你怎么会在这儿呢?"
小辫子脏兮兮的小脸笑了:"田四儿叔叔,我和我妈到处找你,这回可找到你了!"
田四儿俯下身子,眼里浸着泪水,用手揩着小辫子脸上的脏东西:"嗯,小辫子!叔也是做梦都惦记着你们啊!你瞅你这脸弄得,叔差点儿就没认出来你啊!"
小辫子给田四儿揩泪水:"叔,你别哭,别哭哇!"
田四儿抬头,沉重地问二翠:"孩子他爹那边有信儿吗?"
二翠目光黯然下去,低着头沉默不语,眼角滚出大滴的泪。

41. 铁匠铺小仓库内
小趟子和小辫子在屋里踢着口袋。
田四儿在抻面条,看得出,这是他的拿手好戏,手法精巧而娴熟。他边抻边问:"孩子他爹到底怎么样了?你得告诉我!"
二翠眼里泪光婆娑:"他啊,说死也不去给日本人当劳工,就叫日本人的狼狗给掏了,尸首给扔到大野地了,惨透了,我和小辫子好不容易才找着,尸骨不全了,总算是把他埋了!"
田四儿眉头拧成个大疙瘩,眼里充满仇恨的血丝:"小辫子她爹,是为了救我死的,我欠他一条命的大恩情,跟日本鬼子这些仇不报,我对不住他,也对不住你们孤儿寡母的！"说着，一拳砸在面板上！

面板竟碎裂了！

小辫子、小趟子端着饭碗，吃着面条。

小辫子看着田四儿和二翠说："妈，叔叔抻的面条真好吃！"

田四儿两手分别抚着小趟子、小辫子的头，对二翠说："二翠，打今儿起，咱们四口人就是一家人了，日子苦，一起熬吧，互相也有个依靠！"

二翠眼里浸满了泪水，说："我们娘俩也是没路走了，只是太拖累你了！"

田四儿说："命，这根绳子，把咱们拴一起了。别说拖累不拖累的话了。你要是愿意，就让小辫子管我叫爸爸吧？！"

二翠好看的脸，泪花闪闪的眼神里闪出惊喜的光芒！

42. 铁匠铺内外

李四海和张三江突然出现在这里，东张西望地仿佛要找什么人。

二翠正好从屋里出来向门外泼水。

李四海见了，急忙小声喊："二翠！二翠！"

二翠闻言一惊："哎，大表哥，怎么是你？"

李四海和张三江都用食指竖在嘴唇上："嘘——！"

他们贴近了二翠，说："田四儿是不是在这儿呢？"

二翠一脸狐疑："你们问这干啥？我哪知道田四儿在哪？"

李四海："行了，二翠，亲戚里道的就别再兜圈子了，没那时间！我们都知道田四儿加入抗日武装，打败日本鬼子和汉奸，那得有武器，买武器那得用钱哪！为了支援抗日，我们变卖了所有家产，换了些钱，给田四儿送来了！"说着，从怀里掏出厚厚一沓钱，递给二翠。

二翠犹豫了，她对李四海和张三江的举动半信半疑。

李四海说："赶快拿着，信不着别人，你还信不着表哥我吗？！"

二翠接过了钱，说："这钱是给抗日武装的，你们如果在其中有诈，你们知道，后果是什么！"

李四海和张三江连连点头："你们收下了，我们的心就放到肚子里了，只是不管什么时候什么人问起，千万别说我们送的钱，别把我们露出去！"

二翠颔首。

李四海，张三江骑上马走了。

田四儿在后屋，看到炕上摆的钱，对二翠说："连李四海、张三江都变卖家产换钱支援抗日了！好！这钱要马上交给汪先生！"

43. 镇子通往县城的路上

汪先生、田四儿、张子彪带领的长长马队，奔驰在暗夜中。

哦，呼啸的铁流！

44. 县城里的日军宪兵队

夜色中。

一位高个子伙计，指着对面的房子说："田支队长，对面就是牢房。"

牢房前，田四儿他们结果了两个日本兵。

田四儿用短锤砸开牢门。

掌钳师傅遍体鳞伤，身上有铁镣脚铐。

他见到田四儿，嘴唇儿微张，想要说什么，却没有说出来。

田四儿背起掌钳师傅，走出牢门，把他递给一个高个子伙计。

田四儿持枪掩护着。

汪先生、张子彪等人在和日军枪战。

激烈的枪声，不时有手榴弹的爆炸声！

枪声，渐渐远去了。

45. 县城外树林里

这里好宁静。

树旁，拴着一些马匹。

掌钳师傅躺在地上，汪先生、一些人围着他。

田四儿含着泪水，在给他身上的伤口上药。

掌钳师傅艰难地扬着手臂，一只手亲切地扯着汪先生、张子彪，一只手颤颤地摸着田四儿染上硝烟的脸，给他揩眼角的泪水。

他深情地望着人们，嘴角露出微笑，忽然闭了眼，头倏然一沉。

众人闻言皆惊，慢慢直起身子，脱帽低头。

夜的树林里，有一条小溪在静静地流淌……

一座新坟前，田四儿和人们还在用手向上添着土，土的小瀑布啊。

46. 县城里

字幕：1945年8月

日本投降的报纸特写。

画外是报童的声音："号外！号外！日本投降！日本投降……"

47. 铁匠铺内小仓库前

月下，汪先生与田四儿散着步。

汪先生："田支队长，日军虽然投降了，我们武装支队还有好多事情要做，这里需要你，为什么你非要回哑巴河村呢？"

田四儿："日本鬼子和汉奸'康大巴掌'的仇，都报完了。这枪，我交给汪政委了！"

汪先生："不行！全中国还没有解放，你不能放下手中的枪！"

田四儿看看汪先生，想了想："那好吧，汪政委，我听组织的！组织上让我拿着这支枪，我就拿着！"

48. 哑巴河村

村头，大树下。

一张陈旧的木桌前，土改工作队的人，正在给群众开会："根据县上安排，我们工作队，现在关于张三江、李四海是不是汉奸的问题，征求全体村民意见，下面，请村民发言。"

村民们交头接耳议论纷纷。

田四儿站起来说："如果张三江、李四海家定为汉奸，这显然不合适啊！他们虽然是地主，家里也雇过长工、短工，可根据他们在抗日期间的表现，应该定性为开明绅士，不该划为汉奸啊。"

张三江和李四海都站起来说:"田四儿说得对啊!""我们两家变卖了家产支援抗日,我们不是汉奸哪!"

很多村民都说:"是啊,他们两家支援过抗日武装,这是大家都知道的事,他们不是汉奸啊!"

人声沸沸扬扬。

那位工作队员大声地说:"不要吵闹!"对田四儿说:"你是田四儿同志吧?!我知道你和李四海是亲属!田四儿同志,在他们是不是汉奸的问题上,你要带头站稳立场!"

田四儿用目光直对着那位工作队员:"我是李四海的亲属不假!替他们说句实情话,不能算我立场有问题吧?"

那位工作队员说:"田四儿同志,我们知道你抗日有功!可你不能居功自傲,影响工作队给村里汉奸定性的工作!"

田四儿不服气,气冲冲地说:"什么?你们让村民发表意见,我说句实话,就影响你们的工作了?"

那位工作队员:"田四儿同志,现在请你回避一下!离开会场!"

田四儿急了:"凭什么?我要偏不走呢?!"

人们都对田四儿投来同情的目光。

有两名工作队模样的人,走上前来,刚要动手拽他,田四儿两手轻轻一推,那两个人趔趔趄趄地被推开。

众人一阵哄笑!

那位工作队员大喊一声:"大家不要笑!"同时,拔出了腰间的手枪,啪地拍在桌子上,大声喝道:"田四儿!你不能再闹下去!如果不听,我们要对你执行纪律!"

田四儿一甩手,一柄飞刀从手中飞出:"送你张东西看看!"一只带着纸条的飞刀,啪地插在那位工作队员面前的木桌上。

那位工作队员有些吃惊,拿起纸张一看,看毕,一脸惊异:"你你你,你现在是县里锄奸工作大队的大队长?对不住了,田大队长!我还以为你已经是解甲归田的小白人了!"

田四儿说:"你说我是小白人也好,叫我田大队长也罢。定谁是不是汉奸,这是一项很严肃的政治工作。我今天就是听说哑巴河村在全县第一个要划定是否有汉奸,特意从县里赶回来的!"

那位工作队员:"田大队长您说的是!"

田四儿:"不能疏忽,不能出现错误!"

那位工作队员:"是的,我们知道了!"

田四儿:"从现在起,对各村各户都要认真把握政策!几年前,为了帮助咱们抗日武装打下康家大院和消灭县里的日本鬼子,李四海和张三江家都先后捐出了不少钱财,这些钱财帮我们武装支队做了不少事儿。那我们得实事求是地对待人家才对啊,只有这样,才能平定村里的民心,对历史有个合理的交代呀。所以呀,我请工作队的同志们认真了解他们的情况,给他们做一个合理的结论!"

那位工作队员说:"请田大队长放心,我们一定认真核定,合理审定他们的身份!"

田四儿眯着眼睛笑了:"对喽,这就对喽!代表人民政府办事儿,就得最讲认真!"

(字幕:十年以后)

49. 哑巴河村

田四儿家门口。

鞭炮噼啪，唢呐声声。

门上、窗上都贴上了大红喜字！

一顶花轿停在门口，走下来了蒙着盖头的新娘小辫子。

田四儿和二翠显然都变老了，他们的额头已生出些许白发，胸前都佩有小红花，在门口迎接前来贺喜的人！

田四儿递着烟卷："烟不好，抽一支，哈德门！"

二翠划着火柴，给一位接烟的小伙子点着火。

接烟的人："田四爷，你和小辫子妈是两口子，你们家小趟子又娶了小辫子，两代结亲啊！恭喜恭喜啊！"

田四儿和二翠笑呵呵地点着头。

小趟子一身新郎装束，拉着红绸带，笑模滋儿地往屋子里走！

有乡亲说："都新社会了，新娘子还遮遮盖盖地干啥？叫小趟子赶快把盖头掀开，大家伙都想看看小辫子这个新娘子，打扮起来是个啥样子呢！"

有人起哄："对，掀开掀开，把盖头掀开！"

小辫子咯咯笑着，一低头，盖头，滑落了！

哦，一张好漂亮的脸颊，乌眉亮眼、喜气洋洋、穿着红衣的小辫子啊！

众人一片喝彩声！

屋外，摆好了许多张桌子，桌子上有菜肴碗筷、酒杯。熙熙攘攘的人群。

一张面板前，田四儿在娴熟地抻着面条，二翠在揉面。

突然，铁匠铺那位小孟子端着两只酒杯，来到田四面前。

田四儿一愣，继而笑道："哟，小孟子！怎么是你？从天上掉下来的？"

穿着一身制服的小孟子笑着说："在邻乡参加土改工作队呢，听说你家办喜事，特意前来祝贺！"说着，把手里一杯酒递给田四儿。

田四儿满面笑容地接过酒杯，说："哎呀，老哥们见面了，真想你们啊！小孟子，一会儿我忙活完，咱哥俩得好好喝喝！这杯我先干了！"说完，一饮而尽。

小孟子举杯："干喽！"

田四儿杯酒下肚，突然身子抖得厉害，嘴角蓦然溢出鲜血来。

眼前的那个小孟子阴阴一笑，既而喊道："哟，快来人，看田师傅刚才哈哈一笑，就这样了！"

田四儿的主观视角，眼前的一切都红化了。

他颓然倒地："小孟子，你……"

美丽而凄婉的女声无词哼鸣。

红化画面转黑，少顷，出现字幕：

田四儿去世以后，经过组织调查，查明真凶，小孟子（康六子）被就地正法。

田四爷真名叫田文茹，他娘怀他时，算命先生说：生出个女孩儿会大富大贵，生出个男孩儿会有血光之灾。他出生后，爹就给他起了个女孩儿的名字，说是好养活。可是，他没死在日本鬼子的屠刀下，却死在了汉奸的手里。

婆婆妈妈

1. 酒店的包厢内，夜

"嘭"——十多只酒杯响亮地碰在一起。

乔大壮——一个微胖的男子，手里擎着杯，扯开嗓门嚷着："老同学聚会，都得干啊！谁干，谁是爹；谁不干，谁是儿子！"

丁小山："我干啦，我是爹啦，哈……"

"干，干啊！"有好几位也跟着起哄。

杨晓春扭脸看看坐在身边的妻子方静。

方静微微摇头。

杨晓春顺从地放下酒杯。

乔大壮："哎哎哎，晓春，你怎么不喝！"

杨晓春笑眯眯地："我开车。"

"你小子别耍滑！"丁小山的脸有点儿消瘦，他指指方静，"开车，有嫂子呢！"

方静忙替丈夫打掩护："他喝酒过敏。"

"过什么敏啊！"丁小山笑道，"念书的时候，他一斤的量！娶了你，就过敏啦？！"

众哄然而笑。

一个叫柳瑛的女同学笑着为杨晓春和方静解围："行啦，行啦。喝酒伤肝儿，喝不下你们不能逼人家硬喝！"

"那可不行！"乔大壮对杨晓春，"喝喝喝，你得喝！"他一指方静，"想当年，你小子是'卖油郎独占花魁'，把咱们班花给变成嫂子了。你不喝，绝对说不过去！"

方静扑哧乐了："你们这帮坏蛋！我成了嫂子，跟喝酒有什么关系？"

"有关系啊，关系大去啦！"丁小山抢过话头，"他对我们暗恋你的男同学造成了心理伤害。这问题很严重，知道不？他需要向我们赔礼道歉，知道不？"

方静笑吟吟地调侃道："你们可别逗了，还'暗恋'，我怎么不知道！"

乔大壮："暗恋，就是偷着恋。让你知道那就是明恋了，还叫'暗恋'吗！"

众笑。

方静挥挥手，笑吟吟地："行啦行啦。酒这玩意儿，不是什么好东西。老同学聚会，图个乐呵，不许逼酒。"

"那不行。"丁小山不依不饶地，"晓春，谁不喝，你小子也得喝。我们不能眼看着你娶了班花，就堕落成'妻管严'啊！"

众又笑。

这时，乔大壮一脸郑重地对杨晓春说："晓春啊，我跟你说明白，干了这杯酒，你是我爹；不干，你可就是我儿子啦！"他转向方静，调侃地，"嫂子啊，你是乐意给我当妈，还是乐意给我当儿媳妇啊？"

方静亲昵瞪他一眼："满嘴醉话！满嘴胡话！满嘴疯话！"

一个叫郝翠芳的女同学说："方静，你就让晓春喝了吧；不喝，这帮小子饶不了他！"

杨晓春为难地看着方静。

方静微微颔首。

杨晓春这才会意地端起酒杯，一仰脖儿干了。
"好！"大伙儿起哄。
乔大壮哈哈笑道："这就叫——老婆一点头，酒量大如牛！"
丁小山也说："热烈祝贺我们老同学杨晓春勇敢地冲出了怕老婆的怪圈儿！"
众大笑。
方静和杨晓春也跟着笑……

2. 方静家客厅，夜
方静的母亲魏金香身穿睡衣从楼上走下来。
她一拉开卫生间的门，忙掩鼻退出，不悦地："谁……这是谁呀？"
无人应声。
身穿工装的方耕田从门外进来，见她满脸不高兴的样子，忙走过来问："怎么了？"
魏金香皱着眉："大便，不冲厕所！"
方耕田忙用手一指对面房间，压低着声音："嘘——你小点儿声！"
魏金香明显压低了声音说："你进去闻闻，差点儿没把我给熏死！"

3. 杨母屋内，夜
方静的婆婆杨母正用红纸为孙女蕊蕊剪着一只大公鸡，听到客厅里有人说话，忙推门看看，然后扭头："蕊蕊，我看你姥姥好像生气了。快，快去哄哄你姥姥！"
"哎！"蕊蕊听话地跑出去。

4. 客厅里，夜
蕊蕊跑到魏金香身边，仰起小脸："姥姥，谁惹你生气了？"
杨母站在屋门口，关切地望着。
"嫂子，还没睡啊？"魏金香笑盈盈地跟杨母打招呼，然后对蕊蕊说："还有谁？你姥爷！"
蕊蕊："姥爷，您犯什么错误了？"
魏金香看杨母一眼，说："你姥爷不讲卫生，拉屎不冲厕所！"
杨母一听，满脸通红地："没冲……厕所？哎呀，那……是不是我呀！"
"没关系，是谁都没关系。"方耕田忙为亲家母搭台阶。
魏金香一听，笑了："哈，老嫂子，是你呀！你刚来，不懂，没事儿的。我们剧团也常下乡，到了村子里，连我们这些当演员的也照样是田间地头随便拉尿，拉完尿完起身就走，还唱'天当被，地当床，广阔天地当茅房'，哈……那种生活特逗！可……咱这就不行了。咱这卫生间，用完得冲。"
"哎，哎……"杨母连声应着，一脸的尴尬。
魏金香笑盈盈地："嫂子啊，您也忙活一天了，快洗洗睡吧。"说完，转身朝楼上走去。
杨母木然伫立。
蕊蕊看看奶奶，转身跑向卫生间，"哗"地扭动水箱龙头，探出头说："奶奶，我替您冲啦！"
"没关系，一丁点儿都没关系的。"方耕田连声说，"忘冲了，冲一下不就结了！"
魏金香在楼梯上回过身，笑对杨母："哈，嫂子啊，小事儿一桩。您可千万别往心里去。洗洗，睡吧！"

杨母怔怔地站在那儿，有点儿手足无措。

5. 酒店包厢内，夜
乔大壮又一次举起酒杯："人常说，这老同学聚会，毕业5年，结婚的一桌，没结婚的一桌。"

丁小山抢说："毕业15年，原配的一桌，二婚的一桌。"

方静笑道："下面还有呢，毕业25年，有钱的一桌，没钱的一桌；毕业35年，退休的一桌，没退休的一桌；毕业45年，有牙的一桌，没牙的一桌；毕业55年，自己来的一桌，扶着来的一桌……"她指着乔大壮和丁小山，"来，让我们大伙都看看，你们俩小子有牙，还是没牙？哈……"

乔大壮调皮地张开嘴，龇着牙："看，有牙。咱不怕看！"

众笑。

丁小山举起杯："眼下，趁咱们还年轻，还有牙，还能跑能跳，喝呀，一醉方休！晓春，来——"

杨晓春摇头，舌根发硬地："不行，我……实在喝不动啦！"

乔大壮："喝不动也得喝！"他瞥一眼方静，调皮地一笑，然后对杨晓春，"我跟你说，这杯酒……谁不喝……谁死老丈母娘！"

众笑。

方静闻言，却微嗔地皱起眉头："你小子说啥呢？狗嘴吐不出象牙！"

郝翠芳也跟着说："就是，这词儿可不好！"

柳瑛也说："这不是咒老人吗？逼酒不能这么逼！"

方静对乔大壮："你看，女同胞们集体抗议了吧？说是说，笑是笑，咒长辈可不行！"

乔大壮一指杨晓春："怕咒，你就让他喝呀。他喝了，不是就不死老丈母娘了。"

柳瑛瞪了他一眼："又满嘴喷粪！"

方静不高兴地瞪了他一眼，然后转对杨晓春："都是老同学，让你喝，你就喝吧！"

杨晓春苦着脸："不行，我实在喝不下了。"

方静一把抓过酒杯，对杨晓春："痛快点儿！你一个大男人……"她把酒杯逼近他的唇边。

"喝！喝！喝……"丁小山领头拍着巴掌起哄。

杨晓春摇头，躲闪。

方静死死抓住他，硬把满杯酒灌了进去。

众人鼓掌，起哄。

杨晓春却扑的一口，把酒全喷在了桌子上。

方静一见，顿时满脸愠怒。

她"砰"的一声把手中的杯子狠狠砸在桌子上，转身就走。

众愕然，哑然。

杨晓春愣怔片刻，慌忙追了出去。

6. 酒店大厅的楼梯上，夜
杨晓春追上了方静，紧紧拉住她。

方静猛地甩开他的手："你闪开！"

杨晓春："都是老同学，开句玩笑，你急什么呀！"

方静:"玩笑有这么开的吗?再说了,他既然那么说了,你倒是痛痛快快地把酒喝了呀!可你……偏不喝,怎么让你喝你都不喝!你……这不是纯心让我堵心吗!"
杨晓春一脸无辜地:"我……真的是喝顶脖儿了,再喝就吐啦!"
方静:"我不信!他这是说死老丈母娘,要是说死婆婆,我看你喝不喝?让你再干一瓶你都会连眼也不眨一下!"说完,疾走。
杨晓春满腹委屈地:"方静,你……"

7. 方静小汽车的内外,夜
方静的车已发动。
杨晓春从门内追出,一把拉开车门,钻进去。
方静厉声地:"下去!"
杨晓春不动。
"你下去!"方静冷着脸,愤怒地吼道。
杨晓春仍不动。
方静威胁地:"我让你下去,耳聋了?我倒数五个数,你不下,我就把这车往沟里开!五、四、三、二……"
"别别别,我下,我下。"杨晓春慌忙从车里钻了出去。

8. 酒店门前,夜
方静猛一踩油门,汽车发出低吼,噌地蹿出去。
杨晓春望着远去的汽车,一脸茫然。
老同学们这才陆续走到他的身边。
乔大壮亲昵地拍拍他的肩膀:"唉,坏了,想不到我几句玩笑,就让嫂子把你给遗弃啦!"
丁小山不无感叹地:"女人啊,脸蛋儿越漂亮,脾气越大。要不怎么说'丑妻近地家中宝'呢!"
柳瑛:"行啦,行啦。都把人家方静给气走了,你们还胡说八道!"
乔大壮转过脸:"晓春啊,一会儿回家,怕是得跪搓板了吧?"
杨晓春挺挺胸脯儿,满脸英雄气概地:"笑话!我一个堂堂男子汉,上跪天,下跪地,中间跪父母,凭什么跪她呀!刚才,我是在老同学面前给她留面子;等一会儿回家,你看我怎么拿大耳刮子抡她!"
他吹得有点儿过分,老同学们都哄地笑了。
乔大壮笑眯眯地:"晓春啊,你姓啥啦?"
杨晓春:"姓杨呗!"
乔大壮点头:"还没醉。"
丁小山:"晓春,口字旁,右边加个欠字儿,念啥了?"
杨晓春:"吹呗!"
他话一出口,老同学们又笑了。
他们的笑声,融入了满街绚丽的霓虹和熙熙攘攘的车流……

9. 方静家卫生间内外,夜
一只手伸向了搓衣板。杨晓春蹑手蹑脚地把搓衣板拿起来。
"晓春……"背后突然有人叫他,吓得他一激灵,急转身,遇上的却是母亲关切的目光。
　　杨晓春："妈，您怎么还没睡？"
　　杨母："儿子，这深更半夜的，你还洗什么呀？"
　　杨晓春忙说："洗袜子，袜子。"
　　杨母："妈给你洗吧。"
　　杨晓春强笑道："不用。妈，我接您来，是让您来享福的，可不是让您来洗袜子的。"
　　杨母摇摇头："这福，妈怕是享不了，住不惯。"
　　杨晓春："妈，您刚来。住长了，就好了。"
　　杨母叹口气："刚才，妈丢人现眼啦！"
　　杨晓春一愣："怎么了？"
　　杨母警觉地朝方静屋门和魏金花住的楼上看了一眼，然后把杨晓春一拽："你来！"

10. 杨母屋内，夜

　　蕊蕊从被窝里探出个小脑袋，瞪大眼睛看着门。
　　见杨母拉杨晓春进屋，她从被窝里爬起来。
　　杨母、杨晓春进屋。
　　杨晓春："妈，怎么了？"
　　杨母沮丧地："妈老了，不中用了。"
　　杨晓春着急地："妈，到底怎么了？"
　　杨母摇头不语。
　　蕊蕊："没怎么，就是奶奶上厕所，忘了冲水。"
　　杨晓春龇牙一乐："咳，那算什么事！"
　　杨母沉重地摇头："你丈母娘，挺不高兴。妈跟你说，这楼，妈还真的住不惯！"
　　"杨晓春，杨晓春……"这时候，从对面屋内传来方静的喊声。杨晓春忙不迭地应道："哎，哎！"他慌慌地走了。
　　杨母心事重重地呆坐到床边。
　　蕊蕊："奶奶，您别生气了。"
　　杨母爱抚地摸摸她的脑袋，沉默了。

11. 方静屋内，夜

　　方静身穿睡衣，雍容华贵地靠床头坐着。
　　杨晓春手拎搓板，谦卑地从门外进来。
　　方静横了他一眼："绕地球走了一圈儿，还是怎么的？取个搓板儿，用这么长时间！"
　　杨晓春满脸赔笑地："我……跟咱妈说了几句话。"
　　方静立刻警觉地："你是不是又跑到我妈面前告我状去了？"
　　杨晓春："不是你妈，是我妈。"
　　方静扭过脸，不理他了。
　　杨晓春讨好地："媳妇，千错万错，都是我的错。今天这搓板儿咱就别跪了，行不？"
　　方静既不看他，也不理他。
　　杨晓春往她身边凑凑："老话说，男人膝下有黄金，咱不能动不动就罚跪呀！"

方静拿眼睛盯着他的膝盖:"黄金?在哪儿呢?多少K的?我怎么没看见!"
杨晓春笑笑:"比喻。"
方静:"我倒数五个数,你不跪,我就把你妈我妈都叫来,让她们评理!五、四、三、二……"
"别别别……"杨晓春慌忙放下搓板,跪上去,"深更半夜的,千万别惊动老人。"
方静俯视着他,用审讯的口吻:"你说,今天他们连那种话都说出来了,你为什么还硬是不喝?你是不是想咒我妈!"
杨晓春:"不是,真不是。我真是喝到份儿啦,撒谎,天打五雷轰!"

12. 方静屋外,夜
一双赤脚从楼梯上走下。
这是魏金香。她穿着睡衣,蹑手蹑脚地朝方静门边走去。
她朝屋内侧耳倾听……

13. 方静屋内,夜
方静居高临下地:"我让你喝酒,你就是不喝,喝了还吐出来,是对是错?"
杨晓春:"错!肯定大错!再说了,方静,我这人,你又不是不知道,浑!错是正常的,不错就不正常了。"
方静忍不住乐了一下:"无耻!"
杨晓春仰起脸,龇着牙,嬉皮笑脸地:"有齿。你看,我二十四颗大板牙,一颗不少!"

14. 方静屋外,夜
正在门外偷听的魏金香忍不住掩口一笑。

15. 方静屋内,夜
方静强憋着不笑:"你别跟我贫,我没心思跟你逗乐!"
杨晓春:"我不是贫,不是逗乐,我说的是真话。方静,肉有五花三层,人有三六九等;没有鱼虾鳖蟹,哪儿来的花花世界?你看咱们那些老同学,开出租的开出租,做买卖的做买卖,平时说说笑笑的都随便惯了,你不能拿咱俩的标准要求他们呀!"
方静:"还咱俩的标准!你什么标准?不就是一个园林工人吗!"
杨晓春:"园林工人怎么了?美化大自然、净化空气的人是谁?是你老公我!媳妇,你知道你的皮肤为啥这么水灵吗?军功章上有你的一小半儿,有我的一多半儿啊!"

16. 方静屋外,夜
魏金香忍不住又是掩口一笑。
她伸出手,悄悄推门,想往里面偷觑。

17. 方静屋内,夜
门吱的一声。
方静倏地扭过脸。
杨晓春也扭过脸。
从咧开的门缝儿中,露出了魏金香的眼睛。

杨晓春倏地从地上爬起来。
魏金香见状，索性大大方方地把门推开。
杨晓春像见了救星似的："妈，您坐，您坐。"
魏金香却含蓄地一笑："不啦，哈……你们忙，你们忙。"一转身，关门走了。
杨晓春满脸通红地："完了，让你妈看见了！"
方静眼睛一瞪："谁妈？"
杨晓春忙改口："咱妈！"
方静又故意板起脸，指了指搓板，然后手掌朝下压了压，示意他再跪下。
杨晓春一脸苦涩地："媳妇，还跪呀……"

18. 二楼，魏金香屋内，夜

方耕田正靠在床头看书，魏金香弓着腰，从门外笑眯眯地钻进来。她凑到方耕田身边，嘿嘿笑着，小声说："老方，你那宝贝女儿又发威啦！"
方耕田一愣，扭过脸："跟晓春吵架了？"
"没，"魏金香笑道，"你姑爷没那胆子！他……嘿嘿……又在那儿下跪呢！咱闺女，端坐在床上，像个高傲的公主！"
方耕田瞪她一眼，责怪地："都是你惯的！你没听人家说吗？一个好男人，得让自己的女人有胆子；一个好女人，得让自己的男人有面子。动不动就罚跪，像什么话！"
魏金香下地："你这话我可不赞成。老虎不发威，那就是病猫一个！"
方耕田着急地："咱亲家母刚来，这要是让她看见方静罚她儿子下跪，那……"
魏金香："那有什么！你忘了，咱俩刚结婚时，你下跪，不是也让你妈看见过吗？那有什么？没什么呀！"
方耕田语塞地："你……"
魏金香扑到他身边，咯咯地笑出声来。

19. 杨母屋内，夜

杨母心神不宁地坐在床上。
她转身拍拍蕊蕊："蕊蕊……"
蕊蕊从被窝里爬坐起来："奶奶，有事吗？"
杨母小声地："你过去偷着看看，你爸和你妈是不是还在闹别扭。"
"哎！"蕊蕊像条小泥鳅，嗖地从被窝儿里钻出去。

20. 魏金香屋内，夜

一把茶壶，一只手，正往杯子里倒水。
这是方耕田。他沉重地摇头："你们这么做，不好。"
魏金香双手抱腿坐在床上："那你说怎么做好？让咱方静吃亏就好？你什么人呢！这世界上还有你这样当爸爸的！"
方耕田叹道："唉，真是一棵树结的果子也有酸有甜。你说咱方洁和方静这俩闺女，是一个妈生出来的，性格咋就那么不一样呢？老大一天到晚总是笑眯眯的，这老二呢，名叫方静，一点儿不静。不说话还好，一张口先筋鼻子后瞪眼。她俩，真不像双胞胎。我看方静这丫头随你！"
魏金香娇嗔地沉下脸："随我怎么了？"
方耕田："一身缺点，比天上的星星都多！"

魏金香揶揄道:"那我可就真不明白了,既然我一身缺点,那你当年追我为什么还追得那么来劲儿?"

方耕田傻笑道:"嘿……那时候,我光顾了看你的优点了。你的优点就像太阳,那太阳一出来呀,哇,晃眼,让我就看不见星星了。唉,鼠目寸光啊,上当了。"

魏金香强忍着不笑:"觉得亏了?"

方耕田:"亏,太亏了。我这辈子,亏大啦!"

魏金香不屑地:"喊,就凭我,吕剧团的当家花旦,好歹也算名角儿,嫁给你个傻大个儿,我不嫌亏,你倒嫌亏了?!"

方耕田一本正经地:"当然亏了。这婚姻法规定,咱们国家实行一夫一妻制。啥意思?就是说……我们男人,可以娶一个夫人,外加一个妻子,要不咋叫'一夫一妻'呢!"他端着水,走回魏金香身边,"你说我这辈子,就娶了你这么一个,还终身制了!你说,你实事求是地说,你老公我是不是亏大了?"

魏金香笑眯眯地一撇嘴儿,夸张地长叹道:"唉,要这么说,我更亏。男怕入错行,女怕嫁错郎。我这辈子,你说怎么就嫁了你?一朵鲜花,插在了牛屎上!"

方耕田亲昵地凑近她:"来,让我看看,是鲜花吗?我怎么看着像毒草哩!"

魏金香把杯子放到床头柜上,然后摆了一个造型:"当然鲜花啦!"

方耕田嘿嘿笑着:"你别说,我媳妇还真是鲜花!你看,唇红齿白、眉清目秀;不高不矮,不胖不瘦;有模有样儿,有骨头有肉!啧啧……"他不无夸张地赞叹着。

魏金香让他给逗得咯咯笑出声来。她边笑,边扑过去亲昵地捶打着他:"你这个大坏蛋,老不正经……"

"嘘!"方耕田慌忙制止她,"小点儿声,别让亲家母听见。"

21. 杨母屋内,夜

蕊蕊像条小泥鳅,嚓地钻进屋里来。

杨母急问:"怎么样?"

蕊蕊笑嘻嘻地:"奶奶,您放心吧。我爸和我妈,在那边演上韩国电影了!"

杨母不懂:"哦?"

蕊蕊夸张地做了个拥抱接吻的动作,嘴里还啪的一声。

"唉……"杨母想笑,却没笑出来。

22. 华严世界,晨

在炫目的晨曦映衬下,喷泉形成美丽的霓虹。

巨大的莲花瓣在美妙的音乐声中缓缓张开,药师佛缓缓升起。

远远望去,山顶的大佛慈祥而庄严……

23. 方静家餐厅,晨

一双筷子夹菜。

杨母满眼慈爱地看着蕊蕊:"来,宝贝儿,吃块腊肠。"

方静与魏金香迅疾地对视。

方静忙笑着说:"妈,您吃,让她自己夹。"

魏金香:"对,小孩子,不能惯。"

蕊蕊夹起那块腊肠要往嘴里送。

魏金香忙捅了一下方静。

方静急拦住："蕊蕊，咱不吃，不吃。"
杨母不禁一愣。
魏金香笑着说："嫂子，腊肠有添加剂，咱不能给小孩儿吃。"
方耕田见杨母有些尴尬，忙说："孩子不吃，来，我吃！"
杨晓春心里明白，忙抢过去："别别别，爸，还是我吃吧。"他很利索地把那块腊肠夹进自己嘴里。
杨母："不吃肉，那就多吃青菜。"她又夹了一筷子青菜给蕊蕊。
方耕田怕杨母心里不舒服，忙说："奶奶给夹的，蕊蕊吃吧。"
杨晓春看看方静，又看看魏金香，也说："对，吃吧。蕊蕊，谢谢奶奶。"
方静不悦地瞪他一眼。
魏金香没说话，却眉头皱起。
"谢谢奶奶！"蕊蕊仰起小脸说，把菜一股脑地全夹进了嘴里。
魏金香实在看不下去了，猛地把筷子朝桌上砸去——却轻轻地撂下，然后扭头起身走。
方耕田一把拽住她："哎，你……这是怎么了？"同时悄悄给她使眼色，让她坐下来接着吃。
魏金香回过身，强颜作笑："嫂子，你们慢慢吃。我差点儿给忘了，剧团早上有会。这……哈，眼看着就要迟到啦！你们慢慢吃，慢慢吃。"边说，边急匆匆地上楼去了。
杨母无言地望着。
杨晓春赶忙笑吟吟地："妈，吃饭，咱吃饭……"

24．方静家楼下花园旁，晨
一辆红色小轿车的前门被猛然拉开。
魏金香沉着脸，正欲坐进车内，方耕田追过来。
方耕田："唉，你真是的！那是咱亲家母。你无论如何也不能让人家下不来台呀！"
魏金香生气地："用自己的筷子给孩子夹菜，还讲点儿卫生不讲！"
方耕田："她刚来，不懂，慢慢就好了。人家又收拾屋子，又做饭，还帮咱哄孩子……"
魏金香："不是她哄孩子，是孩子哄她。咱蕊蕊，给了她多少快乐！你那个傻姑爷，不单非要把他妈接来，还非得让蕊蕊跟着老太太睡，说是要让他妈享受享受天伦之乐。天伦之乐，就他妈需要，咱俩就不需要了？"
方耕田大度地："嗨，蕊蕊从小就跟咱们在一起。你让她跟奶奶熟悉熟悉，亲热亲热，咱别小心眼儿！"
魏金香："我是怕咱蕊蕊身上爬上虱子！"
方耕田："胡说八道。你以为眼下的农村还是三十年前呢？你看人家晓春他妈，多干净，多利索！"
魏金香夸张地瞪大眼睛："还干净？还利索？干净利索上厕所不冲，干净利索拿自己筷子给孩子夹菜！"

25．方静家餐厅内，晨
一大把筷子"啪"地砸在桌子上。
正收拾桌子的杨母生气地："我给蕊蕊夹菜怎么了？怎么了？！"

杨晓春紧张地压低着声音:"妈,您别急,您小点儿声,您听我说……"
杨母:"我不听,你也别说。"
"妈……"杨晓春满脸焦灼地小声劝她,"现在的孩子,都金贵。这筷子,刚从您嘴里拿出来,就马上又给孩子夹菜,她姥姥她妈不乐意……哈,这不是也可以理解吗!"
杨母理直气壮地:"理什么解!你小时候,我还总嚼馍馍嘴对嘴地喂你哩,怎么了?你缺胳膊了,还是少腿儿了?不也长得挺壮实吗!"
杨晓春刚想说话,一扭脸,忙噤声。
方静给蕊蕊穿戴打扮好了,正从屋里出来。
杨晓春:"嗬,我闺女好漂亮!"
方静对杨晓春:"晓春,还是你去送蕊蕊吧!"
杨晓春:"好咧!"
方静:"妈,那我们走了。"
蕊蕊:"奶奶再见!"
他们一家三口出门去了。
杨母心情很沉重地缓缓坐回了桌边……

26. 离大佛不远处的草坪,日
电动剪草机在轰响,草屑飞溅。
杨晓春身着工装,正在整理草坪。

27. 大佛脚下长长的石阶,日
方洁和另一位女教师安然带一群幼儿园的小朋友沿石阶朝下走。
方洁笑眯眯地:"小朋友们,慢慢走,注意脚下。"
当她们快走到台阶下的时候,听见了杨晓春的喊声:"方洁……"
她扭过脸。
杨晓春走近他。
方洁故意嗔怪地:"方洁是该你叫的吗?叫声姐,就降低你的身份了,是不?"
杨晓春为难地:"你说吧……我比你大好几岁,这姐吧……真有点儿叫不出口!"
方洁:"就算你七老八十了,不也是我妹夫吗?张口方洁,闭口方洁,没大没小!"
杨晓春红着脸:"好好好,我叫你姐,行了吧!"
方洁:"喊我,什么事?"
杨晓春:"我把我妈接来了。"
方洁:"是吗?等我抽出空儿来,去看看伯母。"
杨晓春却满脸难色地:"方洁……啊,不,姐,你抽空儿给方静打个电话呗,劝劝她!"
方洁一愣:"怎么?她对伯母不好?"
杨晓春:"对我妈还行吧,对我不行。"
方洁顿时露出一脸灿烂的笑容:"嗨,你一个大男人,宽容一点儿,大度一点儿呗。我妹妹那人,脾气不好,心眼儿不坏。"
杨晓春:"我能不宽容能不大度吗?可她……越来越蹬鼻子上脸。"
方洁咯咯笑道:"那你就让她上嘛。她上了脸,还能再爬到天上去摘星星啊?"
杨晓春:"可……我也有自尊心。我……不能总拿热脸去贴她的冷屁股吧?"
方洁笑了:"错!两个人的世界,总有一个人闹着,一个人笑着,一个人吵着,一个人哄着，可千万不能赢了道理，输了感情。"

　　杨晓春愣愣地听着。

　　方洁眉宇间含着调皮的微笑，对杨晓春悄声说："我相信，只要你有诚心，我妹的屁股再冷，你也能拿脸把它给焐热乎了！"

　　这时候，女教师安然已经在纵深处组织孩子们排好了队。

　　方洁对杨晓春："祝你成功，拜拜！"一转身，走到孩子们身边，"小朋友们，下面，我们就去参观玉佛殿，好不好啊？"

　　小朋友们高声地："好！"

　　方洁："世上只有妈妈好，唱——"

　　"世上只有妈妈好，有妈的孩子像个宝……"方洁和安然带着孩子们边唱边朝前面走去了。

　　杨晓春摇头，叹气，用力按下了剪草机的电钮。

　　剪草机低声吼叫着，仿佛抒发着他心中的郁闷……

28．气势恢宏的服装车间，日

　　宏大的车间。

　　方静在流水线上细心地巡视，不时停下脚步，检查女工们的工作成果。

　　手机响了，她接电话。

29．古长城上，日

　　方洁打电话："方静，你忙着呢？"

　　纵深处，孩子们正兴高采烈地在古长城的垛口旁围坐成一圈儿，由女教师安然领着他们玩游戏……

30．服装车间内，日

　　方静笑道："上班，还能闲着！"

31．古长城上，日

　　方洁："刚才，我看见晓春了。方静啊，他老母亲这辈子挺不易的。人家刚来，你遇事冷静点儿，把你那臭脾气改改！"

32．服装车间内，日

　　方静压低着声音，笑眯眯地："姐，你少废话！一个女光棍儿，有什么资格教导我？我跟你说，男人像弹簧，看你强不强；你强他就弱，你弱他就强；今天你逼他吃草，明天他就能吃糠；可你这回让他踩凳子，下次他就敢上房……懂吗？这就是男人！这方面，别看你是我姐，可还嫩着哩，得读我一辈子研究生！"说完，把电话挂了。

33．古长城上，日

　　方洁："哎，哎……这人！"她收起手机，苦笑着摇头。

　　她走向孩子们。

34．香水庵门前，日

　　杨晓春依然用电动剪草机整理着草坪。

"晓春！"背后有人喊他。

他趔转身子，不禁愣住了。

杨母挎着小篮子，汗津津地出现在他面前。

杨晓春停下剪草机，惊讶地："妈，您怎么找到这儿来了？"

杨母没说话，从篮子里拿出一副护膝给他。

杨晓春："什么呀？"

杨母："护膝。"

杨晓春扑哧乐了："妈，这大夏天的，您给我买护膝做什么呀？当我有关节炎啊！"

杨母心疼地拍拍他身上的灰，说："你没有关节炎，可你有'妻管严'！"

杨晓春笑道："妈，您太小看您儿子啦！"

杨母："得了吧你，妈不傻。你媳妇怎么待你，妈心里明镜儿似的。"

杨晓春的脸腾地红了："豆芽菜炒两盘儿，两口子打架闹着玩儿！"

杨母沉重地摇头："没那么闹的，还跪搓板儿！"

杨晓春脸更红了，慌忙转移话题，说："哈……妈，您好不容易找到这儿来了。我请个假，带您好好转转，看看我们的大佛、玉佛，还有无梁殿、龙泉寺！"

杨母："不，不转了，我没那心思。妈来，就是跟你说一声，我还得回乡下去。"

杨晓春吃惊地："为什么呀？"

杨母："金窝银窝，不如自己的草窝。还是咱们村儿里好啊，撒泡尿也是撒到自家地头上，不像你们这儿，哗地一冲，跑了，浪费！"

杨晓春："妈，我爸没了。您一个人住在村里，我能放心吗？"边说边走到母亲身边。

杨母又摇头："可你们这儿……我实在住不惯。"

杨晓春哄她："您才来，住长就好了。再说……妈，您走了，就算是不想我，还不想蕊蕊呀？"

杨母不语了。

杨晓春又说："您就算是不想蕊蕊，蕊蕊也得想奶奶呀！"

杨母斩钉截铁地："我把蕊蕊带走！"

杨晓春笑了："妈，您想，这……可能吗！"

杨母沉重地摇头："你丈母娘那人，不好处。"

杨晓春吃惊地："怎么，她又对您不礼貌了？"

杨母没说话，长叹一声，缓缓坐到身边的石阶上。

杨晓春满脸愠怒地："不管是谁，谁对您不好都不行。"

杨母摆手："唉……"

杨晓春蹲到她面前，好言好语地："妈，您就安心住您的。我丈母娘那儿……我去找她谈谈！"

杨母倏地站起身："晓春，你可千万别……"

杨晓春没说话，把手中的割刀机"砰"地丢在地上。

35. 吕剧院排练厅，日

魏金香正对着大镜子练唱：

见驸马双膝跪地仰天叹，

公主我六神无主心难安。

自古来忠臣良将多孝子，

　　　　我岂能不偷御马盗令箭

　　　　助我夫君千里探母闯三关……

　　一个穿练功服的女孩推门探进头来："魏老师，有人找您！"

　　魏金香："谁呀？"

　　女孩笑眯眯地："你们家驸马爷！"

　　"哎！"魏金香应了一声，转身朝外走。

36. 吕剧团院内一棵老槐树下，日

　　杨晓春一脸严肃地站在树下。

　　魏金香走过来："咦？晓春，你怎么来了？"

　　杨晓春沉着脸："妈，我有几句话想跟您说说！"

　　魏金香一愣："唔？"

　　杨晓春："我妈，这辈子不容易。她新来乍到，求您看在您姑爷我的面上，对我妈好点儿。"

　　魏金香不悦地："我对你妈怎么了？"

　　杨晓春："您心里明白。"

　　魏金香愠怒地："我不明白！"

　　"妈……"杨晓春眼里含着泪，"就算我求您了，希望您给我妈个快乐的晚年。"

　　"你……"魏金香气得嘴唇直哆嗦，"你这说的是什么话！你妈快乐的晚年，是我能给的吗！？"

　　"妈……"杨晓春不再说话了。他蹲到地上，竟呜呜地低泣起来。

　　"你……"魏金香急得如笼中困兽，"你这也太不像样子啦……"

37. 铝材厂冷压车间，日

　　巨型的冷压机在运行，宏大的车间好气派！

　　方耕田头戴安全帽，在一旁指挥操作。

　　手机响，他接，满脸惊异地："哦？"

　　他疾步朝车间外走去。

38. 冷压车间外，日

　　那辆我们已经见过的小轿车旁，站着满脸愠色的魏金香。

　　方耕田三步并作两步地跑过来，搭讪道："哟，哪阵风把大明星给刮来啦？驾临生产第一线慰问老公？"

　　魏金香板着脸："别嘻皮笑脸儿的。"

　　方耕田："什么事啊？这么严肃！"

　　魏金香："刚才，你那混蛋姑爷跑我们剧团去了，鼻涕一把眼泪一把的，非要求我给他妈个快乐的晚年！怎么的，我还得打个板儿把他妈给供起来呀！"

　　方耕田朝四周看看，怕别人听见，忙说："息怒，息怒。这些话，咱回家说，行吗？"

　　魏金香："回家怎么说？那么屁大点儿地方，住的人都快赶上联合国啦！"

　　方耕田笑笑："眼下，独生子女们都长大了，都成家立业了。一对小两口儿，养活两对老两口儿——这种倒金字塔形的家庭结构，是挺普遍的社会现象。"他边说边走到魏金香身边，"晓春他爹没了，他不养活他妈，你说谁养活？"

魏金香："唉，不是一家人，不进一家门。她这一来，我左也不是，右也不是，浑身不舒坦。实话当你说，咱楼上楼下，就那么一个厕所。我只要瞅见她进了，一个钟头之内宁肯憋着都不愿再进去。"
　　方耕田："嗨，各人过各人的日子，井水不犯河水。"
　　魏金香："我这井水肯定不犯她的河水，可她那河水却总要犯我的井水呀！"她一头扎进车里，"砰"地关上车门，"真逗，还跑她儿子那儿告我状去了！"
　　方耕田："告什么状！心里不痛快，跟儿子叨咕两句还不行？你想让人家憋死啊！我看嫂子那人，又勤快又实在，挺好相处的。"
　　魏金香瞪大眼睛："还好相处？你别看她是个乡下人，可鬼得很！蚊子从她眼前飞一下，她都能分出公母。"
　　方耕田笑道："你们这些搞艺术的，都忒能夸张！"
　　魏金香狠狠瞪他一眼："叛徒！你里外不分！"她想摇上窗玻璃，可摇了一半又停下了，"我跟你说，我这就带蕊蕊上咱妈那儿去。我回避行了吧？"说完，把窗玻璃摇上。
　　方耕田连连拍着车窗："哎，哎，哎……"
　　可那小车，却嗖地开走了。
　　方耕田远远望着，满脸都是焦灼……

39. 通往魏金贵山林小饭店的路上，日
　　魏金香的小车在绿树葱茏中驶来。
　　魏金香边开车边回眸："蕊蕊，到了太姥那儿，要听舅姥爷和舅姥姥的话。我让你太姥好好教你几段唱。"
　　坐在侧后座的蕊蕊噘着嘴："我爸让我在家陪奶奶！"
　　魏金香："奶奶是大人，不用你陪。这个假期，你要好好学戏，咱们得上星光大道。"
　　蕊蕊："姥姥，我在家不是也照样跟您学戏吗？还可以陪奶奶。"
　　魏金香："奶奶，奶奶，又是奶奶！你就不想太姥？你太姥，当年那可是大名角儿。我学戏，还是你太姥帮我打的底子！"

40. 山林中，日
　　空山响流泉。
　　72岁的魏母，鹤发童颜，正伫立于一块巨大的卧石之上，唱着《穆桂英挂帅》中的选段：

　　　　　猛听得金鼓响画角声震，
　　　　　唤起我破天门壮志凌云……

41. 魏金贵的山林小饭店，山谷东侧，日
　　在魏母的演唱声中，我们看到了这个别有洞天的小饭店。它的灶房和餐厅间夹着一道狭长的山谷，有条铁索飞跨两边，用来运菜运饭。
　　憨厚的魏金贵把一只小篮子沿长长的铁索往山谷的那边用力荡过去，高声喊道："过去喽……"

42. 山谷西侧，日
　　他媳妇孙萍应道："好咧！"

小篮子飞速地滑过来，孙萍麻利地接住。

43．山谷东侧，日
魏金贵喊道："菜齐啦！"

44．山谷西侧，日
孙萍从小篮子中取出几盘炒菜，转身刚要走，魏金香的车嘎地停在她身边。
魏金香和蕊蕊下车。
孙萍高兴地扭头朝山谷东侧喊："金贵，姐和蕊蕊来啦！"

45．山谷东侧，日
魏金贵扯开嗓门儿："姐，蕊蕊……"

46．山林中，日
魏母仍在唱着：

想当年桃花马上威风凛凛……

47．弯曲的林间小路，日
曲径通幽。
魏金香牵着蕊蕊一路走来。
林梢上，飘着魏母的演唱声：

敌血飞溅石榴裙……

魏金香："听，你太姥这嗓子，多豁亮！"

48．山林中的卧石上，日
魏母仍忘情地唱着——

有生之日责当尽，
寸土怎能属于他人……

"妈——"魏金香和蕊蕊来到她身后。
"哟，我们宝贝儿来啦！"魏母回眸，兴奋地抱起蕊蕊狂亲。
魏金香忙说："妈，您慢点儿，闪了腰哇！"
魏母朗声笑着。她发自心底的笑声，深深地感染了身边的花草树木和深山翠谷，连那些不知名的鸟儿们也都更加无拘无束地唱了起来……

49．方静家客厅，夜
"砰——"一只茶杯狠狠地砸在地上。
杨晓春怯怯地："方静，你……"
方静不说话，只是怒对杨晓春。
杨母慌慌地推开门，惊怔地看着，问："你们……这是怎么了？"
方静忙走过去，柔声细语地："妈，您进屋。我们俩的事，跟您没关系。"她把杨母轻轻地推进了屋，顺手把门关上，然后转身走向杨晓春："我问你，你凭什么去找我妈谈话？"

杨晓春："我没谈话,我就是说了说情况。"
　　方静："你把我妈气走了,你负什么责任!"
　　杨母不放心地重新推开门,忧心忡忡地望着他们。
　　杨晓春忙走到母亲身边,轻声说："妈,您进屋。我们俩的事,您别跟着操心……"
　　杨母："你们这么闹,我能不操心吗!"她拿起笤帚和塑料撮子,小心地打扫地上的茶杯碎片。
　　方耕田从楼上探出头,正色道："方静,你懂不懂事?你婆婆刚来,别让她为你们着急上火!"
　　方静："爸,我们一有点儿矛盾,你就出来镇压我。这杨晓春,纯粹是被你惯坏的!"
　　方耕田："叫我说,你才是被我惯坏的!"
　　方静："哎呀,爸,你少说两句吧。回屋,回屋去!"
　　方耕田一拧脖子："我偏不回!这家里户口本上的第一页,是我,不是你!"
　　方静转对杨晓春："爸不回屋,你回!"
　　杨晓春看一眼母亲,像个俘虏似的,乖乖地进屋去了。
　　"妈,那我们就先回屋了。"方静很礼貌地向杨母打了个招呼,然后不无得意地瞥了一眼方耕田,走了。
　　方耕田笑对杨母："嫂子啊,你别担心。小两口儿拌几句嘴是正常事儿。回屋,安心睡觉吧。"
　　杨母站那儿没动。她的脸上和眼中,让忧虑与愁苦给占满了……

　　50. 方静屋内,夜
　　"媳妇,你听我说……"杨晓春走到方静面前,忙不迭地向她解释。
　　方静坐在椅子上,满脸愠怒地："你闭嘴,你什么都不要说。我正式通知你,从现在起,凡是从你嘴里说出来的话,我连标点儿符号都不信!"
　　杨晓春顿时无语了。
　　方静瞪他一眼："这日子没法过了,离婚吧!"
　　杨晓春头摇得像拨浪鼓："不离,我坚决不离。"
　　方静："凭什么?"
　　杨晓春蹲到方静对面："你没看网上说吗?离婚,我得删去你的手机号码吧?得取消你的微博关注吧?得拉黑你的QQ号儿吧?还得更改保险柜密码吧?媳妇,我……我嫌麻烦,我懒得离!"
　　方静强忍着不笑："你这么说话,不觉得脸皮太厚吗!"扭过脸不看他。
　　杨晓春起身,跑到她对面："我从打开始追你,这脸皮压根儿就没薄过。我心里明白,喜欢你的人很多,不缺我一个;可我喜欢的人太少,除去你,没了!你说咱俩这要是离了,我上哪儿找媳妇去?我总不能打一辈子光棍儿吧?"
　　方静差点儿笑出声来。
　　她忙扭过脸,尽量不让他瞧见……

　　51. 方静家卫生间,夜
　　杨母轻轻拉开卫生间的门,瞧见搓板儿还在,心里略略有些宽慰。她忙把搓衣板儿夹在自己腋下,警觉地朝外面看看,然后迅疾地朝自己住的屋子走去。

52. 杨母屋内，夜

杨母像小偷似的溜进屋，选了好几个地方都觉得不合适，最后将搓板儿藏在了床下。

53. 方静屋内，夜

方静躺在床上。

杨晓春小心翼翼地陪坐在床边。

"媳妇，"杨晓春柔声细语地，"千错万错，都是我的错。我不该去找咱妈谈话，不该把咱妈气走。我是混蛋，行了吧？"

方静盯着他："你真知道错了？"

杨晓春："知道了，一定痛改前非。要不……我跪搓板儿？"

方静娇嗔地瞪他一眼："你烦不烦啊？赔礼道歉就会老一套？连个新花样儿都想不出来？"

"新花样儿？那有。"杨晓春说着，俯身在她脚丫子上重重亲了一口。

方静扑哧乐了，坐起身，"啪"地给了他一巴掌，"癞皮！"

杨晓春嘿嘿笑着，自嘲地："媳妇，你在'癞皮'两字儿后面，是不是还落了个'狗'字儿啊？"

方静一听，乐得几乎喘不过气来。

杨晓春见她高兴起来，自己也有些释然了。

方静乐够了，坐起身，温情脉脉地揽过杨晓春："老公，实在对不起啊！我这人，脾气不好。每次吵架，都是你让着我。"

杨晓春："好狗不跟鸡斗，好男不跟女斗。"

方静微微沉下脸："你说什么？"

杨晓春忙笑着改口："不，我的意思是说，逗号儿；有点儿脾气那叫有性格，逗号儿；就算你是一只刺猬一棵仙人掌，逗号儿；浑身是刺儿，逗号儿；我也要忍着疼痛热烈地拥抱你！惊叹号。"

方静深情地注视着他，说："老公，你这话，说得真让人心里暖和。我越来越发现，你不单性格好，还老有才啦！"

杨晓春笑道："你刚才不是还说，凡是我说的话，你连标点符号儿都不信吗？"

方静真诚地："我这人，生气时说的话，就跟你们喝酒时说的醉话一样，你千万别当真。"

她把杨晓春拉得更近一些，与他亲热地相拥……

54. 杨母屋内，夜

杨母呆呆地坐在床边，内心充满焦灼、忧愁。

门开了，杨晓春笑眯眯地走进来。

杨晓春："妈，还没睡？"

杨母急问："你媳妇还跟你怄气？"

杨晓春脸上闪耀着胜利的光芒："早搞定了。"

杨母："妈知道，你今天护膝没用上。那……你是怎么搞定的呀？"

杨晓春："嗨，妈，您太小看您儿子啦。凭我，一个七尺男儿，搞定自己媳妇，还不是分分钟的事！"

杨母没说话，只是摇头，叹气。

杨晓春端水给母亲。

杨母摇手表示不要。
杨晓春宽慰她："妈，您就放宽心。打出的媳妇揉出的面，我胳膊粗力气大，能怕她吗！"
杨母："你自己皮肉不受苦，就好。"
杨晓春笑吟吟地："您啊，放心睡吧。"
杨母："儿子，算妈求你了。明天，放妈回去。这样的日子，妈实在受不了。"
"不行。"杨晓春猛地把水杯蹾在桌子上，斩钉截铁地，"您只要前脚走，我后脚就离婚！"
杨母颤着声说："胡说八道。咱都有蕊蕊了，那孩子多稀罕人啊，哪能说离婚就离婚呢！"
杨晓春："妈，您要是想让我们过安生日子，您就安心在这儿住下去。"
杨母不说话了。
这时，方静端着一盘西瓜笑眯眯地跨进门来。
杨母微微一愣。
"妈，"方静亲昵地坐到她身边，"这瓜是我下班买的，特甜。您尝尝——"
杨母忙说："你们吃吧，我不吃。"
方静乐呵呵地："妈，我跟晓春争一争吵一吵，您老可千万别当回事。他这人，驴脾气，好心肠，犯了错也知道认错知道改。您放心，我会正确对待的。"
杨晓春急得连连给她递眼色。
方静拿手一戳他的额头："你别跟我挤眉弄眼儿的。这是咱妈，犯得着跟咱妈也玩虚的玩假的吗！"
杨晓春闹了个大红脸。
杨母只好笑着说："好，好，只要你们俩好好过日子，我就放心。"

55. 幼儿园院子里，晨
方洁正领着一群孩子练习舞蹈。
她舞姿很美。
杨晓春出现在门口，朝方洁勾手指头。
方洁瞧见，朝他走过去。

56. 幼儿园门外，晨
杨晓春和方洁一起从门内出来。
方洁笑盈盈地："怎么，方静又跟你吵架了？"
杨晓春："不是方静跟我吵架，是让我把咱妈给气走了。"
方洁一愣："哦？"
杨晓春："昨晚一夜没回家。"
方洁吃惊地停下脚："呀，这性质可严重了。我妈失踪了？"
杨晓春摇头："不，咱妈……上她妈那儿去了，把蕊蕊也带走了。"
方洁释然地："她上我姥姥那儿去，这不很正常吗？"
杨晓春："问题是，咱妈不回来，就给人一种'一山不容二虎'的印象，我妈心里就不安生，我妈就总张罗着要走。"
方洁笑了："你们家一有事儿，你就找我。我不去！"她转身往回走。
杨晓春急跑过去拦住："方洁，不……"他忙打了一下自己的嘴巴，说："你看，我又叫错了！姐，你不是智多星吗！别看你跟方静是双胞胎，论智商，你们俩可真是一个天上一个地上。"
方洁瞪他一眼："你咋说话呢！"
杨晓春："我这每一个字儿都是真话、实话、心里话。"
方洁笑了："凡是恭维人和拍马屁的人，都必有所求。你到底想让我帮你做什么？直说吧。"
杨晓春："你得立即出马，把咱妈给请回来。"
方洁："让方静去呗！"
杨晓春："她给咱妈打了好几次电话，根本不灵。"
方洁："她不灵，我就灵了？"
杨晓春："你看，这……不就显出你智商高的作用了吗！"
方洁摇头："解铃还须系铃人。我妈，还是你去请好。"
杨晓春："我是系铃人，你是解铃人。我相信，只要你一出马，咱妈肯定乖乖地回来。这叫'卤水点豆腐，一物降一物'。"
方洁瞪他一眼："你这比喻可不恰当。"
杨晓春轻轻打了自己一个嘴巴："你看我这破嘴！"
方洁哈哈笑了。
她想了想，边走边说："叫我说，这事儿，还真的不能直接找我妈。"
杨晓春懵懂地："唔？"
方洁："咱得'声东击西'，给她来个'围魏救赵'。"
杨晓春没明白："什么意思？"
方洁笑吟吟地："欲请咱妈，得找她妈！"
杨晓春瞪大眼睛："找咱姥姥？"他茅塞顿开，猛一拍大腿，然后朝方洁高高地竖起大拇指，"哎呀，你这智商！"
方洁不无得意地："妹夫同志，你就等着听胜利的消息吧！"

57. 魏金贵的山林小饭店门前，黄昏
游客们兴致勃勃地围坐在小饭店前的草地上。
他们周围，是镀满金光的艾草、山菊和星星点点的小花。
魏金贵和孙萍正为游客们表演吕剧，有一支小乐队伴奏。
魏母和蕊蕊伫立人群中含笑凝眸。
孙萍唱：

    驸马爷为探母愁眉不展，
    我心如火烤油煎万箭穿。
    急忙盗来金鈚箭，
    随手偷来御马鞭……

（白）驸马——
魏金贵拱手："公主！"
孙萍唱：

    十五年未曾见到慈母面，
    夫君你飞马扬鞭快出关！

游客们鼓掌。
魏金贵唱：

接过公主金鈚箭，
不由得双膝跪在地平川。
我和你好夫妻恩爱不浅，
绝不忘贤公主恩重如山！
游客们鼓掌。
孙萍忙双手将他扶起，唱：
驸马爷快快走且莫怠慢，
见老母替为妻叩头问安。
游客们热烈鼓掌，叫好。
孙萍、魏金贵在过门的音乐声中走圆场。
这时，方洁出现在魏母身边。
蕊蕊："大姨！"
魏母高兴地："你怎么来了？"
方洁搂住姥姥，趴在她耳边轻轻说了几句。
"什么？！"魏母惊愕地望着方洁，"这可就是你妈做得不对了！你……你看我怎么收拾她！"
这时，魏金贵走完圆场又唱：
贤公主请留步莫要送远，
孙萍唱：
愿苍天佑夫君一路平安；
魏金贵唱：
休要说到宋营山高路险，
杨延辉我快马加鞭一夜还！
他转身刚要走，魏金香上场。
魏金香："慢！"
孙萍惊对魏金贵："呀，老娘来啦！"
魏金香："这一手牵快马一手拿令箭，哪儿去？"
孙萍："母后，驸马爷要出关看看我婆婆佘老太君去！"
"呔！"魏金香大喝一声，手指魏金贵，唱：
你这奴才好大胆，好大胆，
竟敢隐姓埋名骗我十五年！
欺君大罪当问斩，
（白）众小番——
游客们齐声喊："有！"
魏金香唱：
快快绑到辕门前！
她声音刚落，魏母突然蹿了上来："住手！"
魏金香、魏金贵和孙萍都不禁一愣。
游客们大笑。
方洁和蕊蕊都笑眯眯地看着。
魏母对魏金香："萧太后，老娘我来啦！"
游客们大笑、鼓掌。
方洁和蕊蕊乐不可支。

魏金香忙凑过去，小声说："妈，您怎么也上来了？这出戏里，萧太后也没有妈呀！"
魏母把她往旁边一推，唱：
　　　　　叫一声萧太后听我言，
　　　　　你滥杀无辜为哪般？
　　　　　杨延辉千里探母不愧好儿男，
　　　　　这样的好姑爷杀头实在冤！
让她这么一唱，游客们笑成一片。
连魏金香、魏金贵和孙萍也乐得笑弯了腰。
方洁和蕊蕊笑得连眼泪都出来了。

58. 山林小饭店内，傍晚

桌上摆了不少饭菜。
魏母、魏金贵、孙萍、方洁、蕊蕊围坐桌边。蕊蕊吃得津津有味，魏金香却微微低着头，不动筷。
魏金贵劝她："姐，别生气了，快吃吧。"
孙萍忙给她夹菜："这都是真正的绿色食品，一丁点儿污染都没有。"
魏金香依然不动。
魏母十分威严地瞪她一眼："怎么？都这岁数了，还想让我喂你呀？"
魏金香勉强地笑着："妈，不是，我真的不饿。"
魏母："你那点小心眼儿，瞒得过别人，还能瞒得过你妈！闺女啊，人，都有双重父母。眼下，一对小两口儿养活两对老两口的家庭越来越多，咱得给晚辈做个好样子。你在戏台上，不是总演贤妻良母吗？咱不能台上台下两样儿啊！"
魏金香不服地："我也没反对亲家母来啊！"
魏母："你心里不乐意也不行！"
方洁："妈，我姥姥说得在理儿！"
蕊蕊："对，姥姥，我太姥说得在理儿！"
魏金香冷脸对方洁和蕊蕊："你们俩跟着凑什么热闹！"
方洁和蕊蕊赶忙噤声。
魏母对魏金香："来，快吃饭，吃完了早点儿回家。"
魏金香坐那儿不动。
魏金贵捅捅她："姐……"
孙萍也轻声说："姐，快吃饭。"
魏金香仍不动。
魏母把手中的筷子"啪"地拍在桌子上。
她十分威严地："怎么，连你妈说话也不顶用了？！"
满屋寂然，空气登时紧张起来。
魏金贵、孙萍、方洁和蕊蕊的目光都一齐在魏金香母女身上游移。
魏金香忙抓起筷子，努力笑着说："妈，你看你跟着生什么气啊！我……哈，吃，吃……"她捧起碗，大口大口地吃给母亲看。

59. 方静家客厅，傍晚

门开了，魏金香拎着大包小包，带着蕊蕊走进来。

杨母急从屋内出来看。

"嫂子！"魏金香满面春风地喊了一声。

杨母怯怯地："亲家母，回来了？"

"奶奶！"蕊蕊扑过去紧紧抱住杨母。

魏金香也走过来，说："嫂子，你看，这是我妈特意给你摘的顶花戴刺儿的黄瓜，还有甜瓜、柿子。这是山菊花，让你泡水喝，清肝明目……"

"谢谢，谢谢……"杨母被她热情得不知道该说什么好了。

方耕田从楼上探头往下看看，微微一笑，又把脑袋缩了回去。

魏金香回头叮嘱："蕊蕊，好好跟奶奶玩。"然后朝楼上走去。

杨母搂着蕊蕊，怔怔地看着她。

60. 魏金香屋内，傍晚

方耕田正站在窗边的桌子旁练毛笔字，写的是"功能齐全，不减当年"八个大字。

魏金香进屋。

方耕田回眸："哟，我们家穆桂英回来了。怎么蔫了？让老佘太君打屁股了吧？"

魏金香瞪了他一眼："你甭幸灾乐祸！"她郁郁寡欢地坐在沙发上。

方耕田说："嗨，自己的家，又都是些鸡毛蒜皮的小事儿，犯得着真生气？走，老夫我陪你到外面散散心去。"

魏金香执拗地："不去，我不去。"

方耕田却把手中的毛笔往桌上一扔，硬拉她起来："嗨，走吧，走吧……"

61. 华严世界的转经筒旁，傍晚

方洁从纵深处走来。她一边旋着一个又一个的转经筒，一边打电话："方静，你在哪儿？"

62. 梧桐树掩映的小街，傍晚

方静和杨晓春沿小街走来，手中大包小包的拎了不少东西。

方静接电话："姐，我和晓春上商场了，正往家走。"

63. 华严世界的转经筒旁，傍晚

"哈……"方洁爽朗地笑着，"咱妈可让姥姥给训苦啦！你别看她在咱俩面前像老虎，可一到了姥姥面前，她就变成了猫。"

64. 梧桐树掩映的小街，傍晚

方静也咯咯笑着："妈可别变成猫。她一变成猫，咱俩就成老鼠啦！哈……来，让晓春接电话。"她把手机递给杨晓春。

65. 华严世界的转经筒旁，傍晚

方洁停下脚："晓春，我成功地把妈帮你请回来了，你们怎么感谢我？"

66. 梧桐树掩映的小街，傍晚
杨晓春笑眯眯地："我们送件礼物给你。说吧，想要啥？"

67. 华严世界的转经筒旁，傍晚
方洁幽默地："我也不能让你们太破费呀。你们俩啊，就给我买颗一百克拉的大钻石吧！"

68. 梧桐树掩映的小街，傍晚
杨晓春笑道："我的妈呀！那……我怕是得先把方静卖个好价钱！哈……"
方静"啪"地给他一巴掌，嗔怪地："你胡咧咧啥呢！"
杨晓春笑嘻嘻地："你姐朝你要一颗一百克拉的大钻石。"
方静一听，也扑哧乐了。

69. 万佛殿，傍晚
万盏佛灯。
从佛灯中走过来的方耕田和魏金香。
魏金香换了一套休闲裙，又带了件外套挂在臂弯上。
方耕田瞅她一眼，轻声说："出来走走，心里痛快多了吧？"
魏金香没吭声，微微叹口气，又慢慢朝前走去。
闪烁的佛灯……

70. 大佛脚下长长的石阶，傍晚
方耕田、魏金香沿石阶走下来。
方耕田关切地问："心里还憋闷啊？"
魏金香瞥他一眼："你老实交代，是不是你派方洁去找咱妈告我状的？"
方耕田："你可别制造冤假错案。我派？你那俩闺女，哪个是我能支使动的！"
魏金香盯着他："真不是你？"
方耕田信誓旦旦地："骗你我是狗。"
魏金香："那……不是杨晓春，就是方静。等他俩回来，你看我怎么跟他们算账！"
说完，她愤愤然地朝前走去。
方耕田摇头，笑笑，然后去追她。

71. 一只巨大的佛手前，傍晚
方耕田在这儿撵上了魏金香。
方耕田看着她，笑道："哎，老婆，老夫我想多嘴多舌一句，供夫人你参考一下，当否？"
魏金香："我堵你嘴了吗？"
方耕田笑笑："那我就斗胆给你提个醒儿了！"
魏金香："有话就说，有屁就放，你跩什么跩！"
方耕田又笑笑："你呀，可千万别刚刚挨了老妈训，就又拉着架子以老妈的身份训孩子。"
魏金香瞪着他："照你这么说，我还得比他们矮一辈儿？"
方耕田拍着手说："哎，这你就找准位置了！"

魏金香斜睨着他:"方耕田,你神经错乱了吧?"
方耕田:"没有啊,我神经很正常啊。你没听人家说吗?人哪,这一有了儿子,自己就成了儿子;等再一有了孙子呢,自己就又成孙子!"
魏金香没好气地:"好好好!行行行!以后,我把你那俩闺女都当妈,把蕊蕊当奶奶,行了吧?"
方耕田拍手打掌地:"哇,你有了这种认识,可真是巨大的历史性的进步!老婆啊,我跟你说,就算咱们俩是孙猴子,一个跟头能翻出去十万八千里,也翻不出这些小崽子们的手掌心!"他走到魏金香身边,"你知道这叫什么吗?这叫快乐的发贱,普天下的父母都这德行。"
魏金香拉着长声:"照你这说法儿,以后我有气就只能忍着,憋着,硬往自己肚子里咽了,对吧?"
方耕田自告奋勇地:"那别的呀!你千万别忍,千万别憋,也千万别往自己肚子里咽。你说万一要是把你给憋坏了,我得多心疼!老婆啊,我教你一绝招儿:有气,你就冲我撒!"
魏金香把他往旁边一推:"你傻乎乎的,靠边儿站!"
"我傻?"方耕田瞪大眼睛,"我要是傻,能娶上你这么好的老婆?能有两个那么漂亮、那么高智商的闺女?喊!"
魏金香:"快闭上你的破嘴巴,我不爱听!"她见四周没人,猛地把手中的外套摔到方耕田身上,扭头疾步走开。
方耕田忙又追上她,小心地为她披上外套,说:"你别不爱听,我说的可都是至理名言啊!"
魏金香:"还至理名言!我告诉你,方耕田,你窝囊,你老婆不窝囊。在那两个小兔崽子面前,我宁折不弯!"
方耕田笑了:"哈,你真能舍得啊?我在这儿把话给你撂下:你要是真能舍得跟她们斗,我就把我这方字倒过来写,我就大头朝下从这儿一步一步爬出南山去!"
魏金香把眼睛遥望着远处残阳晚照中的山峦,沉着脸,不说话了。
方耕田:"怎么样?没话儿说了吧?"
魏金香瞪他一眼:"话不投机,回家!"她转身走了。
"哎……"方耕田又急急忙忙地在后面追赶。

72. 小街边的咖啡店,傍晚

方静和杨晓春正坐在这儿边喝咖啡边聊天。他们脚下,大包小包地堆着那些刚买的东西。
杨晓春:"方静,你真好。妈这一辈子,都没穿过这么多的新衣服。"
方静:"一会儿到家,你得当妈说都是我买的呀!"
杨晓春:"凭什么?刷的不都是我的卡吗!"
方静:"你的卡怎么了?没有我的批准,你敢支出吗!"
杨晓春笑道:"也是。你是咱们家的公主、贵妃、皇后、太后嘛!"
方静不无得意地:"什么太后啊?"
杨晓春笑着刮她的脸:"脸皮太厚!"
方静猛然给他一巴掌,然后却又一脸柔情地:"晓春,我脾气急,总冲你发火,你心里挺恨我吧?"
杨晓春忙摇头:"不单不恨,还很感谢你。"

方静一撇嘴儿:"假话!"
杨晓春:"不,真话。"
方静:"你不怕人家说你怕老婆?你不怕周围的人叫你'妻管严'?"
杨晓春:"不怕。我跟你说,男人怕老婆,有利于健康长寿。"
方静乐了:"啥?怕老婆还能怕出健康和长寿?"
杨晓春扳着手指头:"对呀。你看:第一,怕老婆的男人,一般都不敢在外面没完没了地吃吃喝喝,也就不容易增加那么多的脂肪和胆固醇,对吧?第二,怕老婆的男人肯定得做家务吧?在现代快节奏、高强度的工作压力下,多活动活动筋骨,那是偏得呀!第三,怕老婆的男人大事小情都会向老婆妥协,性格能由刚烈变柔和,在良好的家庭氛围中人的寿命肯定长。"
方静伸出大拇指:"哇,老公,你真是太有才啦!"
杨晓春不无得意地:"那是。想当年,有那么多人追你,还有那么多人暗恋你,我没有两下子,能'卖油郎独占花魁'吗!"
方静:"为了你的健康长寿,我今后更要勇敢地担负起压迫你剥削你欺负你和虐待你的责任。走吧,回家!"
他们拎着大包小包,乐乐呵呵地走了。

73. 魏金香屋内,夜

万籁俱寂。
魏金香用毛巾被蒙着脸,躺在床上。
方耕田悄悄凑近她,轻轻掀开她脸上的毛巾被,说:"老婆,说句话呗。一晃儿,你都一个多钟头没批评我了。"
魏金香睁开眼:"我懒得说话,你自我批评吧。"
方耕田柔声细语地哄她:"不许生气了,气大伤身。"
魏金香不语。
方耕田逗她:"来,笑一个,笑一个。"
魏金香不笑,更不理他。
方耕田:"你不笑,我笑了!"他挤眉弄眼地扮着怪相。
魏金香:"你别再烦人了,好不好?再烦,就带上你的东西,滚出去!"
方耕田假装害怕地:"夫人,得令!"他一转身,扯过一只大旅行袋,冲着魏金香张开袋口。
魏金香怔怔地看着他。
方耕田:"你不是让我带上我的东西滚出去吗?你是我老婆呀,我滚,也得带上你呀。来,钻——"
魏金香让他给逗得扑哧乐了。
她呼起坐起身,扑过去,娇嗔地捶打他。
方耕田一闪身,跑开了。
两口子在屋里追着,跑着,笑着,顿时化干戈为玉帛。
魏金香跑到窗边的桌子旁,蓦然站住了。她瞧见方耕田刚写好的毛笔字,拿起来,乐不可支地:"哈……还'功能齐全,不减当年'。吹吧,你就!"
方耕田嘿嘿乐了。
魏金香用眼睛瞥着他,故作神秘地说:"哎,网上流传着一首打油诗,你想听不?"
方耕田认真地点头:"想听。"

魏金香笑眯眯同时又拿腔作调地："铝厂有个冷压间，主任名叫方耕田。"
方耕田用手点着自己的鼻子："哈哈，说我？"
魏金香抿着嘴儿："功能齐全，不减当年！"
方耕田不无得意地："那是！"
魏金香偷偷一乐："见了美女就靠上前——"
"那是必须的！"方耕田拍着胸脯，故意摆出一副很牛的样子随口接上："还三十岁以上免谈！哈……"他开怀地大笑。
魏金香也忍不住笑了，说："真不知羞。说你胖，你还喘上了！"
方耕田在一旁突然极其夸张地大口大口喘起了粗气。
魏金香"啪"地给他一巴掌，笑道："得了吧，你！"

74. 冷压车间，日
繁忙的车间。
方耕田威风凛凛地指挥着大吊车……

75. 方静所在的服装生产线，日
缝纫机的针头在跳动。
一个又一个女工都在埋头工作。
方静从她们身边依次巡视而过。
偌大的充满了创造激情的流水线……

76. 方静家客厅，日
杨母买了一大堆菜从门外进，蓦然发现客厅里醒目地摆着一面大鼓，不由得一愣。
她喊："蕊蕊——"
蕊蕊从屋内应声而出："奶奶，买这么多菜呀！"
她跑过去帮奶奶。
杨母一指那面大鼓："这是哪儿来的？"
蕊蕊拿小手朝楼上指指，压低着声音说："我姥姥从剧团借来的。"
"哦……"杨母点头，顺手抽出几根长长的粗粗的膨化苞米条递给蕊蕊："宝贝儿，看，奶奶给你买好吃的啦！"
"谢谢奶奶！"蕊蕊高兴地接过，大口吃起来。
杨母进厨房。
魏金香从楼上下，蕊蕊边吃边高兴地跑向她，随手递过一根大苞米条："姥姥，给——"
魏金香倏地沉下脸，三下五除二地把蕊蕊手中的苞米条全都抢在自己手中："小祖宗啊，你怎么什么都吃啊！"
蕊蕊吃惊地看着她。
魏金香把苞米条往旁边一扔，伸出手横在蕊蕊嘴边："吐，赶紧吐出来！"
蕊蕊听话地吐着。
魏金香等她吐完了，又命令她："去，漱漱口！"
杨母这时刚好扎着围裙从厨房出来，怔怔地看着。
魏金香转过脸，努力笑着对杨母说："嫂子啊，这是膨化食品，千万不能给孩子吃！"

杨母尴尬地点头："哦哦，好好……"

77. 魏金贵的山林小饭店，山谷东侧，日
孙萍端两盘菜从屋内出，放进缆绳上的篮子里，用力往前一荡，高喊："过去啦！"

78. 山谷西侧，日
魏金贵伸手接住："好咧！"
他从篮子里取出菜，转身走，魏母来了："金贵，给你姐打个电话，问问她回去跟晓春他妈又闹别扭没？"
魏金贵："妈，我姐来电话了，回去挺好。您放心，我姐她……也不是那种不讲理的人！"
魏母不无感叹地："人呐，都有双重父母。金贵，你没事儿的时候，也常往你老丈人和老丈母娘那儿跑跑。"
魏金贵笑了："哎呀，这点儿事，您别总絮叨好不好？我的耳朵都快磨出茧子啦！"
魏母瞪他一眼，扭脸大声问孙萍："金贵这小子对你爸妈咋样？孝还是不孝？"
孙萍大声喊："不孝！非常不孝！"
魏母一愣，回眸冷眼盯着魏金贵："咋回事？"
这时，孙萍又喊："他总往那儿倒腾好吃的，把我爸妈都给吃出脂肪肝儿啦！这……不是成心坑人吗！"喊着，她自己先乐了。
魏母一听，禁不住喜笑颜开。
魏金贵"啪"地一拍胸脯儿："妈，这奥运会是不选模范姑爷；要是选，你儿子我，冠军！"
魏母笑道："那我就是冠军他妈！哈……"

79. 方静家客厅，夜
蕊蕊在那面大鼓上不停地翻着筋斗。
魏金香站在旁边数数："十六，十七，十八……"
杨母闻声从屋内出，惊愕地望着："呀，这是干啥呀？"
魏金香笑吟吟地："练功。"她接着数，"十九，二十，二十一……"
蕊蕊继续翻着。
杨母心疼地："练功？这是练啥功啊？"
蕊蕊不停地翻着。
杨母："这……这不是折磨孩子吗！"
蕊蕊仍然翻着。
魏金香的报数声继续。
魏金香的每一声，都像锥子般扎在杨母心上！
方静从屋内出，发现杨母心疼孙女，便走到她身边，柔声细语地说："妈，这事您别管。得练过一百个。"
杨母倒吸了口凉气："多少？"
方静："一百。"
杨母："一百？！"
方静："不然上不了星光大道。"
杨母焦灼地："咱一个普通老百姓家的孩子，上什么星光大道啊！"

这时，杨晓春也从屋内出，见状忙过来劝慰她："妈，蕊蕊的事，有她妈和她姥姥管。您也挺累了，进屋歇着吧。"

小蕊蕊在鼓上依然不停地翻着。

魏金香的报数声越来越兴奋，也越来越响。

杨母眼睁睁地看着，紧张得浑身发冷。

突然，她撕心裂肺地喊了声："行啦！"几步冲过去，一把抱住蕊蕊，"蕊蕊，咱不翻，不翻，不翻了！"

魏金香让她给吓了一跳，张大嘴巴看着她。

蕊蕊也一脸惶惑。

方静冲过来，满脸不高兴地："妈，您真是的。这事，您怎么也管！"

杨母瞪着眼睛："这是我孙女，我不管，谁管？"说着，把蕊蕊紧紧搂在怀里。

杨晓春忙过来劝她："妈……"

杨母扭头不理。

他疾步走到方静身边："你冷静，冷静……"又回头对母亲，"妈，您别生气，别生气……"

方静没等他说完，便猛然把他推开了，然后努力控制着情绪，说："妈，这……这不是练功吗！"

"练功？"杨母满脸不屑，"有这么练的吗！孩子嫩骨头嫩肉的，摔坏咋办？一辈子的事！"

杨晓春："方静，妈这不是疼孙女吗！"

魏金香笑道："嫂子，放心，摔不坏。"

杨母倔劲儿上来了："咋摔不坏！电视里那个练体操的女娃，没摔坏？"

方静："这……不是有我妈在旁边保护着吗！"

杨母："那个练体操的女娃，不是也有教练保护！"

方静叫她给噎住了。

魏金香面无表情地看着她。

杨母得理不让人地："我真不明白了，你们对孩子到底是真疼还是假疼！我给她夹口菜吧，你们嫌不卫生；我给她买根苞米条呢，你们说是膨化的……说实话，我心里很不是滋味儿！我压根儿不信，你们从小到大都没吃过爆米花！可我装哑巴，我啥话都不说。可你们呢，凭啥这么折磨孩子？！这不行，我不答应！"

魏金香努力压抑着内心的愤怒："嫂子，想让孩子成功，哪有不受苦不挨累的？这叫苦其心志，劳其筋骨……"

杨母激烈地："苦什么心志？劳什么筋骨？要苦，你们去苦别人；要劳，你们去劳别人。这么折磨我孙女，就算是你们把石头说出花来也不行！"

魏金香的火已经蹿到了头顶，但她强忍了，硬压下去了。

她不悦地看看方静，说："你们在这儿慢慢统一思想吧。我喊得口干舌燥，得去喝口水儿，润润嗓子。"说罢，便头也不回地上楼去了。

方静急了，对杨母说："妈，这眼看着咱蕊蕊就要到星光大道闯关去了，你不让她练能行吗！"

杨晓春："对，妈……"他一指魏金香、方静，"我妈和蕊蕊她妈，不是为了让孩子闯关吗！"

杨母态度激烈地："闯什么关？上什么星光大道？我看你们纯粹是吃饱了撑的，没事干闲的，钱多了烧的！"

杨晓春近乎哀求地:"妈,您就少说几句吧。"
杨母愤怒地:"再少说,我孙女就让你们给整成残废了!"
方静很生气,一把将蕊蕊拉到旁边,嗓门儿明显提高了:"我就不明白了,这是我的闺女,还是你的闺女呀!"
杨母针锋相对地:"她姓杨,杨晓春的杨;不姓方,更不随你妈姓魏。你说她是谁的闺女?"
方静几乎喊起来:"可她……是从我身上掉下来的肉!"
杨母丝毫不示弱地:"没有我儿子,你身上哪会有肉往下掉!"
方静气得直抖:"你……你作为奶奶,就这么教育孩子啊?"
杨母:"对,我就这么教育!晓春他从小没翻过跟头,也没上过星光大道,不也培养得挺好?他要是不好,你肯嫁他?!"
方静被噎得登时没话说了。
杨晓春焦灼地:"妈……"
蕊蕊也急得哭出声来,拼命地推着方静:"妈……妈!你进屋去,你别惹奶奶生气!"
方静气得一把扯过蕊蕊,狠狠地打她屁股,一边打,一边骂:"我让你管我!我让你管我!我让你管我……"
"住手!"杨母像头发怒的狮子,猛然冲过来,一头撞开方静,死死护住蕊蕊,愤怒地吼道,"谁让你打我孙女?!"
方静:"我就打了,你能怎么的?"
杨母:"不行!你敢再动她一个手指头,我跟你拼啦!"
杨晓春:"妈……方静……我求求你们了,你们都少说两句行不行?你们这嗑儿怎么越唠越散了!"

80. 楼上,魏金香屋内,夜
魏金香坐在沙发上,气得脸都白了,胸脯儿剧烈地起伏。
她抓过暖瓶想倒水,空的,气得她猛然把暖瓶摔在地上,发出令人心颤的爆裂声。

81. 楼下客厅,夜
战火依然未熄。
杨晓春拉住方静,声音里充满了乞求:"方静,我求你了,少说两句,少说两句……"
杨母怒对杨晓春:"你这个怕老婆的东西!往后你敢再跪搓板儿,再惯着这个妖精,我就不认你这个儿子!"
方静气得跳起来:"这是我的家。你看不惯,你就滚!"
杨晓春厉声吼道:"方静!"
杨母一听,气得直哆嗦:"好,这话可是你说的……"
蕊蕊哭喊道:"妈,你不能撵奶奶走!"
这时候,门开了,方耕田一步跨进来。眼前的情景,令他惊诧不已:"你们……这是唱的哪出戏啊?"
方静指着杨母:"你让她自己说。"
方耕田冲方静一声断喝:"你给我回屋去!"
杨晓春就势把方静推走了:"走,回屋,回屋。"
杨母气得大口喘着粗气。

方耕田走到杨母面前，和颜悦色地："老嫂子，消消气，消消气。"
杨母突然老泪纵横。
蕊蕊一见奶奶哭，也跟着哭了起来……

82. 楼上，魏金香屋内，夜
魏金香听到杨母的哭声，一愣，忙起身走到门边向楼下侧耳倾听。

83. 楼下客厅内，夜
杨母很凄楚地哭着。
蕊蕊流着泪："奶奶，您别哭了……"
方耕田："蕊蕊，快扶奶奶进屋。"
蕊蕊："奶奶，走，咱回屋吧。"
她扶着杨母走了。
方耕田这才叹口气，往楼上走去。

84. 楼上，魏金香屋内，夜
魏金香伫立门边听，听到方耕田上楼的脚步声忙又坐回到窗前的沙发上。
方耕田进屋，瞧见魏金香，嗔怪地："我还以为你没在家哩。楼下都吵翻天了，你竟然稳坐钓鱼台！"
魏金香一脸无奈地："我又不是警察。我怕下去一掺和，就打得更热闹了。"
方耕田："到底咋回事儿啊？"
魏金香："亲家母挑起来的，她不让蕊蕊练童子功！"
方耕田："那肯定是心疼孙女了呗。"
魏金香："心疼孙女，也没这么个心疼法！"她愤愤然地，"往后这日子……可怎么过！"
方耕田弓下腰，细看着她的脸："犯愁了？我……倒是有个好主意。"
魏金香："别卖关子，快说！"
方耕田摸摸她满头的乌发："剃光它，到香水庵，出家！"
魏金香："人家正闹心，你还有心思逗乐儿！"边说，边扑到床上，扯过个大枕头，猛地朝方耕田砸过去……

85. 方静屋内，夜
一只大枕头，实实在在地砸在了杨晓春的脸上。
杨晓春怔怔地看着方静。
方静怒指着他，委屈地流着泪说："你们大人孩子、祖孙三代一起欺侮我！"
杨晓春也是满脸怒气："不管怎么说，你也不能让妈滚啊！"
方静流着泪："你这不是胡说八道吗！你这不是栽赃陷害吗！我啥时候说让妈滚了？！"
杨晓春激烈地："你怎么没说？我亲耳听见的，你还不承认！"
方静语气软了："我就是说了，也是一生气，顺口溜出来的！"
杨晓春："你顺口溜出来也不行！"
方静强辩道："我早就跟你说过，我生气时说的话，就跟你们喝醉酒时说的话一样，不算数！"

杨晓春:"你不算数了,可别人呢?妈呢?你考虑过她的心理感受吗?!"
方静自知理亏,不说话了。
杨晓春狠狠瞪她一眼,扭脸坐到床上。
方静一见,随手拉过一只小箱子,冲到杨晓春身边,说:"好,都是我的毛病,行了吧?那好,咱俩离婚吧,我净身出户!"
杨晓春气鼓鼓的,连看也不看她。
方静一脚踢开门,拉起小箱子走了。
杨晓春脸上布满乌云……

86. 方静家客厅,夜
方静走到门边,停下脚,回头看了一眼。
蕊蕊从屋里追出来:"妈,奶奶让我拽住你,不让你走。"
方静:"不,这日子,妈实在过不下去啦!"她推开蕊蕊的手,走出屋去。
蕊蕊哭喊:"妈……"
杨母从屋内出,焦灼地望着。
蕊蕊哭。
"蕊蕊!"杨晓春也出来了。他把蕊蕊揽到自己怀里,生气地哄她:"蕊蕊啊,你妈老了,也丑了,让她走。爸给你换个更漂亮的妈!"
蕊蕊一指杨母:"爸,奶奶不是也老了。你都不换妈,凭啥给我换妈?"
杨晓春嗔怪地:"你怎么说话呢!"
杨母站在门边,喟然长叹。

87. 楼下小街,夜
方静走到小街上,停下脚,仰起脸朝楼上张望。
她的眼里,也噙着泪……

88. 杨母屋内,夜
杨母垂泪道:"我说不来吧,你非得让我来。这……不是让我活受罪吗!金窝银窝,不如我自己那个草窝。"
杨晓春蹲在她面前轻声劝慰着:"妈,您就我这么一个儿子,我能让您自己孤零零地住在乡下吗?"
杨母很坚决地:"不,我不在你们这儿,我明天就走。"
蕊蕊从床上爬过来:"奶奶,我不让您走,不让您走嘛!"
杨母把脸贴在蕊蕊脸上:"蕊蕊,奶奶得走。奶奶不能让你们一家人四分五裂,更不能让你成为没妈的孩子。"
蕊蕊:"那……您一走,我爸不也成了没妈的孩子啦!"
杨母一听,泪水流得更欢了。
杨晓春的泪珠也在眼中打闪。
"妈……"他悄悄揩去泪水,极力掩饰着不快的情绪,走到母亲身边,强颜作笑地,"您明天绝对不能走。您走,我这婚就离定啦!蕊蕊,多劝劝奶奶。"
蕊蕊含泪冲他点头。
杨晓春抑郁地走出屋去。

89. 方静屋内，夜

杨晓春满脸愁苦地进。

一进屋，他怔住了！

方静又回来了，正仰面朝天地躺在床上。

杨晓春没说话，闷头坐到沙发边。

方静突然一个鲤鱼打挺坐起来，冲过去，抡起巴掌，"啪啪"地砸着杨晓春的双肩。

杨晓春黑着脸："你怎么又打人？"

方静："我不打好人！"

她拿手点着他的鼻子，虎视眈眈地逼问："你给我说，刚才你凭什么不出去追我？"

杨晓春瞪他一眼，不说话。

方静："哼，想让我给你的'小三'腾地方，对不？我明告诉你，连门儿都没有！"她扭头坐回床边。

"方静，"杨晓春这才开口说话，"每回吵架，我总是输。我现在可以告诉你，不是我吵不过你，也不是我真的怕你，我只是……舍不得伤害你。"

方静："你还觉得委屈了？我跟你结婚这么多年，一不会撒谎，二不会撒娇，你再不让我偶尔撒撒泼，想憋死我啊！"

杨晓春："你说……你这是不是净讲歪理儿！"

方静："不是歪理，是正理！两口子吵架，必得先有一个人认输。一个人先认输，才能实现双赢，不然两败俱伤。"

杨晓春："那……为了咱俩双赢，为了不两败俱伤，你这次就先认一回输，行不？"

方静娇嗔地："不嘛。谁让你是老爷们儿啦！"

杨晓春摇头不语。

方静看看他，说："要不，咱俩都去做变性手术，我变男的，你变女的，那往后……我肯定就总是让着你。"

杨晓春哭笑不得地："方静啊，你平时怎么对我都行，可你……你刚才那是怎么对妈？你竟然还喊出了让妈滚！你……"

方静辩解道："那不是正在气头上吗，那不是话赶话儿吗！"

杨晓春："你过去，给妈赔个礼，道个歉。"

方静斩钉截铁地："我不！"

杨晓春着急地："你不道歉，妈明天就走了！"

方静一脸为难地："那种软乎话儿，我……我实在说不出口。"

杨晓春扭头欲走，不小心绊在方静的那只小箱子上。他想拎到墙边，突然发现很轻，打开一看，竟是空的，便揶揄地说："你嘴里高喊离婚，却拎着空箱子出走！你至少也得象征性地装几件衣服当道具吧？"

方静自知理亏，忍不住把脸扭到一边，自己偷乐了一下。

杨晓春："我心急如焚，你还有心思笑！"

方静强辞夺理地："我刚才说了，我净身出户。你说这箱子要不是空的，能叫净身出户吗！"说完，忍不住又笑了。

杨晓春："你能不能严肃点儿？我都快急死啦！"

方静把手一摆："芝麻大点儿小事，急啥？不就是给咱妈赔个礼道个歉吗，不就是说几句好话把她哄高兴吗！"

杨晓春惊喜地："你答应了？"

方静小声地："明天我上班走后，你让我姐来替我哄妈。我们俩是双胞胎，妈看不破！"

　　杨晓春瞪大眼睛："啥？亏你想得出！再说了……咱妈又不是没见过你姐！"

　　方静："嗨，不就见过那么几面吗！我跟你说，这世界上，我们姐俩儿，就懵不了一个人——我妈，她那双火眼金睛厉害！连我爸都不行，有一回，硬让我们俩给骗了！"

　　杨晓春踌躇地："这……"

　　方静把手一摆："你别这了那了，就这么定吧！让我姐换上我的衣服……她嘴甜，会来事儿，准能把咱妈给逗乐了！"

　　杨晓春摇头："人家……凭啥替你擦屁股！"

　　方静："她不是我姐，我不是她妹吗！明天我姐刚好歇班，让她来客串一下。"

　　杨晓春："还客串一下，你说得也太轻巧了！人家能来吗？"

　　方静："我让她来，她一定来！"说完，走到一边，拿出手机，使劲地按着键子。

　　杨晓春哭笑不得地："你呀，这辈子，吃过很多亏，就是从来没吃过嘴的亏；从没占过什么便宜，就是尽占嘴的便宜！"

90. 金光闪闪的大佛，晨

这是一个晴朗的早晨，天蓝得像水洗过的一样。

慈祥的大佛，端坐青山之上，含笑俯瞰着人间的芸芸众生……

91. 方静家的楼门外，晨

杨晓春和方洁走来。

　　方洁一脸为难地："你们真能逗！有拿大姨子冒充老婆的吗？"

　　杨晓春："这不是为了你亲妹妹嘛！"

　　方洁停下脚："可我……我又不会演戏，肯定得演穿帮了。"

　　杨晓春："别谦虚。你不是常参加阳光艺术团演出吗！"

　　方洁："那是跳舞。"

　　杨晓春："会跳舞的人，演戏也差不到哪儿去。"

　　方洁："再说了，你们家大娘又不是没见过我！"

　　杨晓春："我娘看不破。方静说了，有一回，你们俩……把咱爸都给蒙啦！"

　　方洁："这……"

　　杨晓春："你别这了那了，就这么定吧！"他不由分说地把手中的一件方静常穿的外套硬塞给她："姐，姐姐姐……你听，我一连喊了你多少声了！算我求你，行了吧？来，换上，换上。"

　　方洁接过，咯咯笑道："我的天呐，还得换装！"

92. 杨母屋内，晨

几件衣服丢入画面。

杨母正往一个包袱中整理衣物。

蕊蕊站在她身边。

　　杨母心情很沉重地："蕊蕊，你是奶奶的什么人？"

　　蕊蕊："孙女。"

　　杨母又问："那……你是姥姥的什么人？"

　　蕊蕊："外孙女。"

　　杨母："对了。一定要记住，你跟奶奶，没有那个'外'字。奶奶这回走啊，最割舍不下的就是你。你……可要常去看奶奶……"她忍不住流泪了。
蕊蕊："奶奶，您别走嘛！"
杨母摇头。
蕊蕊："奶奶，您……要是走了，我妈、我姥姥要是再逼我在大鼓上翻跟头可咋办啊？"
杨母一愣，看着她，没说话。
蕊蕊又说："我要是摔断了胳膊摔折了腿，您不心疼？"
杨母："那你就坚决地不给他们练！"
这时，外面门响。
蕊蕊跑到门边探头看。

93. 方静家客厅内，晨
杨晓春和方洁进屋。
蕊蕊迎上去，高兴地："大姨！"
杨晓春忙"嘘"了一声，小声对她说："叫妈。"
蕊蕊也小声地："这不是我大姨吗，为啥叫妈哩？"
杨晓春伏在她耳边说了句话。
蕊蕊扑哧一乐，点点头："哎！"
她朝奶奶屋里跑去。

94. 杨母屋内，晨
杨母仍在整理衣物。
"奶奶，"蕊蕊跑进来高兴地说，"我妈坚决地不让您走，她回来给您赔礼道歉了！"
她话音未落，方洁便笑盈盈地走了进来，说："妈，您老人家还生气啊？"
杨母愣愣地看着她。
方洁亲昵地搂住她的肩："妈，昨晚的事，都怪我。我这人从小就驴，长大了脾气更臭，犯起浑来信口开河、胡说八道，您大人别见小人怪！"
让她这么一说，杨母还真有点儿不知所措了。
蕊蕊笑眯眯地看着。
方洁偷觑一眼躲在屋外的杨晓春。

95. 屋外，晨
杨晓春冲她挑了一下大拇哥，然后蹑手蹑脚地走开了。

96. 二楼，魏金香屋内，晨
魏金香正身穿睡衣，躺在被窝里打电话。她压低了声音说："……星光大道，蕊蕊非上不可。你们来几个人，把大鼓抬到阳光艺术团去。她奶奶不让练，咱们就只好当'地下工作者'了……"

97. 屋内，晨
方洁和杨母已经坐到了床边。
方洁柔声细语地："妈，我这个人，嘴大舌长，有口无心，或者说是……"
蕊蕊插话："刀子嘴豆腐心。"

方洁："对。妈，您看，还是我闺女了解我。"

蕊蕊一听，龇牙乐了。

方洁微微摇头，示意她别笑，然后接着说："妈，老话说，路遥知马力，日久见人心。处长了您就明白了，摊上我这样的儿媳妇，是您的福份。我一点儿都不难处，也特别值得您处。我愿接受您老人家长期的考验。昨天是我错了，要不，我给您磕个头？"

杨母慌忙一把抱住她："孩子，你……你别说了。唉，我老了，也挺任性。我从乡下来，总怕不硬一点儿，叫你们给欺负住。我有不对的地方，你也多担待。"

蕊蕊一听，乐得跳起来："哦，谈判成功喽，谈判成功喽……"她转过身，对方洁，"大姨，你真棒！"

杨母一愣："大姨？"

方洁急冲蕊蕊挤眼。

蕊蕊忙改口，对方洁："妈，我们老师说了，有了错能认错，就是好孩子！"

98. 客厅，晨

魏金香身穿睡衣，从楼梯上走下来对着杨母的屋子喊："嫂子啊——"

杨晓春一怔："妈，您今天怎么没上班？"

魏金香也很奇怪地反问："咦？你怎么也没上班？"

杨母这时从屋内出。

魏金香一指那面大鼓："您别生气了。这大鼓啊，一会儿我就让人抬走。您孙女，功不练了，星光大道也不去了。"

杨母欣慰地："那好，那好，那好。"

蕊蕊一听，急了，忙从屋里冲出来："不嘛，姥姥，星光大道……"

不等她说完，方洁忙跑出来制止："蕊蕊，听奶奶和姥姥的！"

魏金香瞧见方洁，不禁一愣："咦？方洁，你啥时候来的？"

方洁慌忙向她摇手，丢眼色。

魏金香不懂："方洁，你……啥意思？"

方洁急得直跺脚："哎呀，妈……你……"

杨母无语地注视着。

杨晓春在屋里听见了，慌忙跑出来，对魏金香说："妈，这不是方静吗，哪是方洁！哈……您连自己的女儿都分不清了。"

魏金香愣在那里，如堕五里雾中。

杨母却指着杨晓春，颤着声吼道："你……你把你妈当傻子吗？！"

她的声音严厉、凄楚，把所有在场的人全给镇住了！

99. 魏金贵的山林小饭店，日

魏母正给孙萍和魏金贵说戏："……吕剧的主要乐器是坠琴、扬琴、三弦、琵琶等'四大件'。"

魏金贵和孙萍十分专注地听着。

魏母继续说："山东梆子就不一样了，伴奏乐器是板胡、二胡等。它比吕剧高亢，花腔多、甩腔多，甩腔的最后多落在'啊'字音上……"

她正说着，方洁驾车急如星火地来了。

方洁跳下车："姥姥！"

魏母、魏金贵和孙萍都不禁一惊。

魏金贵站起身："怎么了？"

方洁："方静昨晚跟她婆婆吵架了，今天非让我替她去赔不是。可我……把戏给演砸啦！"

孙萍扑哧乐了："你们……哈，可真逗！"

魏母问："你妈啥态度？"

方洁："唉，跟方静一个战壕的！姥姥啊，这事儿，我看就得您这老将出马了，不然会越闹越大。"

魏金贵忙说："得，可让你姥姥省点儿心吧。这事儿，咱不管。"

魏母摇头："不，这事儿，我得管！"

她突然威风凛凛地来了个亮相，笑眯眯地唱道：
　　　　　小孙女上山来急报军情，
　　　　　不由我眉头一皱妙计生。
　　　　　一家之长责任重，
　　　　　我不挂帅谁挂帅，我不出征谁出征！

魏金贵、孙萍瞧她这副样子，都忍不住乐出声来。

孙萍笑着说："妈，那……我们可就看你这老佘太君的了！"

魏母："不，光有我这主角还不行，你们这些配角也得统统给我上场！"

魏金贵、孙萍不解地："唔？"

100. 吕剧团排练厅，日

魏金香身穿练功服，正对着大镜子动情地演唱：
　　　　　昔日猛虎去学道，
　　　　　深山老林遇见猫。
　　　　　猫儿耐心把虎教，
　　　　　猛虎得道要伤猫。
　　　　　猫儿跳上杨柳梢，
　　　　　虎在树下紧身毛。
　　　　　猫儿对天叹口气：
　　　　　不义之人不可交！

突然，门一开，魏母衣衫不整、蓬头垢面、踉踉跄跄地闯了进来。

魏金香惊愕地："妈，您……您这是怎么了？"

魏母老泪纵横地："你弟媳妇跟你弟打架，硬把我给轰出来了……"

"什么？"魏金香义愤填膺地，"反了他们啦！"

她猛然冲过去，扯过自己的衣服，又宣泄般顺手把旁边的几个谱台接连扳倒，然后才对魏母喊道："妈，走，我找他们算账去！"

101. 魏金贵的山野小饭店门前，日

"找我算账？"孙萍满脸不屑地瞪着魏金香，"姐，我看你是神经有毛病了吧！"

魏金香见弟媳妇竟敢这样对她，更加怒火中烧。她颐指气使地："你这是跟谁说话？！"

孙萍针锋相对地："跟你呀！"

魏母坐在一旁，很伤心地哭泣。

"魏金贵！"魏金香瞥了一眼垂头站在不远处的弟弟，走过去，从胸腔里发出一声怒吼，"你媳妇把妈气成这样，你就装聋作哑呀？"

魏金贵没说话，只是摊开双手，满脸都是无奈："姐，我跟我姐夫一样，都怕媳妇。我哪能管得了她呀！"

孙萍一听，拉着长声："你说什么呢！你跟你姐夫一样，我跟你姐可不一样！我什么时候像她那样胡搅蛮缠过？！"

魏金香眼里含着泪，颤着声说："你们这两个狼心狗肺的东西！妈本来在我那儿待得好好的，你们非要接她过来，说你们这儿空气好，说你们这儿水质纯，说你们这儿吃的都是绿色食品……好话都让你们说尽了，坏事却让你们做绝了。你们惹妈生气，还撵妈出门！我……我告你们！"

孙萍拉着长声："你告谁呀？上梁不正下梁歪，我就是跟你学的！"

魏金香："跟我学的？我啥时候惹妈生过气？我啥时候像你们这样丧过良心？"

魏母一听，哭得更伤心了。

孙萍不服气地："姐，你可别光拣好听的说了。人家晓春才把他妈接到你们家几天呀？你们就嫌人家土气，惹人家生气，还让方静把人家撵走，当我不知道啊！不管咋说，妈也在我这儿住好几年了吧？你说我们狼心狗肺，亏你说得出口！"

魏金香一听，登时语塞了："你，你……"

这时候，魏金贵实在憋不住了，在一旁嘿嘿乐起来。

孙萍狠狠瞪他一眼："你乐什么乐！"

魏金贵见她那副严肃的样子，忍不住笑得更欢了。

孙萍终于也忍不住，咯咯笑出声来。

魏金香光火地："你们这是唱的哪出戏？！"

魏金贵忙跑过来"姐呀，嘿嘿，这……"他一指魏母，"你得问导演！"

魏母这时也没法再哭下去了，扭过脸看着他们。

"妈，"孙萍一指魏金贵，"您看，他笑场了，演穿帮了！"

魏金香莫名其妙地看着母亲、弟弟和弟媳妇。

这时候，魏母才缓缓站起身来，走到魏金香身边，语重心长地说："闺女，人生在世，都有双重父母，人同此心，心同此理呀！你弟媳妇撵我走，你不乐意；你们撵人家晓春他妈走，晓春就能乐意？"

"妈……"魏金香眼里泛出泪花，"我是您亲闺女，有啥话您就明说，用得着跟我演戏吗！听说您被撵出家门了，我这心都碎了……"她轻轻拭泪。

孙萍和魏金贵慌忙走到她身边。孙萍柔声说："姐呀，你可千万别怪我。妈非得让我演，我只好听妈的。"

魏金贵不无赞许地："哈哈，我媳妇……演技一流！从今天起，我就是你的大粉丝儿啦！"

孙萍猛然把他一推："去你的吧！"

魏金贵在草地上脚底一滑，实实在在地摔了个大屁股蹲儿。

孙萍和魏母都笑了。

魏金香被她们的笑声所感染，忍不住自己也微微笑了一下……

102. 杨母家的乡间小院内，日

这是一个很整洁也很有生活气息的农家小院。

杨晓春、蕊蕊陪杨母坐在葡萄架下。

杨晓春满脸愁苦地："妈，您这么回来，我心里太不好受了！"

杨母沉重地摇头："晓春，你妈不傻。你媳妇前脚骂完了让我滚，你后脚就让她姐姐替她来哄我。儿子，也真的是难为你了！可你让妈留在那儿做什么？整天看你媳妇和她妈的脸色，受她们的气吗？"

杨晓春："妈，方静就那脾气，不光跟您，跟她妈也经常火山爆发。"

杨母凄楚地摇头："那不一样。闺女跟妈，是臭嘴不臭心；可儿媳妇跟婆婆，那是天生的冤家对头，嘴不臭心也臭。你别听这家媳妇好，那家媳妇孝，那都是在演戏呢，都是没撕破脸皮！"

她话音未落，魏金香和方静便风风火火地闯进了院子。

魏金香满脸真诚地："嫂子，真的对不起了。您放心，从今往后，我们绝对不再惹您生气。"她伸手拉过方静，"您看，我特意领着您的儿媳妇赔礼道歉来啦！"

方静满脸通红地："妈……"她只说出了这么一个字，余下的话都咽进了肚子里。

杨母满脸狐疑地盯着方静。

"哈……"魏母突然出现在爬满了青藤的墙外。她朗声笑道，"怎么？又怕儿媳妇是假的？"

杨母忙起身："呀，婶儿……您怎么来啦？"

蕊蕊也高兴地喊："太姥！"

魏母很响亮地笑着，一伸手，把方洁拽到墙边，对杨母说："你看，这是方洁，那是方静。今天，你的儿媳妇可是真的！哈……"

杨母忙礼貌地起身打招呼："婶儿，快进屋坐……"

魏母顿时摆出一副大家长的派头，说："你这一声婶儿，叫得我心里挺舒坦。咱们，是一家人。这一家人过日子，哪有舌头不碰牙的？闹点儿矛盾就走人，你不怕被外人笑话呀！"

杨母低头，不语。

魏母霸气十足地："走，都上车跟我走！"说完，也不等杨母回话，便扭头朝停在不远处的两辆小车走去。

方洁看看杨母，看看妹妹，冲杨晓春做了个鬼脸。

蕊蕊仰起小脸儿对杨母："奶奶，走吧。"

杨母叹口气，没动。

魏金香轻声说："嫂子，走吧。"

杨母垂下头，依然没动。

"妈，走吧……"方静在身后轻轻推着她，半是亲昵半是娇羞地说。

杨母这才缓缓朝外移动了脚步。

103. 魏金贵山林小饭店的草地上，日

魏金贵和孙萍各端着一只热气腾腾的大盘子，兴冲冲地走向临时摆在草地上的长桌："来喽……"

魏母、杨母、方耕田、魏金香、方静、杨晓春，像水泊梁山在聚义厅排座次一样，都端坐在长桌前。

阳光很暖，草色很绿，花儿很美，鸟儿们叫得很欢。

魏金贵、孙萍把盘子放在长桌上。

菜，上齐了。

104. 不远处的小山坡，日

一只手伸向一枝漂亮的山花。

这是方洁。她手中已经采了一大把。蕊蕊在离她不远处抓蝴蝶。

105. 长条桌旁，日

魏母对魏金贵和孙萍："你们俩也坐下。"

魏金贵和孙萍乖乖地坐好。

魏母十分威严地："如果咱家称得上忠心报国的杨家将，我就是佘太君。"她指着方耕田、魏金香，"你们俩，一个杨六郎，一个柴郡主。"

方耕田、魏金香正襟危坐。

魏母起身，走到魏金贵、孙萍身后："你们俩，就好比杨七郎和杜金娥。"

魏金贵、孙萍相视一笑。

魏母又走到杨晓春和方静身边："还有你们俩，一个穆桂英，一个杨宗保。"

杨晓春不无得意地把手搭在方静肩上，方静娇嗔地把他的手打开了。

魏母最后走到杨母身后，"你呢，跟他们俩平辈儿的。"她走到方耕田和魏金香身后，"你们是儿女亲家。"

方耕田、魏金香冲杨母点头、微笑。

魏母又走回到杨母身后："你，就算是穆柯寨的穆老夫人吧……"

杨母微微低下头。

魏金贵扑哧乐了："妈，您说乱套了！"

魏母："哪儿乱套了？"

孙萍笑答："姑爷、儿子、闺女、媳妇没分清！"

魏母瞪着眼睛："什么姑爷、儿子、闺女、媳妇？姑爷、儿子，都是我儿子；闺女、媳妇，都是我闺女！"

魏金贵、孙萍吓得一吐舌头，不敢再吭声了。

魏母接着说："咱们一家人凑到一块儿，靠的是缘分。晓春他妈，就这么一个儿子，他不养妈谁养妈？"她的目光转向杨母，"现在你轻手利脚，一生气就张罗走，将来你走不动爬不动了，还往哪儿去？"

杨母低头不语。

魏母："一家人，老要有老的样儿，小要有小的样儿，不能像方静，动不动就发驴脾气。这回，我记你一大过！"

方静深深低下头。

方耕田看女儿一眼，说："哈，怎么样？蔫了吧？终于有人管得了你了吧？"

"你别幸灾乐祸！"魏母"啪"地一拍桌子，把大伙吓了一跳。她拿手朝方耕田和魏金香一划拉，"你们俩，也负有不可推卸的责任。"

满桌寂然。

方耕田顿时不敢吭声了。

魏金香瞧他那模样，禁不住偷偷一笑。

106. 不远处的小山坡，日

方洁和蕊蕊发现这边气氛异常，隐到一簇蒿草后，怔怔地朝这边偷觑。

107. 长条桌边，日

孙萍端杯水走到魏母身后，小声说："妈，您年纪大了，千万别真生气。"

魏母接过杯，喝水。

方耕田忙把话头接过来："妈刚才说了，咱在座的都是杨家将，没有潘仁美，犯不着整天吵吵闹闹，更不能大煎饼卷手指头——自己咬自己。"

众笑。

方耕田："聚在一起过日子，筷子能不碰到碗？瓢能不碰到盆？舌头能不碰到牙？碰到了，点点头，笑笑了事，别心眼儿太小、脾气太臭！方静，往后你得注意，你妈也得注意！"

魏金香瞪他一眼："哎，一脚没踩住，你从哪儿钻出来了！"

方耕田："看，你又来了！别总觉得自己是刀子嘴豆腐心。你的嘴像刀子，动不动就扎得人家淌血，那心还能叫豆腐心吗！"

魏金香又瞪他一眼："妈正讲话呢，你多嘴多舌干什么呀？这儿显得着你吗？！"

方耕田不服地："怎么的？咱家，户口本上第一页是我！我平时在家不敢说你，今天当着妈的面我……"

魏金香板着脸："停！在这儿，咱家户口本上第一页是妈！你抓紧把嘴给我闭上！"

方耕田立刻顺从地点点头，嘟嘟囔囔地："你让我闭嘴，我闭就是了。你急什么呀？"

魏母微微一笑，说："你们看，这筷子跟碗、瓢跟盆、舌头跟牙是不是又碰上了？这种事儿，往后还会有。有，不怕，只要大伙多包容，就没有翻不过去的山，没有蹚不过去的河。今天，我在这儿摆的是团圆宴。以前的事不管对错一笔勾销；往后，咱们要阖家欢。有不同意的没有？不同意的举手！"

当然不会有谁举手。

魏母抿嘴乐了："那就全体鼓掌通过！"

大伙轰的一声笑了，掌声从零落到热烈，气氛也顿时轻松了许多。

108. 不远处的小山坡，日

方洁一推蕊蕊："快！你妈刚才挨骂了，快去哄哄她。"

蕊蕊摇晃着手中的一大簇山野花，飞也似的朝前跑去。

109. 长条桌边，日

"妈——"蕊蕊迅疾地跑过来，把一大捧山野花送到方静的怀里。

方静接过，想了想，缓缓走到杨母面前，憋了半天，只说出个"妈"字，就把手中的花往她怀里一塞，微微低下头。

杨母眼里涌出泪花。她忙不迭地把花分出一半，对方静说："快，快给你妈。"

方静顺从地接过，隔桌递给魏金香："妈——"

"哎！"魏金香高兴地接过。

方洁这时也跑过来了。

魏金贵从她手里接过花，走到魏母面前："妈！"

魏金香一见，忙将手中的花分了一半给方耕田。他们一起挤到魏母身边："妈！"

魏母喜不自胜。

"妈……"杨母突然也站起身，冲着魏母含泪喊了一声。

"哎……"魏母爽快地答应。

一家人高兴地簇拥到魏母身边。

音乐骤起。

方洁激动地望着,急忙架起照相机,"啪"地按下了自拍的快门,然后飞也似的朝人群中跑去。

魏母、杨母、方耕田、魏金香、杨晓春、方静、蕊蕊、魏金贵、孙萍和方洁各具形态的欢乐的合影,在银幕上定格。

（本剧刊于《中国作家》,由北京九州同映、南山国际影视联合拍摄。总导演：韩志君,导演：戴曙鸣,主演：赵静、由力、魏一、关小平、王昌娥、祝希娟、黄琪惠。）